吴崇源　著

穿越上海

作家出版社

内涵厚重、思想前卫而又引人入胜，艺术特色突出

张 炯

上海曾被称为“十里洋场”。上世纪三十年代，茅盾的长篇小说《子夜》曾经描写十里洋场的民族企业家吴荪甫，如何在纠集内外矛盾的险恶环境中败下阵来，反映了半封建半殖民地时代上海的众生相。而后，周而复的《上海的早晨》以四卷的巨幅，书写上世纪五十年代上海私营工商业的社会主义改造，塑造了那时民族企业家的种种典型。今天的上海，作为社会主义国家改革开放的前沿和牵引长三角、率先现代化的国际大都市，理所当然，也应该有作家去反映新时代民族企业家的新貌和上海搏动全国的强大脉搏。吴崇源的长篇小说《穿越上海》正是这样的作品。

吴崇源曾出版过长篇小说《太阳醒着》，写的也是企业家，不过那部小说主要着力的是改革开放中的国营企业家。而《穿越上海》则着力于新型的民营企业家的典型塑造。小说的主人公苏泰达就是这样的新型企业家。他属“海归”派，在美国留学后为了报效国家而回国创业，乘着上海改革开放的春风和大发展的机遇，不断克服困难，破浪攀登。他的祖父曾是老红军，受了祖父的影响，他自小就有献身国家和人民的抱负。因而，他争取成为成功的企业家并不只为自己，更重要的是为国家和人民。正是在这样的思想境界上，他开拓进取，励志回报社会。汶川大地震中，他亲自带领员工奔赴灾区，投入巨资救灾；他还把企业利润分给员工，乃至要把企业献给国家。这是

比吴荪甫思想境界更上一层楼的新型企业家。这样的企业家在当今中国虽然为数还不多，却是具有世界意义的典型。美国的比尔·盖茨朝向这样做，中国的曹德旺和陈光标等企业家也朝向这样做。我相信，未来会有越来越多的企业家会这样做。在长篇小说中塑造这样一位企业家血肉丰满的形象，正是《穿越上海》对我国文学画廊的一个重要的贡献。这样的人物形象的美学价值在于，它既是有现实根据的，也是带有理想光环照耀的。文学不能没有理想，甚至必须有理想。文学总应该以自己的理想去鼓舞读者，去激励读者为改变现实的世界，使世界变得更加美好而斗争。我以为，这正是《穿越上海》的重要思想价值的所在。

《穿越上海》的另一贡献是生动地描绘了今日上海的时代脉搏和许多具有不同意义的典型人物，他们的性格、行为和动机都来自时代，是特定历史时代的产物，从而为读者勾画了相当真实的当今上海的浮世绘和典型环境，写得很有气势。其中既有胸怀大局，视通四域，深入下层，勤谨奉公的副市长邝一杰；有离而不休，关心下属，支持新生事物的老干部何磐石；有全心全意献身国营企业，坚持改革发展的国企集团老总许啸华；还有沪上社交名媛、交际花却能金盆洗手，归于正道的丁婕；更有贪赃枉法、化公为私的好色之徒国企老总盛昌发；以及政府官员、银行行长、大学教授、报社记者、舞蹈演员、打工女子、外国投资者等等。其笔墨虽多寡不一，浓淡有别，也多能给读者留下比较深的印象。几个女人写得尤其好，刻画细致，形象生动。而上海今日浦江两岸的繁华，洋山港长桥飞架的壮观，未来上海全市沙盘规划的恢弘，各种诚实劳动者工作的勤奋，还有夜总会和“会所”纸醉金迷的荒唐与投机取巧、蝇营苟且者的无耻，都被绘声绘色地浮现于读者面前，从而让读者感受到今日上海五光十色的世界中，光明如何击退黑暗，美好如何战胜丑恶，新的生活波涛如何势不可挡地滚滚向前！

《穿越上海》写苏泰达的奋斗和成功，写他在与周围人事的纠结和他与几个女人的爱情纠葛中所表现的视野开阔、胸怀坦荡、坚毅而善良，由于故事情节多条线索交织，波澜起伏，能为笔下人物性格及其内心世界的充分展示，提供多方面的空间，加上作者在叙述技巧和语言运用方面也颇具特色，他把人物对话融入心理刻画和情节叙述中，以节省篇幅，又追求语言的细腻和色泽，使之每有诗意的韵味和表现的张力，鲜明而生动，笔墨多姿多彩而又风格纯一。这也是吸引读者阅读的一个重要原因。

总之，《穿越上海》是一部内涵厚重、思想前卫而又引人入胜的艺术特色突出的好作品。特此为序，以资推荐。

2012.10.8于首都北京

深刻揭示时代现实的本质，思想和艺术都有新的思考追求

张 陵

上海作家吴崇源同志的长篇小说《穿越上海》以改革开放时代的上海现实生活为背景，生动讲述了一个民营实业家积极而充实的人生命运故事，努力塑造肩负国家民族责任的中国实业家的性格形象，在反映当代多姿多彩的社会生活中展现一个大时代的生活风貌和人民的精神风貌，从而深刻地揭示了时代现实的本质，是一部思想和艺术都有新的思考追求的好作品。

上海一直是中国当代文学反映时代，表现生活最重要的资源之一。每一个历史时期，都会产生冲击时代思想高地的精品力作。进入新世纪以后，大上海在中国特色社会主义事业建设中地位越来越重要，贡献越来越突出；大上海正在以创造新的辉煌走向世界，影响着世界。这样一个伟大时代，也在强烈呼吁中国作家创作出与时代相称的大作品。可以说，作家吴崇源同志就是自觉听从时代的召唤，努力把握上海精神之魂的有责任心、有思想的优秀作家。他的长篇小说正是在这样的思想格局的形成中提炼出作家思考中上海精神的深刻主题，非常有意义。

小说通过对主人公民营实业家苏泰达的用心描写，用一个新的文学形象来承载起上海精神的重量，突出了上海精神中当代民族责任和当代国际责任的品质，在更高更新的思想层面上揭示出上海精神的深刻内涵。这个人物有血有肉，个性鲜明，境界高远，有着超越

一般民营实业家的道德理想。虽然，作家注入自己的文化理想，但却真实反映了一个新的阶层人群的生存状态和精神状态，有着坚实的生活基础和思想依据。是一个不可多得的文学形象。可以说，这个人物具有“文学新人”的许多素质，是一个可以深挖下去的很有价值的文学形象。

主要人物表

苏泰达　60后新型实业家（民营企业家），太一公司总裁
爷　爷　西路军老战士，后到上海经商
邝一杰　区委副书记，后升任副市长
何磐石　离休老同志
许啸华　以国家银行贷款办服务型企业集团，坚持不改制成民营企业
丁　婕　沪上社交名媛、交际花，后金盆洗手
王雪晴　大学经济学副教授，曾因单恋苏泰达自杀未遂
童端仪　苏泰达妻子，生癌开刀后主动提出离婚
李虹绵　苏泰达第二任妻子，经济学硕士
郑宏伦　太一公司副总裁，苏泰达小学同学，由部门下海，后被害
杜志铭　太一公司总裁助理，外地来沪之白领
盛昌发　国有企业柳事公司总经理，与苏泰达有并购之争
齐小兰　柳事公司总经理办公室主任，盛昌发的情人，协助其寻租
张天星　区国资委副主任，苏泰达中学同学
戚麟洱　区委副秘书长
任仲年　副区长
苇　珩　风险投资家，丁婕初恋情人
尤明霞　苏泰达祖籍同村人，夜总会女服务员，后到太一公司工作
水如玉　女舞蹈家，丁婕小学同学，误入盛昌发性陷阱
小　凤　按摩女，郑宏伦婚外女友
桂全达　支行副行长
翁葳重　记者
田维舟　温州老板
朱升平　港商
史密斯　美国投资银行经理

目录

第四章

第五章

第六章

第七章

第一章

1. 生命春口服液“吃死人”

拉开距离回溯历史，哪怕一个甲子，任何是非都可以重新评说。拉开距离鸟瞰地球，比如三百公里，人世间，这个蓝色球体上发生的任何争斗、求索，乃至人生历程猝然临之的灾厄，都会变得淡然。苏泰达正面对这样的沟坎，不过，此刻他站在纽约曼哈顿一座大厦的落地窗前，对此尚不知情。他能泰然处之，安然度过吗？

苏泰达拉开窗帘，晨光涌了进来。他稳稳地站着，越过雾霭中的大厦，目光投向天边，那里太阳正在城市天际轮廓线下涌动，哟，那一线红色的弧在极远处浮了上来，爬到大厦的肩上，那参差矗立的建筑反而暗了些许。红弧渐渐地变成半圆，辽阔视野映成透明的红纱，光波上跳动着错落大厦的尖顶，而后一下子跃起，一轮旭日就挂在眼前了。他酷爱眺望朝阳和落日，无论是在乡梓热土还是天涯海角，乃至异国他乡，都会给他注进充满活力的情愫。他觉得自己是地球村的世界公民。

这里是第五大道一家五星级酒店。此刻上海正是夜晚，这轮太阳晒过外滩，也晒过公司厂房外的草坪，现在又要晒这块异国的土地。他是来美国寻求风险投资的，还未见眉目。

厄运如霹雳轰然劈在头上，是折转人生的方向，还是提供发展契机？给每个人提供新的可能性，就靠当事者自己去把握。

生命春口服液“吃死人”了，法院来了传票。太一公司遭遇这样的变故，会不会把它的老总打趴下？

即使人生书页是完全漆黑，不过是一页，哪怕是二三页，苏泰达相信自己会翩然翻过。从上世纪八十年代末大学毕业至今，十几年过去了，他不觉得有哪个坎能挡住他。

2. 锦江饭店餐厅

总裁助理杜志铭早早来到公司，前台小姐还没有到呢。他掏出门卡刷开了公司的大门，阳光从大窗户透射进来，铺在他的脚下。踩着阳光，步履似乎轻快些，好像有一袭金黄色的绸缎在脚下微微荡着。望着窗外，黄浦江在远处闪着波光，有一艘货轮正驶过，搅得江上的雾气渐渐散去。每天早晨他都这样欣赏着窗外的景致，即使不是晴天，他也喜欢淡雾笼罩的黄浦江。江上朦朦胧胧偶尔有船驶来，桅杆缓缓划过，一会儿轻雾弥合成混沌一片，江水还是静静地流。

他开始检视昨天来的信件，从中拣出法院来函，原来是一张传票，说的是公司的主打产品生命春口服液吃死人，死者家属已经请了律师，把公司告上法庭，要求索赔一百万。杜志铭了解这个口服液的生产流程，质量的控制符合主管部门的标准，甚至更严，绝不可能出现这种事。他把传票摊在桌子上，又读了一遍，还是一百万。连索赔都写了，简直破了例，他搞不懂传票怎么会写得这么详细。看来会不会遭遇碰瓷？

随即向副总裁郑宏伦做了报告。郑宏伦拿在手里说，法院？对法院来函，他并不惊愕。现在什么怪事没有，何况区区一张传票。放在手里掂了掂说，水来土掩，兵来将挡，苏总不在，这个事我先来处理。你马上通知公司中层以上干部到会议室开会。当即打电话给苏泰达做了汇报。与会者几分钟就到齐了。郑宏伦通报了这个突发事件，请大家议一议。其实他心里早就有谱。沟通完毕，他最后做了总结。我们太一公司产品质量把关严格，问题不会发生在我们身上。出现这个事令人遗憾。有事不怕事，这是苏总的工作作风，也是我们太一公司的企业文化。我们兵分几路，公关部联系媒体，防止不符合实际的报道出现。通知公司法律顾问金律师，请他协调法院的工作。销售部做好解释工作，安抚经销商。生产部在各工序开展新一轮质量检查。杜志铭抓紧写出危机公关方案。我负责与各位股东沟通，统一认识。都明白了？好，分头行动吧。

股东说来就来，你看，田维舟摇着身体推开门，直奔苏泰达的办公室。门推不开。改奔郑宏伦的办公室，到得门前，使劲一推，冲到郑宏伦的办公桌前。郑总，生命春口服液吃死人，人家告了我们，要求赔偿一百万元，你知道吗？田维舟气呼呼地，把衬衣的扣子全解开，指着郑宏伦说。

老田，你不要激动，先坐下喝口水。我不是来喝水的。我是来退股的。再让你们这样折腾下去，我的老本都要蚀光了。我要拿这笔钱去派别的用场。生命春口服液销售一天比一天好，现在已经占领了二十个省市的市场，以后扩建的生产线一投产，你的投资就是一本万利，你就等着数钱吧。以后怎样我不知道，眼前吃死人，产品还卖得出去吗？可别把我的老本打了水漂。

昨天晚上，国有企业柳事公司的总经理盛昌发请了法院的法官吃饭，让田维舟作陪。酒席订在茂名路锦江饭店楼上餐厅。

“我就喜欢到国有的餐厅吃饭，肥水不外流嘛。”

今天的客人是谭法官。谭法官不是外人，就将就在老饭店的餐厅吃饭。不是为了吃饭，法官什么饭没吃过，今天盛昌发约他来，是要扯一扯苏泰达的公司当了被告的事。

谭法官接到诉状立了案，就给老友盛昌发打了电话，告诉他这个好消息。他知道盛昌发对太一公司早有兴趣，一直在寻找并购的机会。现在机会来啦，苏泰达当了被告，只要被告倒了，盛昌发就可以雪中送炭，帮他一把，把他的公司吃过来，壮大他经营的国有公司。

好啊，老兄弟，你这个消息太及时了。盛昌发掩不住兴奋，连连拍着自己的大腿。老弟，我今晚请你吃饭，我们详细谈。有约？不要紧，你退了，到我这儿来。盛昌发记得有一句名言，叫做不打无准备的仗。他想起了小兄弟田维舟，要是把太一公司这个股东挖出来，岂不是让苏泰达雪上加霜，那么他的雪中送炭，就更容易，也更仗义了。

他今天叫田维舟来陪吃，在同谭法官说话时，一直没正眼瞧田维舟，也没有在说话的间隙照顾一下他。田维舟也知道自己今天只是陪客，能同谭法官这样的官员认识，又一起吃饭，心中自然是一阵阵兴奋。他一会儿看着盛昌发，一会儿看着谭法官，猜度今天盛昌发为什么要叫他来。盛昌发、谭法官所谈的内容，实在跟他扯不上关系，他想插话都不知往哪里插。直到盛昌发同谭法官的谈话告一段落，把脸转向他问，田维舟，苏泰达的公司成了被告，他一垮，你在他那里的投资就没了，你还不赶快想办法。田维舟本来只顾喝酒，一会儿举起杯，敬谭法官，一会儿举起杯，敬盛昌发，害得他们俩说话都无法连续。谭法官微微皱起眉头。田维舟是近年来发家的暴发户，是个粗人，他不可能发现这个细微的变化。盛昌发看着心里讨厌，就说，小田，你自己喝吧，都是自己人，客气什么，我和谭法官谈正事哪。田维舟只好低头闷吃，一听盛昌发问话，投资没啦，吓出他半身冷汗，睁大眼睛瞧着盛昌发，盛总，那我怎么办?

我给你指一条明道吧。你去太一公司找苏泰达退股，乘法院还没判，乘他还没倒，你把你的资金退出来。退出来?他们肯吗?就看你的法道。有什么困难，我可以帮你。盛昌发一句话说得田维舟浑身燥热，不觉身上由冷变热，冷汗瞬时蒸干。好，我就去，这可是我的血汗钱。我们民营企业家容易吗?说什么罪，盛昌发为他补充：原罪。对，原罪，我有什么原罪?工商、税务、物价局整天来找麻烦，他略微停顿，偷偷瞄了一下谭法官，没敢把法院二字说出来，我挣那一点钱够打发吗?外人看好像当老板呼幺喝六有多神气，实际呢，天天给人当孙子。盛昌发不耐烦地一挥手，打断他的话，好啦好啦，别说了。今天让你见见这位谭法官，可是青天大老爷，你胡说些什么呀。我酒喝多了，对不起哦，谭法官。废话不要说了，你去退股，越早越好，可别让原告申请财产保全，把苏泰达的账号给冻结了，你就想退也退不了，你就叫天天不应，叫地地不灵。

田维舟举起酒杯，谭法官、盛总，感谢二位领导提携，我姓田的在这里给你们鞠躬了。他放下酒杯，把雕花沙发往后一推，站了起来，对着谭法官弯腰九十度，又转身对着盛昌发弯腰九十度，意犹未尽，回到座位，又举起酒杯，我敬二位领导，我先干为敬。盛昌发怕他不坚决，就说，你退了股，那些资金到我……不，到柳事公司下面的企业入股，我让你当副总。这是股份制企业，里面有国有股，你的身份就不一样了。田维舟不知如何表达感激，想再鞠躬，刚才已经二鞠躬了，三鞠躬不就是向遗体告别，不妥，他打消了这个念头，又想敬酒，发现酒瓶空了，转头大喊，小姐，再拿一瓶国宴酒。盛昌发看谭法官喝得满脸通红，遂征求意见：谭法官还不尽兴吧？谭法官打了一个饱嗝，他天天在朋友的酒席上吃，中午也排得满满，只是不敢多喝，怕院长看见他脸红批评。今天因为是老朋友，又是下班以后，自然多喝了几杯。他已经醉了，摆着手：我没醉，再喝半斤也不怕。不过今天晚上他们不是还有节目，他要留个清醒的头脑，不能在小姐面前手忙脚乱，说，好啦好啦，不用加酒了。田……，田……，以后有什么事包在我身上，经济庭民事庭我通吃，盛总的事，不，苏泰达的事我通吃。我以法律为准绳，以事实为依据，让苏，苏泰达吃不了，兜着走。

刚才谭法官允诺盛昌发什么，田维舟只顾喝酒吃菜，他俩说话声音又小，并没有听清什么，现在这句吃不了兜着走，却听得明白，敢情法院都未开庭，就先定案了。看来我得赶快找到苏泰达，退，他妈的退，退股，可不能让这个姓苏的拉下水。好在盛老兄看得起我，这样机密的场合还让我来。他站起身，边走边掏出银行卡，去柜台结账。本来应该悄悄地，说我去方便一下，而田维舟喝酒喝昏了头，银行卡已经攥在手上。谭法官自然是看不见的，盛昌发看见了，随他去，这么好的信息，哪止这些钱，今天晚上找小姐，也得他埋单。看来这次能搜罗到这只狗，应该是一只听话的狗，也算是为苏泰达雪中送炭的意外收获。

田维舟破了费，怪心疼的，好在盛昌发带他去他从来没有去过的夜总会，那里哪个小姐都让他倒吹一口冷气。如此玲珑娇柔的美眉站成一排，他只觉得眼前涌起一层雾，什么也看不清了。理当由谭法官先挑，最漂亮的小姐被他的手一招，款款地走到他的面前，嗲溜溜地叫了一声“大哥”。听口音不是上海的，也不是江浙的，好像是四川湖南那一带的，田维舟也分不清是川妹子还是湘妹子，盛昌发推了推他的手肘，意思让他先挑。田维舟心里一惊，转头张嘴看着盛昌发，盛昌发没好气地说，戆大，为啥站着不动。他这才回过神来，走了几小步，到一个胸脯最高的面前，慢慢伸出手去，触到小姐的手，猛一拉，紧握住了，小姐跟他走了。这一夜真是颠鸾倒凤，田维舟没有消停。玩了一次，未能尽兴，一鼓作气，一而再，完了，呼呼大睡。手臂一直搂着光着身子的小姐，在睡梦中，手乱动。快天亮的时候，再而三，总算玩了三次。他出了三份钱，三份投入，就要捞回三次产出，生意经果然是一如既往。睡到日上三竿，他带小姐们去吃中饭。谭法官、盛昌发已先他离开，他们要赶去法院或公司，在下级面前一本正经地做人。

吃完饭，他还舍不得离开小姐，觍着脸问小姐姓什么，昨晚我们玩得很好，交个朋友，下次我来找你。小姐一撇嘴，看着这个土老帽一脸厌恶，说下次我哪有福分侍候你。小姐被他弄得太过了，今晚都无法出台了，心里骂，这个温州佬，真不是东西，她听出了田维舟的口音。别了小姐，田维舟才想起自己还有任务在身，赶紧奔往太一公司。

怎么会打水漂呢？郑宏伦好言好语相劝，我们这个公司去年利润，你十分清楚，你分了多少红？现在想入股的人还不少呢，我们都婉言谢绝。昨天我下海前的老同事，要把他手头闲散的资金拿来投资，我都让他收回这个念头，另找理财门路。你想，以前的老同事，都是有头有脸的人物，不过，我没有必要告诉你他是谁。我也没有必要知道他是谁，我只要拿回自己的钱。你做不了主，我要找苏泰达。苏总出差了。好，出差，我打他的手机。田维舟掏出手机，一按，王八蛋，关机了，出差关什么机？郑宏伦，你说到底给不给？田维舟冲上前，郑宏伦一吓，倒退了一步。

田维舟伸出手去，几乎要抓到郑宏伦的衣领，郑宏伦挥手推开了他。你说，苏泰达到底上哪儿去了？他又按了手机，还是关机。公司出了这么大事，苏泰达应该第一时间回来处理，他到底躲到什么地方去了？郑宏伦一听火儿了，我们堂堂太一公司，在上海行业里谁不知道。堂堂的太一公司的堂堂总裁用得着躲？田维舟，我告诉你，你说话注意点影响。门外有公司的员工路过，都放慢了脚步，想股东和副总在吵什么，当然决不敢停下脚步。郑宏伦一看这样下去，确是不利于稳定事态，就说老田，你坐下，苏总出差了，他有个新手机号，我告诉你，你直接找他吧。老田，我还有急事，今天就到这儿。田维舟看下了逐客令，再纠缠下去也不会有结果，就骂骂咧咧地摇出了公司大门。

郑宏伦与苏泰达通电话，知道他已经订了机票，放下心来，心想工作享受两不误，不能耽误了今天的节目。此时翁葳重急急推门而入，喊道：郑宏伦，苏泰达在吗？我要采访你们。郑宏伦说，你是知道的，我们苏总低调对媒体，从来不接受采访。我不是采访你们个人，而是就生命春口服液吃死人采访你们公司。翁大记者，你是无冕王，说话总得有分寸，生命春口服液吃死人，谁说的？

翁葳重不会说他是接受盛昌发的安排来的。盛昌发已经让办公室主任齐小兰给他送去了红包，厚厚的一个信封，翁葳重不打开也知道分量。他几乎每天拿红包，手指一触就知道一千、两千，他的手指经多年历练，敏感度极高，八百、一千，仅两张薄薄的印钞纸的差异，都能辨别。掂出了盛昌发红包的分量，他当然会为盛昌发卖力，不管是黑是白。齐小兰说，翁大记者，你先走一步，我随后就到。

就在杜志铭埋头于危机公关方案撰写时，走廊里又一阵嚷嚷，郑宏伦正忙于接待，他是总裁助理，有责任去看一下。推门出去，看见一个三十多岁的女人，手里拿着一瓶生命春口服液，正在走廊里扯着嗓子大喊："你们看，你们看，生命春口服液里有悬浮物，你说能不吃死人吗？"没有一个人理她，她继续在那里喊叫。杜志铭走上前说，同志，有什么事，好好说。"不用大声喊叫"他没有说出来。齐小兰还是扯着嗓子喊，是要好好说，不但要在这里好好说，还要到食品药品管理局去好好说，到工商局去好好说。

翁葳重却不想在郑宏伦那里好好说，他听见齐小兰的喊叫，赶紧开门出来，大喊，怎么回事？你是谁？齐小兰说，我是谁，你管得着吗？我是记者，怎么管不着？好，你是记者，哪个媒体的？我正在找你们，我要向你们投诉。你看你看，她把那瓶生命春口服液举到翁葳重面前，翁葳重摘下近视眼镜，凑向前。齐小兰说，看，看什么看？你没看见吗？里面是悬浮物。翁葳重说，哇，确实有悬浮物。他把录音笔举到齐小兰的面前，同志，请问你叫什么名字？什么时候发现悬浮物？服用生命春口服液后有什么不舒服的症状？齐小兰看到录音笔，顿时亢奋起来，滔滔不绝讲了一通。杜志铭问那女人，悬浮物你化验过吗？确信有毒吗？这……这……有悬浮物就会吃死人，还用化验吗？齐小兰强辩。杜志铭平静地说："这位同志，你让我看看悬浮物。"接过瓶子，他不看悬浮物，只看瓶盖。齐小兰急了，你不看悬浮物，看瓶盖干什么？杜志铭没理她，继续看瓶盖。他伸出手指，轻轻触碰瓶盖上的封皮，发现上面有一道纵向的接缝。这位女士，你看，你这瓶口服液的封皮已经开过，是接起来的。手指一挑，封皮豁开了。杜志铭正色道，这位女士，你这瓶口服液是开过封的，悬浮物是怎么进去的，你自己清楚。齐小兰脸涨得微红，你血口喷人，一边说着一边往门口退去，退到门口，还不甘心，大喊：有悬浮物，才会吃死人，你们抵赖不了。

这时杜志铭发现了站在人群中的经济学副教授王雪晴，来不及询问她来公司有什么事，就听见她说，你们应该扣下这瓶所谓有悬浮物的口服液，翁记者也在场，他可以作证明。翁葳重说，我是记者，我不是什么证明人，你们不要看错人头。翁葳重说着赶紧把录音笔收进包里，扭头去找郑宏伦。没想到已经不见郑宏伦的人影，他的办公室门已上锁。翁葳重愤愤地说，跑得了和尚跑不了庙，你们明天等着瞧吧。没人理他，他转身灰溜溜地走了。

王雪晴是来给苏泰达送材料的，没想到她看到了这一幕。刚才齐小兰在那里骂街，她的心都缩起来，她为苏泰达着急。杜志铭给了她苏泰达的新手机号码，你有事的话，可直接找他。

郑宏伦不和翁葳重恋战，乘他跑到门外去看齐小兰跳脚，开步溜了。他要赶去见一个女孩。到了那里，他既是被服务的对象，也是为人服务的人。到了洗浴中心，老板只有简单的两个字：来了。他的回答也是简单两个字：来了。郑宏伦径直往里走，他的服务对象小凤站了起来，先生，来了。

她接过他的外衣，挂在立式衣钩上，问今天先按摩还是先玩。按摩不急。小凤心领神会无声地向里间去。这是一个豪华套间，床就有五尺宽，够他们折腾的。小凤还是默不作声，静悄悄地躺到床上，鞋都是郑宏伦帮她脱的。你不要动，我来为你服务。他的动作熟门熟路，小凤嗲得令他骨头酥，她哇了一声，好像在宣告，你有快感你就喊。

每次来小凤这里，郑宏伦身上总是积蓄着能量。美味佳肴他吃得已经倒胃口，只有这一口他乐此不疲。他不羡慕高官与大亨，他们享受得到的他也能享受，人生在世，夫复何求，一切权势无不归结于此，那些不可一世的人物，不也是变着法儿，穷尽这方面的享受嘛，他郑宏伦也能做到，就算没白活了。“性爱至死，死而后已”，他愿意极尽自己的体能去实践，除了有时客串找小姐，小凤就是他的配合默契的发泄对象。

郑宏伦玩了这么长时间，允诺的房子车子总是不见踪影。小凤一次又一次地付出，她憧憬着空中飞的房子车子，也就不一定和他计较按次清账。小妹妹，你放心，我是有身份的人，我答应你的事一定会兑现。我以我的头来保证。郑宏伦不过是为表心迹信口开河，未曾想一语成谶，这个谁都不愿意看到的结果，后来竟成了事实。

小凤伸手捂住了他的嘴，口中呸呸的，不许说不吉利的话，我不要你的头。好，我不说。我们还是这样，玩玩不计次数，以后我房子车子一次性兑现。

谁知道等到哪一天？到那个时候，我也老了，车子也开不动了。傻妹妹，你才多大，你日子还长着哪。有了房，有了车，你的好日子在后面。这个傻妹妹发起嗲来：人家都要川妹子、湘妹子，你为什么要我这个徽妹子？郑宏伦为她释疑，安徽是个好地方，那个大眼睛的女歌星是你的老乡，你的脸架子和她的多像啊。我就喜欢你这个徽妹子。你的眼睛和那个女孩多像啊，有几个人能享受女歌星的肉体？听了这话，小凤心中涌起醋意，敢情你把我当那个女歌星了。小凤不知道“代偿”这个词，郑宏伦可是懂得，他冥冥之中确是用小凤来代偿了。玩那个女歌星得多少钱，何况这还不是光靠钱可以打发的。这就是郑宏伦离不开小凤的原因。小凤气得背过身去，把光溜溜的身子对着郑宏伦，去，我不要你碰。郑宏伦扳过小凤溜溜圆的肩膀，妹子，你不要生气，达令是不会让你失望的。

到底妹子把身子献给了自己，而且让她不要接客，她也听话专事他一人。她垫进去了多少机会成本，这样的情意天下难寻。想到这里，郑宏伦从后面紧紧抱住了她，她在他怀中缩成一团，竟嘤嘤哭了起来。郑宏伦刚才想的，她并不知道，她对自己实在看不出有什么实在的前景，要摆脱郑宏伦恐怕也不那么容易，再说已经付出那么多，也只有揪住他不放。她抬起头，伸长脖子，要去吻郑宏伦，郑宏伦低下头，接住她的嘴唇，深深嵌在一起。

3．飞越太平洋

苏泰达正在飞越太平洋上空的飞机上。身体飘浮在涌动的晨光熹微中。白色的云团你追我赶，飞机在上面不动声色地滑动。昨夜，当然不是刚刚过去的黑夜，而是更早的一个黑夜，在纽约第五大道的酒店里，苏泰达在温水浴缸里泡了十五分钟，身上的疲惫仿佛逐渐溶解在水中，体力昂奋越来越像一股有形的激流在体内奔窜。他一跃而起，对着大镜子，望着自己健美的体形，一种向前奔跑的愿望油然而生。田径场上哪有裸体运动员，他想起古罗马时代的角斗士，而他面前的对手不是有形的猛兽，而是无形的猛兽。他总觉得自己有一种出手的念头在心中奔突。就算这几天同美国投资公司的见面洽谈，没什么立竿见影的效果，他并不气馁，他相信自己还不到气馁的时候。

就在他刚刚要睡着的时候，手机的铃声响了。他出国时把手机的铃声换成《义勇军进行曲》，他不是矫情，自己也说不清为什么要这样做。在纽约的深夜，突然响起这支严肃而又振奋人心的乐曲，仿佛要把夜的沉寂震碎。苏泰达伸手按了键，乐曲声戛然而止，是郑宏伦打来的。

什么事，这么晚了。上海正中午呢。大事不好了。这种骤然临之的事，早在苏泰达意料之中，他说，你慢慢讲，沉住气。法院来了传票。我们没欠谁的账，他们有没有搞错。不是财务纠纷，比这个更严重。什么事，你说吧。生命春口服液吃死人了。死者家属告到法院，法院来了传票。有这种事，是不是法院弄错了。查过了，没错，是生命春口服液。苏泰达扭亮了电灯，他环顾了整个房间，买来的一对芭比娃娃正在朝他笑呢。他心想真够搞笑的，生命春口服液怎么可能吃死人。他对郑宏伦说，你通知杜志铭，搞一个危机公关方案。眼前的事你先对付。我明天早上就赶回上海。噢，还有你约一下法院院长和庭长，找个时间我同他们吃个饭。

他订的机票是上午十点半的，直飞上海到达时间也是上午，估计还有不足十五小时，他就能到达公司。一切都会重新回到自己掌控之中。

行李箱已经理好，就放在门口。刚才他摸着那两个限量版芭比娃娃蓬松的头发说，带你们去中国了，那里有好多美景等着你们。轻轻放进一个硬纸盒，不让她们被挤着。

在机场候机厅咖啡座，他掏出手机，给投资公司的经理打了电话。好不容易托在华尔街工作的朋友找到这个人，约会见面，却是求人的人不能履约了。苏泰达心中总感到抱歉，拿着手机，他想该如何向他表达歉意。其实此事几乎是人力不可抗拒，只能如此，别无选择。史密斯先生接受了苏泰达的道歉。苏泰达邀请他过些时，方便的话，到上海来，还可以实地考察一下。

上了飞机，苏泰达正要去关手机，手机却响了。是田维舟打来的。田维舟在电话里大喊："苏泰达，生命春口服液吃死人了，我要退股。"奇怪，他是怎么知道这个号码的？苏泰达在临出国前，让秘书买来一个新的电话卡，这个号码只有三五个人知道。会不会是郑宏伦让他逼得走投无路，只好给了他。看来上海公司面对的情况比原来估计的要复杂些，不能就事论事做危机公关，只关心口服液本身引发的事件是不够的。你看股东不也来闹了。苏泰达说，口服液不会有什么问题，吃死人一定是误会。你是公司的老人，这个时候要同舟共济，可别添乱。田维舟在电话里还是大喊大叫。这时他仿佛看到田维舟在那里暴跳如雷的样子。这个老板真是目光短浅，苏泰达在心里说。

生命春口服液的方子是爷爷从湖北老家带出来的。当年西路军被打散时，同马步芳匪军有一场恶战。爷爷大腿中了一枪，一瘸一拐被追到悬崖边上，背向无底深渊，怒目圆瞪，看着那些年龄和自己相仿的敌方士兵，已经没有退路，只好纵身一跳，掉到崖底，昏了过去。待他醒来，大雨刚过，山谷里枪声已经沉寂。身上的红军服已经被枝桠乱刮成布条子，爷爷摸摸内衣的口袋，祖传秘方还在，松了一口气。上面包的油纸沾满水渍。枪没丢，方子也没丢。猎户老汉救了他，用草药治好了他的伤。枪摔坏了，已经埋在悬崖下的松树旁。老汉要收他当上门女婿，他谢绝了。部队到哪儿去找？以后爷爷就带着这张方子辗转来上海投靠堂兄，就这样苏泰达成了第三代上海人。他同从浙江乡下背着小铺盖卷到上海，后来发迹成银行家的人不同，他是老红军的后代。虽然没有人会承认苏泰达是这样的人，但他自己认同自己。用这张祖传秘方制成生命春口服液，正是由他来实现爷爷的夙愿。不为良相，则为良医，不为良医，却制出良药。当然按照当今有关部门的分类，生命春口服液不是药，而是食品，保健食品。这个保健食品给人民群众带来健康，也给公司带来了巨额利润。全国光营销队伍就达到十万人，为政府解决了数量可观的就业岗位，令人刮目相看。而今天这个产品出事了，真出事了吗？他绝不相信。

他想回到上海首先要做的，是回收同批号产品，利用媒体向公众说明白，不要让公众对这个产品产生不符合实际的误会，其次，法院、媒体、经销商、员工情绪、生产环节都不能放松。也许这是一个好机会，可以锻炼员工团队。这可是千载难逢，真是拿钱买不来的机会，可要紧紧抓住。

机上广播说飞机已飞临日本附近，苏泰达拉开窗板，果然看到极远处海岸线上白色的浪花，过了不久那一串浪花就消失在天边了。飞机应该是往南了，机下是一片大海，也许那就是东海，看到两艘货轮像停在海面上一动也不动。苏泰达知道这是假象，其实那两艘货轮正以正常的速度破浪向前，不过太远了，轮船像是贴在海面上。

朝南，再朝南，那就是上海了。

杜志铭写好危机公关方案，天已经快亮了。走到窗前，拉开窗帘，台灯忽然暗了许多，他返回桌前关了台灯，又来到窗前。他来上海好些年，还没有如此心境恬静地迎接曙色的到来。东方的天空越来越亮。长条的白云由灰白变成银白，太阳大概也快醒了吧，苏泰达正在太平洋上空，估计看到初升的太阳了。眼下远处的大厦在轻轻的雾霭中矗立着，就像云海中的山尖。近处的楼房是淡墨抹成，只见雾里的车子驶过，太一公司的楼层太高，那些车子就像在水底爬过，杜志铭听不见车轮的沙沙声。

杜志铭到达浦东机场时，候机厅人不多，显得空旷无比。人是需要空间的，在如此敞亮宽大的大厅，心情一下子变得明朗起来。抬起头，房顶在几层楼以上，精神似乎被释放了任何压力，顿时浑身轻松起来，比之在大草原，那辽阔的大地、宽广的苍穹，却没有这种感觉。杜志铭忙中偷闲，思索着这是什么缘故。原来草原不是居所，人们不可能同自己所处的卧室、客厅、写字间、会议室相类比。来到浦东机场，人们下意识地与每天的生活环境对比，自然会有了一种摆脱压迫感的感觉。这几年房价飞涨，他来不及买房子，租的房子只有一室一厅，局促感是无可避免的。即使家中有挑高的大客厅，那些人来到浦东机场也会有类似杜志铭的感觉。只是他们行色匆匆或感觉迟钝，体会不到而已。如此的轻松感一扫杜志铭一夜写作的疲劳。按杜志铭对苏泰达的了解，他恐怕在飞机上腹中已经写就一个危机公关方案。杜志铭不去猜想老板会有什么想法，他只按自己的分析来写，这正是苏泰达平时鼓励下属的：要独立思考，只有独立思考才能创新。苏泰达倡导的公司理念重要的有两点，一是待人以仁，二是独立思考。

到了停车的地方，杜志铭开了车门，正要去提行李箱，却看见王雪晴气喘吁吁地跑来，来到面前，声调里气息不匀，终于找到你们了。苏泰达一脸惊愕，你怎么来了？来不及细说，为她开了车门，请她先上车，他们并排坐在后面。

原来王雪晴到静安寺航站楼乘一号线机场大巴，没想到车上已经坐得满满，每天早上去浦东机场的人很多，这是没有预料到的，平时她不大出门。等下一部车，售票员说人坐满就开。她心里急，再快也觉得慢，就走到南京西路拦出租车。正下着大雨，她撑着伞，雨水哗哗地泼湿了她的裤脚。她顾不得这些，只急得不断摆手。开过来的出租车有好多要下班了，不让上人。一阵大风刮来，吹翻了手中的伞，整个身子暴露在大雨之中，斜斜的雨点猛扫着她。她顾不得这些，只是夹紧了自己的手提包，把伞面扳回来，又举了起来。拦到车，坐上去，身上的雨水淌了下来，座位全湿了，她移动着身子，坐到干的地方。师傅，帮帮忙，请快点开，走徐浦大桥，转外环线，快一点。她一看表，苏泰达的飞机就要降落，可别赶不上。到了机场，一看时间，飞机已经降落了好一会儿，她不去候机厅，直奔社会车辆停车场。她想顺着停车场到候机厅逆向走过去，总能碰到吧。没想到还是杜志铭先看见她，喊王老师。

“王雪晴，你身上全湿了，杜志铭，快把热空调开开。”苏泰达说。“不用，不用，我不冷。”王雪晴说。“开吧，可别受凉。”“这个天气不用开热空调。”杜志铭手一按，车里慢慢热了起来。

什么叫温暖，这就是温暖，王雪晴想到这个词，心中就一阵热，身上也渐渐暖和起来。她俯身去拧裤脚管，水从指缝里渗出来。苏泰达在一旁帮不上忙，就说，拧一拧，干得快。

王雪晴递给苏泰达危机公关方案，他微转头看着王雪晴，王雪晴的眼睛对着他的眼睛。啊，王老师，你眼里有血丝，太难为你了。他翻开了方案，一页一页看下去。王雪晴紧张地屏住呼吸，在一旁看着，想从苏泰达的脸部表情来判断他的评价。她很在乎这个评价，当然更在乎这个方案能不能对苏泰达处理这个事件有所帮助。苏泰达翻完了，说，王老师，谢谢你。王雪晴感到脸上微微有点热，一夜的辛苦总算有了收获，这个褒奖就是她要的收获。

杜志铭一看他们说完，就开始汇报公司接到传票以后发生的一切。王雪晴经苏泰达同意，这些年以公司为研究对象做课题，所以杜志铭说话也不避她。王雪晴这时才发现自己抢了杜志铭的先。哟，对不起，把你们这么重要的事给耽误了。苏泰达说，不碍事，不碍事。他胸有成竹，知道会发生什么，也知道该去做什么，他并不急于让杜志铭汇报。只是想到美国之行无功而返，心中的明朗转为怅怅的，也许生活就是这么起伏不定。

4. 车过卢浦大桥

车子上了卢浦大桥，眼前一下子开阔起来，苏泰达就喜欢这种开阔的感觉，天高起来，就像进入了一个无比阔大的空间，那天空就是顶棚。他去过北京日坛附近的世贸天街，那里夜晚时灯光在头顶不断向前移去，简直是飞出天外，可是那个顶棚比起眼前黄浦江上的顶棚，真是两个世界。这个顶棚上淡淡的云彩飘过，完全是天然的，不会有人工斧凿的痕迹。苏泰达爱这种天然，他朝窗外望着，目光一动也不动。

进了公司门，员工们有的在埋头做事，有的悄悄抬起头，老板回来喽，小声嘀咕着。路过会议室，里面坐满了人。那些人看到苏泰达来了，都站起来拥到门口，争相挤出门来，苏总，回来啦。我们等了你一天了，苏总，你看我们怎么办？七嘴八舌，办公室顿时成了小菜场。苏泰达脸上没有表情，说，有话一个个说，都不经事吗？一时鸦雀无声。一个脑子活络的忙说，苏总你先歇一会儿，喝口茶，我们就在会议室等你。有人要把苏泰达往会议室里让，那人又说还是请苏总歇一会儿，这个事的处理也不在这一分钟两分钟的。那些经销商这才纷纷又回到会议室。

苏泰达径直快步走向自己的办公室，吩咐道：给他们每人泡一杯特级龙井。随后到的杜志铭对一位女员工说，把水烧了，不要一百度，水噗噗响就行。又对苏泰达说，经销商们对付这杯好茶，让他们慢慢去欣赏，心境就会慢慢静下来，再谈事就容易些。杜志铭对苏泰达的佩服不止于他的战略眼光，狠手处置，连这种泡茶的细枝末节都够他学的。他真庆幸毕业后横冲直闯了几年，能遇上这样的老板。

他随总裁进了他的办公室，刚坐下，苏泰达说，通知高管们过来，说完去接了几杯纯净水，平时他也喝龙井，都由秘书泡，今天他要抓紧时间，把这个环节省了。郑宏伦进门坐定，公司的高管算是齐了。苏泰达说，开会吧，你们俩先谈一下情况。郑宏伦是副总裁，自然他先说。他汇报了过去一天的处置情况，把股东、经销商、记者三方面的情况都说了。苏泰达在记事本上写了几条文字，说事情发生以后，你们辛苦了，特别是郑宏伦处理得当，这是我预料中的，在美国时我就很放心，回来一看，果然如此。苏泰达停了下来，目光依次注视了一下每个人的眼睛，郑重地说，对这个事件不能掉以轻心，处理不好，就会遭灭顶之灾，我不是危言耸听，几年前业界已有前车之鉴，至今我为他们惋惜，这个教训太沉重了，我们决不能重蹈覆辙。我严肃地提醒并要求各位，打起十二万分精神，步步为营，把每个环节的工作做好。郑宏伦、杜志铭及其他高管听完，脸上的严峻又添了几分。苏泰达停了一拍，接着说，至于经销商，不应该有什么问题，要把我们对生命春口服液的了解，当然包括处方的可靠性，生产流程质量的严格控制，都让他们知道。这样的产品，前景不容置疑，就看他们有没有智慧来把握。他们今天来了不少人，来得真够快的。真是所谓“坏事”传千里，当然，这里有他们的切身利益，不关心才是不可理解的。还有记者，我一贯远离记者，远离媒体，我们的产品赢得顾客，靠的是质量、效用。一个产品要是靠记者宣传、广告鼓吹，所撑起的生命周期是很短的。早几年有个月亮神口服液，广告狂轰滥炸，整个上海逢年过节走亲访友都得提两盒、四盒月亮神，简直成了一种时尚。结果呢，没几年，产品生命周期很快就结束了，销声匿迹了，你到超市，到药店，还看得见月亮神吗？别以为顾客就那么愚蠢，上海人素来爱面子，不送月亮神就丢面子，你瞧被外地人赚得盆满钵满，还骂人家阿乡呢。我看外地人来上海先学会的“港都”（戆大）的发音，就应该还给上海人。我们要尊重顾客，他们是我们的衣食父母，对父母的健康要负责呀。

苏泰达说的月亮神，杜志铭当然不知道，郑宏伦却是一清二楚。苏泰达说话时他频频点头。苏泰达继续说，我远离记者，是因为我们是健康的，负责任的企业，我们只要向政府交好税就行了。这就是作为一个企业对社会的义务，我们不必也没有精力去迎合记者。

苏泰达对危机的处理，有了一个明确的蓝图，最后要举行一个新闻发布会来挽回影响。他在想这个新闻发布会是在人民大会堂开好，还是在钓鱼台国宾馆举行好。他思忖着，一时办公室没了声音。郑宏伦也不再说话，他了解这个小学同学，不说话就是在动脑筋，就不要去干扰他。

苏泰达继续说，整个危机公关的操作，我们已经讨论过了，杜志铭这个方案，有对策，有预警，对不可预见的不确定性也有了提防，确是一份高质量的方案，说着他朝杜志铭看，杜志铭体会到苏泰达兄长般的鼓励。王雪晴的方案也有可取之处，杜志铭你细看一下，补充到你的方案里，并把今天会上的意见归纳进去。你们二位刚才又做了补充，我在想，句号应该画在什么地方？我觉得句号应该放在澄清事实，推介产品的新闻发布会上。这个会在上海开还是北京开？我想在北京开比在上海开好。我们的产品行销全国各地，在北京开，影响更可以辐射全国。在上海找个五星级酒店或高级会所开这种会，实在太小家子气。好……苏泰达做了决定，略微停顿，郑宏伦、杜志铭及其他高管几双眼睛都对准了他，等他的下文。就在北京开。你们说在北京什么地方开？在人民大会堂开好不好？有的企业在那里开过新闻发布会，只是报道里提了开会地点，就给人一种往自己脸上贴金的感觉。这是开两会的地方，在那里开产品的会，似乎产品也带有政治正确性。这明着是蒙人的。我们不能在那个地方开。除了这个地方，有一个地方，就是钓鱼台国宾馆。钓鱼台大了，在哪儿开？郑宏伦、杜志铭没去过钓鱼台，当然不知在什么地方开好，等着苏泰达自己回答。在芳菲苑开。这可是多国会谈开会的地方。那很贵吧？杜志铭问。贵？当然贵，但值得。会议厅气势恢弘，宫灯式的吊灯尽显汉唐余韵。那里绿化又好，会议厅前一个大草坪，这是我见过的院子里最大的草坪，好，就在芳菲苑开。志铭，这事要提前办。要是有重要会议，还要错开别人的会期。

杜志铭看看事情谈得差不多了，就从包里掏出一份今天的报纸。翻到社会新闻版，递给苏泰达。这是翁葳重写的一篇报道，标题为：生命春口服液吃死人，太一公司成被告，黑体粗字。这是翁葳重昨夜十二点跑到夜班编辑那里特意安排的。报纸是今天一早来公司前，杜志铭托了朋友到印刷厂拿来的，他为的是第一时间掌握事态的发展。苏泰达把报道飞了一遍；说来说去就是标题上的这个意思。这个翁葳重到底想干什么？苏泰达把目光射向郑宏伦，看得郑宏伦心上发毛，说我昨天同他短兵相接针锋相对，他还是执意要报道。苏泰达说，这恐怕只是序幕，既然来者不善，后面必定有指使的人，我们对此要多加警惕。志铭，这事你多花点精力。苏泰达说这种娱记不过是卖点新闻罢了。只是不知他的客户是谁，这倒是不能掉以轻心的。杜志铭说，那天齐小兰和他是一前一后来的。郑宏伦说，齐小兰不就是盛昌发的小蜜吗？郑宏伦对有姿色的女人总会留下印象，这个女人发起嗲来，男人就移不开脚步。他在心里对自己说，其实移不开脚步的人就是我。那是一次派对，她和盛昌发一起来了。郑宏伦看着她，目光都直了。那时她还没有发嗲呢。这个女人只能看，却不能用，成了郑宏伦的遗憾。苏泰达一听马上想到盛昌发曾经找过他，有参股太一公司的意思，不过被他谢绝。他说，那么我们先注意一下盛昌发以后还有什么动作。我去同经销商谈一谈。你们就忙自己的事吧。

经销商茶杯里已经续过水，秘书看到苏泰达还不出来，就又烧了水。待水噗噗响，又给他们每人泡了一杯龙井。苏总什么时候来？我们可等不及了。秘书安慰他们说，各位老总耐心再等一等，苏总就要来了。

苏泰达走进会议室，双手作揖，各位朋友久等了。经销商又像开锅水哗啦哗啦起来。苏泰达做了手势，示意他们安静。一个个说，我听着。

苏泰达一边听一边想，也就是怕产品销不出去，他们吃亏。这一点他早就想到了。待人以仁，不让经销商吃亏，也不让顾客吃亏。他要让每个经销商充分发表意见。待几个人发言后，他说从我右手开始，没有发言的顺序发言，大家有什么话都说出来。

这时会议室外有人嚷嚷，你们老总回来了吗？我要采访苏泰达。苏泰达听得出杜志铭正在和那个人说理。会议室里经销商们都竖起了耳朵，尽量捕捉外面传进来的声音。

擂门声大作，又听见有人说，我到苏泰达、郑宏伦办公室都去过了，没有苏泰达，只剩会议室这个地方了。

经销商所有的目光都对准苏泰达。只见他从容起身，慢慢走到门前，猛然拉开门说，谁在门外喧闹？

翁葳重仗着他是媒体人，到处以无冕王自居，今天听见了对他的呵斥，反倒被吓得退了一步。是我，我是记者。

苏泰达说，知道你是记者。翁葳重终于看清站在他面前的正是他找了两天的苏泰达，说道：好啊，你躲到哪儿去了，今天总算被我堵到了。

苏泰达义正词严地说，我是堂堂正正的人，我何须躲，翁葳重，你放明白点。翁葳重自以为握住什么尚方宝剑，对苏泰达喊道，你看了今天的报道了吗？那就是我写的。随即从包里拿出一沓报纸，在手里抖着，以夸张的动作分给经销商，你们看你们看，生命春口服液吃死人，你们还敢卖这样的产品。经销商一看报纸，没想到问题会这么严重，都面面相觑。

这时苏泰达已被翁葳重拉到一旁，翁葳重低声说，苏总，这事说简单也简单，说复杂也复杂，只要你够朋友，全在我手中一支笔。苏泰达听出了这位大记者话里的意思。去你妈的，他心中的粗话差一点脱口而出。本来苏泰达只有清口，没有粗口，哪怕是潜台词。今天确是被激怒了，看这厮实在太不像话，你在外面吃惯了，竟吃到我苏泰达头上来，你他妈的，休想。又是一个粗口，不过还是潜台词。苏泰达看着翁葳重的眼睛说，你要简单也好，要复杂也罢，我都随你的便。我不愿意被接受采访，你请回吧。

杜志铭已来到翁葳重的身后，而他的身后是两个高大魁梧的保安，杜志铭客气地说，翁大记者，你请吧，你请回吧。翁葳重从他平静的语调中听出了强硬，嘴里嚯嚯地叫着，跺着脚，苏先生，你好自为之吧。我不是代表我个人，我手中的笔是严肃的郑重的，我的笔不是开玩笑的。待他说完，杜志铭在他的后背轻轻推了一把，他只好朝公司大门走去。

经销商们看苏泰达竟然敢把记者赶走，就不再言声，只是把报纸上的报道看了一遍又一遍，其中一个急性子的问，苏总，我们到底怎么办？苏泰达说，好办。经济上不让你们损失，未付款的不付，已付款的退款，上架的撤。所有发出去的产品全部收回，同一批号不必等事实澄清，先全部销毁，让顾客放心。一句话把经销商的疑虑打消。苏泰达转身交代杜志铭，你去问一下财务部，公司账上还有多少钱。

后来回忆起这段日子，那时只觉得漫天浓雾排空而来，瞬间周遭的一切都被白雾遮蔽，身边的人尽管奋力前行，却找不到方向，他双眼却能穿透沉甸甸的迷雾，未来的愿景成了一把高燃的火，顿时人们心中透亮了，跟着苏泰达必能走出团团迷雾的笼罩。

我不同意销毁同批号产品，郑宏伦说，这样会给公司造成损失。

苏泰达说，不销毁产品损失更大。我们都知道，生命春口服液绝不会有什么问题。但现在有人告了，法院立了案。翁葳重写了耸人听闻的报道，要消除影响，让顾客放心，只有销毁产品。让广大群众明白，世界上还存在的生命春口服液是完全没有问题的。这样的效果，是拿钱买不到的。

苏泰达接着说，我们要销毁同批号产品，这与法院审理无关。不是悄悄地销毁，而是大张旗鼓地销毁。

本来苏泰达想同法院的人见面，但对产品的信心告诉他，他不必按潜规则做这样低三下四的事。所以刚才郑宏伦、杜志铭汇报工作讨论处理办法时，他始终没有提及。现在他倒想起这事，就问郑宏伦。我联系过了，托朋友去说，庭长谭法官和院长都讲没空。苏泰达说，没空也好，我正不想找他们。我们要做的是抓紧事实的落实。志铭，你和顾问律师联系，让他查明那个死者的死因。有了符合实际的死因，我们才好说话。

销毁同批号产品的地点选在郊区，这是工商局销毁侵权碟片的地方。那是一个开阔的旷地，像一个废弃的足球场，杂草丛生。杜志铭请来了几家媒体。向苏泰达汇报时，苏泰达说，一定要多请几家电视台，包括江浙的电视台，市台也要。杜志铭脸有难色。有什么困难你就说。请这么多人，预算不够。你放心，我和财务部去说，你去办就是了。

产品就堆在旷地的中央，业务部门只来了工商局，其他没有请到，也可能是杜志铭下的力气不够，显然这就埋下了祸根。苏泰达以为只要电视上报道了，消除了顾客心中的疑虑就够了，也许他太书生气了，谁知道呢。

公司高层由郑宏伦出面，他喜欢热闹，正好来这个热闹的地方出一下风头，能在电视里出现，他是求之不得的。那些口服液就平铺在地上，有三四米见方。压路机徐徐开动，大轮子轧上去了，传来了安瓿玻璃破碎的脆响。人们稀稀拉拉地拍起巴掌，十来家电视台记者拍下了这个场面，明天就可以播出。郑宏伦当晚给小凤打了电话，你明天晚上看本地新闻，有我主持的同批号产品销毁仪式。死相，还什么仪式呀，不过是几个瓶子粉粉碎罢了。没有谁比小凤更得意了，自从和郑宏伦好，她分明感到在上海找到了靠山，傍上这样的人，她随叫随到，将来还有房子车子，这可比在洗浴中心服侍人强多了。达令啊，我跟定你了。

5．厂房外草香弥漫

终于又打发了一个经销商，杜志铭把刚才那一张传真放到另一个文件夹里。可不是每个外省经销商都这么好对付，到底还有那么多退订单的传真。这几天他没有主动找过苏泰达。

敲了门进去，杜志铭径直走到苏泰达的大班台前的椅子坐下。苏泰达在公司里宣布过，谁到他办公室，只要他说过请进，就已经带有请坐的潜台词，每个人到他桌前就可以坐下，不必再由他来宣布请坐。他认为人与人之间虽然有上下级关系，但在人格上是平等的，他用不着让下级站在他面前，来显示自己的威严。但除了郑宏伦，杜志铭还有其他人，哪怕是部门经理，进了门，都得苏泰达说请坐才会坐下。苏泰达为这个事，还把京剧《法门寺》贾桂的故事给大家讲了，并作为自信自尊的对立面来说事。说归说，公司员工还是不请不坐，大家在别的公司已经学会的规矩是不会轻易破的。杜志铭坐下，当然不会先说话，问什么事那是多余的，没什么事，大家都忙，何必叫他来呢。他等着苏泰达开口。苏泰达问了处理口服液事件他分管的事进展如何。杜志铭说，该退的货都陆续退了。苏泰达说，交代仓库，退回来的货，按地区码好，写明经销商的名字，过不了几个星期，事情结束了，还让他们如数领回去，我们折腾几下，不过多付点运费和劳力。苏泰达又问，有什么新情况出现吗？杜志铭犹豫着，退订单的事，他想自己扛着，货能叫他们原物领回，订单照样能叫他们原单收回，责任他愿意自己来负。只是这样的大事，要不要让老总知道呢？苏泰达看杜志铭不说话，从他没有表情的脸上看出了表情，他站了起来，向侧面走了两步，又猛然回过身来，对着杜志铭的眼睛望着，视线停在那里，他这一望，让杜志铭心中忐忑，应该让老总掌握全面的情况，事情可以由自己来做。他把目光移到了苏泰达的老板椅上，那里现在空着。他对着空着的椅子说，有不少外省的经销商退了订单。有多少？杜志铭如实说了。苏泰达说，好啊，退订单？杜志铭说，也有不退的。他没有说自己对客户的说服。那好，这次事件倒是一场考验，看哪个经销商对公司有信心，能同我们共患难，你记下来，将来订货再让利5%。好的，有了这5%，我对他们做工作就更有说服力了。

杜志铭临出门，手已经放在把手上，苏泰达叫住他，志铭，电视节目在江浙也会有宣传效果，起到了维护企业形象的作用。你去做一个光盘，给各地的客户快递过去。光盘里要有我说的一段话。杜志铭说，好，那我去请你的秘书写一下，你审核通过，我们就来录像。还用劳动秘书？苏泰达说。凡是动笔的事，除了大的企划，他都是自己操刀。他觉得他自己写，比秘书写完，不满意再改，更节约时间成本。说干就干，你去拿数码录像机来，我们现在就录。杜志铭这才发现，下午的阳光虽然没有照进办公室，整个房间却显得那么亮。

苏泰达对着摄像机镜头讲了一番话，有一两句，杜志铭觉得可以说得更圆满些，提了出来，苏泰达想了想，欣然接受。这里用不着斗胆二字，杜志铭虽然端的是苏泰达的饭碗，他自己并不觉得。苏泰达更不会有这样的想法。刚进公司时，杜志铭可不敢这样“斗胆”，苏泰达对他说，掌握货币资本的人，并不比不掌握货币资本的人高尚，你在我这里，有什么话尽管说，知无不言，言无不尽，言者无罪，闻者足戒。我不会因为你说了不中听的某句话，就不给你开饭。这种下流事，我苏泰达不会做。苏泰达这样说，不只是由于他的人品，更是因为社会生产力发展到了今天的水平，你不给杜志铭开饭，天下大得很，自有别人给他开饭，你钳制不了他。

苏泰达按杜志铭的意见做了修改，重新录过。谢谢你，这样一改，确是比原来更好。兼听则明，偏信则暗嘛。杜志铭想，老板从善如流，可不是说着骗人的。

光盘寄出后，杜志铭又逐个给经销商打了电话。不少人收回了退订，最后只剩下三家，他向苏泰达做了汇报。苏泰达说，有三家退订，是完全正常的，以后照样供应他，还是按照原来的让利。

苏泰达不放心厂里的生产，请杜志铭开车送他去，说让司机休息一下。到了工厂门口，门房看老板的车子来了，把大门完全打开。其实一部小车，只要开三分之一大就可以了，但他还是把整个大门都打开了。苏泰达乐意这样。车子朝着敞开的大门徐徐驶到国旗旗杆座旁，他喜欢在这里下车，自己走向办公室或车间。刚下车，他看到绿油油的草坪上草尖跳跃着太阳的金黄，草就绿得深沉了。

苏泰达感到有些异样。开始他不觉得有什么不同，阳光还是那么明亮，青草还是那么墨绿，忽然他觉得问题出在耳朵里。有一种细微的声音他感觉不到了。他问经理，怎么回事？杜志铭还没有明白过来，苏泰达到底说的是怎么回事，真是丈二和尚摸不着头脑。经理却是明白，说话声音有点不那么理直气壮，变得怯生生，今早停产了，郑副总下的指示。苏泰达虎着脸，快步走到前面，经理小跑着跟上。

回到办公室，苏泰达问，郑宏伦是什么时候给的指示。经理答昨天下午，让今天早班开始停产。我说光口头通知不行，让他给生产部发一个电子邮件，结果他发来了。经理打开了那个邮件，果然是郑宏伦下的停产令。在经理面前，苏泰达还是没有说话，只是对杜志铭说，我们走。经理跟在后面，说已经十二点了，不在这里吃中饭吗？就吃工作餐，和工人一样。不啦，苏泰达说。他到工厂谈工作，到了饭点，总是和员工一起吃工作餐。今天工作已经谈完了，就上车回公司。杜志铭启动车子时，经理的头几乎要探进车窗，露出期待苏泰达说话的眼神，苏泰达看出了他眼中的渴望，一句话不说也不忍心。就说，你下午等电话吧。经理连点了三个头，说好的好的。

回到公司，他让杜志铭去请郑宏伦。郑宏伦不在公司，他忙中偷闲自己开车去找小凤。等他们玩够了，郑宏伦才想起离开公司已经一个多小时，一激灵，手缩了回来。手机也关了一个多小时，现在是非常时期，不能离开公司太久，忙开了手机，有短信进来：你在哪里？速回公司。苏泰达。郑宏伦说，今天不深入玩了，我马上得走。小凤撇着嘴说，我不让你走。人家刚刚有了兴趣，你就想走，挨千刀的。捶着他，你坏你坏。老总叫我，有急事，我得赶快回去。

到了公司，车刚停稳就开车门出来，直奔苏泰达办公室。苏泰达一看见他就说，你请坐。本来郑宏伦进来是不用说请坐的，今天却破了例，郑宏伦反而不敢坐下。苏泰达一拍桌子，这一瞬间，郑宏伦的眼珠子转着，想到底哪件事做错了。郑宏伦，你怎么回事？假传命令，竟然把生命春口服液生产线停了。他对郑宏伦拍桌子，这是破天荒第一次，郑宏伦也掂出了分量。苏总，不，老板，是有关局来电话让我们停的。他让你停你就停了。他拿出根据来，我们的产品没有任何质量问题。再说法院还没判呢。事实未搞清楚就乱发号施令。我是企业的法定代表人，我对企业的行为负责。现在任何人无权让我们停产。他敢发书面文件吗？又要瞎指挥，又要逃避责任。口头通知？将来我们追究法律责任，他们可以推得一干二净。这事这么大，你为什么不向我汇报，就擅自决定？谁给你的权力？郑宏伦变得口吃起来，我，我……他们是职能机关。职能机关怎么啦？职能机关更得按法律办事。我们听法院的。你马上给我去办，给生产部经理打电话，让他们即刻恢复生产。好好，我这就打电话，并发一个电子邮件给他。郑宏伦这才知道自己闯了大祸，面前这个苏泰达，可不是当年那个放学后在弹硌子路上同他追打欢笑的苏泰达。那个时候苏泰达是他们几个孩子的头，但到底长得瘦小一些，常在打闹时吃郑宏伦的冷拳。那时郑宏伦只敢背后送冷拳，当面不敢同苏泰达顶撞。他投奔苏泰达，苏泰达看在师范附小毕业以后十几年，常来常往的份上，安排他当了副总。今天竟然在公司如此重大问题上僭越了，简直不可原谅。苏泰达看他脸上羞赧的神色，知道他有了悔意，让他写检查的话，不好意思说出口，就改为去吧，即刻把恢复生产的指示传达下去。有关局那里有什么事，由我出面处理，你就不必管了。郑宏伦只说一个字：是。转身向门口走去，出了门轻轻把门带上。

苏泰达看他出了门，就去把门锁死，他要安静地坐一会儿。这个老同学，说什么好啊。那年他在部门不好混，看到别人提拔的提拔，下调基层当头的当头。只有他挂在那里，上不上下不下，来找苏泰达商量。那是在一个咖啡厅里。他们选择坐在有烟区。郑宏伦抽了大半包香烟，每根香烟都是抽了半截就揿到烟灰缸里，用手使劲地捻。苏泰达不抽烟，被他熏得眼泪直淌。兄弟帮帮我。我找了好几个地方都觉得不合适。我想来帮帮你。到底是帮帮我还是帮帮你，苏泰达都被他弄糊涂了。但他明白的是，郑宏伦在部门里混不下去，他要脱离原单位下海，准备上到他这条船上来。那时苏泰达已跨过公司初创的艰难时期，走进了上升通道，也确实需要人帮忙，本来想去招聘副总，郑宏伦他了解，做事还是认认真真的，但太近的人在一起，有时话不好说，工作不好做。苏泰达恳切地说，你今天先回去，我明天答复你。当晚回家，他和妻子童端仪说了。郑宏伦啊，她没有说下去，看来是有保留的，一转念又说，人总有困难的时候，你们是十几年的朋友，能帮就帮吧。这样让苏泰达最后下了决心收留郑宏伦。来公司后，郑宏伦仗着老同学的关系，擅作主张的事也有，不过都是一些小事。今天关系公司生存命脉的事竟敢如此放肆，以后对他真要多长一个心眼，这也是无可奈何的事。

6. 外滩201度视角餐厅酒廊

停产事件并没有给苏泰达精神上带来什么影响，现在他心中一片光明。这光明此时是由外滩及陆家嘴的万千灯火照亮的，他和丁婕就坐在外滩201度视角餐厅酒廊的宽大走廊里。风儿认识他，轻轻地抚着他，也轻抚他身边这位知心的女朋友。他望着丁婕的眼睛，似乎从她眼中看到了江对面东方明珠、金茂大厦、环球金融中心连成一片的璀璨。她的眼中映射出的光线，织成了浦东的夜景，有四五艘游船载着七彩的灯光在江面上游弋，江面活起来了，两岸披着浑身彩光的建筑，不管是外滩历经将近一个世纪洗礼的原沙逊大厦、中国银行、海关，展示的富有异国风情的英姿，还是陆家嘴一带表达新颖构思的建筑，包括在近年来房地产泡沫的氛围中诞生的天价豪宅，展现了现代气息，衬着的黄浦江成了抖动的闪光缎子。江对面的国际会议中心那球形的灯光编织成上海人心中的灯笼。这盏灯笼常年挂在上海人心中，当然不只是元宵节。此刻，这盏灯笼就挂在苏泰达和丁婕的心中。他们都是在上海长大的，上海一刻又一刻的变化都铭记在他们心里。孩提时代秋游的时候，他们都去过那里，在树丛间奔跑，当然不是一起来，他们年龄有差异，苏泰达比丁婕大几岁，恐怕他来秋游时，丁婕还在幼儿园里做游戏。浦东公园那个地方现在矗立起高楼大厦，他们都喜欢黄浦江东岸这一幅类似曼哈顿的景致。自从他们相识以来，他们就常来201度餐厅酒廊吃饭。并不是这里的牛排特别好吃，而是他们要来这里观赏这个中国最繁华的令人陶醉的景色，有时选择东边的酒廊，为的是看陆家嘴的夜景，有时选择北边的走廊，面对着外滩，比起站在地面上，这里可以把所有的灯火的光华尽收眼底，不再受路上行人的影响。

不过今夜苏泰达眺望这个景致的目光有些涣散，丁婕已经看出来，她静默着，一直没有说话，没有问他有什么心事。她等着他说话，只是苏泰达并不开口，只是定定地望着海关向北的灯光。他不是发呆。他此时没有发呆的好心绪，他的心中正在翻滚。这几天不断为生命春口服液的事费心思，不过是花些精力，真正在心中形成压力的，是主管部的产品批文再过两百天就要到期，可是新生产线后续的资金不知何时才能到位。此事是当前事业的关键。如果资金链断裂，前期投入的也就付之东流，这是他不愿意看到的。

丁婕了解他，既知道他为所谓“吃死人”耗费心血，也知道他面对资金困难所承受的压力。她伸出手，放在苏泰达的手心，轻轻地揉着，不知道应该说什么，她只用这个动作表达着什么。苏泰达的手没有动。他感受到丁婕的手传过来的温暖，情不自禁收回远眺的目光，投向了丁婕。丁婕眼中不再是对岸的景致，而是一种关切，能令人震颤的关切，苏泰达心中火苗一闪，翻过手掌，紧紧握住丁婕的手。他们俩的手死死攥在一起，时间一秒一秒地过去，他们没有动，时间一刻一刻地过去，他们还是没有动。末了还是丁婕说了话，你要我做什么？苏泰达要她做的，早就想好了，只是不知如何开口。

苏泰达和丁婕的友情是从性友谊开始的，当然他们也不是一见钟情就进入性过程。可以说一见钟情，却停留在至纯至洁的友情阶段。不是靠多少次电话和多少次短信进入一夜情。他们的认识纯属偶然。诚然在上海社交界这个圈子里，他们早晚是要邂逅的，只是谁也无法估算是哪一天哪一时刻。那是在一位朋友举行的派对上。丁婕正在和她的女友在谈新上市的法国时装，开始门口的骚动并没有引起她们的注意，直到人们簇拥着一位器宇轩昂的男士，向她们这个方向移动。她抬起头，他们的两对目光有了一个似乎意识到也似乎没有意识到的碰撞。碰撞的火花旋即熄灭，却已留在心底。

苏泰达同通常人们认为的成功人士是有些异样。这个在气质上的优势，别人无法察觉，但丁婕捕捉到了，而且深入骨髓。当然这是在他们历经第一夜之后，过了相当长时间。丁婕在上海社交界出入多年，那些成功男士大多被她看穿了酒囊饭袋的本质。除了业务上的交往，要染指她，比上天还难。她有一股子傲气，她接受公关项目，不会接受老板们任何暗示，更不会以肉体为代价。她会对垂涎欲滴的老板说，某某夜总会的小姐娇艳可人。上海玩腻了，可以到北京去，那里的夜总会更加高级，小姐的品位也更高，一定会使你满意。那些自以为钱可以买到一切的老板只好知难而退。

丁婕对苏泰达却不是这样。她在派对的一隅默默观察着，直到一些与苏泰达熟悉的朋友起哄叫他唱歌，她才把目光从似定未定，变为专注。她听见他说场合不合适，不要扰了大家的好心情。派对的女主人亲自出面娇声如莺地说，泰达，你唱吧，我们都喜欢听，不要拗了大家的美意。苏泰达当然不会忸怩作态，刚才说不要扰了大家的好心情，只是他对朋友的理解，这是贴心贴肺的话。既然女主人提到大家的美意，他当然愿意在这个场合为大家助兴。

这时丁婕看见他给大家鞠躬，说谢谢诸位好朋友的抬举，泰达在这里献丑了。女主人眼里充满笑意，望着这个企业界人缘极好的小阿弟，她在等着，人们的目光也都朝向这个方向，大家也在等着。苏泰达轻声地对女主人说，我的太阳。女主人会意，目光环视着整个大厅，稍稍提高了嗓音，说我的太阳。她没说要唱帕瓦罗蒂拿手的超高音我的太阳。大家都是智商极高有文化的人，有人拍起手来，接着大家跟着拍起手来。人们期待着《我的太阳》的旋律飞扬起来。丁婕的耳朵支棱着，等着那一曲震人肺腑的高音旋律出现。

苏泰达的歌声划破了派对的宁静。这时丁婕微微闭上眼睛，她在享受苏泰达给她带来的愉悦。在那个高音区苏泰达在爬高时显得吃力，丁婕浑身肌肉发紧，似乎想给他一个助力。丁婕的耳边忽然觉得声音静止了，她睁开眼睛，苏泰达唱完了。灯光照耀着这位丁婕心中的歌唱家，额头上的微汗在灯下闪着光，丁婕心中起了疼惜，她拿起纸巾，走到苏泰达面前交给了他。苏泰达接过来，略微弯下腰说谢谢。

以后他们经常讲起认识的这一幕，丁婕说我们的认识就是从你的感激开始的，感激应该成为我们之间关系的旋律。

他们认识以后，开始时并没有来往。商场上各自驰骋，谁也顾不得谁。有几次丁婕在夜深人静时，不知做什么好，就会想起苏泰达。回回拿起手机，迟疑了半晌，又放到床头柜上。她是女人，不应该女人主动给男人打电话，丁婕一直这样对自己说。她一次又一次克制了自己。

自从那次听了苏泰达唱的《我的太阳》，静夜时分，她耳边就会想起他在高音区的攀登，从此别的声乐就入不了她的耳。他会唱《我的太阳》，那一定会唱《今夜无人入眠》，她才不管别人怎么样，她只觉得自己今夜是无法入眠的。她了解过苏泰达的情况，每当在社交场合她与别人闲聊，她会无意中提起他，那些别人是丁婕打听得到的，与苏泰达有千丝万缕联系的朋友，无数条信息汇集在一起，苏泰达成了丁婕心中富有魅力的完人，不要说丁婕参加通常的婚恋节目，就是她参加“千里挑一”节目，苏泰达也会成了她做过一百期，成了钉子户，才能遇见的绿马王子。她要为自己创造新的童话，王子不再骑上白马。她坐在马背上，身后苏泰达拥着她，带着她腾云而去，落在一个姹紫嫣红的花的原野。可是要她先走出这一步，她的心是怯怯的，她甚至为此痛骂自己，你还是丁婕吗？此时她在想，他还在办公室吗？他已经睡在妻子身边了吗？甚至有时会想，他此刻是不是在和女人，当然可能是妻子，也可能是其他性伴侣做爱。那时就觉得心中就有一股难以言表的妒意搅着她。

后来还是苏泰达有一个重大的项目需要公关，才给丁婕打了电话。是你吗？我是丁婕。其实这句话完全是废话。刚才苏泰达已经报了自己的姓名，而苏泰达打的正是丁婕的手机，难道还需要确认吗？其实这正是处于单相思状态的人的心态。这时丁婕并不了解自己。她不知道自己是什么心态。不过他们见了面，就在外滩201度视角餐厅酒廊。

第一次在一起吃饭吃得很客气。苏泰达点了牛排，有将近六两之多，他建议丁婕点牛柳，说会软一些，适合女孩子。丁婕心中感谢苏泰达的细心。苏泰达又点了两碗南瓜汤。苏泰达没有点整瓶酒来显摆自己，他们见面的重点也不在菜和酒上，他只要了两杯法国红酒。他们彼此的动作局限在彬彬有礼上。丁婕要的就是这样的苏泰达。除了询问彼此近来的生活，他们只用很少的时间谈要合作的项目。其实在商界，不管男人还是女人，关心彼此的生活几乎是违反常规的，但是他们俩却把这种违反常规当成常规，彼此都好像心心相印多年，这样的男人和女人不走到一起，不到一张床上，才是不可理解的。他们身体健康，情感丰沛，谁也没有暗示谁，谁也没有强制谁。

就在丁婕为苏泰达完成公关项目后，他们又来到这里吃饭。两人都喝了酒，因为高兴都有点喝高了，在微醺中，他们都知道该去哪里。苏泰达要了一部出租车，开了车门，把丁婕扶进车里，自己坐在旁边。他让她靠在自己身上，发现她并不舒服，身子歪扭着，就把她放在大腿上。丁婕先是用肌肤去体验这份感觉，接着用心体会着这份幸福。苏泰达让车子开到静安寺。半路上，丁婕睁开眼睛问，到了什么地方？苏泰达说，已经过了恒隆。丁婕不知苏泰达要把她带到何处，但她知道一定是一个美好的去处。她浑身软软地躺着，忽然她有了某种愿望，她微抬起身，苏泰达会意，俯下身，深深地吻着她。他们在静安寺的五星级酒店开了房间，这就是以后他们常去的3818。

今天他们又从外滩打车到了酒店，从走廊走进3818房间，就像回到自己家一样。丁婕放好浴缸的热水，对苏泰达说，你先洗吧。苏泰达说，还是你先洗。他们今天没有洗鸳鸯浴的兴致。丁婕先洗好澡，穿着特意为苏泰达新买的睡裙，飘到苏泰达面前说，水已经放好，温度正合适，你去吧。丁婕躺在大床上等候苏泰达。苏泰达洗好并没有像往常那样奔到床边，而是慢慢地走来。丁婕是何等聪明的人，知道今天在床上没戏了。尽管她已经有了感觉，刚才洗澡时已经冲得干干净净，也擦得干干爽爽，现在才一会儿工夫，已经身不由己了。丁婕一下子把躺下的苏泰达抱住，导引着他的手，在他耳边说，你看人家。苏泰达只是傻愣愣地让手停在那里。丁婕是一个善解人意的女人，她从来不对苏泰达说，我要，我还要。她只用身体语言来表达自己的意思。这些意思得不到响应，她也不强求。她尊重苏泰达，也怜惜他的身体。苏泰达这些天压力实在太大，身心疲惫，尽管一个多月没有同丁婕上床，可是一时仍然不能进入状态，他有歉意，却不知道如何去表达这个歉意。只是轻轻吻着丁婕的脸颊，没有说话，只有用接连的轻吻来表达意思。丁婕说，睡吧。明天还有很多事。到快天亮的时候，苏泰达醒了过来，就把丁婕轻轻翻过来对着他，把她吻醒了。这时轮到苏泰达去拉丁婕的手，丁婕紧握了手掌，手上的感觉使她再次兴奋起来。他们侧着身紧紧地抱着，嘴唇深吻在一起，丁婕一改以前不说话的习惯，口中喃喃：我要你，我要你。

第二章

1. 桑拿房蒸汽吱吱响

回上海当天的汇报会上，郑宏伦就谈起田维舟坚决要退股。苏泰达为这个股东可惜。当年他要入股，苏泰达请他缓一缓。那是在一次饭局，朋友介绍他来认识，也就一起吃饭。田维舟酒量大，敬了这个人，又敬那个人。来来来，苏总，让我敬你三杯。一杯祝太一公司兴旺发达，说完仰起脖一饮而尽。二杯祝生命春口服液行销全国，说完望着苏泰达，我干了，又仰起脖，全灌进喉咙。三杯祝苏总洪福齐天，双手捧杯，毕恭毕敬，站了起来，苏泰达被看得有点不好意思，摆摆手，示意他坐下喝，他不坐，离开位子，走到苏泰达面前，来，干，干，你随意，又是仰脖，喝完，用手抹抹嘴唇。既然田先生如此诚意，我们接受你的投资，从现在起你就是太一公司的新股东。酒席上的人拍手附和道，好好，苏总招兵买马，人强马壮，一定能在保健品市场上通吃，就像当年的月亮神。

没想到不过是一点小风浪，这个田维舟就撑不住了。苏泰达不希望这个时候有人退股，现在正是用钱之际，不能抽血。现金流链条断了，对一个企业来说是致命的。他打电话给田维舟，请他到公司来一趟。田维舟一进门，还是一句话，要退股。

原来昨天晚上，盛昌发又把他叫去喝酒。盛昌发对田维舟说，我们就要动手，这么好的民营企业，我要把它并购到国有企业里来，让国有资产壮大起来。田维舟听到这个提法蛮新鲜，瞪大眼睛流露出他的不明白。盛昌发注意到他的目光，也不管他明白不明白，接着往下说，并购过来后，我给你发个任职决定，任命田维舟同志为太一公司总经理，田维舟听得浑身骨头都酥了，心想怎么啦，哪颗福星高照，我就要当总经理了。盛昌发说，你去找苏泰达，叫他退股，就是把水搅得更浑。这事只准成功，不准失败。田维舟应道，对，只准成功，不准失败，我一定要把姓苏的搞得焦头……田维舟不知这个词该怎么说，那是初中语文教的，他早记不清了，愣在那里。盛昌发说烂额，焦头烂额。对，焦头烂额。我要搞得姓苏的焦头烂额。那我退了股，那些钱怎么办？你傻呀，我并购成功，你再投进来，走马上任，那才叫风光。田维舟的脑袋想象不出自己会有多风光。他想在成立典礼他可以佩戴上贵宾的标签，在主席台上接受盛昌发的任命，在上海人面前风光起来，正是他从温州来时立下的誓愿。

桑拿房中蒸腾着灼人的热气，张天星就坐在不远处的木椅上，盛昌发把满瓢水浇在发红的石头上，那红只是隐隐约约的红。水泼下去，腾起雾气，扑向他的脸。他时常约张天星来洗桑拿，边洗边聊天，有事就谈事。盛昌发说，这些年来，在国民经济中国有企业的比重下降了，私营企业像气球一样膨胀起来。说到激动处，他站了起来，手挥舞着，我们这样有觉悟的人，能眼看着国有企业的比重一天天萎缩吗？他斩钉截铁地说：不。盛昌发说的是真心实意，他刚出席了表彰大会，得了劳动奖章，有了强有力的政绩形象，他正踌躇满志，想为增强国有经济基础做点什么。我只是想尽自己一点微薄之力，从我做起，从我力所能及的事做起，我想并购苏泰达的优质企业，哪怕让他变现也在所不惜。

张天星说，好啊，我调研过了，苏泰达的企业有广阔的前途，你想并购它，扩大自己的势力，扩大自己在企业界的影响。不不不，盛昌发连说几个不，显示了他的决心，我不是为自己，我是为国家。张天星愿意相信他是为国家，但更相信他是为自己。现在的人谁不是学会一张这样的油嘴。盛昌发到底经过“文化大革命”，自然懂得如何用冠冕堂皇的话来掩盖自己私下的目的。那你要我做什么？我要你助我一臂之力，把苏泰达的企业拿下。好啊，你的手可别伸得太长，苏泰达可是我的老同学。盛昌发说，我知道你是优秀的先进分子，你知道怎么为国家出力。其实，张天星也希望有人把苏泰达的企业吃掉，在他们同学中，苏泰达算是混得好的，虽然权没他大，可是钱比他多，可恨的是凭他这几年对他的了解，苏泰达可能会成为企业界叱咤风云的人物，这是张天星决不愿意看到的。上次老同学聚会，苏泰达在几个同学追问下，竟然一改他的低调，不知是不是酒喝多了，大谈起他企业的发展，那时张天星脸上一阵阵发烫，好像被人扇了耳光。更可恨的是，那个有一双迷人眼睛的女班长，竟会听得大张着嘴，发呆地听着。当年张天星给她写过几次纸条，她却把纸条给苏泰达看，让苏泰达来劝他要安心学习，争取考上好的大学，结果他考上的不是什么好的大学，与苏泰达进的大学真有天壤之别。多少年一直觉得苏泰达压他一头。好啊，这次机会来了，他可以自己不出手，用别人的手，收拾他，即便不能打翻在地，也能报一箭之仇。

张天星早就了解盛昌发有并购民营企业的心愿，现在挑中太一公司是瞧准了时机。他一边搓着身上的污垢一边说，你要并购民营企业我是赞成的，搞好股份制，由国有公司的老总来控股，这样我们的经济基础就会更雄厚。这样的理论认识他们是一拍即合。你要做什么？张天星在盛昌发面前，不会流露出让人抓住把柄的表情，只是轻描淡写地问。他知道对这些老板，用不着这么认真，他们整天狗苟蝇营、声色犬马，他从心底里看不起他们。而自己，不知老百姓眼里怎么看他，但他比盛昌发有更多的机会，能以光鲜的形象出现在公众面前。

盛昌发不会在张天星面前那么露骨，他没有说混水摸鱼，换了个词。我要因势利导，把苏泰达的公司导到我这里来。你的野心够大的。不是野心，是雄心，有中国特色的雄心。不管什么心，你是不是要把事情办成？那当然。你真要办，那就要抓住吃死人的事件。这事当然是一个抓手，不过，我只是一个企业抓不住呀。你这点脑筋也动不出吗？企业抓不住，那你找一个能抓住的呀。盛昌发又泼了水，热浪腾起，他抹了抹满是汗水的脸。你说得对，我已经让有关局打电话让他停产，“怎么不发文件”，张天星转念一想，这个事能发文件吗？他就没有说出口。电话通知，你执行了，很好；将来有什么事，可以推得一干二净，谁让你们停产的？盛昌发说，当然苏泰达不傻，他没有停产，不但没有停产，而且还扩大生产。张天星说，这就对了。我不是跟你说过，生命春口服液的质量，绝不会有问题，我有信心，苏泰达比我更有信心，因为他更了解这个产品。盛昌发说，要是个烂摊子，我要它干什么？我接过来，会干得比苏泰达更好。张天星说，你可别小看苏泰达，我说过企业界这些大小英雄，大浪淘沙，要是只留下一个人，这个人就是苏泰达。张大主任，你别扯远了。我们就说眼前，他就有一个过不去的坎。此言差矣，这哪儿算什么过不去的坎。苏泰达什么坎都能过。我同他在愚园中学同学六年，是看着他长大的，当然他也是看我长大的，谁不知道谁呀。就算口服液有问题，我相信他也会一脚跨过，只是这一脚跨起来可能难点。但是，他这个口服液不会有什么问题，更不会吃死人。

既然勒令停产不行，那得另想办法。另想什么办法，张天星不说了。他要等盛昌发自己想出来。盛昌发变得毫无顾忌，他说，一个局不行，就找几个局，你看能不能找工商税务、质检局，张天星赞成他的想法，一听“你看”，他就不想表态。你聪明我不比你傻，你要做你就做，你不要把责任推到我身上，“你看”，我才不看呢。张天星说，你自己拿主意，你认为对的就去做，凡是正确的我都会支持。他们就这样达成了共识，就让苏泰达去倒霉吧。张天星次日在一个企业家活动上，见到苏泰达，却是勾住他的肩膀，语调亲切得让自己感动，老兄，怎么样，没事吧。他要让苏泰达以为自己感同身受。

苏泰达能敌过盛昌发、张天星，还有盛昌发召集来的各方的力量吗？

盛昌发找张天星商议，活该倒霉的是苏泰达，这个倒霉蛋却一点都不知道。他问田维舟看过销毁同批号产品的电视了吗？田维舟说，没有。苏泰达说，那我今天放给你看一下。

来到会议室，苏泰达把光盘放进DVD。田维舟看到苏泰达讲话的样子，想到，过不了多久，就是我对太一公司的人讲话了。看了光盘，他没有听见苏泰达说什么，只想象得出压路机那个大轮子轧得玻璃安瓿惨叫。苏泰达又把他带到工厂，领着他走进车间，工人正在忙碌，传送带不断吐出装好瓶的口服液。到了工序的尾部，工人正在装箱。苏泰达说，我们生产一刻也不停。有个部门让我们停产，没有法律法规依据，又不敢发书面文件，我照生产不误。田维舟跟在苏泰达后面，嘴里不说心里却乱想。你还要书面文件，到时几个部门重拳一出，你就知道厉害。苏泰达不知他在乱想，还是自顾自向他不停地说，田维舟不管他说什么，只管让自己的想象力驰骋，这样好的厂房，以后归我管辖，我要让苏泰达每天来请示汇报，那才叫在上海人面前做起了人。田维舟还是坚持要退股。苏泰达想人各有志，就说那好吧，你要退就退，以后可别又想回来，又来敬三杯酒。以后谁敬谁还不知道，田维舟想以后可能还要共事，不想得罪人，就没有说出口。苏泰达说，田先生，这样吧，股东要退股，须经股东大会通过，下星期开会讨论吧。

开会那天，田维舟穿得整整齐齐，花衬衫还系上银色袖扣，他要让上海人看看他这个温州佬比上海人更像上海人。他脸上特有的气息总是抹不掉，大家看他这身别出心裁的异样的打扮，就有看到乡下人进城的感觉。不过今天是严肃的会议，没人敢笑出声来。田维舟在会上说了要退股的理由，实际上是不成理由的理由。有人问，老田，你以为口服液真吃死人了？你信不过苏总，也应该相信科学。处方经过专家论证，还有几千例服用效果的科研报告。田维舟说，这些我都不听，现在法院找上门了，太一公司成了被告，现如今被告还有好下场吗？法院你有人吗？光靠科学是打不赢官司的。不管怎样，我就是要退股。当年田维舟来入股，托了朋友引荐，在酒席口颂谀词给苏泰达敬了三杯酒，苏泰达看他如此诚意才答应他。现在看看挽留不住，股东大会通过决议同意他退股。会议结束后，没有人理他，他独自一人朝外走，苏泰达赶了上去。田先生，感谢你过去对公司的支持，今后我们还是朋友，有什么事找我，我也会尽力。田维舟听了这话，心有点酸，这些年苏泰达对自己不错，分红也高于在其他地方的投资，就这样离开，真能像盛昌发说的，回来当老总，这个姓盛的，可别涮了我。他的心七上八下的。苏泰达可从来没有欺负过我，这个姓盛的可就难说了，他要宰我，我只有听宰，人家是航空母舰，我这种小舢板，说撞翻就撞翻。忽然觉得眼里有点热，回转身来对苏泰达说，好，苏总，以后还是朋友，有什么事找我，我也会尽力。

2. 大盖帽被堵在大门口

一部部小车驶进了厂前区广场，一个个大盖帽从车上下来。

苏泰达正在工厂开现场办公会议，他在三楼会议室看出去，这群人有点浩浩荡荡的意思。前几天他已经从朋友那里知道张天星、盛昌发正在鼓动有关部门组织联合调查组来厂调查。来了，终于来了，我在这儿等着你们哪，他在心里对自己说，对郑宏伦说的是，你下去看看，让他们按法律法规办事。郑宏伦下楼奔到门口，那群人已全部下车，正凑拢在一起，似乎还想推个领头的。郑宏伦奔到他们面前，双手伸开，诸位先生，你们有何公干？领头的自报家门，我们是各部门联合调查组，要进厂调查。你们凭什么要调查就调查，要进厂就进厂。我们是民营企业，合法企业，受国家法律保护。来的人有一个是工商人员，说就因为你们是合法企业，我们才客客气气，要不早就封了你们的门。你们有正式文件吗？公安局进门搜查还要有搜查证。有一个不知什么员的说，我们几个部门碰过头，你们就该接受调查。谁给你们这个权力？我还是要看你们的正式文件。这群人中有个聪明的说，我们正在形成文件。你们还讲理不讲理？讲理当然讲理，你们生命春口服液吃死人，这是个严重的事件，我们就是要调查到底什么原因造成这个严重的后果。没有文件我是不会让你们进去的。这时忽然冒出了翁葳重，他跟着帮腔，没听说部门的联合调查组进公司调查要什么文件。他已经来了一会儿，一直在看着郑宏伦同各部门的人理论。他刚才到的时候对部门的人说，对不起，我来晚了，就不再说话。他口袋里的录音笔一直开着。他的采访最重视说话人的声调，所以他总是录音。何况今天掏出笔来记，也与周围的环境不协调，他就竖起耳朵听，双方要紧的话，他都记在脑子里，回去好加工出一篇令人满意的报道。

好啊，你们妨碍执法，人群中有个不太懂法的人说。郑宏伦说，我妨碍执法？你们说我们违反了哪条法律？这群人都哑了，你看着我，我看着你，他们真不知道，他们说的违法违的是哪条法。那个领头的说，不要忘了，我们是部门，是部门，你懂吗？郑宏伦伸手拦住他们，人群中有个脾气暴躁的，不知是什么员，把郑宏伦一推，郑宏伦被推得跌坐在地上两手撑在身后，他脸上的愤怒，这群人并没有看见。他们只觉得面前不过是一个工作对象。郑宏伦说，部门？哪个部门都应该权为民所用，看看你们做的？老子原来也是部门的，部门更得依法办事。

这时苏泰达来到广场，已经站到郑宏伦身后。苏泰达的出现，让翁葳重兴奋起来，他要看看苏泰达如何表演，这篇报道主要的表现对象就是这个苏泰达，今天他赤膊上阵，可就跑不了。苏泰达把郑宏伦拉开，对那群人说，各位都是什么部门的，请把名字报出来。那些人挨个报出了部门的名字。好啊，都是部门的，那你们都得按法律法规政策办事。有个人冲上前，指着苏泰达的鼻子问，你是苏泰达吧，我们让你们停产，你竟然敢停了又恢复生产。我的产品没有问题，当然要继续生产。没问题？人家怎么会告你们。今天我们就是要进去调查，让进也进，不让进也进。说着回头招呼，同志们，进啊。苏泰达看这群人气急败坏的样子，心里没掂出什么分量，大喝一声：你们给我站住，部门同志们。随着一声吆喝，他心中的火被自己掐灭了。刚才他在楼上看到这群人和郑宏伦在推搡，心中涌起了一丝丝的悲哀。悲哀本来是寒性的，却转眼变成可燃的油，嘭地烧起了大火，此刻心中确是一阵急雨驰过，火灭了，甚至连烟都不冒。郑宏伦又伸开双手，要去阻拦，苏泰达对他说，郑副总，你手放下，报110。那些人一听报110，都傻了。从来没有遇见这样的事。到公司企业，哪一家不是鲍鱼鱼翅招待，反了，一下子他们猛醒过来。报就报，警察还会维护你们？苏泰达用手机按了110，报出了公司名字、地址。他对接警的人员说，这里有一群人没有任何文件，就要闯入工厂。在工厂的广场争执起来。相持不下，推推搡搡，事态有进一步恶化的可能。

过了十来分钟，两个警察骑着摩托车来了。在他们来之前的时间里，苏泰达对郑宏伦说，你手受伤了，去包扎一下。我在这儿等民警。阳光照耀着厂房明晃晃的，也照耀着这群人尴尬的脸，苏泰达一个个欣赏过来。从来没有部门的人被拦在办公室外做日光浴。你看这个部门人员拿着大盖帽扇着风，那个部门人员用餐巾胡乱擦着脸上的汗，又一个背对着太阳，双手不知放在什么地方好。再一个两臂抖着，似乎要把燠热抖掉。苏泰达头稍昂着，胸微挺着，看看这个，又瞧瞧那个，心里不觉得气愤，反而觉得有趣。他也觉得热，长袖衬衣的扣子依然扣得紧紧的。

一阵摩托车声引领着两部车开了进来，两名警察跳下车，摘了大盖帽，大喊：谁报警，谁报警？苏泰达以正常的音高说，我报警。他上前把来龙去脉说了。两个警察听呆了。出过无数次警，有打架的，有杀人的，有吵闹的，从来没有遇见过部门与企业争吵而报警的。不过来人十分敬业，照例拿了出警登记纸来填写。那个官阶低的掏出笔开始记。写下苏泰达的公司名字，又问了部门们的名称。那些部门的人一看警察介入此事，也莫名其妙地收敛了许多。也许人们习惯对警察让三分，那是老百姓的事，怎么部门的人也让三分。大家都是部门，谁怕谁呀，照例应该相互保护才是。部门名字抄了一半，那个官阶高的想，这是哪儿跟哪儿呀，大家都是兄弟部门，洪水冲了龙王庙，就对那个官阶低的警察说，停停。心想，部门有问题归行政诉讼法调整，企业当了被告，归法院管，我警察是八竿子打不着。想毕，他拿出警察惯有的威严，也不管部门来人有无比他官大的，就问道，你们因为他们，他指了指苏泰达，因为他们口服液吃死人当了被告，你们就来调查，是法院叫你们来的吗？哦，不是。那你们怎么自说自话来了。今天这个警察真是完全彻底为人民服务。他认定苏泰达确是人民无疑，就掏出手机，打电话给法院。转来转去，终于找到主审案件的谭法官。谭法官一听是110警察，觉得十分奇怪，铁路警察各管一段。你这个警察怎么管到我法院这里来了。就说这个案子正在审理，死人的原因正在调查，结果还没有出来。等确认生命春口服液吃死人了，他们再进驻调查不迟。现在要做调查的是我，而不是他们那些部门。谭法官虽然和盛昌发过从甚密，但审判程序他还是懂的，不敢太明显枉法。你给他们，什么部门？哦，就是这些部门，让他们先休息一下，我调查有了结论，再看他们有没有必要进行调查。这边警察只管哦哦答应，那边谭法官就把电话挂了，心里骂，这些窝囊废，连法律程序都不懂，普法考试大概都是蒙混过关。警察问完法官，就像得了令箭，说各位部门同志们，他们公司当了被告，没错，死人的原因现在还没有搞明白呢，现在是法官调查，还轮不到你们调查。天这么热，你们还是回去歇着吧。说着给那个官阶低的警察示意，两人骑上了摩托车，一边发动车子一边说，你们都是国家工作人员，不要浪费警力。回去歇着吧，还不到你们调查的时候。说完，连车带人一溜烟走了。

那些部门的人们还在你看着我，我看着你。他们各自出来的时候，领导也没有明确的指示，只说去一个公司调查，人人以为一定不会空手而归，就一呼隆来了。已经出了一身臭汗，太一公司又不配合，大概什么也捞不着了，谁都想溜之大吉。有一个人往车子走，其他人也就跟着走向自己的车子。回去也好交差，110都来过了。法官说的，他们先调查，由警察说出的法官意见，他们也有面子。他们不知道盛昌发是下了力气的，但力气不是下在他们身上，他们不可能知道这里有什么利害关系。反正来也来过，可以说任务已经完成，只是完成得不出色而已，反正不是顶头上司密切相关的事，管它处理得如何。他们钻进了车子，各自转弯掉头，朝大门开去。苏泰达目送着他们，才想起这样太平淡了吧，就高喊：一路走好啊，不远送了。

翁葳重动作慢了一些，跟在后面，离他的车有几步路，被苏泰达叫住，翁记者，辛苦了。消息这么灵通？他们前脚到，你后脚就跟来了。我是记者嘛，责任所在。谁给你的消息？没有谁给我消息，翁葳重掩饰着，我是记者，当然有灵敏的嗅觉。你都看见了，警察解决了这场纠纷，你敢如实报道吗？110警察介入，调查组吃闭门羹，这个标题怎么样？该怎么写，我自己会掌握，我才不上你的当，我不会写110警察介入。我知道你会写我不让调查组进门。你知道你这是什么性质的问题？你说什么性质？该什么性质就是什么性质，不是你的笔可以定的。翁葳重找不出词来应对，猛地拉开车门，苏泰达，你等着，我会找一个新的角度，把你们的行为充分揭露。苏泰达回道，你做梦去吧，看你的笔能给你带来多大的好处。

现场办公会没有开完，他们回到了会议室。苏泰达宣布继续开会。

刚才发生纠纷的时候，生产部经理和其他工作人员都留在会议室，他们信赖老总，知道他不管什么事都会处理好。会议室的人甚至没有站在窗前看热闹的兴趣。公司的理念待人以仁，这时起了作用。老板对员工，待人以仁，员工对老板，也待人以仁，谁也没有看笑话的意思，甚至不会对老板如何处理事务产生好奇心。

会后苏泰达离开办公室，下了楼。他的脚步轻快不起来，不是因为刚才同部门的人群争论，他心中另有所虑，他急急向厂房走去。

这个厂房外壳早已建好，设备也已安装了一部分。他走进去时，正看到外单位的工程师和公司的工人在安装新到的设备。他来到工序的后半部分，这里有不少设备缺位，现在还没有钱去购买。主管部的批文还有不足两百天就要到期，有的设备还要预订，设备到了以后安装、调试，最后试生产，都需要时间，而且还要给工期留下余量，以应对不可预测的状况出现。可是现在资金还是没有着落，这是比去法院打官司更挠头的事。透过新厂房的玻璃窗，他看到车间外大片的草坪。阳光倾泻在草坪上，草尖上闪着隐隐的油光，草浪涌来，绿光闪进心中，倏忽转成暗哑，什么时候心情像这片丝绒般的草坪就好了。资金缺位，去美国寻求风险投资，还没有眉目就被追了回来，要是资金不到位，前期的投资就会打水漂。想想真是不寒而栗。安装工人没有理会他，他们并不认识他，更不会知道老板的心事。他们知道管道要对准，螺丝要拧到位，一切要经得起检查。苏泰达望着这些辛苦劳作的员工，对他们行着注目礼，深情地望着他们，心里说，谢谢你们，我不会让你们的付出打了水漂。窗外传来割草机的声音，他听出了噗噗声中，有一种令人感动的节奏。那是不是来自极远处的召唤，顿时苏泰达不再烦躁，他耳畔不再是噗噗声，而是清朗色彩点缀在眼前。细细地揣摩，哦，原来心灵深处有一声声呼喊：个体所在环境命运不被主宰。不管什么样的激流冲刷，他都会砥柱般挺立，那转成暗哑的绿光，重又在心中亮了起来。

3. 不枉来世间做一回女人

并购苏泰达公司的事一直在盛昌发脑间萦绕。他想吃掉苏泰达的企业，除了想为国有企业增强力量外，更主要的是他看不惯苏泰达顺利发展，总觉得他平时神态趾高气扬。盛昌发主持国有柳事公司，办了六件实事，颇得领导的赏识。那时苏泰达还不知在何处折腾，现在他却是风头正健，民营企业的发展似有压倒国有企业之势。那次在企业家俱乐部活动，苏泰达对着长三角以及闽皖诸省在沪数百名企业家大放厥词，说他的生命春口服液如何如何，说他的太一公司新的生产线如何如何，滚他妈的蛋，他苏泰达简直想在老子头上拉屎，盛昌发气不打一处来。没等他讲完，盛昌发就抢着要上台，按会议议程并无盛昌发发言这一项，长三角企业家俱乐部名誉理事长许啸华，对着盛昌发摆摆手，让他先坐下。盛昌发不得已坐了下来，失态地扭着身子。待苏泰达发言完了下来，他上去讲了一通话，几乎是保卫国有资产的宣言书，下面的人听得面面相觑，真有你的，盛昌发这个领导面前的红人几乎成了理论家。

今天见面在苏泰达办公室，上次见面在盛昌发的公司里，这次他来，也算是回访。记得那次苏泰达来，盛昌发本来想在自己宽大的办公室谈，猛然坐到自己大班台的后面，苏泰达看出他的诡计，这可不是平等谈判的架势，甚至在盛昌发办公室的会客区谈都不行。苏泰达坐在会客区的沙发上翘着腿问，会议地点布置好了吗？一块儿去吧。本来苏泰达到来时，引路小姐就应该把他带到会议室，竟把他带到这里来了，简直是乱弹琴。盛昌发说，此地谈不是很好嘛，气氛自然。苏泰达说，此言差矣，朝鲜战争停战谈判不在板门店谈，却要跑到克拉克的办公室去谈，岂不是笑话。盛昌发说，苏兄这个比喻大为不妥，那时中美是敌我，难道我们是敌我？我们是兄弟啊。盛昌发用哈哈大笑来掩饰他心中的敌意。不，苏泰达说，在商场上我们就是敌我，生意之外才是兄弟。到会议室后，果然，盛昌发提出他的公司和太一公司互换股权，宁愿1.3股换苏泰达公司1股，但必须占51%，实现控股。原来盛昌发自知要并购苏泰达的企业必然碰壁，只好退而求其次，先谋求控股，再等待机会进一步动作。

苏泰达冷笑一声，当然只是在心里，你盛昌发在我背后搞了那么多小动作，又是叫人打电话来要我停产，又是要一帮人来进驻调查，这几招都被我破了。现在又生出了互换股权，甚至控股。苏泰达慢条斯理地说，盛总，你的计划十分周密，一环扣着一环，换别人早就同你合作了。在心里却是说，早就中了你的圈套了，可你忘了你的对手是苏泰达。盛昌发笑笑，哪里哪里，哪有什么周密计划，不妥之处恳请苏兄指教。苏泰达说，你以为你会成功吗？成功不成功，要靠我们双方，盛昌发亲切地指了指苏泰达，又指了指自己，靠我们双方共同努力。要是我不努力呢。你是上海企业界极为聪明的人，我想你会做出明智的选择。苏泰达经营这个企业不容易，他有一套自己特殊的行之有效的理念，在他心目中，有的国企头头，不过是拿着人民的血汗玩花样而已，这将在以后为盛昌发的作为所证明。苏泰达说，盛昌发，你别逗了，我才不相信你那一套。盛昌发又进一步诱导，我们互换股权后，你们就成了国有股控股的股份制企业，岂不是向前跨了一大步，将来更有力量壮大企业的规模。苏泰达对由别人引导而成为国有控股的企业不感兴趣，他有更广阔的境界。他有一个愿望，埋在心的邈远深处，此刻还没有感觉到它的搏动。

盛昌发看他不为所动，就说，我们互换股权后，你是我的股东，我的企业利润前景好啊，你可以从这里得到分红去回报你公司的股东。这话苏泰达怎么听怎么刺耳。我苏泰达需要用你的利润来回报我的股东吗？简直是天方夜谭。我要是不能用自己创造的利润回报股东，我宁愿把太一公司关门，再回去当职业经理人。苏泰达心平气和地说，盛总，你用不着诱导，我们还是作为企业界的朋友相互竞争，并肩前进吧。苏泰达没想到自己会用这种套话回答对手。他心里说，两股道上跑的车，合在一起不是撞车了吗？甚至可能撞得人仰马翻，粉身碎骨。盛昌发不知他心里想的是什么，他自己心里想的是，我另想办法，不怕你苏泰达不低头。

盛昌发对齐小兰说起收编苏泰达未果，那个时候他还没有穿上内裤。本来这个时候是不应该说起这个事的，实在是苏泰达的事搅得他心烦，这时说这个话完全违反盛昌发工作归工作、享受归享受的一贯原则。他愿意把这个女人看成一种工具，满足性欲的工具。现在他却要把她作为工作的工具。他说，你去找苏泰达，不管你用什么手段，只要能降伏他就行。齐小兰说，我去太一公司吵过，王雪晴还有他们公司的人不会不同他说，我去能行吗？盛昌发说，你去找他，抓他做俘虏。俘虏二字激起了齐小兰的欲望，不只是性的欲望，她刚刚得到高潮，她此刻萌生了占有、操纵苏泰达的欲望。苏泰达在上海企业界乃至社交界有师奶杀手的魅力，她要是能征服他，也不枉来世间做一回女人。她说，那我怎么办？去五星级酒店订一个房间约他来幽会，恐怕他不会那么容易上钩。说完看着盛昌发，等着他出主意。盛昌发实在出不了什么主意，在男女问题上他的手段就是钱，不管是对妓女，还是对良家妇女。现在反过来是女人去找男人，当然不能用钱，更何况是对苏泰达，此路不通。只能用性。齐小兰的肉体使她具备这个能力去收服任何男人，只是苏泰达不是一般的男人，他能就范吗？盛昌发实在没有信心。他说，死马当活马医吧。小兰，你去试试，祝你成功，把苏泰达俘虏过来，这样你该有多大的成就感。齐小兰说，好，我去试试，我也希望自己能亲手脱下他的裤子，让他劈开我的大腿，你不会吃醋吧？盛昌发说，我当然吃醋，否则我就不是男子汉。我的女人只能供我享用，可是为了公司，为了国有股来控股，我豁出去了。盛昌发讲得慷慨激昂，颇有点风萧萧兮易水寒，壮士一去不复还的意思。齐小兰依计而行，正好近日社交界有个派对，她打听到苏泰达会来。这一天，她细心打扮，先去美容院做了全身美容，特别在脸上下了功夫，又做了头发，回到家对着镜子做着媚态，双手比画着动作，又一手比画着动作，要的是增加自己在男人，具体地说是在苏泰达面前的魅力。

她对自己有充分信心。一见到苏泰达进场，她就对身旁一位大款说对不起，失陪了，待会儿再谈，我先去见一个朋友。她几乎小跑着奔了过去，这完全违反了社交场合淑女要优雅的惯常做法。双手伸向苏泰达，一迭连声叫着，苏总，苏总你好啊，早知道你要出席，我早早就到了，巴不得早一刻看到你。苏泰达握着她的手，确是受了一阵震撼，望着面前这个身材高挑、曲线分明的女人，是男人就不会不动心，他情不自禁地用大拇指在她手背上温柔地抚了一下，齐小兰心领神会对他暧昧地笑了笑，他们拉着手走进了场子。应该不是相互拉着手，而是齐小兰紧紧攥着苏泰达的手，不让他挣脱。

她很庆幸今天丁婕没有来，免除了干扰。她要让派对的主人和客人们都看到他们的亲热状。她从侍者的托盘拿起一杯红酒递给苏泰达，苏泰达眼睛里流出了笑，说谢谢。接着她自己拿了一杯。他们站着交谈，不理会旁边走过的朋友，人们也不来打扰他们。

就在这段时间，齐小兰并没有说起那天在太一公司不愉快的事，她也不问苏泰达近来遇到的麻烦，她只是情意绵绵，不断传递着明显或暧昧的意思，开始苏泰达并没有在意，只是点头应着，直到他确信齐小兰有以身相许的意思，他注目凝视着她，果然是个美人坯子，逼人的波从一双丹凤眼一浪一浪涌来，她那俏丽的面容在波浪中漾成销魂的湖。他的眼神瞬间出现忧郁的神色，这种神色里包含着警惕。固然同这个女人做爱是一种高级的享受，也许可以同与丁婕做爱相媲美，但是这里隐含着风险。齐小兰是盛昌发身边的人，看来这明显是盛昌发预设的陷阱，这种享受是一帖毒药。他优雅地对齐小兰说，谢谢你的好意，我心领了，近来实在太忙，身心疲惫，实在无力去享受你安排的美好夜晚。齐小兰并不灰心，说我想苏总是一个有魄力的人，这样的事真是小菜一碟，人生苦短，有美好的享受可不要放弃，我爱的门户永远为你敞开。她巧妙地用了一个敏感词“户”字。苏泰达知道进到这个门户，下一步是什么事，那必然是互换股权，盛昌发来控股。为了这样的享受，付出这种代价实在太大了，可以说是惨重的失败。苏泰达还是说谢谢小兰。叫她小兰有推心置腹的意味。小兰，你的好意，不，情意，我心领了，将来有机会一定，一定……他不说下去，只能这样婉言谢绝。他不想得罪美女，更不想得罪送上门来的美女，尽管来者不善。

不是没有别的女人向他表示爱意，哪怕没有事业陷阱的忧虑，他也不愿意放弃自己意志的坚守，他把丁婕看成一种例外，齐小兰注定只能铩羽而归。而刚才的动摇，只证明他是有血有肉的人，他终于战胜了自己，他为自己庆幸。

齐小兰被谢绝了，但听得出苏泰达的委婉，她心里也不恼，她触摸到自己心底里对苏泰达也有一份爱，不完全是被盛昌发当枪使。也许这份爱中性的成分多些。为什么别的女人可以享受，我就不能享受，我可一点都不比丁婕差，童端仪更是不在话下。她想，这次是没法帮盛昌发了。真希望有一天，不再有什么功利，而是纯粹的爱，或纯粹的性，她能拥有或占有苏泰达，也不枉来世间做一回女人。

4. 钓鱼台草坪上的喜鹊

苏泰达到家时已是凌晨一点，他掏出钥匙插进钥匙孔，没有一点声响地开了门，收钥匙也是轻轻的，生怕钥匙碰撞发出细微声音，会被漆黑的夜放大成惊雷，扰了童端仪的梦境。其实，童端仪并未进入梦乡，她在床上辗转反侧，发出了耳朵无法辨别的声音，早已把未成的梦惊破。她并不知道苏泰达被生命春口服液“吃死人”事件缠身，公司的事传到她这里总是滞后，她知道他去美国是为新的生产线融资，融资未成，她总觉得胸中有一股气透不出来。苏泰达走到床边，童端仪正要翻过去的身忽然停住了，成了一个容易造成疲劳又不平衡的姿势，他很快发现了，没有人会采取这种姿势睡觉，坐到床边轻轻把她的身子扳正，童端仪伸手抓住了苏泰达的手，苏泰达说，我知道你没有睡着。童端仪仍然闭着眼，他感觉出她手上的温柔，忽然温柔变成了生硬，使劲捏了一下。你知道我睡不着，怎么这么晚回来？公司的事没有忙完。总是公司的事……

童端仪肚子隐隐作痛已经好多天了，一直没有和苏泰达说，一是实在找不到说的时间，二是说了只会给丈夫增加压力，她一直忍着，忍着痛，也忍着倾诉的欲望。苏泰达从童端仪的话里觉出了她一定有什么事，以前她不是这样，他脑子还沉浸在公司的烦冗之中，就没有往深处想。冲好澡，他钻进被窝，感觉出童端仪手掌一直捂着肚子，就问有什么不舒服。童端仪没有出声，只是轻轻地揉着。苏泰达的手掌覆在她的手背上，随着她的手动着，有时童端仪会停下了重重地按着，苏泰达感觉手掌下松了，他也跟着向下按着，不一会儿，苏泰达拿开童端仪的手，自己的手按在她的肚子上。是这儿吗？不是。是这儿吗？在黑暗中苏泰达能感觉妻子点了一下头。他在那个地方按着，揉着，痛吗？几天了？童端仪不想让丈夫担心，就说可能是胃痛。胃有这么低吗？可能是肠子。这两天拉肚子了吗？童端仪说，没有，好好的。苏泰达说，那会是什么痛？他们都不知道童端仪患了致命的病，要活体检查才能确诊。这一夜，童端仪忍着疼痛，归于宁静。睡了一觉，苏泰达醒过来，看童端仪的手掌不再放在肚子上，略微放心。什么时候陪她去医院查一查，这几天是不行了，法院正审哪，卡在死者的死因上，这是判断案件性质的关键。可是死者的家属不愿意做解剖，案子的审理就停在那里了。

对法官做工作，是律师职责范围内的事，不用委托方来提醒。法官的基本操作程序，金律师当了十几年律师，民事、刑事都涉及，清楚得很，法官们都差不离。看来只有在谭法官身上下功夫。

法院终于下达尸检的指令，对金律师的工作，苏泰达是满意的，下面就要抓紧张罗新闻发布会。

召开新闻发布会是苏泰达在回国的飞机上就定下的。既然有这样大的事件找上门来，这个机会不能放过。他回家也同童端仪说起这个事。

他是在看童端仪的医院检验单谈起新闻发布会的。上面的指标都正常，只有一个指标偏高，呈阳性，实际上没有确诊是什么病。童端仪指着桌子上一个塑料袋说，配了那么多药。苏泰达打开塑料袋，把几种药的盒子一个个拿出来看，在台灯下细细读了说明书，说你先吃着，要是不见好，我们就做深入的检查。治病不难，重要的是要有正确的诊断。他珍惜和童端仪共同走过的日子，望着有点憔悴的妻子，想起上大学的时候，他们经常在自习时间溜到衡山公园，在大草坪的香樟树下长椅上说话，那时不知为什么会有那么多说不完的话。苏泰达不止相依相伴在大香樟的浓荫下，还在童端仪的斑斓梦境里、上课的走神里。在自己心跳的节奏里，她认定了他就是自己这一辈子要寻觅的人。从大学毕业以后，他们各自找到自己的工作，直到苏泰达后来从美国回来，提出要自己创业，童端仪才成了他的参谋。那时她已生下儿子，照顾儿子童端仪花的精力最多，如今她成了病秧子，不能给丈夫太多的支持，心里总有歉疚潜伏着，帮不上也不能添乱，她有病痛总是自己忍着。苏泰达是个细心的人，他再忙，回到家，童端仪身体有什么变化总瞒不过他的眼睛。今天他为了让童端仪高兴，还是把法院让原告做尸检的事说了，也把准备在北京开新闻发布会的事说了。

新闻发布会的地点本来选在上海，还是童端仪一句话，在上海不如在北京，让苏泰达在最后决定时在北京那头加了一个砝码。在北京开确有诸多好处，苏泰达说，端仪，本来生命春口服液就畅销全国，我们要乘此机会在全国进一步扩大影响。童端仪说，官司的胜诉你真有那么大的把握。苏泰达说，那当然。童端仪又看到了丈夫脸上惯常呈现的自信的神色。我现在的一切布置都是按我们赢了官司来做，生命春口服液不可能吃死人，是由它的成分，由我们公司的质量管理决定的。苏泰达对妻子这样说了，他真是这样做了。他派杜志铭去北京落实开会的地点和出席单位。杜志铭到了北京，有朋友建议在人民大会堂开，容易在报道时产生影响。杜志铭在电话中说，苏总，在人民大会堂开，将来在报道中这么一写，真有点准官方性质的意思。以前苏泰达看到某公司在人民大会堂举行什么有关产品的公关活动，心中就反感，把产品与大会堂联系起来，似乎给人们提供想象空间，每年代表委员们在那里聚会，产品公关会议能在那里开，那是什么劲头。可人们不会去想，开产品公关会议和开两会不会是在同一地点，那不过是一个小会议室。苏泰达说，我们不要拉大旗作虎皮，不要在人民大会堂开。他不想把自己这么优秀的产品去同人家的产品混同。接着说，我们换个地方，就是上次说好的钓鱼台国宾馆。你先去联系，情况随时汇报。

大隐隐于市，在当代，企业家则是低调行事，不接受采访，避开媒体。可是媒体总要将已经成为公众目标的企业，推入公众视野，他想躲也躲不开。有洁癖的，就让公关团队去挡阵，至于企业遭遇大麻烦，直接考验企业家的危机公关能力，企业家要做隐士而不可得。苏泰达现在面对的就是这种状况。开了会就要报道，要报道只能请大媒体。以前有几家大媒体记者要采访他，都被他婉拒了。这下好了，非请人家出场不可，苏泰达觉得就像进入一个无垠的沙漠，举目望去沙丘连着沙丘，只有零星的小草顽强地在风中摇曳，到哪儿去找水。硬着头皮也得往沙海深处走去，去寻找救命的水源。他并不后悔以前对媒体的婉拒，现在既然有这个需要，再难也要迎上去。其实找媒体不应该有什么心理障碍，童端仪也是这么对他说："你说现在哪个企业不想往媒体身上蹭，那是最好的广告啊。只有你死心眼。"你要是以为苏泰达抱着我不入地狱谁入地狱的决心去找媒体，那就错了。他不必把自己的决心提到那个高度，他只是把这个事当成一个工作来做，脸上没有什么抹不开的。点出手机的电话本，说干就干。他拨通了几个电话，都是在首都新闻界举足轻重的人物，人们心目中的大记者。老朋友，无事不登三宝殿，这是开头语，这些年苏泰达虽然不接受采访，他同新闻界仍然保持着来往，他去青海爬山，就不忘带上这几位朋友。这些人因为年龄相仿，体力相当，爬起山来就是好伙伴。当然费用全包，打入公司的公关经费。该花的钱还是应该花，这就是苏泰达的洁癖，爬山，这是多雅的事，这里没有任何铜臭味，也没有一分钱进入人家的口袋。朋友们相聚在一起开展运动项目，运动之余也不去唱歌桑拿，谁能挑出理来？这些一起爬山的朋友，攀登的过程中相互扶持，生死与共，抓住同一根救命绳，这是生死之交啊，让他们出席新闻发布会不是小菜一碟吗？接电话的被人们尊称大记者的人，没有一个不爽快答应，还主动说去请谁谁谁，请某老某老也包在我身上。要说铁哥们，这才是铁哥们，兄弟有难一声喊，他们都伸手相帮。苏泰达打完电话，就是这种心情。他要把这种好心情传递给亲友。首先打电话给童端仪。接着打电话给丁婕、王雪晴，都是他身边走得勤的女人，或者说是女铁哥们。她们接听电话，都接受这个好心情，只是表达各不相同。王雪晴说，你的公关越来越深入越来越广泛，危机公关已经变成市场公关。苏泰达说，对今后未知的危机要未雨绸缪，不过，公关确实已成了市场公关。丁婕说，你的事不要我这个闻名上海的公关大师参与，真是奇事。苏泰达说，此事不奇，我也成了公关大师，可以和你平起平坐了。

杜志铭来了电话，说钓鱼台不好联系，人家计划排到明年。苏泰达说，好，这事你不用管了，我来处理。这正是杜志铭崇敬老板的地方，凡是太难的事，他总是自己扛下来，看准下属能做好的事，放手让下属去做，只是不许偷懒。苏泰达从人脉关系中找到有关管理局的朋友，说明了来意，告诉他："我就想在钓鱼台国宾馆开新闻发布会，我看准了芳菲苑。"这个地方不是阿猫阿狗都可以去开会的，后来的多国会谈，有的会议就在这里举行。苏泰达去开过几次经济论坛的会议，特别欣赏芳菲苑前的大草坪，至少他从来没有见过建筑物前有这样大的草坪，你站在这边，看不真切对面草坪边缘人的面孔。一大群喜鹊散落在各处，踱着绅士般优雅的脚步，就像在开鸟类的派对。坐在镂空铁艺的木椅上，看着蓝天，看着不远处的电视塔，甚至能触摸到树间流过来的风。

就是它了，就是芳菲苑了。不一会儿，又传来消息，说芳菲苑会期排满了。苏泰达说，排满了不怕，请你出面，会与会之间总有一天间隔吧，我就在这一天。当然要选几个“这一天”。苏泰达没说出来的是，我还要等上海这边事态的进展，新闻发布会不是想开就能开，要等法院的判决，再说验尸报告还没有出来呢。

验尸报告出来了，苏泰达对金律师说，有验尸报告就够了，他弹着报告的纸头，动脉硬化，心肌梗塞，这是最过硬的证据，这是铁证，谁也不能给生命春口服液泼脏水，谭法官也只能按这个证据作出有利于我们的正确判决，这个判决是铁定了，谁来判都一样，不管是谭法官，还是什么法官。他随即给北京的朋友打电话，得知芳菲苑的空档就在后天，后天？实在太急了，再下一个档期呢？五天以后。五天以后，不能等了。指示发给杜志铭，后天我们在芳菲苑开会。杜志铭说，苏总，来不及啊。一天时间太紧了。你今天就找定会议公司，明天人家会议一结束，就进场布置。

苏泰达当晚就赶到北京，在钓鱼台国宾馆的餐厅宴请要出席新闻发布会的朋友们。酒席上吃什么，喝什么，不用细说。一切按明规则办事，并采取钓鱼台的标准。苏泰达有花这样的钱的魄力。席间，他敬了三次酒。他说，某老和某老没来不要紧，今天是哥们相聚，老同志不来，我们说话随便些。正式会议他们光临，就是给面子。他两拳一抱，向邀请某老和某老的哥们作揖，好兄弟，有你们帮衬，我苏某人一定要把企业做大做强，对社会出更大的力。博得一片叫好声，喝酒喝酒，朋友们一齐喊着。

第二天下午，人家的会议刚刚散场，他就来到芳菲苑。他要来看看久违的喜鹊们，至于会议厅布置，交给杜志铭去做，他十分放心。刚才讨论了会议名称，不是什么危机公关，危机早就过去，天已经大亮了，就叫生命春口服液推介新闻发布会。苏泰达对满头大汗的杜志铭说，我们是来推介产品的。他真没想到，会到这里来开产品推介会。要是没有这场危机，顶多在上海找一家五星级酒店来开这样的会，也请不来这么多媒体的朋友，谁有这么多闲工夫飞上海一个来回，又搭上半天的会。这在他们是多大的成本，公司又是多大的成本。这笔账小学生也算得来。摔一跤，爬起来，没受伤，反而奔得更快，这就是太一公司在这次事件中的表现。他对杜志铭说，你也休息一下。我不能休息。叫你休息就休息，你跟我到停车处。他们一块儿去了，杜志铭看他提起一个小布袋，接了过来，不重，不知是什么东西，疑惑地看着苏泰达。苏泰达说，不明白了吧，嫩玉米粒。玉米？杜志铭给弄糊涂了，拿玉米来干什么？会议上用不着呀，做玉米羹吗？苏泰达说，做什么玉米羹，人家大厨那里有的是，还用自带。他们来到芳菲苑前的草坪，不远处有一群喜鹊在散步。杜志铭没见过这种黑背白肚的大鸟，就问这是什么鸟？喜鹊呀，我们开产品推介会，它们赶来助兴，而且提前来了，这是多大的交情，我们能不欢迎吗？说着苏泰达抓出一大把嫩玉米粒，撒到青草上。喜鹊们欢快地跳着，飞了过来争着啄食。我经过特批，给喜鹊送粮来了。杜志铭学着苏泰达的样，也掏出一小把嫩玉米粒撒向天空，落地时又引得喜鹊飞奔过来。

夕阳这时正斜照着草坪，喜鹊的背上不再是黑色，仿佛有一层金光，晃得苏泰达眼前一亮一亮的。多少日子以来从没有像今天这样放松，他觉得自己就是一只喜鹊，他想飞起来，加入那个欢乐的队伍，也去啄食嫩玉米粒。

5．黄浦江上夜游船

苏泰达和丁婕到达外滩201度视角餐厅酒廊已是夜里十点。下午在芳菲苑的推介会结束后，苏泰达直接从钓鱼台国宾馆出发，赶往首都国际机场，上海还有很多事，不能迁延。到了浦东机场丁婕来接。

丁婕看出苏泰达脸上的疲惫，说送你回去休息吧。不，先不回去，我还有事要同你谈。我们还是去外滩201度视角餐厅酒廊吧。

这是他们第一次约会的地方，从此苏泰达就喜欢带她上这里来。别说上海大，其实也小，同一阶层的人的活动总在同样层次的场所，好在上海这种地方不少，也难得遇见熟人，就是碰到熟人也无所顾忌，不要说私人老板，就是那些纳税人供养的公家人，小小的副处，还不是情人成串，大家司空见惯，不以为意了。反而你除了正式妻子，光身一人，别人嘴上不说，心里会嘀咕，这家伙会不会有那方面的暗疾。当然苏泰达不是为了向人表明他没有暗疾，他从来不会往那方面想。他同丁婕颇有点一见钟情心心相印的意思，自从那次在朋友家的派对上邂逅，苏泰达的一曲高歌，特别是那一句“还有一个太阳，那就是你”，生生把丁婕打动了。丁婕不是容易心动的女人，她见的人多了去，她有这个判断力。她觉得苏泰达和别的男人不一样，同样是腰缠万贯，苏泰达气质高雅，而且随处会体贴人。第一次[illegible]，她就有了这个体会。表面上看起来，苏泰达是一个叱咤风云的商界人物，可是在床上他的温柔令丁婕倾倒。他令人颤栗的抚摸，不管手到什么地方，丁婕都有触电的感觉，这是同别的男人在一起所没有的。特别是苏泰达此时手的运作，丁婕舒服得把他狠狠抱紧，嘴唇深深镶进苏泰达的嘴里，她猛然把苏泰达的舌头吸到口中，含混得咬不清字，化作了一串甜蜜的呻吟。她使劲拉着苏泰达，向他示意，苏泰达也不再等待，她浑身颤抖着迎接天地间最温存的爱，双手把苏泰达箍紧，直到高潮以后都没有松手。

苏泰达体贴地搂着丁婕的腰，走进外滩201度视角餐厅酒廊，他们就被迎面扑来的爵士乐声团团包围，悠扬的乐声几乎无处不在，引座员把他们带到座位。苏泰达伺候丁婕入座，待她坐定，才走到自己的座位坐下。他们来过多次，那个服务员也熟悉他们。丁婕说还是老样子，服务员领命而去。

他们坐在这里眺望黄浦江的夜景，对面陆家嘴一线是一幅逼人的流光织就的彩绘。东方明珠通体明亮，特别沁人肺腑，是白玉兰的香气吗？周围的灯光就以它为中心闪耀着，在他们眼中跳跃，这里的夜永远不是暗夜，而是万千光明的珠串连缀而成，他们甚至听到这灯海的涛声，发出类似大提琴演奏的旋律，这是马友友还是王健，不管谁的，都和身边的爵士乐交混在一起，这种奇妙的感觉，是在音乐厅里欣赏爵士乐所感受不到的。

不知什么时候又换成拉丁风格的音乐，在苏泰达和丁婕的眼中，对面的陆家嘴夜景，发出来的声音，不再是大提琴，而成了小提琴奏鸣曲，是莫扎特，还是贝多芬？应该是莫扎特，是那样柔美婉转，和拉丁风格的音乐成了强烈的对比。他们来这里吃饭，其实不在饭上，也就是不在牛排鱼排上。每天都在吃这些东西，还赶不上白粥就咸菜。他们更愿意在现场DJ中欣赏浦江的夜景。

江中有三四条船徐徐对开，那是夜游船，一个个灯火燃烧成的近乎透明的色块在江上滑动，黄浦江水的墨蓝越发醉人。

苏泰达烤着丁婕爱吃的牛肉片，不停地翻动，既不要太老，也不要太生，更不能烤焦，动作缓慢地搛到丁婕面前放蘸酱的小碗里。丁婕抬眼望着苏泰达，眼中的光在餐厅淡淡的灯光氛围中，别是两朵闪着华彩的亮点。苏泰达总能从中读出含义，其实含义也简单乃至单纯，是一种对他依恋的情感。苏泰达回给她深情的注视，丁婕所想的是，不是苏泰达是不是要她做什么，而是她应该为苏泰达做什么。苏泰达近来遭遇的困难，她是一清二楚，所谓口服液吃死人，虽然没把苏泰达弄得焦头烂额，但让他疲于奔命，也许这个词不准确，苏泰达花了许多精力却是真的。丁婕心疼地望着他的脸庞，瘦了，确实瘦了，她把一片蘑菇搛到苏泰达的嘴里，苏泰达微启嘴唇接住了，深深望了她一眼，说我有一件事请你帮忙。丁婕停下一切动作，凝固住了，就像一座可爱的雕像，眼睛专注地对着苏泰达看，苏泰达没有说话，也停在那里，他们成了两座面孔相对的雕像。

过了不知多长时间，还是丁婕先开口，新生产线的融资进行得怎么样？我正在为这个事发愁，上个月去了云南，同大烟厂的老总谈判，他们怕鞭长莫及控制不了，不想投资。他又说起那天到安福路总部会馆去见一位大老板，也没能说服他。他出门的时候，看到门口的围墙上挂着一幅铭牌，哦，这里原来是民国时代上海最后一个市长吴国桢的公馆。苏泰达想起来了，这是一个敢于向蒋介石进谏的国民党官员。丁婕急切地问，那下一步呢？苏泰达说，有个投资方的代表要来。我来不及见面的投资公司经理，这几天就要来上海。丁婕说，那么我能为你做点什么？苏泰达不再说话，丁婕还是等着，直到他开口：我想请你帮我做公关。丁婕说，好啊，公关，不正是我的业务吗？轻车熟路，你有什么好担心的。苏泰达又陷入沉默状态，只听见露台上烤炉的火呼呼在响，他望着蹿起的火焰，心中却是一盏熄灭的灯。这灯要靠丁婕来点亮。丁婕说："为了你的事业，我愿意赴汤蹈火。"这句话好像是年轻人的海誓山盟，他们已不年轻，已经没有必要讲这种傻话。苏泰达却觉得这句话沉甸甸的，她是他的诤友，他却要她为他赴汤蹈火，作为大男人让小女人去为你冲锋陷阵，实在说不过去。苏泰达不知道怎么说，他沉默着，丁婕直勾勾望着他，催他说话，他仍然保持缄默状态，反而丁婕急了，说你表个态。苏泰达说算了，公关不要你做了，我另找人。为什么不让我做，我不胜任吗？不是不胜任，只是……丁婕看出他的犹豫，就毅然决然地说，这个公关我做定了，报酬按常规。不，我可以拿融资额的5%给你，只是……你不要为难。还只是什么，我们像哥们那样约定，丁婕伸出了小手指，示意苏泰达也伸出小手指，两人勾着，轻轻地摇，什么话也没说，千言万语都在这一摇中。

丁婕是一个多么善解人意的女人。

她自从认识了苏泰达就把自己的行为收敛，以前她不谙世事时，接受过不少男人，也是由于她的性开放观念所致。她甚至对小姐妹说过，不管是官员老板，不管是色狼阳痿者，她都有办法对付。这些人都是她的手下败将，她都可以让他们在她面前团团转。她有这个底气，自信融资需要她公关就公关，如果什么时候需要非常规手段（也许在当代这块土地上算是常规手段），她也可以用非常规手段。她举起葡萄酒杯，来，我们干一杯，喝光，一滴不剩。为我们新的合作，为我们即将获得的胜利，干杯。苏泰达举起杯，透过酒杯上缘的玻璃，他的目光射向丁婕，我要谢谢你。不用谢，为了你的事业，为了我们之间的……她没有说下去，眼中却涌起了泪水，苏泰达看着她眼中的泪光，眼睛也湿润了，好，干杯，为了事业，为了我们之间的……他也说不下去，仰起脖子一饮而尽，拿着空杯子对着丁婕，丁婕也拿着空杯子对着他。

6. 女硕士生李虹绵的提问

苏泰达从酒店出来，头顶上的太阳，正把光芒透过大樟树的树冠筛在他身上，他抬起头，只见树叶在微风中向他一片片传递着闪光。已经好些日子没有见到王雪晴，推迟了好长时间的讲座，定在今天下午举行。三天前他就给王雪晴打电话，听得出她接电话的欣喜语气。王雪晴盼着见到他，昨天夜里竟失眠了。其实他们仅是一般朋友，仅此而已，但王雪晴更愿意把他看成自己追寻多年才得以相遇的人。王雪晴的老家在几百公里之外，她在家乡离婚后毅然到上海闯天下。她同苏泰达的相识完全是意想不到的邂逅。那是一次经济学的研讨会。他们在最后的聚餐是邻座，吃饭的时候，交谈是难免的，苏泰达怕冷落了这位尚不知姓名的女士，自然是先开口。开始只是场面上的应酬话，没想到说着说着，越说越深。这个深，当时苏泰达并不觉得，只是到了后来，回上海以后，他空下来给她打电话前，回忆相识的情景时，才意识到当时谈话的深。原来王雪晴在被苏泰达请教姓名之后，给了一张名片。副教授，苏泰达轻轻读出声，轻到只有他们两个人听得见，王雪晴。此时王雪晴瞥了他一眼，又垂下了眼睛。从谈话中，苏泰达知道她的经历，王雪晴后来回想起来，也不明白为什么会对刚认识的苏泰达掏心掏肺地侃侃而谈。苏泰达心中只觉得她一个孤身女子，带个孩子在上海真不容易，但他没有说出来，只是说回上海，我们再联络。相识总是缘，何况我们的相识实在有天意安排，我们要惜缘。惜缘二字让王雪晴感动，她发现自己的眼睛湿润了，赶紧跑到卫生间洗脸，对着镜子瞧了自己好一会儿，出来的时候脸上光鲜。苏泰达没有意识到她的热泪盈眶，但他从她说话的声音里听到了颤抖，就收住了话，不再说下去。

回上海后苏泰达一直忙着公司的事，一时并没有想到要打电话去联络她。在王雪晴这边，她回来后一直在等这个电话。她那几天坐也不是站也不是，有时拿起杯子，却忘了给自己倒水。夜半醒来，看看睡熟的女儿，她心中有一股凄凉涌起。回想起对苏泰达的倾谈，她问自己，会不会让人觉得太轻浮，刚刚认识就讲了那么多话，那顿饭几乎没有好好吃，那天吃的什么早就忘了，但她清楚地记得，苏泰达听她诉说的表情，那表情不是同情，要是同情，一定会使她的话噎在喉咙口，他的脸上是关切，这种关切的表情是从他的眼睛里流露出来的，而且脸上的明朗也和眼神相得益彰。这个眼神给了她信心，使她有勇气再说下去，也使她产生了信赖，这种信赖成了以后同苏泰达交往的支持绳索，就像在攀登山峰，手里紧攥着的绳索，由信赖而产生了安全感，何况后来他们又在学术上有了交流的途径，也就使两人更近了一步。

今天的讲座是几个月以前就确定的。苏泰达心中过意不去，总像欠着王雪晴一笔账，心中记挂着何时才能了。王雪晴理解他的忙，为他繁重的事务压身而心疼，她心中有一股她自己也说不明白的情感细流在涌动，有时她在家里吃好晚饭，会突然想，苏泰达现在用餐了没有？饭不按时吃会得胃病的，想提醒他，总找不到机会，见面时总是谈别的事，谈写文章的线索及实证的材料。当然也难提及王雪晴对他公司的关心，顶多稍许问一问，不能深谈，到底她不是公司的成员，只是朋友而已。今天苏泰达要来大学讲课，着实让她兴奋了几天，她早早来到学校，也不知要准备什么，实际上也不必忙，讲座的通知早就在布告栏贴了，也在学校的网上挂了。有不少同学见面就问苏总什么时候到，还有几位硕士研究生也追着她了解情况。他们对苏泰达早就闻其名，一直想有机会当面和他探讨问题。王雪晴对他们说了，苏泰达先生来，你们尽管问，有尖锐的问题也可以提出来同他进行思想碰撞，连她自己对这种思想碰撞也是跃跃欲试。她此刻正走在通往校大门的林荫道上，她要去门口等苏泰达。苏泰达在电话中请她不必来门口等，车子开到报告厅很方便，但她还是想去，她的腿不由自主地要跨出去，这样就一步步走到了门口。现在这个时间，门口冷清，不大有车子进出，她走到大门外，朝着苏泰达要来的方向张望，几部小车过去，并不往门里转，抬起手，看着腕上的表才发现，自己出来早了。只好退到大门内的草坪上转悠着。直到苏泰达的车子开进大门，她透过车窗看见了他，向他奔过去，招着手。她的扬手，一下子就被苏泰达捕捉到了熟悉的光影，他赶忙请司机降低了车速，停了下来。王雪晴从车后面奔过来，苏泰达想还是一起走走好，就下了车，招呼着王雪晴，他们一起朝报告厅走去。

一路上王雪晴步子欢快，有点跳跃的样子，不时把迎面的柳丝拨向身后，苏泰达注意到了，看着柳丝微荡中王雪晴的轻盈，从中感受到她的一种只可意会的心情。他们没有说今天要讲的内容，而是一路说着绿的风、亮的阳光，这风在他们心上洒着阳光。苏泰达深深受了感染，步子也变得轻快起来。公司的杂事此时已抛在身后，他今天要进行的是快乐的学术，就像人家踢快乐的足球。这正是他追求的目标，严肃的话题，也可以有快乐的讨论，不要把一切搞得那么一本正经，也许正是课堂上宽松的氛围，更能把自己的观点打入人们的心智，苏泰达有这样的信心。

进到报告厅，里面已坐得满满，尽管时间未到。陆续还有人进场，后来找不到座位的人，只好站在两边的走廊里。王雪晴宣布开会，她的声音再不敏感的人也能听出其中春意盎然。人们静了下来，她向大家介绍苏泰达先生是一位驰骋商场的企业家，也是一位颇有建树的学者，掌声淹没了王雪晴的声音。苏泰达摆了摆手，他先对王雪晴的介绍作了纠正，我不是企业家，现在的所谓企业家都是蒙人的，国有企业的企业家不过是政府官员，民营企业的企业家是掌握部分生产资料的所有者、经营者。美国企业家多了去，人家并不到处给人戴企业家的帽子，他们宁愿说实业家。对于我，我不是企业家，也不是实业家，我是资本家。如此旗帜鲜明地对自己身份作符合实际的认同，令听众们感到愕然，全场安静，甚至生出死寂的气氛，而后爆发出掌声，这是同学们对他这个“资本家”的认可。苏泰达继续说，有些资本家对自己的称谓扭扭捏捏，称自己为知本家，突出自己是掌握知识的人，却掩盖了占有生产资料的实质。我是资本家，这个称呼在上世纪五十年代就被消灭了，资本家被赎买成拿定息的人。现在我说我是资本家，就是为了真实地表达我确实占有生产资料，有厂房，有机器，有专有技术，不是资本家是什么？不要偷换概念，也不要模糊概念。我今天就要从资本家讲起，用实证的例子来看看资本的本质是什么，有没有办法来破解这个“资本家”。

苏泰达这个振聋发聩的说法，让人们耳目一新。后来他在淮海路书店买到一本长篇小说《太阳醒着》，书中的主人公唐汉杰在改革初期给厂里员工做报告时提出了企业要建立三个集团，即企业家集团、知识分子集团、青年工人活跃集团，也让人们顿时耳目一新。当苏泰达读了这本书，他感到自己要破解当代资本家的实质，对比唐汉杰的三个集团，属于不同层面，是更高一筹。他对生产力发展达到新的水平，使他的思想比前辈更深刻，有清醒的认识。不是他的能耐比唐汉杰大，而是社会朝前走，使他的思想更开阔，思考更深入。

王雪晴没有同他交流过什么企业家、资本家，接着苏泰达的演讲，使她的眼睛亮了起来。她体会到理论的美感，而创造这种理论美感的，正是她倾心的朋友。尽管她从来没有对苏泰达表示过什么，她也知道苏泰达的妻子，是他大学同学，不算青梅竹马，但是一起走过了一段青春岁月，又走到一个屋檐下。她是女人，我也是女人，我为什么不能取而代之，对此她没有信心。要是真能有那么一天，固然那一天什么时候可以到来，她不敢去深想，现在就保持这种心里老是牵挂苏泰达的状态。

在演讲者和听众互动时，李虹绵站了起来，她此时并不知道她这一站起对于她人生的意义。她是即将毕业的硕士生，回厦门探亲，是王雪晴打电话让她提前回来的。苏泰达眼前出现的是一个浑身散发青春气息的女孩，她穿着休闲服装，好像去旅游刚回来。她说苏老师，这样的称谓不同于其他同学，其他同学都称苏泰达苏总，李虹绵不然，她把自己定位为学生，对有学识的年长者，自然谦恭地称老师。苏泰达微笑着，看她没有继续说，就等着，还是不见她往下说，就讲，这位同学，你不要叫我老师，不敢当，你还是叫我名字或老苏同志。这个“老苏同志”，后来成为他们在休闲时刻开玩笑的称呼。这时他们还不认识，李虹绵本来是伶牙俐齿，可这时却笨嘴拙舌，她听苏泰达的报告，不但为苏泰达的口才所倾倒，而且为他的学识所折服，她望着台上宽肩体健的苏泰达，从他气宇轩昂中感受到一种无形的压力。她还是开口了，只是不像平时那样侃侃，她提的问题是，民营企业员工的劳动价值及其报酬的关系，并举了广东一些地区工厂女工大比例手指工伤为例，表明员工劳动价值远远没有体现在给她们的报酬上。苏泰达说，我也一直在考虑这个问题，这甚至是一个经典的问题，已经困扰我多年。从我办公司那一天起，就成了我心中无法释怀的疑惑。苏泰达引经据典，又举了广东、江浙工厂的实例来佐证，最后他说，实际上民营企业家，哦哦，我说的是资本家，他们的资本毛孔里是什么东西，经典作家早有论述，当然不排斥其他所有制的企业家也会如此，他们即使没有原罪，也没有他们表面上那么光鲜。接着苏泰达又联系了自己谈了十多分钟。

李虹绵第一次接触苏泰达，从苏泰达那里得来的感受，比王雪晴此时得到的更强烈，以后她们在苏泰达面前还有一拼，聪明的读者，这是你懂的。

报告会结束后，王雪晴陪苏泰达走下讲台，苏泰达并不朝门口走去，而是在人群寻找李虹绵。李虹绵正和她的同学谈笑着，一阵风似的步出报告厅，苏泰达紧赶了几步，王雪晴快跟了几步。苏泰达轻声却是有力地唤着，李虹绵同学。刚才她发言时自我介绍，苏泰达记住了。李虹绵回过头来，她眼里放着光芒，这光芒不是逼人的，而是柔和的，或者说算不上光芒，不过是两束令人刻入脑海的光。苏泰达感受到了，后来他经常提这两束光，说自己是不是当时就被这两束光电着了。

李虹绵停下脚步，她的同学已经自顾自走散了。她等着苏泰达走过来，自己也转身迎了上来，苏泰达说，小李同学，我听了你的发言，或者说是提问，我知道你是一个善于思考的女孩，提出问题是解决问题的前提，尽管一时半会儿，甚至可能相当长的时期内无法解答，但能提问题，就能引导思考的深入。李虹绵轻咬着下唇，没有说话，脸却微微红了起来。王雪晴注意到了，这个小妮子，该不会是一个主动进攻型的吧。她心中微微起了妒意，只是淡淡的，甚至没有一种明显的感觉。她听见苏泰达对李虹绵说，有时间到我们公司来看看，也可以切磋一些问题，我同王老师就是这样的益友，经常一起切磋，欢迎你也来参加。王雪晴了解苏泰达，知道他是真心实意的，不会有什么邪念，她怪自己多心。李虹绵一直和苏泰达说着话，就没办法告辞，只好同王雪晴送苏泰达到大门口。苏泰达的司机正好把车子开进校门，苏泰达和她们俩告别，走上前打开车门，就要跨进车子之前，回过头来说，王老师，以后多帮助李虹绵，她正在做的论文与你的研究方向十分贴近，你们可以就近相互切磋，当然更多的是小李向王老师学习，对不？说最后一句时，他对李虹绵笑着，李虹绵含笑点点头，在两个女人的目光注视下，苏泰达进了车子，车子倒了一下出了校门，消失在她们的凝望中。

第三章

1. 静安寺五星级酒店3818房

静安寺这家五星级酒店3818房是苏泰达和丁婕幽会的地点，他们大约半个月就来这里一次。

他们一前一后走进了这个熟悉的房间。苏泰达特地选了这个房间的位置，在这个楼层的尽头，这样别人就不会路过他的房前。至于3818，似乎十分吉利，其实是一个巧合。这是一个套间，通常的标准间作为他们幽会的场所实在过于逼仄，有了客厅，哪怕同家里公寓客厅比起来，实在小巧了一些，但他们都很满意，总不能一进门就缠绵，也需要有谈心，甚至谈工作的场所。今天他们坐在两个沙发上，就开始筹划如何与美国来的投行经理史密斯会谈。苏泰达为丁婕泡了一杯龙井，茶叶是他从包里拿出来的，这是特级龙井，他随身带是专为丁婕准备的。丁婕十分欣赏他的细心，他知道这几年苏泰达已经改喝铁观音，谁要是喝了铁观音，自然会嫌龙井太淡，但丁婕不习惯这种半发酵茶的浓郁。她也可以自己带龙井，可是绝不会有喝苏泰达带的龙井那样的情感满足。苏泰达能这样体贴，丁婕有时想起来，心中总有一份感动，甚至比在床上后续对她的抚爱，更让她心中微颤。床上的行为，功利太明显，而这龙井茶，却最能看出苏泰达对心爱女人的一种无微不至的关怀。这时电热壶中的水已经噗噗响了，苏泰达端起来，在茶杯上高扬着，冒着热气的水成抛物线前赴后继冲向水杯，细嫩的茶叶儿竖了起来，在水的引导下舞蹈。这些飘摇的嫩叶儿，让丁婕想起自己上舞蹈课舒展柔软的身姿，她的身材在同年龄中算是姣好的，从外貌上看，也没有人能看出她已经奔四了。她盯着水中的叶片，凝了会儿神，抬起眼，眼神中蕴含着感激，苏泰达递了过去，他看出了她眼中的含义，丁婕不是对一杯水感激，而是她心灵深处对苏泰达那种莫名的情感的外化。苏泰达看着她把杯子靠近嘴唇，交代说，慢点，别烫着。

喝完茶，苏泰达说，我们到陕西南路看看有什么新到的时装。苏泰达在公司不太忙时，会在周末带丁婕去香港购买意大利法国新到的时装，可是近来实在分不开身，听说外国女明星还到陕西南路去买超A名牌，就鼓动丁婕也去碰碰运气。他们去了，真的有所收获，而且几可乱真。谁会怀疑丁婕穿的是假货呢，这就是身份给她带来的好处。即使在朋友的派对上，她衣着的做工也是不容置疑的，真名牌假名牌谁分得出来。丁婕并不认为有失身份，反而把到陕西南路淘新款时装当成一种乐趣，而这种乐趣要同苏泰达去，才能真正享受到。她听罢，把茶杯归拢，进卫生间去补妆。刚才苏泰达抱着她亲吻，把脸上的妆吻乱了。她在梳妆镜前，用粉扑在粉饼上摩了摩，细细补在脱妆处，又把口红在嘴唇上轻轻涂了一遍。苏泰达来到她身后，吻着她后脖颈可爱的细发，丁婕把手伸向后脑勺的发际捋了捋，说别捣乱。

逛完名牌精品店回来，丁婕往床上一躺，说累死我了，今天没有半点收获。丁婕看了新到的时装都不满意，苏泰达说，等新生产线融完资，我们去香港买。丁婕去一趟陕西南路，也不是非买不可，权当一次走马看花的逛街。苏泰达在床沿坐下，拉起丁婕的手。忘不了第一次拉她的手，心中引起的悸动。按说在苏泰达这个年龄，是不应该有如此幼稚的表现，但确实是悸动了。苏泰达事后一直想不明白，这种无法解释的感受因何而生，把它作为珍贵的记忆藏在心底。此刻丁婕的手就握在他的手心，丁婕会意，把身子往床中央移了移，空出一大块地方，用另一只手拍了拍，苏泰达没有躺下。这是一张特大床，够他们在上面翻跟斗。现在不是翻跟斗的时候，苏泰达要把如何接待史密斯，如何公关，再理一遍。他说了一半就被丁婕打断，你放心，你要说的我全知道。苏泰达在她腮边轻轻一吻，小乖乖，我就明白你全知道，事关重大，你不要嫌我话多。不，不会的，你说得够简练了，没有半句废话，甚至包括逗点都不会多余。蒙你夸奖，荣幸之至。

果然，第二天在这个酒店的咖啡厅，看到杜志铭陪着史密斯走进来，苏泰达发现，丁婕两眼放着光。当然这光同她凝视苏泰达的目光是不一样的，他能分辨出其中的差别。但确实是放着光，苏泰达完全放心了，丁婕必能旗开得胜。宾主都坐定，苏泰达介绍丁婕时说，这是我们公司的公关部经理，其实她并没有在公司挂职，真正的公关部经理今天也没有出现。如此重大事项，公关只好由总裁自己出马了。史密斯竟然也两眼放光，这是他定定地看了丁婕以后，握着丁婕的手也舍不得松开，苏泰达连忙加重语气来制止他。苏泰达说，今天将先介绍我们公司的情况，丁经理不擅英语，一会儿你，他对着史密斯说，你说的话请杜助理翻译，丁经理说的话也由他翻译给你听，我们之间就直接用英语对话。听完苏泰达的情况介绍，史密斯说，苏先生，很高兴在上海能听到你这样标准的美国口音，苏先生在美国留过学？在斯坦福大学读过MBA。我的助理杜先生在上海的美国公司工作过几年，练就了一口正宗的美国口音。杜志铭口含微笑向史密斯微微点头。丁婕对史密斯后来说了什么，杜志铭翻译成汉语后，她也没听进去，只觉得他的目光，让她感到别扭，特别是偶尔对着他看时。丁婕既然答应苏泰达承接这个公关项目，她就忍着心中的不快，对史密斯说了一通公司的好话，这当然是她的公关手法，但她说的都是实话，没有半点夸张。苏泰达对她能如此宣传公司，宣传新生产线，又这样富有感染力，甚至有煽动性，十分满意，心想要是真有这样的公关部经理，那公司就会如虎添翼。今天的会晤只是双方介绍情况，史密斯也说了他们的投资主旨，彼此之间并未进入实质性的会谈。史密斯一再说wonderful，丁婕虽不谙英语，但这个词属于她能听懂的范围，她想能wonderful就好，可别节外生枝出什么来，当然一切要等到明天的实质性会谈。告别的时候，史密斯还是对着丁婕两眼放光，这时丁婕双眼已经无光，没有神采的目光对着史密斯，不理会他握手时使劲捏了她一把。心想你这副穷相，我算是见识了。这一切苏泰达都看在眼里，他不想去深究其中有什么奥妙，他脑中盘算的是明天如何说服史密斯来投资。

苏泰达请史密斯在酒店的餐厅吃了潮州菜，让这个美国佬开了眼界，他一再夸奖潮州菜好吃，尤其是佛跳墙。苏泰达不想向他说明佛跳墙是福建菜，上海滩上不同菜系混搭是常见的现象，史密斯以为中国菜就是潮州菜，说比洛杉矶华侨台山人开的餐馆好多了。苏泰达心想在谈判的同时，是得让这个老外领略一下中国的饮食文化。明天先请他见识见识中国的茶文化。吃完饭，苏泰达和丁婕送史密斯去南京西路一家五星级酒店，这家酒店一进门有个挑高三层楼的宽阔公共空间，他们在水池旁的茶座喝了一杯茶，东拉西扯后就把史密斯送到电梯前。

过了小桥，他们没有去排队等候出租车，苏泰达说，天气很好，我们走一走吧。出了酒店，他们沿着南京西路向西，过了马路，走进静安公园。面前高大的法国梧桐，给了苏泰达一种难以言说的归属感，他仿佛就属于这个梧桐树家族。小时候爷爷带他到这里玩。从愚园路出来，走过老大房，过一条马路，又过一条马路，就到了静安公园。那时他总是往旋转木马奔去，爷爷在后面叫，慢点，慢点，别摔着。他不管奔得多快，可从来没摔过。他缠着爷爷要坐旋转木马。乘这种马还要大人陪伴在旁边，那时他小呀。那时爷爷口袋里没什么钱，只能难得坐上一两回。到了他自己可以乘了，他也懂事了，不再缠着爷爷。这样乘旋转木马成了他童年抹不去的幸福记忆。更深的记忆已经沉入潜意识，他三四岁的时候，正撞上“文革”驱赶中学生堂兄上山下乡。学校天天派锣鼓队在家里胡乱敲打制造噪音，吓得苏泰达哭声憋在喉咙口，四肢并用钻进床底，爷爷弯下腰把他劝出来，说带他到静安公园骑大马。即使骑在木马上，他两耳仍然灌满了令人窒息的锣鼓声，他分不清是自己心跳快还是鼓点急。

今天他和丁婕坐在法国梧桐树下讲起往事，那些木马早就被拆掉了，碎片散落在记忆深处。坐在这里望着南京西路和华山路的街灯，他们躲开了喧嚣，一起进入静谧的世界。谁也不再说话，许久许久，彼此都不知道对方在想什么或什么也没想。还是丁婕先说了话，那个旋转木马我也坐过，我妈带我来静安公园，我看着木马一高一低地旋转着，心里痒痒的，我也要乘，妈妈说那是男孩子玩的，我说，我也要玩嘛。那时我不知道什么生男生女一个样，我只知道乘上那个欢跳绕圈的木马一定好玩，其实那马并没有在跳，我那时看成它们在跳。拉着妈妈的手，跺着脚，我要玩我要玩嘛。谁想到他们都快进入中年，却会在深夜的静安公园一起回忆童年的故事。他们就这样坐着，不再说话，只是轻轻拉着手，柔柔的，没有谁用力。这样坐着，直到露水在发际落脚。回去吧，苏泰达说。他们一起走回酒店。

进了3818，丁婕就要去卫生间，说我去放水，我们一起洗个澡，早点睡，明天还有一场战斗。苏泰达脚步迟疑，制止了她。不用放，一会儿我自己来。丁婕惊讶了，心里说那我呢？向他投去询问的目光，苏泰达把眼睛转向窗口，窗外是黝黑的夜，除了街面上的路灯，周遭大厦的灯光大都熄灭了，只有零星的几盏。他迟迟疑疑地说，要不要去找……丁婕不知他要说什么，还是什么都不说了，她忽然想到了什么，就截铁般地说：要是——去找一个应招女郎？这是不允许的。苏泰达无法面对丁婕的指责，他只有听的份。面前这个女人不同凡响，不可小觑。他跟她真说不清是什么关系，不是夫妻，不是事业上的伙伴，算情人吧，可是又掺进雇主和受雇者的关系，真是剪不断理还乱。苏泰达说，都怪我一时没想周到，我收回我的话。

丁婕心里不痛快，也不去浴缸放水了，自己进了卫生间，锁上门，把淋浴的水开得哗哗响。过了好一会儿，苏泰达在外面敲门说，婕，你是不是忘了什么东西？丁婕在里面说，我忘了什么东西？我没忘什么东西。你是忘了东西，你开开门。又轻轻敲了两下，门终于开了。丁婕裸着的身上，水正从挺拔的双乳流下来。苏泰达从来没有见过她这么美的裸女形象，这是他的女神。她的乳，她的腰，她的小腹，都是那么美。他猝不及防，丁婕冲过来，让他无法再欣赏这个维纳斯雕像（当然双臂是柔美完整的），她张开玉臂，水淋嗒嘀地把他紧紧抱住，小拳头使劲擂着他的背：你坏，你坏。

2. 平流雾飘浮

苏泰达把浑身上下流淌着水的裸体紧紧抱住，好一会儿没有松开，最后狠命抱紧后断然松手。丁婕惊诧，一时没回过神来，看到苏泰达脱了湿漉漉的衬衣，她以为接下来一定是缠绵悱恻的肌肤相贴，就乖乖地躺回浴缸里，水漫了上来，漫过了大腿，漫过了她好看的小肚子，漫过了乳峰的山脚，终于水面上只露出嫩红色的两点。她眼中射出渴望的光，她在等待，等待苏泰达来和她同浴，没想到苏泰达脱了衬衣，拉过一条浴巾在身上擦着，一边擦一边说，明天就要同史密斯短兵相接了，这是很关键的一步，不能有半点差池。今晚我们要休息好。其实他说的是我应该休息好，为了不让丁婕产生疏离感，就把她包括在内了。苏泰达信奉“恬淡虚无，真气从之，精神内守”，他知道明天精气神都要十足，才能淡定自如地面对谈判对手。丁婕在浴缸里拍着水花，休息好，是床上的事，先来洗澡，洗得干干净净才能睡得好。苏泰达知道丁婕的小计谋，只要他入了水，两人紧抱在一起，哪顾得洗澡，接着就是享受裸体鸳鸯浴做爱的人间至乐，他简直就“在劫难逃”。“人间至乐”是一次这样做过以后，丁婕所作的命名。今天他要自律，不能下水，他走近浴缸，说亲爱的，今天你自己洗吧，改天我一定陪你。丁婕把浴缸中的水溅得好高，她满脸都是水，就好像满脸都是泪，她没有趁机放出哭声，她理解苏泰达，明天的确至关重要，不能有半点疏忽。她说，那好吧，一会儿你自己洗吧，今晚我打地铺。苏泰达说，当然是我打地铺，这没什么好商量的。

苏泰达在睡前，心思果然一直停留在明日谈判的筹划里，不断有新的主意涌出来，也不断推翻原来不够缜密的想法。夜里他们谁也没有打地铺，甚至不是两个被窝，而是裹着一条被相拥而眠。丁婕在苏泰达的臂弯里甜甜睡去，半夜苏泰达醒来，看到她甜睡的样子，只轻轻在她腮帮上吻了一下，动作轻得如蜻蜓扑翅，不过还是点了水。丁婕没有醒，她在睡梦中享受着这份来自苏泰达心底的爱。

苏泰达不想在太平湖附近兜来兜去找停车的地方，他和丁婕在酒店门口排队等出租车。今天他穿着很正式，本来丁婕叫他随意一些，今天是边喝茶边谈，用不着在衣着上一本正经。苏泰达说，不能马虎，要穿笔挺的西装，头发也要梳得一丝不苟。在梳妆镜前他自己摆弄了好一会儿，后脑勺的发胶还是请丁婕给喷的。丁婕喷完之后，还接过梳子，细细梳了几下，直到自己看起来伏贴为止。丁婕则是休闲装，既然他们已经约定不在性方面对史密斯展开进攻，自然她是爱穿什么就穿什么，只是不能太露。

出租车驶上延安路高架，苏泰达喜欢在高架路上欣赏上海的城市风貌。放眼望去，一座座大厦迎面而来，又向后转去，上海展览馆高耸的塔尖一步步移近了，这些景色不知看了多少次了，还是看不厌。他一直没有说话。早几年延安路高架修好以后，两边好多高楼正在修建，不断有新楼从一片老楼中耸立起来，每当看到这些景象，他总是想到自己的公司正像这个城市那样一日三变样。

在兴业路中共一大会址，他让出租车停了下来。每次他到新天地来，总是在这里下车，然后走过这栋三层灰楼的门口。就在这个时刻他总是会想起爷爷带他来这里的情景。那是1973年，他才六岁，爷爷带他在这栋小楼门口走来走去。当时他没有问为什么，后来才知道那天是爷爷参加共产党四十周年，爷爷眼中噙着泪花，至今还在他眼前闪烁。再后来他才知道爷爷早已不是党员，他来兴业路76号，只是为了慰藉心中的信念。那天他自顾自在人行道上跳房子，转身一看爷爷手掌按住眼睛，他跑过去，惊呆了。爷爷哭了，泪水正从眼眶里往外涌。爷爷用手沾着泪水，去擦拭墙上青砖的污秽，擦了一次又一次，泪水还是不断地流，爷爷不停地擦，那点脏就是擦不掉。苏泰达看着心里急，拉着爷爷上衣的下摆，说爷爷，别擦了，你是擦不干净的。苏泰达不知道爷爷耳边有一声悲壮的嘶喊，那是他跳崖前，从中弹的战友胸腔里发出的，正是这一声喊，飘过了无法丈量的时空，又在兴业路响起，撞开了爷爷泪水的闸门。

苏泰达看到了爷爷的泪花，而爷爷心中的痛楚他是不知道的。后辈人无法理解长辈，是因为时间相隔太长，空间相距太远，没有了切肤之痛的感受。靠语言符号，传达的信息缺乏充分的质感，何况苏泰达此时太小，他会长大的，长大后的人生经验使他有了理解这些话语的基础，进而推动他去付诸行动。

转眼过去了三十几年，今天苏泰达路过这里，回忆已经淡了，又淡了，漫漶在一片褪色的历史图景中。

他今天有更重要的事占据着自己的心思。他们来到一家茶馆，进了门还不见别的客人。挑这个时间来，正是苏泰达细心的安排。这里有中国文化的氛围，而且此时人又少，便于会谈。他们先要了两杯白开水，正式的茶艺表演要等客人来了再开始。史密斯是杜志铭开车去接的，他们俩进到房间里来时，苏泰达和丁婕都站了起来，迎上去。史密斯今天也是穿戴整齐，这老外也懂礼节，正式谈判着装不能随便。两位服务小姐进来，开始了泡铁观音的一套程序，史密斯看得两眼发直，嘴唇微张。直到接过闻香杯才如梦初醒。他仿效着苏泰达的动作，闻着杯子，一股兰花清香直沁他的肺腑。他只喝惯咖啡，这茶的香气是另一种类型的香，他觉得只有东方才有的清纯茶香，连忙恭维一番。直至端起小杯啜了一口，顿觉口中生津，为东方的茶韵所倾倒。也许这有利于接着的谈判。其实并非如此。史密斯的目光扫过苏泰达的脸，落在丁婕脸上，又旋即转回苏泰达的脸，清了清嗓子说，我们是实力雄厚的投资公司，第一次来中国投资，一切都要按我们的游戏规则办。苏泰达心中不解，哪有不按游戏规则的投资行为，平静地道：中美的文化冲突不会影响我们按国际通行的游戏规则，来规范我们彼此的行为，这是毋庸置疑的。他是盯着史密斯的眼睛说此番话的。史密斯提出苏泰达必须放弃中国品牌，才能考虑投资。尽管作为一种可能性，苏泰达早有思想准备，现在亲耳听见了，几乎剜了他的心。苏泰达把新生产线的赢利前景又简要做了介绍，史密斯似听非听。他手中的天长地久牌有了今天的知名度、美誉度，创业至今吃了多少辛苦。美国佬给点钱，就想对它一笔勾销，就像让他亲手杀自己的儿子，这是绝不可能发生的事。他力图同史密斯磨合，但磨而不合，听下来史密斯要的是他手中的营销网络，在中国有十万人在做天长地久牌产品的销售，接管了这个营销网络，就占领了中国市场。出点资金哪怕只有几千万元，有了这个网络，就可以控制中国市场，实在是一本万利的事。苏泰达已经看出史密斯心中的计谋，仍然死守品牌这个防线。

冲过几次水，茶味已经淡了，苏泰达让服务小姐再泡一壶。史密斯端起杯子一口饮尽后说，苏先生，你放弃品牌，并不吃亏。我们投资以后，这个产品不但要占领中国市场，而且便于通过美国FDA认证，将来可以行销美国欧洲。苏泰达知道这是一个画在纸上的饼，通过FDA认证谈何容易，美国佬会轻易放过中国产品吗？再说干企业，不就是想开百年老店吗？没有品牌，中国民族工业又何以自处。这些话，苏泰达只在心里对自己说。看来今天就只能到此为止了。没想到史密斯一边看着小姐斟茶一边说，苏先生，可否在你们的品牌前面加两个英文字母，这样体现出美中合璧。他以为这个好主意一定能得到苏泰达的认可，没想到苏泰达说，我要培育的是纯粹的中国品牌，不要说加两个英文字母，就是加一个，我也认为不合适。史密斯耸了耸双肩，摊开双手。丁婕在旁边一直没说什么话，她听得明明白白，双方是品牌之争。她想放弃品牌没什么了不起，不就是品牌嘛，用什么名字不是一样吗，她没有说出口，她知道她只是陪客，不宜随便插嘴，就说史密斯先生请喝茶。她的眼神使史密斯心为之一动，其实她只是习惯性的表情别无他意。史密斯的一动，只是他的误会。

丁婕不知道昨天他们见了史密斯后，苏泰达去拜访了区委副书记邝一杰。邝一杰是在一次下基层调研到太一公司认识苏泰达的。那时他对这个朝气勃发的民营企业家说，有事尽管来找我。当时苏泰达理解成一句客套话，他不知道邝一杰并非随口说说，作为身居领导职位的官员，他倒是希望不要断了和基层生机勃勃的建设者的联系。苏泰达在融资必须做抉择的重大时刻，本来依照他惯常的做法，完全可以果断地决策，但他这一次还是想听听别人，尤其是担负领导职务者的意见。这样可能做出的判断会全面些。他犹豫片刻，还是按了邝一杰的手机号码。照常规找邝一杰应该通过秘书，可是当时邝一杰给他名片时，翻了过来，工整地写下了手机号码。那句有事找我的叮嘱，就是在这个时候说的。苏泰达接过名片，心中有点小感动，不过没有流露在脸上。现在这个号码终于派上用场了。已经是晚上七八点钟了，邝一杰接电话说，我还在机关，你现在就过来。邝一杰心里清楚，他给了苏泰达手机号码，苏泰达打了电话，一定有什么非找他不可的事。

见了邝一杰，苏泰达把史密斯来上海做了汇报，并说马上要做实质性洽谈。说到品牌，分析了史密斯诸种可能的态度。邝一杰分析了情况，又提高音调说，小苏，你可记住，这和打仗一样，品牌就是你的阵地，战士是不能放弃阵地的。投资不过是给养，有了阵地，给养可以多方面想办法。没有了阵地，给养没有任何用处，有了，甚至有可能成为对方的战利品。他用这个浅显的事例来说明问题。本来苏泰达已经有了初步的主意，听邝一杰这么一说，心中更加坚定。好，我就要守住这个阵地。此刻他果然守住了阵地。看来今天再谈下去也无益，丁婕提醒苏泰达将近十二点了，苏泰达就让杜志铭去开车，待史密斯上了车，他和丁婕又要了一部出租车，朝茂名路开去，他们要去新锦江旋转餐厅吃饭，让史密斯领略一下上海的全貌。

到了旋转餐厅，在大扇玻璃窗前一站，不要说第一次站在这个位置看上海的史密斯，连苏泰达都惊呆了。雾霭飘浮着，雾霭之上远近的高高低低的大厦的顶部仿佛也在飘浮着。乳白色的浪拍击这些大厦的窗户，这就是人们说的平流雾。那个多年前上海最高的国际饭店就像涨潮的海水上的礁石。他指给史密斯看，史密斯自然看不明白，他眼中那只是一块尖尖的黑石头。苏泰达想起，他有一年在青岛崂山香港东路的海滨，从山庄楼上看到的海面就是这样的情景，那海水下，除了礁石就是海沙，只有为数不多的小螃蟹在横爬。但在上海的雾霭下，此刻不知演绎多少人间悲喜剧，雾霭之上和雾霭之下都一样悄无声息地演着这样的戏剧。说悄无声息指的是在旋转餐厅什么也听不见，而那里的一切该是惊涛骇浪汹涌澎湃。这时杜志铭走近苏泰达问，那个鸡血石图章还去取吗？他说的是，前几天苏泰达选购了一块鸡血石，请一位朋友刻“史密斯印”，要赠送给这位远道而来的客人。杜志铭看融资黄了，就有这个对老板的提醒。去取，还是送，买卖不成仁义在。杜志铭回来的时候，他们已经开始用餐。苏泰达接过来，把锦盒打开，取出来印章，托在手上对史密斯说，这是我送给你的中国图章，上面是你的大名史密斯。丁婕接过来一看，上面是篆体阳文，她把图章的功用向客人做了说明，史密斯连连点头。丁婕把印章还给苏泰达，苏泰达接过来郑重地双手递给史密斯，史密斯连说感谢，取出自己的名片（这是他来中国赶印的），在杜志铭带来的印泥上重重一按，小心翼翼地在名片上盖上自己的图章，双手递给苏泰达。苏泰达想不到的是，几年以后，他再次遇到史密斯，史密斯会主动提出给他投资，放弃任何额外的条件，只按常规办事，更别提什么取消中国品牌了。那时见面史密斯发给在座中国朋友的名片上，他的图章已经用红色赫然加印在上面。

3. 放长线不为钓鱼

苏泰达半夜接到区委副秘书长戚麟洱的电话，说有急事找他。夜已深，不能见面了，说好明天一早到办公室。

苏泰达坐下，接过戚麟洱递过来的茶，刚喝了一口，就听戚麟洱问起近来的工作，公司有什么新经营项目诸如此类，苏泰达一一作答。他想今天约我来，大概不是为了了解公司情况吧。果然戚麟洱及时扭转了谈话的方向，听说你一条新的生产线，主管部的批文就要到期，后续资金还没有着落。苏泰达心里有点感动，领导日理万机居然关心起一个民营企业的融资问题，就据实做了汇报。很好嘛，美国人要投资，这是天上掉下的馅饼，多好的事，你赶快接着啊。我倒是想接住，可是人家条件苛刻。什么苛刻条件，说来听听。苏泰达又据实做了汇报。原来是这样，那就答应他嘛。中国的品牌都不成熟，将来与美国贴上了，不就有了远销欧美的宏伟前景。戚秘书长，苏泰达入乡随俗，对副秘书长，也只好称秘书长，人们都是这么叫的，违反了约定俗成，你傻呀，惹得人家不高兴，犯得着吗？戚副秘书长听见称秘书长也十分顺耳，脸上没有任何异样，苏泰达觉得自己叫对了。戚秘书长，你有所不知，你知道美国人要的是什么？要的是我们公司十万营销人员组成的营销网络，他要我们放弃我们的天长地久品牌。戚麟洱说，放弃品牌有什么了不起，今天放弃阵地，就是为了明天占领更大的阵地。苏泰达似乎看到一把利刃刺进了自己的心窝，他握住了刀把，不让它再往深处戳。戚秘书长，你说的道理很对，具体到我们公司，我们势单力薄，放弃了这个阵地，就成了流浪汉，哪有什么可能去占领更大的阵地。苏泰达不想往深处说，只说自己的事。戚麟洱看他头脑一根筋，心里不痛快，要是过去，企业都是全民所有，国家的，一个命令，这些厂长经理不敢不服从，可现在，他们是私有企业，我们只能建议，命令已不管用了。小苏，我也不想讲大道理，只讲利害关系。你这次接受美国人的条件，放弃品牌，将来企业有什么困难，尽管来找我，我一定出手帮忙。戚秘书长，我只要放弃了品牌，将来企业被摧垮，我连找你的资格都没有了，还能请你帮什么忙。

戚麟洱是受朋友所托，看好言好语不能打动苏泰达，就抛出一句话，苏泰达同志，你看着办吧。苏泰达心中的不快比戚麟洱更甚，戚麟洱只是为了完成第三方嘱托，苏泰达想的却是我们的民族工业。他的态度戚麟洱已经明了，看来这小子是敬酒不吃吃罚酒，可是对民营企业，戚麟洱和盛昌发不同，他的身份地位决定他不可能直接给苏泰达吃罚酒，只是感到自己的无可奈何。

苏泰达心中何止是不快，痛苦侵啮着他的心。他在心中对自己说，如果放弃品牌，那么以后中国的市场都让外国人占了，我们去占领外国市场更是天方夜谭，将来我们都沦为外国人的打工仔，这是何等危险啊。你们头头们就领着一大群打工仔给外国人当苦力吧。这话苏泰达没有说出口，他给戚麟洱留了面子，好歹他是副秘书长。苏泰达恳切地说，戚秘书长，我的新生产线确是需要大笔资金，融资失败就意味着我的生产线不能投入生产，前期的投入也就打了水漂。那你就赶快走面前这条阳关道啊。不，这对我来讲不是阳关道，我宁愿不投产，也不放弃品牌。再说还有一段时间，我可以从别的方面去想办法融资，我不能明知是火坑还要往里跳。

戚麟洱看劝不动苏泰达，就把口气松了。反正完不成朋友所托，还不如做个好人，就说，好，小苏，既然是这样，我尊重你的意见，你的骨气值得佩服。你喝茶。说了半天话，苏泰达还没有静下心来，欣赏这杯好茶呢。他举起杯慢慢喝了一口，含着口中，果然清香扑鼻。戚麟洱说，这是一位同志从福建带来的，你今天来得巧了，见面分一半。凭他多年对上海企业界的观察，注意到苏泰达不同凡响，说不定哪天真成了气候，遂决定分一半好茶给苏泰达，放长线不为钓鱼，只为交个长远的朋友。他接着说，这是朋友从武夷山弄来的，据说和当年送给尼克松的半壁江山相仿[①]，不是出产于九龙窠峭壁上那六棵大红袍茶树，是附近山上的。你拿回去尝尝，或许能尝出其中天人合一的真味。说着拿出刚

---

① 坊间传说尼克松来华访问时，被赠送四两武夷岩茶大红袍，这种茶是中国历代皇家贡品，每年就产八两，四两就是半壁江山。

才那个茶叶罐，摊开一张白纸倒出一半。戚秘书长，不好意思，我没执行你的意见，还来分你的好茶。别说这话，你们经营民营企业不容易，社会经济发展你们是做了大贡献的。小苏，以后有什么难事随时来找我。这是戚麟洱的责任感，也是他的承诺。苏泰达接过戚麟洱包好的好茶，说却之不恭，戚副秘书长的好意和好茶一起收下。苏泰达还是忘了约定俗成，听凭自己的下意识自然流露，称戚麟洱为副秘书长。戚麟洱没听清叫他什么，接茬说，好啊，有空来坐坐。这是戚麟洱的客气，不是他的邀约。苏泰达再有空也不会再来这里坐坐。戚麟洱把客人送到房门口，在门限内停住了脚步。苏泰达走了，路过武警战士面前，他昂着头，眼睛看着前方。

4. 翠湖畔翻飞红嘴鸥

苏泰达望着电话机发呆，痴痴地看着，心绪杂乱。再给谁打电话求助呢？刚才打了四五个电话，没有一个会为他开启通往融资之门，哪怕给予一丝希望。就在此时，他接到了一家海外投资公司的电话，他们是从云南一家烟草公司得到苏泰达的电话号码的。

上个月到云南寻求烟草公司投资，进了宾馆，他给烟草公司打电话，人家说今晚不能见面，要等老总安排时间。就这样在翠湖畔生生等了三天。三天！对于苏泰达来说是何等宝贵的时间。可是为了求人家的资金，他能不放下身段吗？他也没心思出去，只站在窗前，看着红嘴鸥在眼前翻飞。他眼睛紧紧盯着其中一只，看它冲向高处，又俯冲下来，几乎要贴着湖面，又腾空而起，完全不顾旁边疾飞的伙伴，疾飞的伙伴也不顾及它，各自按自己的意愿飞翔，却是井然有序，没有谁会撞到谁身上，谁也不妨碍谁，这才是真正的和谐场景。眼前红线穿梭，编成了一幅织锦。红嘴鸥不歇着，苏泰达眼睛却看累了。对方条件苛刻，自然没有谈成，空手回上海。这种无用功何止一次。现在主管部批文的期限一天天接近，才逼得他接受这样的遭遇。

此刻有人来电话，要投资，自然欢迎。苏泰达接完港商朱升平的电话，就通知丁婕一起去见一位外商。丁婕坚持有事请假不能同往。到了咖啡厅，苏泰达用朱升平事先提供的照片，认出了他，却见丁婕坐在客人的旁边。

现在丁婕坐在两个男人的中间，或者说两个男人坐在她的两边。她同这两个男人都有一段感情，同时也都为他们做过公关。今天她的目光似乎有点异样，苏泰达注意到她看朱升平，眼中是明亮的，但亮度不会赶过她此前看自己的目光，而她今天看苏泰达的目光却未见光彩。每当她要碰到苏泰达的目光，她就会微微偏过头去，甚至较大幅度地转动，把目光移向窗外陆家嘴的高楼。她想的是如何向苏泰达解释，才能使他满意。当然要说得合情合理。苏泰达是极为聪明的人，半点扯谎都会被他看破，诚然看破了他也不一定点破。丁婕不希望给他留下不好的印象，到底长期的合作对象是苏泰达，而不是这个好久不见突然返回的朱升平。

朱升平好像不再小打小闹，他正在向苏泰达介绍他手上在做的大生意。不知苏泰达怎么看，她丁婕却是门儿清，这个朱升平的话水分太多，就像他的打扮总有点夸张。别人都是系的领带，他却打的领结。不知是不是学的一个地方首长，但他个子比那个地方首长高些，打领结好像与他的身坯不相称，却能引起别人的注意，也许这正是朱升平要达到的目的。现在他又在夸夸其谈，不是丁婕故意用这个贬义词，而是她以前同他的接触，就得出了这个结论。朱升平在说，他正在融几十亿美元的资，一旦成功，他不但可以在上海投资多个项目，而且可以到西部去，那里正缺资金，一定会特别欢迎他这样的爱国港商。

苏泰达在一旁静静地听着，一直没有说话，他不想打断朱升平，要让他充分表达。苏泰达有个习惯，对于第一次打交道的人，都要让他说个够。不说言多必失，即使看不出破绽，苏泰达也会从他们的前言后语，他们连贯的大套话语，去了解这个新认识的人。苏泰达有这个自信，他以往就是这样观察人的。今天他对朱升平的几十亿美金将信将疑，这个疑正是建立在自信的基础上，他不要他的几十亿美元，几千万足矣。苏泰达摆出一副洗耳恭听的样子，当然是诚心诚意的，因为他现在的确需要这样一笔资金。

丁婕也在专注地听，朱升平此刻说的话，有些并没有告诉她。朱升平说，只要苏泰达给十万美元，让他在香港外资银行开一个户口，几十亿美元就可以进来。朱升平说得手舞足蹈，他说我还没有说这几十亿美元的来源，他卖关子地顿了顿，这来源才是最重要的，十万美元不是个事，几十亿美元才是个事。他看看苏泰达，丁婕的目光却射到他脸上，他觉得脸上红光泛起，推销自己的劲头高了几倍，就详细介绍了这笔钱是内战末期，国民党临离开大陆时一个大头目的资产。有谁会相信他会筹到这笔资金？他从他的包里取出了两大本相册，随手打开一本，指着其中一张照片，你看，这是我，这是那个大头目的儿子，我们过从甚密。你看这一张，我同他和他的夫人的合影，还有我们一起游览夏威夷，在海滩上的合影，一页一页地翻过，一页一页地介绍。苏泰达认真地听，仔细地看，心中有了一个疑问。就在此时，朱升平翻到最后一页，你看你看，这是我的朋友同他父亲的合影，果然是国民党临离开南京时亮过相的大头目。苏泰达看出朱升平的精明，他的疑问被朱升平看透并及时给予回答。朱升平说，另一本就不用细看了。不让看，谁知道里面有没有照片，丁婕和苏泰达同时有了这个疑问，但他们不会说，朱升平也不准备解释了。朱升平说完，看大家冷场了，就说不要光喝咖啡，我们叫点吃的。苏泰达说，不用叫吃的了，我们到楼上餐厅吃广东菜，我为朱总洗尘。

5. 何磐石泡好了两杯龙井

何磐石泡好了两杯龙井，一杯给自己，一杯等着苏泰达来喝。苏泰达是在一次长三角企业家俱乐部的活动时认识的。那时他听了苏泰达的发言，觉得他对经济实体中的各种人的关系有深刻的洞见。当天会后他就主动走近苏泰达去同他交流。苏泰达也很为自己认识何磐石而高兴，是一个可亲的老人。那时何磐石对着摄影者说，来，给我和新经济力量照张相。苏泰达被指为新经济力量，只是何磐石的风趣说法。其实社会上也正是把他们这批生气勃勃的民营企业的创办者经营者称为新经济力量。本来要是何磐石没有主动提出，苏泰达是不会想到要同他合影。就是这次照相，成了他们交往的机缘。不过以前苏泰达要请教何磐石总是在企业家俱乐部，或是什么会所，这样谈起来更放得开。毕竟开始交往时还没有到何磐石家拜访的深度。后来何磐石一再邀请，苏泰达就不好推托了。本来他偏于内敛，对领导同志他是不愿意去趋近的，但接触何磐石以后，他觉得他们谈得来，也就不把何磐石当成领导，而是当成长者，一位能对自己人生方向给予指引的长者。

苏泰达按铃之后，过了一会儿，就听见了脚步声，开门的正是何磐石。苏泰达说，何老，不好意思，还让您来开门。何磐石说，我不开门，你就进不来了。家里人都出去了，清静，我们谈起来更舒畅。他边说边往里走，走过花园的甬道，两边的玫瑰开得正热闹，喧哗着争相向客人伸过手来，一路上馥郁的芬芳汹涌。

你看我这花园拾掇得怎么样？苏泰达连连称好。现在离休了，在家除了看书，我就是做园丁了。苏泰达对花草也十分喜爱，他也想侍弄花花草草，只是没有时间，他也不好说，我以后来跟你学园艺。

坐了下来，何磐石问，最近看什么书？

何磐石阅人无数，他和人谈话的开场白针对不同的人群各不相同。本来对苏泰达这种被称为企业家的人，应该首先问最近生意怎么样？当然不会问最近钱赚得如何这样俗气的问题。对苏泰达他这样问，是因为他们曾经一起切磋过对某本书的看法，也基于他对苏泰达的了解。苏泰达不知道何磐石会做这样的提问，似乎有点措手不及，好在他不管多忙，总会挤时间看书，不至于出现尴尬。他说我正在看1986年诺贝尔经济学奖得主詹姆斯·M·布坎南的一本书《财产与自由》。何磐石说，好啊，你看完，借给我看看。苏泰达看到桌子上有一本《复杂》，书页中间夹着一支软铅笔。看来老爷子正在啃这个新兴学科。苏泰达把目光朝向那本书，一动也不动。他不能问你最近看什么书，也不能问你正在看这本书。他的目光就是一个问号。何磐石是多么睿智的老人，当然看出来了，他理解苏泰达不开口问，是对长者的尊重。何磐石就自己来回答苏泰达的目光所表达的疑问。我最近正在看这本书，他把书推近苏泰达，苏泰达拿了起来翻看着。你读过吗？何磐石问。苏泰达微微点头，他是几年前刚出版时看的。我让研究室的同志帮我找来的，何磐石又说，书中讲："德克萨斯州一只蝴蝶翅膀的扇动，一个星期以后会影响到海地的一场雷暴雨的走向。”小苏，这个论断，表明世间的事物是相互联系的，这也符合经典作家对世界的认识。我觉得不管意识形态如何，世间的事物总有共同的地方。凡是人都应该有人性，人类精神探索的趋近，总会有共通的价值观。苏泰达赞成这个观点，但不必开口表态，他只静静地听。他没想到今天来，会有这个意外的收获，以致沉浸其中。倒是何磐石想起来，你说你有事找我？苏泰达纠正道，不是找您，是来向您请教，请您指点迷津。苏泰达把朱升平可以提供资金，以解新生产线建设的燃眉之急，来龙去脉都说了。何磐石专注地听着，直至苏泰达说完，他还是静默着。苏泰达只能等着，他没有催，他也不可能催，他知道何磐石正在思考。

好啊，何磐石开口了，有这等好事，他能融到几十亿美元，他要你十万美元开账户。他能融几十亿美元，还缺你这十万美元吗？他没有说出空手套白狼的结论，其实苏泰达也有同样的疑问，他多次问自己，朱升平要十万美元会不会是一个局？一个套？一个陷阱？何磐石指出了那个下台的大头目生活困窘，曾经出卖带去美国的古董，以补贴家用。他的儿子有此能耐，早就好给他父亲过好日子了，怎么会如此穷途末路。这个结论自然而然形成了，何磐石反对向这个港商融资，最后他说，我的意见供你参考，也希望你慎重。生意场上的险恶与别的人生战场的险恶是一样的。凭他一辈子人生斗争的经历，他这样的话是足够后一辈人深思的。苏泰达点了点头。

何磐石指着茶杯，茶都凉了，你没喝一口，来，我来给你续点水，说着站了起来，要去提热水瓶，苏泰达连忙站起来，何老，我来。何磐石说，这茶还可以，要第二泡才能喝出味来。不过苏泰达觉得比起戚麟洱的茶，还是差一截，到底一个不在位，一个在位。

告辞的时候，何磐石送到门口，还是走过甬道。刚才下了一场小雨，玫瑰花瓣上，闪耀着水珠，何磐石说，我就喜欢玫瑰。我记得莎士比亚《第十二夜》电影中，有一句台词，盛开的玫瑰转眼就枯了，这好像带点伤感的味道，其实玫瑰哪会转眼就枯了呢？它的花期还是蛮长的。苏泰达虽然也喜欢花，但他偏于喜欢中国的花，对玫瑰的观察是不细致的，此刻他随何磐石停下脚步，玫瑰红的水珠闪着一个个惊艳的眼睛，每个眼睛里都藏着一个太阳。苏泰达想，在茶花雨后的花瓣上会有同样的情致。凡是能给人美感的花，总是有共通之处。好，何老，请留步吧。谢谢您了。何磐石还是朝前走，送到院子的门口，欢迎你再来，下次可别忘了带你看的那本书。

从何磐石家出来，苏泰达驾着车直奔五星级酒店。到了酒店门口，等不及门童出手，他就从座位上跳了起来，开了车门。奔到房间门前，门卡一碰，小绿点一亮，就猛地推开了门。

丁婕见他进来，霍地站了起来叫道，苏总。苏泰达说，丁小姐，你这是怎么回事？我约你去见外商，你说你忙，你倒先到了。苏泰达警惕起来，不要陷进别人下的套里。丁婕想不应先解释，会越抹越黑，就从茶几上拿起一个盒子，打开了。我托人从法国带回来的顶级品牌领带，她拿出来，托在手上，你看漂亮吗？正适合你这套西装。苏泰达重重推开她的手，先别说领带，你给我说说到底是怎么回事？其实丁婕更感意外，她同朱升平见面，怎么也想不到他的下家竟然会是苏泰达。朱升平曾经是她的客户，只是已经一年多没有联系，而苏泰达是她的新客户。在她的业务活动中，从来没有发生两个客户见面撞车的怪事。当时她看苏泰达走进咖啡厅，紧张得紧握的拳头手指抠进了手心，心几乎要跳到喉咙口，好在她久经沙场，很快让自己镇定下来。她向苏泰达眨眼睛，让他不要声张，苏泰达领会了她的意思，只当是第一次见面。现在他们面对面，苏泰达等着她解释。她说，苏总，你不要生气，朱升平是我多年前的朋友，早就不来往了。他前天到上海，就打电话给我约见面。我想，见就见吧。没想到原来他是要为你融资，你说，上海说大也大，上海说小，不过是个螺丝壳，都撞到一块了。听了丁婕讲与朱升平的交往，苏泰达已经掂出他们之间的猫腻。从丁婕这方面来说，她只是付出极小的本钱去搏大的利，既然苏泰达没有让她出面对朱升平公关，那么她就选择为朱升平服务，她记住了朱升平答应，事成之后给她二十万元。

她坐到苏泰达座椅的扶手上，说泰达，我在浴缸里放了水，我们一起洗个澡。她伸手抚摸苏泰达的脸颊，苏泰达轻轻拨开了她的手，说你自己洗吧，我累了，洗洗脸，想早点睡。丁婕拿出她的嗲劲，说我的小乖乖，把衣服脱了，说着就去卸苏泰达的西装。刚才顾着说话，苏泰达进门连西装都没脱，就随便她去。脱了西装，丁婕又去解他的领带，我给你买的新领带多好看，明天就换上。接着从包里拿出一条皮带，说爱马仕皮带，你看，皮带扣一个金黄的大H，你系上它，多神气啊。苏泰达没有说话，心里却在嘀咕，我有那么浅薄吗？丁婕看看无趣，扔了皮带，扶起苏泰达，推着他向浴室走去。苏泰达跨了一大步，说我自己走。到了浴室，丁婕利索地把自己的衣裳脱得精光，一件也不剩，在苏泰达面前展示她线条匀称的胴体，她双手虚托着，说你看多美，一点下坠感都没有。苏泰达瞥了一眼，平常司空见惯，果然直挺挺的，以前居然没有太注意，真不像她这个年龄该有的。丁婕跳进浴缸中，水漫上光滑滚圆的臀部，她随即翻过身来，水从凝脂般的肌肤流了下来，在小腹处激起了水花。苏泰达转过身，走到洗脸池旁，开了水洗完脸，向后转就要出去，这时丁婕从浴缸里跨了出来，湿淋淋地抱住苏泰达，苏泰达只好把手伸向背后，反抱着她抚摸着，丁婕把头靠在苏泰达的背上说，泰达我是你的，我永远忠诚地为你服务。

6. 低低的哭声噎住了

苏泰达没有去想“我永远忠诚地为你服务”是什么含义，他柔柔地掰开丁婕的手，你洗吧，我先睡了。丁婕怅怅地看着他离去，气得跳进浴缸，把塞头拔了，水哗哗地流走，水面从她膝盖处向小腿肚下移，直至脚盘，以至流光。她拉过浴巾，在身上胡乱擦着，穿上睡袍，赤脚走到床边，把睡袍一脱，两眼放光地瞅着苏泰达，泰达，我美吗？苏泰达抬眼望着她，不置一词。丁婕敏捷地钻进他的被窝，紧紧依偎在他身边。

泰达，批文再过一百五十天就要到期，你说咱们要不要朱升平的资金呢？丁婕不敢单刀直入，她太了解苏泰达。要把想法强加在他头上，是完全不可能的，她得慢慢来，做一个诱导。我现在正考虑，苏泰达说。他当然不知道朱升平答应十万美元到账后，给丁婕二十万元人民币。丁婕也搞不清这笔费用算什么钱，劳务费？中介费？还是他们一起上床的报酬？但她希望促成此事，二十万人民币是的的刮刮的真金白银，可以买多少高级时装昂贵化妆品，丁婕心里明白。这样她又开口了，泰达，朱升平要十万美元去香港外资银行开账户，他还跟你说了要以深圳两套房子做抵押，有什么不放心的？其实，那天洽谈时，朱升平这个精明人就看出了苏泰达的精明不亚于他，不好糊弄，看来按自己的打算使其就范已经不可能，他也不想让自己失面子，就说了，为了表示他的诚意，愿意拿深圳两套房子的房产证放在苏泰达这里，并写进合同，那时苏泰达就有点动心。时间确是紧迫，苏泰达有点死马当活马医的意思。何磐石认为不可靠，也有他的道理。这个道理苏泰达自己也想得到，退一万步说，即使融资是假的，有了那两套房子，七十几万也亏不到哪儿去。

苏泰达决定了，他轻轻又坚决地喊了一声：做。丁婕正在劝苏泰达接受投资，尚没有结果，听到“做”，马上回应道：做，就自己裸体爬到苏泰达的身上。苏泰达把她轻轻移下来，说不是这个做，是那个做。丁婕明白了，苏泰达没有明白说出来，她知道了那个做是做融资，她的心落到肚子里，身上备感轻松。有了那个做，就有了二十万元。她今晚要好好做，像酒鬼一醉方休烂醉如泥地做。她伸过手，抓住苏泰达的手放在自己的大腿间，张开嘴唇把他的嘴唇先吮后吸，以至完全吃到自己的嘴里。

签完协议，郑宏伦为朱升平挑选的夜总会是上海顶级夜总会，小姐都是一流的绝代佳人，今晚郑宏伦打定主意，要在这里的小姐身上消费一通。郑宏伦最看不惯贪官的腐败，有时他将心比心，如果处在人家的职位上，如果像人家处于前前后后的氛围中，会不会洁身自好，他愿意说他能够，可是自己如此迷恋女人的肉体，他感到底气不足。现在在老同学手下讨生活，在这里贪污，实在太不仗义，再说他不管采购销售，想贪也没有门路，只能极尽所能，在合法的范围内报销自己的消费。

苏泰达赶到夜总会对郑宏伦面授机宜，让他在朱升平唱歌的间隙里，设法获取他们想得到的资讯。在打款前，对朱升平再摸一下底。郑宏伦大包大揽，说包在兄弟身上，保证公司今天的花费，物有所值，不会误了大哥的事。在他们谈话时，不时从门外传来一个女孩的啜泣声，待苏泰达开门，那声音骤然大起来，郑宏伦后面跟了出来，两人背道而行，郑宏伦回包房；苏泰达朝楼下走去，忽然那低低的哭声噎住了，他情不自禁停住脚步回头看，幽咽的声音如同被狂风搅散，走廊里只隐约听得见从包房里传出来的男女打闹嬉笑声。苏泰达没有迟疑，他转过身，走到那女孩身旁，距离一尺多停下了，问，你有什么事吗？苏泰达从她的着装看得出她是一位服务员，不是三陪小姐。女孩抬起泪眼，说没什么事，谢谢。苏泰达看到她面容姣好，却不是小姐，而是做服务员。他用柔和的声调说，你有什么伤心事，就放声哭出来。女孩抹了眼泪，这种地方她哪敢大声哭呀，她说我要去工作了。从这句话，苏泰达听出了她的湖北口音，这不正是爷爷讲了一辈子的家乡话吗？你是湖北人？苏泰达问。女孩点点头，低声说，是的，湖北。哪个县的？她说了。苏泰达又问：什么村？女孩答：苏家坪。啊，苏家坪，这不正是爷爷的老家，也就是我的老家吗？苏泰达再问：你们村除了姓苏，还有什么姓？女孩说：姓尤。对了，听爷爷说过，老家的村庄里有两个姓，姓苏和姓尤，苏是大姓，尤姓是后来逃难来的几家人家。没想到在上海，又是在这种地方，苏泰达遇到老乡，又是同一村的。瞬间他做了决定，苏泰达问，你叫什么名字？尤明霞。好，尤明霞，你明天，不，今晚就把这个工作辞掉。尤明霞瞪大不解的眼睛，辞了，那我吃什么？苏泰达看尤明霞不再说下去，知道她不相信自己的命运从此会得到改变。他掏出一张名片，双手递给她，这是我的名片，上面有我的手机号码，你明天就按名片上的地址来公司找我。明天上午九点钟，我在办公室等你。尤明霞眼中充满疑惑，身子甚至往后退了半步，苏泰达用鄂西话说，我老家也是苏家坪，不过我至今没有回去过。这时尤明霞才确信眼前这个人是她的贵人，也许能把她从这里拯救出去。她抹干了眼泪，朝苏泰达弯下腰来，直至身体曲成九十度，先生，我谢谢你，感谢你的恩德。苏泰达走了一步，又回过头来，说别忘了，明天来找我，到我公司里工作。尤明霞手握着名片，贴在胸口，嘴里喃喃地，明天，明天，我也有明天了。

小凤来电话紧追郑宏伦，他赶往洗浴中心的路上，又接到小凤的电话，你再不来，我就死给你看，明天你来收尸吧。郑宏伦一手把着方向盘，一手拿着手机吼着，小凤，你不要做傻事，我正往你这里赶，有话好好说。来不及停稳车子，郑宏伦就开门跳了出来。敲开门只见小凤双手握住一把匕首，朝他冲过来。郑宏伦大吼，你放下！小凤撕心裂肺地喊，你杀了我吧，给你这把刀。郑宏伦往后退，小凤猛冲向前，给你刀，你杀了我吧。郑宏伦冲上去抓住她的手，紧紧捏住，不让她动弹。掰开手指，夺过了刀。小凤脚一软，瘫在郑宏伦身上，你杀了我吧，你杀了我吧。他的身上蹭满了她的眼泪鼻涕。郑宏伦顾不得擦，把小凤扶到长沙发上躺下。小凤还是不停地哭，不停地诉说，你骗我，要给我买车买房子，车哪？没见一个车轮，房哪？没见一片瓦片。郑宏伦确是做过承诺，他不愿意小凤沦为妓女，也就是不允许她找别人卖，他要纯洁的爱情，他要小凤干净的身子，他更不愿意自己成为嫖客，堂堂昔日部门工作人员，堂堂如今民营企业副总，怎能加入这个下三烂的队伍。他给小凤描绘了美好的前景，每次做爱以后就说要给她买车买房子，可是多少日子过去了，不见车和房的踪影。

郑宏伦多次承诺，小凤追讨无果，总不能让自己付出没有回报，她只好出此下策，准备一把匕首，让郑宏伦来杀她。可是郑宏伦怎么舍得呢？也没这个胆呀。现在已把刀夺下了，可是小凤并不善罢甘休。郑总既然你不能杀我，那我就自尽。她抓过沙发背上一条麻绳，就要往卫生间跑。你不杀我，我自己上吊，就吊在卫生间的管子上。郑宏伦一看，身子一阵冷，死抓住那条麻绳。这条绳子是小凤新买的，以前他的确没见过。麻绳可不是鞋带，要上吊自杀，这可是真材实料。郑宏伦相信了，小凤确有死的决心，至少有了死的预谋，哪怕是做给他看。他拉着绳子，把小凤拽得跌在地上，他连忙上前扶起她，起来，有话好好说。千劝万劝，才把小凤从地上劝起来，坐到沙发上。郑宏伦用他三寸不烂之舌，说得天花乱坠。小凤说，我再信你一回，要是半年内不兑现，我可饶不了你。郑宏伦表了决心，我再不兑现，不要说你饶不了我，我也饶不了自己。他想反正过了这一关再说。他还是要维护他们纯洁的爱情，不能让世俗的卖淫嫖娼给玷污了。他帮小凤绞来一块热毛巾，为她擦脸上的泪水，不哭不哭，他像在哄小孩，在他眼中小凤就是小孩，比他小二十岁，不是小孩是什么呢？

待小凤情绪稳定下来，他说你早点休息，说着他把麻绳绕成一团，边绕边想，这样粗的绳子，真不是鞋带，一百斤吊上去，是不会断的。真上吊去见阎王，那他罪过就大了。他不想因为自己去害死一个人，不管是谁，那跟自己杀人没什么两样。杀人手会颤心也会抖的，好在今天他及时赶到，避免了悲剧发生。退一步想，可能小凤只是一时冲动，做出一种极端的预演而已，仅是预演，并不想真正演出的，不管怎么说，总算平息了。他把绳子放进自己的包里，带走了。

回到车上，他把绳子放在后备厢，和早先买来的匕首放在一起，当然用麻袋包得严严实实，就是谁开了后备厢，也不会发现。那只是他为了防身用的，也许有一天真的用得着，谁也说不准，就听老天爷的吧。

第四章

1. 第一次烧香许愿

苏泰达把近来萦绕在心中的经济学问题理了一遍，还是生产力与生产关系，这两个经济学概念在心中搅在一起，几成一团乱麻，他想理清它们却越理越乱。他想还是摊开稿纸，在写作的过程中自然会使思考深入，也会有新的灵感跳出来。电话铃响了，是王雪晴。苏泰达心中对王雪晴有一种由同情引发的亲近感，就像对自己的妹妹。王雪晴的确不容易，丈夫离她而去，找了更年轻的妻子。王雪晴并没有被抛弃感，反而如释重负，她看到自己新的机会。她把这个机会瞄准了苏泰达，又觉得不太可能。苏泰达的妻子是他的大学同学，听说他们是一对恩爱夫妻，实在找不到他们之间的缝隙可以利用。离了婚的王雪晴在夜深人静时，不时有孤独感袭来，睡在冰凉的被窝里，靠电热毯无法得到她要的温暖。她多么渴望有一个她心仪的男人搂着她睡，再冷的寒冬也会觉得暖和，只是这个人不知在何方，苏泰达吗？一次次浮现他的面影，又一次次地否定。也许这辈子同苏泰达没有缘分，近来她倒相信起缘分来，还在一个夏历十五，去静安寺烧香许愿。她也不知道自己怎么会萌生这个念头，那天从久光百货出来，脚步懒散地朝前走，就这样跨进了静安寺。她从来没有踏入佛家地界，买了香花券，进了门，请了六支香。走到里面，看到一个二十挂零的女孩，正举着香束作揖。她就学人家的样子，点着了，举香齐眉，这时是不是应该许愿了，她不知道，因为从来没有做过，看来也只有在此时许愿了。此时不许愿，也许可以插好香后，双手合十再来许愿。她看着那个女孩的动作已做到双手合十，她想我就许两个愿又何妨，就在举香时，她为自己祈祷，早日结束孤身生活，找到一个像苏泰达这样的男人，她愿意为他做牛做马，不，做牛做马是不是有点太过了，就改成为他做一切，其实一切不是包含做牛做马吗？也许可以不包含，好，就为他做一切。在双手合十时她又一次许愿，这次干脆对佛说，她就要找苏泰达做男人，她明知不可能，说也说了，反正是对佛说的，除了佛和她，谁也不知道，她胆子就大了起来，在心中再次说，我就是要找苏泰达做男人。许完愿，她一身轻松，也许不能找苏泰达做男人，她心中总在想，请菩萨保佑她找到像苏泰达这样的男人。

苏泰达不知他在王雪晴心中的地位，也不知道她在静安寺佛前许了愿，但他听得出王雪晴给他打电话时那种亲切的语调。这种语调只能给情人，他觉得王雪晴平时说话并不是这样的语调。每当接她的电话，他也自然而然改变了语调，就像对一个不懂事或刚懂事的女孩说话，轻轻的，柔柔的，甚至在他刚刚对下级发了脾气，余怒未息，也会调整情绪，以至总结出经验，在发怒或心中郁闷时，希望王雪晴能来电话，马上可以使自己的情绪得到缓解，而变得愉悦。他觉得不能伤害这样的女人，尽管他除了同她探讨经济学问题，并不能帮她做什么，他愿意用这种轻轻的柔柔的语调，来体现他作为男人，对一个身边的女人的关爱，也许王雪晴也从他的语调中觉出了这种关爱，越发对苏泰达产生了一种依赖，这样反而有利于她的学术探讨，使生活别有一种令人陶醉的意味。所以她三五天总要给苏泰达打一次电话，不打电话好像少做了什么事，往往是并不知道应该做什么事。而确实知道自己应该做什么事时，她也拿起手机给苏泰达打电话，今天来电话是约苏泰达继续到学校来讲课，苏泰达对她说，正在写讲稿，待完稿会和她约具体时间；他也想去见见那位女硕士生李虹绵。

今天王雪晴起得特别早，窗帘刚透了一点亮光，她就醒了。心里祈祷着，但愿今天是大好晴天。昨天忘了上网看天气预报，不知今日风雨阴晴。她拉开窗帘，探头向东方望去，啊，天上云彩不多，晴天是肯定无疑了。她发现自己心中有一种遥远的早已陌生的感觉涌起，那是少女的春心初动，她看着镜子中的人儿，双颊微微红了起来，合上眼帘又抬眼看，真不敢相信那就是自己。她洗漱完毕，来不及吃早饭，只对付了一杯牛奶，就匆匆往外走。每次苏泰达要来上课，她都会先赶去会场，自己试着走上讲台，走近那个长条桌子，坐下来，看舒服不舒服，其实每次都是这个地方，舒服不舒服不是早就知道了，但她还是不信，不是不自信，是怕苏泰达坐下来不惬意。

报告厅里，李虹绵正领着几个同学在布置，王雪晴瞥见会标上写着教授，教授？王雪晴在心里问自己，苏泰达什么时候评了教授，这在大学里可是打破头才能抢来的，许多学术腐败由此而生，虽然已经是大学的常态，可谁也无法遏制。退一步想，人家苏泰达跟你们这些学究争教授干什么？他活得好好的，他的学识，他的社会地位哪样比教授差。大学教授不是被小处长训得抬不起头来吗？因为小处长可以协助申请项目资金，教授是向资金低头，小处长看见苏泰达却是要低头的，原因也是苏泰达手中有资金，他可以给大学的研究项目赞助。称苏泰达为教授，王雪晴怎么没想到，他实在是实至名归的教授，何须谁来授予，倒是被李虹绵这个小丫头片子想到了。王雪晴远远看着，李虹绵正在欣赏她的同伴挂好的会标：苏泰达教授报告会，她回过头来看见王雪晴，喊道，王老师，你来了，你看看这个会议标识好不好？王雪晴走上舞台，拉着李虹绵的手，好，好，李虹绵。难道能说不好，难道能说你抢了我的先机。

王雪晴心里想的可不是“好，李虹绵”，在李虹绵面前，说她自惭形秽，或许不准确，矮一截的感觉总是有的。其实她们身高相仿，矮一截是精神上的，她总感到她不是李虹绵的对手，此时学问已经不是衡量标准，她心中确确实实觉得李虹绵有胜过自己一筹的地方，她不好再说什么，直至见到苏泰达，她如同以往，心中有一种涌起涟漪的感觉，苏总，来了。几天来的心思，有多少话要说，此时却不知哪是一个头儿，该先说哪一句，但很快调整了情绪，直接切入今天要讲的内容。苏泰达总能在他的报告中，带来新鲜的气息。如同电视台的老板专题节目，当然比那个节目更放得开，他的报告不必层层审批，所以就放得开，总能切中时弊，搔到痒处。这就是他的报告吸引人的地方，今天仍然如此，王雪晴陪他进入会场时，他看到了主席台的会标，不禁心中一震，随即平静，不必拘泥于形式，教授不教授，苏泰达是无所谓的。他用不着靠这个职称来换取金钱、升职或其他利益。他没有说话，王雪晴注意到他的目光，就说这是几个研究生毛孩子搞的花样。苏泰达朝里走，他向站在门口和走廊里的学生们点头致意，有这么多人欢迎他的报告，也不枉他昨夜又花了一个多小时把稿子顺了一遍。真正讲起来，他不会照稿子念，而是海阔天空。时常会在演讲中迸出火花，这往往是所有听众侧耳细听，几百双眼睛朝他望的一刻。就在这种时候，王雪晴也是把目光紧紧盯住了他。不过她另有一种奇异的感觉，就像这几百双眼睛正朝着她望，其实她并不在台上，她坐在听众席的第一排，这是她的老位子，学生们也了解她这个习惯，总是给她留着。

今天来讲课的还有张天星，他讲完以后，在休息室乘四周无人，拉住王雪晴的手，压低嗓门说，雪晴，什么时候赏光，我们一起吃饭。看着她毫无表情，又说，我们是老朋友，一起吃饭很自然。王雪晴轻轻把手从他的手掌中抽回来，说张主任，再说吧，等我忙过这一阵。张天星心中的恼怒已明显流露在脸上，王雪晴无可奈何，就说张主任，我徐娘半老了，你身边美女一大把，何必找我呢。听了这样的回答，张天星并不死心。过了几天，他给王雪晴打电话，说要为她介绍有高额课题费的重大课题，约她到五星级酒店的餐厅一叙。王雪晴听说有高额课题费，不再推托，欣然答应。她按时赴约，到达时张天星已在那里恭候，菜早已点好，鱼翅、大鲍鱼、燕窝、海参、龙虾……上乘的食材一应俱全，烹调的方法也是五彩缤纷，就是张天星吃公家或吃老板，这样的场面也不多见。张天星殷勤地招呼，多吃点多吃点，又说慢慢吃慢慢吃，才能品出真滋味。这些燕窝是真正的泰国货，大鲍鱼比大连刚从海里打上来的还大还新鲜，还有这鱼翅……王雪晴看着这一盘久闻大名的黄焖鱼翅，黄宝石般放着诱人的异彩，她搛了一小块，送进嘴里，果然糯滑醇鲜。她说张主任你也尝尝。张天星边吃边把课题的要求说了，王雪晴怦然心动，好啊，我接这个课题。张天星想征服眼前这个散发着成熟女人风韵的教授，不，副教授。他想凭自己的官位、手中的金钱，同这样的女人共度良宵，自然手到擒来，珠联璧合。他不想让自己败在这个女人手里。张天星适时地抓住她的小手说，雪晴我希望你学术上更上一层楼，早日评上教授。王雪晴感激地望了他一眼。张天星乘胜追击，说我也希望你接受另一个新课题。什么课题？王雪晴张大眼睛问。这课题很容易，只要你答应了，课题很快可以完成。我们是老朋友，你也知道，我对你单相思多年，希望你能答应我。答应你什么？王雪晴还不明白他说的是什么吗？不就是床笫间那些事，自己是单身女人，何必委屈自己，就算放纵一次，不过是在艰难搏斗中给自己一个小小的奖励，就在她要默许的时候，苏泰达的影像闯了进来，不，就是为了苏泰达，自己也应该守住这份“清白”。她的明知故问，在张天星听来是打开了缺口，她自己这方面却认为是筑起了第一道防线，张天星就不再遮遮掩掩，单刀直入说你做我的情人，哪怕是一个月相聚一次。我知道你很忙，我也不会占你太多时间。张天星明白，一个月玩一次，又有新鲜感，又不会厌烦。张主任，我不能。希望你能了解我，我只想找一个男人，正儿八经过日子。雪晴你不要太死心眼，和我做朋友，对你只有好处，没有什么坏处。你将来有了准备结婚的男朋友，我们就停止这样的交往。王雪晴低下头，张天星以为她在考虑，他不强人所难，愿意给她时间，静静地等着她回答，过了好一会儿，王雪晴抬起头，双眼噙满泪水，她没有说话，心中的委屈让她说不出话来。张天星已从她的眼中读明白了意思，说那好，我们不做长远的朋友，我们就一次。一次？王雪晴在心中重复着，看来这个张天星是非要我不可了，她还是没有说话，摇了摇头。张天星不死心，坚持说，就一次。这回王雪晴不再摇头，也没有点头，她呆呆地望着张天星，她听见面前这个男人又说，就一夜好吗？就像在恳求，现在满世界一夜情，你要是怕在上海会被熟人撞见，我们去海南岛，今天飞去住一夜，明天回来，神不知鬼不觉，你的课题和课题费就到手了。另外我再送你一只高级瑞士手表。王雪晴听到这里开了口，不。她站了起来，离开了座位，一碗黄焖鱼翅就撂在那里，仍然黄宝石般放着诱人的异彩。张天星猛然站起来，伸出手要抓住她，她已冲出门去。看着王雪晴远去的身影，张天星口中喃喃，不可理喻。这个尤物就像一只滑溜溜的泥鳅，怎么也抓不住，心中的挫败感令他沮丧与愤怒。

王雪晴站在电梯前，电梯门一开，她很快就闪进去。她很怕张天星会来追她，张天星才不追她呢，他还舍不得那一桌佳肴。在电梯里，王雪晴昂起头，不让泪水淌下来。她现在心中只有恨，恨张天星这样的男人。是谁让他这样肆无忌惮，这样不尊重女人，把女人商业化，而她却是不被商业化的女人。他和苏泰达是多么不同，男人和男人，不一样的男人。她现在虚位以待，但也不是任何男人可以填空的。走出电梯，出了大厅，她看到偏西的阳光正从云彩里透射出来，泪光中金色漾成一片。

2. 漫步滨江大道

苏泰达总是避免同王雪晴单独相处，即使她来公司找他，在办公室的会客区见面，他总是请她坐在对面的沙发，相距两三米，彼此之间自然不可能有什么亲昵动作。即使王雪晴做了暗示，他总是用别的话题扯开去。王雪晴逃离张天星的餐桌后，多次打电话给他，想约他见面，苏泰达因公司近来杂事多而婉拒了。可是他有一件事却必须在最近就同她商量。几次拿起手机又犹豫了，不知道王雪晴会不会产生什么新的误会，又可能做出什么亲昵的举动。可是这事又非抓紧说不可，他要重托她办一件事，见面是无法避免的。后来苏泰达给自己一个解释，把见面时间推迟，他想先同许啸华谈过以后再找王雪晴，只好让她在几天里寝食难安，整天不知做什么好。

许啸华是苏泰达敬重的一位企业家，在他读大学时，就听过许啸华来学校做的报告。他们是1988年在北京举办的未来学世界大会上认识的。那时候苏泰达才念大三，利用暑假去参加这次会议。一次会议的邂逅，使苏泰达和许啸华成了忘年交。在一些重大决策的时刻，苏泰达自然首先想到他。

苏泰达在开公司前也拜访了许啸华，他想从许啸华那里得到做人和做事的启迪。许啸华手中的美达纺织集团公司，是他向银行借五万元起家的。那时他是一家印染厂的厂长，乘着改革开放的大好形势，办起服务型的集团公司。这样的公司除了北京有一个外，是绝无仅有。服务型集团公司的成员不限于纺织企业，而是全方位向各类型的企业开放。许啸华当初借来的五万元早就还给银行，现在公司资产已有几千万，许啸华没有移花接木，像有的企业家把公家资产攫为己有，再转移到国外去。许啸华让美达纺织集团公司仍然保持全民所有制，他甚至没有用公司的赢利为自己买房子，仍然住在印染厂给他分配的房子里。正是这一点特别引起苏泰达的尊敬。苏泰达去过许啸华的家，不过是老式公房的三间，在三面墙摆满书架的书房里伸不开手脚，只好坐在一个小矮凳上。就在那次见面时，许啸华说起现在新的经济力量正在形成，我们应该有自己的舆论阵地，不能听任那些为其所代表的利益集团摇旗呐喊的经济学家，在那里唾沫乱飞，许啸华愤然站了起来，眼睛里放出光芒，他挥着手说，泰达，就靠你们60后这一代了，你们虽没有经历过“文革”的大动荡，但“文革”结束前你们已经懂事，有些事情会有记忆，这是历史的记忆，历史的记忆是抹不掉的，你们大学的经历又使你们这一代经受锻炼，赶上经济改革开放的时代，拳脚可以比以前放得开。我寄希望于60后，70后、80后各种生活压力大，纷繁的诱惑多，他们的肩膀还嫩。你们60后这一代担子更重了，泰达，你要切记啊。苏泰达两眼紧盯着许啸华，他在咀嚼许啸华的话，他能觉出这一席话的千钧分量。从那时起他就更加激励自己，一定不要忘记肩上的责任，要为让人民过上舒心的日子而努力去做。从那天之后，他们几乎每个月都要见一次面，例行必办却是顺其自然，彼此都觉得有所收获，有时也切磋些企业的经营问题，不过仅是讨论重大话题的补充。

许啸华送了苏泰达一本自己的论文结集。苏泰达读着论文集，时而出声地仰头朗诵，时而无声地低回默读，仿佛进入一个山谷，每走一步都能发现奇花异草，来不及采撷，来不及欣赏，心中有一种不可名状的感觉，这种感觉越来越膨胀，直至胀成一个五彩缤纷的球，这是一个腾飞空中的热气球，没想到一个企业管理者，或按现时世俗的称谓，叫作企业家，竟会有这样深入的思考，这正是许啸华深受苏泰达敬重的缘由。在这样的人面前，没有什么想法不可以敞开谈。苏泰达向许啸华说了要筹办一个杂志。许啸华不动声色静静地听着，也为苏泰达权衡着。苏泰达说完许啸华又静默了片刻才讲了对杂志宗旨的想法，又说，此议我赞成，学术上应该没什么问题，我们有这个力量，只是一些技术上的问题要抓紧办好。苏泰达脸上呈现更加专注的神情，他想许啸华说的是不是自己已经多次考虑过的。“到底是作为丛书出版，还是作为刊物出版？”苏泰达说，这个问题我想过了，还是作为刊物出版。

苏泰达要见戚麟洱真不容易，约了三次，都说没空。戚麟洱说他办公桌的大抽屉里塞满了各种请柬。有的请柬他看都不看，哪有分身术呀，要干革命工作，再分几身去应付饭局，实在忙不过来。除了北京来了朋友，只要是和他同级别及以上的都热情接待，或者有上级打招呼，他也会分身去应酬。当然都不是公事。工作上的饭局非去不可的，自然优先安排。他这时接了苏泰达的电话，苏老弟，实在抽不开身，有时间我再约你。苏泰达一听，就知道他在推托，只好说，出杂志的事，要向领导汇报。戚麟洱不是苏泰达的领导，按行政系列是汇报不着的，只是听说是办杂志，他忽然来了劲，说好啊，这是好事，明天，明天吧。我同领导有个活动，在活动前，安排十五分钟，十五分钟太短？那好，半个钟吧，总够了吧。苏泰达不明白什么是半个钟，就在电话那头疑惑地重复着，戚麟洱笑了，半个钟都不知道，不是我说你，你这个企业家也真够古板的，你才四十出头，比我小好多，要活泼些，享受人生嘛。就是一个钟两个钟的钟，半个钟吧，比二十分钟稍长些。苏泰达脑筋急转弯，总算恍然大悟，半个钟就是二十二分半，他答道，就半个钟。他决定按二十分钟计，自己就讲八分钟，其余请戚麟洱多讲，他是领导，有表达欲，让他多讲，就能得到更多的支持。

第二天下午，苏泰达去陆家嘴，看看时间还早，就顺着滨江大道迈开步子。难得有这样清闲的时光，要说享受人生，这就是享受人生。阳光投射在对面的外滩，原来那些上世纪二三十年代建造的房子，几十年的地标建筑，点缀在新建的巨型建筑中，就像一位年老的绅士不动声色地看着世态变迁。苏泰达对外滩的第一印象，是小时候爷爷给他看的一幅杭州织锦。他幼小心灵被这个景致吸引了，缠着爷爷带他去玩，来到外滩，爷爷带着他顺着情人墙走，那是下午时分，情人们还在上班，还来不及排着队挤在这里。爷爷从上海大厦开始，向他介绍沿江的建筑。那时只觉得这些大房子黑压压的，心中有点闷闷的。那时江是淡灰的，天是暗灰的，江上清冷而空寂。不一会儿，十六铺再过去，黄浦江的上空泼满了浓墨，流到了江面上，那里的房子都遮蔽在黑幕后面。江风一阵阵袭来，江水推起一波波浊浪接踵而至，猛拍着水泥堤岸。看来今天情人们是不会来了。而此刻苏泰达站在此处，仿佛世界上的阳光都集中在这里，江水载着银白色的光流缓缓地涌来，银白的光溢了出来，从十六铺的南外滩起，错落的建筑排着队，发出一片耀眼的笑。苏泰达分明听见朗朗声中的自信。那天爷爷又指着对岸连绵的树丛，说那是浦东公园。爷爷，爷爷，什么时候带我去浦东公园。此时苏泰达搜寻着儿时的印象，他现在站的位置，正是浦东公园的树林。那天外滩黄浦江上只有一艘外国轮船缓缓移动，他是从插在船尾的旗子看出来的。对面开过了身坯小些的轮船，他记得很清楚，船头都是两个大字：东风。转眼三十年过去，浦东公园早消失了，地面矗立起这些形状各异的大楼。

他正向其中一座大厦走去，戚麟洱在这里见他。戚麟洱说，你的这个计划就是我最近在一次会议上的提案在一个方面的落实，我支持，我支持。戚麟洱拿出领导的架势，问有什么困难吗？苏泰达没说什么困难，其实他遇到的困难，戚麟洱一个也解决不了，说了也白说。今天找戚麟洱就是知照一下，让他知道而已。戚麟洱从提案说起，又把办杂志，他如何有经验说了一通。我在大学时就办过刊物，当然只是学院里的内部刊物，送给老师同学看看。这些经验很可贵，小苏，以后你有什么事尽管来找我。戚麟洱鼓励苏泰达，我们一定把这个杂志办好，先在本地的企业家中产生影响，再推向全国，你看你看，我把时间讲长了，他一看手上的瑞士名表，说本来讲半个钟，现在都快一个钟了。苏泰达一怔：一个钟？也看表，确实已经过去了将近四十五分钟。只听戚麟洱说，今天就到这里，我要晚了，以后有机会再聊，希望早日看到你的杂志。

苏泰达约王雪晴来公司，向她说了请她担任杂志的主编。王雪晴就坐在他对面的沙发里，中间隔着一个大茶几。这里是办公室的会客区。王雪晴对此事早有思想准备，几周前，苏泰达就同她谈起办杂志的计划，她几次提出帮着跑杂志具体事务的落实，苏泰达说了，这些事还是我来办，你去不合适。他不想让她抛头露面做这些事。只要求她把办刊宗旨落实细化，重要的是联系全国各地的作者。今天请她来就是正式下达任务。王雪晴说，我知道这是你事业的一部分，我会当自己的事业来做。苏泰达知道她是一个有悟性的女人，不必多说什么，只说了二十分钟。苏泰达因为有别的事，王雪晴看出他有送客的意思，他说，我们找时间再聊。王雪晴直勾勾地望着苏泰达，并没有离去的意思，她总想同苏泰达多待一会儿，苏泰达来学校开讲座时，会前会后都没有时间多说话，今天在这里只有他们两个人，应该是说话的好机会，但却不知道说什么好，就静静地坐着，苏泰达也静静地坐着，并没有起身。他看出王雪晴想多坐一会儿，后悔刚才说我们找时间再聊。实实在在应该这样坐着，两个人的心也许就像两个起了波澜的湖面，中间隔着一条堤，波澜并没有交汇，只是两个单独漾着涟漪的湖面。王雪晴此刻的心情，就是在家里折祈愿星的心情。她当时不知为谁折，现在明确了，就是为面前这个人。她是在一个年龄相仿的女老师家里看见的，问起来知道这是送给情人的，这种祈愿星现在早不时兴了，但她不知道。苏泰达心里却没有太大动静，他只是把王雪晴当成一个朋友，或者更深入地说，是战友，他的事业需要这样的战友。苏泰达按了按钮，交代秘书不要把电话接进来，又把手机关了，他要把这段时间留给王雪晴，让时间静静地流淌，从他们俩的身边，悄无声息。

王雪晴并没有觉得过去了多长时间，其实时间过去不短了，只是她觉得只有一瞬。不管是一瞬，还是漫长，在她心上只是一股清泉流淌而已，终于她说，我走了，告辞了但并没有站起来，没有人催她，她又说了一遍我走了，还是对自己说的，声音轻得苏泰达感觉好像是音叉轻颤，他没有站起来，甚至没有反应，只是看着王雪晴。王雪晴说了第三次我走了，说完她站了起来，苏泰达快步走到门口为她开门，请她先走，他随在她身后，送到电梯口，为她按了向下的按钮，直到电梯门要关上，他们相互看着彼此的眼睛，轻轻地摆了摆手。

王雪晴要是早点走，就不会遇见丁婕，可是她刚才在苏泰达身边坐了好长时间，电梯门开了，还没有走出来，就看见丁婕站在门口。她们两个都一愣，谁也想不到会在此相遇。她们相互都知道对方，因为她们都有一根红线连着同一个让她们倾心的男人。当然倾心的途径和程度有所不同。王雪晴从学术进入，丁婕由项目进入，两个这样的女人不对对方有所想象，是难以想象的。彼此点了一下头，谁都没有说话，只是淡淡微笑而已。此时开口说话一定没有意思，你来了？你走了？这样反而有对垒的意思，干脆什么都不说，只算是擦肩而过。

丁婕敲门进了苏泰达的办公室，苏泰达有点意外，丁婕从他的神情看出了这个意思，连忙解释，我是路过，顺便来看看你。苏泰达相信她是路过，他们见面通常在五星级酒店的客房里，在那里苏泰达觉得自在些。丁婕刚坐下，秘书就送来了一杯热咖啡，苏泰达让秘书把咖啡送到他的桌上，不要送到丁婕面前。秘书明白，只有王雪晴来，茶由苏泰达泡，其他客人送饮料是自己的职责，今天恐怕是例外了。苏泰达想，丁婕难得来，今天又是这个愠怒的表情，这杯龙井非得由他来泡不可。苏泰达说，请喝茶。那杯咖啡就搁在那里。丁婕接过茶杯，放在茶几上，谢谢。说完示意苏泰达坐到她身边，她从长沙发的中间移向一头。苏泰达坐在自己的办公椅上不动，说有什么话这样说也很方便。丁婕却不说了，她在寻找措辞。忽然她提高了声调，你同王雪晴见面，比同我见面还勤啊？苏泰达说，你讲什么呀，我和她是谈工作。你谈工作？我们之间不也是谈工作吗？怎么老是谈到床上去了。你要相信我，我对她就是一般朋友，就像对待小妹妹。好一个小妹妹，不是一般朋友嘛，怎么又是小妹妹。同你说不清，我让她主编一份杂志。找主编有什么难，我帮你找，十个都能找来，你随便挑。有海归博士，有名牌大学年轻教授，你要吗？其实苏泰达要的不只是资历学历能力，还要有共同的志向，相互的理解，这就非王雪晴莫属了。但这样的话同丁婕说不清，只好向她解释，这个人选是我同何老何磐石，许总许啸华商量定下的，我们都认为她合适。你敢说你们只有工作关系吗？那当然，还用你说，苏泰达最后说。说到底丁婕除了为苏泰达做公关项目，他们之间顶多也就是婚外恋，但丁婕是单身，她这个婚外恋就不准确，既不是婚外，更不是婚内，自然比别的女人对性伴侣有更大的占有欲，她在电梯口碰到王雪晴心中就不爽，她说，我难得来你的办公室，竟会碰见，你总不能说今天正好碰上了。我看王雪晴在你这里跑得那么勤，她是有私心的。我不知道她有什么私心，她从来没有对我说过，要是说了，我会向她解释，我宁愿我和她保持这种友谊状态。你说的是心里话吗？那当然，苏泰达敢于这样理直气壮，是因为他对王雪晴从来没有什么想法，更没有什么举动。他当然不必向丁婕剖析心迹，就转问，今天来有什么事？事情倒是没有，只是路过，也顺便来问问，新生产线你准备工作做得怎样？二十五个工作日很快就要到了，只要资金到位，你就可以放手大干了。我也是掐着指头过日子，这几天剩下的设备合同都订了，订金也付了，对方已开始加工，只要朱升平的资金一到账，我们要开一个继续开工的动员会，到时你也来，这事办得成，你也有一功。我不敢居功，到时来就是了。丁婕觉得自己有比王雪晴优越的地方，她要他，随时可以提出来，她说不要忘了，我们好久没去3818了，你看就今晚吧。不，过几天，这两天忙得四脚朝天。过几天就过几天，你心中可只能有我，不能有她。她没说她是谁，她相信苏泰达心中是明白的。

3．加西多落

苏泰达从尤明霞手中接过童端仪的诊断单，上面明明白白写着子宫癌，他在送妻子到医院检查时，就有思想准备。童端仪总是说她肚子疼，有一次深夜回家，她痛得在床上翻过来翻过去，苏泰达看着心疼，说我们打120，马上去医院，童端仪拉着他的手，说不用不用，也许很快就会过去。那一夜总算平静，苏泰达的手掌没有离开过她的肚皮，轻轻爱抚着，曾有多少次爱抚，但现在有所不同，其中的含义，不带任何狭隘的功利，也就是没有任何性的意味。他在心中祈祷着，但愿童端仪不会有什么重的病。送她到医院检查是几天后的事。第二天苏泰达要出差去，这是原定的谈判，不能不及时赶去。童端仪忍着痛，她的脸上看不出任何痛苦的迹象，但疼痛却是像被什么揪着，一阵一阵的。苏泰达拉着行李箱走到地下停车场，放好行李，又回到楼上卧室，俯着身，把童端仪揽在怀里，轻轻拍着她的后背，好好的，我很快就回来，我们就去彻底检查。出差期间，尤明霞几次来电话，一次比一次紧张。苏泰达说，你把手机给童阿姨。端仪，你现在身体很不舒服，我刚才已经同尤明霞说了，她今天就陪你去医院。童端仪说，不嘛，我要你陪我去医院。苏泰达说，不要耽误了，今天就去，刻不容缓。“刻不容缓”隐藏着他们生命中的秘密。大三的时候，他们开始约会，通常就近去衡山公园。童端仪在递给他的书里夹着一张纸条，上面就写着“刻不容缓”。其实并没有那么急迫，这四个字的意思就是老地方老辰光见面。他们就会在下午课外活动时间，同学们在操场打球跑步时，一前一后溜进公园。谁先到都会在那一棵大樟树下候着，有时也会捉起迷藏，童端仪躲在不远处的灌木丛里，看着苏泰达东张西望，会从心里笑出来，等到他沮丧地坐在树下的长椅上，她才蹑手蹑脚走到他的身后，用双手捂住他的眼睛，说“猜一猜，是谁?”还用猜吗？苏泰达说，“不知道是谁，不知道是仙女还是魔女。”童端仪咯咯的笑声撒在草坪上。我是魔女，我是魔女，我就是要把你迷住。多少年过去，那棵大樟树还在，高擎华盖挺立在大草坪的边上，庇护过多少恋人和晚归的小鸟。这时苏泰达说的是真正意义上的刻不容缓。童端仪当然理解这里面的意思，但她还是闻到了衡山公园青草的气息，草坪上夕阳撒落一把碎金，她的心中涌起一阵温暖，自然地顺从了：去医院。

苏泰达把检验单折叠起来，一折，二折，三折，成了面积很小的折纸，小心翼翼地放进西装的内袋，还用右手掌在外面拍了拍，确信折纸已经稳妥地藏在衣袋里，才开步走向病房。尤明霞抢先了两步，在前面引路。

推开门，苏泰达跟了进去，又抢了两步走到尤明霞前面，走近童端仪床前，人未到跟前，就先说，端仪，你放心，没什么大碍。童端仪点点头，似乎是同意这个说法。她没看过检验单，但她听到医生用英语交谈时，提到了“cancer”，癌？她明白了，自己得的是什么病，医生认为她不是海归，大概听不懂外国话，就放肆地用英语交流病员的情况。这几天她不再和苏泰达讨论病情，童端仪不想让苏泰达难过，她要让他知道她不过是一般的病症，就说，没大碍，住几天就可以出院了。过不了几天，医疗方案出来了：要开刀。这下苏泰达为难了，童端仪仅以为没大碍，怎么要开刀泥？开刀，不一定是恶性吧，良性也可以开刀啊。苏泰达说，医生说了，开了刀，就没事了，就长个小瘤子。得知要开刀后，童端仪已经做好了最坏的思想准备，把子宫拿掉，子宫癌要切除子宫，不是医生也能做出这个诊断。这时她特别想念儿子，儿子在郊区读外国语学校，一周才能回来一次。开刀前，她不想让他回来，她和苏泰达约定，自己什么病先不要告诉儿子，让儿子安心读书。开刀的那天早晨，她只喝了一口水，尤明霞端着杯子，把吸管对着童端仪，说阿姨，你再喝点水。苏泰达已经在水中加了营养液，他想让她有体力去应付面临的局面。端仪，我来喂你。苏泰达拿走了吸管，自己先试了一口，不烫。其实这个动作是多余的，刚才童端仪已经吸过，水是不烫的，苏泰达只是下意识的动作，从他们恋爱起，他就有这个下意识动作。有一次体育课，童端仪跑完了八百米，冲过终点线，他给她送去一杯热水，并不烫手，他却先喝了一口，再递给童端仪。这个动作被一个细心的同学发现，同学们开始起哄他们两人在谈恋爱。

此时苏泰达把杯子送到童端仪嘴边，她抬起眼皮深情地望了他一眼，才就着杯沿喝了一大口，接着连喝了几口。刚抬起头望着苏泰达，苏泰达已经把纸巾在她嘴上按了按。护工推着平车来了，尤明霞扶着童端仪下了床，苏泰达向前跨了一步，搀着童端仪坐到平车上，手放在她的背后让她缓缓躺下来。护工在问有没有假牙的时候，苏泰达捏着童端仪的手，刚一接触时，一阵尖锐的冰凉直透他的心底。不管这是多少次触摸童端仪的手，两人第一次手的接触，至今记忆犹新。那是在衡山电影院，那时他们刚开始约会不久，在一次“刻不容缓”之时，走到公园门口，苏泰达说我们今天不进公园，我上午出来买了两张电影票。他们在电影院的黑暗中，苏泰达右手不当心碰到了童端仪的左手，他连忙缩了回来，过了一会儿他们的手不知怎么又碰在一起，苏泰达壮大胆子抓住了，紧紧地抓住，不再放手。直到电影结束灯亮了，才松开。童端仪低着头，不敢看苏泰达，他们还是一前一后走回学校。此刻苏泰达仍然拉着童端仪的手，紧紧地攥着，童端仪觉得从苏泰达温暖的手传过来一股不可抗拒的力，她的心感到充实些。刚才的恐慌感渐渐远去。这时松开了手不是因为灯亮，而是护工的催促，苏泰达最后说，不怕，端仪，我在外面等你。

开刀后，按照治疗方案，接着做化疗。苏泰达了解童端仪，这个智商极高的女人心里明镜似的，她一定早就知道自己得什么病，现在化疗就要开始了，苏泰达想这事应该挑明了，这样彼此心中的压力会小一些。这天病房里没有别的人，尤明霞去为童端仪准备晚饭去了。苏泰达坐在床边的椅子上，还没开始说话，先站了起来靠近了，问要不要把你的床摇上来，你半卧着会舒服些。童端仪拉着苏泰达的手，想坐起来，苏泰达按住她，你别动，我把床摇高了。做完这个动作，童端仪半躺着，两人说话方便。苏泰达说，端仪，你别急，刀也开好了，医生说很顺利，还有一些后续的治疗要进行。童端仪说，我知道，这是医院治疗的常规。我会每天来看你。不用了，有明霞请几天假就行了。你融资正在紧张时刻，心情也不会轻松，要注意身体。女护工我已经请好了，大小事就请她做，尤明霞在电脑培训班学习也有些功课，我会多来。童端仪仰了仰，还是想坐起来，苏泰达说，你还是这样半躺着。我身上软得很……说完停顿在那里，房间里一时没了声音，还是童端仪接着说，有件事我要对你说。苏泰达说，现在什么事也别说。童端仪喘着气接着说，我还是有件事要对你说。你现在什么也别说。我知道我得的是什么病。听了这话，苏泰达心里一惊，敢情她早知道了。他心里反而轻松些，说不怕，现在这种病很普通，彻底治愈的占大多数。我知道，有你，我一定能过这个坎。他们相握的手攥得更紧了，苏泰达说，我知道，这个坎我们一起过。

化疗开始进行，头几天还好，接下来童端仪的胃口先倒了。倒了胃口不要紧，有尤明霞照着苏泰达的指点，给她做她家传统的菜肴，也有苏泰达家传统的菜肴。苏家的菜可不是湖北菜，湖北本来就没有菜系，苏家的菜也是本帮菜。苏泰达的爷爷来上海半个多世纪，他们家1949年前光顾的菜馆也是本帮菜，后来家里做不出什么菜式，可在过年的时候，除夕晚上餐桌上摆出的仍然是本帮菜。童家吃的是宁波菜式，尤明霞这孩子聪明伶俐，竟然在几天内照着菜谱，加上苏泰达的指点，就能烧出几个本帮菜和宁波菜。看着这些菜肴，尽管童端仪的营养靠的是打点滴，但每天她总会尝几口。尤明霞看到童端仪吃她烧的菜，会轻拍手，像是得了褒奖。尽管童端仪什么也没说，但尤明霞从她的眼里看出了她心中的感激。困扰童端仪的不是吃饭与补充营养，此事苏泰达特别找了医生，还请来了医院的营养师，请他来安排食材的选择，她其实也无心去想吃的事，最让她沮丧的是，每天醒过来，她都会发现枕头上的落发，而且一天比一天多。她每天都把这些落发收拢来，用纸巾包起来，不让苏泰达看见。可是摸一摸头顶，就会发现原来厚厚的，现在变薄了，而且越来越薄。她知道她现在不能照镜子，一照镜子一定会把她击垮。可是这些能瞒住苏泰达吗？苏泰达安慰她，头发也要新陈代谢，旧的不去新的不来，以后会长好的。过几个月，我们的端仪，他没说我的，而是我们的，把儿子也包括在内。童端仪心中感谢他的细心，再说结婚那么多年，再说“我的”，岂不是有点矫情；我们的端仪还是一头又浓又黑的头发。他想每天医生要查房，护士要送药，总要面对别人，童端仪不能这样出现在医生护士面前。童端仪的心情一天比一天沮丧，她治疗的信心竟会被掉头发蚕食了，时常会对尤明霞无缘无故地发脾气，过后再向她道歉。尤明霞对苏泰达说，阿姨不知为什么时常不高兴，苏泰达说，我知道，我会想办法。

苏泰达正要想办法时，李虹绵给他送来了两顶帽子，一顶女式鸭舌帽，一顶贝雷帽。李虹绵说，我听人说化疗要掉头发，我给童老师准备了两顶。苏泰达没想到她和他想到一块儿去了。李虹绵得知童端仪生病住院，一直想去探望，苏泰达说缓一缓，等她开好刀，身体慢慢康复再去。他考虑开刀化疗，童端仪体力付出太多，婉谢了任何要探望的朋友。李虹绵想不能探望，就先送两顶帽子吧，这是童端仪现在最需要的。她上网查到上海一个卖帽子的老字号，没想到早就撤离南京路，她按网上提供的地址，找到了一条不著名的马路，走进了只有一个店面的老店。这家老店衰败了，据说还是全民所有制企业。李虹绵进了门，没有人招呼她，她自己在柜台前踯躅着，抬头看，挂在帽架上女式帽只有几个式样，她挑了两种买下了。本以为这种百年老店可以买到称心的帽子，李虹绵失望了。她把帽子交给苏泰达心怀歉意，说实在挑不出好的。苏泰达接过帽子，切切实实触摸到帽子的质感和温度，心中却是无形的感动，他能触摸到这个女孩的心地，那是纤尘不染的水晶。真难为李虹绵了，心那么细，本来这个事应该自己先想到，没想到一个普通的朋友却走到前面去了。苏泰达说，我代童端仪谢谢你。李虹绵带给苏泰达的惊喜，甚至比送他礼物更强烈。苏泰达能说会道的表达能力，此时仿佛已经钝化，他一时再也说不下去，只是呆呆地望着李虹绵，待李虹绵叫他，才回过神来。苏泰达说，我们一起去看童端仪，我是每天晚上一定去的。李虹绵说下次吧，我这几天正在应聘。提到应聘，李虹绵从来没有想到去太一公司工作，她宁愿保持这种亦师亦友的关系。本来苏泰达也想邀请李虹绵来公司工作，后来一想，杜志铭他们都是通过严格的考核进入公司，要是在李虹绵的录用上徇了私情，对其他人是不公平的。他也宁愿与李虹绵就按这个状态来往。既然李虹绵忙于应聘，也赞成这次就不让她一起去医院探望。

苏泰达到医院时，正赶上病房吃饭时间，尤明霞已经为童端仪熬好黑鱼汤，刚刚盛在碗里，蒸腾着热气。尤明霞正要给喂，苏泰达说小尤，给我吧，我来。苏泰达舀了一小勺汤，放在口边吹了吹，再送到童端仪嘴边，她微微张着嘴，吃了一口，我恶心，等一下再吃好吗？童端仪吃不下，又不好顶撞苏泰达，只能这样说。苏泰达说，只喝点汤，你看尤明霞给你熬的汤多浓，白白的，就像牛奶，可比牛奶鲜了，你将就再喝几口。童端仪顺从了，她觉得自己就像回到了两三岁，那时给自己喂食的是妈妈，现在是老公，她心里暖暖的，胃口似乎好些，就张大了嘴，大喝了一口。尤明霞站在旁边说，阿姨还要吃什么我再给你做。童端仪说，明霞，你也别累着，这些日子多亏你了。你的电脑功课可别落下。不会的，阿姨，一点都不落，老师还表扬我脑子灵呢。童端仪心疼说，这孩子。

喝过鱼汤，尤明霞要给童端仪绞热毛巾，苏泰达说，我来，你就歇会儿。你又要上班，又要学电脑，下班还要伺候阿姨，你也当心身体。我没事，我吃得下，睡得着，累点没关系，比在夜总会端酒送水强多了。童端仪说，你和叔叔也有缘，大老远从湖北来上海，竟会遇上一个村的老乡。苏泰达接过话茬，是啊，我和小尤就是有缘，这个缘，可是爷爷辈、太爷爷辈就有的呀。苏泰达绞好热毛巾，太烫了，在手上翻了个身，抖了抖，用嘴吹了吹，又在自己手背上试了试，才轻轻覆在童端仪脸上，说是擦脸，却是爱抚，他的手掌下感觉到童端仪的颧骨，这是从来没有过的，他心被揪了一下，端仪瘦多了。其实妻子的瘦，眼睛早就看出来了。可这一爱抚，感觉就更加真切。有几根头发掉在毛巾上，他用毛巾包了起来，没让童端仪看见。

苏泰达取过一个包，端仪，你看我今天给你带来什么？童端仪睁大了眼睛，这是她在得知苏泰达送礼物给她时的传统表情，苏泰达再熟悉不过了。你猜是什么？童端仪摇了摇头，她猜不出。她此时也没有力气去猜。苏泰达拿出了包装袋，取出帽子，交到童端仪手里。她反复摩挲着，帽子帽子，她现在最需要的就是帽子，她不想让自己这个丑八怪样出现在医生护士面前。她迫不及待地拿了一顶，戴在头上，睁大眼睛征询着，苏泰达左右歪着头看，说太合适了，真漂亮。又换了一顶，她还是睁大眼睛征询着，苏泰达照样左右歪着头看，说太合适了，也很漂亮。童端仪说，谢谢你。苏泰达说，不用谢我，你应该谢谢李虹绵。李虹绵，童端仪知道，她曾多次听苏泰达在她面前夸过她，说是一个有悟性，又肯用功的女孩子。童端仪说，哪天请她过来坐坐，等我出院吧，气色好些再说。苏泰达说，可等不到你出院，今天本来就要来，她去应聘了。童端仪说，这么好的硕士生，你还不把她招进来。苏泰达说，我就怕万一她考核通不过，岂不难堪。

苏泰达对李虹绵有好感，但他不敢面对这种好感，也不去细辨这种好感中会不会有非友谊的成分，他也有胆虚的时候，他对童端仪这样说，其实是他不敢让这个他有好感的女孩，来到他的公司，出现在自己面前。他也有缺乏自信的时候，不知李虹绵出现会带来什么不可预测的事。这种不可预测，事实上已经有了预测，只是不知概率多少。他愿意李虹绵去别的公司工作，担心对杜志铭他们“不公平”之说，是他上台面的理由。

童端仪不再说什么，她心中惦记起这个送她帽子的女孩，这女孩心真细啊，一定要见见她。看童端仪高兴，苏泰达却做起检讨，本来我早就要去城隍庙买帽子，可这两天公司的事拖住，抽不出身，好，我一定弥补，我要把上海滩所有好看的女式帽子全都买来。

苏泰达说到做到，两天后就约了李虹绵，你送的帽子，童端仪可高兴了，你的眼光好，陪我跑一趟城隍庙，再买几顶。

他们到豫园商场时天色向晚，夕阳令九曲桥畔的茶社亭阁、绿波廊酒楼的轮廓略显淡淡的金黄，那金黄好像是刚刚涂染上去的，雕梁画栋有了新的生命力。此时不再喧闹，平静如桥下的水，是一天中最令人心醉的悠然。走到广场却未见帽店。只好顺着一排一排商店逐家去找。走进一家，里面帽子比李虹绵去过的老店多些，只是式样仍嫌太老，他们挑遍了所有女式帽，勉强选了三顶。走出门过了几家门面，又进了一家，还是找不到太满意的，只选了一顶。苏泰达忘了，固然城隍庙多少年前就有店铺，可是如今总同时代慢一拍。到这里买东西，就像大世界之于上海，以前来上海不到大世界玩，等于没来，现在谁还想起来去大世界娱乐，新的娱乐场所满世界都是，又高雅又时尚。不过买帽子总会想到百年老店、百年老商场。苏泰达说，我们去淮海路吧，这里的货物实在不敢恭维。李虹绵看到远处有卖彩色小风车的，欢跳着奔过去，买了一只，举到苏泰达面前，说好吗？她小嘴噘着，吹了一口气，小风车转得更快，洇成了一个分不清什么色的彩色圆面。他们走着，被一个假发的摊头吸引住了。只见那人熟练地做着发型，那假发就像真发一样，在他手中变换着花样，一会儿就是一个式样。刚做好，又松开来，打乱了，重新做过。一排假发模特儿目不转睛看着前方。他们驻足观看了好一会儿，李虹绵向那人要了一顶，说我试试，拿在手上不动，又说，苏老师，你帮我戴。苏泰达没有动弹，我帮你戴？妥当吗？心里说说没有出声。李虹绵再一次说，苏老师，你帮我戴。苏泰达还是没有动手，李虹绵只好自己戴上。照着镜子，显然比她这个年龄老气多了。苏泰达说，你戴不好看，李虹绵赶紧脱下来还给售货员。忽然两人转过头对视着，没说话，却再明白不过了。要不要买一顶给童端仪，也许她戴着合适。李虹绵没有表态，苏泰达却先说了，不买。这种假的东西，童端仪不会喜欢。他了解妻子，这么多年来，她何时欣赏过假花假植物。有一次在一个机场，看到阔叶植物在面前张扬着，童端仪对苏泰达说，没有生命的东西！李虹绵正在犹豫要不要买，听完苏泰达的话，说没有生命的东西不会给人一种倾心自然的感觉，总是觉得太僵了。他们很快就把这个假发摊头抛在身后。

到了淮海路，跑了永新，又进了华联，还去了太平洋商场。凡是百货店都去了，凡是帽子柜台都留心看了，终于又买了几顶，总共有十顶了。苏泰达心满意足，就好像这些帽子全为自己买的。他要一顶一顶让童端仪戴过来，她一定会满意的。李虹绵提议到咖啡座坐一坐，她说跑得太累了。苏泰达抱歉地说，我早应该想到。咖啡刚一上桌，她不忙着喝，一顶一顶拿出来看，一顶一顶细细摩挲着，试着厚度，看看软和吗。最后说，我觉得这些帽子好是好，可是并不贴头皮，童老师现在可是头发少呀，她若有所思地点点头，没有说什么。

李虹绵想应该给童端仪织一顶绒线帽，戴在头上可以紧贴头皮，保暖性一定比老店豫园淮海路买来的各式帽子强。为了买绒线，她走遍了上海的大街小巷，她是外地人，就是上海本地人要买绒线也不知去处。好不容易在一个旮旯里找到一家绒线店，进去挑了又挑，惹得售货员心里都烦了，又听她开国语，就用上海话问她，侬要吗？外地人真烦。说着就把一团团绒线收了回去。本来买不到合适的绒线，心里就不舒服，又听着这呛人的话，心里更添堵，慌忙逃出绒线店。她给在厦门的母亲打电话，妈，你把我幼儿园时穿的绛红色绒线背心找出来，快递给我寄来。母亲说，古年三代的事了，上哪儿去找？你说要留着做纪念的呀。好好，我帮你找。收到快递时天都快黑了。那天是星期日，她正在阳台上给花浇水，拆开小包裹，取出了小背心，捧在手上，不禁忆起了逝去的遥远岁月，眼眶竟有点湿了，这是妈妈为她参加厦门幼儿舞蹈比赛赶织的，她穿着它跳了一支独舞，得了二等奖。顾不得烧晚饭，她开始拆绒线背心，一段一段地往外拉，手颤颤的，她心里很是不舍，这不但是妈妈要留下对她那段岁月的记忆，也是自己美好童年的回忆符号。这个符号逐渐缩小，已经不成形了，只剩不到半截，她停下手，要不，明天再去找找，看看会不会有运气。很快她自己给否定了。上海这么大，上哪儿找去，淘宝网也找过了，没有合适的。她咬住下唇，手快捷地挥动着，加快了拆的速度，不一会儿，只剩下一大团乱乱的绒线。绒线背心不见了，洗了，把绒线圈套在手上，用电吹风的低温档，不同方向吹着。晚上只吃了一碗方便面就开始织。就按自己的头围，恐怕差不多，反正绒线帽子弹性大，给童端仪戴应该不会有问题。织了寸把宽，她戴在头上，对着镜子，看着自己头上的绛红色圆箍，扑哧一声笑了。笑完接着织，织到夜里两点多，上眼皮与下眼皮打架，她硬撑着眼皮，一针一针，不是连续动作，而是呈脉冲状，撑一下眼皮，打一针，又撑一下眼皮，再织一针，动作慢了，再慢了，终于停了下来，头一歪，靠在竖起的枕头睡了过去。

灯没有关，在头顶照耀着。

李虹绵的钥匙丢了，翻遍所有的衣袋，没有，到处去寻找，没有。忽然天上掉下一串钥匙，她接住了，一看，不是她的。她对着山野喊，我的钥匙，我的钥匙。开始没有回音，等有了回音，却是一声比一声微弱。她狂奔，阳光照耀着她孤单的身影。

漫山遍野是绿色的阳光，绿色托着金黄色四散开去。李虹绵奔下山坡，奔过公路，到了另一侧的山坡下站住了，朝苏泰达喊，泰达，你快来呀，我带你去看三角梅。刚才他们手拉手走过了厦门解放纪念碑，上了山，到了万石岩水库旁，沿着水库走了一圈。这里没什么人，不像上海的公园全是人，现在公园也不像公园，倒像人家小区的绿地，可是还是人多。泰达，我带你去看三角梅。厦门哪里没有三角梅，还用你带吗？泰达，你去了就知道了。李虹绵不知怎么会叫苏泰达名字，在上海，她一直叫苏老师。难道回厦门，就入乡随俗，厦门人连对手都只叫名字不带姓。是不是闽南人天然地对人亲切。这时候苏泰达也奔过了公路，跟着李虹绵朝前走。上了台阶，是上山的路了。转了几个弯，看到一块大石头上刻着梅海岭三个大字，还用红漆描了，分外夺目。

一起来到一个开阔地带，这里没有城市的纷嚣，四周的山坡全是三角梅。光和色彩弥漫在中间开阔的草坪上，苏泰达抬眼望去，啊，红的黄的白的，咕噜噜一团团地坠下枝头，都选择浓密的绿叶衬底，越发耀眼。热烈的笑容和含蓄的气息告诉人们，她们心底的美好情愫没有说出来。苏泰达向草坪的中央奔去，李虹绵喊，泰达，等等我。苏泰达从来没有看到过这样的花海。在苏州无锡探梅也没有这样的震撼。恰如蝴蝶般的花瓣，并没有展翅飞去，而是停在花蒂上随风摇动。他们在花海中似乎感到一阵阵花浪激溅而来。苏泰达禁不住问，加西多落？李虹绵转瞬对着山谷大喊：加西梅海岭。她没想到，苏泰达竟然会说闽南话，这可是唐朝中原的河洛语啊。当年文成公主随松布干赞入藏，走了几个月，到了一处地方，车子停了下来，说是到了。丫鬟掀起帘子，文成公主探出头来，问的就是这句话，加西多落？这是哪里？松布干赞喜出望外，从此文成公主入藏后的第一句话，就成了祝福语扎西德勒。看着三个红色大字，李虹绵心中的喜悦溢在脸上，又喊了一句：加西梅海岭，接着用普通话重复了一次：这里是梅海岭。他们顺着山坡脚下走了一圈，在一把椅子上坐了下来。苏泰达把眼光投向远处的三角梅，一会儿又收了回来，仰起头看头顶的三角梅，说厦门真好，三角梅真好，情不自禁伸出手抓住了花枝，李虹绵见状大喊，别，别摘，那是我心上的花。他只拉下枝条，在鼻子边嗅着，又看着花蕊，这花真漂亮，上海找不到的。就是找不到，我才带你来厦门，厦门有你喜欢的花，这花常年开放，永开不败。苏泰达说，我就爱这开不败的花，说着抱起李虹绵，在她脸颊上轻轻吻了一下，李虹绵挣扎着，别，别，你看那里有人。李虹绵双脚踢着，把薄被踢下了床，织了一圈的绒线箍也掉在地上。

她醒过来了，啊，原来是一个梦呀。对着镜子，脸竟然羞红了。

4. 王雪晴的蓬松发髻

李虹绵织好的毛线帽，此刻已交到童端仪手上。童端仪摩挲着帽子，有一只莫名的手在心最软处撞着，止不住眼眶里觉得热乎乎的，她透过泪眼的雾，看着这个比她小十几岁的女孩子。她的心微微震颤，不知是因为眼前这女孩的贴心，还是因为自己病中的福气，谁说如今人情淡薄，她和李虹绵非亲非故，她为她买来了帽子，今天又送来了自己织的绒线帽，这分明是一种爱的滋润，哪怕原野日渐干涸，今天童端仪得到了甘露，她托着绒线帽的手不由自主地抖动。她听见这女孩说，端仪姐，你戴戴看，很暖和的，你一定会喜欢。会的，我一定喜欢。谢谢你。童端仪让尤明霞扶着站了起来，她想自己走，手轻轻却是坚决地把尤明霞的手移开。尤明霞当然理解她的意思，但还是执拗地扶着她，她答应苏泰达，一定要照顾好童端仪。童端仪要去卫生间，不是为了方便，而是要去换帽子。她不想让李虹绵看见她头顶难堪的样子，不但为了自己的尊严，同时不想玷污这个好女孩的眼睛。对着镜子，她望着自己，戴了这顶绛红色的帽子，气色似乎好多了。她伸手在头顶上压了压，头顶有了一种柔和的感受，立刻一层温暖密布在上面。李虹绵，真是一个好妹妹，她心里对自己说，没想到生了病，反而能享受这种罕有的温暖。她走出卫生间，对着李虹绵说，你看，我多漂亮。哟，是漂亮，李虹绵不是恭维，而是真心实意地赞美，能给端仪姐带来快乐，她心里也感到快乐。苏泰达办好出院手续，手里拿着一些单据进来，看到童端仪的样子，不禁口中啧啧有声，真是太好了。谢谢李虹绵。这顶帽子比买来的哪一顶都好看。他带来了一个拉杆箱，就为了放那十顶帽子。尤明霞从床边柜中取出帽子，一顶一顶摆进了箱子。她说还是苏叔叔心细，不用箱子，可就会压坏了。

他们一行四人，童端仪走着前面，尤明霞轻扶着她的手肘，苏泰达、李虹绵走在后面，来到医院大楼前的绿地。月季花开得正盛，红的黄的白的，不管是什么颜色，童端仪都觉得亮得耀眼，她的心上好久没有这样的色彩了。童端仪抬头看了看天上的太阳，猛然低下了头，太晃眼了。绿地空气新鲜，她深吸了一口气，嗳，多甜的空气，她觉得呼吸的就是嫩绿的草上涌过来的阳光。这住院的日子太憋气。她步子有点蹒跚，苏泰达、李虹绵不时放慢脚步，甚至停了下来，让她细细地欣赏眼前的景色，其实医院大楼前的绿地，也就是普通的绿地，可童端仪却有新鲜的感觉，她觉得生命就是阳光，和在阳光中呼吸清新的空气。回到家，童端仪谢绝了李虹绵的劝说，她不想卧床，这些日子床睡够了，她走到南阳台，看着地面上的树，几十天没回来，庭院里白玉兰开了，她们为迎接童端仪回家就等着这一天，那淡香的花瓣凝结的是纯洁的思念，一树树的白色花朵在风中拍手，就像在站着一个个可爱的少女，青春的气息让童端仪浑身轻松了许多。以前怎么都没注意，白玉兰每年都开的呀，今天才觉得开得热闹，好像听见那几个可爱的小女孩在吟唱。

病了以后，她变得柔弱，晚上就寝总是睡不着，一定要等苏泰达回来，握着她的手，在感受手的温暖中才能入睡。有时她会对着在卫生间的苏泰达大声说，泰达，你快点。好，好，再快也得把牙刷了，把澡洗了。睡在床上，她让苏泰达用手掌包住她的小手，她紧依在苏泰达身旁，慢慢沉入梦乡。休息了一个多月，她的体力慢慢恢复了，感到自己已经有了力气，有一天她对苏泰达说，我们好久没在一起了。开始苏泰达没听明白，哦，你说的是……这句话只是在苏泰达脑子中飘荡，没有说出来，他明白了，说完不急，又觉不妥，不能说童端仪急了，她现在已不可能在这方面急了。我说的是，等你身体养得更好。我不嘛，我还是要你像我们刚结婚时，那样对待我。她想从苏泰达的抚爱中找到情感的依托。我当然是没问题，苏泰达说着把她搂在怀里，轻轻吻着她的嘴唇，你还是我的小天使。童端仪就这样提了几次，苏泰达坚持不要她做这样的体力付出。童端仪知道苏泰达是为着她好，但总不能把他们的婚姻变成无性婚姻。苏泰达看她脸色一天天红润，就在一个周末晚上，童端仪又说要在一起时，他同意了。

他们是好久没做爱了，自从童端仪住进了医院，算来也有好几个月了。在床上童端仪看得出苏泰达的激情不减当年，也许是太长时间没在一起的缘故。开始他们躺在床上，彼此似有点生疏，谁都没有动，静静躺在那儿，还是童端仪主动把手伸过来，爱抚着苏泰达的脸庞。我们好好的，我一定配合你。苏泰达侧过身来，双手抱紧了她，吻着嘴唇，深深的，童端仪的手扳着他的身子，表达她的意愿。苏泰达照做了，找到以前的感觉。童端仪的双手压着苏泰达的身子，嘴唇不停地吮吸着，情不自禁抬起了臀部。她希望能给苏泰达快感，但自己却没有什么感觉，心中当然没有厌恶，只是感到无味，就像喝了一杯泡淡了的茶水。他们一起翻天覆地把事情办完。两人躺着，童端仪似乎终于做完一件事，侧过头问，好吗？苏泰达说好好。以后的日子里，他们又做了几次，童端仪渐渐感到是一种负担，做爱对她来说，已经没有激情，没有快感，只是完成任务而已。她在家独处时，望着飘动的窗帘，站在窗帘边，看到绿地上奔跑的流浪猫，她的心揪紧了，苏泰达正当盛年，不能让他这样享受不到爱情的欢乐，谁说过，性爱是爱情的基础，记不得了，不管谁说的，这话有道理。没有性爱，丧失了爱情的基础，光是一起开伙，这样的婚姻维系得太干巴巴了。童端仪是一个有智慧的女人，她深爱着苏泰达，她不想让他有任何的不开心，这个事她要周详地考虑一下，如何处理才好。

这样的做爱有过几次，每次都是童端仪提出来，苏泰达总会说，过几天吧，这几天公司的杂事多，心里总是有一种负担。他不是推托，确实如此，有时候问自己，是不是退化了，其实他的身体还是健壮如恒，只是他不愿意给童端仪增加精神上的负担，每次他俯视着她的脸，看到她小巧的鼻子两翼翕动，总会感到她确是在应付，不是她心里愿意这样，她实在力不从心。医生说，内分泌紊乱是致病原因之一，现在子宫切除了，身体更差了，性冷淡成为一种必然。昨天晚上，童端仪看苏泰达回来得早，就说我浴缸里放了水，你好好泡个澡，我们早点睡吧。这次预想中的做爱还是没有进行，童端仪心的原野完全塌陷了，成了一个空旷的断崖，她望着断崖深不见底，双脚发颤，心也战栗不已。望着窗外的雨，正滴在屋外路灯下的美人蕉，那是沉寂中的逗点，一下一下撞在心上，不行，一定要向苏泰达提出来，两人分手吧。不能让他这样忍受着痛苦，又享受不到家庭的幸福。自从病了以后，即使现在开好了刀，她的笑声少了，心境一直晦暗，她不想影响苏泰达，他需要阳光，他的事业需要阳光，这一片阳光，她已经无法带给他了，他应该有一个新的女性来给他洒这片和煦的阳光，只有她退出这个位置，再帮他物色一个好女孩或好女人，就会有崭新的阳光照耀苏泰达的家庭。童端仪这样的想法，在心里盘算了一次又一次，还是被自己推翻了。

缱绻依恋，恍如昨天，那新华路徜徉的夜晚。这里曾是上海最美的马路，两侧的法国梧桐树婷婷如盖，人行道花砖铺就，内侧是花圃，四季常有鲜花开放。那时城市里没有绿地，这里人行道旁的花圃，就是令人心醉的罕有绿地。苏泰达和童端仪谈恋爱以后，常常在晚自习后，溜出学校后门，走过番禺路就拐到新华路来了。一进新华路，他们的步子就慢了下来。番禺路不是恋爱的马路，步行只能用正常的速度，转进新华路，就有了恋爱的氛围，这里好像是天然为恋人们准备的，风儿轻轻地吹，连树叶掉下来也是柔柔的，有时苏泰达会伸手去接住，当成花献给童端仪。在大学教学大楼前的草坪上，在一个天将明的时分，他们立下的誓言，要白头偕老，难道就由她亲手来毁坏吗？她不甘心，她在床上愿意配合，可是这个配合只是理智上的，肉体上她不可能有什么作为，再怎么想要如何热烈，可是表现出来总是冰冷，她曾提出来要苏泰达原谅，可这是原谅能将就的吗？苏泰达嘴上没说什么，可他心里是怎么想的？这一个关口总是绕不过去的，就在那个阴冷的夜晚，童端仪正式提出来了，男性阳痿法院会判离婚，那么女性的无性趣，离婚也是符合法律的。至于财产，不存在分一半，儿子我们共同抚养。童端仪说了出来，她的感觉就是从紧锁的浓雾中探出头来，大大喘了一口气，雾不再裹住她的身子，渐渐退去，渐渐淡了，她总算摆脱了多少日子以来，自己为自己上的枷锁。苏泰达不答应，他说，那我们这二十年的感情，从大三算起，孩子都上初中了。哟，确实已经将近二十年了，这是他们平时没有想到的，日子一天天地过去，做毕业论文，找工作，苏泰达出国留学，回国自己创业，在漫长的日子里，他们相互扶持，就这样已经过了快二十年，这二十年的感情历程就这样画上句号？想到这里，童端仪哭了，她扑到苏泰达身上，泣不成声，泪水把苏泰达衣服前襟全弄湿了，苏泰达捋着她的头发说，端仪，我们不说这个，日子该怎么过还怎么过，我们都不要背叛大三那年立下的誓言。就在那年春节，苏泰达把童端仪带回家，爸妈爷爷看了都很喜欢，他们有相仿的家境，许多习惯和脾性都颇为相近。妈要泡茶，童端仪就抢过去泡，就像在自己家里一样，爷爷看着她熟练的动作，心里乐得飘起了茶香，而那杯中的茶叶幼芽正在水中伸展身姿舞蹈呢。苏泰达不想这样结束自己生命历程中的这份感情。如果是爱情是一个水晶矿，他们合力开采了多年，现在已经雕成了精美的艺术品，倘若外力来破坏，他们会用生命去保卫，怎么可以自己亲手加以毁损呢？苏泰达决不允许。他抚慰着童端仪，你不要瞎想了，这样对身体不好，等你身体更好起来，一切都会好的。童端仪摇了摇头，她不相信苏泰达说的会在生活中再现，只是她不再说话，任泪水哗哗地往下淌。

就在童端仪垂泪的时候，有一个女人也泪水涌上了眼眶，她就是王雪晴。此时她呆坐在自己的家里，面前一杯茶已经凉了，泡好以后就没有喝过一口，她连喝水都懒得动，目光呆滞，什么也没看见，只想着苏泰达。昨天一次经济学研讨活动，他们见了面。王雪晴一眼就看见苏泰达一脸倦容，腰围似乎瘦了一圈，本来合身的西装显得有点空荡荡，不知是不是来不及替换合身的服装。他是如此注重当下生活的人，竟然对时令的交替失去敏感，真应该有个人在身边提醒他，可是现在童端仪得了重病，自己还要别人照顾，哪会有心思去照顾自己的丈夫。听说她得的是子宫癌，开了刀，不能生孩子不说，恐怕连性能力都丧失了，苏泰达简直陷入了万劫不复之中。这对于王雪晴来说不啻是一个机会，机会总是等待有准备的人，王雪晴已经等了多时，她认识苏泰达时就心动了，再找丈夫就应该找这样的人，可是后来一打听，苏泰达的妻子童端仪是大家闺秀，他们两人是大学同班同学，看来要拆散他们谈何容易，特别是在社交场合，看到他们恩爱的样子，童端仪总是微笑着站在苏泰达的身边，看着他神采飞扬地讲话，王雪晴心中就像打翻了五味瓶，她想象童端仪心中一定是一个蜜罐。多少次不眠之夜，王雪晴捏起小拳头敲打着床沿，王雪晴啊王雪晴，你实在命苦，什么时候才能有一个像苏泰达这样的人，不，就是苏泰达本人睡在自己身旁。天一亮，洗好脸，她就把昨夜似梦非梦的自言自语暂时紧锁在心底。见到苏泰达时还是若无其事，有时心里却会一跳一跳的，不敢双眼对着苏泰达。今天在家里她连饭都懒得烧，打个电话叫外卖吧。拿起手机，她犹豫了，先不叫外卖，还是先打给苏泰达吧。苏泰达接了电话，问她有什么事？什么事？她实在也讲不出有什么事，难道就在电话里把心事说了，那也太草率了。她说我有事找你，我们见一下面。不行啊，今天太忙。你太忙，我知道，总有下班的时候。下班已经八九点钟，再见面是不是太晚了。不晚不晚，还是在衡山路那个咖啡馆，我等你。

夜幕刚刚撒开来，王雪晴就来到衡山路，出租车停在咖啡馆门口，她下了车，看时间还早，就在马路上闲逛。她最喜欢衡山路的夜景。那灯就像迷幻似的，在眼前闪烁。衡山路的夜色躲在法国梧桐树冠的暗影里，却不免被成串的小霓虹刺伤，路上的灯光演奏着休闲的节拍，来这里的人都会放慢脚步，从快节奏的生活中，到此处的酒吧停半拍，灯光忽然暗了些许，也让呼吸变匀变慢，一杯酒足以打发一时的寂寞。比起南京路的夜景，那里是繁杂喧嚣，令人莫衷一是，这里却是色彩明艳的奏鸣曲，让人松弛，以至无所用心。她在想象当年苏泰达和童端仪在交大读书时，一定没少在衡山路溜达，那时当然没有现在这样的炫目灯光、缤纷色彩，那时路灯一定是昏暗的，哟，昏暗的路灯不正是恋人所期待的嘛。她想象他们一定躲在那片树影里亲吻，可能说不定就在这棵梧桐树下，一想到这里，王雪晴的心猛然收缩，她实在忍受不了这样的痛苦，举目向头顶的路灯望去，竟然洇成一片，她摸了眼睛，发现自己流泪了。咳，为什么要这样心与身为仇，她甩了甩头发，似乎要把这一切不愉快甩去，不管甩去没甩去，有了这个动作，心上好受些，掏出纸巾，把泪水擦干，猛吸了几口气，才朝那个咖啡馆走去。

她坐下没一会儿，苏泰达就到了。你提前下班了？不算提前，我处理好事情就来了。没吃晚饭吧，我们找个地方吃饭。我不饿，就在这儿吧，我为你点了蛋糕，吃饭要费很多时间的。苏泰达同意了，他们边喝咖啡边谈。苏泰达开始一直没有说话，他听着王雪晴说，我们两人，一人搞实业，一人搞杂志，一文一武，一虚一实，相得益彰。本来这并无不可，苏泰达冲着王雪晴点了点头。王雪晴看在眼里，突然眼睛一亮，说泰达，你同意了。苏泰达一时没有反应过来，她已接着往下说，我们可以组成一个联合体。苏泰达问："联合体?"对，联合体，或者叫作共同体。我的意思是，童端仪退出，我进入。听到这里，苏泰达反而冷静了，他完全明白王雪晴的意思。他断然拒绝，不，是谢绝。他说，不可以，我不可以离开童端仪。王雪晴说，难道你不觉得你们的家庭已经名存实亡吗？难道她跟你还有性爱吗？无性的婚姻在当今世界是何等残酷。对这种残酷，苏泰达并不去深想。他只是坚定地认为他不可能离开童端仪。王雪晴说，我知道童端仪是一个高雅的有智慧的女性，她不用你提出，她会主动向你提出。苏泰达想，你怎么说得那么准呢？不正说明童端仪是一位不应该离弃的妻子吗？苏泰达说，王雪晴，你说的我都明白，你说的也不是没有一点道理。听到这里，王雪晴睁大眼睛，等着有更好的承诺出现，但是没有。

他能理解王雪晴吗？现今社会人与人不容易沟通，即使沟通又能如何。每个人的行为都为种种因素制约，谁都有身不由己的时候。哪怕一夜情对他都没有任何诱惑，他对王雪晴愿意死守这条底线，不要说读者，连自己都不理解。

苏泰达继续说，我这里有更大的道理。因此，我们是朋友，我们只做朋友。我会支持你办好杂志，我也感谢你对我事业的支持。王雪晴面前的咖啡冷了，她没有喝过一口。苏泰达说，咖啡冷了，请服务员热一热，或再叫一杯。王雪晴站了起来，捂住嘴，没让哭出声来，朝门口奔去，苏泰达立即站了起来，大步跟上，追出门去。

王雪晴向苏泰达表白遭拒的失意情绪，被杂志出版的喜气所掩盖。在杂志的首发式上，王雪晴脸上的笑意从来没有淡过。她在报到处，对着这个局长那个老总不停地招呼着。本来给客人发杂志礼品用不着她亲自出面，她还是愿意做这些琐碎的事，毕竟每接待一位客人，她就多享受一份成功的喜悦。说成功，当然更应该是苏泰达的成功。杂志得以正式出版，是他多方努力的结果，有了这个前提条件，她才有了平台，可以伸展拳脚。苦战了半个多月，最后一篇稿子终于敲定，当她全部编好，给苏泰达打了电话，苏总，你交给我的第一期任务胜利完成，这就是我说的除了你的实业之外的另一条战线。苏泰达不想顺着她的思路谈下去，只在电话里鼓励了几句。说到底，出杂志，老板还是苏泰达，王雪晴不过是雇员，不过她不这样认为，总以为自己是苏泰达在不同战线上，为了一个共同目标的战友。来宾已经到得差不多了，王雪晴正要往会场里走，看到丁婕下了小车。丁婕今天穿着猩红的外套，脚蹬一双黑色长筒皮靴，迎面好像给王雪晴刮来了一阵风暴，她有点透不过气来。又不是出席派对，你穿这身行头给谁看呀。丁婕旁若无人地往里走，王雪晴正要招呼她签到，手举到半空中，话却说不出来。她紧赶了两步，丁小姐，第一声丁婕没听见，也许是听见了没有回头，王雪晴叫了第二声，她没有停下脚步，只是头微微侧了过来；丁小姐，你还没有签到呢。我签到不签到，无关紧要，这不是商务场合。王雪晴不想示弱，哟，丁小姐，真是在商言商，言必称商务，言必称交易。后面这半句话触到了丁婕的软肋，是啊，我言必称商务言必称交易，交易也得有本事啊。这后半句同样触到王雪晴的软肋，对呀，她说的是我没有交易的条件，在丁婕的美貌面前，自己难免自惭形秽，但她不服输，心里对自己说，我是高级知识分子，你是什么？你是交际花，卖身而已。这句话要是说出来，岂不是要报110，那今天的首发式就不用举行了。王雪晴忍了，她很清楚丁婕和苏泰达的关系，此人恐怕是自己和苏泰达相互关系上的一个威胁。她提高了嗓门，丁小姐，祝你交易越做越大，正走到签到台的齐小兰听到了，她默默看着丁婕远去的身影，也看到了王雪晴难看的脸色。王教授，什么生意越做越大？让别人也加一股。王雪晴转身看见齐小兰，忙挂出笑容，欢迎欢迎。齐小兰边签自己的名字边说，盛总今天有事不能来，他让我代表他祝贺苏总，也祝贺你，杂志终于出来了，这是我们企业界的大喜事，以后盛总也要给你们写文章，王总编可要高抬贵手。盛总的大作约都约不到，你送来了一定放在前面几条。齐小兰抓住机会说，那就一言为定。

丁婕齐小兰都是来应卯的，和苏泰达都是朋友，不来不好意思。她们只进了场走一圈，同熟人打了招呼，又巡视一遍送花篮的部门、公司，就早早向苏泰达告退了。王雪晴巴不得她们早点离去，这两个女人都不是省油的灯，再说大家不是一股道上跑的车，话不投机，说什么都会掐起来。她们俩一前一后，在王雪晴闪动的视线中消失了。她看着齐小兰走出去，带上了门，就收回视线，落进自己的内心。这个齐小兰回去，一定会对盛昌发添油加醋，不知要说什么不利于苏泰达的话。王雪晴不是瞎掰，她知道盛昌发和苏泰达的过节，这两个上海滩男人中的强者怎么会撞在一起，两败俱伤对谁都没有好处。今天这两个女人的气场似乎对她有压力。可惜李虹绵这个小妮子没来，听说出差去了。她总觉得自己对李虹绵有心理优势，压倒她是顺理成章的，能让她在丁婕齐小兰面前找到一种平衡，到底她不过是刚出来工作的嫩角色。

几天以后的研讨会，李虹绵是一定会出席的，研讨会不是杂志首发式，王雪晴不是主角，她能不能对李虹绵还有心理优势，她心中是忐忑的。就在研讨会的前一天晚上，王雪晴在梳妆台前望着自己，眉梢不知什么时候添了几条鱼尾纹，隐隐的，好像谁用削尖的铅笔画上去的，不细看，不一定能发现，王雪晴真真切切看到了，没有人比她更细看自己的脸了，除非有个情人捧着自己的脸，她就怕有那么一天，她心仪的男人亲吻她时，会发现有几条隐隐的似现未现的鱼尾纹，而顿时倒了胃口。这样的状况一定不能让它出现在自己身上。去拉皮，一时也做不到，她看着自己一头浓密黑发，对，就在头发上做文章。她请教过一个发型师，梳一个蓬松的发髻，就会显得年轻些。她不承认自己在扮嫩。不，这不是扮嫩，只是发型的艺术化，再说我本来就有一颗二十岁的心，只是苏泰达竟会视而不见。说做就做开始动手。她在一堆梳子中挑出一把尖尾梳，细心地把头发从中间挑开，在手掌中捋着，头发显得很有弹性，手掌一压就紧了。她不紧不松扎了两把马尾巴，一看，好像低了一些，就松开来，重新扎过。这次扎的部位在耳朵的上方，她拧转起马尾巴绕了一圈，用发夹卡住，偏转着头，看看头发的样子是不是恰到好处，哟，好像太紧了，她把头发松了松，发髻显得蓬松了。好，就这样，她发现镜子中的自己确实年轻了许多。不是二十岁，胜似二十岁。此时镜子里映出的正是二十岁的王雪晴，长发松松地垂着，皮肤细腻得白里有淡淡的红透了出来，最令人倾倒是那双眼睛，大学闺蜜都说那是能花倒一切男人的媚眼，那时她确是天天对着镜子看这双媚眼，果然有一种勾魂的刀从里面闪出来，就是这样一双媚眼深处，却有一种对苏泰达深挚的爱，可惜苏泰达永远看不到了，幻化的影像消失了，那双眼睛已经有了沧桑，不再勾人。对着镜中的自己，心情忽然沮丧起来，二十岁需要梳着这样的发髻吗？但是只能这样了，岁月早就被纷繁填满，是无法清零的。

她第二天早上又重新梳过，比昨晚更加熟练，也就显得更有一种艺术感染力。蓬蓬松松，谁看了都会受到视觉冲击，果然一到研讨会会场，几个熟悉的朋友就发现了，但他们都没有多说什么，今天是经济学研讨会，不是时尚展示会，评论发型显然是不严肃的。可是李虹绵却是例外，本来王雪晴梳这个新发型，就是为了把李虹绵比下去，没想到，李虹绵先是眼睛睁大，接着嘴一张，没有说出话，可是到底没把住门，还是说了出来："王老师，你梳这个发髻显得年轻许多。"本来这正是王雪晴要达到的目的，可是目的被人点破，她心中不悦，脸上尴尬，忍不住回了一句："李虹绵，今天是研讨会，你怎么注意起别人的发型。"李虹绵接受批评，不再出声。她今天把头发扎成马尾巴，走起路来，一甩一甩的，撩人心绪。王雪晴最看不得她这副得意的样子，顿时自己仿佛矮了半截，费心思打扮的发型，还不如她这样随手一扎。王雪晴心里明白，她和李虹绵的差别不在发型，你看她皮肤光洁照人，红从白里透出来，真是化妆品的绝好广告，可是她并没有涂抹什么，这就是年龄的差异带来的冲击，王雪晴不禁感叹自己：老喽老喽。抬眼望去，苏泰达正与李虹绵打招呼，看他们说话的姿态，实在太过于亲热，这个小妮子会不会有什么别的心思。这可是不能不防，一旦童端仪能把位子让出来，李虹绵就是一个有力的竞争者。她决定有所行动，研讨会下午结束后，电视台让苏泰达去录节目，这样正好，童端仪一人在家，她在会议晚餐匆忙扒了几口，对同来的老师说，我有事先走了，就赶到苏泰达家里。

来开门的正是童端仪。她把王雪晴让进屋里，给她沏了一杯茶。王老师，今天怎么有空过来？你病了，我一直没来看你，今天才来，是太晚了。不晚不晚，你能来，我很高兴。童端仪戴着李虹绵亲手织的绛红色绒线帽，王雪晴一进门就注意到了。她先夸起绒线帽，你戴着它，真好看，把你的气质烘托出来了。快别说什么气质了，我都无地自容了。王雪晴把带来的燕窝口服液放在桌子上，却引出了童端仪的话，王老师，你来我就很高兴，还带什么礼物，你真是太客气。她夸起王雪晴主编的杂志，说看了目录，就知道你组稿费很多心血，以后体力好了，我一定细看。算来她是学国际商务的，自然也算是内行。不过今天王雪晴登门不是来进行学术讨论的，她很快转入了正题，她告诉童端仪她应该警惕，李虹绵和苏泰达走得很近。她看着童端仪的眼睛说，李虹绵是我们学校毕业的硕士生，你可要当心她成小三。王雪晴不知道李虹绵也是童端仪的朋友，不知道童端仪也和她走得很近。童端仪不希望有人这样说她的朋友，她心目中把李虹绵看成孩子，一个涉世未深的孩子，她怎么会跑到我们这里来当小三呢。即使现在大学里，有女研究生乃至大一女学生排着队去做这样的事，也绝不会是李虹绵，李虹绵永远是童端仪心中的好女孩。她脸上的不解就像天上弥漫起的阴云，王雪晴没有注意到童端仪脸色的变化，她自顾自地往下说，童端仪没有打断她，但她实际上已经把王雪晴的话，挡在耳朵外面，她似乎没有听见王雪晴在说什么，她用话岔开，王老师，你们下期组稿中心是什么？要不要我帮你联系一些经济学家来写文章。王雪晴这才发现，原来童端仪对她这个“小三”之论没有兴趣。不过今天既然来了，还是要把话说完，她还是不管不顾说了许多，总算为自己出了一口气。王雪晴走了以后，童端仪对着她喝了一半的茶水发呆，她为什么来家里说这些话？苏泰达半夜才回来，她没有提起什么“小三”，以后永远也不会说，只是淡淡地说，王雪晴来过了。

果然不出王雪晴所料，齐小兰那天出席了杂志首发式，就在晚上赶去与盛昌发幽会。此时他们已做完爱，盛昌发倚在床上抽着烟，看着齐小兰的胴体。齐小兰不希望别人做得比她好，她把苏泰达、王雪晴在杂志首发式上的得意忘形，向盛昌发吹了风，她接着说，盛总，苏泰达要上一条新生产线，要是办成了如虎添翼，你要想想办法。不知道的人听她这么一说，以为他们要帮苏泰达一把，而他们相互熟悉彼此的语言系统，盛昌发明白齐小兰说的是什么意思，他说，我一定要堵住苏泰达融资的路，不能让这小子太得意，他这种海龟办民营企业，是和我们国企抢地盘。你放心，我一定会守住阵地，扩大阵地，不让苏泰达这样的人太嚣张。说着扔掉了才吸了几口的香烟，重重地把齐小兰拉了过来，死死抱住，齐小兰迎着他，张开嘴，咬住他的唇，口中呜呜地叫着。

5．嗜好

站在门口敲门的是盛昌发，他只是用四个指头轻轻地拍。早上给桂全达打了电话，他说在这里等他。盛昌发先是按门铃，没有动静，他不想喊，只能耐心地轻拍门。终于听见桂全达在里面喊，来了来了。盛昌发一进门就说，你不会以为是别人吧。刚才桂全达从猫眼看出来，确认是盛昌发才开的门。这套房子是盛昌发送给他的，四房二厅近两百平方米。装修是按桂全达的要求做的，次卧沿墙做三面衣柜，就像有人在书房做三面书橱那样，不过桂全达当然不必放书，他没有什么书，家里就一本辞海。这里不是家，只是他的别宫。到了这里，只要是他一个人，总是在次卧里徜徉，他把三个衣柜的门都打开，里面挂的是一排排花花绿绿款式各异的女人三角裤丁字裤。每次来他欣赏着一幅幅近看具象，远瞧抽象的画面，觉得浑身舒坦。他就好这一口，就像有人喜欢喝茶抽烟那样，他认为这是更为高雅的嗜好。这些裤子都是到这里同他做爱的女人留下的，女人到这里脱下内裤以后，他就不让她穿上，而是送给她新的丁字裤。

这些女人的新内裤都是桂全达去淮海路国泰电影院对面“古今”买来的。他决定替女人换内裤后，挑了这家沪上最有名的女人胸罩内裤商店。进了门，他一阵心悸，这么多女人的内裤，该会去护住多少女人的动人之物，他只嫌自己一双眼睛不够用，走近柜台，女售货员没有开口问，你要买什么，眼中充满好奇的神色，他倒是憋足劲，就像组织上任命他担任支行副行长，在会上表态一样，所不同的是脸上热辣辣的。他指着柜台里的样品，小姐，请，请你拿一下。人家服务周到，忙问多大尺码？桂全达不禁心中鄙夷，只有不中用的男人才买一种型号的女内裤。他挑了几种式样，说各种型号各要一打，女售货员想今天运气好，碰上大顾客，这个人是不是搞批发呀？忙不迭从柜子取出来，放到柜台上，又到里面库房去取来货。打包完毕，桂全达又指着一种蕾丝镂空的，说再来一打。他觉得这种花纹有隐隐约约的效果，便于他在朦朦胧胧中欣赏。女售货员不禁多望了他一眼，他像是被触了电，浑身轻飘飘，盯着售货小姐的脸蛋，心里对自己说，要是能同这个小妞睡一夜，那真是享受，可惜她不贷款。出了“古今”，一路走去，觉得路人都瞧着他，目光都注意到他手上的透明塑料袋，他心中喜滋滋的，哪个男人有我的本事，买几打女人内裤，而且一件件都要亲手穿到女人身上。我不只要为女人换内裤，我要服务到家，以后我还要买不同罩杯的胸罩，女人乳房大小不一都能在我这里换到合适的内衣。每当做完爱女人穿上新内裤，他就把她再摆到床上，透过镂空的花纹，若隐若现地欣赏着。同他上床的女人，有招来的小姐，也有良家妇女。已婚的良家妇女回家后，怎么不让丈夫发现早上出来和晚上回家内裤不一样，那就要她发挥聪明才智，不过这些女人都是有求于桂全达，聪明才智自然是不缺的。刚才没听见盛昌发拍门，就是他太专注了，心与身都被这些女人的内裤吸引住了。

桂全达招呼盛昌发坐在客厅，说要不要热茶，我这里泡起来也方便。盛昌发说，那就喝茶吧。他没有去看桂全达如何泡茶，而是把目光投向客厅的四壁。四壁都挂满了画，他走近了看，竟然有齐白石、李可染的。看来还是银行家好，他手中没有任何个人的银行资产，银行是国家的，可他的客厅却成了画廊的展厅，名家汇集，即使是水墨，黑白两色，也和五彩缤纷的油画相映成趣。迎面墙上是一幅岭南某著名国画家作品的复制品，五米多宽，满满当当塞满一堵墙面。地上堆满工艺品，刚才走进客厅，就被地上一座玉雕绊了一跤，差点踢翻。要是真踢折了，那件艺术品就折价了。盛昌发没有就这些艺术品收藏发表什么感想，倒是桂全达自己说了，都是一些不值钱的玩意儿。其实值多少钱，桂全达也说不清。前几天看报纸，在一个拍卖会上，拍卖一件清代蓝釉粉彩桃花长颈瓶，和他的收藏相仿，值好几十万。盛昌发在他面前真有自惭形秽的感觉，他送的房子，同这里的收藏比起来，真是小巫见大巫。桂全达这些宝物放在这里没人知道，今天开放给盛昌发，让他开了眼界，是因为他们是自家兄弟。盛昌发曾用国家的企业来他的银行做抵押，买下这家企业，就这样乘企业改制之风，轻而易举地就化公为私了，除了贷款过程有点瑕疵外，其他都符合潮流。他们这样铁的关系，桂全达自然不避他。

盛昌发说着说着就引入正题，他知道苏泰达在桂全达的银行申请贷款，要桂全达不给办。他对苏泰达融资情况了如指掌，看到苏泰达走投无路，他已经想好了几个步骤，这几步走下去，一定能把苏泰达的企业并购过来。盛昌发品着茶，说好香啊。桂全达说，朋友刚送的，你拿两盒去，就把两盒几千元的茶叶推到盛昌发面前，盛昌发摆摆手，当然不是表示不要，而是小菜一碟收下了。盛昌发舒服地张开双臂，靠在长沙发上，说我要为国家增加财富，也要为自己扩大政绩。

今天他来也不空手，从包里掏出一个隋朝青瓷双系罐，这是他托一位收藏家为他掌眼，在苏州捡漏捡来的。那时他们和店主讨价还价，店主不知此物之宝贵，开价不高，只说加点加点，我是小本买卖。他和收藏家装着要开步走，就这样被店主留住了，以一个满意的价格成交。回到家里，收藏家对他说，你这件利润在五倍以上。他自己看看，激不起心中的喜爱，想起桂全达喜欢这些远古年代的东西，就给他送来了。这可比送个小姐来让他玩强多了。小姐桂全达可以自己找，你送来的他还不一定满意。桂全达看着这件宝物，捧在手上摩挲着，说老盛，谢谢你了。盛昌发说，咱们谁跟谁呀。桂全达说，你托我的事，一句话，苏泰达那里，我一定让你满意。

盛昌发起身告辞，他搭着桂全达的肩，说老弟，你这些宝物摆在这里，可得加强保卫工作啊。桂全达说，你放心，我门口有警报装置，不管我到哪里，只要生人进门，警报器马上响起来，我的手机也即时有了反应。不管在哪里，哪怕在外地，我马上报110，报小区保安，贼没出小区就会被逮住。盛昌发哈哈大笑，真不愧是银行家，谁也玩不过你，即使是大盗。桂全达随在盛昌发身后说，不送不送，把盛昌发该说的话替他说了出来。他约了一个良家妇女，半个小时以后就要到了，今天又要为一个女人换内裤，脱了不算稀奇，换才有创意，是桂全达一大发明，他今天要为她穿一件刚刚觅到的新式丁字裤。关好门，桂全达重重地打了一个响指。

第五章

1. 堂伯公的老洋房

盛昌发大步跨进长三角企业家俱乐部，随着步伐的加大，嗓门也大了起来。大家好，同志们好。他沿路扔下这些响脆的音符，这里原是盛昌发企业的会所，他掌管的不是私人企业，当然建的不是私人会所，这是公家的会所，用公家的钱建立起私人及若干朋友享用的会所，自然更加实惠。这座别墅原是他们单位的员工宿舍，再早是资本家的私产，后来充公了。这个资本家就是苏泰达的堂伯公，而苏泰达的父亲的童年就是在这所房子度过的，这也是后来苏泰达一定要参加长三角企业界俱乐部的一个缘由。他用家里的老照片对照着，来看这所房子的客厅、花园以及回转楼梯。客厅里一堂红木家具不见了，代之以一套布艺沙发。花园里泥土裸露，只剩下一棵白玉兰树，比照片中的枝叶繁茂，有一大蓬折断的树枝挂了下来，似乎老态毕露，诉说岁月的沧桑，树下几丛衰草在风中颤抖。回转楼梯的雕花磨秃了，新上的油漆掩盖不住破败的悲凉，苏泰达抚摸着，心里说不出什么滋味。他要把这座别墅买下来，归还给堂伯公的孙子们，也就是他的堂兄弟们。山不转水转，苏泰达暗暗对自己说，一定要让堂叔公的老洋房再转回来。个体命运的波峰和浪谷在顷刻之间，命运真是这样不易驾驭，作弄人吗？苏泰达明明白白对自己说，个体的命运不被主宰，不正是对自己多年来艰难创业的脚印的诠释。也许就会这么转回来了，苏泰达向盛昌发提起过，盛昌发坚决不同意，没给苏泰达好脸色，心里直骂着，你们这些人真是人还在，心不死，胡汉三还想回来，有我姓盛的在，我就是不让你们这些资本家的龟孙子借尸还魂。

今天盛昌发来俱乐部出席长三角企业家俱乐部高层一月一次的聚餐会。他发现苏泰达没有到，就对张天星说，老苏会不会有什么事耽误了。他们都很明白，苏泰达被融资搞得焦头烂额，正等着港商的资金到位。张天星说，恐怕来不了。盛昌发说，我来给他打电话，天塌不下来，弟兄们一起吃顿饭，放松放松。盛昌发嘴里说着弟兄们，心里可不这么想，苏泰达可不是善类，当年他刚刚办起公司，就要来参加俱乐部，盛昌发同他在这个客厅里见了面。当时硬是给他出了几个难题，特别是企业的发展前景，没有难倒苏泰达，倒是苏泰达回答时的神情，让他暗暗吃惊，恐怕此人是上海滩新兴经济力量中的一条龙。苏泰达的思绪飞得很远，完全不在如何回答盛昌发的刁钻问题上。本来他看不上这个什么俱乐部，只是进了门，他的心突然怦怦地跳了起来。这个地方爷爷带他来过，那个时候还是员工宿舍，爷爷领着他楼上楼下走了个遍，人家住这里的人，还以为他们一老一小是贼，把他们当可疑分子盘问了一番。同盛昌发见面后，他领了表格，填好签上自己的名字，他知道他正给了自己一个回到堂伯公老洋房的名正言顺的权利，可是这个权利却要外姓人盛昌发，这个今天的占有者来批。为了让入会顺利通过，他找了戚麟洱。那天戚麟洱召开海归座谈会，鼓励大家在本区发展，会后他对戚麟洱说了这个情况，戚麟洱一拍巴掌说，好嘛，我们不但要搞好上海的海归事业，还要带动长三角，你去参加，正是给他们增加新生力量。他一个电话过去，盛昌发唯唯诺诺没有二话。盛昌发在苏泰达面前马上改变态度，表现出他十分爱才，欢迎苏泰达入会。他说，相信苏先生入会，一定会给我们带来新鲜的气息。果然在俱乐部的活动中，苏泰达的看法往往与盛昌发不怎么合拍，使他头痛，也无可奈何。

苏泰达终于来了，他双手抱拳说，恭敬不如从命。推杯换盏热闹过了，盛昌发切入正题，又大谈他那一套增强国有经济的理论。他的这一套说辞是请一位经济学研究员为他撰稿的，他背得滚瓜烂熟，逮到机会逢人就说，而且是完整地说一遍。今天来的人大约都听过七八遍，谁都不耐烦听他瞎扯，又不好打断他。今天盛昌发的演讲有了点新意，他编了两句打油诗：一双铁腕不误战机，两袖清风无懈可击。苏泰达就坐在他对面，看着他天花乱坠，心里厌烦，不过没有流露出来，照样口含微笑。盛昌发还以为打动了苏泰达，又一句一句做了解释。苏泰达不听他啰嗦，自己在心里想，对这个人要防着点，不要被他的铁腕砸到，也不让他的战机有隙可乘。至于后面一句，苏泰达无法想象其清风何在，倒是无懈可击提醒了他，这个人做事缜密，是否无懈可击，那是纪委、监察部门的事，不关我们民营企业家什么事。坐在他身旁的桂全达露出了不易觉察的冷笑，他最明白盛昌发两袖清风的真情，也知道他的无懈可击有自己的一份功劳。

就这样盛昌发说了半天，发现自己唱独角戏，就点了苏泰达。苏总，你办的杂志不错嘛，那么多名家给你写稿，你都成了新兴经济力量的吹鼓手了。苏泰达说不敢当，只是提出一些问题供大家讨论。名家的支持还要归功于王雪晴老师。苏泰达不说，盛昌发也明白，他早就打听好了，王雪晴已被苏泰达收在麾下，他心有不甘，脑子一转，也要办个新杂志，来为国有经济鼓与呼。盛昌发说，今天我把话撂在这里，我盛某人也要办一个杂志，来与苏泰达百家争鸣。苏泰达双手击掌，好啊，我接受盛总的挑战，让我们携起手来，为发展上海的国有经济和民营经济而共同努力。他提议为这个话题，大家干一杯，说着他举起酒杯，站了起来，与在座各位都碰了杯，一口干了。盛昌发看苏泰达挑战了，心里不痛快，却只有站起来，和苏泰达碰了杯，心里窝着火对自己说，我就要把你的主编挖过来，这样也就一箭双雕，既拆了苏泰达的台，又让自己筹划中的杂志有了所向披靡的主笔。

那天齐小兰把从首发式带回来苏泰达的杂志，交给了盛昌发。盛昌发随手一放，低着头做他的事。齐小兰并没有马上离开，她说了首发式的热闹场面，还有戚麟洱的慷慨陈词，他抬起了头，望着齐小兰。齐小兰发现他的脸，不是刚才的明朗，而是阴沉下来，他下定决心要办一个宣传国有经济的杂志，同苏泰达抗衡。他想挖个人还不便当，有钱能使鬼推磨，就不信她王雪晴两袖清风无懈可击，我可就要一双铁腕不误战机。

王雪晴接到电话，问明是盛昌发，有点意外，那口气听起来还让人以为是受宠若惊。他单刀直入，提出来要约她吃饭。王雪晴说，盛总那么忙，有事就电话里说吧。盛昌发以为她不敢来见他这个国有大企业的老总、领导面前的红人，更是激情澎湃，有点老鹰抓小鸡的感觉，说王老师不给我们粗人面子，不愿赏光。话说到这儿，王雪晴只能答应。吃饭的地点约在宋子文公馆改成的餐厅。

王雪晴虽说在上海，却很少到解放前的法租界来。走到这条僻静的马路，心里有点怯生生的，抬头看法国梧桐枝叶绿森森的，总觉得黑影压在心上。她走了过去，发现盛昌发已迎到门口来接她。坐下来后，盛昌发不说什么事，却大谈宋子文有个女朋友交往多年，后来没有结成婚的陈年旧事。说话的时候，王雪晴看到盛昌发眼里冒着火花，好像宋子文那个漂亮的女友是他追求的对象，她低下了头。盛昌发身上一股香水味呛得她透不过气来，王雪晴接触过不少老板，像他这样大老爷们喷这样浓的香水是绝无仅有，更令人匪夷所思的是，盛昌发颈上一根粗金链条，她不知道盛昌发刚戴金链条时，对身边的人解释，这是专治他的气管炎的药用链条，不过他后来觉得自己戴上金链条也很好，就在社交场合换上足赤粗金链条。现在他戴的金链条造型粗犷，刚才王雪晴就注意到他敞开的外衣里，那链条下坠着一个大大的金字“真”。

服务员上菜了，冷盘摆好，来问要不要试酒，服务员倒了酒，让盛昌发尝，盛昌发说，让小姐尝，小姐说了算。今天王雪晴素面朝天，只涂了口红。她把酒杯靠在嘴唇边，呷了一小口，不知该说什么，只是望着盛昌发，盛昌发也不说话，用目光询问着，彼此冷场了一会儿，盛昌发说，就是它了。上了热菜，盛昌发为王雪晴布菜，到此时，王雪晴仍然不明白，盛昌发此番叫她来何为？她没有问，只是慢慢地吃。盛昌发这个时候说，今天我让王老师看一样东西，他从包里取出了一个精致的盒子，打开来，王老师，你看，正宗瑞士名表，他把表推到王雪晴面前。买这个表的时候，他一出手买了三个，只是不同品牌，那两个三四十万的，已经送给该送的人，只剩下这个不足十万元的，随着通货膨胀，现在该值十几万了。他今天愿意出这个血，为的就是拆苏泰达的台，何况以后杂志办起来，还要借重王雪晴。王雪晴一看，送这么贵重的礼物，不知盛昌发意欲何为，她从他的眼中看出了张天星眼中类似的火花，心里不禁一惊，又是一条色狼？盛昌发玩的女人多了去，王雪晴不入他的法眼，不是王雪晴不漂亮，而是在他眼中，王雪晴太老了。他在床上演出双飞会，那些小姐都嫩得出水，他看王雪晴的皮肤实在太粗糙了，真应该买点高级化妆品送给她。他眼中的火花，只是面对异性使然，并非有什么非分之想。

王雪晴望着他，忍受着那眼中的火的烧灼，这双眼睛下面的嘴开口了，王老师不必紧张，我送给你表，不为别的，只为交个朋友，我想请王老师为我办一个杂志。今天我还给你带来一根金链条，和我胸前这一根成色分量一样，他托起了“真”金字。接着从包里取出了一个锦盒，打开来，把金链条抖在手上，你看，一个“美”字，只有你才配这个字。听到这里，王雪晴的心落了地，身上发紧的肌肉松了下来。她脸上出现了有点尴尬的笑容。顿时，刚才呈现在王雪晴脑海里的无底深渊，变成了狂涛席卷的汪洋，一样不能往里跳。这个老板要的不是我的身，他是要拆苏泰达的台，就是挖我的心。身与心的防线都要守住，不能溃逃。盛总，你该知道吧，我已经为苏泰达办杂志了。盛昌发说，就是因为知道，就是看到你干得那么出色，我才要请你来帮这个忙。王雪晴把手表和金链条推到盛昌发那边去，这个忙我实在不能帮，我不能同时办两个杂志。盛昌发说，不是让你办两个杂志，而是请你辞了苏泰达的主编，来我这里当主编。我实在爱莫能助，请盛总谅解。盛昌发看她不答应，就留下回旋的余地，说你再考虑考虑，几天以后答复我。不，不用几天，我现在就答复，我实在帮不了这个忙。手表和金链条还停留在盛昌发这一边，他没有收起来。他仍然热情地招呼王雪晴尝尝这个尝尝那个，直至果盘上来，仍是笑容可掬。他想他应该保持这种绅士风度。出了饭店，盛昌发请王雪晴上车，我送你回去。王雪晴极力婉谢，又说，盛总忙，不劳驾了，我自己打的。盛昌发拗不过她，只好由她。

回到家，王雪晴把已经出的两期杂志，摆在面前，她没有去翻动，只是欣赏封面，用手抚摸着，这两本杂志就是她的孩子，就是她和苏泰达一起生的孩子。这份杂志她一定要百般爱护，让她茁壮成长。她打开电脑，看着第三期的稿子，还差两篇，明天她就打电话给北京二位经济学家催稿，一定要死追烂打，可能这个词不合适，但就是一句话，一定要把原定的组稿计划实现。

忙了一天，实在累了，睡觉前她仍有一个功课要做，她每天临睡都要折祈愿星。她折的时候，心中有一种对苏泰达绵绵的爱在流淌，像和风，像溪流，一丝一缕不断线。虽然苏泰达现在并没有离婚，但她总是怀着希望，她已经折了几千只祈愿星，一个半尺高的宝塔形的玻璃瓶，已经装了满满一瓶，另一只瓶子已经装了半瓶。她看着祈愿星一天天多起来，心中灌满了蜜。也许有一天她要把这两瓶祈愿星送给苏泰达，这才是无价的定情信物。她离开桌子，钻进了被窝，坐在床上折，慢慢地眼皮重了起来，手也不听使唤，一个祈愿星折了一半，头一歪就睡着了。灯也没有关，明晃晃的光线并没有影响入眠。过了不久，她做了一个梦，在一个灯光明晃晃的大厅里，人们正在庆祝苏泰达融资成功，苏泰达举着酒杯走到王雪晴面前，王老师，资金到账，新生产线就要开工了，你的杂志要出一个重磅的专号来庆祝呀。王雪晴说，好啊好啊，新的专号已经出版，你看就在我手上，她手中的酒杯变成了一本新杂志，苏泰达大喊一声，朋友们，新产品已经下线，大家一起欢呼吧。欢呼声就像打雷，隆隆响过王雪晴的心上，她被雷声惊醒了。

2. 边角烧焦的田契

苏泰达从来没有这样早下班，不过他进门也已经七点钟，童端仪知道他要回家吃晚饭，已经让钟点工烧了一桌菜，苏泰达喜欢吃的葱烧大排，是她亲自下厨做的。已经许久没给苏泰达烧菜了，她开自来水冲洗着小葱，一根一根地对准水流，葱本来就不脏，掐去了根须，她还用水冲了两遍，沥干后开了油锅，先煸香了青葱，又把大排用刀背敲松，放入锅中，翻了两遍，不让肉太老。现在她对苏泰达说，你快尝尝，这是我烧的大排。苏泰达说，不是不让你累着吗？你现在的任务就是休息好，别的都不要去想。

童端仪能不想吗？她一直在考虑怎样才能说服苏泰达同意和她离婚，当然她今天不会提这个事。她明白苏泰达今天会这样早回家，一定有心事，而且是工作上的心事，他面对这个重负，他的心需要家庭这个港湾，这是她作为妻子，应该尽力去做好的。

苏泰达当然不会说他为什么早回来，他自己也不知道怎么会这样早回来了。朱升平的融资说好二十五个工作日到账，今天是第二十四天，新生产线就停在那里，就等着资金去添置设备，明天就是最后一天了，明天能不能到账，关系到新生产线的生死。昨夜他就没睡好，半夜了，还在床上辗转反侧。童端仪在黑暗中睁着眼看着他，在他耳边轻轻地说，泰达，身体不舒服吗？没有，我很好。童端仪又问，要不要喝水？苏泰达说，不用。他们躺在床上，望着天花板上窗外映进来的漫射光，两人再也没有说话，还是苏泰达先睡去，童端仪才把勉强撑开的眼皮合上。

现在她正打开酒柜，挑了一瓶法国波尔多2000年红葡萄酒。苏泰达接过酒瓶，说我来开。童端仪端来了两个高脚杯等在旁边。苏泰达说，你放着，我来斟，你也喝一点。好的，我陪陪你。苏泰达说不清自己是高兴，还是为什么，他连喝了三杯。当他把第三杯的剩酒一饮而尽，又要去拿酒瓶时，童端仪用手挡住了他，好，今天就到这儿吧。苏泰达深情地望了童端仪一眼，没有强求要再喝。好，今天就到这儿。酒并没有把苏泰达弄得迷醉，他很清醒，明天就要到账了，以后就会每天忙得不可开交。他把这个情况给童端仪讲了，童端仪说，那好，以后我自己吃晚饭，我一定多吃点。苏泰达心里感到了一种安慰，说你一定要注意饮食起居，把身体调理好，今后一段日子我没有太多的时间来关心你，你要自己照顾好自己。

第二天下午，朱升平的款没有到账，苏泰达给朱升平打电话，朱升平回答说一切按合同进行，二十五个工作日，决不会耽误。苏泰达说，你说不会耽误，可银行就不见到账，你再查一下，你们的财务人员汇出了吗？过了半个小时再打电话去，朱升平已经关机，打到他的公司去，只听见一串铃声，就断了，再打还是这样。苏泰达忽然觉得身上一阵冷，会不会遇上骗子？固然朱升平没有骗他的钱，他用来抵押的两套房子，派人去查过了，房产证是真的，房子也是实在有的，而且签协议时做了公证。可是这二十五天却实实在在被朱升平耽误了。王八蛋，这个骗子，苏泰达破口大骂，甚至把眼前写了一半的一张纸撕了个粉碎。他颓唐地坐到椅子上，目光直直地望着窗外，他猛然想到该骂的是自己，怎么会上朱升平的当。不能用“智者千虑必有一失”来为自己开脱，这是什么样的“一失”呀，被智商智慧都比自己低的人打败，才是真正的奇耻大辱，倾黄浦江水也洗不净。

丁婕打电话去，一样找不到人，她想还是应该快点见到苏泰达，她不想让苏泰达陷在痛苦之中。她约他在静安寺五星级酒店3818见面。

他们来到这个地方，就像回家一样，丁婕为苏泰达脱下西装，挂在大衣橱里，又为他倒了一杯水。开始时两人都没有说话，丁婕一时也找不到话引子，真不知道从何说起。静默压得她胸口发闷，她不想使自己遭罪，就先开了口，真没想到朱升平是这样的人。其实，苏泰达这样的聪明人，早就看出丁婕和朱升平有一腿，世界真是小，怎么撞来撞去，就这么几个人又碰在一起。那时他时时保持着警惕，当然也没看出他们会联手来害他。怪只怪自己对朱升平太轻信，也许是太需要这笔资金的缘故。说什么也不应该把宝押在一个人身上，那么二十五天还是自己荒废过去。当时童端仪就提出警告：“这个香港人信用如何，我们心里没有底，这几天我心总是跳。”本来应该两手准备，先当朱升平融资办不成，着手做别的努力，但疏忽了，马失前蹄，时间已经无法挽回。他也不想怪罪丁婕，责任还是应该由自己来负。他说，丁婕，这事与你无关，只怪我自己。丁婕说，苏总，你也不要太自责，我没尽到力。苏泰达看到丁婕眼中诚恳的神色，心就软了。丁婕说到动情处，几乎要扇自己的耳光，苏泰达及时伸手抓住了她的手，丁婕顺势把苏泰达的手掴向自己的脸颊，不过苏泰达别住劲，丁婕要的掴，到了她的脸庞变成了轻抚，一切的误会或者别的什么，都在这一轻抚中化为无形，丁婕紧紧抱住苏泰达，不让他再说话，她的嘴唇深深地吻进苏泰达的双唇。她伸手去解苏泰达的皮带，把苏泰达西装裤脱了下来，扔在一旁，就势推着他跌倒在床上。这是一张大床，他们俩横躺着，丁婕轻手轻脚地把苏泰达脱了个精光，才直起身子，把自己也脱了，最后只剩下胸罩和三角裤，踌躇了一会儿，伸手到后背，把胸罩也解了，她抓起苏泰达的手，放到她腰间髋骨处，说该你劳动了。苏泰达翻转身，一下子褪下了她的内裤，终于让她也一丝不挂。苏泰达似乎要把他在朱升平那里受到的闷气，一股脑儿发泄出去，丁婕说只要你能舒服，我都给你。

身体的放松并不能减轻苏泰达心上的重压，他在办公室中的表情泄露了这一切。尤明霞是一个机灵的孩子，也被她看出来了。平时尤明霞是不进苏泰达办公室的，今天有个急件，苏泰达不通过秘书，直接打了电话让她进来拿去打字，交代说抓紧打，打好就直接送给我。尤明霞转身离去，轻轻的脚步，没有半点声息，关门的动作也小心翼翼。待到她回转来时，怯怯地敲门，几乎听不大见，苏泰达还是听见了，说了声进来，尤明霞来交打印件，还是轻轻的脚步，走到桌前，放下。说了声苏总，打好了，我校对了三遍。苏泰达有气无力地挥了一下手，说道，好，放下吧。没再说什么，尤明霞转身就走。刚走两步就听见苏泰达叫她，你回来。尤明霞唉了声回转身，走近桌子，站在那里，这不是在苏家，她不知道自己该不该坐。苏泰达指了指办公桌前的椅子，你请坐。尤明霞听话地坐到椅子上，看着桌上的玛瑙镇纸。

好长的时间，她等着苏泰达开口。苏泰达还是没有说话，她悄悄地抬起眼角，这一看吃了一惊。几天不见，苏泰达好像瘦了，脸上显得憔悴，她的心好像被蜇了一下。她把苏泰达看成叔叔，进了公司以后，断断续续的交谈，她知道苏泰达的爷爷就是领着自己的太爷爷参加革命的老红军。沧海桑田，太爷爷那一代人早就过世了，留下他们这些后人，竟然会走到一起。苏泰达也把她看成自己的小辈，把童端仪放心地交给她去照顾。她心上翻腾着，不知要怎么样去开导，她不知道公司遭遇的融资困境，她感到自己在苏泰达面前的无力和无奈。除了打好字，除了下班去照顾童端仪，她实在不知如何去帮苏泰达。她不敢做声，屏着息等着。

苏泰达终于说话了，你上次回老家是什么时候？村里人都好吗？尤明霞把半年多以前回老家的情形说了一下。这时她才面对着苏泰达，正面看着他。苏泰达听完她的话，站了起来，脸转向窗外。今天又是阴霾天，说不清是雾还是什么，灰蒙蒙的，对面的大厦都成了淡墨涂成的画。他好像在自言自语，又像什么也没说，融资的事是公司的核心机密，除了他自己以及帮着办事的丁婕，谁也不知道，苏泰达也只能深埋在心底。尤明霞不知道苏泰达这个时候想起了爷爷，想起爷爷在他九岁那年对他说的话，爷爷大概认为他已经懂事了，要把过去的事说一说，爷爷对儿子，也就是苏泰达的父亲已经不寄予什么希望，他寄希望于孙子。他想也许自己未能实现的愿望能由孙子来实现。

爷爷说的事已经很久远，那是上世纪三十年代初期，爷爷从武汉赶回鄂西老家奔丧，办完父亲的丧事后，他要出发去苏区报到，那是在武汉时党组织给的组织关系。夜里他跪在父亲的遗像前，双手合十对父亲说，我是一个不孝子，我就要把祖上传下来的地交给佃农，他伏在地上磕了三个响头，万望父亲原谅儿子的忤逆行为。以后几十年，爷爷回想起来，这些土地在佃农手上进进出出几个来回，他对自己当初年轻气盛做出的举动并不后悔。天刚蒙蒙亮，他站在大屋的院子里望着远山，默默对自己说，我就要离开故土去拿枪革命了，我要把贫苦的农民都救出来。他叫来了所有为他家种地的佃农，搬出家里的老田契，看着那一大摞发黄的契纸，他眼里湿了，祖父、曾祖父，我今天就要把田产交给农民。他站在台阶上，吆喝着田契上的地块方位，就有一个佃农站出来回应，轮到尤明霞的太爷爷，苏泰达的爷爷说，尤大爹，你是外来户，逃难到我们村，就是我们村自家人，你种的地，我要送给你，尤大爹扑通跪下，谢谢少爷，谢谢少爷。爷爷扶起了他，说尤大爹，从今以后你就有地了。念完所有的田契，爷爷让管家把田契堆在院子的空地上，他划了一根火柴点燃了一份田契，火势蔓延渐渐烧成一个火堆，纸灰随风翻卷。爷爷说，乡亲们，今天我把你们种的地的田契烧了，从今天起，你们种的地就归你们了。佃农们不敢相信，火光中是一双双疑惑的眼睛，爷爷大喊，你们应该相信从今以后地就是你们的了。我当着乡亲们的面烧了，也是给家父的纸钱。佃农们开始还睖睁在那里，经过片刻的犹豫，他们相信了，不能让田契就这样烧了，尤明霞的太爷爷的目光一直没有离开自己种的地的田契，他看到烧着时，心里一揪一揪地痛，猛地一冲，手伸向火堆，抢了出来，用手拍着，把火拍灭，赶紧揣进怀里，其他人也想照做，可是他们并不知道自己种的地的田契是哪一份，院子乱成一团，人们手中扬着余火未尽的纸片，谁也不觉得烫。爷爷说，你们不用抢，地是你们的了。看着田契烧成灰烬，爷爷请乡亲们吃了一顿饭，席间鼓动他们中的青壮年上山闹革命，就这样他带走了三十多个人。这些人大都战死，西路军被打散后，能被收留的，有一个解放后还当了将军，不过爷爷从来没有去找过他。爷爷在西路军被打散后，辗转流浪，找到办事处时，工作人员板着脸审他，怎么这么晚才回来，这三年你到哪儿去了？你说得清你的经历吗？有可靠的证明人吗？好不容易找到这个地方，却是兜头一盆冷水。爷爷不想申辩。既然有规定就算了。他已经两天没有吃饭，没有人给他一口饭吃，他也没有讨一口水喝，转身就走。老子也是带兵的人，落到这个下场，实在太惨了。这三年到哪儿去？哪儿都去，走到哪儿是哪儿，给人打短工。老猎户还想收他当女婿，他逃了出来，就是为了有一天能回来。就是老家不敢去，回去会被抓去枪毙，再说家里地也没了，靠什么谋生。出了办事处的门，他靠在墙上站不住，脚一软，顺着墙根跌了下去。正好有一个工作人员从外面回来，发现了他。把他扶起来，一看正是自己的堂兄。他问爷爷，这些年我一直记挂着你，你回来太晚了。既然这里已经不收留，堂弟领他去吃饭后，给了他几块银元，你去上海吧，找我哥；也就是爷爷的堂兄。爷爷到上海时，进入租界，堂兄收留了他，以后一步步走过来，终于有了家产，组织关系是接不上了，他从有产者变成无产者，又从无产者变成有产者。

这些故事是1976年10月下旬，爷爷第二次带他到兴业路76号，在门前对他说的。爷爷把祖传的地交给佃农，这样的精神渗透进苏泰达的思绪，给了他情感冲击，想起自己融资失败，泪水涌上了眼眶。当他回过头来，尤明霞看到他眼中的泪光，惊呆了，说苏叔叔，你不舒服吗？苏泰达发现自己在小女孩面前失态了，他头一仰，要把泪水灌回眼里。泪水使他心中的抑郁舒缓了。小尤，没什么，你去忙吧。尤明霞听话地转身往外走，苏泰达叫住她，明霞，你今年春节一定要回老家看看，到时我让你带点钱给乡亲们，打在你的银行卡里。

3．提拉米苏

苏泰达融资失败的消息，是尤明霞告诉她的。尤明霞不是多嘴的女孩，她不会主动把这个消息往外传，那天李虹绵打电话来公司，不知怎么电话转到了尤明霞的办公桌上，兴许是接转电话的小姐不小心弄错了。李虹绵问起苏泰达，尤明霞同她认识，说漏了嘴。李虹绵没有深问，她知道在尤明霞这里，不可能得到更进一步的消息。她也明白尤明霞不该给她说这些，就道了谢，挂了电话。回到家里已经半夜，李虹绵匆匆洗好澡，就搬了一把椅子坐到阳台上。这是虹桥路上一个树木葱茏的小区，离徐家汇不远，站在小区门口，就可以望见港汇的双塔楼。她租在这里是因为此处进出方便，总算毕业后有个安身之处。她的房子正好面对小区中的绿地，休息天睡懒觉的时候，她总可以在床上听到白头鹎鸣唱，雌雄呼应，叫得李虹绵心中漾起春潮。她也希望自己有一位同声相应、同气相求的异性朋友。可是这个他在哪里呢？她心中茫然。

今天得知苏泰达融资不顺，她的心就一直怦怦直跳，这是从来没有过的。她的心脏一直很好，不可能有什么器质性病变，只是不知道为何总不自觉地咚咚跳了起来。夜已经很深，对面房子的窗户都熄了灯，只剩暗影中的树，黑魆魆的，就像几个彪形大汉横矗在眼前，心上总有一种压迫感。在椅子上坐了好久，眼皮也重了，可是躺到床上却睡不着。她想给苏泰达打手机，一看表已经两点钟了，这么晚，打电话自然不妥，会影响苏泰达休息，况且他身旁的童端仪会不会被吵醒，她会怎么想，苏泰达回答她的话，再笨的女人也会听出什么，何况童端仪是那么一个聪明的女人，听说在大学时，还是校花呢。李虹绵第一次见她时，就觉得这是一个有气质的不同凡响的女人。她正在病后恢复期，也不忍心去影响她休息。李虹绵一次又一次点了苏泰达的手机号码，一次又一次地放弃了。她在心中默诵着这号码，她把它输进手机时就记住了，这是她第一次记住别人的手机号码，在大学时，她连屋中密友的手机号码都记不住。不知什么时候，手中的手机被松开了，落在床上，她睡着了，但没有睡死，一会儿又醒了。

望着窗外，路灯还亮着，也许离天亮还早着哪。她不数羊，睡不着就睡不着，干脆坐了起来，把枕头垫在身后，靠在床背上瞎想，从认识苏泰达的第一天想起，最难忘是去年春天的一个早晨，柳树刚刚爆出新芽，她去校门口迎接来学校办事的苏泰达，他们在柳丝的轻拂下，走过校门口的林荫大道。那时她的心也没来由地乱跳。后来他们成了朋友，再后来和童端仪也成了朋友。苏泰达很少把认识的女性介绍给妻子，他总认为那是工作，公事公办，不必和家人发生什么联系，但对李虹绵却是例外，有时偶尔会在童端仪面前提起，童端仪都记在心上，她很想认识这位苏泰达赞不绝口的女孩子。她们真正相见，却是在童端仪生病之后，才有了送帽子的举动。李虹绵在设想，作为妻子，童端仪会怎样对待苏泰达失败这件事。是安慰？是鼓励？是出谋划策？她想童端仪一定会把这一切都做了，即使换成她，也不可能做得更好。

李虹绵还是望着窗子，路灯的微弱光线仍然映在玻璃上，过了不久，这微光消失了，路灯灭了，也就是天快亮了。她走到窗前，把窗帘拉开，天已经蒙蒙亮，路上晃动的人影多了起来。今天是星期六，本来可以睡懒觉，在床上听白头鹎吟啸。鸟没这么早起，她的心用什么来填满呀。她抓起手机，点了苏泰达的号码，这么早他一定还在睡觉，还是等到九点钟，不，九点半，再给他打电话，现在才六点钟，这三个半小时干什么去？李虹绵不知做什么好，只好到楼下的绿地去，转了一圈，一看表，才过去十五分钟，她干脆走出小区，右转弯到了虹珠菜场，何不利用这个时间去采购副食，这次一定要多买一点，把冰箱塞满。果然她从菜场回来，把肉、鱼、鸡、蔬菜洗好，一样样往冰箱里放，就把时间打发过去了。

苏泰达接到李虹绵的电话时，正在办公室里写新的融资计划。好啊，我们见见面。他是好久没有见到李虹绵了。自从上次童端仪出院，至今有好几个月了。猛一接到电话，才发现自己还是想念李虹绵的，只是藏在心里的某个角落，连自己都不知道。这几个月忙于杂事，竟然没给她打电话问好。我开车来接你吧。不用，我乘轻轨过来，你在站头等我，这样可以快一点。李虹绵出了轻轨站，在台阶上就看见苏泰达，瘦了，好像也黑了一点。她奔下台阶，苏泰达也快步向前走了几步，他们在快要碰上时都站稳脚步，李虹绵只觉得眼里有点湿，哎，他不容易啊。多时不见，反而有点生分，李虹绵没有伸出手，好像对苏泰达不必讲究这些繁文缛节。苏泰达问，你来了一会儿？李虹绵说，我刚到。不知道的人还以为他们是恋人呢，他们不是。我和读者都明白，至少现在不是。走向车子，苏泰达为她开了门，你还是坐后面吧，舒服点。李虹绵愿意听话，不必坐在副驾的座位，他们不必讲究这种形式上的亲近。其实她是很想坐到那个位置上，好离苏泰达近一点，她还是顺从地坐在后面。

车子开过大桥，向开发区驶去。马路宽敞，不时有工厂的大门从车窗旁闪过，一座座厂房在阳光下闪着亮光。你看你看，那堵宽宽的白墙后面就是我们的新厂房。大门在车子到跟前时适时地开了，苏泰达把车子驶进厂前广场停了下来。李虹绵下了车，哗，眼前是一片草坪，比中山公园的草坪还大。在苏泰达的引领下，走进了车间。一抬头，好高的房顶，有的设备已经安装，有的还堆放在那里，苏泰达介绍着，厂房车间早已通过GMP认证，就等着新的资金，购买流水线上的其他设备，李虹绵看车间纵深处，好像有足球场的另一边那么远，上到高处，扶着栏杆鸟瞰着二层三层的车间，这是多大的规模呀。她心里想着，还需要多少钱呢？她没有问，倒是苏泰达自己说了，资金有缺口，正在努力，相信不久就能解决。其实他心里明白，何时能解决，心中没有谱，只是在努力之中吧。他为了让李虹绵放心，只能这样说。苏老师，不知我能为你做什么？不必为我做什么，你这样关心，已经让我感动了，他忘不了说，童端仪想你了，你什么时候有空来家里玩。

李虹绵想的不是去苏家，而是想请苏泰达去她家。她了解苏泰达的生日就在这几天，萌生了为他过生日的想法，但她不点明，却说苏老师，你这一阶段可累了，明天到我家里来坐坐，我们一起吃个饭。苏泰达想，吃饭在家里烧多费事，就说，找一家环境好的餐馆，陆家嘴、外滩、衡山路，你挑一家吧。不，我们不要在外面吃，就在我家，好吗？她张大眼睛望着苏泰达，苏泰达从她眼睛中似乎读出了什么，细想也没有什么，说道：好，那就明天吧，明天上午我在公司，下午过来，你看好吗？他们就这样说定了。

李虹绵住的小区在轻轨虹桥路站西侧，早几年上海商品房大批盖起来之前，这个小区算是沪上新建小区的佼佼者。她与苏泰达约好，不到门口来等他，让他自己上楼来。苏泰达按时到达家门口时，开门的李虹绵惊叫了一声，明知他要来，却会感到惊诧，连她自己也不理解，连忙用小手捂住嘴，把苏泰达让进屋。这是南北通透的两房，李虹绵住在南房，北房做电脑房。主人领着客人参观。苏泰达已经换好拖鞋，哟，地上真是一尘不染，墙上的博古架放着李虹绵喜欢的芭比娃娃，千姿百态，正对人世间笑着。看到她们，苏泰达从心底笑了出来，他今天给李虹绵带来的礼物，就是他从美国带回来的限量版芭比娃娃，真是心有灵犀啊。床边挂着一些小物件，看得出一个女孩的匠心。苏泰达一件件地欣赏着，他拿下一个娃娃，说这姑娘可漂亮了，就像我们的女主人。苏泰达自然而然恭维起李虹绵，她微微有点脸红。苏老师，快别这么说。苏泰达继续扫视着房间，寻找能引动艺术感觉的工艺品，最后目光落在博古架前的一个架子上，卧着一把乐器，用一方锦缎覆盖着，锦缎上绣着凤与凰，就好像要展翅飞去。他在想这是琴还是筝呢？你喜欢弹奏？他的问话没有宾语，要让李虹绵来回答，她说我从小跟我爸学古琴，已经好久不弹了，你要来，我昨晚去我爸上海的琴友家借来的。她把盖头掀开，哇，一把透着古远韵味的琴，呈现在眼前。我今天要为你弹奏一首。她坐到琴凳上，试了试音，那充满幽婉的琴声虽然不成曲调，已让苏泰达内心深藏的弦颤动了。他坐在沙发上，轻轻闭起眼睛。李虹绵说要弹的曲子，是古琴家管平湖演奏过的。这是地球人期待外星人听见的唯一的中国乐曲，它的喷金铜唱片存放在美国人的太空船《航天者号》，正在太空遨游。《流水》的CD李虹绵听了无数遍，多日不弹，毕竟有点手生。开始时带点滞涩，后来慢慢就顺畅了。那琴声就是春泉出山，流淌在李虹绵心上，也流过苏泰达的心上。他们沉浸其中，泉水汇成溪流，翻滚涌动着，从山崖奔腾而下，好一片烟波浩渺的湖水。钟子期听懂了伯牙，曰："洋洋乎，若江海"，苏泰达心中微微地感动，觉得自己和李虹绵更亲近了。一曲既毕，屋里静默着，他们都没有说话，曲中空白蕴涵的力量，在此刻得到延伸。李虹绵回头看到苏泰达眼中的一切，她好高兴：他听懂了。苏泰达说，感谢你，给我弹了这一首通贯古今的乐曲，它一定是姜伯牙的高山流水。李虹绵说，就是《流水》，她激动得说不下去，你，你……苏泰达说，我不是钟子期，但你的琴声让我有说不出的轻快，这几个月来所受的重压一扫而光。李虹绵说，今天请苏老师来不光为听琴，我知道过几天就是你生日，我请你来就是为了给你过生日。苏泰达有点意外，也有点感动，亏她真是有心，连我的生日都记住了。苏泰达说："好啊，我谢谢你。"他体会到一种现在已经很罕见的真情。李虹绵说，不用谢，要谢就谢我们的缘分。李虹绵从看到苏泰达的第一眼起，心中就有一种莫名的好感，后来细想，她自己也搞不清那是不是爱，但可以肯定那是一种隐隐约约的眷恋。那一天她并没有深想，但过后总会想起他在讲台上神采飞扬的姿态，也许就是这种姿态成了她眷恋不断线的源头。这是什么？只能用缘分二字来表达。

她说你请稍等，她从厨房冰箱中取出蛋糕，这是她一早去100F咖啡蛋糕烘焙专卖店买的。双手捧着放在房间中间的圆桌上，揭开盖子，你看，这是给你贺生日的，提拉米苏。李虹绵怕他没听明白，又提高声调重复了一次，提拉米苏。

她是踏着轻盈的舞步走向蛋糕店的，路人一定会注意到马路上这个快乐的女孩，她心里这么想，不禁把柔和的目光投向路上脚步匆匆的行人，人们无暇驻足，更不知她的心事，她还是自顾自享受心中的甜蜜。她的心中是一望无际宁静的天空，天空下是绿向天涯的原野，她不是风，也不是蝶，她比风和蝶更能体会天空和原野的清纯和甜美。她在专卖店门口盘桓多时，就是迈不进店门，在推门的一瞬，手又缩回来，侧过身在人行道上朝前走，步子越来越细碎，猛然一个转身，几乎是冲进专卖店，指着玻璃柜里的提拉米苏，急促地连发了几个音：我就要这个。

苏泰达在她说第一遍时就听明白了，这是意大利文：Tiramisu，他完全了解意大利这个典故，他没有喜悦，贺生日的欢愉被提拉米苏一扫而光，他反而紧张起来，他不能接受，不能接受李虹绵所暗喻的"带我走吧"，看到李虹绵祈望的清澈目光，他几乎要心软了，只是一瞬，马上又让心硬了起来。小李，谢谢你为我准备了生日蛋糕，我希望什么时候我也给你送生日蛋糕。李虹绵说，这不是一般的蛋糕，这是提拉米苏。苏泰达噎住了，没想到没吃蛋糕就先噎住了，一时说不出话来，他只想把它当成一般的生日蛋糕。苏泰达轻咳了两下，说你的好意，我心领了，但这只是生日蛋糕。李虹绵喉咙发紧，她才真正噎住了，几乎哽咽地说，这是生日蛋糕，这是彻头彻尾的生日蛋糕。苏泰达适时地把话题扯开，我也给你带来了礼物，他拿出芭比娃娃说，我给她们家族增添两个新成员。李虹绵一手抱着一个，哟，好可爱啊，低头左右各吻了一下，比从淮海路芭比娃娃旗舰店买来的更加光彩照人。她把她们放到博古架上，似乎听到这群芭比娃娃新老朋友见面的欢笑声。李虹绵忍住泪，转身下了厨房，做了两个厦门的菜肴。苏泰达只有站在旁边当观察员的份。他不想再提起提拉米苏，不想伤害李虹绵这样的好女孩。李虹绵也不再提提拉米苏，她知道自己也许鲁莽了一些，怎么可以这样匆忙地表达“带我走”呢。

餐桌上，李虹绵介绍这是韭菜盒，厦门的特色小吃，也是我的拿手菜。面粉用猪油搅拌，再揉匀做皮，包了韭菜和肉，在油锅里炸。你尝尝，包管比厦门花生汤店的还好吃。苏泰达说，我没吃过厦门的韭菜盒，他搛起了放进嘴里，咬了一口，哟，太香太酥了。席间他们只喝了一点酒，各喝了一小杯葡萄酒，苏泰达自觉不多喝，他知道在此时此地他不能醉，一定要随时保持清醒的头脑。来，干，李虹绵克制着心中的痛，来，干杯，苏总。她一直叫他苏老师或苏总，甚至为他买了提拉米苏，心里都没有叫他泰达的冲动。苏总，为你不久的将来融资取得成功而干杯。临别时，苏泰达说要回请她，也不去饭店，就选在他从小长大的老弄堂的家里。苏泰达知道自己接下来的日子会很忙，必须抓紧办完此事，就相约下星期天，到他的成长地相聚。

李虹绵走进兰谷村，看见横跨在两边楼房之间的花架，上面开满了紫藤花，一嘟噜一嘟噜摇动着春意。这花正代替她，对着风说出她此刻的心情。她奔跳着，像是舞步，身子轻得像飞过头顶的小鸟。她没有让苏泰达下楼接她，她不想那么招摇。敲开苏家的房门时，苏泰达扎着围裙，手上沾着菜屑，那副样子真是好笑。李虹绵没有笑，只是心中忽然生出一股柔情，她是第一次看见苏泰达这副职业之外的装束，都说上海男人会做家务，没想到苏泰达也是这样，多好的上海男人，多温柔的上海男人啊。苏泰达洗了手，给李虹绵泡了一杯龙井，来，你喝一下，看和你们福建的铁观音有什么不同？李虹绵望着茶杯中舞动的茶叶芽子，觉得自己就是这些茶叶芽子，欢快、舒畅，伸展着身子，啊，真好啊，这窗外的阳光，这喷香的茶水。她呷了一口，抬头望了苏泰达一眼，没有出声，只用眼神告诉他这茶真好。

今天苏泰达还要展示厨艺给李虹绵看，回报她的提拉米苏，尽管不可能带她走，还有那一曲《流水》，那是什么样的情意啊。但从世俗的眼光看，她给他过生日，他回报她一顿本帮菜，也是应该的。李虹绵说，我来给你做下手。不，不用你动手。不嘛，我不能闲着，不能当观光团。那好，你把河虾剥一剥。李虹绵接过苏泰达递来的玻璃碗，站在一旁剥起虾壳。她手上动着，眼光不离苏泰达切菜的动作。他正在切马兰头，一边说马兰头拌香豆腐干，是上海招待克林顿的冷盘，今天我也做给你尝尝。她见他细细地切着那深绿的叶片，闻到了一股春天田野的清香。接着苏泰达切豆腐干，她看着他把薄薄的豆腐干剖成三片，然后切成丝，最后切成细丁，这可不是北方大老爷们干得了的活，在厦门，男人也会做家务，可这么细致的活，恐怕也没见过。李虹绵都看呆了。难怪苏泰达做事那么细致周到，不知道是不是厨房里训练出来的。童端仪真有福气，不过听说端仪姐也有几个拿手菜，那是解放前她们家的大厨教会她母亲的，母亲又传给她。什么时候真应该去拜端仪姐为师，学几手菜，将来总可以派上用场。

你在发什么呆啊，苏泰达说，剥好后洗一洗，先拌少许盐腌一腌。李虹绵照做了，看苏泰达又去敲大排，用木榔头在砧板上轻轻地敲着，再在上面沾上面包屑，又撒了点盐。我来，李虹绵跃跃欲试，接过木榔头，一敲，太重了，大排的肉都敲得薄薄的，快透明了。手下要不轻不重，苏泰达接过榔头做着示范，他的动作不轻不重把大排敲薄了，又不会透过去。李虹绵在一旁咯咯地笑着，说真好玩，她照着做，口中还念叨，不轻不重不轻不重。其实苏泰达觉得她更好玩，不就是敲大排嘛，什么事笑成这个样子，真是一个小孩子。今天的菜不多，炸大排、葱烧鲫鱼、响油鳝丝、雪菜果仁、雪菜黄鱼汤，看苏泰达炸雪菜，真够神的，雪菜也有这种吃法，看来上海菜大有学问，李虹绵把炸雪菜送进嘴里，真有了尝所未尝的感觉，刚才做的马兰头香干，留了一部分同河虾拌在一起，做馅包馄饨，这也是李虹绵尝所未尝，厦门的扁食类似上海的小馄饨，可是包肉的，还是今天的马兰头香干河虾包的馄饨好吃。

他们没有喝酒，上次已经破了例，苏泰达意识到，男女单独在一起喝了酒，下面就不可预知，也可以说是容易预知了，还是守着这条线为好。刚才他走近玻璃橱，本来想拿出一瓶XO，手在门把上停住了，还是把开了个缝的玻璃门关上了。没有酒，他们反而把注意力集中在对佳肴的欣赏上，今天的菜真是出乎李虹绵的意料。临别的时候，李虹绵说，今天过得真好，真是好，太谢谢你了，苏总，这一桌菜真比五星级酒店的菜式好。他是就事论事，而她心中，可不是就事论事，她觉得她自己同苏泰达又近了一些，他们分手时没有握手，心近了就行，何必讲究形式。苏泰达送她下楼，上了车，向淮海中路开去，他把她送到图书馆，她要去查一份资料。

4. 艾滋检测阴性报告

苏泰达站在落地窗前已经好长时间了，看着下面华山路上，立交桥上行人也成了他眼中的风景。立交桥再过去就是静安公园，墨绿一片的树冠，树冠下嬉戏的小孩，他是看不见的。小时候爷爷常带他去那里玩，爷爷坐在法国梧桐树下的长椅上看报，他就在旁边的草坪上奔来跑去，总想找到几只螳螂，惘然地望着绿草发呆。有时他站在窗前，会萌生再去草坪找螳螂的冲动，仅是冲动而已，现在他可没有这样的童趣。被朱升平骗了以后，他对自己的自责，不只是耽误了开工时间，更大的创痛来自于没能识破航程中的风险。他没有多指责丁婕，凭他这样聪明的人，会看不出丁婕和朱升平之间的猫腻吗？哪有那么巧的事，他正要利用丁婕去做朱升平的工作，却让朱升平抢先一步。此刻丁婕就在他身后，她一直静静地坐在沙发上看着苏泰达，她从苏泰达的背影也能感觉到他的气场，她不敢走近。可是她又想走近，想走上前去，抱紧他，使自己放松些。但是她没敢这样做，这些天来她一直自责。自从那一次在派对上听他唱《我的太阳》，她已经默默地把这个男人当成我的太阳，他叫她干什么，她都愿意去做。昨天晚上，也就是苏泰达在兰谷村为李虹绵烧菜的时候，她没有吃晚饭，直到半夜十二点才为自己烧了一碗方便面，吃了几口就放下了。她愿意去帮苏泰达，又挡不住朱升平的诱惑，她能原谅自己的是，苏泰达接受融资不是她促成的，她不过是起了推波助澜的作用而已。昨晚临睡前卸妆时，她看着自己的脸，以前总是认为这美丽的脸庞十分吸引男人，她一边擦着脸上的粉底，一边骂着自已，难道你真要这样过一辈子吗？韶华易逝，往实里说，自己恐怕韶华已逝，不断去美容院做脸，确是使脸皮紧绷些，拉皮也做过了，仅此而已，有时对着镜子，会发现眼角又多了一条恐怖的细纹，可是这碗饭只能这样吃下去，每个月的花销，不去努力工作也不行。她心里暗想，以后一定要配合好苏泰达的工作，眼前的事就是为他找到资金，可是自己又能做什么呢？真不知道门路在哪里。这个思绪从昨晚一直延续到现在。她打开LV包到洗手间为自己补了妆，还好昨晚吃了安眠药，总算倒下去后一觉睡到天亮。今天气色还不错，即使化妆不到位，眼睛还是有神采的。

她从沙发站起来，到她走出洗手间，苏泰达一概没有听见，更没有看见，他正沉浸在自己的思索里。猛然间丁婕从后面抱住了他，双手把他的腰箍得紧紧，头侧着靠在他的背上。苏泰达一时感到背上一阵温暖，热乎乎的感觉从后背直达心里，他心中的柔情涌了起来，转过身来，抱住丁婕。这时他们没有接吻，他们谁也没有想到，从彼此身上得到什么异性的安慰。他们就像一对经过战乱久别重逢的兄妹，有太多的辛酸要诉说，可是他们什么也没有说，他们只是抱着，彼此不太紧地抱着，但却实实在在从对方得到了慰藉。丁婕说，我们从头开始，你一定能赢。苏泰达捧起丁婕的脸，轻轻抚摸着，泪水从丁婕的眼角涌了出来，苏泰达低下头，把她的泪水吮干。丁婕，融资是公司的事，你不要太沉重。不，我一定要帮你。现在你面前有一条路，就是银行贷款。贷款我也想过，可是这得投下多少前期成本啊，再说我也不愿意这样做，干吗要给那些伪银行家送钱。不怕，我来帮你，不信银行的人刀枪不入。不，我不愿意你受到伤害。我的事你不要管，我会照着我的宗旨去做。你放心，谁也伤害不了我。不就是桂全达嘛，这个行长，有什么难的，哼，有什么难的，我去找他，我就要见识见识，他就是虎狼，他真能把我吃了？不，你还是别去，进了虎狼窝，就不能全身而退。不，为了你，为了你的事业，你就让我去试一试，不管多难，我都能扛。不，丁婕，我是男子汉，怎么能让你为我去牺牲，我再想想办法，还是从国外风险投资那里找找门路。你听我的，不要轻举妄动。丁婕不再说话，只是深情地望着苏泰达，她知道自己应该怎么做，知道怎么做才能不给苏泰达造成精神负担，又能切实帮他解决问题。

他们就这样相互抱着，谁也没有想到要进一步动作，精神压力使他们不可能到床上去，他们只能去楼下大堂的咖啡座去喝咖啡。咖啡上来以后，他们只顾着喝，好像从来没有喝过这么香的咖啡似的。彼此也没有说话，没有伸出手去相握在一起。这一切对于他们来说，实在是因为引不起激情，而变得多余。在静默中，他们能感觉彼此的心靠得那么紧，随时都能觉出对方的心跳，这心跳甚至会渐渐合拍。他们只是眼睛对视着，就像要从彼此的一对深潭里，发现沉在水底的宝物。以后他们融资成功，回忆起这一幕，会觉得这是比任何商场上的风驰电掣更令人刻骨铭心。丁婕的心思，苏泰达参不透。自诩聪明的男人却揣摩不透身边女人的心思，明明白白表现出一种鲁钝。当然丁婕从来不在他面前提起，他无从得知，也就无法自责，我们只能替这个叱咤风云的人物惋惜。丁婕决心已下，前面就是刀山火海，油锅蝎洞，她也只好去了，为了苏泰达，为了她心中的他，她愿意牺牲，她也不求回报，这是一种义无反顾的两肋插刀。

丁婕打听到一家朋友的公司最近要开一个产品发布会，这家公司在桂全达担任副行长的银行贷了巨款，桂全达肯定是这个发布会的贵宾。丁婕给朋友打了电话，说要来参加，那个朋友喜出望外，丁小姐要光临，蓬荜生辉，无任欢迎，请帖我派人送来。接到请帖时，丁婕看着烫金的字样，心中暗暗对自己说，这次我就要让桂全达上钩。她那天到达会场时，里面已经熙熙攘攘，银行家桂全达正在同几个脑满肠肥的大亨说着应酬话，看见丁婕出现在门口，就奔过来，把其他人撂下。他的脚步在丁婕面前停下，多半步太近，少半步太远。距离恰到好处，能看见丁婕脸上化妆得十分到位的白里透红。至于香气，在几步远就闻到了，现在就有点刺鼻。那香水气是法国的名贵品牌，他闻得出，前几天送给一个女明星就是这个品牌，当然外加一个大红包，不过还是没有沾上身。在那个女人身上激发出来的性欲，几天来一直没有褪去，他就认定那个女人了，就认定那个女人可爱的肉体。丁小姐，多时未见，越发年轻了。丁婕知道他这样拍马屁，是有极其明显的目标针对性。这种男人见多了，但现在有所求，也就放下架子，说桂行长，别来无恙。其实谈不上别来，上次什么时候见，早就忘了，像这种角色，并没有入丁婕的法眼，没有气质，仗着手中有钱，在那里呼风唤雨，除了钱，他能有什么？桂全达从侍者的盘中拿过一杯红葡萄酒，举到丁婕面前，丁小姐，请用。丁婕接过来，和他碰了杯，为桂行长发财干杯。发财不敢，我只是一个忠诚的公务员，忠诚于我的职责，像我的每个同事一样为国家鞠躬尽瘁。丁婕不听他咬舌根，正想转过身去，桂全达又开了口，丁小姐什么时候有空拨冗赏光，我们一起细酌。好啊，丁婕这一声好啊，让他受宠若惊，弯下腰说，好啊，那我来安排，我们明天去一处朋友新开的会所。

这个会所坐落在一个花园的深处，停好车，桂全达下车为丁婕开门。丁婕下了车，径直向透出灯光的别墅走去。桂全达跨一步，伸出手臂搂住丁婕的腰，只觉得浑身上下一阵舒坦。走进会所，他的手臂推动着丁婕向他预订的房间走去。房间里有一个宽大的沙发，就如同一张大床，他们很自然地躺下了。桂全达也不多说什么，在他看来，前戏是多余的，好像到了此地，只能直奔主题了。他让丁婕脱了外套，微弱的光线中，还是可以看出丁婕高耸胸脯的轮廓，桂全达一阵战栗，把她按倒在沙发上，就开始去解她的扣子。丁婕的手紧紧抓住了他的手，不让他轻举妄动。他的手开始在她的胸脯上摸索着，手指紧紧地往下压，丁婕把他拨开，桂行长，我们只说来这里聚一聚，说说话，并没有说要做别的事。桂全达这才想起来，他迫不及待得不合游戏规则，可是女明星勾起的性欲，一直没有释放，他不想去找小姐，哪怕是更年轻的湘妹子、川妹子，既然没了女明星，他就要释放在这个上海滩万人迷的交际花身上，才能达到快感的顶峰。丁婕坐了起来，她当然不会说放尊重些，虽然她仍然希望这个行长放尊重些，她只说，桂行长不要这样。桂全达说，那要怎样？丁婕说，你说该怎样就怎样，只是不能再动手动脚。桂全达没辙，只好忍着欲火，同她一起混过了一个多小时，到分手还是一无所获。桂全达欲火难熬，还是忍住了，没打电话找小姐。

一夜没睡好，通夜失眠是这一辈子第二次，上次是等待上级组织部门来宣布任职决定。桂全达是乖巧的人，他知道如何讨好女人的欢心。第二天他又约了丁婕。丁婕要不是有求于他，早就拒绝了，可这次不同，这次要为苏泰达争取贷款，她只好去敷衍桂全达。她也知道这次绝不是敷衍可以了断的。她有思想准备，桂全达更是有备而来。他从家里的保险柜中取出一个劳力士手表，在他预订的五星级酒店的客房里，单腿下跪，双手托着手表，十分虔诚地说，丁婕小姐，我正式向你求爱。他不说求婚，求哪门子婚啊，八竿子打不着，他要的是爱，肉体之爱。丁婕没有去扶他，冷冷地说，不要是假的噢。桂全达听得糊涂了，不知她说的是爱还是手表，说爱是真的，他可没有底气，那么只能是说手表。他说，天地良心百分之百正宗瑞士货。丁婕还是不看一眼，桂全达又说，我在网上的博客看到，人家外省某副部长送给电视台女主持人的也不过是劳力士，我这个表同那个表一样贵重，虽然我官没人家大，但天地可鉴，我的心是真诚的。丁婕听惯了这种怪话，她知道这样的性爱场上，哪有什么真诚可言，大家都是为了一个共同的目标，走到一起来了，这个目标就是利益，各自取得各自的利益，她也不想同他多浪费时间，就说起来吧，头也不回就向床边走去。

桂全达站了起来，屁颠屁颠地走了几步，右膝盖有点疼，他用手抚了抚，说我把劳力士放在你的坤包里。转身就三下五除二把自己脱光了，丁婕厌恶地瞪了他一眼，随即闭上眼睛，双手平放在床上，说去把自己洗洗干净。听见桂全达在卫生间放水的哗哗声，丁婕咬住了下唇。等到桂全达边用浴巾擦身边走近，她说，有套子吗？桂全达说有有。丁婕双手曲在胸前，桂全达推开了她的手，扯掉了她的衣裤，口中含糊不清地叫着女歌星的名字，丁婕不管他胡言乱语什么，只随便他去折腾。就在桂全达保持进攻姿态的时刻，丁婕说，不要太急嘛，你慢一点，休息一下。不，不能休息，桂全达不管不顾做着自己的事。丁婕又说，苏泰达的项目需要贷款，你给办一办。这时候不谈这事，我就要完成了。你说办不办？办办办。你说话算数，可不能赖。她再次警告，不要太粗鲁，像个绅士吗？桂全达说，我争取做绅士。说完猛地一松，整个身子瘫在丁婕身上。丁婕厌恶地把他推下来，借着微弱的灯光，看到他左腿根有一个红色的胎记，桂行长，你怎么把红色的硬通货夹在大腿根啊。你是一位机敏的女性，第一次就被你发现。你的意思是别的女人是第二三次才发现的。丁小姐，你多心了，我不过是这么随便一说，什么硬通货，那是娘胎里带来的。那是你母亲给你的通用货币，你一辈子都用不完。不，不。不过我家庭出身好，就是人们所说的官二代。社会资源都被你们垄断了，优秀的女人都成了你们的享受资料。丁小姐当然是优秀女人，不过不是享受资料，你珍贵的身体王后般圣洁，我是在欣赏你，而不是享受你，你就是我的维纳斯。你如此穷凶极恶，简直是虐待狂。他唯唯，不敢回话，他同时把丁婕当女歌星了，双重的劫掠当然要虐待一番。

在他们穿好衣服前，丁婕问他，你套子都是现成的？有，我还有。他心中的潜台词是够我们俩用的，不过他不敢说再来一次。我包里不放贷款可行性报告，这劳什子是下面人审查的，我包里只有套子和伟哥。你不觉得我战斗力特强吗？丁婕才不管他什么战斗力，她是为苏泰达受罪。桂全达洋洋得意，说我刚才在卫生间，就着自来水服了一粒伟哥，你看马上就起作用。他没有看到丁婕的厌恶表情，继续说，我包里的套子和伟哥，为自己准备，也为别人准备。丁婕才不管他给谁准备，她关心的是他身上的红色通货。

桂全达从来没有得到这样大的快感，他把女歌星对他的刺激积存起来的力量，完全发泄在丁婕身上，体验了一种无与伦比的性欲高潮。桂全达看着到手的掳物，心中暗暗得意。他把丁婕的身体看成一尊女神雕像，这个女神成了他的俘虏，心中充满将军凯旋的骄傲。他在冥想中听丁婕说，你要快给我办。桂全达暗忖，办贷款不过是举手之劳，要难一难她，让她服服帖帖俯首帖耳，不要这样轻易就放出贷款，要让她付出更大的代价。既然不能收获经济效益，就要占有她的肉体。他说，办贷款，要过一道道审查关，不是说办就办的，你让苏泰达打个报告上来。哦，她肯用身子来为苏泰达争取贷款，她与这个姓苏的关系一定非同一般，恐怕早就脱光了让他干了一次又一次。他不知道那些有相当地位的贪官四五个人共用一个情妇是什么感觉，他却是不能容忍，刚刚玩过了同一个女人，他不会因为共同的享受对象而欢欣，而只会引起强烈的嫉妒。王八蛋，这个姓苏的竟然跑到我前面去了，还想从我这里贷款，休想，让他事业失败，面前这个小尤物不就是我掌中的玩物了。桂全达一边把腿套进衬裤一边说，你让苏泰达写一个可行性报告交给信贷部。桂全达想把这次性活动的利益最大化，他趴在丁婕身边，把手伸过来，丁婕早就穿好衣裳，把他的手一挡，他讨了个没趣，就在一旁自顾自抽起烟来。

过了几天，苏泰达的项目可行性报告交给银行，一个星期毫无动静。丁婕给桂全达打电话，桂行长，什么时候可以让苏泰达派人去办贷款手续啊？桂全达这几天一直沉浸在与丁婕做爱的回忆中，每一个细微的感觉都不放过，每一条曲线都使他战栗，肌肤如凝脂，那胸脯给手的感觉真是无以言表，他的下面又憋足了劲，但他一直克制自己，不打电话，他要让丁婕自己找上门，这是他对付要贷款的女人的手段，终于来了电话，他约丁婕到陆家嘴一家五星级酒店的咖啡厅见面。

侍者送上来热咖啡，桂全达的目光不朝咖啡望一眼，只是盯着丁婕的脸。他发现她今天更漂亮了，睫毛好像长了，眼睛更显妩媚。一股法国香水的气味渗进了他的鼻孔，淡淡的，使他浑身激起了一种不可抑制的欲望，只想立刻让丁婕就范，重用她的肉体。他眼中只有贪婪，丁婕看得一清二楚，她的目光就是一把刀，戳进了桂全达的心，桂全达不禁打了一个寒战，他怯怯地说，我已在上面订好房间，现在上楼，咖啡让服务员另送两杯来。丁婕端起杯子喝了一小口，说这咖啡是道地巴西货，真香，你也尝尝。桂全达的心思不在咖啡上，他硬撑起精神说，我们再来一次百年好合。丁婕说，对不起，不要只想捞自己的利益，贷款你什么时候办？桂全达说，贷款要开会审查的，不是我一个人说了算。丁婕说，你别蒙我，没吃过猪肉还见过猪跑，你手上放出去的贷款都怎么出去的，你比我明白，老桂，你还是喝了这杯敬酒吧，我可记得你身上有一块红胎记。桂全达说，这是我妈给我的，关你什么事。丁婕说，你就不怕我到你的上级纪委那里去反映你身上的特征吗？两厢情愿，我有什么怕的，你能把我吃了？我吃不了你，我只让你和我通力合作，否则，纪委要是抓住你一点事一查到底，我这里，你也许不算什么大问题，但是查下去，你保证自己没有问题？丁婕这一棒足以把桂全达击昏。她又说，有几个在位的官员敢说自己一查到底没有问题？有个倒霉的房产局长，就因为一包天价烟被网民抓住了，一查，进了班房，有几个官员日记被曝光，一查，也是贪腐分子，进去了。其实他们都不算太坏的干部，却是这样的下场。桂全达，你能好到哪儿去？桂全达听得冷汗直淌，心里骂着，这个臭女人，算你狠，看我将来怎么收拾你。看到丁婕站起来，他知道今天没戏了，也站了起来，拿着丁婕的大衣让她穿上，伺候得像一对年轻的情侣。过了几天，桂全达欲火难抑，又打了电话，约丁婕到南京西路一家五星级酒店的咖啡厅。

丁婕晚到了半个小时，在桂全达的感觉里却是几倍的长。这段难熬的时间里，他只觉得大腿间一阵一阵的冲击。他打过电话，都是关机，只能耐着性子等，哪怕是等一个小时、两个小时，他也愿意等下去。远远看见丁婕走过来，他站了起来，举着右手，僵在那里，丁小姐三个字也喊不出来，简直成了无生命的雕像。丁婕说对不起，我来晚了。她没有解释，这是用不着解释的。女士迟到，这是端着架子。桂全达为了骑在她身上的那一刻，他忍了。他叫的一壶茶早就凉了，对着走近的丁婕说，我们上楼去吧，这里坐着不舒服。丁婕摆手让他坐下，说你的贷款批文带来了吗？

她昨天和苏泰达见面，看着他疲惫的样子，心里一揪一揪的。她抱着他，手掌在苏泰达脸上抚摸着，你瘦了，瘦了。不要为融资的事太操心，这个坎总会过去的，现在有国外进来的风投资金，我们再找找，总会有办法。苏泰达反过来安慰她，我没什么，只是最近睡眠不大好，会过去的，你不要担心。他不知道她正在为他跑贷款，他并不想给丁婕添麻烦，他只想在自己努力的范围内，丁婕加一把力就可以了。丁婕没有说她为他的贷款已经多次找了桂全达，她知道他不会同意她去那样做。尽管当初他确是请她来做公关，可是他们接触以后，她发现苏泰达改变了主意，他不想在自己事业的发展中，竟然让女人去当尖兵。

丁婕看桂全达什么也没带，知道他又在玩花样。桂全达让她上楼，她就跟他上楼，他手扶着她的后腰，伴着她向电梯走去。进了电梯，桂全达的手不安分起来，丁婕警告他，当心探头，桂全达抬头看了电梯的顶，手停住了。进了房间，他猛然抱起丁婕，丁婕训他，你怎么像二十岁的毛头小伙子。桂全达不知羞耻，说我就是有一颗二十岁年轻的心。他从公文包里取出一个小包，撕开来，说我有套子。丁婕抬手打掉他的套子，说不要套子，你不觉得用套子影响感情吗？本来想说影响感觉，可是出嘴却成了感情。桂全达浑身酥软，想今天可以放开来享受。丁婕说，你能保证你不带艾滋病毒吗？桂全达说当然当然，我从来都是用套子。丁婕说，你相信，我还不相信呢。桂全达僵在那里，不知如何是好。丁婕说，没辙了吧，你要我相信你，你去做检查，拿出阴性报告来。桂全达死命抱着丁婕，说今天就用套子吧。丁婕挣脱了他，朝门口走去，开了门，撂下一句话，我等你的阴性报告。桂全达愣在那里，望着消失了丁婕背影的房门，骂道，贱女人，看我怎么收拾你。嘴里是硬的，可是硬不过自己的欲望，他还是去做了艾滋病毒检测，果然是阴性。他庆幸自己在东莞玩小姐，敞开了做，好险啊，没有染上病，得意地弹着检验报告，给丁婕打了电话，像是向领导报喜，报告丁小姐，检查完全合格，阴性阴性。丁婕在那头说，既然是阴性，那我们就找个地方见面吧。桂全达还是安排在南京西路五星级酒店，这回不必去咖啡厅，直接进房间。他进了门就迫不及待地宽衣解带，手动着，嘴上也不闲着，说你脱，你也脱。丁婕伸出手说，拿来。桂全达不知何意，愣了一会神，才明白过来，赶忙拿出报告，说阴性阴性，丁婕接过来一看，确实是阴性，她也扔给桂全达一份检验报告，她的也是阴性，让桂全达放心，让他放心玩，要怎么玩就怎么玩。就这样玩了几次，每次都不用套子，乐得桂全达浑身打战。丁婕催着他的贷款批文，他总是捏造不同理由搪塞。丁婕也不死逼他，只是他再约，她不来了。

过不久，丁婕主动给桂全达打电话，桂全达一看是她的号码，心里说这个贱女人终于找上门了，他慌忙溜出会议室，不管领导正在讲话。丁婕说，桂行长，我怀孕了。桂全达这一惊非同小可，手机差一点没掉到地上。怀孕？不会吧，哪有这么巧。不管什么巧不巧，检验报告说话。桂行长，你听好了，赶快把贷款办了，要不，过了时间，孩子只好养下来，让你多个儿子。桂全达说，我的姑奶奶，你先去做了，要多少损失费只管说。我不嘛，我就是要生下来，抱到你们分行行长那里去，让他给道喜。桂全达急出了一头汗，说可别，可别。心想上当了，上当了，到底还是丁婕手段辣，不管是真是假，这回总算被她牵着鼻子走了。他狠下心，先摈弃对苏泰达的嫉妒，贷就贷，贷给谁不是贷，何况苏泰达这种新兴产业的利润不会低，算是优质资产，可是盛昌发不让他自在，约他吃饭，饭桌上，盛昌发双手抱拳，桂行长多多关照，把苏泰达贷款的路堵死，算是帮兄弟一个忙。盛昌发是老朋友，他们在贷款上，早就我中有你，你中有我，成了一根绳上的蚂蚱。盛昌发的话不能不听。就在他们觥筹交错，喝酒正酣时，丁婕来了电话，桂行长，孩子的爸，你是要孩子，还是要官位？随便你，要官位，你就赶快把贷款办了。听到这里，他只好站起来对盛昌发说，对不起，一个老同学从外地来电话，说着走到包间外面，丁小姐，你抓紧去把事办了，我这就安排信贷部去苏泰达公司做调研，你等着好消息吧，几天就会有回音。你先去把事办了，我们合作把贷款的事办了。可是过了几天，桂全达听说盛昌发要提区财办主任，慑于权势，他对下去调研的工作人员说，你们去了解一下情况，报告不要有倾向性，结论由行里来下。

5. 安福路顶级会所

苏泰达并不知晓丁婕正为贷款缠住桂全达，他想的是另外的途径去争取银行贷款。此事要请丁婕打前站，他们还是在3818房见了面。面临的压力使他们的相聚进入无性状态，就像两个老同学见面，所不同的是彼此没有生分。丁婕为苏泰达泡了碧螺春，茶叶是她从家里带来的。水烧开以后，她把洗好烫好的两个杯子注满了水，他们看着两个透明的杯子里飘起了水汽，团团水汽在他们之间飘荡着，模糊了他们的视线。他们两双眼睛相互专注地望着，透过渐渐淡去的蒙蒙水汽，似乎看进了对方的心。苏泰达说，一些日子不见了，你好像瘦了。这一回的“瘦”改由苏泰达来发现。丁婕抚着自己的脸颊，说瘦了好，谁不想瘦点，就不用吃减肥药了。你不用吃减肥药，看你的腰，你的身材，就好像停留在十年前。泰达你夸起人来，真没说的，十年前我们还不认识，你知道我是什么身材。可以想象得出，看你的肤色就知道你保养得很好。苏泰达看着她把碧螺春捻进水里，细嫩的叶芽茸茸的，身轻如燕舞动着飘入水底。香气飘起来了，苏泰达伸手去拿杯子，丁婕轻摆着手，看你急的，当心烫嘴，苏泰达顺从地缩回了手，把要请她办的事说了一遍。丁婕暗忖着，她心疼苏泰达，要不是他被逼得走投无路，他不会找媒体记者，她了解办公司这些年来，苏泰达一直对媒体保持低调，她十分赞成他说的，他遵纪守法，照章纳税，产品畅销靠的是质量，用不着媒体为他吹嘘，乐得落个清净，现在媒体人鱼龙混杂，否则难免要同无良文化打交道。苏泰达知道翁葳重在煽动所谓"生命春口服液吃死人"的风潮中所起的作用，这次选定他，就因为他摸透了这类人的脾气，他想不过是多花点钱，让人家写文章，按劳分配是必须的。这里也包含着苏泰达那种越硬的骨头越要啃的脾性，不信你翁葳重是摇不动的山，撼不动的岳，正是苏泰达看准了他的弱点，才放大胆请丁婕出面。他相信丁婕会旗开得胜，而且毫发无损。丁婕，我就等你的好消息。

丁婕选了一家新开张的五星级酒店，她一反常态，提前到了，到底是求人办事。翁葳重一到咖啡厅门口，眼光四面扫着，在一个靠窗的位置看见了丁婕，就几乎是小跑着奔过去，老远就伸出手去，直到把丁婕的手握住。丁小姐，久仰久仰。坐下来，喝过咖啡，丁婕就进入了正题。明白告诉他，苏泰达要请他写一篇企业现状和前景的介绍。翁葳重着急地问，是纪实文学吗？不，不是纪实文学，是报道。好，报道，正是我的本行。写了报道不用见报，或发通稿，我要你发内参。翁葳重从"内参"二字知道今天见面的分量。这种事不是经常碰到的，价码也会比较高，他们应该是领市面的，几个月前，他为盛昌发打了苏泰达一耙，现在反过来要帮苏泰达的忙，两片嘴皮可以翻上翻下，一支笔同样可以黑白晃动，他满口答应，不过又加了一句，最近我比较忙……他看着丁婕，不说下去，丁婕会意，翁大记者，你放心，一切按规则办，她不说暗规则，她说的是规则，大家都是明白人，都明了按规则是什么意思。他写好后，会先发给苏泰达看，至于什么时候变成内参，就看苏泰达什么时候到账。

翁葳重如约来到太一公司。前台小姐正要说话，郑宏伦已经迎了出来。前台小姐好记性，这个人不就是前些时来公司大闹的记者吗？今天怎么满脸堆笑，与郑宏伦紧握的手都舍不得松开，玩的什么把戏？她来不及细想，这个人已经跟着郑宏伦走进了接待室。翁葳重进了接待室，还没有坐稳，就冲着郑宏伦大声说，苏泰达呢？郑宏伦说，这个事由我分管，我来同你谈。苏总等你好一会儿，刚才来了电话，有急事出去了，一会儿就回来。翁葳重才不管苏泰达有什么急事，今天他是来采访的，只要拿到足够的材料，就可以打道回府。郑宏伦今天对他格外客气，他不去回忆翁葳重在口服液事件中，在这里跳脚，声嘶力竭的样子，倒是他的敬业令人钦佩，受人之托，忠人之事。后来郑宏伦了解他是为盛昌发办事，也就没放在心上。他有这样的责任心，今天来为太一公司办事，一定会做得一样好。翁葳重也不计较他曾在郑宏伦这里碰过钉子，当时他写的报道，给了太一公司当头一棒，总算出了一口气。彼事非此事，都是为了创收，最终目的是一样的，只是服务对象不同，哪管他们是对立面。他这次来和上次身份迥异，甚至是针锋相对。上次以苏泰达为假想敌，这次却成了苏泰达的同盟军，他感叹生活的复杂多变，而不是自己的翻云覆雨，都是缤纷的生活给闹的，能怪谁呀，他翁葳重可是堂堂正正的记者，记者是用笔为人民服务的，不管是对什么人都要忠于职守服务到位，他对自己有信心。

郑总，翁葳重对称呼做了改动，不再直呼其名，刚才叫“苏泰达”只是为了要威风，威风耍过，人家对苏泰达不在也做了解释，现在他成了被雇佣者，自然应该装出毕恭毕敬的样子。

郑宏伦特别交代，新生产线资金不足，要作为一个问题着重提出来，民营企业融资渠道不畅，制约了非公经济的发展。他是记者，还是名记者，他应该为此事呼吁，责无旁贷。翁葳重听罢说，郑总，你放心，我一定写得撼动人心，谁看了内参，谁都想出资，为自己赚大钱，国家银行就更不用说了。采访结束，丁婕出现了，把银铃般的声音扔在他的面前，哎哟，翁大记者，你辛苦了，劳苦功高，应该好好犒劳犒劳。

翁葳重来到公司的门前广场，请丁婕上了他的车，丁婕把他引到了永福路一家顶级私人会所。这是她步履罕至的地方。她要好好给他灌迷魂汤，当然要近她的身子是绝不可能的，这分寸她会掌握好，只要她不喝一口酒，那翁葳重只能无可奈何。他们走过了一个五色迷眼的回廊，在一个中国式庭院入座。翁葳重面对见所未见家具摆设，尽管他不是没见过世面的人，却觉得从四面八方映射来的光，对他有一种沉重的冲击。他目不斜视，对这个会所主人的艺术收藏视而不见。只专注于蟹黄油扒官燕、葡汁煎牛排，不知道先用小调羹舀官燕好，还是用餐刀切牛排好，手忙脚乱，应接不暇。丁婕把翁葳重伺候得舒舒服服，翁葳重在微醺中，借着酒劲，伸手要去碰丁婕的胸脯，被丁婕挡了回去。翁大记者，你醉了，车子不能开了。那我的车子怎么办？就先放在停车场吧。丁婕为他叫了一部出租车，扔给司机一百元，师傅，按他说的地址开。翁葳重说，我没有醉，我知道去哪里，丁小姐，你放心。一个星期内你等我的好消息。丁婕心中涌起了厌恶，她觉得自己很无奈，竟然要同这种人打交道，实在掉份，不过，她还是摆摆手，对着开动的出租车。

四天后，翁葳重的电话就来了，丁婕看着他的电话号码，手机在掌心掂一下，难道已经完成？喂，你好。她还没往下说，翁葳重就抢先讲，内参发了，内参发了。谢谢你，翁先生，请你快递给我，收到后，我们会按约定，把五本书在老地方交给你。

苏泰达接到丁婕送来的内参看了一遍，与翁葳重先前送来的稿子一样，标题、分段均不变，他十分满意。这一回真的是调动一切可以调动力量，连原来的对立面都转化了，为我所用。这真是市场经济的新现象。苏泰达马上给何磐石打了电话，何老，好久没来拜访，我想来看望您。何磐石说，要来就来吧，我这两天闲着，我等你。苏泰达当晚就上何家去。刚一落座，何磐石就问最近公司情况如何？有什么困难？何磐石的问话正中下怀，他就不用再兜圈子，直接把内参奉上，何磐石接过来一看，说这新的一期，他翻了翻面前的材料，桌上只有几份大参考，我这里还没有到呢，好，你送来了，我就先看。他第一眼就看到翁葳重写的那一篇文章，哦，是你的公司，有什么情况吗？您先看看。苏泰达恭敬地坐在一旁，双手放在大腿上，纹丝不动，也不再说什么。何磐石看了一遍，又从头把一些地方重复看了一下。好嘛，你提出了一个重要问题，民营企业融资困难，这是普遍存在的，你们公司这样有前景的项目，竟然得不到资金，这不利于经济发展。何老，我们也做了一些努力，但都没有成功。苏泰达停了下来，望着何磐石，就像他就是银行家，从他这里就能得到投资。何磐石沉吟着，资金，资金，到哪儿去找呢？他的思路当然先想到国有银行，他朗声说，对，就找国有银行，这份内参对你们企业做了调研，你们产品有前途，应该支持，我来试一试。他拨了邝一杰办公室电话，对，我是何磐石。邝一杰当过老干部局局长，何磐石有过接触，觉得他是一个办事稳妥的人，就说这期内参你看了吗？对，民营企业，我们要支持。你们商量一下，让副区长带银行的同志下基层调查研究，看能不能给苏泰达同志的太一公司什么帮助。那边邝一杰捧着电话说，何老，您说的意见很重要，我们应该创造条件，扩大民营企业的融资渠道，您放心，副区长会带银行的工作人员去调研，有了结果我会随时报告。何磐石站了起来，哟，你来半天了，还没给你泡茶。苏泰达几乎同时站了起来，我来泡，您请坐。苏泰达与何磐石除了一杯茶以外，没有别的往来，所以何磐石才会这样不避嫌疑地直截了当支持。

喝了茶，何磐石谈起最近读的《复杂》。他说这本书我翻了一遍，这个新学科的出现有其必然性，正如提出者所说的，即使他们不提出复杂科学，再过一些年，也会由另一群人提出来。不为狭隘功利的研究氛围，使他们得以为人类提供了全新的思维概念。

苏泰达对何磐石的好学肃然起敬，他愿意同他进一步讨论。他说，现在人们津津乐道于蝴蝶与风暴一说，大都是一知半解，不求甚解，在我看来，似乎把复杂科学动漫化了。

何磐石用探询的目光看着苏泰达，期待着他说下去。苏泰达说，宇宙大爆炸后，出现了恒星、行星，银河系以及无数星系。四十亿年前由简单分子产生了细胞，六亿年前由单细胞产生了多细胞生物体。延续几百万年的古代物种一朝灭绝而后出现新的物种，不是达尔文的自然选择论的随机进化所能解释的。复杂科学的提出者发现宇宙存在着原来未被认识的另一种力量。苏泰达喝了一口茶，接着说，宇宙间存在着两种力量，一种力量是，正如热力学第二定律指出的那样，总是使事物趋于混乱，比如人的死亡，就是墒增，直至成为一个完全混乱的系统所致。另一种力量则是使事物趋于秩序与结构。这后一种力量，是几位诺贝尔奖金获得者及以他们为核心的科学精英们通过各自的研究，殊途同归而发现的。他们称之为复杂科学的新兴学科，就是研究这种力量如何使事物通过自我组织达到秩序与结构。

何磐石说，你说的是——宇宙不只是受趋于混乱的强制力的支配，而且也受趋于秩序与结构的强制力的支配。

苏泰达说，对，后者既可以对宇宙大爆炸后产生的各种结果给予解释，并且可以主动地对各类复杂系统的自我组织自我调整进行探讨，以求人类在处理人类与自然的关系，处理人类社会各种复杂系统时，不再迷茫，而有了一个锐利的武器。有了这个锐利的武器，必然会导致人类思想史上的革命。这正是复杂科学出现令我们欢欣鼓舞的缘由。

苏泰达沉浸在霞光万丈的憧憬中，人类的智慧使人类能够在不管多么复杂的系统中自我组织自我调整，那个世界就是崭新的世界，不管人类遭遇什么灾难，哪怕小行星撞地球，只要整个地球不毁灭，人类总能生存下去，走向时间的邈远深处。

何磐石一直没有插话，他体会到世俗物质享受到精神升华有一个渐变的过程，理论探讨给人美感。他愿意听苏泰达继续说，起身给苏泰达的杯子续了水，这次苏泰达没有拒绝，只说了一声谢谢，就接着说，我刚才说到复杂系统除了自我组织外，还进行自我调整，其作出的反应，都为了一个目的，就是对系统有利。比如生物群在相互适应中不断进化而组成生态平衡系统。

何磐石听到这里，兴奋起来，说对，自我组织，自我调整，有道理，不，不只是有道理，是深刻。这对我们的现实生活也有启迪，通过复杂系统的自我组织，自我调整，旧事物消亡了，新事物诞生了。太好了，我们应该组织一个两人读书会，他伸出右手两个手指，两人，就你我两个人，可以像今天这样切磋讨论。

平时何磐石读材料，打台球，只是生活内容的一部分，他的与时并进，远不只是搭着生活的脉搏，他是让自己的思维保持活跃状态，他注意追索人类最新的思考成果，这是他参加革命后，养成的读书和思考习惯所致。这正是苏泰达敬佩他的地方，他常对自己说，像何磐石这样生活才是有滋有味。

他们意犹未尽，又就复杂科学的若干话题做了深入讨论。何磐石觉得这样的对谈很有收获。苏泰达却是为自己的精神穿越增加了新的体验，就像进入一个生机勃发的热带雨林，每一步都是新的履痕，尽管脚下只是落叶枯枝和泥泽，世俗的物质享受怎能比这样的精神盛宴，只是要找到这样意气相投的人不容易。他真希望生活中这样的人会多起来。

而他从这种精神盛宴激发出来的美感和快感，不是现在的我们所能体会的，他也无从对人言说。

何磐石问起上次说的那本书带来了吗？苏泰达从包里拿出《财产与自由》，何磐石接过去，说我先看，找机会我们再聊。苏泰达没多说什么，只说，这本书提出的重要命题，值得我们认真思索。他抬头看了书架，发现有一处空了，何磐石注意到了，说那里原来放的是线装本《资治通鉴》，我送图书馆了。这部书不少内容写历代皇帝如何统治人民，这是封建性的糟粕，我不是历史学专家，对那些技巧也没有兴趣，再说新的书都看不完，让它到图书馆去物尽其用吧。苏泰达告辞出来时，何磐石还是送到大门口，说再来再来，随时来。

6. 催命的电话

有副区长任仲年、上级行行长参加的贷款调研会召开了。桂全达让别人发言，他有稳坐钓鱼台的意思。其实这只是表面情况，他脸上没有表情，心里却是翻江倒海。盛昌发找过他，不能给苏泰达贷款，不管以什么理由，都要挡住，盛昌发的脸在他眼前晃来晃去，老兄，你要帮忙，苏泰达无路可走时，我就可以大显身手。盛昌发脸上像挂着浆糊，桂全达分明觉得那浆糊有一股冷气向他袭来，这个盛昌发可能要升官了，不好得罪。会议进行了半个多小时，桂全达都没有说话，他想顺其自然，有副区长在场，上级行同意贷款了，他既完成了丁婕给的任务，在盛昌发那里也好交代。这时口袋中的手机振动了，他一看是丁婕打来的，他把它揿断了，刚放回去，又振动了，一看还是丁婕，这娘儿们真缠上我了。他起身走到门外，朝洗手间走去，就当去方便，要不副区长、上级行长都在，怎么好随便离开会场。推门进了洗手间，哟，好干净，就像在五星级酒店的洗手间。他以前没有接触过太一公司，没想到听了郑宏伦的发言，不是先去看他们的生产线，倒先进了他们的洗手间，如此干净的厕所，看得出苏泰达的管理水平。他本来想站到小便池旁，一想总不能干站着，有人进来怎么办，就进了一个马桶间，坐在马桶盖上。刚才在走廊里已经接听了，只说你稍等一会儿，等他坐在马桶盖上，一口气喘定，才说，你讲吧。怎么样，贷款通过了吗？正在讨论，你不要急。我不急，该急的是你。

昨天晚上他们在一家酒店客房里见了面，不是为了做爱，而是为了说话方便。丁婕的手围着他的腰，他们只是站着。桂全达想往床上移，被丁婕箍住了不能动。你不同意贷款，我就要把你的孩子生下来。刚才你已经看过我的检验报告了，白纸黑字写得明明白白。你吃准是我吗？你这什么话，你做的事就应该承担责任，将来可以做DNA鉴定。贷款不是我一人说了算，要是办不下来呢。办不下来，好啊，你就多一个儿子，到时我抱这个孩子到你上级行长那里去，看你洗刷得了吗？丁小姐，你不用威胁，我桂全达什么人没见过。他没说什么女人没见过，要是那样说会刺激得丁婕跳起来。我什么人没见过，我不怕威胁。我不用威胁，你的儿子或女儿可就要对你笑了。好啊，我一个国有银行的支行副行长多一个婚外儿子算什么，我还要谢谢你。桂全达，这话可是你说的，到时你可不要后悔。我可等着你的好消息。丁婕说完松开双手，头也不回，一甩手开门走了。

现在电话又来催命了。丁婕说了，你不要以为我会顾全自己的面子，我可想好了，你不贷款，我不做掉，让他自己下来，我就敢和你同归于尽。桂全达抬起手，抹了把额头上的冷汗，这个女人倒是辣手。好好，还是那句话，你别急，我会想办法。丁婕表扬了一句：这才是好同志，就挂了电话。

桂全达的讲话是有备而来，他在昨天花了一整天的时间准备，现在讲起来头头是道。他阐述了可以给太一公司新生产线贷款的理由，一条，二条，三条，条条都无可辩驳。说了两三句，他就朝任仲年望一眼，他希望从他那里看到赞许的目光，可是任仲年坐在那里一动不动，连脸上的肌肉也是纹丝不动。他心里有底了，任仲年没有厌恶的表情，眉头也没有微蹙。当然人家当上副区长这样的领导，在公共场合不会喜形于色，也不会怒形于色，桂全达确是从他毫无表情上受到鼓舞，越说劲头越大，音调自然就高一些。他有一种感觉，坐在身旁的上级行行长一定不是毫无表情，他不敢转过头去，只是用眼角的余光扫了一下，果然上级行行长脸紧绷着，这就能估摸出他对这个项目贷款的态度。本来此事在桂全达这里就可以办，可是他处在盛昌发和丁婕的角力之中，两难的境地使他不知如何处置，事情就拖了下来，闹到副书记副区长那里，这种事本来政府是不会干预的，可现在干预了，就让业务部门为难了。不过桂全达在丁婕定时炸弹的威胁下，只能屈服，“桂全达，我可告诉你，我身上的定时炸弹，九个月内就会引爆，你看着办吧。”这个压力是实在的，盛昌发那里，得罪就得罪了，他再怎么升官，手能伸得这么长？管得了我桂全达的进退？

这时上级行行长像是坐在钉椅上，不管下面工作人员如何发言，他的倾向性已经出来了，就是不能贷，这个公司抵押物就那么一点，万一还不出贷款，成了坏账，岂不是砸了锅。他思忖着，如何在任仲年面前说得婉转些，到底副区长来召开这种调研会是破了例的，不能让他难堪，再说自己是他一手提拔的，有一段时间他们是直接的上下级，唉，真是难啊，他正入神地想着，只听桂全达说，请行长讲话。这个桂全达真是老滑头，自己刚才已经表态，不同意贷款，现在把皮球踢过来了，他只好接住。上级行行长想，今天只好豁出去，总不能为了顾及领导的面子，办了不该办的贷款。他说话的时候不敢看任仲年，从头到尾都看着别处，他不看也知道任仲年的反应，一定是脸上看不出所以然，至于心里怎么想，这位行长也能猜出八九分。

上级行行长倾向于同意产品前景不明，抵押物不足，他的话让桂全达的心倏地一紧，不给贷，那丁婕那一颗定时炸弹，怎样才能卸掉引信，他头胀了起来，明显感觉似乎大成一个篮球，他下意识地摸了一下头，还好头皮上的头发依旧，头大只是心理上的感觉。

上级行说“暂缓贷款”就是不贷的意思，这样的官腔谁听不懂，任仲年心中的火腾地升起来，他觉得这个自己提拔过的干部，如今翅膀硬了，不在于贷款不贷款，这是对上级领导不尊重，竟然在上级面前打起官腔，玩起文字游戏，看来这些下级的文牍主义，八股之风，是应该刹一刹，只是恐怕找不到机会。唉，组织性在市场力量面前玩不转，这不是提拔干部，我这个副区长说的话只能是苍白无力，今天只能输在下级手里。挫败感令他浑身肌肉僵硬，这是担任这个职务以来从未有过的。上级行行长说完，头转过去对任仲年说，请副区长讲话。任仲年还能说什么，他狠狠地摆摆手，上级行行长和桂全达都明白，他不想讲话。桂全达和上级行行长交换了目光，就对大家说，今天的会就开到这里，散会。

苏泰达今天没有说话，刚才介绍情况的是郑宏伦，他只是听，听己方和彼方的发言，会议开到半截，他已经知道没戏了，这一个战役的种种努力，就这样付诸东流。他叫过郑宏伦、杜志铭，你们去陪陪行长他们，向他们打个招呼，我家里有急事，中午就不陪了。会前我已经同桂全达他们说了，你们一定要再向他们表示一下歉意。

人都走光了，只剩下苏泰达一个人坐在原来的位子上，收拾茶具的女工作人员走过来问，苏总，要不要给你再泡一杯茶？苏泰达望着窗外，没有说话。本来想借助一下行政力量，今天却是一个落荒的结果，融资真是这么难？难道非得去民间借贷吗？苏泰达不想这样做。阳光照在厂前区的树冠上，风摆着枝叶，葱茏愈加浓了，生气勃勃地递来了一阵阵朗朗的绿色。他心上猛地一亮，深深吸了一口气，对女工作人员说，谢谢你，请给我再泡一杯茶。

7. 满地新时装碎片

苏泰达的手机响了，一点接听就说，王老师，你还好吗？电话里只听见她啜泣，一句话也说不出来。苏泰达听到她急促的呼吸声，就像要噎了气。他担心她会有什么事，连忙说，王老师，你不要哭不要哭，你等着我。接着听见王雪晴时断时续的哭喊。刚才的一幕，让苏泰达此刻想起来还是后怕，王雪晴和丁婕，一个是大学副教授，一个是沪上名媛，怎么会在酒店3818房厮打起来，要不是丁婕及时给他电话，他赶了过来，还不知要出什么事。事情是王雪晴挑起的，出手也重，把丁婕打得没有招架之功。丁婕被打得莫名其妙，王雪晴没有任何理由打她。苏泰达是她们共同的朋友，苏泰达并没有同她们中间任何人谈婚论嫁，吃醋也不是对象，至少丁婕并没有对苏泰达有这方面的要求，她这么精明的人，也从来没有发现他对王雪晴有特别的倾向，王雪晴今天真是没来由的。

丁婕在梳妆台前补妆，苏泰达接电话，她猜想是王雪晴打来的，抬起眼望着苏泰达，苏泰达理解她的意思，她的眼神告诉他，她让他赶紧去王雪晴家。虽然挨了打，可是她并不嫉恨王雪晴，一个大学女副教授容易吗？每天辛辛苦苦，所得到的金钱十分有限，当然这是同她丁婕这样的人比较，她愿意原谅她，毕竟苏泰达多年来一直同她合作课题研究，她相信这也是苏泰达事业的一部分，她对苏泰达确是有一种特殊的感情，但并没有想给自己套上枷锁，她愿意保持现在这种状态，她喜欢现在的生活方式，她喜欢现在这样来去自由，谁也不能左右她，她愿意按自己的意志行事，她心中对王雪晴只有怜悯，她对苏泰达说，快去，快去看看，别出什么事。我不碍事，只是皮肉痛，好在乌青不在脸上。苏泰达在她背后扶着她的肩，丁婕，你是一个气量大的好女人，你一定会让自己的日子越过越好。

丁婕望着镜中的自己，脸颊的疼痛并没有褪去，她用手轻抚着，她这样聪明的女人，想得脑仁疼，也理不出一个头绪，她不知道王雪晴接到过匿名电话。

王雪晴接到匿名电话不是第一次，每次总是那个变了声调的男人，告诉她苏泰达和丁婕的行踪，她并没有引起注意，而是奇怪为什么会有人给她打这样的电话，她托人去查过，那人用的是公用电话，现在还有谁用公用电话，可见他是费一番心思的。王雪晴本来并不想去管别人的闲事，可是电话接得多了，她发现自己竟然有一探究竟的心理。她心就在苏泰达身上，每次同苏泰达见面，当然不是约会，而是在大学里或在苏泰达的公司，都是为了合作课题或办讲座的事。她见过苏泰达之后回到家里，总会在被窝里抱着枕头，想象苏泰达就在她的身旁。尤其是童端仪生病以后，她的这种情感更加强烈，她甚至认为，苏泰达与童端仪离婚指日可待，尽管苏泰达从来没有跟她谈起他的婚姻安排，但她从苏泰达对她说话的态度、眼神，她总能觉出什么，她想她不能放弃，她一定要努力，努力也许会有希望，不努力肯定没有希望。在苏泰达的生日，她总不忘发短信去祝贺。她要送花，总是被苏泰达婉拒。祝贺短信得到苏泰达的回音“谢谢”以后，她就会去时装店为自己买一套时装，给自己奖赏。在店里大镜子前，转着身望着自己的倩影，想象着苏泰达一定会欣赏她这一套新时装。她觉得老天对她太不公平，她对苏泰达如此痴情以至寝食难安，为什么就不能得到他？

今天接到匿名电话后，她打开大衣橱，穿什么去呢？因为要去抓他们两个，当然不能穿裙子，也不能混搭成去淮海路的样子。她快速褪下原先的裤子，换上了牛仔裤，上身换成短小紧身的夹克衫，她想这样做什么动作就会利索些。在出租车上，她坐不住，探起身望着前方，总想站起来，好像这样会使车子开得快一些。她发现这样半站着于事无补，就又坐下。这样反复了几次。她要早一分钟赶到酒店，说不定他们俩正在亲昵，甚至上床。不能让丁婕得到情欲高潮，快点，再快点，一定要在他们实质性动作之前赶到。她猛抓着胸前的衣襟，领头都移了位。她不知道自己怎么会有去“抓”他们的权利，对他们俩的关系，她早有察觉。有一次公司活动，王雪晴就亲眼目睹他们亲密的姿态，她气得提前退了场。苏泰达发现了，赶了过来，问她是不是不舒服了，她只好以头晕搪塞，早早离开了活动场所。今天接电话时，那个人说出了肮脏的话，让她火上加油，她决不能让他们的关系这样肆意发展，取代童端仪的应该是王雪晴，而不是别人。她完全没有把李虹绵放进视野，她想那是个小孩子，苏泰达这样成熟的男人，不应该找一个稚气未脱的孩子，其实她是小瞧了李虹绵，论综合实力李虹绵远远超过她，但她眼光不准，就没把李虹绵纳进自己对手的范围。车子开到酒店门前，没停稳就跳了下来，这个酒店她没来过，但知道不必理会门童，也不必理会大厅里站着的值班人员，她径直奔向电梯，现在大厅里空荡荡的，不是退房和入住的繁忙时间，她一个人进了电梯，使劲按住38层不放，抬起头看着电梯一层层往上飞，她的心也跳到了喉咙口。

到了38层，电梯刚开了一个缝，她就急忙闪出身子，在走廊里看到了指示箭头，15号房往左走，她顺着向左走，转了一圈，又回到原处，还是看见那个指示箭头，仍然是指向15号房，待她数完门上的号码，到15号门前，原来她刚才拐错了方向，才会陷入怪圈，这次走对了方向，终于来到3818门前。

她攥起小拳头擂门，里面没有反应，好啊，丁婕、苏泰达你们这对狗男女，大白天就干上了。她完全忘了她并没有资格来擂这个门。这应该是童端仪的事，她却越俎代庖，擂得手都生疼。慌忙之中此刻才看到门铃按钮，用力按了几下。哼，叫你不开，叫你不开。擂、按，这些动作都无济于事，门还是不动。她在门外跺着双脚，等了好一会儿，里面有女人的声音，谁呀？这么重敲门。里面的丁婕透过猫眼，发现外面是一个女人，也看不清是谁，又是大白天，她没有什么警惕，就开了一个门缝，门上扣着链条。王雪晴一看见丁婕像刚洗完澡，披着头发，一副慵懒的样子，就虎着脸使劲推门。丁婕说，王老师，你来了？有什么事进来说。王雪晴推开门就大喊，苏泰达呢？现在就我一个人。那么刚才呢？苏泰达你能躲到哪儿去？王雪晴冲进洗手间，想一定可以把苏泰达逮个正着。洗手间除了一屋水蒸气外，没有任何人影。她退了出来，看到沙发上有苏泰达的大衣，好啊，你跑不了，她心里对自己喊着，冲到丁婕面前，扬起手重重落在丁婕脸上，不容分辩，还想再打。丁婕抬起手挡住，王雪晴，你疯了，你凭什么打人。我就是要打你这个臭婊子，说着把桌子上的酒店手册往丁婕脸上砸，玻璃杯也成了她的武器，圆珠笔、餐巾纸……雨点般地从她手中扔出，落在丁婕身上，只听见一片噼里啪啦乱响，她冲到丁婕面前乱打一气。丁婕在忙乱中也还了手，从来没有见过这样的架势，她慌了神，赶紧打电话叫了保安。

保安赶到时，王雪晴已经坐在床上哭，哭声凄惨，谁都会以为有人欺负她。保安问明了情况，知道王雪晴是来客时，就对她大吼，无法无天了，这是五星级酒店，要撒野到菜市场去。这位小姐，你不能走，损坏的东西检查一下，你必须赔偿。苏泰达接到电话后赶了过来，到房间门口惊呆了，怎么回事，平时细声细语的王雪晴，怎么弄得满房间乱七八糟的。苏泰达对保安说，我是住店的客人，这里的事我来处理，须要的赔偿，由我来办。你请走吧。

保安走了，屋里三个人，两个女人在哭，一个男人在思索如何应对这个局面。丁婕是看到苏泰达进门才哭了起来。好啦，你们都静一静，你们不觉得难为情？他已经看出是王雪晴来寻衅，这里一定有误会。他先走近丁婕，丁婕把左边脸颊给他看，微微红肿，使得她两边脸似乎显得不对称，苏泰达说，丁婕你别哭了，让你无端受了冤枉，实在对不起，你先到洗手间洗洗脸。

接着他转身对王雪晴说，王老师，你这是怎么回事呀？王雪晴站起来，扑在苏泰达身上，泰达泰达，我不能没有你。哭声压抑着，她尽量不哭出声来。她的话还是细声细语，为的是不让丁婕听见。苏泰达呆呆站在那儿，他没有去抱她，两手照直向下伸展着，任凭王雪晴哭得他一肩头的泪水鼻涕。王雪晴还是压抑着哭声，不停抽泣，你们不应该在一起，你就是离开童端仪，也不能同她在一起。苏泰达说，我什么时候要离开童端仪，我和端仪一直好好的，任何人都不会有机会。王雪晴听罢，止住了哭声，脸上露出了一丝比哭还难看的笑容。苏泰达把她扶到沙发坐下，递给她餐巾纸，王雪晴不接，抬起头一双泪眼含嗔带怨，她示意苏泰达给她擦泪水，苏泰达还是坚持把餐巾纸塞到她的手上。他想不能让她久留，就扶起她，说你先回家去，我们再找时间谈，你有什么委屈都可以告诉我，我是你的朋友，我可以为你分忧。王雪晴很不情愿地向房门走去，到电梯里还伸出手，不让电梯门合上，苏泰达只好走进电梯说，你先回去，我一定来看你。王雪晴走了，她想你能为我分忧，你能为我分什么忧？她知道，她心中的忧愁，是没有人能为她分担的，除非她得到苏泰达，除非苏泰达成为她的丈夫。

王雪晴坐进出租车，她没有看站在酒店门口的苏泰达，她不知道自己为什么会赶到这里，不知那个电话怎么会有如此大的鼓动作用，她恨自己，也恨苏泰达。痛苦的激浪把她淹没了，出租车司机问她上哪儿，她也不知道该上哪儿，就说你开吧。车子堵在静安寺十字路口，望着窗外的红灯，她觉得自己的人生路上到处都是红灯，什么时候才有她的绿灯放行，天下如此大，却无处容身，在苏泰达这里也得不到什么温暖，她分明看到自己走到悬崖边上。这时司机又问她上哪儿，她想现在只能回家，就对司机说了。

到了家，开门进去，她扑在床上放声大哭，床单湿了一大片，鼻涕涂了四处。后来变成啜泣，泪眼看到了昨天刚买来的时装。她昨天去了淮海路，走了几家店，才挑中这一件。她想下次苏泰达来学校，一定要穿上这件新时装，让他欣赏。可是这一切看来是无法实现，穿上了，谁也不会欣赏，她操起剪刀，几下就把衣服剪成碎片，她狠狠地说，我让你欣赏，我让你欣赏。打开大橱，里面挂满了好多新时装，许多一次也没穿过。她想有一天她成为苏泰达的妻子，她就要一件件穿给他看。她扯下了一件，贴在身上对着镜子，泪眼中看着自己的小可怜样，又放声哭了出来。她疯狂地一把将时装拽下来，呼天抢地地大喊，我不要了，我不要了。自从和苏泰达认识，她就把他作为寻找伴侣的标准。苏泰达的学识，他对女性的体贴，他的风趣，都会让王雪晴在家里独处时笑出声来，仿佛这就是她的丈夫。在得知童端仪生了子宫癌以后，她好像阴雨天看到了天边裂开一条缝，阳光渗了出来，那些日子她总是盼望着同苏泰达见面。每次去太一公司或苏泰达到学校来，谈的都是课题的事，但她却会把这看成幽会。每次分别之后，都会在晚上自己坐在床上遐思不断，想象着苏泰达一举手一投足、一颦一笑的含义，其实在苏泰达那里并没有什么特殊的含义，她却看成都是他有备而来，就这样她总是在见面后的双休日里，去淮海路买时装，她一时去不了香港，买时装只能徜徉在上海的街巷，反正这些时装都已给了她精神上的满足，穿在身上，总是想象苏泰达就在身边，自言自语苏总你看好看吗？转个半圈，朝镜子里看，又说泰达，你看我穿这件好看，还是穿那件好看？她甚至去了婚纱店，连着欣赏了几家，她看中了一件洁白的婚纱，下摆蓬开来，穿上了一定像个仙女，不过她没有试穿，她害怕那些小姐的目光，像刀子一样剜着她的身子，你怎么孤零零一个人，你的未婚夫呢？在那些刀子般的目光中她逃了出来，回到家，气没喘匀，又拿出那些时装来试穿。今天她不想试穿，她不穿了，人家不要她穿了。她重新操起剪刀，一件又一件地剪下去，我不要你，我不要你。她剪得浑身发软，剪刀也拿不动了，掉在了地上。

她抬眼看见玻璃柜里的塔形瓶，里面装满了祈愿星，还来不及送给苏泰达，每次折叠祈愿星，她耳边就会想响起婚礼进行曲，她看到自己挽着苏泰达走上红地毯。她冲过去，猛地拉开柜门，把塔形瓶捧在胸前，又奋力一扬，摔在地上，祈愿星撒了一地，玻璃瓶的脆响却引来了葬礼进行曲，她听得清清楚楚，说就要送葬，扬起脚把玻璃碎片踢飞了，又使劲地乱踩，就要送葬，就要送葬，给我和苏泰达的结合送葬，又狂喊，祈愿星不要了，衣服不要了，人要干什么？她冲到玻璃柜前，打开抽屉，一把抓出一板安眠药，衣服，我不要了，苏泰达不要的身子，我也不要了，留在世上就是行尸走肉。她狠击着自己的胸口，凄厉地喊着不要了，不要了。我死也要死得明白，都是苏泰达害的，对，给他打电话，让他知道我要走了，这是向他告别。苏泰达你听着，我不再麻烦你了，我要走了。苏泰达接了电话大吃一惊，王老师，你不要乱来，有什么话好好说，不要做傻事，我马上过来。在旁边的丁婕心也吊了起来，脸上热辣辣并没有褪去，她听出王雪晴想自戕，急得对苏泰达说，贷款的事，我们再找时间谈，你赶快过去，可别因为动作慢了，出现什么不可挽回的事。

苏泰达一路上都在想象，王雪晴可能采取的三个极端手段，割腕，吸煤气，还是服安眠药，不管采取什么方式都会致命。他手按着方向盘，眼前却闪现王雪晴流血的手腕，晕倒在煤气灶旁或直挺挺睡在床上。一条命啊，不能因为想不开就断送了。又是一个红灯，今天已经接连撞上了几个红灯，苏泰达眼睛一眨也不眨盯着交通灯，恨不得为它变颜色。王雪晴不正是以为自己撞上了红灯，才会出此下策，她和丁婕真是没有任何利害冲突，红灯是她自己为自己设置的。

我们在生活中，别人为你设置的红灯已经够多了，不能再钻牛角尖，自己跟自己过不去。

今天王雪晴为自己亮了红灯，还要向前冲，把自己的生命陷进不可预测的困境，前景未卜。一想到这里，苏泰达顾不得刚刚转的黄灯，就开动车子往前冲，多争取一秒就是多一分生的希望，王雪晴王雪晴，你千万不能啊……车子开到楼下，按着电梯不下来，他直奔楼梯，一口气冲上七楼，猛摇着王雪晴的家门，那门岿然不动，不能再等了，他退后几步侧转身，向前疾跑，猛然一撞，门被撞开了。王雪晴头发披散开来，满脸泪水，手中抓着大把安眠药，张着嘴，正要往里送，被苏泰达打翻在地。你不能这样，你不能这样草率对待自己的生命。面对死亡，不是不可抗拒的死亡，而是猝然发生，又本是可以避免的死亡，苏泰达受到的震动是从未有过的。好在及时赶到，要是晚了，要是来不及抢救，王雪晴就会直挺挺横陈在面前，并逐渐僵冷，这是多么可怕的情景啊。

王雪晴刚才先找到一小板安眠药，她想这些分量不够，记得好像家里还有，就翻了所有的抽屉，把东西稀里哗啦全倒在地上，终于在书桌最下面一个抽屉，找到了五板安眠药，一看没有过期，就一粒一粒剥开来，这样才拖延了时间，才让苏泰达能够及时扬起那一巴掌。

王雪晴在寻找安眠药时，不会去想连死都不怕，还为什么要去死。有时是被逼得走投无路，生不如死，有时是士可杀不可辱，也就不畏死。王雪晴不属于这二项。她是激情自杀，激情使之进入无理智状态，只好钻牛角尖了。

王雪晴一看苏泰达来到面前，她的一切支撑全垮了，瘫倒在地上，两腿伸直，两臂平放在身体的两侧，她已经没有力气再向苏泰达诉说什么。苏泰达扶王雪晴到床上，为她脱了鞋，脱了袜，也为她宽了外衣，盖上薄被。他倒了一杯开水，又兑了一点纯净水，捧到她面前，你喝一点。王雪晴不易察觉地摇了摇头，苏泰达只好用一个不锈钢小调羹，舀了一点水送到她嘴边。她微张开嘴吮了进去，又是一小调羹，送到她嘴边，让她吸进嘴里，一调羹一调羹地喂，王雪晴慢慢缓过神来。她在体会受心爱的男人疼的滋味，她不想让这一刻过去，水喝完了，她张开嘴，还想再喝。苏泰达会意，他去厨房找来绵白糖，冲了一杯糖水，又一调羹一调羹地喂她，边喂边说，王老师，你是聪明的女人，你怎么会变傻了呀？王雪晴稍睁开眼，深情地望着苏泰达。苏泰达服侍她喝完水，就去绞一把热毛巾，来给她擦脸。苏泰达抖开了热毛巾，用嘴吹上面的热气，才把毛巾递到王雪晴手上，你擦擦脸，不哭了不哭了，你看你成了小花猫。

擦好脸，苏泰达才注意到满屋子的时装碎片。这是怎么啦？王雪晴真是伤心透了，难道我以前在和她接触时，有什么让她误会的地方。他自己一直很检点，对所有女人都是这样，至于对丁婕，那是因为她本来就是有名的交际花，沪上执行力很强的公关专家，他们的相处，完全符合通常的游戏规则，当然这里面也带有情感因素，但一切都是那么顺乎自然，彼此不会有任何误会，至少到今天为止都是这样。对王雪晴，苏泰达自信从来没有任何暗示性的语言，更不会有任何暧昧的举动，他尊敬她，尊敬她作为职业妇女的敬业精神，可现在竟然造成这样大的误会，他想今天也不是进行解释的合适时间，就改日吧。今天要紧的是先把她从这个悲伤的境地拽出来。本来想打电话叫李虹绵来，可是这个局面，再被其他人看到，会伤王雪晴的自尊，只好作罢。这个安慰的角色，只能由自己来担任。苏泰达说，王老师，你睡一会儿，我就在这儿坐着，等你醒来了，我再做一碗方便面给你吃。王雪晴实在太累了，她安眠药一颗也没吃进，但她的眼皮十分沉重，展不开来。她伸出手，抓住了苏泰达的手，死死地攥住，就像在大海中漂浮，紧紧抓住一块漂来的木板，她觉得自己飘荡的魂灵，找到了坚实的栖息地，有了依归。她沉沉睡去，苏泰达看着她均匀的呼吸，心总算安定下来，这个女人真不容易，何苦走到这一步呢？等她醒来，要想法给她一缕光照亮她的心。

8. 去给他安上车轮

苏泰达回到酒店已是深夜时分，进了门就走向沙发，一屁股坐下去，顿时感到身上的疲惫。丁婕没敢多问，只给他泡了一杯茶，端到他面前，还是不说一句话，静静坐在他身边。刚刚过去的几小时，她的心悬着，一直惦记王雪晴的安危，看她因为误会爆发出来的过激行为，心中升起的只有怜悯，可怜的女人啊，你怎么会陷到这个泥潭里不能自拔。她同苏泰达更多的是工作关系，从来不可能去论及婚嫁，何况童端仪仍然保持合法妻子的地位，苏泰达也如同以往，他们并没有分居，即使分居了，也不一定轮到王雪晴来填补，能填的人很多，谁的实力强，又能合苏泰达的意，这是难料的。丁婕想，我还没有挺身而出呢，还轮到你吗？到底刚才王雪晴电话里有自杀的意思，她的心一直悬着，一条鲜嫩活泼的生命不能这样就没了。她的心悬着，忘了脸上的痛，想打电话，又觉得不合适，想发个短信问，也怕会干扰苏泰达，只好作罢。她相信苏泰达会处理好，再大的事，他都能临危不惧，何况只是一个女人因为误会，忽然爆发出违反常规的行为。也许正因为违反常规，才会变得棘手，其实苏泰达在王雪晴醒来，只能安慰，他不可能给她任何承诺。当时苏泰达拿起手机要给李虹绵打电话，旋即打消了念头，不能让与学校有关的人知晓，虽然李虹绵已毕业离校，毕竟同学校有千丝万缕的联系，她一来，不就相当于全学院的人都晓得了。他叫来了尤明霞，只有她合适，她是苏泰达的老乡，又与学校毫无关联。尤明霞来了以后，苏泰达交代她陪着王雪晴，什么时候离开，由苏泰达决定，需要什么东西，会安排人送来。苏泰达说，明霞，王老师就交给你了，你一定要保证她度过这个艰难的时刻。苏叔叔，你放心，王姐就交给我了，我会尽心照顾好。这样苏泰达才离开了王家。他必须赶回酒店，丁婕在那里等着，关于贷款，他们还有事要商量。

丁婕看苏泰达喝了几口水，缓了一口气，才问起王雪晴，听了苏泰达说的情形，她完全能够想象王雪晴家里狼藉凌乱的样子，那些剪碎的时装是无法连接起来的，她幻想的这段感情更是不可能拼接的。唉，丁婕叹了一口气，说王雪晴会不会有精神上的问题。苏泰达也正朝这方面想，当代社会生活压力这么大，各种欲望各种需要，往往得不到满足，承受不了压力的人，精神就会崩溃，不是说有一亿人有精神疾患，可能在我们的朋友中，首先被压垮的就是王雪晴。苏泰达把这些意思同丁婕说了，并不能解开她心中的疙瘩。她联想到自己，还有身边的女人，哪一个人日子过得容易啊，王雪晴属于可怜的一类，而自己好像表面光鲜，其实同王雪晴相差无几，只是自己承受力强，没有崩溃而已。丁婕说早点洗洗睡吧。苏泰达说洗好澡，有了精神，我们还要就贷款的事说一说。他们先后各自关门洗好澡，穿着睡袍靠在床上，苏泰达把任副区长召开贷款调查会以失败告终的事说了，接下来只有等美国投资公司派人来，当然我们还应该再找一找别的风险投资公司。丁婕说，近来有一位朋友要开商务派对，她到会上活动活动，看会不会有新的收获。这天晚上他们连接吻的兴趣都没有，苏泰达说睡吧，伸手关了灯。

任仲年硬着头皮向邝一杰汇报贷款没有办成，邝一杰久久不语。刚刚看了文件，说要大力支持非公经济，苏泰达是民营企业家中的佼佼者，据说他的新药生产线经济效益的前景看好，还是应该想办法支持他。把这个事办成支持非公经济的样板，也可以成为一个打动人心的政绩。想到这里，他打了电话，让戚麟洱马上过来。戚麟洱在另一楼办公，到这里不过几分钟而已。邝一杰已经为他泡好茶。本来这事应该由工作人员代劳，他这样做是他对下级的体恤。戚麟洱坐下，就看到那杯茶，他难得到这里来，有事总在会议上或小会客室谈，今天邝一杰让他到办公室来，肯定事关重大。邝一杰从当前经济的大好形势谈起，说到了刚看过的一些文件，他问戚麟洱看文件有什么体会，官场文山会海，戚麟洱不知他说的是哪一个文件，不敢贸然回答，好在邝一杰也不深究就往下说。哦，原来是支持非公经济，戚麟洱马上接过话茬，说了一通，邝一杰也不打断他，为了表示对下级的尊重，他只能洗耳恭听。好在戚麟洱善于察言观色，马上打住话头，邝一杰就单刀直入，说到对苏泰达企业的支持。这个企业在企业界有点名气，要解决苏泰达的融资困难，他没有说他让任仲年找银行办砸了，就让戚麟洱想想办法。戚麟洱想，办法不能回去想，必须当场作出回答，他没有说找银行贷款，要是可以办，早就办好了。谁有钱，又是我们的手够得着的，当然只有找国有企业。哦，有了。当然戚麟洱不会喊出声来，抬眼望了邝一杰，喝了一口茶才说，我看能不能找一家实力雄厚的国有企业，对苏泰达的企业进行参股或并购，这样资金就可以顺顺当当进入苏泰达的企业，为他们解燃眉之急。这下邝一杰可喊出声来了，啊，好嘛，就找一个有实力的国有企业，出手扶持民营企业，让苏泰达的新药生产线及时投产。他击着掌说，这是双赢，国有企业和民营企业双赢，完全符合上面的精神。他双眼发亮，盯着戚麟洱，事不宜迟，你速办。有什么困难随时来向我汇报。戚麟洱正要起身离去，旋即坐下，迟疑着，邝一杰看着他的表情，揣摩着他一定有话要说，就问还有什么困难，尽管说，我会支持你。戚麟洱决定不说了，就说没有困难，请领导等着好消息吧。

说是等着好消息，其实戚麟洱心中没有底，这个任务不同于以往的任务，以前都是一个集体项目，他只要上传下达就可以了，起一个桥梁作用。今天邝一杰交给的任务，下面并没有执行的团队，这个团队要靠他自己去找。邝一杰要树立一个支持民营企业的样板，不能去找政府的副秘书长，只能找他，而他也不能找几个行政部门来落实，只能动用手中的关系。他把走得近的比他职位低的人一扒拉，从中找出了张天星，此人虽然只是区国资委副主任，可是他神通广大，上下都走得通，只好找他来商量。戚麟洱把邝一杰的战略意图说成自己的意思，这样谁也不可能来同他抢功，而是给张天星一个印象，好像他是受苏泰达之托来向他求援。不管最终战果如何，既然上级开了口，张天星自然满口应承，说就找盛昌发吧。他对盛昌发觊觎苏泰达的企业早就了如指掌，包括对苏泰达贷款的阻拦。张天星分析了盛昌发的优势，说到了戚麟洱的心坎上。事关重大，只能由他出面去同盛昌发谈。

戚麟洱在一次会议之后，把盛昌发叫到办公室，对他说，帮助苏泰达的新生产线及时上马，按时出产品。话音刚落，盛昌发眼前即刻呈现一片大草原，他正骑在一匹飞奔的骏马上，一扬鞭，疾驰而去，耳边只有风在呼啸，蓝天上的白云急速向身后翻卷而去。他正想对苏泰达出手，只是不知道从何处下手，没想到戚麟洱送来这份大礼，他激动得几乎要站起来表决心，总算清醒，强迫自己坐稳在沙发上，说我听戚秘书长的。不过苏泰达是民营企业，不是那么容易进入的。戚麟洱说，他现在正缺资金嘛，银行都把门关死了，他插翅难飞。现在要你去给他安上车轮，让他在改革的大道上迅跑，而不是让他乱飞。盛昌发诺诺。戚麟洱又说，你不但要追求经济效益，而且更要追求社会效益，你这个国有企业在民营企业困难时，出手支援，就树立了支持非公经济的样板，这就落实了上面的精神。盛昌发一听能实现控股苏泰达的目的，能抢占新药的高地，又能在政治上有所建树，顿时更加精神焕发，摆出一副在领导面前表决心的样子，语调铿锵，一板一眼：请区委放心，我坚决完成任务。

当晚他又约了张天星去洗桑拿，这是他们商量秘事的最佳地点。躺在休息室的卧榻上，他们头靠头，就如何并购苏泰达的企业低声议论着，不时按捺不住，爆发出笑声。在这种地方，什么声音都不会引起人们的注意，但他们不愿意太张扬，就又压低了声音，连笑声也低沉了许多。

第六章

1. 外国良种马美丽的脖子

盛昌发今天叫来齐小兰，为的是询问她策反苏泰达的副总郑宏伦的进展。齐小兰进了门，转身把门锁上，走到盛昌发的办公桌前站住了。他们不像其他办公室恋情那样，找机会拥抱，然后接吻。他们的接吻不拥抱，而是隔着桌子，两人身子往前倾。这是他们第一次偷情，临时抓住机会做了这样的动作，没想到彼此颇感新奇刺激，以后就成为传统的动作保留下来。隔着桌子，盛昌发把舌头伸到齐小兰嘴里搅动着，齐小兰要说的话就听不清，她干脆不说了。待盛昌发的嘴发泄完，她才坐下说起和郑宏伦接触的收获。她电话约见郑宏伦，郑宏伦一听一个陌生的女人约他，马上兴奋起来，说你是哪一位？齐小兰开门见山，说了自己就是那个带着悬浮液瓶子来公司反映情况的女人，郑宏伦顿时警惕起来，在心里说，你想干什么？齐小兰看他在电话里不说话，就安慰他，郑总，你不要紧张，我找你是我们公司有件事想同你合作。郑宏伦一听合作，来了劲，他想既然是合作，必然会有利益，就爽气答应在哪里见面。

齐小兰和郑宏伦在一个夜里，来到一个小咖啡馆。对着面前晃动的烛光，他们就像一对情人。来这里大都成双结对，谁也不会注意他们，也不大容易碰到熟人，即使有认识的，在如此昏暗的环境中谁也看不清谁。齐小兰把老板的意图说了，让郑宏伦看清自己的前途，就像国共内战时期，共产党的谍报人员策反国民党将军，让他认清面临的机会或者说后路。郑宏伦下海投奔苏泰达就是为了钱，可是现在郑宏伦面对的不仅仅是钱，他还要面对苏泰达多年的友情，同学多年，又在他走投无路时接纳了他，他这样做是不是太不仗义，可是不仗义又怎么样？谁仗义了，能在人前光鲜做人呢？当夜他在床上辗转反侧，无法入眠，刚要睡去又猛然惊醒，难道就这样离苏泰达而去？不离去又能怎么样？将来还得给小凤买房买车，靠苏泰达总觉得悬，只能对不起他，也对不起自己了，实在是不得已啊。不给自己留后路，将来如何改换门庭。

第二天，他悄悄给齐小兰打了电话，接受她提出的条件，从此就格外注意苏泰达的战略动向。侦查了几天，一无所获。齐小兰向盛昌发报告后，盛昌发陷在老板椅里不说话。要并购苏泰达的企业，必须他自愿才行，苏泰达遭遇再大的困难，只要他不开口，他的企业就是打烊，你也没辙。国有企业并没有什么优越条件或政策理由，可以随便吃掉民营企业。如今发展非公经济受法律保护，盛昌发想，倒退几十年，在上世纪五十年代，就可以随便把民营企业，那时称为私营工商业吃掉，他可以作为公方代表堂而皇之进驻苏泰达的企业，而让他领定息去。晚喽，生不逢时，整整晚了五十年，现在只能等，等机会，有了机会就抓住它，把苏泰达的企业聚而歼之。

郑宏伦和苏泰达各自有办公室，他无法跟踪苏泰达每天的行动。郑宏伦到底还是注意到杜志铭几天来频繁进出苏泰达办公室，一天郑宏伦正要出门去，在苏泰达办公室门口碰到杜志铭，顺便问了一句，小杜，最近在忙什么？杜志铭记得苏泰达的交代，现在做的事对公司内部任何人都保密，他笑了笑，说生命春口服液危机公关，我正在做总结。

杜志铭看着他远去，心想公司这个重大决策苏泰达不和他商量，看来老总是防他一脚。杜志铭把思路收了回来，微摇着头，不去想它，还是手头的事重要。

这几天他正协助苏泰达做新生产线的招股说明书。他摸清了苏泰达的意图，既然风险投资洽谈了几家，一时搞不到，银行又不肯贷，只能走这个下策，找一个新的股东，只是不能让新来的股东控股，这条红线一定要严防死守，绝不可以溃退。苏泰达很喜欢杜志铭这个小伙子，他从他身上似乎可以看到自己年轻时的影子。他愿意给他更多的机会，一个外地来上海读书，打工的青年，要在上海站住脚很不容易，就靠我们这些土生土长的上海人给他们扶一把。早年自己的爷爷辈来上海，不一样是从外地人做起，上海不应该只是出生在上海的人的上海。苏泰达翻看着，对修改过的招股说明书是满意的，大方向由自己把握，重要的是，核心技术占30%股份，这是要牢牢守住的关隘。

昨晚回到家，对童端仪说起招股的事，童端仪为丈夫担心。你不是不愿意引入非风险投资新股东吗？还不如再等等，再找一找风险投资，将来你少受一些非规范行为的干扰。能找到银行贷款或能理解我的风险投资家，当然好，可是文件就要到期，实在不能再拖了。童端仪心疼地望着苏泰达，你瘦了，我知道烦心的事太多，身体要紧，我也知道，你不会为钱去卖命。哦，我倒忘了问你，你饭吃过了吗？吃了，在公司叫了外卖。要不要我再给你烧点麦片？苏泰达经她这样一问，才发现自己近来对童端仪关心少了，问道，你现在身体感觉怎样？要不要找个地方去休养一下。不，我在家就是休养，还可以每天看见你。只是我向你提起的事，我还是那一句话，我离开，让你找一位合意的女孩，相信她一定能代我做好你的妻子。自从那个阴冷的夜晚，她提出分手，她看苏泰达就像从来没有听她说过一样，静下来想，这样也好，反正苏泰达不再提起了，她不敢往深处想，一旦真离开苏泰达，她日子怎么过。她要把这个念头埋在心底，旁人谁也不知道，她也不再提起，可心里总是揪着。一次洗着鳜鱼，尽管一直对自己说不要再想了，会把手划破的，结果还是让鱼翅刺破了手指，捏着出血的手指，心想还是这样过下去吧。可是一想到苏泰达日子过得不舒坦，至少以她的观察是这样，她重重地撕开护创胶布的小纸袋，还是离开吧，让出位置，就这样定了，不要再动摇。一次一次想再提出来，总觉得嘴唇上压着磨盘，今天她下狠心鼓起力气搬开了磨盘，说完这句话，大大松了一口气。苏泰达听完说，端仪，我们不说这个好吗？我们之间不要再提起这个话题。不，我就是要提，而且要早日促成它。公司的事，对外招股，也要找一个好合作的，你不能随便找阿猫阿狗来，那可比婚姻还不容易调整。苏泰达接着说，我知道，订了合同，可就是膏药贴在身上，揭下来有难度，就是揭下来了，还会留下脏兮兮的东西。这些事苏泰达自己会把握，他也不便对童端仪多说什么。

后来的几天，郑宏伦也来打听，苏泰达以正在找风险投资搪塞过去。郑宏伦看他不肯深说，知道问不出名堂，只能对齐小兰如实奉告。盛昌发得知后急得在办公室团团转，把自己的座椅，这边转过来，那边转过去，现在面对着苏泰达新生产线这块大肥肉，只能望肉兴叹，不知如何下手，也就是不知如何张嘴。戚麟洱那边催得紧，他总不能叫他下并购的命令，只要苏泰达不开这个口，神仙也没有办法，到底现在已经不是计划经济时代，盛昌发只能等，而且是干等。正当他急得像无头苍蝇团团转，有消息传来，苏泰达要招股。没有正式的渠道，只是听说，这也是苏泰达的一种策略，抛出招股说明书之前，他先放出风，他要试探一下上海金融界、企业界的反应。

苏泰达决定在陆家嘴国际会议中心举行招股说明会。这天上海企业界的活跃分子都来了。有的是真来探路，大多数是来捧场的。苏泰达在大厅门口迎来了戚麟洱，他握住副秘书长的手说，感谢光临，你这么忙，还能来，实在太感谢了，戚麟洱压低嗓门对他说，邝一杰让我代表他，他希望你能一举成功，与国有企业开展合作。盛昌发故意比大会开始时间晚到十五分钟，他签好到，抬眼向会议主席台望去，苏泰达正在讲话，他不去听苏泰达讲什么，只顾看手中的材料，目光在出资项上停留，盛昌发掂量了自己手上资产，当然这里指的是国有资产，这笔钱拿得出，这次投资是势在必夺了。苏泰达在台上讲话时，目光在全场扫着，看见了盛昌发，他们只是交换了一下目光。盛昌发坐在后排的座位上，继续盘算着他可以做什么事，不知对手是些什么人，一定要设法打败他们。他目光在会场扫了一遍，看不出有哪个人能够同他相匹敌，当然只是指上海的企业家。会上要投标的企业都报了名，盛昌发让齐小兰去领有关的资料，会后的自助餐会他们都没有参加，盛昌发不想在闲谈中暴露自己的意图，就同齐小兰先开溜了。

竞标以后盛昌发安排在第三家洽谈，前面的听说有江浙的企业，洽谈结果他并不知道。苏泰达已经拒绝了这两家，现在只有盛昌发这一家了，对外并没有公布什么情况，让盛昌发仍然蒙在鼓里。苏泰达觉得这样同盛昌发谈判胜算会大一些。

盛昌发到达太一公司时满面春风，心里一直有胜券在握的亢奋。苏泰达不想让自己的表情太严肃，既然是对等的谈判，他就以春风满面来迎接对手。他站在门口，郑宏伦、杜志铭随在身后。苏泰达说，欢迎盛总，希望我们洽谈愉快。他没说合作愉快，能不能合作还另说呢。在会议室两个公司的人员各坐一边，这样的会谈自然没有设置主席的位置，大家中间横着桌子就是一条界河。盛昌发不让助手出头直接面对谈判对手，他自己戴上眼镜，逐项核对太一公司新生产线的厂房、土地、已安装的设备，这些硬件都容易对付，他们争论的焦点是核心技术所占的股本比例，苏泰达提出核心技术占总股本30%，盛昌发要求由30%改为20%。同样的投资额，核心技术占股本30%，盛昌发的参股比例不足45%，核心技术占20%，则盛昌发的参股比例超过51%，这个生产线就由他说了算。这是苏泰达碍难答应的。他们两人争论的焦点，就是核心技术占30%还是20%，这关系到谁掌握新生产线说话算话的主动权。盛昌发说，苏总，你的公司有不少赚大钱的生产线，你这条新生产线让我来分挑担子不好吗？苏泰达不为他这种大公无私的花言巧语所动，办这个公司不容易，他还指着这条新生产线的巨额利润来做慈善。现在虎落平阳，出于无奈，才会求别人来支持资金。至于公司的决策决不能让外人染指，也就是决不能被控股。他们你一言我一语相持不下，其他的人也只能干瞪着眼，不好说话。郑宏伦几次想说，也不知说什么好。站在苏泰达这边吧，他说的话力度也超不过苏泰达，站在盛昌发那边吧，于情于理都不通，不说也罢。杜志铭抱着学习的态度来参加会议，他知道他在这里是不能开口说话的，齐小兰则不想多嘴，她要看看盛昌发如何应付这个局面。最后两人的对垒当然不会有结果，苏泰达看再扯下去也无聊，就说进行下一个节目吧，去厂房参观。

杜志铭开第一部车，随后是苏泰达、盛昌发的车子。盛昌发早就让齐小兰向郑宏伦了解苏泰达乘的是奥迪A7，他把自己的劳斯莱斯开了出来，这部车本来是接待领导和外宾用，今天为了在阵势上压倒苏泰达，他特地交代司机把车子擦得铮亮，开到苏泰达公司来显摆。刚才在公司门口上车时，他看着渐渐驶近的奥迪，脸上流露出一种难以觉察的傲慢，难以觉察只是对一般人的感官，苏泰达却是看在眼里，他现在要求人家帮忙，也就不管盛昌发那种冷淡漠然的难看脸色。

一行三部车驶过了芦浦大桥，直奔开发区。驶近工厂大门时，车子到达门前的瞬间，自动伸缩门徐徐开启，没见迎接的人群，这是苏泰达公司的惯例，不搞群众场面迎送，人们在自己的岗位上该干什么还干什么。在厂房前的广场车子顺序停了下来。杜志铭先下车，来给苏泰达开车门，又走去为盛昌发开车门。这个开门动作是苏泰达特意交代的，是为了给盛昌发礼仪的接待，平时苏泰达不允许杜志铭为他开车门，倒是有时苏泰达恰好在门边，会顺手为杜志铭开车门，杜志铭也不觉得有什么值得惊诧之处，心安理得地坐进去，如同一个平级的同事为他开门。

盛昌发下了车，抬头一看，哇，白色的高大厂房一溜排开，大约有四五层楼高。早就听说苏泰达有一座通过GMP认证的厂房车间，今天一看果然不同凡响，他去过不少企业，只有这家让他感到震撼，他把自己的脸部表情控制住，旁人看来只有淡然二字。他更加坚定了要控股新生产线的决心，这样好的企业应该是国有企业，而且应该是我盛昌发掌控的国有企业，我应该成为这个企业的产权主体，这样的政绩不是原有企业利润增长所能比拟的，这是地盘的扩大。一想到这里，跨出去的步伐俨然他已经是这家企业的主人。

苏泰达做出了请他先行的姿势，他就大步向厂房大门走去。他们走过一片草坪，甬道鹅卵石铺就，一股青草的气息扑面而来。苏泰达最爱这片草坪营造出来的氛围，每当他有什么烦心的事，或要为公司作出新的决策，陷入焦灼之时，他不去骑马，不去打高尔夫球，而是来到这里，踏上厂房侧面的大草坪，随便在一个地方坐下来，有时天边挂着夕阳，他就会在遐思中，望着落日慢慢沉入远方的地表轮廓线。

盛昌发则是另一番观感，他想只要他能够控股了，这里每一棵草都会在他掌控之中，每一棵草都会成为他的一个棋子，就像今后的这一条生产线，不过只有大小之分罢了。

他一路上大声说着话，就像要和这空旷的周遭相适应，不提高嗓门，人们就听不见。进了门，他径自朝楼梯走去，不等任何人招呼，这时苏泰达赶了上来，引领他到会议室。喝过茶后苏泰达说，盛总，我们先参观二楼的设备，再到三楼。在三楼走廊里，苏泰达指着窗外说，我们厂房后面还有土地，正在和国土局谈，很快就可以谈下来，将来新生产线的发展就有广阔的空间，盛昌发微笑点着头，好像表示了他的赞许。回到会议室他们又就核心技术所占比例展开讨论，双方相持不下，都牵涉到彼此的核心利益，谁也不肯相让。两人的讨论，渐渐使自己生厌，就不约而同地说，我们都再考虑考虑，改天找时间再议。苏泰达让杜志铭的车子尾随盛昌发的车子送一段路，到开发区边缘，盛昌发让司机停车鸣了笛，杜志铭连忙刹车，跑过来，用手指碰了一碰盛昌发的车窗，说盛总，有事吗？小杜，就送到这里，谢谢苏总，也谢谢你。说完让司机摇上了车窗，车子一溜烟走了。

盛昌发是在马背上对张天星说起征服苏泰达的雄心。他打电话给张天星，我带你去一个你没有玩过的地方。张天星不相信，他什么地方没玩过。盛昌发不管张天星信不信，让张天星开车跟在他后面，朝郊区的马术俱乐部疾驰而去。那个马场有盛昌发认养的一匹黑色外国良种马。他把张天星领到这匹马跟前，捋着长长的油光溜滑的鬃毛，手掌有一种说不出的惬意感觉，马亲热地在他手臂上蹭着，打着响鼻，四个蹄子在原地轮番踏着轻快的步子，老朋友相见的欢欣，只有他们之间心照不宣地感觉着，张天星在一旁都看傻了。盛昌发手不停地爱抚着马儿美丽的脖子，你看这位哥们儿多健壮，多优雅，身材有多美啊。张天星这才认真地定睛瞅着，果然像一个健美操的运动员，这样的马，只有在奥运会的赛马场上能见到。哇，你老兄玩的层次真高。不禁让他这个掌握权力的官员自叹不如，到底还是直接掌管国有资产好，而盛昌发正是庞大的国有资产的所有者主体的执行代表，张天星算是说对了，这匹价值不菲的名马，盛昌发就是运用国有资金而做了马主，只有他可以随意玩赏策骑。昨天盛昌发自信在苏泰达那里看到了胜利的曙色，实在抑制不住高兴，兴头一起，就带张天星来开眼界。

盛昌发让了张天星喝茶休息，在他面前骑上马奔了几个来回。接着让张天星骑上一匹身材稍小的骏马，他们并辔让马迈着细碎的步子，在马场上遛起弯来了。就在马背上，盛昌发把苏泰达说得只有招架之功，围绕核心技术所占的比例，盛昌发也添油加醋渲染一番。他接着说，我倒要看看苏泰达核心技术是什么玩意儿。他提出让郑宏伦去偷相关的技术资料。张天星阻止他，偷来也没用，还在专利保护期内，你得到了等同废物。管它废物不废物，我要见识见识，也要给郑宏伦一个立功的机会，不能让他白拿津贴，也让他以后担任我接管后的副总积累点资本。盛昌发和张天星商量的结果，盛昌发回市区就去落实，请齐小兰找来郑宏伦让他去执行。郑宏伦一听让他去偷，顿时脸色大变，我到底是部门下来的，早先我和你盛昌发脚碰脚，不过他朝上走，我向下滑，才会有今天的境遇悬殊，却要沦为他的走狗，做鸡鸣狗盗之事，实在心有不甘。他沉吟片刻，退一步说，哪一个人不是走狗，端上司的饭碗，不给上司做走狗给谁做走狗，已经被盛昌发逼到了南墙，只能答应。回到公司，做起来却有难度。他趁苏泰达一次去外地出差，在晚上用事先配好的钥匙溜进苏泰达的办公室，打开他的电脑，找到了硬盘中核心技术的文件，试了十几个密码，额上的热汗直往下淌，来不及用纸巾擦，也不能用纸巾，万一纸巾落在这里，可就闯祸了。只好用袖口擦，整个袖子的前端都湿透了。又试了一个密码，是侥幸，也是上天保佑了他，终于打开了，拷贝了一份。第二天中午在一个小咖啡馆和齐小兰交货时，看着她微笑中略带鄙夷的表情，心凉了半截，让这个小婊子看笑话了，心有不甘却是无奈。盛昌发得到拷贝的文件，看了半天也不知所以然，只是看到了郑宏伦的忠心，心里有几分难以抹去的得意，决定去欢场潇洒，作为给自己的奖励。正当他在包间享受的时刻，接到了丁婕的电话。

2. 半路上听见广播

原来此刻苏泰达和丁婕正在静安寺五星级酒店3818房。对苏泰达与盛昌发的谈判，丁婕的心一直悬在空中，她每天打电话给他，询问进展情况。昨天她在电话中追着问，我打了一个多小时电话，你一直没开机。怎么样？泰达。得知他们胶着在核心技术的股份比例，她分明看到盛昌发伸过来的手，就要卡到苏泰达的脖子。泰达，我们见见面。他们还约在3818房。这个房间总是虚位以待，酒店老总给苏泰达保留，等待他随时来开房。进了房间，并没有寒暄这个仪式，虽然他们已经几天没有见面。苏泰达直接进入话题，他向丁婕指出，核心技术所占的股份比例，决不能让步，重要的是不让盛昌发控股。怎么办？丁婕脱口而出，她的提问，既是对苏泰达也是对自己。他们都陷入沉思，苏泰达心里衡量着不同投资方式的利弊，丁婕在想解开盛昌发这个节点的不同途径。她猛地站了起来，泰达，我去试试，看看能不能降伏这匹狼。不，我不让你去冒险。在运用丁婕的方式上，他已经改变主意，决定抛弃先前的思路。不，我不愿意让你再去冒险。有什么危险的，我会见机行事。对你真能办好事情，又能安全地全身而退，我没有信心。丁婕决心已下，她说，我们目前这个坎总要过，我去试一试，不是你的委托，与你无关，是我自己要去办我想办的事。她要办的事谁也拦不住，他们就这样商定，实在也是走投无路的无奈之举。苏泰达说，你一定要注意安全，盛昌发可是一条上海企业界有名的色狼。你随时要把握自己，实在不行，你就撤退，天下之大，怕找不到资金吗？丁婕就在这时给盛昌发打了电话。电话铃响了好久，一支情歌唱了一遍又一遍，盛昌发终于放开怀中的小姐应答了。哦，是你？有什么事？丁婕在电话那边说，你有时间吗？我们一起去唱歌。盛昌发一听差点没晕过去，好啊，就现在？我来接你。不，你说个地点，我打车去。

盛昌发赶到另选的夜总会，直奔楼上，迎面走来了妈咪，他看到她脸上织出笑意，传出了声音，老总来了。盛昌发脖颈都没动一下，照直往里走，妈咪跟在身后说，今晚苏珊已经有了客人，我可以抽空来陪你坐坐。妈咪把他领进他一个星期要来几次的包间，今天盛昌发不要小姐，也不要妈咪作陪，挥挥手让妈咪走了。坐下来就给丁婕打电话，好，你已经在路上了，我这就到门口来等你。丁婕到达时，抬头看夜总会炫目的灯饰，眯了眼，这里她是第一次来。盛昌发快步迎了出来，伸手搂住她的腰，带她走进包间，他脚步太猛了，差点把丁婕带得一个踉跄。盛昌发倒了两杯路易十三，来，为我们的相聚，干。他们一起唱了一首又一首二重唱，盛昌发今天才发现自己的唱歌才能，他无师自通地用气声唱，唱了七八首歌，一点也不觉得累。丁婕因为带着任务，只好一首又一首地陪着。盛昌发又在挑歌，手中的遥控器不停地按着，最后定在《无言的结局》上，好，就这一首。他把话筒再递给丁婕，他们一块唱了起来。盛昌发唱得身子不停摇晃，眼睛中只见色迷迷的光，看得丁婕浑身汗毛凛凛，只好举起杯子破例喝了一口酒，她听人说，酒能壮胆，酒能活血，让人身上发热。无言的结局，盛昌发唱得要痴迷过去。他不甘心于无言的结局，唱完歌，他乘着酒劲，也乘着歌声吊起来的激情，手搭在丁婕肩上说，我们真会是无言的结局吗？丁婕没有说话，盛昌发觉得稀松平常，接着说，我们找一个地方去聚一聚，让无言的结局有充实的内容。这个结果正是丁婕所要的，但不能由她说出来。她想到了那里，她自有办法，也许可以不失身于他，就可以有核心技术占30%的成果。

丁婕还是没有说话，只用眼神提醒着盛昌发，他被她火辣辣的目光灼焦了心，挥手扔掉手中的杯子，好，我们现在就走。盛昌发领着丁婕出了门，上了他的车子。他侧转头望着丁婕征询着，丁婕说了北外滩一家五星级酒店。盛昌发把车子打了个弯，开到马路上，就挂了快档，车子一下子箭一般地冲去，开得把一路的五彩灯影迷成一团。盛昌发不顾迎面扑来的灯光刺得眼睛发花，还是重踩油门，车子很快就到了那家酒店门口。保安来开门，丁婕正要起身，盛昌发对保安发了个令，把门关上，对丁婕说，我们再找一家安静的。盛昌发一路上为自己庆幸，丁婕这样快就上钩，又为自己捏了一把汗，好在临时处置，要是进了她安排的酒店，不就掉进了她下的套。谁知道她会有什么猫腻，现在在酒店房间装个摄像头太容易，万一有什么闪失，固然不会丢官职，可就让人家牵着鼻子走了。丁婕问，去哪里？这回轮到他不说话，开了一段路，才说去陆家嘴。丁婕已经骑虎难下，只好看着事态发展见机行事。盛昌发得意了，完全沉浸在即将享受人间至乐的温泉里，这个上海滩美色交际花，就要裸体奉献在他面前。

他随手开了车上的收音机，外国音乐他听不懂，民乐也没有兴趣，就听流行歌曲吧。他觉得收音机中传出的流行歌手的歌，每一个音符都是对他的挑逗，固然他无法随便去脱那个女歌手的裙子，却马上要去脱这个沪上美女的内裤，盛昌发不成调地跟着收音机中的歌声哼着，头微微地摆动，丁婕厌恶地皱起眉头，赶紧伸出手去抚平，另一只手紧紧抓住了LV包的把子，手指抠得手心有点疼。车子上了南浦大桥，正在螺旋形的引桥上绕着，丁婕感到浑身无力，她这样老练的人，都不知道如何应对即将出现的场面。这时那个女歌手唱完了，这档节目也结束了，盛昌发扭动着旋钮，收音机里跳出了这样的声音：中纪委……听到这一串话语，盛昌发的手僵住了，手指就停在旋钮上，丁婕也听清了，广播中说中纪委对一个副部级干部作出双规的决定，她没往心里去，这些被揭露出来的倒霉蛋毕竟是极个别的，可是盛昌发不这样想，在此时这个特定的语境里，他觉得就像中纪委，不，应该是市纪委，他还够不上中纪委找他，是市纪委的工作人员在他面前对他说，盛昌发同志，你是做好同志呢？还是要成为“双规”的被执行者？其实这只是他的想象，他却觉得如临其境。车子下了桥，驶向浦东南路，朝陆家嘴方向疾驰而去。盛昌发感到自己后背发凉，从杨树浦天成里出来，走到今天不容易，可别一着不慎通盘皆输，心中颤颤的，不过开口说话语调极为平静，丁婕，今晚很抱歉，我忘了答应我妹妹要去探望生病的母亲，我们改天吧。他随口撒了一个谎，她不知是谎，只把它当真，终于可以摆脱了，她机不容发地即时接口说，好啊，改天。此时她的心上就像搬掉一块大石头。车子向前开，从延安路隧道回到浦西。我送你回家。不用了，你在好停的地方停下了，我自己打的。就这样他们分了手，彼此要办的事，都没有办，两人心里都在想，另找机会另找辙。

对丁婕的玩赏，他要另找机会，对苏泰达企业的并购他却是牢牢抓住了机会。有邝副书记、戚副秘书长的支持，前期又把银行这条路给堵死了，而苏泰达自己多方努力毫无结果，只能被逼到这条路上来。盛昌发坚持核心技术只能占20%股份，他要以51%的股份控股，这本来是谈判中的商业机密，他却派齐小兰在企业界散布，要让人们看到他是铁腕人物。齐小兰不辱使命利用各种场合传播这个信息。今晚她出席一个国外著名化妆品品牌发布会，在嘉宾自由活动时，她看见了李虹绵，老远就奔过去打招呼。李虹绵在一家外国咨询公司工作，任务就是了解上海企业界的情况，凡是热闹的场合她都会挤进去。她这时拉着齐小兰的手也是喜出望外，小兰，有一向没见面了，近来业务忙啊？她的问题并不要求回答，只是社交场合常见的套近乎。齐小兰不失时机地传播盛昌发并购苏泰达企业的消息。一听是苏泰达，李虹绵禁不住心跳。她一直关注苏泰达企业的命运，只是近来自己忙，没有了解得那么透彻。听完齐小兰的闲话，她望着入门处，说来了一个朋友，我们以后再聊。她走向门口，并没有与什么人说话，而是掏出手机，给苏泰达打手机。

苏泰达刚才离开了丁婕，就回了家。一听苏泰达在家里，李虹绵马上转了话题，问端仪姐身体怎么样？好久没见她了，好想她，我现在过来看她。李虹绵是急于见苏泰达，想了解他融资的情况。苏泰达回答她，难为你这么关心你姐，你过来吧。我们睡得晚。他还担心时间太晚李虹绵会不来，正相反，时间再晚，李虹绵也会赶过来见他，尽管她来的理由是看望童端仪。

李虹绵在楼下按对讲机，童端仪接电话，惊喜地叫起来，虹绵，死丫头，这么长时间不来看姐了？她挂了电话就去开门，等在门边，李虹绵推开一梯一户的单元门，她们看到了彼此，都叫了起来，这个笑声是自然的，尽管音调高了一些，和她们的年龄似乎不相称。童端仪拉着李虹绵的手走到客厅。苏泰达迎出来，说坐，快坐。你端仪姐早就把你的茶泡好了。李虹绵说，看端仪姐的气色不错啊。童端仪说，是不错，头上细发都长出来了。她仍然戴着帽子，当然不可能把它取下来。李虹绵细细看了她的帽沿，确是有嫩毛冒了出来。她们只谈童端仪的身体，李虹绵也不便当着她的面，问苏泰达公司的事，看他脸色凝重，她也能感受到他身上所承受的压力，他们相互间只有寥寥数语，但苏泰达已能明白李虹绵心中的着急，李虹绵从他脸上的表情，也看出了他已经了解她对他的关心，彼此眼睛能看出对方在想什么，却无法多交流。一看时间不早了，李虹绵起身告辞，这时苏泰达才说："还在考虑是不是接受盛昌发的条件，要不要让他控股。"刚才丁婕来过电话，她没有同盛昌发进入酒店，也就是无法在酒店撒开她的手腕，去压制盛昌发放弃控股。他不担心丁婕会吃亏，既然她说可以全身而退，他对她有信心。现在这个结果也好。融资一时无法开辟新的战场，文件又快要到期了，只能这样，签就签吧，以后再找机会改变这种状态。苏泰达接完电话没有对童端仪说起，此刻也没有对李虹绵做进一步说明。

李虹绵要走了，童端仪送她到家门口，她们轻轻拉了一下手，童端仪说，泰达，你送送虹绵。苏泰达和李虹绵一起乘电梯下楼，在花园里，李虹绵说，明天是星期天，你要是没事的话，我们找个地方聊聊。李虹绵看出苏泰达一脸疲惫，她希望能找一个地方，让他好好放松紧张的心境。苏泰达答应她，约好明天上午他开车去接她。第二天李虹绵上车后，问去哪里？苏泰达说我们去郊区，一路上可以看看郊外的景色，到奉贤一个度假村去，那里靠海，我们去听海涛。

到了海边，李虹绵欢跳着跑过沙滩，没跑几步，就停了下来，脱掉鞋袜，赤着脚在白沙上飞奔，双脚溅起了水花，把卷得不高的裤脚管浇湿了。她回过身，喊道，苏老师，你也把鞋脱了，踩踩沙子，踩踩海水，就会把什么都忘了。苏泰达极目海滩，两头的细沙滩都望不到边。远处海风正摇着松林的树冠，另一边是一片别墅，顿时他心胸轻松了许多，也开阔了许多。他弯下腰，把鞋脱了，把袜脱了，把裤脚管卷了，也奔到海水里。水漫过了他的脚盘，也漫过了李虹绵的脚盘。她看着自己的双脚，张开了右脚的五趾，又张开了左脚的五趾，圆润洁白，就像生命在这里舒展，苏泰达顺着她的目光，哟，小巧又白嫩，好美的脚趾，他呆站在那里，任凭海水拍击他的小腿，现在是退潮，海水漫过来，又退下去，波浪离他们站的地方，渐渐远去，一会儿工夫，李虹绵发现脚下，海水不再涌来，她把笑声抛得满沙滩都是，又沿着海水腾出来的新岸跑去。苏老师，你能追得上我吗？苏泰达跟着跑了起来。他们仿佛又都回到自己的大学时代，这是他们共同的感觉。李虹绵不觉得自己同苏泰达有那么大的年龄差距，苏泰达则是从与盛昌发奋战的围城中突围出来。他发现在这个时段让盛泰达控股没什么了不起，他有一种奇怪的感觉，就是让盛昌发控股没有先前的压力了，而是觉得就像自己控股一样。人生不只是生意，企业的并购再自然不过了，今天他控股，明天我还可以再控回来。看到李虹绵轻盈的身影，苏泰达把自己的思路收了回来，跟着向前跑去。

等到他们回到大遮阳伞下，要了啤酒，也要了橙汁，海风轻拂过他们的溢满笑意的脸，他们不再觉得有什么束缚，这个感觉苏泰达更明显，他觉得自己的手脚完全松开了，肩上也不再有什么重压。苏泰达喝完了两听啤酒，李虹绵也把剩下的橙汁仰头饮尽。他一直看着远处思索着什么，而李虹绵的目光一直没有离开苏泰达的脸，直到他把远眺的目光收回来，对她说，虹绵，我决定了。

李虹绵猛然觉得生命之弦被拨动了，她分明感受到颤颤乐音的摇撼，她当然知道他决定的是什么，却在心里问自己，我能决定吗？她眼前好像涌起山谷中的淡雾，迷蒙一片，她不能做什么决定，刚才在海滩上追逐，海风轻拂，她闻见苏泰达濡湿的衬衣飘过来的汗香，不由自主两腿发颤，是不是沙滩太松了？她珍惜这一时刻，漫长人生的这一时刻，丝丝震颤来自心底邈远的角落，汗香不过是一个引子，她渐渐明白苏泰达在她心中的位置，她甚至想现在就依偎在他胸前，不过她克制了，她要选择另外的时刻，也许这个告白应该由苏泰达先做出，有了这一时刻，才有彼一时刻。她相信多少年后，这一时刻的沙滩、阳光、海风，会比彼一时刻的花香、青草气息来得印象鲜明，也许命定如此，她宁愿就这样让这一时刻的感觉延续，直至永远。现在虽然早已离开沙滩，还是觉得双腿没有力气，她伸出手抓住苏泰达的手，苏泰达感觉到那只细嫩的手，有一丝丝的力量传到他的手上，他目光回应着李虹绵的目光，李虹绵说，我们今天放弃的，明天我们还可以再夺回来，而且会夺回来更大的果实。这正是苏泰达要对她说的。苏泰达又重复了一句，我决定了。李虹绵只补充了一句，那新生产线的开工就指日可待了。李虹绵的眼神满含着支持，在她注视下，苏泰达掏出手机，给丁婕打了电话，只说了一句："我决定了。"既然是决定了，还有一些工作要抓紧做，今天来海边的目的也达到了，他对李虹绵说，我们吃好中饭，在海边再走走，就回上海去，李虹绵含情脉脉的目光，始终流露着理解的神色。

3. 初恋情人回来了

丁婕没能为苏泰达的融资开路，心里一直很郁闷，正好有个朋友要在北京开新产品发布会，这个公关活她接了下来。她在虹桥机场一楼吃好早点出来，一个熟悉的身影撞入眼帘，那个人正俯身要进车里，明明白白看见了面部的侧影，啊，苇珩，这个十年未见的小学老同学，她差点叫出声来，虽然因手捂住嘴，没有发出声音，双脚却向出租车出发点快步走去。那人钻进了出租车，车子开始还徐徐开行，接着就加速了，她看着车子离去，就像魂掉在车后面，随车而去。是苇珩，没错，十年未见，他还是老样子，只是风度更加优雅。肯定是他，十年了，这个冤家终于回来了。

她耳边一直响着自己十年前的笑声，这笑声和脚踩法国梧桐落叶的飒飒声交混回响，向前滚去。苇珩在后面叫着她，小婕，你等等我。每年秋天他们都会到余庆路去看法国梧桐的树叶落地，满条街都铺满了厚厚的黄叶，阳光跌落在上面，叶儿越发变得凝重的金黄。他们拉着手在上面跑着，哗哗的音符相叠比什么天籁都动听。到了树叶特别厚的地方，丁婕甚至会席地而坐，她伸手拉着苇珩一起坐下，他们就这样坐着，已经是深夜，路上没什么行人，小汽车也不再路过，世界只剩下他们两个人，他们海阔天空说着话，有时一句话也不说，只是静静地坐着，看着法国梧桐树原来绿森森的树冠，秋风吹过以后，叶儿都转黄了，看着那叶儿飘了下来，一片又一片，丁婕接着一片叶子，递给苇珩，你看又落了。有时他们坐到快要天亮，偶尔走过的行人，会看他们一眼，又匆匆赶路，谁也不理谁，大家都有自己的方式来填充生命的空间。

秋夜余庆路的落叶，掉进了丁婕和苇珩的心里，不管有多少年的分离，这个情景是抹不去的。她虽然没有问过苇珩，但她知道这些一定还存留在苇珩的心的深处。这些事是不用问的，交往多年，连同前面同学多年，丁婕了解苇珩，他一定会像她一样把这秋夜，这落叶珍藏在心上，永远不会抹去。这些年来，苇珩远行了，每年秋风乍起，特别是一阵秋雨过后，黄叶又落了，丁婕就会自己到余庆路，不过不是夜晚，而是白天，她慢慢地走，走了过去，又走了回来。在这条刻印自己青春足迹的路上踯躅，她要做的是对青春的祭奠，她相信，苇珩不管到天涯海角，也会梦回这条秋意绵绵的余庆路，苇珩，你说你会吗？

在北京丁婕为朋友办事仍然是干脆利落，只是晚上临睡前，在酒店房间里，她发现自己的心并不在身上，所有的心思都绕着苇珩转。这天刚洗好澡躺进被窝，手机响了，她拿起了喂了一声，就听见那个熟悉的，十年没有听见，又时时盼着听见的声音，她失声地叫了起来，苇珩。是我，你是丁婕吗？确认对面是苇珩，泪水霎时涌上了眼眶，丁婕吞着声音，把哭声压住，是我。两人拿着电话都不知道说什么好，愣是停了几十秒，还是苇珩先开口。苇珩说他从美国回来，先到了北京，再回到上海，准备在上海住一段时间，他已经联络了同学水如玉，水如玉又找了一些同学，准备聚一聚。苇珩说，大家等着你，你办完事就回来。丁婕最后说，苇珩，我想早一分钟见到你。第二天会议结束有些扫尾工作，丁婕向朋友请假，说上海有急事要赶回去。到了北京国际机场，把原先的票子退了，当即买了票，不到一小时就登机。本来苇珩请她买好机票把航班告诉他，他来机场接她。丁婕不愿意这十年后的重逢发生在机场，婉谢了。她说，我直接来酒店，你在房间等我。

丁婕敲着苇珩的房门，心止不住咚咚地跳，应声来开门的苇珩捧着一束鲜花，不是玫瑰花，是一大束蓝色勿忘我。丁婕不知是看花好，还是看苇珩的脸好，目光上下移动着，越过花瓣的上方，落在苇珩的脸上，伸手接过了花，说谢谢。成熟了，年轻时代的朋友，她没有说出口，随即想到自己一定也老了。女人的成熟就是老，这是不容置疑的。苇珩把丁婕让了进来，把她送到沙发前坐下。苇珩说："小婕，让我看看你。"这十年会有多少魂牵梦萦，彼此的挂念在这一刻似乎都消融了。丁婕扔下花束，猛地站了起来，扑到苇珩身上，小手捶着他的前胸，放声大哭，哭声里一直只有一句话，这些年你都到哪里去了，这些年你都到哪里去了？苇珩一下子愣住了，他不知道自己的手脚应该放到哪里，少顷才把手臂围拢来，松松地搂着丁婕，任凭她的泪水流在他昂贵的西装上。他一时不知道怎么办才好，不敢去触碰这一刻的宁静，唯恐不当心划破了。这情景就是池塘水面一片薄冰，一碰就碎，怎能忍心去碰它。

他没有找纸巾来为丁婕揩拭，待到丁婕的哭声小了，逐渐变成了啜泣，才把她扶到沙发前，让她坐下。他去洗手间绞了一条热毛巾，递给丁婕，丁婕把热毛巾捂在脸上，好一会儿都没有松开。她的双肩耸动得厉害，哭声再一次冲出胸腔。待丁婕把毛巾移开，苇珩把一杯水递给她，她喝了一口，贪婪地咽着，仿佛这是爱的甘泉。其实十年前的分手，主要责任在丁婕。她向苇珩提出确定恋人关系，可是苇珩忙着办出国，说我们再等一等，待我到了美国，安定下来，再来接你。丁婕怕他变心，既然你不想确定关系，那就割断关系，结果连苇珩上飞机，她都没有去送。就这样一别十年，相隔万里两茫茫。没想到度过了彼此分离的十年，今天又在故乡上海相聚了。苇珩没有去拥抱丁婕，丁婕这时也清醒了许多，她从苇珩的话里得知，他有了一个风险投资公司，是回来找项目的，他也告诉她，他的孩子已经两岁多了。丁婕知道苇珩不可能抛弃美国的事业和家庭，她只能永远做他的朋友了。

找投资项目？丁婕心中猛地被撞了一下，苏泰达的事十分紧迫，如果再找不到投资，就要被盛昌发控股了。这个沪上出名的玩家不知要如何折腾苏泰达的公司，那苏泰达的事业岂不是要毁于一旦，上天给了我，也给苏泰达这么好的机会，丁婕想，我必须抓住它。她对苇珩说，我有一个朋友有一个新药项目，前景很好，你能不能给他资金支持。苇珩面对这个十年未见的老同学，曾经的恋人，刚一见面就提出合作的事，一定有其紧迫性，可是回国投资，开步一定要稳，他想了想说，丁婕，你的朋友就是我的朋友，有困难我理当相助，你看这样好不好，只要具备发展前途，我一定优先考虑，你为我准备一下项目的材料，我也要做一下调研。

过不了几天，他们小学同学聚会。水如玉为同学们表演了几个舞蹈节目，丁婕看着看着，忽然觉得眼睛有点湿润，她想道，水如玉一直想举办一个舞蹈专场，真不知道什么时候能实现，恐怕比苏泰达为新生产线融资还难。现在的人啊，活得真不容易，其实丁婕也不容易，倒怜悯起别人来喽。丁婕不笑话自己，她这是惺惺相惜啊。待水如玉跳完一支独舞，丁婕来到苇珩的面前，苇珩指着旁边的一个空位，请她坐下。她拿出了苏泰达新生产线的可行性报告及招股说明书，递给他，你先看一下，苏泰达需要的资金，对于你们来说，数目并不大。好的，我一定细看。参加完同学聚会，苇珩就请公司项目经理开展有关调研，让他抓紧办。过了几天，苇珩给丁婕打电话，你告诉你的朋友，我要同他见面。丁婕说，那就是说你同意投资了。苇珩说，有这样的倾向，见过面再说。

4. 恒隆大厦遮住的弄堂

苇珩站在大玻璃窗前已经半个多小时，他自己不觉得有这么长时间，心上的感觉大概只有十来分钟，就在这段时间里，他的目光一直停留在一个红瓦顶的老弄堂。阳光均匀地铺在红屋顶上，暗影处黑色愈加鲜明，屋顶多角度的拼贴，让苇珩想起上中学时美术课画的几何图案。这里看下去，是一幅俯视图，他曾在这座楼十层以下，看到的却是另一番景象，不再是俯视图，而是有了透视，所以得到的印象灵动而有生气。他相信每个房顶下一定有不同的精彩故事，这些故事里的主人公没有他。他出国前住的弄堂在更远的街区，他仍然能够想象那里的老虎窗，使屋顶的线条跳跃，在窗前做操的记忆好像就在眼前。那里已经被恒隆大厦遮住了。即便是遮住了，他仍然看得见自己上小学时，是怎样穿过几条弄堂，蹦跳着到学校门口，那已经过去了长远，可现在却浮现出来。儿时的记忆漫漶成一片，渐渐淡了，却是抹不去。哪里去了，美术课上画的石库门雕花门楣？哪里去了，弄堂口的烟纸店，棒棒糖的甜味仍在舌尖？哪里去了，弄堂底的生煎馒头店，不见了大娘的笑脸？每想起这些，苇珩的心就隐隐作痛，不知道自己将要做的是不是会把上海变成“广普城市”，难道自己也成了铲平历史的愚夫？出国前还没有恒隆大厦，也没有旁边的中信泰富，梅龙镇广场，上海这些年的变化不是他梦里所能描绘的，现在他脚踏这个五星级酒店的楼板，即使同样是大厦的高层楼面，他总觉得这里比美国实在多了，就像站在坚实的地面上。这几天到上海几个著名的地标性建筑去看了看，总觉得故乡已经换上了华丽的新装。他很想为上海做点什么，既然手中有风投资金，一定要找一些适宜的项目，将来还可以把管理也带进来，在上海真是大有作为。风险投资进入中国已有不少成功的案例，自己要是有好机会，一定要紧紧抓住。他的目光投向远处，只见天上一片灰蒙蒙，东方明珠只是隐隐约约在灰色的迷蒙中漂浮，哦，这就是在美国听说的霾。回来这几天，有两点冲击颇大，一是上海面貌大变，到处是高楼大厦，走在延安路高架，沿路大厦扑面而来，似乎要撞上汽车，二是天空已由脑海中美国的湛蓝变成上海的淡灰，什么时候上海的天空也能那样的澄澈，唉，自己是不是操闲心了，不过他也不算瞎操心，身为上海人，自然希望上海高楼大厦上面不会老是罩着雾霾。别想那么多了，丁婕的朋友苏泰达就要来了，他已看过苏泰达公司的项目材料，并把这个新生产线纳入考察的视野。

当丁婕为他们两个人介绍完，两个男子汉握着手互相打量着对方，苇珩心想果然气宇不凡，相信是做事业的好手，苏泰达心想，此公气质与自己相仿，甚至咱们两人的头发都梳得一样整齐，一定会是好合作的伙伴，他正想利用这个机会向他介绍新药项目。丁婕在旁边看着他们两人的样子，从心里笑出来，她对苏泰达说，苇珩是风险投资家，来上海寻找投资项目。苏泰达的心猛地被击了一下，风险投资家？怎么不早来一步呢？他对丁婕说，你怎么不早告诉我，苇先生要来呢。丁婕把头一歪，做出了与年龄不相称的俏皮表情，我就是要给你一个惊喜。苏泰达好久没有感受这种生命的震颤，惊喜？从何说起，不是惊喜，而是惊愕，生生错过了一个机会，而且是等了多少时候，盼了多少时候的机会。苇珩招呼客人喝茶，他拿出丁婕给的项目材料，说："苏先生，我细看过了。"苏泰达微蹙起眉头，偏过头，瞄了丁婕一眼，虽然只是一刹那，丁婕分明感觉苏泰达的责怪。这时她才想到，也许真不应该要这个惊喜，应该及早把苇珩回上海要做什么告诉他，现在已经无法挽回，会不会给苏泰达带来什么不利的影响，她不敢往下想，只是把双膝并得更紧，拿在手中的茶杯，本来想喝，却又轻轻放下。她把注意力集中在耳朵上，随着苇珩的深入分析，苏泰达比她更严重地把心吊起来。

苇珩说完，把目光投向丁婕脸上，没停留多久，又转回苏泰达的脸。苏泰达没有说话，他不想让痛苦流露在脸上和语调里，但一时脸上的表情僵在那里。这个表情让苇珩感到意外，按咨询公司的调查，苏泰达不是这样的性格，他此时不应该是这个表现。丁婕的目光也被吸引过来，她死死盯着苏泰达，就等着他说话。屋里静默许久，甚至有了死寂的气氛，良久，苏泰达叹了一口气，说晚了，晚了。丁婕敏感地追着他问，什么晚了？苏泰达说，我和盛昌发的合作已经在昨天下午签了字。第一个吃惊的是丁婕，签字？怎么会呢？不应该签字的。她是多么聪明的女人，随即发现这个"不应该"说错了，这个事情责任在自己身上，她大声叫了起来，啊。这个事都怪我，我怎么不早一天告诉苏泰达啊，我太浑了。她几乎要打自己的耳光，这个失误造成的损失太大了，她转过身，面对苏泰达，苏总，真是对不起，我该打。苇珩一听苏泰达的机会已经失去，他不好再说什么，只是问真的吗？苏泰达点点头，他实在只有无言，这是多好的风投资金，苇珩是丁婕的老同学，达成合作的洽谈难度一定比先前几家小，却这样失之交臂了。他心中的痛苦一时难以排遣，但他抑制住了，他反过来安慰丁婕，这事不怪你，也许这就是人们常说的命啊，和盛昌发签的合同是无法推翻的，我只有横下一条心迎上前去。丁婕也不顾初恋情人在旁边，她伸出手去，放在苏泰达的手背上，两只手就这样紧贴着，苏泰达不记得什么时候丁婕的手这样捏着，又微微颤动。苇珩为苏泰达的茶杯续了水，递给他，苏泰达接了过来，感激地望着苇珩，谢谢，苇先生，相信我们将来一定有合作的机会。苇珩在他肩上拍了拍，没有说话，两个男子汉的理解在无声中传递。

苇珩为这个新认识的朋友难过，他们失掉了一次极好的合作机会，尽管他尚未决定，毕竟存在机会，他心中充满遗憾。他想苏泰达除了遗憾，甚至可能无意中受到了伤害，他提出和苏泰达去喝酒，但被婉拒了。公司还有事情要处理，苏泰达说，我先走了，丁婕，你再坐会儿，你们老同学多年未见了，多叙叙旧。丁婕不放心苏泰达，对苇珩说，老同学，反正你一时不离开上海，我们找时间再叙，我也告辞了。

出了酒店，丁婕问，我们上哪儿？苏泰达说，去喝酒。出租车把他们载到安福路，他们进了一家老房子改的酒吧。各要了一杯法国葡萄酒，他们知道彼此都不胜酒力，对坐着，望着酒杯，不说话。丁婕不知道该说什么话来安慰苏泰达，一切都怪自己的失误，要不是为了什么惊喜，何至于落到这步田地，要弥补也不可能了，她所能做的，只能陪苏泰达喝酒。他们对着摇曳的烛光，目光中也燃起不灭的火，可是这火却不能给彼此任何慰藉。酒吧播送的音乐，好像是舒伯特的小夜曲，要是以前他们真会站起来跳舞，当然不是在酒吧，而是他们在酒店客房相聚时，脚下的地毯并不适合跳舞，可是他们随着音乐的节奏移动脚步，也同在舞厅相差无几。今天没有这个心思，苏泰达甚至觉得在乐曲声中有点头晕，他又喝了一口酒，头脑仍然处于混沌状态，举起杯一饮而尽，扬起手，招呼服务员再来一杯，丁婕说，苏总别喝了，我送你回家。不，再喝一杯。那好，你慢点喝，我陪着你。丁婕看着苏泰达喝，也不再提什么话头，就这样任凭时间流逝。苏泰达一小口一小口地喝，喝了一小口，就停在那里好长时间。直到喝完了，丁婕看表已经过了一点，她催服务员来埋单，苏泰达已经半醉，就随她去。出了门，叫了出租车，丁婕说我送你，苏泰达说不，我送你。车子往丁婕家里走，在她家门口，苏泰达也下了车，跟着踉跄走了几步，对丁婕摆摆手，丁婕走近门口，又返回来，对司机说了苏泰达家的路段，让苏泰达上车关了车门，看着车子走了才返身。

苏泰达对司机说到南京东路，他轻触按钮，车窗玻璃徐徐下降，让凉风吹着，顿时觉得清醒了一些。车子开过南京东路，在南京西路一家五星级酒店下了车，进了门就直奔酒吧，又叫了酒。过了不久，有一位小姐挨到他身边，先生，来，喝酒。她把自己手中的杯子，往苏泰达的杯子上碰，苏泰达把身子向旁边移了移，小姐又挨了过来，先生，你要什么节目吗？苏泰达说，我们先喝酒。小姐打了一个响指，让服务员送两杯XO来。来先生，我们喝。

她看苏泰达醉得趴在桌子上，就扶起了他，走，我们上楼休息。她有楼上客房的门卡，有客人她就用，没客人就还给前台。她摸了摸手提包，确信门卡在包里。她把苏泰达的手臂搭在自己的肩上，就这样拖着苏泰达走，像是一对情侣。刚走了几步，苏泰达被小姐身上的香水味激醒了，睁眼一看，怎么会有一个陌生的女孩，一手扶着自己的腰，一手抓着自己的手，搂着他走，猛地一激灵，酒醒了大半，他喝问，你是什么人？你怎么会在这里？那人一脸甜笑说，我是你的朋友，我们刚才一起喝了酒，苏泰达把她的手臂抬起了甩掉，招呼服务员埋单，那小姐说，我已经付过了。苏泰达问多少钱，我给你。她说了个数，苏泰达甩了一把钱给她，你走吧。那个小姐看着这条钓到的大鱼就这样跑了，心有不甘，也只好悻悻地离开，去寻找别的目标。

苏泰达走出酒店，一阵风吹来，酒全醒了。但心中的郁闷并没有排遣，他又上了一部出租车，朝新天地开去。又找了一家酒吧，坐在酒吧门口的靠椅上，自斟自饮，一直到下半夜，夜的凉气侵到他身上，在半醉半醒中打车回到家里。刚才在车里，酒力发作，浑身燥热，脱了西装上衣，松开了领带，衬衣的纽扣也解了几个。到了家门口，脚步不稳，走路左右摇摆。右手挂着衣服，只好用左手横过身子，伸到右面裤子口袋里掏钥匙，手没这么长，伸不到口袋里，几次努力都宣告失败。看来钥匙是掏不出来了。真憋气，太气人了，连钥匙也拿不到，他侧着身撞门，只撞了两下，声音并不响，门却开了。童端仪在门内大吃一惊，泰达，你怎么啦？她从来没见过他这副狼狈相，赶快把他让进来，随手锁上门。门内墙上的钟已经指向三点。今天晚上，不，应该是昨天晚上，苏泰达没打电话回来，童端仪知道他要回家，她没脱衣服，倚在床上就睡着了。待到醒来已是半夜一点，打了苏泰达的手机，关机了，是不是有什么重要活动，连夜开会吧。童端仪到洗手间洗了洗脸，睡意全没了。就坐在沙发上，开了立灯，随手翻一本养生的书，看了几行，就看不下去了，只能对着书页发呆。她想反正睡不着，就在这儿等着吧，等到苏泰达回来再睡。她扶着半醉的丈夫，说到哪儿应酬，需要喝这么多酒？她知道苏泰达不管什么应酬，喝酒从来都是限量，决不会醉。他从来不会为做生意去敬什么人酒，来把自己灌醉。今天是怎么了，童端仪纳闷到底为什么，会喝成这个样子。她把苏泰达扶到床上，为他宽衣，今天无法洗脚了，就为他擦擦脸，擦好脸，苏泰达还是没有醒，头一歪就睡了过去。

童端仪坐在他身边，心疼地望着他，瘦了，瘦了，这几个月新项目融资折腾的，什么时候才是个头。她无法回答自己心中的问题，呆呆地看着，情不自禁伸出手去抚摸他的脸，睡吧，睡吧，她想起以前给儿子唱的摇篮曲，轻轻哼了起来，睡吧，睡吧，我亲爱的宝贝，妈妈的双手轻轻摇着你……童端仪心中涌起了母性的温柔，在她心目中苏泰达成了大孩子，儿子不管长得多大，在母亲眼中都是孩子，此时的苏泰达在她心中俨然成了孩子，她并不觉得有什么不妥，她甚至没有觉察这里有什么特别的母性爱意，只是动情地唱着这支舒伯特的摇篮曲，为了苏泰达她什么都愿意付出，就像母亲对自己的儿子。唱着唱着，她哽咽了，唱不下去，只觉得眼角有了凉意，两滴清泪淌在腮边，冰冷冰冷的。

5. 给每个心灵一把垦荒的锄

苏泰达在和苇珩见面的前一天，在盛昌发控股的合同上签了字。当时想不到会有苇珩来上海寻找风投项目这出戏。签了，不能推翻，有法律约束力。本来这个项目也不会这样快就得到国资委的批准，这是盛昌发巨大能量的迸发。自从戚麟洱向他传达邝一杰的指示，要支持非公经济发展，具体就是支持苏泰达的项目上马，他一看机会来了，就紧紧抓住。有了这个契机，他每次饭局都乡喝四两酒，是白酒，不是红酒。这是他的常态生活，哪一天不是深杯酒满。这时他正举杯，对张天星说，来，老张，干，再干了这一杯。我不喝了，我够了。够哥们儿，你就喝，盛昌发指着张天星由不得他不喝。张副主任，我的事你一定要抓紧，材料都上报到区国资委了。张天星说少说也得半个多月。不行，半个月太久了，我要马上把苏泰达的新生产线掌控过来。张天星说，你也是公务员，机关的办事程序你不知道吗？半个月算快的了。哦，我想起来了，我们主任明天要出国访问。盛昌发一听那个出访方向，忙说让他顺便到印度洋岛国看一看，那个是好地方，我刚去过，海滩上的女人不要太雷人哟。张天星有维护领导威信的自觉，瞥了他一眼说，盛昌发，你是不是喝多了，胡说八道什么，我们主任严于自律，不会做这种事。盛昌发接着说，老张，不行啊，你们主任一走，又要耽误不少时间，你帮忙抓住他。他没有醉，涉及自身的利益，神志自然是清醒的，那些酒精敌不过他的雄心。张天星说，怎么抓，开玩笑，我不能叫他明天退了飞机票，他是我的上级啊。那你也要帮忙，今天晚上就去找他签字。签字？说得倒容易，前期的工作都没有做，怎能要求主任履行这个终了程序。那怎么办？我和你一起去。不行，你一块去只有坏事。在你这个外人面前，我话都不好说。盛昌发一看表，已经九点了。他说不能再延迟了，说走就走，你辛苦一趟，现在就去找你们主任签字。张天星为难，再好的哥们儿，也不能帮这个忙，这里破的例大了去，拿空白的表格让主任签字，我没有这么大的面子。盛昌发听他这么一说，确是在理，一个下级哪有这么大的面子，就说张兄，你帮了我这个忙，你的情我记下了，将来必有厚报。张天星坐在那里不动窝，一时桌面上没有话了，等着有什么好办法跳出来。到底是自己的切身利益，盛昌发一拍脑袋，说有了，我给戚副秘书长打电话请他支持。张天星就像看见河上架起了独木桥，好啊，你快打。心想我就从这独木桥上过，为你去两肋插刀吧。

盛昌发电话打过去，先问候一通，戚麟洱也在饭局上，嘴里含着一团燕窝，有话快说。盛昌发毕恭毕敬把来龙去脉说了，一句话，就是恭请戚秘书长给国资委主任打一个电话，支持一下。非得今天晚上吗？盛昌发卡壳了，一时闷住，但想这是非说不可了，就把明天主任要出国，非得今晚办不可说了。要是戚麟洱说不，他腿一软就会跪下来，但这是在不同的空间位置，他不知道如何表示这种诚意，就站起来，又坐下，总不能跪在这里，戚麟洱又看不见，他只能带着哭腔请求。好了，不必说了，我来执行吧。盛昌发吓出一身冷汗，不敢，不敢，我只是请领导支持。戚麟洱心中有气，哪有下级逼领导做事的，这个盛昌发胆子忒大了，一想起盛昌发平时的好处，气消了一些，就给国资委主任打了电话。主任当然也在饭局上，一听是戚麟洱，官大半级压死人，连忙把口中的黑鱼子吐在小盘里，说戚秘书长有什么指示？听完戚麟洱的话，他只说了一句，一定照办，请领导放心。

盛昌发一想起他的并购，国资委对他进行倒程序，就会得意得在梦中笑醒，人家奥运会世博会只有倒计时，比他这个倒程序浅了一个层次，国资委主任先签字，再补办前面的手续。补办手续在张天星干预下自然一路绿灯，盛昌发布置下面工作人员，必须保证三天后与苏泰达举行签字仪式。

稳操胜券的激情让盛昌发说话的嗓门大了起来，仪式筹备阶段是这样，举行仪式的当时，他的嗓门更是提高了八度。人们不觉得噪耳，只觉得他把喜气传给大家。即使过了两天，在苏泰达的耳边，还回响着那天他招呼人和发言时，那种抑制不住的咄咄逼人的大嗓门。在那天仪式报到时，盛昌发见谁都大步上前迎接，伸出手去紧握客人的手，把大嗓门的话扔到人家身上，嗓门大到好像有个实物掷向对方，而不是仅仅通过空气把声波传到对方的耳膜，不过他看见苏泰达时，还是把嗓门降了下来，他不愿让苏泰达有盛气凌人的感觉，他觉得自己的控股固然在签字之后，而在签字之前他也要控制整个局面。当然他更要利用这个机会在领导面前表演一番。可是他最重要的客人还没有到。一个人在这里刚握上手，没有寒暄完，看见另一个人，他连忙举起手招着，就奔向另一个人，在整个会场，只见盛昌发穿梭似的奔来走去，会议的气氛被搞得像一炉沸腾的钢水。他欣赏这种国企并购民企的做法，好像被打了一针兴奋剂。

盛昌发在主席台上已经等得不耐烦，转身对齐小兰说，你去门口看看，邝副书记来了吗？等了半晌，不见邝一杰人影，他征求苏泰达的意见后，就让司仪宣布开始。前面的议程都进行完了，接着是领导讲话，他半抬起身，望着门外，还是没有看到邝一杰的身影，就站起来郑重地说，现在请戚副秘书长作重——重字刚发了半个音，就噎住了，把后面要说的话全吞到肚子里，他看见邝一杰在齐小兰和秘书的簇拥下，正朝里走。他把“重要”两个字省了，说请戚副秘书长讲话，把话筒推给戚麟洱。他自己不觉得什么，戚麟洱却听出来了，什么玩意，把我的重要讲话变成“讲话”了。盛昌发不觉得，是因为他认为理当如此，戚麟洱一人在，当然是他做重要讲话，邝一杰来，戚麟洱的讲话自然变成次要讲话了，官高一级压死人，这个道理谁不懂呀。戚麟洱看着门口的邝一杰，他把这口气忍了，盛昌发你不会一辈子行时吧。盛昌发离开座位，去迎接邝一杰。他跟随邝一杰上了主席台，就打断戚麟洱的讲话，眼睛没有朝戚麟洱看，而是望着会场上的大家，我们热烈欢迎邝副书记出席签字仪式，这是上级对我们的最大关怀和最大支持，大家鼓掌。待掌声停息，他才转身对戚麟洱说，请戚副秘书长继续讲话。戚麟洱不想多说，就愤愤地说我的话完了，谢谢大家。盛昌发对着话筒大声说，现在请邝副书记给我们做重要讲话。他把“重要”二字留给副书记用。邝一杰倒是客气起来，说今天是签字仪式，还是先进行这个议程，我再来发言。

在盛昌发安排下，工作人员摊开了两个文本，分别放在盛昌发和苏泰达面前，盛昌发拿起笔，闪电般地签了字，苏泰达拿着笔，好像有千钧重，有点举不起来的样子，待他落下笔，慢慢在纸面上拖着脚步，写三个字就像爬一座山。待他写完，按惯例自然是一阵掌声，掌声并不热烈，苏泰达却感到像两支针尖刺向鼓膜，轰鸣之后，静如死水，难道鼓膜被穿破了？连盛昌发说请邝副书记做重要讲话都没有听见。邝一杰在话筒前清了清嗓子，伸手去摸自己的口袋，人们不知道他要找什么，找烟吗？这里不能吸烟，秘书领会了，连忙把一张折好的纸递过去，邝一杰却做了拒绝的手势，说在这样欢庆的场合还照本宣科啊，那也太官僚主义了，他自己跟自己开玩笑，就开始有条不紊讲起来，盛昌发听下来的意思，是表扬他响应号召，支持民营企业。应该说盛昌发同志已经成为改革中勇敢作为的标兵，希望他控股新药生产线能够成为改革的样板，我们都要向他学习。邝一杰说完引来的掌声比先前热烈。苏泰达只听见一阵噼里啪啦响，前头的话一句也没听进去，倒是盛昌发的发言，句句都往心里去。这几句他记得特别分明，我们是国有企业，国有企业控了股，就是人民控了股，我们会用这个企业来为人民服务，同时也要调动一切可以调动的力量，来为人民服务。改革开放就像一个大海，国有企业的执业者就应该成为这个大海的弄潮儿。可以说我就是这样的弄潮儿，一个小小的弄潮儿。以后同志们都会看到我在大海中搏击风浪，我不会呛水，我有国有企业这个大救生圈，任何风浪扑来我都不会下沉。

听着盛昌发的话，苏泰达几天来的沮丧情绪越发膨胀起来，他已被逼到悬崖边缘，脚下一空，危崖崩塌，落入激浪汹涌之中，大浪就要把自己吞没，他被呛得几乎透不过气来，全没了往昔乘风破浪踏歌而行的气概。他不知道自己能做什么，他恨不得有一把枪，就这样把自己毙了，就像海明威吞枪那样，正是他片刻情绪失控中所想做的事。他强制着自己不要在这种情绪的大浪中沉没，他很快清醒过来，他要驾驭自己的情绪，马上就要轮到他发言，他要让这次发言，像以往任何一次发言那样得体，也要显示自己不会被巨浪吞没，他还是他，他还是苏泰达，任何暂时的曲折都打不败他。但是苏泰达眼神的忧郁被童端仪捕捉到了。他的眼睛总是明朗快活，闪射着智慧的灼人光亮，今天是她第二次捕捉到这样的眼神。上一次已经过去了多少年，那是苏泰达刚创业之时，此时与彼时，人生经验、经济实力已经大不一样，可是眼睛里那不易察觉的忧郁再次出现，那里宝石般的光芒如暗夜中的星火，童端仪抓住了，她的心就像在光芒上颤动。她看到苏泰达到书房里，从书橱里上上下下找出一些书摞在桌子上，读书是他排遣心中痛苦的一剂良药，童端仪泡了一杯龙井端来给他，他接过来喝了一大口，不忘说谢谢。童端仪就坐在他身旁，她不说一句话，只是静静地坐着，她没有拿出书来看，仿佛苏泰达读的书都进了她的脑子。苏泰达旁若无人地在书海中徜徉，也许他碰到了什么问题，又站起来走近书橱找书，他也知道生活中有些扣子不是靠读书就能解开的，但他愿意以这样的方式疗伤。

童端仪只为茶杯续水，还是不说一句话，她看着苏泰达不说一句话，只觉得他就是困在草莽中的一只猛虎，对于伤口不会自怨自艾，她知道他这个回合败在盛昌发手里，可是为了事业必须退一步，也为了将来新的一跃，这些道理不用她来说，安慰就成了多余。表面上的无言，彼此的内心实则激流交涌，那种默契非当事人不能感知。一个人静静地看着看书的人，彼此甚至没有一丝眼神的交流，只待苏泰达从书本里抬起头，童端仪望见了他的眼神，再也控制不住自己，猛然站起伸出双臂把苏泰达揽在怀里抱紧。苏泰达回应着，也抱紧童端仪，他闭上眼睛，从来没有感受到童端仪竟是这样温柔，又能实实在在地支撑着他，几个月来的紧张顿然释放，他听见童端仪说，不怕，我们可以重新开始，苏泰达没说什么，只是把童端仪抱得更紧，一滴泪沾湿她的肩头。

就在苏泰达被逼进死胡同后的双休日，心中郁闷并未完全褪去，他想反正已经同盛昌发合作了，只好走一步看一步，就出了家门，乘了几站地铁，到淮海路，走进路东的书店，都是些大开本装饰华丽的书，翻了几本，内容不对自己的胃口，就向西，跨进了一家大书店，信步踱到里面靠墙的书架前，书架前摆着一溜新出版的长篇小说，每摞都有十来本，一眼看过去，有一本书封面是一片金黄的阳光中，一个行者负重前行，哦，有创意，啊，书名叫《太阳醒着》。太阳可是睁着大眼睛，一切违反客观规律的事物都逃不过它的目光。随便翻了几页，写的是一个会思考的改革者。我就是改革大潮中的一个思考者，还用看吗？脚步刚要移去，不甘心，又转了回来，再次拿起来，随手翻到第261页，啊，有一首诗，写的是主人公唐汉杰的上下求索，他捧着书，默诵起来——

云天、风雨、绿畴
飞速向后转去
一幅幅转瞬远逝
夜色爱抚窗棂
晨曦照临思绪
心在寂寥长夜苦苦寻求

目光在纷繁的世界细细辨析
终于看到你站在路旁
神采飞扬地绽放，挺直腰脊
望进彼此心的深潭，清澈透底
你丰润的花瓣灌满汁液
花蕊正把深邃的情意传递
——给每个心灵一把垦荒的锄
给崭新的日子一支烛天的炬……

这样的意境渗进苏泰达的心底，唤醒了他从另一首诗得到的情愫。谁的呢？哦，是席慕容，席慕容的《一棵开花的树》。她说的是我化成一棵开花的树，等你走近，“朵朵都是我前世的盼望……”而这里却是我在飞奔的列车的窗前，“终于看到你站在路旁/神采飞扬地绽放，挺直腰脊……”前者我是树，后者我是寻找绽放花朵的抒情主人公。我找到了所寻求的理念，这个理念和我的心是相通的，啊，“望进彼此心的深潭，清澈透底/你丰润的花瓣灌满汁液/花蕊正把深邃的情意传递/——给每个人一把垦荒的锄/给崭新的日子一支烛天的炬……”读了紧接着的一段话，苏泰达觉得自己手中应该有一把垦荒的锄、一支烛天的炬。这段话是：“参与决定个体命运的进程，参与决定个体所在环境命运的进程，对得起自己独一无二的生命机会，在人类良知的前提下，不成为主宰者的存在，做回自己，从而使人类社会成为自我调节趋于和谐的社会，让地球进入类似史前生物链和谐的状态，这就是人类向前去，要达到的远方。”人类要前去的地方，固然遥远，却是人必须思考的问题。就“参与决定个体命运的进程，参与决定个体所在环境命运的进程”，苏泰达的思索在此盘桓良久，猛然顿悟自己找到了知音，从大学毕业到现在，去了美国读MBA，回国创业，一路走来不正是要实现这两个参与，光考虑自己是远远不够的，万千个个体，万千个个体的集合，他及他们所在的环境，面对命运，你我他，你们我们他们到底参与了多少？现在陷进盛昌发设计的套子里，不就是陷入了这两个决定命运进程的被动吗？比起万千个个体的集合所面对的实在太渺小了。这本书说的直捣苏泰达的心窝。他当即决定买下这本书，带回家细细读它。

回到家在灯下读到深夜，童端仪给他煮消夜，走过来问他什么书？他合起来递给她，她读出声："太阳醒着。"苏泰达说，对，太阳醒着，我们所做的一切都要经得起太阳的检验。他们走近窗前，仰望夜空，童端仪退了几步，把客厅的灯关了，又回到苏泰达身边，这时天上反而比刚才亮一些。远天一片淡淡的灰，那是高处的云彩，洇化开来，在低处的位置有一朵云，被地面的灯光映成白色，在灰暗的背景上显得明晰，正随风轻移。抬头看头顶上，白云一朵朵嵌在天上似乎凝然不动，就像在池塘里漂浮着，也被地上的光映亮，在另一侧一排近处楼房的后上方，却是一片淡淡的红光，那是路灯和大厦广场的光亮漫射的结果。童端仪说，怎么看不到星星，苏泰达凝神望着，在天上搜寻，你看，那里有一颗，旁边不远还有一颗，童端仪也看到了，只是那一两颗星闪闪烁烁，隐隐约约，一会儿消失了，一会儿又呈现出来。苏泰达说，《太阳醒着》说的就是我们的心情，"寒星，我不让你孤单，我要听你向我作撼动肺腑的倾诉，我要你同我做伴，同更多的人类成员做伴，要做就做一颗自身发光的星星，在宇宙演变的背景上，不被别人隐蔽，也不反射别人的光，这就是你，天宇的孤星，窥破历史后留给人们的启迪。"

在云彩更高的天际，是晴空万里，晴空之上，是迢迢银河，银河之上是无限远的宇宙，那里漆黑一团。站在地球上的人所占的空间位置，相对于漆黑的宇宙，闪亮的银河，都是不可或缺，也是不可放大的一点。宇宙爆炸至今一百五十亿年，一维时间一刻不停，地球上某个时段的一个人，所占据的一截就如尘埃大小。时间与空间重叠，好像有过不完的日子，其实转瞬即逝，也转瞬变老，不信你回过头去，过去的十年二十年就像在昨天。孜孜矻矻也好，狗苟蝇营也罢，蝼蚁也好，枭雄也罢，人的一生都会过去，苏泰达把天上的星星引为战友，他就是宇宙的一颗星，他就要做好这颗星。

6. 降E大调夜曲

丁婕跑着向前奔去，踢得脚下的梧桐树叶哗啦啦地响，她转过头对身后的苇珩说，你追我，你一定追不上我。苇珩回来的这几天，丁婕像换了一个人，准确地说是换了一个年轻的她，又回到了十几年前。这些年里她有时在梳妆台前打理头发，也会偶尔想起苇珩，你现在在哪里？此刻她心中已无怨无悔，分不清是爱是恨，任岁月的脚步响着寂寥的回声，一切都无法从头开始，一切又多么希望从头开始。夜半的余庆路行人稀少，这里成了他们两人独有的世界，苇珩紧跑了两步，还是没有赶上。丁婕在一棵法国梧桐树下停了下来，伸手去摸树干上的一个树节，她回转身，苇珩已经来到身旁。丁婕说："苇珩，就是这一棵树，十几年前，这树没有这么高大，我们的第一次接吻就在这棵树下。"那时天刚暗下来，路灯昏黄，透不过浓密的树叶，这个树节就是当时的见证。开始苇珩对这棵树没有什么特殊的印象，它同一路上的法国梧桐树没什么两样，经丁婕提醒，他的记忆被唤起，他仰起头，看了看树冠，目光又回到树干，定在这个树节上。对，就在这棵树下，他第一次吻丁婕，也是第一次吻女孩子。多时的期待，却稍纵即逝，毕竟他抓住了，陌生的幸福感在身上一丝丝扩散，拥着身子瘫软的丁婕，他觉得自己身体有点飘浮，两人就这样紧紧抱着。现在丁婕伸出双臂把他揽在怀里，他顺势也把她抱紧。她抬起头，他们又把嘴唇碰在一起，丁婕猛地张开嘴唇，把苇珩的嘴唇吮进口中。她的舌头探进苇珩的嘴里不停地搅动，丁婕大喘着气，一时恨不得把苇珩吞进肚子里。吻了好一会儿，苇珩轻轻合拢嘴唇，把丁婕的舌头自然而然地推了出来。丁婕眼中噙满泪水，在暗影中有一丝光亮。她说，苇珩，我们不能重新开始吗？苇珩开始没有动静，继而微微地摇了摇头。当年他看着丁婕离去，他带着悲愤去了美国，十几年来他走过艰辛的路，在美国有贤淑的妻子和一个女儿，这一切他负有责任，他不能放弃，现在说什么都晚了。丁婕从苇珩摇头看出自己明显被拒绝了，她松开了手臂，只是同苇珩十指相扣，他们再向前漫步，任路灯把他们的影子拉长了又缩短，缩短了又拉长。快到余庆路尽头，丁婕侧转身说，苇珩，我们到你酒店去吧，我口渴了。拦了一部出租车，苇珩开了后座车门，请丁婕先上，他也上来，直奔酒店而去。

出了电梯，丁婕奔到前面去。本来苇珩在默契中也会请丁婕先走，丁婕看电梯开一个缝，一个人可以通过了，就闪了出去。她觉得身体中一股力量撞击着，让她生出一种强烈的愿望，马上要得到苇珩。苇珩推开房门，向后让了一让，她就奔了进去。苇珩一进门，她就把他顶在门上，在他脸上狂吻着，又把嘴唇深深压在苇珩的嘴唇上，苇珩说别急，她以为他已经理解了她的愿望，愿意让她得到他，只是别急，她松了一口气，没有移动身体的动作，仍然深吻着他。苇珩还是说别急。你渴了，我给你倒水。他把她的身子移开，给她倒了一杯矿泉水，你先润润喉，她又理解成先润喉后做爱，乖乖地接过杯子，贪婪地连喝三口，啊，畅快，她取出餐巾纸，轻轻按着濡湿的红唇。

这时他们都已经坐到沙发上，丁婕不知下步该做什么，她看苇珩无动于衷，就纳闷了，他一个健壮的男人，为什么看见初恋情人要委身于他，会无动于衷。他的思想观念实在太老套了，是不是去了美国，变成了思想活化石，没有像我们这里的人与时并进，浑身不搭界的男女还想方设法搞一夜情。丁婕想我应该开导他，就说苇珩你离开上海十几年，这十几年没有回过国，要知道现在国内都进步了，男女之间相互爱慕，相互之间的肌肤之亲，早就超过十九世纪法国上流社会，一夜情都满天飞了。难道你们在美国，生活富裕了，不会在性方面追求花样翻新的享受吗？苇珩一听十分惊诧，难道国内真是这么开放，大大超过美国了，回来这几天，不少公司慕名而来，带他去的场合，没有一个地方没有让意志薄弱的男人动心的女孩子，而且穿着暴露，言语放荡勾人。国内是怎么啦，他一直没有地方来表达他的不理解，他今天利用这个机会说了自己的观感，丁婕听完哈哈大笑，说没想到你十几年住在美国，把自己弄傻了，现在的大陆可以说是享受的天堂，特别是对男人而言，哪个未被揭露出来的贪官没有情妇小三，不是三个四个，甚至有十几个几十个二奶的。苇珩不解了，问他们有这么多工资养这些地下女人吗？丁婕为海外游子解惑，工资他可以不动，他有别的来钱路子，他们玩的女人从姿色来说都是一流的，有的专找未婚的大学女本科生，甚至有把十几个二奶集合在一起评选佳丽的……我说不全，反正大陆现在什么糜烂的事到处都有。我说的已经离题了，这些都是金钱交易，大都没有爱情，只是性的交易。我要说的是，男女之间性行为已经不是什么神秘的事，既然没有真情的人之间可以做，为什么有真情的人不可以做呢？苇珩，你要与时并进啊。

苇珩发现自己确实没有与时并进，身子在当下，头脑还留在十几年前，就说，丁婕，谢谢你为我介绍了祖国这十几年来的巨大变化，但我还是老观念，我们之间还是保持纯粹的友情，这样我们过去的一段，会给我们留下永远值得怀念的记忆，你说是吗？丁婕不管这些，她身上的感觉并没有消退，而是越来越强烈，她猛地从座位上纵起来，走到苇珩面前双手把他的身子一架，往上一提，苇珩一脸惊讶，顺从地站了起来，被她推了个踉跄，倒在床上，丁婕扑到他身上，嘴唇找到了苇珩的嘴唇，手也不闲着，伸出去解苇珩的皮带扣。一时没有解开了，苇珩顺势一推，她就翻到了一旁，捂着脸，放声哭了出来。苇珩急得不知如何是好，只是站在床边搓着手，丁婕忽然停住了哭声，她把双手从眼睛上移开，苇珩看见她的双眼就泡在泪水里。丁婕脸都羞红了，她狠命地抓住自己胸前的扣子，解开了一个，二个。面对着年轻时的恋人，面对着丁婕这样可人的身体，苇珩不能不有所动，不止是心上，他明显感觉自己身上某些部位也有所动，可是他还是僵在那里，不知手该放在什么地方，连去爱抚哭成泪人的女孩都不会，眼前闪过妻子的面影，含嗔带怨的眼睛深深望着他，顿时清醒了许多，有所动的身与心都停顿在那里，以至慢慢消退。就在苇珩犹豫的时候，丁婕的手停在那里，她看苇珩一动也不动，就把扣子缓慢地扣上一个，又快捷地扣上一个，从床上坐了起来，猛地一起身，抓起自己的LV包，开门奔了出去。苇珩追了出来，丁婕，有话好好说，到房间里来。不，我要回去，你，你真是一个榆木疙瘩。奔到电梯前，接连揿着按钮，苇珩跟了过来，电梯来了，门一打开，丁婕就冲了进去，苇珩怔在那里，看电梯关上门，才梦醒过来，急急地按住电梯向下的按钮，已经来不及了。电梯往下走，他看着紧闭的电梯门，脑子里什么也想不出，过了一会儿，才自言自语，我实在是没有与时并进啊。

丁婕奔出电梯。到自己家门口，钥匙捅了几次才插进钥匙孔。进了门，她踢掉高跟鞋，小跑到客厅，趴在沙发上放声哭了出来，后背耸动着，扯过纸巾，擦了一张又一张，扔得满地都是。悔啊，要是当年没有离开苇珩，一直同他在一起，不管在美国还是在上海，那会开拓多大的局面，而自己这些年来，单打独斗，固然被人家玩，也玩了人家，在性方面大家扯平了，做公关，只赚这么一点钱，除了买房子，就剩两百多万，实在太可怜。要是辅助苇珩做事业，也不要接触那么多男人，那些臭男人没有一个好东西，帮苇珩做事，那赚的钱要多得多，一位数，甚至多两位数，都是手到擒来。可现在孤苦伶仃，孑然一身，我苦啊，谁能理解？她冲向大衣柜，从抽屉里取出一包照片，哗啦啦倒在床上，捧起了来一看，站在她身旁的苇珩正从照片里对她笑，去你的，用手狠命一撕，她和苇珩就分离了。堆在床上，双手胡乱推着，凡是和苇珩合影的，都是一撕两半。想要烧，又怕满屋烟，想要丢进马桶，怕堵。明天去买个粉碎机，不，不用。她拿了半截的照片，往嘴里塞，一咬一扯，又碎成两片。还是用手撕方便，她撕了一张又一张，直到没有力气，瘫倒在床上。怎么办？苇珩那里已经没有戏了，眼下身边走得近的男人就是苏泰达。苏泰达做丈夫那是没说的，绝不比苇珩差，而且在床上两人也琴瑟相和。他老婆有病，开了刀也有病，对性爱不会有兴趣，这就是她的希望，也是她的机会。也许能让苏泰达离开童端仪，她就能取而代之，此时心中涌起一股柔情，标的物就是苏泰达，再说身上的欲望并没有过去，她想马上见到苏泰达，可是这么晚了，他能来吗？电话打过去，第一句话就问你在哪儿？苏泰达倒是老实回答，在公司，有些事没做完。好，你快忙，十分钟结束它，我在家等你，你过来，我等你，不见不散。不容苏泰达表态，她就把电话挂了。她相信既然苏泰达还没有回家，他不必打电话回家招呼，一定会来的。

丁婕还在饮泣，她恨老天对她不公，她恨自己没能找到机会协助自己的爱人发展事业，一个女人要独闯天下不易，像她这样的人辅助自己的丈夫总是可以做到。她想金盆洗手，改变现在的生活方式，集中力量于一个人，就一个人，这个人就应该是自己的丈夫。既然苇珩已经不可能了，那就抓住苏泰达，如果能成为苏泰达的妻子，在上海滩也很走得出去。面前的障碍很多，不光要让苏泰达和童端仪离婚，即使离了婚，他会属意于自己吗？王雪晴恐怕没戏，她的寻死觅活就足以证明。那还有谁呢？李虹绵倒是一个实实在在的对手，她年轻漂亮，充满青春活力，自己恐怕不是她的对手。她唯一的弱点是稚嫩，这一点自己的成熟胜她几倍。可是哪个男人不喜欢吃嫩草呢？要是她是男人，一定会毫不犹豫地选择李虹绵。这可如何是好，不管怎么样，今天是个机会，她要向苏泰达挑明。她不想让自己在苦海里沉浮，眼前苏泰达就是一块木板，抓住他就可以游上岸。没等多长时间，苏泰达就敲门了。他怕丁婕有什么事，就放下手头的工作赶来了。一见面，他看丁婕哭成泪人，心里不禁被揪了一下，说谁欺负你了？丁婕扑上来，抱着他，男人，就是你们男人。苏泰达不明白了，男人何其多，男人们都把她得罪了吗？一看满床的碎照片，没有撕得太小的，看到了苇珩半截脸，他明白了，这是他们十几年前拍的彩照，他安慰道，都过去十几年了，不是你的就不是你的了，你是一个优秀的女人，你有很多机会。丁婕看着他，不说话。你需要用钱吗？剩下未付的三十万，我明天就可以划给你，公司大钱没有，我小钱还是有的。丁婕摇了摇头，泪水从眼角甩了出去。

她不要钱，那要什么？苏泰达愿意帮她。他抚着她的肩膀，你说你要什么？告诉我，只要世上有，哪怕走遍天涯海角。丁婕瞪大了泪眼，你有这么好吗？我本来就这么好。我是被盛昌发控了股，那只是新生产线，我有相当的个人资产，我可以帮你，你说你要我做什么？我不用你走遍天涯海角，你不用去找，我要的你就有。说完停了下来。苏泰达轻顿着脚，你快说呀，你到底要什么？我什么都不要，我就要你。苏泰达一时没有回过神来，以为这“要”是指床上的要，说我们不是好好的吗？我的姑奶奶。丁婕说，我不开玩笑，我就要你。泰达你爱我吗？苏泰达为难了，他们之间不在乎这个爱字。他没有回答。丁婕挨近他，说我说的是我要同你结婚。苏泰达想天哪，即使和童端仪离婚，再找女人，也不会找丁婕结婚。固然她有很多优点，包括在床上。她为人爽气泼辣，头脑清爽有能力，可以帮着做很多事。她要不是交际花，不是著名的交际花，有这样的气质、条件，做妻子可以说是完美之选。可这一切都因为她是交际花而不可能。可惜啊，断然不能同她这样的人结婚，真那样，他在上海滩怎么做人。苏泰达头脑嗡嗡作响，他了解丁婕，这个女人一言既出，是不容易改变的。而他苏泰达也不是一个没有定力的人，除非他自己决定，别人是无法左右他的。苏泰达安抚她，你先冷静一下，结婚不结婚，不是一时半会儿可以决定的，何况我现在也不是自由身。丁婕似乎明白了一点，可她不管这些，口中喃喃，我要你，我就是要你。她想，即使一时要不到他的心，也不能委屈自己的身。她把苏泰达抱住，两人倾倒在床上，那些照片碎片硌得他后背痛。她先用身子死死压着他，接着去解他的皮带扣，没有解开，她把他推到旁边，坐了起来，把外裤脱了，最后把三角裤也脱了，扔在地板上，两条雪白的大腿赤裸裸地横陈在床上。她不想再说什么，她等着。苏泰达这时也禁不住她的吸引，觉得这是无数次中的一次，与结婚不结婚没有关系，就不再等丁婕的进一步动作，接下来由他来操控一切，丁婕一下子把大腿分开，她闭着眼睛，只是口中嘤嘤地哼着，心里在说，我要你，我就是要你。

前几天，童端仪又向苏泰达提出去办理离婚，这个事一直干扰着苏泰达的情绪。刚才在公司处理业务，他总是分心，想起童端仪上星期天对他说的话。

童端仪把正在听的音响关掉，肖邦钢琴曲Op.09《降E大调夜曲》顿时在客厅里消失了。苏泰达知道她有话要说，就合上正在看的《太阳醒着》。童端仪几次抬头看他，欲言又止，最后还是艰难地张开嘴。她说，泰达，我还是认为我们分手的好，我现在几乎不能对你有什么支持，我考虑了几天几夜，我让出妻子的位置，就是对你事业的最大支持。苏泰达郑重地说，我不要这样的支持，没有这样的支持，我照样可以把事业做好。童端仪不认可他的说法，她说，我不希望因为我，让你的生活有缺憾，我想我应该设法给你一个完整的充满生气的生活。要这样，我只有退出。她说这些话时，看似语调平静，其实她心中的波澜几乎要令她窒息。

第一次萌生离婚的念头，她的心痛得发抖，她知道自己深爱着苏泰达，真不想离开他。她记得在自己十八岁生日时，母亲对自己说的话，从今天开始，你就是大人了，你以后会恋爱生子，这是女人必然要经历的，我祝愿你一定能碰到自己心爱的可以托付全副身心的男人。真被母亲说中了。她在大三的时候，就开始同苏泰达走得近，她从他身上感受到男人的魅力，那种魅力随着日子的叠加不断加深，就是她现在也仍然感受苏泰达魅力的气场，她甚至觉得自己在这个气场中生活，会把日子过得很舒畅，但她想到苏泰达同她过日子并不舒畅，还是母亲说的，凡事要多为别人想，特别是对亲人，对朋友更要如此。她母亲从她外婆那里得到了精神传承，母亲保存着外婆在燕京大学念书时留下来的日记。童端仪曾经有一天，趁妈妈不在家，翻看这本日记，她为外婆年轻时的阳光心情而感动，她看那本日记时的年龄正与外婆写日记的年龄相仿，都是处在青春像鲜花一样开放的时候。外婆念书的时候，给她上课的都是学界的权威，她在自己的日记中记下了听这些大师的课的敬佩心情。尽管她念的大学也是好大学，但她没有外婆的福气，她的福气只是从母亲身上传给她外婆的人文余韵。这些余韵在她身上不易觉察地发挥作用。外婆早已过世，可她却认为自己身上有外婆的影子。不管母亲也好，外婆也罢，都不能为她解答她面前这个重大的难题。自己这样病病歪歪，必然会拖累苏泰达，影响他全力以赴去创事业，一想到这里，她的心就痛得发抖。

童端仪从自己的婚姻联想到人世间的婚姻。在茫茫人海中应该有一个最适合你的那个他或她，但由于种种原因，你却有了占位性婚姻。其所以称为占位性婚姻，是因为你同现在的婚姻伴侣生活并不幸福，能同你幸福地生活在一起的那个人的位置已经被占据了。有了占位性婚姻，完全取消了与那个最适合你的他或她结合的可能性。你身旁的这个他或她，并不是你命里应该有的那个人，而你命里的那个人可能你已经认识，也可能远在天涯海角，永远不会相遇。童端仪明白，她对于苏泰达来说，从本来不是占位性婚姻转化为占位性婚姻，是由于她身体状况的变化。占位性婚姻和占位性病变一样，必须切除，才能摆脱婚姻不幸福的境地。又由于她的家庭出身、人文背景，以及对苏泰达的感情，她认识到应该主动把这个占位性婚姻切除，还苏泰达自由身，让他去寻找他此后命中的那个女人。而生活中有占位性婚姻的人，由于有种种羁绊，或因为麻木，已经无能力去切除这个占位性婚姻，只好在忍耐或忍受中度过一生。童端仪进一步想，这种人在生活中比比皆是，她不愿意苏泰达成为这样的人，在忍耐或忍受中度过下半辈子，为了苏泰达的事业和幸福，她愿意毅然决然离去。

她为自己做了决定，她要为苏泰达创造一个有利于事业的良好家庭环境。这个环境的女主人将不再是她，而是一位能让苏泰达无遗憾生活的女子。她对苏泰达的爱依旧不变，只是不再有那纸婚约，这样苏泰达得到女人的爱不是少了，而是多了，除了新妻子的爱，还有她这份不为任何功利的永恒的爱，不是性爱，而是另一种形式的爱，甚至是比性爱更深情的爱。

苏泰达面对她这样的一再恳求，想他只好退让，他决定顺从童端仪的愿望。他们之间不存在童端仪用离婚来分一半财产，如果是那样，苏泰达的事业不就垮了，完全不符合童端仪提出离婚的初衷。唯一需要商量的是儿子，其实只要离婚的前提解决了，儿子自然也不成问题，约定儿子还住在家里，以后也就是童端仪的家，这样避免了生活环境的变化，给儿子精神上带来冲击。苏泰达净身出户，这里的一切都留给童端仪。这些事约定好了，童端仪还是平静地对苏泰达说，我们找个时间把手续办了，苏泰达想事已至此，就不再多说什么，端仪，以后你多保重，你这样的身体，我离开你，总是不放心。泰达，不要紧，我们还是朋友，而且是好朋友，我们仍然是儿子的父亲和母亲。我有困难，一定会找你，我知道你一定不会拒绝我。也许我太冷静了，但我想我们的事也只能这样处理。

话是这样说，在苏泰达不在家的时候，童端仪拿出他们从大三开始相互之间的通信，最初只是纸条，童端仪在整理时，都把它们贴在A4纸上，其中有几十张“刻不容缓”，所有的信订成了一本，上面她写上“爱情履痕”四个字。现在托在手上，随便翻了一页，那是毕业前夕，她给苏泰达的信。本来他们每天见面，有话可以当面说，他们又认为当面说，必然是口语化，不会像用笔书写出来那样富有诗情，这封信里，她说泰达，希望我们携手前行，相伴到永远，这样的话当面说出来，实在太文绉绉了，写成书面，反而有了含蓄的意味。可现在只是前行了一段路，就要终止了。想到这里泪水噙满了眼眶，实在忍不住了，她任泪水大滴大滴落在信纸上，一下子把“永远”两个字洇化开了，她用手去擦，反而把字擦模糊了，永远已经不能成其为“永远”了。生活实在难料，要是不得这个病，一切都会照原来的轨道行进，可现在谁也没办法了，她愿意接受这种无奈的结局，日子，无奈的日子只能这样过下去。

他们约定下星期找个时间去民政局把离婚手续办了。那天下午苏泰达倒是准时回来了，可是他坐着不动，童端仪已经穿戴整齐，为了这一天，她还特地去理发厅做了头发，看起来比平时年轻许多，精神许多。她对着苏泰达看，等着他站起来，可是苏泰达还是坐着不动，就好像他已经同沙发连在一起，同沙发一起构成一座雕像。他还是说了话，端仪，我们还是不要自己给自己画句号。童端仪了解苏泰达，他做什么事都是深思熟虑，而后当机立断。离婚这个事，上星期天两个人讨论过了，大家可谓深思熟虑，苏泰达怎么会犹豫起来，她可从来没见苏泰达临阵脱逃过，也许人们处理事情难免有例外，而这种例外可能自己都不知道怎么回事，也无法控制。端仪，你看我们能不能缓一缓。童端仪说，缓，缓一缓？不，这件事我们已经缓了很长时间，不能再缓了。就这样，他们两人僵持着，他们交往二十年来，这样长时间的僵持从未出现过，大多情况两人的不同意见，僵持不了多久，总会按苏泰达的意见统一，可今天童端仪觉得再也不能按苏泰达的意见统一，真是那样，不又回到了原点。可苏泰达就是不同意，童端仪此时不只觉得无奈，而且觉得无助，不知道老天会给她一个什么结果，老天能不能遂她的愿，去完成他们上星期天说定的事。

僵持在持续，只有窗帘轻轻地飘动，那是时间跳动的脉搏。苏泰达脑海里波平如镜，他这个善于决策的人，这个时候也没辙了，而童端仪却在想辙，怎样才能冲破这个僵局。看来靠她，靠他们是无法打破这个僵局的，她想到一个人，也许她能帮他们打破这个僵局。她给李虹绵打了电话，请她现在就到家里来一次。李虹绵手执手机，心里着急，端仪姐，你不舒服吗？童端仪不知回答什么好，只能轻轻嗯了一声。李虹绵就认定她肯定是不舒服，她没说你赶快打电话给苏泰达，她想既然童端仪打电话给她，说明这时候她更需要的是她。李虹绵说，端仪姐，你不要着急，我马上过来。李虹绵赶快和老板请了假，说自己有急事，请半天假出去一趟。

李虹绵赶到童端仪家，也就是苏泰达家，一进门，看到他们俩都在，松了一口气。苏总，你早我一步到了，太好了。苏泰达没有解释什么，只是嗯了一声。童端仪给李虹绵泡了一杯龙井，说虹绵你坐下，听我说，你不要着急，你劝劝苏泰达。童端仪把他们要离婚的事说了，刚说了几句，李虹绵没有听明白，等她明白过来，她张大了嘴，用手捂住了，话却说不出来，被手挡了回去。过了一会儿，她彻底地听明白了，她说，苏总，端仪姐，你们不是开玩笑吧，今天不是愚人节，你们别玩这个游戏了。童端仪说，我们不是玩游戏，我们说的是正经事。李虹绵接着说，你们在我眼里是一对模范夫妻，你们怎么可能分手，按世俗的眼光，你们是多好的一对，男人有事业，而且蒸蒸日上，妻子支持先生，做他事业的后盾，还有那么可爱的孩子，你们爱情、亲情全有，还有我们这么多朋友，爱情亲情友情哪样都不缺，你们还要求什么呀？说着说着，李虹绵都惊呆了，他们还要什么呀？她心里说，要得太多，会遭天谴的，她诧异自己怎么会有这样的想法，这样想可是对苏总、端仪姐的不敬呀，她想说好好过日子吧，又想这话不是她可以说的，退一步想，他们都是成熟的男人和女人，走到这一步，一定有他们的原因，恐怕是别人劝不回来的，何况自己是比他们年轻的一个女孩，怎么能老三老四地来指导他们呢？童端仪既然打电话叫她来，不是叫别的朋友，那一定是对自己的信任，她自然应该站在童端仪的一边。

大家说了几句，她明白了他们两人现在的态度，童端仪想离婚，苏泰达不要离婚，她为难了，她是他们俩的好朋友，平心而论她想童端仪应该有个美满的家庭，不应由他们自己去破坏它，对苏泰达她是动了心的，可是总不能去夺童端仪所爱，她只是怯怯地说，你们，你们，真的不相爱了吗？她看看童端仪，又看看苏泰达，童端仪眼圈一红，泪水滚了下来，李虹绵明白童端仪还爱着苏泰达，可是她坚持要离婚。

童端仪没有在她面前明说她是为了腾位置，但她明白今天叫李虹绵来，完全是下意识的举动，她是要李虹绵来填补她这个位置。李虹绵不知她的心思，就劝他们两个不要东想西想，还是维持原状好。她看童端仪流泪，在童端仪接过苏泰达递过来的纸巾时，起身走到童端仪的身边，手抚着她的肩，轻轻地摩挲着，实在说不出别的话，李虹绵明白自己的劝告是无能为力的，在心里给自己宣告失败。她最后说，我尊重你们的决定，我永远是你们的好朋友。她想自己再坐下去也是多余，就起身告辞。在童端仪这边，她认为李虹绵的到来，是在她困难的时刻给了她支持，心怀感激，她送李虹绵出来，说虹绵，你放心，我会照顾好自己，你以后有空常来，跟我做伴。李虹绵听了鼻子一酸，忍不住泪水也要流出来。她赶快闪进电梯，不敢回转身，她知道童端仪正望着她的背影，直到电梯门关上。

他们到民政局办离婚手续十分顺利，因为是协议离婚，一切都在协议里写明，现在的政府工作人员也管不了什么闲事，也就多一事不如少一事，什么话都没有问，什么话都没有说，就把手续办了。出了门，苏泰达提议到外滩201度视角餐厅酒廊去吃饭，算作一个终点，也算作一个起点。童端仪说我累了，还是回家吧。她说这个话时，并没有意识到这个家已经不是他们两个人的家了，但那还是一个家，一个多少年在那里生活的家。他们走出来，并没有什么解脱感，就像办了一件该办又必办的事。以前他们一起走路，总是苏泰达稍微快半步，除非他们手拉手，才会并肩，当然那是更年轻的时候。现在他们并没有拉手，却是并肩。

不去外滩201度视角餐厅酒廊，但记忆仍然会被唤起，记得第一次去的时候，儿子还小，他就在那里东跑西跑，一分钟也停不下来，爸妈，快来看，东方明珠，他们一起走到露台，看着对面陆家嘴的景色。苏泰达发现那里又出现了新的建筑，当然似乎是围绕着东方明珠，远远望去，几座大厦仿佛竖在一个平面上，错落的感觉削弱了，有一片白云正从金茂大厦头顶飞过，儿子又喊了，白云白云，一片白羽毛。那是童端仪第一次去，自然也有新奇的感觉，不过她没有流露出来，不管是从父亲方面，还是母亲方面，都算得上是大户人家，即使世事变迁，盛景不再，但她从“文革”被抄家残存的老照片上，也可以看出两个家庭的余韵，她心中总有一种脱俗的感觉，甚至发现自己平常的举止，也会不知不觉从老照片中复制出来，当然是没有痕迹的复制，一切都好像是父母辈，乃至祖父母辈在那个时候的言谈举止。生活的变化落差，苏泰达也惊奇她的适应性。那一顿饭吃得很开心，不止儿子满足了好奇心，就是他们两人也觉得以后有闲暇，应该多来这种场所休闲吃饭。当然今天是吃不成了，童端仪说，回家，我来烧。又是回家，好像什么事也没发生过。

来到门前，苏泰达循着惯例，要去掏钥匙，伸进裤袋的手停住了，他意识到这里已经不是他的家，童端仪看他愣在那里，就抢先半步上前开了门。进了门，苏泰达看着这个熟悉的家，以后再也不是自己的家了，他产生一种留恋的感觉，这种留恋死缠着他的心，留恋里夹杂着一丝疏离，他自己也说不清这种感觉从何而来，但的的确确是产生了。他还是主动上前倒了水，一人一杯，是自己觉得喉咙有点干。这顿饭还是像过去那样，只要两人同时在家，总是一起进厨房，童端仪主厨，苏泰达打下手，此刻还是这样，可能意识到以后这种机会不多了。苏泰达菜洗得特别仔细，哪怕是看不到什么脏，也要冲了又冲，看到童端仪要用火，他就去开煤气，看到她需要用油，他就旋开油瓶盖，做得比以前还要细致。童端仪做了几样他们平时喜欢吃的菜，摆上桌后，她说来点红酒，苏泰达拿来一瓶二十年的法国葡萄酒，旋开了软木塞，一人倒了半杯。对着酒杯两人都没有动，还是童端仪先说，来，为我们的健康干杯，她不说别的，也不提今天的事，就为健康。杯子都举了起来，清脆的一声碰杯，几乎要把童端仪的心震碎，她忍住了，呷了一口，好像是一口毒药，她慢慢咽下。吃好饭，她拿出一个拉杆箱，为苏泰达放进换洗的衣服，先是汗衫内裤，再是几件刚买的已经下过水的衬衫，已经烫好，还有一套日常应酬用的西装，她轻轻放着衣服，手有点抖，拍着放在上面的西装的衣套。今天苏泰达跟着回来，就是要取几件换洗的衣服，他盖上了箱子，拉好拉链，站起来说，我该走了，以后你多保重。苏泰达拉起箱子，向门口走去。

童端仪冲了过去，从后面抱住了苏泰达，说你不要走，你今晚就住在这里。

苏泰达本来打算先回兰谷村老房子住一段时间，在市区买了新房子安置好再搬过去。童端仪说，你新房子没弄好之前，还住在这里。苏泰达不想这样，甚至今晚他再住在这里，他都认为不合适。他的脚步迟疑着，被抱着的身子移不开步。端仪，我还是出去住，住在这，不合适。有什么不合适，现在社会上为种种原因，真离婚假离婚比比皆是，我就听说，一对六十多岁的老夫妻，办了假离婚，老婆去跟更老的老头真结婚，两家人买的房子挨在一起，一女事二男，你说哪对夫妻是真夫妻，哪对夫妻是假夫妻。苏泰达一听就明白了，那是那对六十多岁的假夫妻要占更老的老头的房产。他总觉得童端仪比这个例子不合适，这是哪儿跟哪儿，是不是童端仪这段时间累的，判断能力下降，以致把这个事例引到他们之间来。苏泰达说别人是别人，现在社会上，为了钱什么事没有啊，我们可是正儿八经的绅士淑女。

他这话说到童端仪的心坎上，在她心目中，苏泰达就是绅士，而自己则是淑女无疑，现在这人人夸赞的美好婚姻已经结束，绅士和淑女就宣告分手了。但她还是希望今晚绅士应该再留在这里，也就是淑女的家。她两手紧紧箍住苏泰达的腰，死死的，就是不放。

曾有多少次，她就是从后面抱住苏泰达的腰，把头舒舒服服斜靠在他厚实的背上，那时心中溢满幸福的感觉，可是此刻不同，她觉得自己的心好像被什么捏紧了，连气都透不匀，以至脸在苏泰达的背上颤动起来。苏泰达感觉得出童端仪哭了，尽管是无声的，他的手松开了拉杆箱的拉杆，轻轻掰开童端仪的手臂，转过身来，紧紧抱住了她。他们就这样紧紧拥抱在一起。

时间不知不觉过去，从他们恋爱到现在，从来没有拥抱过这么长时间，以前总要被接吻打断，总要被抚摸打断，这次他们的手臂只是紧紧地抱着，也不知要抱到什么时候。直到他们觉得手臂酸了，苏泰达才把童端仪扶到床上躺下。他把她的拖鞋脱了，服侍她把外衣裤都褪下，为她盖好被。自己到大衣橱里找了一条干净的床单，铺在客厅的大沙发上，回过头到卧室床边，对童端仪说，我今天晚上就在客厅凑合一夜。童端仪从被里伸出手，充满期待的眼睛对着他，不，我还是请你睡在床上。她把苏泰达原来盖的被子摊开，把枕头拍拍松，说泰达，你还是睡在这儿。她心中没有说出的意思很明显，这个位置永远是你的。她要苏泰达找一个女孩来取代她的位置，但她决不会叫任何男人来占苏泰达这个原来的位置。

泰达，睡沙发不舒服，你不过来，我要生气了。他们结婚这么多年来，两人之间从来没有为自己的事吵过，童端仪发脾气的极端方式就是说一句，我要生气了。当然随着说这句话的不同语调，苏泰达就能判断出她生气的程度。平时苏泰达看她总是不发脾气，怕她总不发脾气会得病，就说端仪你有不开心，你就发出来，不要苦了自己。这时童端仪反倒会安慰他，我没生气呀，不，我生气过了，我说我要生气了，就是生气了嘛。你说男人碰到这样的妻子还有什么说的，这是前世修来的福分啊。可苏泰达现在却生生把这样的妻子给休了，他的心能不像刀剜吗？尽管这是应童端仪不断的要求，而不得已做的决定，要不，童端仪真的会“我要生气了”。

苏泰达睡到了原来的位置，他们一人一个被窝，并肩睡着。两双眼睛并没有看对方，而是看着天花板，这是看了多少年的天花板，今夜就要把它看穿了。周遭的散射光漫了进来，天花板上一片灰蒙蒙，只是越看越显得亮些。到了半夜两三点钟，他们都没有睡着，也没有说话，是因为不知说什么好。就这样大家在暗夜中静默着听彼此的呼吸。童端仪听得出苏泰达的呼吸变得粗重，她怯怯地把手伸到苏泰达的被里，触到了他的手指又赶快缩了回去。苏泰达把手指往外移，那只来者的手指已经撤退了，过了一会儿童端仪又伸出手指，触到了苏泰达的手指，这次他把她的手握住了，两只手紧捏在一起，攥得好紧好紧，彼此手指生痛了，都不觉得。他们还是仰卧着，不知过了多长时间，两人几乎同时（其实是有先后，总有时间差，只是不知谁先谁后）侧过身来，向着对方，童端仪掀开自己的被，伸手去抱苏泰达，苏泰达瞬间做了响应，可是很快地童端仪松了手，苏泰达也几乎同时松开了手，他们的手不再紧握在一起，两人重又看着天花板，直到天花板越来越亮，原来天已经渐渐地亮了。

新的一天开始了，这对他们两人来说，真的是新的一天。他们几乎同时坐起来穿衣服。还是童端仪手脚麻利，洗漱完了，就到厨房烧麦片粥，烤面包，很快就把早餐摆上桌。苏泰达则按过去的惯例，在客厅开了音响，他挑的还是肖邦的Op.09《降E大调夜曲》，这是他们吃早餐经常放的背景音乐。这一次可能是最后一次了。两人心中自然涌起了阵阵伤感，不过谁也没有说出口，只是默默嚼着面包，默默地啜着麦片粥，默默喝着牛奶。这顿早餐就如同他们曾经有过的，却已经过去了的，那每一个看似普通，现在却是令人无限留恋的早餐。

苏泰达要走了，他直接去上班。在家门口，他回转身，让童端仪不要送下楼。平时上班也不要她送，今天送就有诀别的意思，万万不可以送的。童端仪拗不过他，只好把脚步停在门内。苏泰达乘电梯到地下室，把车子开了出来驶到地下车库的出口斜坡处，他老远就看见童端仪已经站在小区大门口等候，车子开到童端仪面前停了下来。苏泰达按下车窗，他没有问有事吗？这样问就会显得他智慧不够，他知道童端仪站在门口是为何事，不是有什么特别的事，而是要送他。他开门下了车，站在童端仪面前，她没有说话，似乎也不想说话，只是深深地看着他，苏泰达心里明白，他说，请回吧，多保重，以后我会常来看你，当然还有我们的儿子。童端仪还是没有说话，只是不易察觉地点了点头，苏泰达回转身，她忍在眼眶里的泪水滚下了腮边，不过苏泰达没有看见，他进了车子，转过头，摆摆手，车子就慢慢驶出了大门，转向大路，童端仪望着远去的车子，站着没有动窝，直到车子没进了门口马路的车流中去。

苏泰达的车子疾驰上了高架，正当他高速前行时，手机响了，一看是郑宏伦，心想这么早有什么话要说吗？这在郑宏伦是绝无仅有，哪天他上班不是不过九点不来。泰达吗？我找你找得好苦，你一夜手机都关着，我找了你整整一夜。这是他夸张的说法，他得到消息时已经过了零点，只能算是半个夜晚。苏总，你知道吗？盛昌发出大事了。你别急，慢慢说，我听着。原来盛昌发挪用大笔公款炒股票，被深套巨亏，已被揭发出来。郑宏伦是在同盛昌发手下人喝酒时听来的。他在盛昌发诱导下要改换门庭，连苏泰达的专利都偷了，从盛昌发的态度中看出老板没太把他当外人。他得到消息后，想这回反正盛昌发是倒了，说不定还要被“双规”，他的承诺已经泡汤，郑宏伦只有一条路，就是还在苏泰达手下讨生活，他看清自己目前已经别无选择，故而要赶快把消息透给苏泰达，可以在老板面前增加新的得分。即使以后郑宏伦觍着脸来讨好苏泰达，人们也不会感到奇怪。曾经的背叛使他心虚，他底气不足，他不是那种一狠到底的人。这时他对苏泰达说话的口气，不再是老同学，不再是原来的副总，而是当年求苏泰达收留的语调，这是在半夜里找回的，那时在酒气熏天的思索中梦醒了。苏泰达一听这个消息，心里咯噔一下，也许自己会有柳暗花明的可能性。听郑宏伦往下说，越发觉得对公司有利。郑宏伦说的是，盛昌发已经无力并购苏泰达的公司，只要他被“双规”，他的雄心自然没有别人会帮他实现，张天星也帮不上忙。苏泰达突然看到一条开阔的路呈现在自己眼前。他在电话里交代说，你今天早点上班，我们一起再把当前面临的形势推敲一下。看来郑宏伦喝了大半夜的酒，也无法回家休息了，他听了苏泰达的指示，兴奋得拍着大腿，好啊，苏总，我一定早到，我们可以摆脱盛昌发，自己另外开辟新天地，大干一场了。

第七章

1. 劳斯莱斯加长版

上海股票大跌的那一天，盛昌发正在巴黎旅游。每年他都要从上海顶级的夜总会找一个小姐，带去欧洲玩十来天。他把这个看成是对自己辛辛苦苦为人民服务的奖励。能满世界玩女人，常半夜笑醒感叹生正逢时。公家给的年薪奖金哪里够用，用那些来花费，在小姐面前都直不起腰来。他是一个聪明人，总是不断想出生钱的办法。他用公家的钱来炒股，就是一种便捷的办法。这些年在公司党委书记兼副总经理调走后，盛昌发一直代理公司党委书记，在公司他的手掌成了天，胆子大着哪。这一年下半年，股票一天天涨，一千万进去，过几天就赚几百万是常事，不过是举手之劳。把公款划到自己的账号，操作起来得心应手，当然这个手是假齐小兰之手。近日他们买的股票已经是第二个跌停，看着股价一路往下走，到下午两点钟，跌停牢牢封住，齐小兰只觉得后脊梁出了冷汗，她赶紧给盛昌发打电话。

人算不如天算，盛昌发买的股票越跌越深，等他回到上海，要割肉已经需要意志力了。到达上海当晚，他就找齐小兰商量，齐小兰并不紧张，他们之间在这件事上的关系，她只是执行者。盛昌发问，小兰，你说怎么办？齐小兰不说话，怎么办，还问你哪，你是老板。第二天还是跌，盛昌发在自己的办公室看电脑，一切公务都不接，来汇报工作的，对外约见的，全部停止。他双手抓住显示屏的边框，几乎要把它捏碎，还是止不住股票下跌。最后只好一抹额上的冷汗，狠狠心对齐小兰说，全部平仓出局。他不这样做不行，最近几天，上级部门就要来查账，不把挪出去的钱填回去，他自己就会进去，进公安局去。当然可能是先停职，以后接着就是“双规”，下一步，就是被揭露出来的贪污腐败官员必走的那条路。

如果盛昌发不挪用公款炒股，如果那年股市不一路下跌，如果这两个如果不同时发生，盛昌发的历史将要改写，也应该改写。他还是辉煌的他，他就会成为生活中幸运儿的一员，难道不是这样吗？有时命运总是喜欢同人开玩笑，这种玩笑是万万开不得的，可是命运找到了他，他只能成为历史嘲弄的对象。

在游泳中学会游泳，多少年前盛昌发就知道有人这样说过，他记得的格言不多，这句倒是牢记在心。这些年他就是不怕呛水，在学会游泳中，胆子慢慢大了起来。早几年闹起一阵企业改制的潮流，盛昌发有思想斗争，开始不理解不赞成，咬牙切齿反对，他曾在办公室里大发雷霆，有本事自己去创业，怎能把公家的企业变成自己的，后来看着人家把国有企业改制成私人企业，而后买了千万豪宅、几百万的名车，心里何止痒痒，眼睛都红得快要被当成传染病患者隔离了。记得第一次看见劳斯莱斯加长版，是在一次企业家论坛。他克制自尊不顾身份绕着车子走了几圈，觉得身上的昂贵西装都黯然失色。他以为车主人是山西煤老板，一问却是国企老板，不过不是企业公车，而是老板私车。这时他的心情用自惭形秽已不足以形容，他真想地上有个洞可以钻进去。地上没有洞，盛昌发没有钻成，他给自己定下目标，买不了加长版，也要买标准版。都是人，都是国企老板，输人不输阵谁怕谁啊。他很想动手，最后的决心是张天星帮他下的。

盛昌发用柳事公司下属一个企业做抵押，通过桂全达在银行贷了款，买下了这家国有企业，涌进了企业改制的潮流。

这一天，齐小兰送来了新执照，他脸上没有出现笑意。等她一走，拿起新执照，不禁笑出声来，手拍着执照，好啊，不费自己一分钱，就把企业改制了，真要感谢大好形势，齐小兰说得好，我就是要把政策用好用足。环顾海内，哪一个像他这样的人，不是为自己把政策用好用足。他打开文具柜，取出了一个旧执照的副本，恭恭敬敬放在桌子的中央，靠着笔筒竖在那里，他把笔筒里的笔全取出来，放进抽屉，办公桌上的物件也全部移走，把台式电脑的显示屏推到旁边。他点了三支香，执在手上，对着旧执照，口中念念有词，你一路走好，不是我盛昌发要结束你的性命，而是你在当前的氛围中必死无疑，好歹我烧高香送你一程，说完对着旧执照三鞠躬，把三炷香插在花瓶里。他到会客区坐在沙发上，看着三股白烟袅袅上升，心中一阵阵喜悦涌了上来，自己走这条路真好，上了这条船，机会实在多，要紧紧抓住它，才是聪明人。

桂全达给盛昌发发放贷款后，要跟踪用途，原来说好做流动资金的，他得到准确情报，盛昌发用那笔资金买下公家的企业。桂全达在车子驶近那家公司时，就发现门口的牌子已经换过，车子没到门前，他就喊停车，跳下来直奔那个新公司的木牌。这个公司他来过，原来不是这个名字，牌子的笔体也不一样，他先是抚着这个牌子，接着拍打起来，越拍越重，心里骂着，盛昌发你这个吃肉不吐骨头的王八蛋。

盛昌发正在楼上看风景，桂全达成了风景中的人。他暗自得意，桂全达这个老狐狸到底玩不过他，这给了他比得到贷款更大的满足感。他奔下楼，朝桂全达跑过去，双手举着，朗声说欢迎桂行长大驾光临。他们上了楼，桂全达没听见盛昌发招呼请坐，在办公室里走来走去，数落他的不是。盛昌发待他发作完了，走近他，扶着他的肩膀说，老兄息怒，坐下慢慢说。盛昌发没有躲闪，他承认用那笔款，买了公家的企业，他说这符合企业改制的新精神。桂行长，你可要抓紧学习，要不就落伍了。桂全达说，你倒好，一翻手，企业变成你的了，你发财了。我不是发财，我是为国家挑担子。桂全达逼问，那你原来那个企业怎么办？那是归属于银行的抵押物。还能怎么办，卖掉了，国家没有损失。可我这里损失，我问的是原来的企业怎么办？它承担的债务怎么办？原来的企业已经不存在了，自然消亡。我再说一句，国家没有损失。你说得轻巧，可我放出来的贷款怎么收回？我怎么办？那好办，你可以列入坏账，你们每年坏账多了去，也不在乎多这一笔。那我副行长的位子坐不牢了。不会吧，你们每年那么多坏账，哪一个行长被撤职了，没有。

只要不贪污，不放到自己的口袋里，顶多是工作没做好。桂行长，你是好干部，你看贷这笔款，我给你好处了吗？没有，我给你一分钱了吗？还是没有。你还是好干部，你是清廉的好干部，而我只是一个有工作技巧的干部。桂全达后悔不该一时糊涂，陷进盛昌发设置的套子，为避免灭顶之灾，要设法自拔。盛昌发，你说得轻巧，我要到法院告你。你告吧，桂行长，可别伤了兄弟的和气。昨天干部大会你参加了？戚秘书长在大会上还表扬我，把我当成企业改制的标兵，他不会看我摔跟头，你那个坏账的责任也就轻多了。

桂全达好像被抽走了元气，浑身瘫软，茶杯都举不起来。他朦朦胧胧听见盛昌发说，我新的企业，也就是私人企业，赚了钱可以偿还部分贷款，减少你坏账的金额，你看好吗？现在反过来盛昌发成了救人于危难的君子。桂全达看着他不知说什么好，又听他说，也许我可以给你10%干股，他伸出一个手指，看着桂全达脸无表情，呆呆的无所表示，就改口，20%干股，同时伸出了另一只手指。桂全达都傻了，他不知这个时候可以说什么话，拿了干股，可不就是同流合污，这样的事不是没做过，可这笔款太大，参与进去，可就甩不掉满腿的污泥了。不说话，将来要是盛昌发被追查，他在经济上没有责任，只是工作上的责任，谁知道他拿去买公家的企业呢？不说话，将来要是他还得起贷款，桂全达不就有10%或20%的干股，那可以被允许的私人企业，盛昌发拿了大头，他桂全达就不能拿小头？桂全达还是不说话，这个时候真是沉默是金。桂全达回到银行，越想越不对，现在自己就处在危险之中，一旦盛昌发的事被戳穿，他就栽了。他拟了一套方案，让盛昌发再来银行贷款，以新贷款还旧贷款，良性循环，这样一时就不会有坏账，自己的位子就安稳了。盛昌发得知后夸他聪明，说到底是银行家，国有银行家。

一想到撞上改制这样的发财机会，他就会笑出声来，当然是在办公室里一人独处的时候，更让他暗笑的是，许啸华枉做了长三角企业家俱乐部名誉理事长，在国企摸爬滚打一辈子，最后用国家银行五万元贷款，办了一个集团公司，资产滚大了，原是自己打拼出来的，贷款早还了，名正言顺是民营企业，现在还死抱着全民所有制不放，死不肯改制，真是天下第一号傻瓜。

有多少人在背后说许啸华是一根筋，何止是盛昌发，连家里人都这么说。他也只能一根筋走到底，这一辈子受的就是这样的教育，到老改也难。一条道走到黑，好像是命中注定，许啸华却不是在无形绳索的牵引下才这样做。他知道自己不合时宜，但他强烈地感到身上有一股力量支持他这样做，而心安理得。也许这是渗透到他血液中的文化基因，文化基因左右一个人的行动是无可抗拒的。

那天许啸华正要上车，赶往虹桥机场，看见美达公司的顾问律师急急下了小车，向他奔来。这位律师办事一贯沉稳，今天是怎么啦，奔到面前，气还没喘匀就说，我有重要的事同你谈。许啸华说，我要出差去，有事回来再谈。律师说，不行，事情紧急，不能耽误。许啸华说，你看，飞机再过一个多小时就要起飞，再急的事也没有飞机起飞急吧。律师还是不依不饶，一定要现在谈，说你给我十五分钟。许啸华说，十五分钟？十五分钟谈得完吗？律师做着手势，让许啸华上他的车，他自己开车没有别人，谈事机密。他们一起进了后座，律师摇上车窗，悄声地说，现在企业改制劲风猛刮全国，有捷足者已经先登了。他要美达集团公司改制成私有制。“私有制？”许啸华惊诧美达公司要变成私有制。律师说，是啊，改成私有制，你原来借的五万块钱早就还了，现在的家当还不是你闯出来的，本来就是你的嘛。只是你还挂着全民所有制的牌子。许啸华说，我不是挂牌子，我是彻头彻尾的全民所有制。律师心中说，你傻呀，人家某地房地产王，借的是公家的钱起家，现在不是全归他个人所有。他没把“你傻呀”说出来，后面的话却是一句不落。许啸华说，这个人我知道，他不是跑到国外去了吗？律师说，我们不说他，许总你和他不是一路人。就说眼前的吧，盛昌发，也是你们企业家俱乐部的，堂堂国有企业的老总，他把手下的公司到银行抵押，用贷款买下了这个公司，一来二去，公司就姓盛了，发了大财。

提起盛昌发，许啸华皱了皱眉头说，盛昌发的事我知道，他是他，我是我。昨晚他刚参加盛昌发的庆功宴。什么庆功宴？盛昌发为自己庆功，把手下的公司改制成民营企业，盛昌发在电话里没说庆功，只说请几位朋友聚一聚。许啸华到场时被那个场面给镇住了。二十个人的大台子，只坐十个人，每人面前一瓶高度国宴酒。没有政界人士，清一色企业界叱咤风云的人物。宴席上没有洋酒，盛昌发说话了，今天庆功宴，庆祝有中国特色的事，我们不喝洋酒，只喝中国特色的酒。酒不喝洋酒，菜要和国际接轨。今天要上挪威直接空运来的活帝王蟹，我让大厨挑了一只最大的，有五斤重，一会儿让大家欣赏欣赏。举杯之后，盛昌发说，今天只有美酒，没有美女，我们都是正派人。每人一瓶必须喝完，美酒管够。他指着料理台，还有一箱，一醉方休，不醉不是人，当然许总除外。他对许啸华另有一番敬意，不敢强求。

盛昌发果然喝得酣畅淋漓，大半瓶下去了，他拿杯子的手有点晃，说话更加滔滔不绝。来来来，许总，再来。许啸华只喝了一小杯，盛昌发盯着他，你没动，还是整瓶，我来给你满上，忘了刚才说许总除外。盛昌发的话开始急促起来，今天太高兴，公司一下子就是我的了。天下都是我们的，还在乎这个小小的公司。他站了起来，干干，大家把这杯酒干了。谁说贪官遍地是，胡说八道，我就不会贪，安排个干部，拿人家几百万、几十万，傻呀，总有一天会暴露。你看我，合理合法，他翻了一下左手掌，一下子改了制，改了制。他拖长了音，随手把空杯子向旁边一扔，砸到镶贝屏风上，杯子碎了，一声脆响，他说好听吗？今天没有乐队，我自己来奏乐，抓起桌上的酒瓶，余酒晃荡着，手一扬，又砸向屏风。齐小兰站起来，拉着他，把他按在座椅上，盛总，你醉了。盛昌发说，乌龟王八蛋才醉。我是高兴，高兴我先富起来，不靠贪污，不靠受贿，的的刮刮先富起来。

许啸华目睹这一幕，他的心就像被剜了，把杯子往前一推，站了起来说，齐小兰同志，我有事，先走了。他不能不走，盛昌发这些人是什么货色，这酒再喝下去，许啸华就过了自己的底线了。齐小兰没有留他，她也觉得盛昌发太过分了，好在都是企业界的老朋友。许啸华后来听说，盛昌发醉得倒在地上不省人事。第二天晚上，许啸华主持一次企业家活动，他邀请戚麟洱出席，在休息的时候，把戚麟洱请到一旁，说起了盛昌发的醉酒。本来他不愿意在背后讲别人的不是，但他从盛昌发的行为，直感有一种危险正向盛昌发袭来，他不能不说。看到一个人走在悬崖边，按他的做事原则，他不能不提醒。这个提醒不能由他来做，只好去请戚麟洱。他想戚麟洱的工作岗位，决定了他有这个责任。戚麟洱没有拒绝，他也感到自己有这个责任。

律师急了，说你们都是好干部，他能做的，你为什么不能做？何况美达集团的的确确不是公有企业，是你靠五万元打出来的天下，公司理当归你，谁也休想伸手，绝不让别人染指。许啸华说，你错了，美达公司不是我的，它的源头就是国家银行的五万元，我开办美达这个服务型企业集团，就讲明是全民所有制。律师抓住了许啸华讲话中的要害，说你把企业的所有制性质搞混了，你从一开始就是彻头彻尾的私有制。许啸华说，好了，不谈了，我要赶飞机。律师不肯罢休，说许总，这是几千万的资产呀，这明明是你个人的，改制的方案我已经做好了，只要到有关部门办个手续，这一切全是你的。律师拍了拍方案，你的，几千万啊。许啸华笑了，几千万呀，不贪不抢不受贿，多好的事呀。随即收敛了笑容，朋友，我不能呀，做人不能这样做。律师说，许总，这是一个机会，时代给我们的机会，让我们先富起来，说实话，我也不会白辛苦，我只要求你给我5%的干股，不算多吧，我不贪不抢不受贿，比起贪污抢劫受贿，我们只是符合潮流，堂堂正正做事清清白白做人。许啸华说，我知道，我知道，此事到此为止，我下车了。说着开了车门走了，律师看着许啸华的背影，无可奈何地摇头了。

企业改制的事已经过去了好多年，盛昌发相信自己一定能摆平眼前股票的事，同时抓紧了一个战略部署，他对齐小兰说，我要让我们公司高层，当然包括你，坐着不动，就可以进账几百万。齐小兰说，盛总你忙，忙着数钱，哪里想得起我们老百姓。盛昌发说，你可别这么说，不只是你人在我心上，让你发财的事也一直记挂在我心上，说是要让一部分人先富起来，我要是先富起来，我一定带动大家也先富起来。齐小兰嗔怪地说，你又在糊弄我。盛昌发说，我哪敢糊弄齐小姐。

盛昌发这几年春风得意，胆子越发大了起来，他自信智商超过齐小兰，总能在变化中找到新的寻租机会，他想出的变钱法子要让齐小兰大吃一惊又大喜过望。过了几天，盛昌发就拿出一个属下房产公司的增资扩股方案，给齐小兰阅。他说，小兰，你仔细看看，看看这个战略部署为你带来多少经济效益。齐小兰当时在盛昌发办公室就看了起来，竟从心里笑出声，当然出声的仍然是她的嗓子。好啊，盛总，你是我们公司同仁奔向致富大道的领头人，你发了大财，我们也跟着发小财。盛昌发说，我决不会亏待跟我多年的弟兄们，包括你这个姐们儿，你快通知召开董事会。

董事会上，每个董事面前都有一份增资扩股的计划书。盛昌发宣布开会以后就说，本来想发给大家先看一下，但为了给大家一个惊喜，到会才发给你们。盛昌发说是叫大家细看，他不等大家细看，就清清嗓子说，请各位先停一停，这次增资扩股，为了我们大家共同富裕奔小康，我提议，国家股不再增资，而由我们全体董事承担增资扩股。大家一听美到心里去了，齐小兰带头鼓掌，她心里早就明白，其他人也很快明白过来，以后公司的资产就按新的持股比例分配，就跟着齐小兰拍起巴掌，听声音还挺热烈的，到底是为自己谋利益啊。盛昌发说，我提议，这次董事会形成一个决议，增资扩股由私人股东来承担，同意的鼓掌通过，这种鼓掌通过本来是糊弄人的把戏，可这次鼓掌通过却是发自每个人的内心。这样的决议，光鼓掌通过手续还不够完备，他头转向齐小兰，说齐小兰同志，把打印好的董事会决议念一遍，齐小兰照念了一遍，盛昌发又说，请齐小兰同志交给每位董事签字。大家齐声说盛总先签，盛昌发说得风趣，干活领导要身先士卒，签字还是同志们先来吧。待大家签完，盛昌发说，齐小兰同志你也签。齐小兰有点意外。我也签？盛昌发说，对，你也签，你不是新增补的董事嘛，这次增资扩股，你也分一块蛋糕。其实他们在幽会的时候就说好，现在是做戏给大家看。待齐小兰签好字，盛昌发拿过来细细地看，董事们的笔迹原先就熟悉，现在看起来竟觉得亲切，他说，同志们，这是董事会决议，这是集体的决定，完全符合我们的优良传统，大家决定大家负责，利益均沾共同富裕，从今以后，我们就是一条船上的人，不，我们原先就在一条船上，同舟共济嘛同舟共济。说完伸出右手，齐小兰把签字笔递到他手掌心，他郑重地签下自己的大名，又一次显示自己的签名的含金量，他自我欣赏地看着，掌声再一次响了起来。

事物在一定条件下总要走向反面，盛昌发不明白这个道理，就像后来他去苏泰达的未盈园，不理解为什么苏泰达要把买来的盈园别墅改名为未盈园。盛昌发在自己烹油烈火时，却要忘乎所以，不断火上浇油，结果可想而知，而他自己却不自知，火在该灭的时候终于灭了，他就陷入了不能自拔的境地。

2. 水如玉的陷落

盛昌发这几年要风得风要雨得雨，走在路上，后脚踮起，前脚比别人高三寸，没想到会栽在股票上。本想一转手赚几百万，不费吹灰之力，没承想股指大跌，就这样陷进去，连本钱都亏了大半，好在及时平仓，到这几天就更糟了。这个窟窿大了，不赶快填满，就会威胁到自己的官位，需要有位领导，给他一个时间的宽限。

盛昌发在戚麟洱和邝一杰面前都碰了壁，心里嘀咕："没有张屠夫，不吃混毛猪。"小学老师讲的狡兔三窟的故事，几十年来牢记在心，他早就未雨绸缪了，他不心慌。右手拍了拍方向盘，才记起应该开车走了。一路上车流扑面而来，他只觉得影影绰绰，他眼睛木木地望着前方，心里在想，增资扩股已经被检察院盯上了，这些事戚麟洱和邝一杰都不知道，还以为只是挪用公款炒股亏钱。盛昌发担心，说不定哪天纪委就宣布他"双规"了，他必须抓紧把自己手下的私企卖了。他忽然从心底笑了出来，这种时候还有送上来的美女，此种人生的艳遇可遇不可求，可不能错过了。还要感谢戚麟洱，赞助水如玉演出就是他牵的线。这种事不要迟疑，拖则生变，好，就给水如玉打电话，水小姐，赞助你开舞蹈专场的事已经有了眉目，我们见面谈谈细节。

盛昌发订了五星级酒店的套房，对于他的性活动，这是高级别的环境，他喜欢在这样的地方，蕴含在十里洋场的气息中恣意享受。对面不远处的国际饭店，这是解放前达官巨富玩乐的处所，时代不同了，他换成这个新近落成的大厦酒店，这样的环境，使他的性能力肆无忌惮地勃发。他开了门，请水如玉先走，进了门随手锁好，就把水如玉抱了起来。盛总，你不要开玩笑，我自己走。她意识到他这是模仿年轻人的做派，比如上世纪八十年代美国电影《爱情的故事》中奥利弗抱起詹尼，这个动作了无新意。也许是好莱坞的经典动作，盛昌发做起来，就是为了把水如玉镇住。

你不是要谈细节吗？水如玉问，她的双脚上下踢着。盛昌发俯下脸，啄着她的脸颊，水小姐，我们不做口头革命派，不能光说不练。口头上谈细节并不重要，重要的是我们要在行动中推动细节，首先我要对你进行细节欣赏。他把她轻轻放在大床上，水如玉踢掉了高跟鞋，盛昌发不失时机地掀起她的裙子说，如玉，想死我了，你答应我，我也答应你。他把手指伸进丁字裤的窄长条，挑了起来，细细地看着。水如玉还是问，你不是要谈细节吗？盛昌发说，我们先不谈，我要先看细节，看你这个隐秘之处，这个别人轻易看不到的地方的细节。今天出来前水如玉在上面喷了香水，一股幽香飘了上来，盛昌发醉了。他去扒水如玉的丁字裤，水如玉只轻轻抓了一下，没有按住。她闭着眼睛，知道自己腰以下已经完全裸露在盛昌发面前，她有点难为情，她没有充分的思想准备，毕竟他们的关系还没有成熟到可以这样完全裸露的程度。她两臂平伸，架在身体的上方，似乎想保护它不受侵犯，当然因为中间距离太大，起不了任何保护作用，已经到了这个地步，她任何意在保护的动作都无济于事。盛昌发继续做他想做的事，他忽然觉得任何看与摸的动作都是多余，他要的是主动进攻的行动细节，水如玉啊了一声，双手紧紧压住盛昌发的身子。

就在盛昌发要进入时，他想起了纪委工作人员找他谈话时，说的最后一句话，在自己的地点，你彻底交代了，就可以过关，否则……就是这个“否则”，让他迫不及待地要让自己的欲望付诸行动。耳边又响起内线来报，检察院对你的审查已经有半个多月，盛昌发意识到像水如玉这样提供给他的机会不多了，可能这是唯一的，也是最后的机会，他要感谢水如玉，就在他要落难之时，还以她美好的肉体对他进行抚慰。他贪婪地咬着水如玉的嘴唇，水如玉微微张开嘴，接住盛昌发的嘴唇，伸出右手勾住他的脖子。

水如玉还是微闭双眼，不自觉地进入了缱绻状态，这个盛昌发果然是企业界一名狠将，在做爱的床上也是一名狠将。她原来的羞涩感，以至轻微的抗拒感，已经跑得无影无踪，嗨，生为女艺人，要成就一点事业真不容易，就算遭遇一次潜规则，总比那些影视演员被不同导演潜规则强些，盛昌发毕竟身后有巨大的国有资产，实力雄厚，他的潜规则是长期起作用的，可能比一个导演为一个女演员带来一部电视剧的角色强几倍，想到这里，水如玉把这次性活动当成一个生命过程。盛昌发软绵绵瘫在她身体上面，她感觉不出心中是酸还是甜，平心而论，盛昌发的外貌够一个男子汉，以他为性伴侣并不吃亏，只是在这种状况下屈就于他，总有点伤了自尊，心里怅怅的。对这次性行为，她心中从未萌生过任何欲望，直到跨进这扇房门之前，她心中并没有一个明确的愿景，她只是按盛昌发这个导演兼男主角的安排去做。盛昌发细节也看了，细节也做了，水如玉要紧抓住他。她说，盛总，我答应了你，你也应该答应我。盛昌发说，那是，没有任何问题。你给我一个账号，三天内我打款给你。她没想到落到盛昌发手里，总算把舞蹈专场的费用解决了。

原先她找过苏泰达，那是丁婕引荐的。丁婕对苏泰达开门见山，水如玉要举办舞蹈专场，希望赞助一笔资金。其实丁婕也知道苏泰达手头紧，恐怕一时拿不出，但水如玉说，你带我去，我来向他说明情况。苏泰达对艺术的兴趣，社交界是有口碑的。可是水如玉来得不是时候，苏泰达实在爱莫能助，那时他自己的融资还没有着落。苏泰达说，水如玉，丁婕是我的朋友，你是她的同学，我帮你就像帮她，这本是我应该做的，但我现在真是有难度，将来公司好转了，我一定为水小姐举办这个舞蹈专场。水如玉认识盛昌发，以至要他赞助演出，却不是通过朋友介绍，而是盛昌发在一次偶然的机会去看演出，与水如玉邂逅之后，一系列策划的结果，用盛昌发的话来说，没有钱办不成的事。

盛昌发和水如玉定好了见面时间，盛昌发早早来到一个高级咖啡厅。白色蜡烛的火苗摇曳着，周遭梦一般的朦胧。水如玉到的时候，盛昌发站了起来，很有风度地做了一个请坐的手势。水如玉身着绛红裙子，裙裾下摆露出了秀美的小腿，润滑迷人。盛昌发的目光自下而上，感受曲线的抚慰，还没说话就已心旌摇动，随即默念美人即美玉来镇定自己。

水小姐，大驾光临，荣幸之至。这个地方还可以吧，盛昌发环顾着四周说。这里是上次盛昌发约会水如玉的地点，那时遭到拒绝，这个记忆他不能轻易抹去。今天约会还是这个地方，她能不来吗？不能。他由此体验到一种掳获猎物的快感。虽然他现在一根毫毛也没碰过水如玉，但他有信心，就像做一笔生意那样，每次都能预感大把钞票赚进。赚进钞票干什么？不就是为了打点前程，玩女人这些俗事嘛，谈不上丝毫的高雅。固然有时是失败了，然而开始时那种追求成功的冲动却是强烈的。总有一天他会让水如玉就范，哪怕她与戚麟洱有染，不过没听说过她是他的情人，即使大家共同拥有一个情妇，也不失是官场上的一道风景。盛昌发不提那次失败的约会，他要诱导水如玉说出目前的困境，他愿意欣赏弱者那种求助的可怜相，并从中得到快感。他说，这个地方真安静，请水小姐说一说舞蹈专场的准备情形，我看我能为你做点什么。水如玉把困难说了。那你准备怎么办？盛昌发问，他不想在没有请求的情况下伸出援手，他知道轻易出手，水如玉不会觉得珍贵。我也不知道该怎么办，水如玉还是不想放下身段，她说，也许能想出办法，要不然只好取消这个计划。盛昌发说，取消是令人遗憾的，我们一起来努力，变遗憾为期盼，你看怎么样？他直勾勾地望着水如玉说完这句话。水如玉垂下眼，说请盛总为我想想办法。说到这个份上，盛昌发心软了，他看不得美女的可怜样儿，他不想再屏下去，说办法总是有的，不过你要主动配合。水如玉听盛昌发往下说，我来为你想办法，我可以赞助你的全部费用。他在说“我”，说“你”时加重了语气，水如玉明显感到击向她心窝的重锤的分量。还是盛昌发在说，地点可以选在美琪大戏院，甚至大剧院。水如玉张大眼睛，抬头望着面前这个男人，她不敢相信自己的耳朵，真会这么好吗？她把自己的兴奋掩饰了，只说了声谢谢，声音轻得只有她自己才听得见。

水如玉花钱做了一些前期准备工作，再找盛昌发却找不到了。她想盛昌发该不会骗她，何况她已经赤身裸体地付出，要是盛昌发胆敢骗她，她真会把他撕了。他消失了？不可能，这么大的公司，他能跑哪儿去？就在她心灰意冷，走投无路时，她神差鬼使地到酒吧喝酒，碰到了证券公司的一位朋友，那位朋友对她说了，盛昌发挪用公款炒股，不久前平仓大亏本，现在正焦头烂额，人都找不到。一听这个消息，水如玉一口酒呛在嘴里，猛吐了出来，急促地问，是真的吗？是真的吗？水如玉没有说盛昌发答应支持她的演出，只是和那位朋友说，我头有点晕，先走了。出了酒吧门，她连忙掏出手机，给盛昌发打电话，这次接了。盛总，你在哪里？我要同你见面。哦，是水小姐，我这几天忙一个新项目，要见面，那就今天晚上，你在哪里？我来接你。不用，我打的过来。她到达时，盛昌发站在酒店门口朝她招手，奔了过来，水小姐，你好啊，我们到楼上去，我已经订了房间。不，在大厅的咖啡座吧，一会儿我还有事。在咖啡座，太局促了，到房间里地方大些，盛昌发说着不管水如玉愿不愿意，就把她拉到电梯前。

他们进了房门，盛昌发就把她抱了起来，水如玉双脚猛踢着，你让我下来。盛昌发知道以后接触水如玉的机会不多了，说不定哪天就被“双规”，能再玩一次就是一次，机会不能错过。你放我下来，水如玉双手挥着，打到了盛昌发脸上。盛昌发只好把她放下来，说水小姐，我想我们的情感可不要断了线。水如玉说，我们先不说情感，先说你的承诺，三天早过去了，你款没有划进来。盛昌发拉着她的手说，水小姐，这几天我手头有点紧，缓几天，我们坐到床上说，水如玉没有移动脚步，她盯着盛昌发的脸，看得他不知所以然。盛总，我问你，你是不是用公款炒股亏了本？盛昌发愣住了，这妞，不简单啊，怎么会知道？看来是瞒不住了，就说，是有这么回事，不过我对你的承诺还是有效的。盛昌发你不要骗我，挪用公款，又亏了，这是犯罪行为，你懂吗？纪委就会找你的。我没骗你，我对你是真心的。姓盛的，你听着，你平仓是一个星期以前的事，敢情你早就知道你没有能力赞助，你会被“双规”，你却把我骗上床，水如玉捏紧拳头在盛昌发身上猛打，这不是情人之间的打情骂俏，她是气极了。你这个人面禽兽，你竟然花言巧语把我玩了，水如玉多日来盲目欢快掩盖了的悲情，此时才真真切切感觉到，深藏在心底里压抑的呼喊终于冲口而出，你不是人，你不是人。水小姐，你听我说，盛昌发没有闪开，任凭她发泄，把这当成另一种形式的享受，你的好处我记得，我不会让你吃亏，只要我过了这一关，我一定帮你把舞蹈专场办好。水如玉边打边放声哭了出来，打累了，就坐到沙发上抽泣。盛昌发过来安慰她，她摇着身子说，你不要管我，你不要管我，我们女人总是吃亏，你们这些当官的不是人，不是人，只把女人当玩物。她哭得憋住了，猛然吸了一口气，站了起来，奔到门口，拉开门，冲了出去。盛昌发没有去追她，追不回来，追回来也没有戏唱。他看着那张大床，前几天的情景浮现在眼前，笑从心里冲了出来，你一个跳舞的，也只能让我们这些老板玩玩。

水如玉，你不要哭，你在哪里，我过来找你。丁婕洗好澡正准备睡觉，在电话里听到水如玉的抽泣，她握着手机，不安地叫着。我在路上，你不用过来，我去找你。好，你快过来吧。丁婕穿好外衣就下了楼，来到小区门口，透过车窗，看到水如玉的出租车到了。她奔到车前，扶水如玉下车。如玉，不哭，不哭，回家说。进了家门，水如玉趴在丁婕肩上，哭开了。丁婕只是抚摸着她的肩膀安慰她，没有说话。待水如玉平静些，扶着她到客厅坐下，用热毛巾帮她擦干泪水。水如玉抽搭着，说丁婕，你说盛昌发这个混蛋，他答应我赞助舞蹈专场，一分钱也没有到位，我乐队、剧场的定金都付了，可他釜底抽薪，不干了。丁婕说，盛昌发出事了，你不知道吗？水如玉说，我刚刚听说，可我定金都付了。丁婕问明付了多少钱以后说，还好，钱不多，就当被扒手扒走了。水如玉说着又哭了出来，丁婕说，我的姑奶奶，你要哭就哭个痛快，在我这里你跟在家里一样。

小学时候那个喜欢笑的女孩竟会哭成这样，丁婕心疼了，她忽然想到什么，问道：他欺负你了吗？水如玉哭声突然大了起来。丁婕明白了，说盛昌发这个王八蛋，这个淫棍总有一天他会遭报应。这句话似乎给水如玉出了气，她跟着说，遭报应，遭报应，这个色狼电劈雷轰的，不得好死。水如玉知道自己舞蹈专场泡汤了，又吃了亏，想想心里就堵得慌。丁婕说，你好好喘口气，给家里打个电话，今天不回去了，我们姐妹俩好好说说话。丁婕早就看透了盛昌发，庆幸自己没有落入他的虎口。公关公关，这种途径应该从公关手段中摈弃，不过水如玉不一样，她不是公关，她是掉进盛昌发预设的陷阱。这些事她不好再和水如玉深说，她想今天晚上她应该多回忆小学时候的趣事，让水如玉开心，让她摆脱盛昌发对她伤害的阴影，希望能够做到。她去浴缸放了水，如玉，你泡个澡吧。浴巾是新的，我很喜欢这个品牌，又厚又软，擦在身上可舒服了，你好好泡泡，把这几天的事忘了。舞蹈专场的事，我为你留意，找一个诚实的企业家，上海这么大，这样的企业家总归找得到，你放心。水如玉听她这么一说，心宽了许多，望着丁婕，眼中流露出深深的感激，到底是小学老同学，现在这世道这样的真情太稀罕了，她说，丁婕你真好。

3. 百乐门舞厅

丁婕给苇珩打电话总是关机，那是苏泰达醉酒几天以后。苇珩有急事赶回美国去，他没有给丁婕留美国的电话。他回上海邝一杰找过他，之后他把苏泰达及其公司，还有新生产线的所有材料又咀嚼了一遍，到底是回国后第一桩投资，一定要成为他拓展事业的开门红（用了十年以前在大陆学到的词）。丁婕接到他的电话叫了起来，你终于回来了，我等你等得好苦。

丁婕约苇珩在静安寺华山路老松盛见面，说有重要的事告诉他。这里是苇珩第一次请丁婕吃饭的地方。苇珩举目四望，说地点还是老松盛，餐馆名字已经换过，装潢风格不同，菜式也相异……丁婕抢着说，不变的是来相会的人儿。旧地相聚令他们感慨万千，丁婕接着说，老了老了，岁月不饶人，时间过得实在太快。在美国的时候，苇珩只要想起上海，就会想起老松盛，也会想起那天不当心泼脏了丁婕蓝底白碎花裙子，自己手足无措的尴尬状。多少年过去了，他不是当年的苇珩，丁婕也不是当年的丁婕，彼此的生活道路分岔了，彼此只存在于偶尔触动的思念里。现在他们又见面了，自然会把两人的心拢到多少年前的日子里。

这一切都是一去不复返。丁婕多想续上以前的情缘，可是苇珩这方面的文化，仍然停留在十几年前，那时人们会守住各种情感的界线，他在美国也认为这样做，是天经地义的。苇珩不能理解，怎么现在上海声色犬马，金迷纸醉，甚至超过上世纪三十年代，与美国也大异其趣。他对丁婕认真地说，我这几天在上海的生活，实在太不适应了，被搞得晕乎乎的，我们在美国的生活真比上海平淡多了。丁婕安慰他，你会慢慢习惯的，在上海谈成生意不是在会议室或者办公室，而是在夜总会或者饭局，连卖游艇的外国老板也说在夜总会做成的生意比在其他常规的地方更容易。苇珩奇怪了，他说，我同苏泰达的见面不都是在公司或咖啡座里进行的吗？丁婕说，你不觉得公司和咖啡座没什么色彩吗？苏泰达是另类，他仍然恪守传统。在苇珩心目中，正是这种守住传统赢得了他的信任，那些在夜总会跟他谈风险投资的，苇珩总觉得在美酒香中飘荡着更多的不确定性，几千万上亿元的投资在酒色之中约定，实在太不靠谱。

点好菜，在等上菜的时间里，丁婕切入了正题，她说盛昌发已经垮掉，苏泰达新药生产线资金又没有着落了。苇珩说你别急，你听我说。他从邝一杰那里知道，盛昌发已经无力并购苏泰达的公司，他被自己打趴下了，他没戏了。苇珩说这对苏泰达倒是一个好消息，当然对我也是好消息。我想和苏泰达合作，做成我来上海风投的第一桩。丁婕按捺不住激动，叫了一声"那"，又捂住了嘴，轻声地说，太好了。苇珩说，丁婕，那就请你帮忙，我同苏泰达尽快见一次面。苇珩没说他昨天同邝一杰见了面，正是这次见面，让他最后下定决心投资苏泰达的新药生产线。

苇珩是从浦东机场直接赶往海归座谈会会场。飞机落地，他开了上海手机，通知的短信就进来了。这次会议的出席对象原定为海归在上海办企业者。邝一杰在审阅名单时，手指轻轻敲着桌子，秘书站在他旁边等着他说话。他抬起头望着秘书，问道：有没有回国进行风投的？秘书心里明白，这类人通常不归于海归序列，就说我找有关部门问一下，请几位这样的人士来参加。苇珩就属于此类人。他到达会场，座谈会已经开始。走进会场并未引起会场骚动，邝一杰却注意到了。他听完苇珩的发言后，在心中琢磨，这是一个脚踏实地的投资家，凭他多年来阅人的经验，觉得可以找他深谈。这些日子以来，他心里一直惦记着苏泰达，在一个深夜给苏泰达打了电话：苏泰达同志，你新生产线资金一时搁浅，总能找到解决办法。"莫道浮云总蔽日，严冬过尽绽春蕾"。邝一杰引了陈毅《赠同志》的诗句，他接着说，更何况你的处境并非严冬，苏泰达同志，要有信心。

沉醉于陈毅诗词，是邝一杰早年的业余爱好，至今几十年没有变易，反而随着阅历的增长，职位的提升，变得更加强有力，并惠及身旁的同事朋友。艺术欣赏产生巨大的精神力量，是他当年在书店买到这本书时始料未及的。

苏泰达拿着电话，一时不知说什么好。他感激邝一杰的关心，不说他日理万机，至少诸事繁忙，却还记得一个民营企业的融资问题。其实苏泰达心中期盼的是企业生态环境的改善，这一点他和邝一杰想到一起去了。

邝一杰原先让张天星找盛昌发，只是为了树立一个支持非公经济的样板，他不希望有太大的动静，悄悄地办了就好。后来盛昌发出事了，他举一反三，想到如何为苏泰达公司这样的民营企业提供更宽松的发展环境。这样他才会在日常工作中寻找机会为此事找到新的切入点。他对别的事务也同样会做类似的处理，以期达到更高的效率。他没有让秘书去通知苇珩会后留下，而是写了一张条子传递给他：苇珩先生，可否会后留下一叙。苇珩被他的诚恳所感动，觉得邝一杰真不像一位身处高位的领导，倒像是一位朋友，谈过话后，他确信这是一位可以以心相托的朋友。这样的谈话，自然而然让苇珩决定了为苏泰达投资，何况他经丁婕的介绍，对苏泰达已经有了了解，又做好了前期工作，就满口答应邝一杰。苇珩说，邝副书记，你放心，这个事我来办，一定能办好。邝一杰说，那你直接找苏泰达，也不必说我们今晚谈过话。

吃好饭，丁婕说，我带你去一个地方。苇珩知道她又有了新的主意，也不多问，只是目光中流露出一种渴望。你到了就知道了，丁婕领着他向静安寺方向走，到了愚园路就停下了。苇珩兴奋起来，此处再熟悉不过了，是他第一次请丁婕看电影的地方，他脱口而出，红都电影院，有什么新片子吗？丁婕说，是红都电影院，不过是旧址，你看这是什么地方？苇珩抬头一看，哟，百乐门舞厅。丁婕说，对，今天晚上我们不看电影，我们跳舞。她抢一步要去售票处买票，苇珩拦住她，当然是我来请。不，以前你请我看电影，现在我请你跳舞，算是大家有来有往。

他们进了舞厅，装潢的豪华是上世纪三十年代难以比拟的，一进去就陷在色彩和灯光的晃动倾覆之中，苇珩想起金碧辉煌这个词。这里早已不是金大班下海时的百乐门，也不见了尹雪艳的身影，越过六七十年往回看，红颜珠黄，以至于灰飞烟灭。至于当年的盛景给有些人的底气是一触即溃的，充其量这种自我陶醉，给自己的慰藉十分有限。伴舞的新一代都是在当今上海滩物质氛围中成长起来的，苇珩不管这些，避开了她们的干扰，他只愿与丁婕跳。他在丁婕邀请下进了舞池，他说应该是男士请女士，这里女士优先不适用。时间还早，舞池里人不多，他们先是跳了快三步，丁婕同他保持着传统舞伴的距离，到了慢四步，丁婕右手从苇珩的左手中解放出来，她把双臂箍在苇珩的脖子上，苇珩一时无法适应，向后退，就把丁婕往后拉，苇珩停住了，也就一瞬间，再顺着节奏移动脚步。丁婕把头靠在他肩上，鬓发就蹭在他脸上。他不禁想起以前他们一起去跳舞，那时百乐门还没有经营舞厅，跳舞只能到俱乐部之类的地方去，动作当然不会这样亲昵放肆，苇珩觉得还是以前的生活以前的舞姿自然一些。当然他不了解大陆这些年的变化，即使是女孩箍住男孩的脖子，同以前两人之间有一定距离，情感程度相差无几，不过他有自己的防线，不会认同大陆的贪官老板找小三找情妇。他愿意把丁婕当成一个能说知心话的好朋友。跳好舞，他把丁婕送回家，谢绝了上楼去坐坐的邀请，他说今天太晚了，你也早点休息，下次吧。

第二天一早，丁婕就把苇珩已回上海，并愿意投资的好消息告诉苏泰达。他们三人见了面，苇珩提出了一个新方案，这个方案更有利于苏泰达。就苇珩这方面来说，他将本求利，不想赚得太狠，反正将来还有机会上市，回报公司会更加丰厚。苇珩的方案把苏泰达新生产线上马的资金一揽子解决，签好合同以后，不到一个月，整个生产项目就可以启动。经过几轮磋商，按苇珩提出的方案，苏泰达和苇珩签订了融资合同。

资金到位后，购买尚缺的设备及原料，调试，花去了近两个月的时间。开工那天，没有请任何客人，唯一公司之外的人就是丁婕，还有新生产线的资金支持者苇珩。苏泰达甚至连王雪晴、李虹绵也没有请，杜志铭都感到奇怪，不过他没有问，他知道这不是他该问的。他这时来请苏泰达和苇珩，苏总、苇先生，产品就要从生产线末端出来了，你们要不要过去？杜志铭的声音消失了，盛昌发的声音却响了起来，苏泰达听不清他说了什么，就像人们后来听《忐忑》，听不出什么词儿，但苏泰达分明感到盛昌发的话音串成了一股绳索，要把他紧紧缚住，他身子一摆一甩，绳索绷断，浑身轻松了，他快步走在前面。

他们几个人来到成品车间，看着新产品从传送带吐了出来，苏泰达舒了一口气，说终于出来了。这个难产的孩子终于临盆了，比主管部文件到期还早了一个多星期，要抓紧生产第二批，第三批产品，有充裕的时间送去检验。转身握着苇珩的手，苇先生，感谢的话就不说了，你是我的好兄弟。丁婕看着这两个自己的好朋友合作这样成功，止不住眼眶热了，她拼命忍住，在这个喜庆的时刻，在众人面前流泪，是不合时宜的，她眼泪汪汪地先看着苇珩，再看着苏泰达，终于有一滴泪涌出了眼角。苏泰达眼尖，递过去一片纸巾，小声地说，看你，小姑娘似的。丁婕轻咬着嘴唇，转过身，避开苇珩的目光，在自己眼睛上按了按，自我解嘲地说，这风，灰尘眯眼了。

正当他们这一行人往回走时，身后隐约传来的锣鼓声，越来越响，苏泰达不顾苇珩正同他说着话，忽然大步流星向前去，把苇珩丁婕甩在后面，奔进自己在生产部的办公室，反身把门紧锁，又去关严了窗户，跌坐在沙发上，大喘着气。锣鼓声越来越近了，声音不只灌进了他的耳朵，而且像洪水一样要把他淹没，他抓起手机给杜志铭打了电话，快快，快把锣鼓撤了。杜志铭不解，说撤？他们是向你，向你这位老总报喜来了。苏泰达说，快，快让他们停了，不许再敲。杜志铭也有不明白的时候，这是郑宏伦特意请来的锣鼓队，为什么老总不让敲呢？

他不明白，这是被历史烟尘掩蔽的“文革”，在幼年的苏泰达心中刻下的印记，那裂人心肺的锣鼓声，留在他记忆深处的恐怖感被唤醒了，只要他们这一代人活着，这个印记就抹不去，虽然那时苏泰达还只是个三四岁的孩子。

咳，世上还有怕听锣鼓声的孩子，尽管这个孩子已经长大，而且魁梧挺拔，他内心的脆弱是历史的遗留，我们不要去触动他的伤痛。

苏泰达新药生产线投产后，邝一杰得知这个消息，一直想找时间的罅隙去看看，拖了半个多月都未能成行。那天晚上从郊区回来，半路上问到什么地方了。秘书做了回答。他说这里离苏泰达工厂不远，你快同他联系一下，看是不是现在可以去看看。秘书电话打过，苏泰达正好在工厂开会讨论新药的市场计划。一听说邝一杰要来，喜出望外，说我就到大门口来等候。见了面握手寒暄后，苏泰达把邝一杰和秘书请进车间。刚一下车，邝一杰就说，不到办公室喝水了，直接去流水线。他们一起换好隔离服，戴上口罩，又经过吸尘消毒的程序，踏进车间，豁然开朗，进入了一个空廓敞亮的世界。

邝一杰听苏泰达从第一个工序开始介绍，一路上他难抑兴奋的心情，不停地说，好嘛好嘛，一天的疲累顿时消失。到了最后一个工序，看着输送带把药品一箱箱运转出来，他随口念了两句诗："攀登绝顶望天海，新月初挂远山角"，苏泰达觉得心中一扇门猛然被撞开，门外出现的正是这个样的景色，一钩新月就挂在远天。投产那天看到产品源源流出，多时笼罩在心上的阴翳消失得无影无踪，呈现的正是一片新月的清辉。竟然被陈毅这两句诗言中了。他兴奋地说，邝副书记，对，我就是这个心情，到现在投产快一个月了，这样的心情还没有褪去。在苏泰达的心境中，还有一种感激，本来可以趁这个机会当面向邝一杰说出来，但他没有说。他觉得没有必要说。他是投产之后，从丁婕那里知道邝一杰找了苇珩，促使苇珩最后下了决心，也就是邝一杰投了关键的一票。他没有向邝一杰致谢，不是他不知感恩，而是他知道邝一杰一向口碑很好，对工作对同志真是没有可挑剔之处。苏泰达在心里对自己说，投资环境不是抽象的，甚至包括这些从领导同志身上体现出来的人文底蕴。他对邝一杰说，我们狠抓质量管理，保证出过得硬的药品，来维护人民群众的健康。邝一杰说，这正是我要对你们说的。苏泰达又介绍了今后公司将上一个新药，以后一定请他再光临指导。邝一杰说，我一定来，一定来。

苏泰达得知盛昌发无力并购他的企业后，就主动提出撤销两家公司签订的合同，不追究任何法律责任。盛昌发看苏泰达如此豁达，他自知自己没脸去见苏泰达，就在电话里表示感谢。这样大的事，竟然两家老总不见面，就在电话里解决了。盛昌发一方面感到苏泰达的宽宏大量，另一方面细想下来，又觉得苏泰达真是一介书生，至少他可以要求经济赔偿，到底耽误了他几十天时间，使他离主管部文件到期更加紧迫。苏泰达只顾他与苇珩合作去了，无暇顾及盛昌发这边的事，这就让盛昌发大大喘了一口气，能够腾出手来，应付填补炒股的亏空。他决定把企业改制得来的企业出手，这个企业现在完全是他个人所有，本来想卖一个好价钱填补部分亏空，可是人家知道他陷在泥潭里，就拼命压他的价。最后拍板不是在夜总会，一边抱着小姐一边谈，而是改在餐桌上，盛昌发说，夜总会太闹了，谈不成事。饭桌上对方一次又一次给他敬酒，就是价钱不肯松口。这种时候，盛昌发不敢多喝，他怕自己醉了，脑子一糊涂，把好不容易从国家那里转手来的企业贱卖。要紧的是要让这个价钱能为填补亏空发挥更大作用，可是人家满脸堆笑，只管说喝酒喝酒，就是不让步。盛昌发从来没有想到自己会被逼到墙角，他更没有意识到是自己把自己逼到墙角。他酒没喝醉，眼睛却红了，不是酒引起的，是他心里觉得委屈，他结结巴巴地说，好，就照你们说的价。那人一听，心里乐了，拿过酒瓶，说满上满上，给盛昌发斟满，也为自己倒满，端起酒杯，喊着来，干。盛昌发只好机械地伸出手，也拿起杯子，和那人碰了，一仰脖，把酒喝光，杯子重重放到桌子上，酒席上响起了掌声，为的是庆贺两家公司生意成功。对方老总摆摆手，鼓掌声音顿时停了，他不要虚饰胜利，有实质上的成果就可以了，他给盛昌发留了面子。

盛昌发又把豪车、不用的房产卖了，算下来还差将近二百万元，这可是走投无路呀，找了几家银行，人家都好言好语谢绝。他看着甩在一旁的手机，脑子里转着圈，不知还能给谁打电话。好，桂全达，就是他。他想，这是老相识了，这些年没少找他贷款，也给了他不少好处，不知他能不能念旧情，退一步想，这个卖掉的企业，不就是从桂全达那里贷了款办成的嘛，实在吃不准他的态度，死马当活马医，硬着头皮试一试吧。按了几次桂全达的号码，都是正在通话中，再按，那边关机了。盛昌发浑身发软，这是从来没有过的，这二百万，到哪儿去整呀？

盛昌发真是命大，就在他愁断肠的时候，却有人要来帮他的忙。这个人就是苏泰达。

苏泰达在做出这个异乎寻常的决定后，约许啸华在长三角企业家俱乐部的茶座见面，苏泰达通报了他的决定，许啸华听完良久无语。尽管此前盛昌发确实做出了贡献，但苏泰达要做慈善给他发奖金，为他填补炒股亏空，这样的事真是闻所未闻。许啸华目睹苏泰达的成长历程，为他今天取得的成就而欣喜。他会按自己的价值观来衡量苏泰达的作为。他说，泰达同志，这个事不能做，我不赞成你做。苏泰达一贯信奉兼听则明，这正是他约见许啸华的缘由，不止是通报，兼有征求意见的意思。他对这个反对意见没有思想准备，就放下了刚刚举起的茶杯，手停在那里，等着许啸华往下说，可是许啸华却不说了。响鼓不用重锤，苏泰达这样的人还需要多说吗？不过今天他还是要多说两句：对盛昌发这样的人不能纵容，他这样做，明着是挖国家的墙脚，他摔了跤，该跌多惨就多惨，别人是爱莫能助的。苏泰达考虑的是，不想让盛昌发犯了错就一蹶不振，毕竟他做过不少有益的工作，还得过劳动奖章。他更倾向于拉盛昌发一把。他本来不想申辩，想了想还是说了，这是他结识许啸华多年以来，他们唯一的一次分歧。他与许啸华有一段年龄差距，现在差几岁就算代沟，那他们阅历的不同决定了他们对同一件事有不同的处置方法，也不足为奇。许啸华是一个宽厚的人，他不想强求苏泰达，既然苏泰达愿意这样做，他更愿意从积极方面去想，希望我们人与人之间少些挤对，多些支援。他只是说，我理解你的做法，但我持保留态度。

苏泰达，你找我有什么事？盛昌发接到苏泰达的电话，吃惊不小，并购的事不是已经处理完了吗？怎么又找上门，这个苏泰达可是个智多星，来者不善，善者不来，在这个危难时刻，可不能有丝毫大意。你约我见面？我最近很忙，很多事都来不及处理。我知道你很忙，就是忙，我才要同你见面。盛昌发实在不愿意见到苏泰达，人家现在正在得意，听说找到了风险投资，新生产线已经开工。要是没有炒股，这条生产线迟早是他的，现在说什么都晚了。他不想让苏泰达看到自己的狼狈相，苏总，我们就不要见面了，等我忙过这一阵，我约你，我们一块吃饭。苏泰达仍然坚持要见面，而且就在今天晚上。他说你忙我也忙，我们就不要一起吃饭了，一起喝茶。盛昌发勉强答应，心里一百个不高兴。

盛昌发到达茶馆时，苏泰达已经坐在那里。他说，实在对不起，有点事耽误了。苏泰达不管他说什么，只要来就行。苏泰达说，知道你忙，抽一小时喝茶，总有时间嘛。我们到底是老朋友。他不提盛昌发并购失败，只想谈炒股赔本填空的事。他说，我知道你把你手里的企业卖了，还差二百万，苏泰达看到盛昌发的脸挂了下来，他很理解，谁愿意让人家揭短呀，他不是故意揭他的短，是今天要谈的事，必定要从盛昌发卖企业谈起。盛昌发心中一惊，难道苏泰达知道他这个企业是用公家的钱买来的，就算他知道，也不怕，苏泰达是一个私企老板，管不了这个事。他倒要看看苏泰达葫芦里卖的是什么药。苏泰达刚才已经把泡茶小姐打发走了，他自己按泡茶程序一步步演练过来。今天不闻香，没有那样的闲情逸致，关公点兵完了，他把茶递给盛昌发，来，喝一杯，这茶还是我自己带来的。盛昌发喝着茶，顺便奉承一句，都说苏总有雅兴，茶也是上等的。

苏泰达啜了一小口，又啜了一小口，直至把这杯茶喝完，才把今天请盛昌发喝茶的缘由说了。原来苏泰达得知盛昌发卖了企业以后，还差二百万，这几天一直在想如何帮他。设想了几个方案都被自己推翻，最后他想由他来给盛昌发发奖金。发奖金的理由很简单，盛昌发这几年领导公司办了诸多实事，理应受到公家奖励，可是除了一些不见货币的精神奖励，他什么也没有得到，至少公开的报道是如此。从他这几年做的事看，给他发几百万奖金都不为过。他现在不就缺二百万吗？苏泰达决定给他发二百万奖金，从生命春口服液的收益所提供的慈善款中支付。苏泰达想，慈善款就是为了救人于困厄，盛昌发这个做了不少好事的干部不正处于困厄之中吗？一样救人就救他了。他这个异乎寻常的决定，自己倒是没有任何心理障碍。有人掉到海里去了，正在浪里扑腾，他放下救生艇，驶近落水者，扔过去一个救生圈，不就胜过建造七级浮屠，只不过他这个救生圈有点大，在苏泰达看来他这救生圈还是那样轻，正因为轻才能托起落水者，重要的是他有这个财力，又有这份心。

盛昌发一听，傻了，简直是天方夜谭。这两百万，玩女人可以玩得知道自己身体不好，这两百万，贪污得来了，要判多少年徒刑。两百万元？苏泰达会白给他吗？他疯了，我可没疯。他想，天上掉馅饼，掉得再多，也不会砸到自己的头上，他现在正是背时的时候。他急切地问，苏泰达，你说什么？你再说一遍。苏泰达又把要给他发奖金说了一遍。盛昌发满脸的疑惑没有褪去，却掺进了惊讶，他盯着苏泰达说，我们今天喝的是茶，不是酒，听说喝茶也会醉，不过你才喝两杯，该不会醉吧。苏泰达又给他倒了一杯，也给自己倒了一杯，说来来，喝喝。不再分小口，一饮而尽，才说我没醉，比这浓的茶，我天天喝，从来没醉过。

盛昌发确信苏泰达要给他发奖金，不是开玩笑，他觉得名不正言不顺，这个事太奇怪，要发奖金应该戚麟洱给他发，不过他们没给他发，只给了一些权力而已。哪有让私人企业主给国有企业家发奖金的？这不是寒碜我们嘛。盛昌发说，这种事没有先例，从来没听说过。他心里却想，他苏泰达不是要害我噢，这两百万元可不是小数目，说给就给，还是送的，不知后面有什么鬼名堂？苏泰达见他犹豫着，就说这事你考虑一下，三天内给我答复，今天一时定不了不要紧。说着就站了起来，新生产线刚开工，实在脱不开身，我先自走，你一个人再静一静，喝喝茶，仔细想想。茶钱我已经付过了，等一下茶水淡了，桌上还有一小包茶，记得不要用他们的茶，味道不好。盛昌发没有站起来送，他浑身没有力气，这两百万真能把人给击昏了，以前比这大的款项进出眼皮都不眨一下，他向苏泰达摆摆手，算是告别。

盛昌发喝着越泡越淡的茶水，他懒得拆苏泰达留下来的小包茶叶泡新茶，本来他对茶就不讲究，他只讲究酒。怎么办？他对着茶杯发愁，渐渐觉得眼前起了一层雾，他不觉得是壶里水开了腾起的雾气，只觉得面前一片昏暗。过了好久，眼前才渐渐亮了起来，抓起手机给张天星打电话。商量以后，由张天星出面去找戚麟洱。

张天星把苏泰达要给盛昌发发奖金的事说了。戚麟洱轻拍着桌子说，他苏泰达岂有此理。他这一拍，一是拍给张天星看，二是心中有愤激。盛昌发的公司办了诸多实事，工作有成绩，我们已经给了精神奖励，要发奖金，也应该由我们来发，要发奖金也不能这样大手笔，二百万，这不是挖国家的墙脚吗？我们是干部，要牢牢把住这个关。他苏泰达来搅什么局？张天星想既然来了，总要有个结论，说戚秘书长，那就让盛昌发回绝他。戚麟洱伸出右手掌一推，不，盛昌发不是有困难吗？你刚才说他炒股亏空，已经想办法补齐，就差二百万，要是有人支持一下，他还完钱，那挪用公款的事就可以另说了。我们要爱护干部，不能落井下石，不能让盛昌发失去这个机会。张天星说，那怎么办？其实他心中也有主意，但他不能说，戚麟洱比他职位高，不能让他看出自己比他高明，就等着，不说话。戚麟洱说，发奖金，提法不妥。赠与，对，改为赠与。朋友之间送钱解救危难，这是我们民族的传统美德，也符合五讲四美。此事不是公开的，苏泰达又不要求盛昌发办什么事，以后也不会有什么请托的事，戚麟洱提高嗓门，因此，此事可行。张天星去同盛昌发见面，对他说，戚麟洱说了，不是发奖金，苏泰达有什么资格给你发奖金，改为赠与，他送给你。盛昌发宽了心，两手一拍，好，就这么说，赠与。盛昌发一时高兴，动不出脑筋，张天星倒是想到了，赠与要交赠与税的，就改为贷款，只是无息，也不必偿还而已。赠与改为贷款，可以合法避税。他把这个意思和盛昌发说了，盛昌发嘴里喃喃的，赠与赠与，他琢磨着赠与二字，眼睛定定的，忽然眼球一转，说我接受苏泰达的赠与，合适吗？张天星说，不去管他，发奖金是苏泰达说的，现在我们只是改为赠与，为了合法避税，就作为无息贷款，但不必偿还而已。没想到张天星找苏泰达说了以后，苏泰达不同意，他说发奖金改为赠与，可以，但必须照章纳税。我不赞成合法避税。张天星想，我是为你省钱，你倒是不领情。他不知道，苏泰达经营企业这么多年，从来没有干过合法避税的事，税务局的工作人员背后骂他傻瓜蛋。

次日，盛昌发约了苏泰达，还在那家茶馆见面。苏泰达说，发奖金改为赠与，我同意。他想这个事本来是要悄悄进行的，不在乎用什么名义，只是为了拿这个钱为盛昌发填窟窿。苏泰达接着说，不管用什么名义，发奖金或者你被赠与，都必须交税。我已经考虑了，税由我来交，二百万元够你派用场的。盛昌发看他同意“赠与”二字，自己的尊严得到尊重，殷勤地再为苏泰达倒茶，来，苏总，喝茶。他佯作思考状，过了一会儿说，你的情我领了，我一辈子都不会忘记你，不过我考虑再三，我不能接受你的赠与，我给你开借条。盛昌发态度十分坚决，苏泰达看拗不过他，就说既然这样，你就写个收据吧。你达到聊补的目的就可以了。盛昌发激动地站了起来，离开座位，朝苏泰达鞠躬，说谢谢你。想起前几个月苏泰达走投无路时，他利用并购把苏泰达往死里撵，没想到人家不计前嫌，反而以德报怨，雪中送炭，盛昌发此时掴自己耳光的心都有。他说苏总海量包涵，以前我对不住你，你不要放在心上。苏泰达说，你说哪儿去了，我要是纠缠以前的事，还会给你伸援手？盛昌发说我这二鞠躬是给你赔不是，我真不是人。苏泰达说，快别这样，我不想让你过不去眼前这个坎，别的想法没有，以后我们仍然是好朋友。

商定了签订无息贷款的日子，盛昌发说，请我们共同的朋友张天星来做见证，苏泰达十分赞成，补充说，我再去请一下公证处，请他们派人出席公证。公证费当然由苏泰达来出，不过他没有说出来，这是小事一桩。签字地点就在苏泰达的办公室。盛昌发走进来的时候，脸上略显尴尬，这里是他和苏泰达草签并购协议的地方，没想到时过境迁，今非昔比了。在场的只有四个人，苏泰达、盛昌发、张天星、还有公证员，主人不想声张。签好字，苏泰达对盛昌发说，我马上叫财务部去划款，希望这事能早点过去。盛昌发说了一句不大对人说的话，谢谢。

张天星把这个好消息告诉了戚麟洱，戚麟洱说，写借条就写借条，这样顺一些，盛昌发也应该有所担当。没想到苏泰达还保盛昌发过关，实在难得，对苏泰达真应该刮目相看。

盛昌发如释重负，总算可以了了这件事，炒股亏空填齐，挪用公款谁也奈何不了他。回到公司，他叫来齐小兰，问她最近公司的情况。齐小兰汇报说，这几天上面来查小金库，总公司下面的D公司被查出几万元小金库。盛昌发想，这个小金库就是为了供人查的，夸她办事办得漂亮，一个公司有几万小金库是正常的，没有小金库才是不正常。齐小兰起身来到他身后小声说，不过我们D公司的真正小金库完好无损，盛昌发正色道，小兰不是我说你，说话总是那么不规范，我们这哪儿是小金库，那是福利备用金，当然使用范围集中在高管而已。盛昌发唯恐自己的前程难料，对她说，福利备用金要使用起来，高管包括你，车子已经配齐？齐小兰说，配齐了，都是一个外国品牌新型号，超过北京的副部级。盛昌发再次夸她办事得力。还剩不少钱吧。齐小兰报了个数，盛昌发说，好啊，够高管每人买一套大房子。说到房子，老婆孩子现在正住在美国新买的大别墅里，昨天通电话时，他对儿子说，不要淘气，惹妈妈生气。爸爸现在一人在上海，该来和你们团聚时，我随时会过来，你们日子过好了，我在上海没有后顾之忧，才会安心为人民服务。

过几天齐小兰来汇报，房子购买方案经各位高管审定后，已经买好。她对盛昌发说，为你买的房子，就是上次给你看楼书的那一套。符合你的要求，在内环线以内，离你现在的家近一些，就在淮海西路底，四房二厅二卫。出了后门就是一个小公园，那里平时没什么人，等于就是小区的后花园，比一般的小区绿化带大多了，树木高，草坪宽。有空我陪你去看看。盛昌发说，好啊，你办得好，各人的房子都在不同地段？齐小兰说，那是当然，按你的指示，要不，就变成集体宿舍了，各家的事不都透明了？盛昌发竖起大拇指。又问你的一套呢？齐小兰说，离你这一套不远，就在隔壁小区。他们相互看着对方，同时张开嘴笑了。

盛昌发这个D公司被他们高管几乎掏空后，实在经营不下去。此事被苏泰达得知，想并购这个公司的愿望越来越强烈。他对杜志铭说，以前别人来并购我们，以后我们要主动出击，去并购别人。杜志铭说，公司新生产线的收益马上就要进来，而且是滚滚而来，生命春口服液已经恢复到历史最高水平，并有20%的增长，我正想如此庞大的现金流怎么办，公司要往哪儿走？当然我只是想想，这些事，苏总你早就看到了，早就想到了。苏泰达说，你想得好，你也是企业的主人，你应该在参与决定企业命运的进程中，把握自己的命运。杜志铭觉得新鲜，以前顶多想自己的命运，哪会想到参与决定企业的命运才能抓住自己的命运之绳，更大的环境，不也联系着我们每个人的命运吗？苏泰达从杜志铭的眼神看到了他的理解，心中十分欣慰，今天无暇深入讨论了，就先就事论事吧，他说，我们光想还不够，等忙过这一阵，对公司如何扩张，更牢固地立足上海，为上海的生物医药行业贡献力量，并向全国开拓，我将会有一个通盘的考虑。

4．东海大桥

苏泰达要进行深度创业的消息，邝一杰已经从简报上看到了，那是他调任副市长的第一周。之前他升任区委书记有半年多时间。这几天他在偶尔闲下来时，也会想起这件事。他交代秘书，安排时间约见苏泰达。车子驶进人民广场，呈现在他面前的是一幅高楼大厦围成的图画，这幅画几乎天天看，却是百看不厌，他能感觉得出座座华美的建筑洋溢着活力，从那些悦人眼球的线条辐射出来。想到今天早上的约见，赶紧把思路理了一下，不过只有一瞬。苏泰达今天要来，还可以让他参加上午下午的活动。他望着窗外，博物馆和政府大楼遥遥相对，中间是喷水池，四周的树木越来越茂密。每天早上都有不少市民在这里锻炼身体，传来的音乐声让邝一杰受了感染，他真想也下车去做做操，只是想想而已。每天车子到这里是七点五十分，踏进办公室正好八点，这是他给自己定的上班时间。他要利用这一小时做好多事。通常是批下面来的报告，每个报告他都要细看，用他的话来说，就是深入文本，要推敲里面所展示的战略或规划安排。聚精会神一小时能批几个就几个，下面在等着他的批示，才能开始动作，他不能让建设的脚步在他这里稍有迟滞。在写完三个批示后，他抬起头，瞥见墙上挂的书法，这是他书写的陈毅的诗《由宣城泛湖东下》：敬亭山下橹声柔，雨洒江天似梦游，李谢诗魂今在否？湖光照破万年愁。有时他办公累了，就会走到这幅字前，感受诗的意境表达出的韵味，权作一种休息。

除了批报告，他还利用这个时间约见需要及时见面的有关人员。今天要见的苏泰达，就安排在八点四十分。他没有注意放在面前的手表秒针的搏动，只注意分针的移动。在分针即将到达八字时，他及时写下批示的最后一句话，这是关于在高新技术开发区建立孵化基地的。

邝一杰走进小会议室时正好八点四十分，苏泰达已经到了一会儿。苏泰达也是掐着时间做事的人，早上出来时把遭遇红灯估计进去，路上顺了就早到十来分钟。看到苏泰达要站起来，邝一杰连忙摆摆手，示意他坐下。坐了下来，邝一杰看苏泰达面前已有一杯热茶，知道秘书已经做了，就开门见山，进入主题。邝一杰办事有自己的风格，下面要来谈事，或约下面有关人员谈事，都事先有书面沟通，免得人们坐下来时才开始介绍情况。他测算过他阅读的速度比别人的说话速度快得多，这样的书面沟通，使面对面的谈话时间大大缩短，工作效率自然大为提高。他们两人从来没有像今天这样近距离地促膝谈话。邝一杰从苏泰达的言谈中看到了自己年轻时的影子。他对科技新事物也有这样一种不断探索的精神，他想自己要是没有从政，做教授决不做平庸的教授，做研究也绝不墨守成规。面对苏泰达，看着他那种不断求新的闯劲，他不但要口头上鼓励，更要在公权力的平台上为他创造条件。上海既然是个海，当然不拒细流，何况是海归这样清澈的富有生命力的细流。有些想法他要理一理，有机会再在市长办公会议上说一说。

苏泰达想他的报告上已写得明明白白，现在只是挑几个要点说，邝一杰自然很快领悟了，对照着他的报告更加胸有成竹，就说你放手去做，你们海归朋友们实践中遭遇的共同问题，需要我们做什么，我们一定着手解决。苏泰达为这种平等的对话心生愉悦。他没有把邝一杰当成副市长，说话时眼睛一直望着邝一杰的眼睛，他只把邝一杰当成师长，他是去向师长讨教，乃至寻求支持。他此行的目的完全达到了。他在心中感谢邝一杰，而今天邝一杰约他见面，正是从苏泰达近年来取得的成绩（他已被评为海归回国建设标兵），而把他看成海归人士的代表。今天的谈话不止为苏泰达排忧解难，而他也把这次会见当成一种调研。一个在位的负责工作人员只有掌握第一手材料，才能做出正确的判断。这是符合我们常说的认识论的。他说了对苏泰达深度创业的看法，作为领导表示支持是通常的做法，但他同时愿意在细节方面对谈话者有所帮助，就像他是这个项目的负责人。应该说，邝一杰走到今天也是从单位的项目负责人起步的，有战壕里的实战经验，而成为战役指挥员，甚至战略指挥员，面对全局会更加得心应手。苏泰达听着，没有插嘴，直到邝一杰说完，才又提了几个需要请有关方面协调的问题，邝一杰也做了指示。

邝一杰特别注重面对面的沟通，不管是对属下的工作人员，还是其他人士，可以感知谈话的对象，又有情感交流，他总是感受到赤诚相见的谈话带给他的阵阵温暖，这不是看呈文或报告所能得到的。今天同苏泰达的谈话也是这样。

说完他看了一下表，正好九点，起身说，今天就到这里。最后着重交代，我刚才已经说了，你要充分利用高科技园建立起来的新药孵化平台，特别是他们的配套资金池。我们有十三亿人口，为了提高人民的健康水平，所需要的新药一定要有从我们中国人手上，也希望从你苏泰达手上研制生产出来的。分别的时候握手的力度，表达了他的这个希望。邝一杰问，你今天有什么安排吗？你看这样好不好，今天就在这里上班。上午我见一位西部省份的副省长，下午见出席市长咨询会议的国际企业家，还要去参观，你一起参加。苏泰达说好啊。邝一杰让秘书带苏泰达去大会议室等候。

他要抓紧九点半之前，再批几个报告。在走廊里秘书跟在身后说，有三个单位的三位同志等在第二小会议室，你要不要见？邝一杰不赞成这种没有预约的会见，会打断他的工作程序。这些同志是掐着上班的时间来的，也许他们不想占邝一杰的业余时间，也许他们不知道邝一杰总是提前一个小时上班。邝一杰想，既然这些同志破了应事先预约的例，一定有急事，就说，请他们分别过来，一人五分钟。当然如果让邝一杰发现并不是非破例不可的，他们以后再这样做，就只好吃闭门羹，不能养成会哭的孩子有奶吃的坏习惯。结束第一个五分钟，秘书早就让第二个人在门外候着，待这里这个人起身，秘书就让他进来。进来的人没有不快步走的，当然还是符合竞走的规则，毕竟在副市长办公室小跑是不适宜的。总算把三个人的事谈完了，一看表，用去了十六分钟，离九点半还可以利用十四分钟。邝一杰打开一个新的报告沉浸其中，连秘书来给他的茶杯续水，都没有做手势感谢。

九点差五分，秘书进来走到他身旁说，客人已经到了。邝一杰随即合上水笔套，快步走出办公室。在走廊里他的手机振动了。这个随身带的手机，号码只有少数几个人知道，领导的秘书、自己的秘书、办公厅有关人员，都是工作上有联系的人。他妻子都不知道这个二十四小时开机的手机号码，有时家里有急事都找不到他，只能通过他的秘书。此刻来电话的是另一位副市长，火急火燎的事，他停下脚步，对同事所说的事表了态，最后说，这个事你我明天找个时间碰一下头，一定要妥善解决为好。走到会议室门口，恰到好处地关掉手机。一进门就快步向客人走去，欢迎欢迎。客人是西部省份一位副省长，他们在中央党校一起同过学，那时两人常在彼此的寝室里谈到深夜，海阔天空，话题广泛，他没想到两人会这么投缘，各自对自己所在省市的人民都充满深情，相约一定要在岗位上为父老乡亲提高物质文化生活水平出力。简短寒暄过后，就进入正题。邝一杰走到电控建设沙盘前侃侃而谈。这个建设模型宏伟多姿，扑面而来的恢弘气势，令客人惊叹。从客人的目光中，邝一杰领略到自己演讲的魅力，他更知道这是二千三百万上海人民建设大上海气概的魅力。他越讲越有劲，俨然一个大战役的参谋长在介绍军情。这里具体地说，是建设上海国际经济、金融、贸易、航运中心所取得的巨大成就。他一直站着用指挥棒指点着上海的土地，客人也不时提出想进一步了解的事，邝一杰都一一做了详细回答。他接着说，你是分管城市建设的，我今天特地请来了上海热土集团，让他们的老总来介绍他们这些年来开发房地产，建设绿地，由小到大的发展过程。秘书自然是机敏的人，已经出门去请了热土集团的总经理，随后一起进来的还有许啸华。邝一杰先请热土集团的老总介绍。他放了视频，一边讲解。这个集团提供的成功经验，让客人大感兴趣，说回去也要考虑参考这个模式来做一些尝试。一听说热土集团的房地产开发已经向上海之外的城市延伸，客人说，希望你们热土集团来我们省拓展你们的事业，我们一定予以支持配合。邝一杰说，热土集团是一个有雄心壮志的国有企业，他们已经暗暗立下了誓愿，要在几年后跻身世界五百强企业，说着眼睛充满笑意地望着那位老总，那位老总颔首微笑。待热土集团介绍完，邝一杰做了总结，上海到处是钢筋和水泥构筑的高楼大厦，全国乃至全世界真是找不到一块土地在这么短的时间里，雨后春笋般地冒出这么多形态各异的建筑奇葩。可是光有建筑物的堆积，会给人们造成沉重感。有了绿地，以至有了大片的水域，城市就显得空灵，更加富有灵性。他们热土集团就用大片大片的嫩绿、翠绿、墨绿点缀我们这块土地。紧接着他做着手势，对西部省份副省长介绍许啸华，说这是我们又一位国有企业标兵，他的服务型企业集团除了吸收上海企业外，还吸收大量外省市企业参加，多年来热心为中小企业服务，也组织企业集团成员相互支援，特别为西部省份的企业拓展市场，寻找技术。西部省份副省长紧紧握住许啸华的手，久仰久仰。我在我们省听说过你的大名，你为我们的企业提供新技术，联系新市场，有的企业被救活了，有的企业前进了一大步，我们要谢谢你啊。西部副省长又就两省市的合作谈了一些意见。许啸华也谈了与西部这个省即将进行，或规划进行的若干项目。那位副省长说，一定把你的意见带到，我们的企业家一定会十分欢迎你，让我们在西部再见。邝一杰今天也有一个意外的收获，就是他决定了要推荐许啸华担任市对外协作办公室副主任，下周市长办公会议就提出来。

邝一杰对西部副省长介绍了苏泰达，说今天巧了，既有公有制代表许啸华和热土集团老总，又有民营企业代表苏泰达，他们代表着社会上两股经济力量。副省长对苏泰达回来报国表示了敬意，并希望他来西部参与开发。苏泰达为有机会接触西部来的朋友而高兴，开发西部也符合自己回国报效的初衷。他说，我们很愿意到西部去，我回去以后就着手进行生命春口服液到西部设分厂的可行性研究。邝一杰说，你们二位利用今天这个机会细谈一下，任何合作意向市里都支持。

上午还有一个节目，就是参观洋山港。邝一杰及时结束这次会见，一行人上车向东海大桥驶去。

车子向芦潮港驶去。小时候，爷爷带苏泰达去外婆浙江老家，就是在芦潮港上的船。今天来到芦潮港，好像到了一个陌生的地方。车子上了引桥，苏泰达明确告诉自己，这就是向往已久的东海大桥，迎面扑来的是天的蓝、海的蓝，两种蓝使人心境平静，深浅的不同却让人觉得是在颜色的界线间滑行。车子随着桥的延伸，高度渐渐向上攀升。邝一杰告诉客人，主桥洞距海平面有四十米高，足够万吨轮从容通过。他为车窗开了一条小缝，海风急切地钻了进来，轻抚着他的脸庞，邝一杰感到了一阵轻松。工作的繁忙，他往往无暇顾及更多的调剂休息，但他却从来不放过这种能使自己放松的机会。他目光仍然朝着前方，说东海大桥是世界上最长的跨海大桥，在洋山建深水港，中央是下了决心的，从动议起至开始建设，缜密策划了六七年，上海港就有了可与集装箱大港相匹配的规模。32.5公里长桥横跨海上，何止是天堑变通途。改革开放激发了人们的想象力，跨过这辽阔海面就如履平地了。东海大桥连接着上海经济腹地，这真是大手笔呀，这样，上海的国际航运中心就有了坚实的起步。客人不停点头呼应着。邝一杰想，带客人来看东海大桥，看洋山港，来对了。中央让上海建的四个中心，国际经济、金融、贸易中心，到哪儿去看，都不会有像来这里，受到如此巨大的视觉冲击，得到这样深刻的感性认识。去证券交易所大厅，到海关报关大厅，都不会对金融中心、贸易中心有如此令人难忘的感性体验。至于经济中心，只有看经济报告了。

此情此景对苏泰达也是一种震撼，他下了车，站在集装箱码头上，在橙红色的装卸设备庞然大物下，有一种人相对于冲天机械的渺小感觉，不过很快调整过来。其实这也是邝一杰第一次来，站在此地那一瞬间的感觉。这橙红色的庞然大物不正听从工人们的调遣，应该说，是上海的建设者们驾驭这些物，哪怕是庞然大物，一想到这里，邝一杰的自豪感油然而生，我们有这样的人民，这样勤劳敬业的人民群众，我们有什么人间奇迹不能创造。邝一杰招呼着秘书，来，给我和远方来的朋友，还有苏泰达一起照相，多拍几张，对着大桥，对着码头景区。请副省长带回去给西部的同志们看，希望他们也来上海看看，我们也要找机会去西部学习。为了不影响工人的操作，他们离开了橙红色装卸机械。走到远处，再抬头看码头，一溜排开的集装箱桥吊，构成了一幅现代化建设的图景，苏泰达不禁啊了一声。极目望去，大型桥吊矗立在近处，也点缀在远处，夺目的橙红就像是它们吸饱了阳光，而后才释放出来的。天上的太阳一会儿被飘过的白云遮住，一会儿又露了出来，天被港区的景色衬得更蓝了。

邝一杰给客人，也给苏泰达指点着看这里，又看那里，他说，华东乃至中西部出口可在洋山深水港装箱，进口的货物可在洋山深水港卸货。洋山深水港加入后，上海港现在集装箱年吞吐量超过中国香港，直追新加坡，位居世界第二。洋山保税港区的发展，为推动上海国际航运中心建设，进而推动“四个中心”的建设，发挥了巨大作用。航运不是他分管，说起有关数字，却是侃侃而谈，让客人暗暗吃惊，苏泰达则在心里想，邝一杰一天有多少精力啊，做什么事都是这样精益求精，有条不紊，真应该利用今天的机会，近距离观察，细细揣摩。

随着邝一杰的介绍，副省长默诵着，港区航道全长67公里，15米以上的水深。副省长说，太令人赞叹了，老邝，请允许我动情地说一句，向上海人民学习，上海的广大干部和人民群众为全国做了贡献，辛苦了。邝一杰紧握着他的手，说这是上海应该做的，我们同样要向西部人民学习，向全国人民学习。邝一杰指着远处吊车下移动的集装箱接着说，我们更要感谢西部人民、全国人民的大力支援，西气东输，西电东输为上海建设加油，你看，要是没有电，集装箱就停在空中了。上海有某些有利条件，我们应该遵循中央的要求，做到四个率先[①]。我们做得远远不够，你是客人，一定更容易发现我们工作中存在的问题，你一定要把意见留下啊。

苏泰达是第一次到东海大桥和洋山港，如此弯向深海的桥梁，这样大的港口，是他见所未见。对上海这些建设新成就，他也很想领略，只是总也抽不出时间。今天邝一杰让他同行，他能感受到邝一杰的细心和盛意，身为副市长，诸事繁忙，却能在日常工作中为一个普通的回国留学人员捕捉这样的机会，让他既能受到教育感染，还能得到积极休息。邝一杰则举一反三，他从苏泰达欣喜的脸上得到启发，以后要分期分批组织海归人士来看东海大桥，看洋山港，看上海日新月异的建设，回去就让秘书去落实。

望着这样宏伟的跨海大桥，这样宽阔的深水港口，我们不说苏泰达心潮澎湃，他想的是这得花国家多少财政收入啊，不管是政府官员还是建设的工人们，付出了多少汗水和心血。苏泰达进一步想，应该多出产品多缴税，但作为企业家，作为目光远大的企业家，这是远远不够的，有没有别的办法可以为国家多做贡献？

下午邝一杰还有外事活动，他们一行人在港区简单吃了中饭，就往回赶，他必须在两点前赶到市政府接待大厅。

接待大厅迎面大墙上挂着一幅山水画，有时邝一杰早到了，就会站在画前欣赏，他把这看成是紧张繁忙工作中短暂的休息，哪怕只有几分钟。今天要在这里会见二位国际企业家，他快到时间才到达，就站在门口迎候。他们是来出席上海市市长国际企业家咨询会议的，昨天在会议中间茶歇时，邝一杰与他们交谈甚欢，邀请客人到申江高新技术园区参观。这二位朋友不是第一次出席这个会议。这个会议从上世纪八十年代末开始每年举行一次，便于上海市的领导面对面吸收来自国际的信息和

---

① 四个率先即率先转变经济发展方式、率先提高自主创新能力、率先推进改革开放、率先构建社会主义和谐社会。

意见，扩大视野，打开思路，寻求更具战略意义以及操作层面的新举措。参加这样的会议，邝一杰觉得自己的眼光放得更远。昨天来不及个别深入交流，今天他利用这个机会，一方面向外宾介绍上海科技方面的新进展，同时倾听意见，与外宾切磋一些前进路上必然要遇见的问题。在接待大厅谈了半个多小时，他们就驱车前往申江。在到达园区办公室前，邝一杰先带客人绕着园区的宽敞马路巡视一遍。为了沿路介绍方便，刚才出来时换了大面包车。邝一杰指点着从车窗旁闪过的厂房，一一介绍这里各种类型的企业，以及它们从事的各类高新技术的开发应用。客人的感觉是，这里地域宽敞开阔，厂房在阳光下闪着光，焕发出一种企业内蕴的活力，以致不断发出赞佩的话语。

到了园区办公室，听取了有关负责工作人员的介绍，宾主都感到上海这些年在科技方面的进步。他们一行人先到一家制造心血管支架的公司。例行的介绍时，人们的目光被视频屏幕上展示的被支架撑起的血管所吸引。国外来的企业家为中国也生产了药物缓释支架而赞叹，质量可与美国同类产品媲美，缓释药物中含有中药成分，增强了治疗效果，价格却便宜得多。苏泰达心中的感受更多的是惺惺相惜。经过消毒的程序，踏进这里的车间，就像回到自己的公司，不过这里几位公司主事者比自己年轻，苏泰达看到了自己的后来者，看来上海乃至整个中国正吸引着越来越多出国留学人员。他们这些海归身上的财富，包括知识。知识可转化为资本，他们把自己，甚至人们也把他们，称为知本家。他们既是资本家，又是知本家，这是新时代赋予他们的使命意识，苏泰达深感自己的责任重大。邝一杰注意到苏泰达脸上的兴奋，说苏泰达同志，你是制药的，他们是制造医疗器械的，你们可以多切磋，相互激发头脑风暴。

接着他们到了一个科技公司，具体了解申江新药孵化平台的新进展。这个公司与申江签约，由这个公司提供全方位新药研发外包服务。这个公司总经理介绍他们已为国外公司发现新药，也将协助国内的公司发现新药，辅助新药上马。这样的感性认识给外宾留下深刻印象，他们祝愿上海科技有更大进步，与邝一杰相约明年出席市长咨询会议以后再来参观。

今天邝一杰带苏泰达一起来，也有牵线搭桥的意思，免得苏泰达前来自报家门。苏泰达为邝一杰如此细致的工作作风所感动。他求之不得的正是这样的服务，与这个公司总经理深入交谈，彼此已经达成合作的意向，只待来日进一步细化。

苏泰达想到的是今天不虚此行，决定拟议中的公司创新研发基地就建在申江，这里有最适合成长的生态环境。加大企业研发投入是一条必由之路，国内一家著名民营IT企业就是走这样的路，使公司跻身全球先进行列，雄狮般地在世界“游荡”，值得借鉴。这样，苏泰达就为自身之外的个体集合参与决定其所在环境的命运创造条件，让员工通过企业创新来决定太一公司的命运。他要在太一公司建成吸引世界人才的研发平台，待公司忙过这一阵，他要去美国聘请留学人员、华人专家来同自己一起开拓新天地。这些事待进一步考虑成熟，有机会再向邝一杰汇报。

苏泰达还想，自己回国这步棋走对了。遥想爷爷、父亲一生都不能尽其才，他们报国无门。他在美国留学后留下来工作，远隔重洋看着祖国蒸蒸日上而兴奋不已，而摩拳擦掌，恨不得早一天投入其中。固然在美国有稳定的工作、丰厚的收入，可是却无法安顿自己这一颗报效祖国的心。那时他想，不能再等了，他要回来，就马上去运作回国事宜。在接童端仪去美国探亲旅游后，他毅然辞去工作，一起回国了。不管前面有多难，他要在故土重新开始，这些年的成就已为自己的人生做了证明。

就在整个行程将要结束时，秘书过来对邝一杰耳语，今天晚上八点领导找你。邝一杰微偏过头说，好，晚饭后我在办公室看文件，你关照司机，七点半在司机班等我。跟他说一下，今天晚上会比平时晚一些，让他给家里打个招呼，我记得他的孩子还没满月吧。

5. 渣滓洞前的思考

齐小兰敲门进来，给盛昌发递上新的房产证。他的这套房子马路对面绕过虹桥路，就是轨交3号4号线，将来还有地铁10号线横贯而过，真是好地段，当然他有车子，不用坐地铁，说起地铁，只是为了说明房子的潜在升值空间。现在钱赚得不够多，只能在淮海西路，将来腰包更鼓了，就要搬到淮海中路图书馆对面的小区，那才是身份的标志，也是盛昌发个人奋斗的目标。他是从杨树浦里弄里走出来的，小时候，大人几年也去不了一次南京路，都说是去上海。他已经几年没有回过度过青少年时代的弄堂，一走进去，就先看见小便池，一股恶臭扑鼻而来，呛得气难透，窄弄两边堆满垃圾，苍蝇嗡嗡地叫。很难想象，要是他没有奋斗成功，在这里怎么生活得下去，这些年的卑躬屈膝都值了。盛昌发把玩着房产证，上面确确实实写着自己的大名，买房子自己没有掏一分钱，是从D公司变化出来的，谁让他是掌握一定权力的国有企业家，有机会做这样的物质分配，不过他还是要表扬齐小兰办事利索。买房子之前，盛昌发就问齐小兰，D公司为朋友担保贷款的连带赔偿已经付了吗？齐小兰说，付了，他们按原来协议，把他们做亏的钱和我们二八分成，百分之八十的款项已经打进我另设的账号。盛昌发说，这就好，这不是小金库，这已经是账外账，你要做得利索点，让他神仙也查不出来。齐小兰说，盛总，你放心，我们是利益共同体嘛。齐小兰是一个办事精刮的女人，偏偏她的一套房子没有办理房产证，也就是那套比邻盛昌发小区的房子还不是她名下的资产，她看盛昌发闹得欢，直觉有某种危险，办产权证等一段时间风平浪静再说。盛昌发问，几个高管的房产证都送到了？你的也办好了？齐小兰回答全部胜利完成。盛昌发为近来公司的事，真是心力交瘁，现在D公司几乎被掏空，他想赶快脱手。已经约好了张天星。小兰，这几天你多留心，检察院对我们E公司增资扩股调查的情况，必要时花些钱，要搞到确实的情况。

盛昌发对张天星提出要求，协助我把D企业出手吧。张天星说，你就不怕国有资产流失？盛昌发说，国有资产已经不多了。

张天星利用自己所在职位的方便条件，哪家大的国企遇到各种资产问题，都会来找他帮忙。他问了一家又一家上市国企，人家老总比盛昌发还精，说我的不良资产还要剥离，还会接这样的烂企业？张主任，你不要替人家揩屁股，谁造的孽，让他自己去承受。张天星当然不能把这样的原话搬给盛昌发，只是对他说，你那一大堆肥水实在无人问津，你还是找民营企业，看有没有人愿意接手。他知道民营企业处于弱势，也许有人愿意花钱买D企业原有的品牌这样的无形资产。

盛昌发决定去拜访何磐石。快到何家时，何磐石正从玫瑰花园早锻炼出来。他在车子里看到何磐石在上街沿走着，就让车子停下来。他追上何磐石，说何老，我这么早来会不会干扰你的生活？何磐石回头看见他，讲不会不会，说哪儿的话，你们企业家都很忙，能来看我这个老头子，我就高兴了。盛昌发今天空手来，他到何家，也只能空手，这是何磐石给他定的规矩。他刚当上柳事公司总经理时，为了答谢长期以来支持他的老同志和领导，给他们都准备了礼物，当然是拿得出手的，与他这样握有巨额资产的老总身份相称，对被受礼者也不会失礼。当然不同的人，还是有区别，读者凭自己的间接经验，就能估出他送出的礼品的价值。那时盛昌发到何家，从后备厢搬下来的东西，走了几个来回，当然还连带一张金额未明的购物卡。何磐石看到这一切，脸就拉下来，小盛，你这就见外了，不像自己人做的事，你通通带回去。等到他们聊天完毕，盛昌发起身告辞就往外走，装作没什么事，何磐石叫住他，小盛，你的东西，不要忘了。盛昌发说，何老，我这是一点小意思。何磐石说，不管意思大小，你都带回去，要不你下次就不要光临寒舍了，不带回去，就没意思了。话说到这份上，已经顶到墙。盛昌发只好自我解嘲，何老，别见怪，我知错必改，请何老放心，以后一定空手。何磐石说，不，你从今天就开始，今天就空手。盛昌发拦了一部出租车，又走了几个来回，把礼品放回后备厢，购物卡也收进钱包。从此盛昌发到何磐石家就空着手，他也懒得再来，礼品不收，将来有请托的事肯定不会伸手，盛昌发就把何磐石从可以依赖的老同志名单中划去，不过也不能太疏远，他们老同志之间的言谈，还有老同志对在位的同志说什么，盛昌发是无法控制的，他不想让何磐石这个不确定因素，变得更加不确定。何磐石是靠不住了，在盛昌发经营的人脉网络中，离退休的领导除了何磐石，在位的除了曾经的领导，如邝一杰，还有其他人，他相信有了这样的布局，能使自己在官场中立于不败之地。

他今天来就是要向何磐石汇报他要出手国有企业的困扰。何老，我实在于心不甘，好端端一个企业就要拱手让给民营企业。刚才他已经谈了国有企业不肯接手，一个几乎被掏空的企业，盛昌发却说成好端端的企业，何磐石不明就里，就开导他，你要负起责任，把一个好端端的企业搞得更好。盛昌发解释他的总公司经营范围太广，实在忙不过来。何磐石说，那你授权啊，这在现代领导科学里讲得很清楚。盛昌发不好说他要把这个包袱甩掉，满脸忧愁。何磐石看他这样，为他着急，当然不知道他要出手这个企业的真正原因。何磐石只能就事论事，说转让给民营企业，这也没什么问题，公有经济和非公经济都要发展，而且要大力发展。盛昌发何尝不知道上面的精神，也不是他对上面的精神领会不深，他只是想寻求支持，特别是老同志的支持，求得一个心理安慰，还可以抵御企业界的流言蜚语。他看此行目的已经达到，就把两腿夹紧，手放在膝盖上，恭恭敬敬地说，感谢何老的开导，我一定遵照您的意见办。何磐石当惯了领导，习惯了人家说遵照他的意见办，他听不出盛昌发其实是想找一个办事的抓手，现在被他攥到了。他出让这个企业，原来是落实已经退下来的老同志的讲话精神，真是够滑稽的。盛昌发不觉得滑稽，他觉得理所当然。

多家民营企业有接受盛昌发属下的D企业的意向，盛昌发都接触过了，无形资产的价格谈不下来。要转让给谁，他手中握着主动权。他内心不大愿意转让给苏泰达，曾几何时他还并购苏泰达的企业，只是天不遂人愿，他运气不好，没有办成而已。要是转让给苏泰达，这比控股走得更远，他就完全失去了这个企业，与苏泰达合作，就是签订城下之盟，内心涌起的屈辱感使他坐立不安。苏泰达和他初步洽谈后，又来电话表示承让这个企业的愿望，盛昌发要拒绝，很难说出口，到底人家手中握着他二百万的借条，再说苏泰达也实在够朋友，在他危难时救了他一把。就苏泰达这方面而言，他是不愿意看到一个曾经做过好事的人，就这样垮掉。他很清楚，盛昌发走到这一步，岂止是生栋覆屋。在苏泰达的催问下，盛昌发同意把D公司转让给苏泰达。

正式的谈判定在苏泰达公司，那天盛昌发到达公司门口时，苏泰达听到前台小姐的通报，赶到门口迎接客人。他不想让盛昌发有什么难堪，到底他是由于经营不善（至少苏泰达现在这么认为）让这个企业垮掉。进了会议室，他们两人坐在长会议桌的两边，颇有点两军对垒的意思。不久前，也就几个月吧，他们的身份正好反过来。那时盛昌发坐在那里，两腿叉开，两臂张开，说起话来手舞足蹈，就像接受投诚的将军，而这个时候，他蔫了，完全萎了，瘫坐在那里，几次直起腰来，又松弛下去。他绝没想到，这几个月会有这么大的变化，他只能接受现实。现在是他要把这个烂摊子甩给苏泰达，当然苏泰达出于什么考虑，他是不知道的。他想苏泰达不是傻瓜，他愿意接受D公司，一定有利可图。苏泰达今天的态度还是同对待任何生意伙伴乃至朋友一样。几个月以前，在这里面对盛昌发，他是不卑不亢，态度坦然，他知道自己是不得已而为之，因为文件就要到期，实在是走投无路，只好选此下策。一个人难免有倒霉的时候，在这种时候只能韬光养晦，才能在困境中求得重生。今天角色已经对换，他不愿意让盛昌发尴尬，说话的语调比平时更加平和，为的是让盛昌发感觉不出压力。商谈结果，决定对D公司的资产做一次核查，两边核查的负责人是齐小兰和杜志铭，他们紧张工作了几天，结论是D公司的负资产不是五百万，而是七百三十万。盛昌发听到这个结果，第一个反应是有这么多吗？原来经资产评估公司评估，正资产扣除负资产，盛昌发方面还是有一笔进账的，现在负资产由五百万变成七百三十万，苏泰达可以少付二百三十万。盛昌发问齐小兰，真有那么多吗？齐小兰说，核对了两遍，是这个数。盛昌发说，便宜了苏泰达这小子，他可以少付不少。盛昌发想的是，这个被掏空的企业得赶快脱手，以后谁想来查账就查不到了。他让齐小兰抓紧和杜志铭联系，有回音马上来报告。杜志铭向苏泰达汇报，苏泰达说，这事先放一放，这两天我有件更重要的事要办。杜志铭没有问，老板不说，他不宜多嘴，只是想难道公司还有什么更能创造利润的大动作。

刚刚苏泰达例行上网，看到一条触目惊心的消息：黑砖窑，黑窑工。当时他腾地从椅子上站了起来，惊呼道，这是怎么啦？这块土地上竟然还有奴隶劳动，生命居然遭受如此作践。他旋即又回到座位，在网上查阅别的报道，点了几十条。他发现自己的心快跳出来了，咚咚撞击着胸口。忽然发现自己胸口停止搏动，也许心已经碎裂。他低下头，双手撑住额头，他要把被撞碎的心再捏合起来。他想喊，大声喊出什么声音来，终于他还是喊不出来。摊开纸，把心中要喊的话写下来。白天没有写完，直到更深夜阑，才改定完稿。他又看了一遍，加了一个题目：

铲除黑砖窑所代表的落后生产关系的生产方式。打完字挂到自己的博客上——

铲除黑砖窑所代表的落后生产关系的生产方式

最近，山西黑砖窑事件吸引着举国上下的目光，也揪着万千人民群众的心。面对着四百位父亲的泣血呼救，从6月5日大河网出现帖子，到6月12日点击率超过31万，天涯杂谈6月7日转帖后，六天时间点击率高达58万，并有3000多篇回帖。面对此种令人发指的对人的摧残，人们震惊了，愤怒了。

从四百位父亲泣告开始，全国各地的人们，在密切注视着事态的发展，不禁引发了对这个事件的深入思考。

山西黑窑主和包工头通过人贩子拐骗、绑架，把农民工（包括未成年人和智障人员）投入有狼狗和打手把守的黑砖窑，实现对生产者人身的占有。

…… ……

黑砖窑所代表的是落后的生产关系，而此种落后生产关系的生产方式下，农民工完全没有人身自由，黑窑主和包工头也不把农民工当人看。

…… ……

在洪洞县曹生村王兵兵的黑砖窑，监工赵延兵在光天化日下把农民工刘保一锨活活打死。这个涉嫌故意杀人的赵延兵自供："打老汉之前本来想吓唬吓唬他的，没想到那个锨，我就把它一举，最后他猛地冲下来，我把锨一举，就打到他的头部，然后倒了下来。"又说："死了以后，包工头的干儿子陈志明就让我给拉着车子，他就安排了几个工人，凌晨十二点多至一点多的时候，就把这个工人给埋掉了。"

一个活生生的生命在中国土地上就这样被黑砖窑吞噬了。这是令人发指的暴行。从赵延兵语无伦次的叙述里，他在告诉人们，他并没有把刘保当人，甚至也不当一只牲口。要是他家的马，哪怕只是小驴子朝他跑来，他会举起铁锨对着它的头部猛击下去吗？绝不会。他会想起这马或驴子是多少钱买来的，远比包工头买农民工花的几百元多得多，他也会想起这马或驴子可以多少钱卖出去。在他的眼里，被囚禁在黑砖窑里上的任何人都不如一只牲口。

当今世界上哪里还有这样的生产方式？

我们实在不愿意这样的生产方式在我们的土地上出现，可是没有办法，已经出现了，只能正视它，铲除它。这是祖国大地上长出的霉斑，与我们的法律法规，与我们的道德底线，与我们的人类良知，都是严重背离的。

可悲的是，当地基层的有关当事人都不会认为，眼皮底下的黑砖窑里发生的一连串令人发指的事是反人类良知的，不会承认这样对生产者的摧残是践踏人的基本权利的。有人认为，只不过是农民工“人脏些，头发长些”，对黑砖窑里发生的一切，官员熟视无睹，村民麻木不仁。

…… ……

黑砖窑是我们社会最丑恶的现象之一，由此引发的思考是多方面的。

我们不能让刘保及其他不知姓名的阶级兄弟白白付出生命的代价。多少年前，为了抢救六十一个阶级兄弟的生命，全社会齐心协力，全力以赴。刘保之死，不是缘于社会上的斗殴，而是在特定生产方式下，生产者在毫无保护（应该保护他的公权力缺位）的情况下被剥夺了生命。今天刘保等人的生命是无法挽回了，但我们活着的人有责任阻止此类悲剧的重演。以此类事为借鉴，对远处及近处可能出现的黑砖窑式的事物，保持高度的警觉，一切有社会责任感，有人类良知的人都应该站起来，坚决制止同类事件在我们的土地上发生。把人当成人，尊重人的基本权利；对黑砖窑事件所引发的种种思考，但愿能推动历史的进步。坚决铲除滋生黑砖窑所代表的落后生产关系的生产方式的土壤，否则，隔了多少年，可能将来的某一天，还会有这样的事情发生，我们的孩子、孙子、曾孙会被人投入黑砖窑这样的黑暗天地。想想真是不寒而栗，这是何等可怕的情景啊。值得庆幸的是，全国万千民众都在关注黑砖窑事件，当地正在彻查并依法处理。每天多少人点击网上的报道，时刻关心事态的进展。科技发展到今日，互联网及其他现代信息手段大大拓宽了人们相互沟通的渠道，远非多年前可比。人民群众在实践中，真正体会到：人民，只有人民，才是历史的主人。现在全国有如此多的民众在关心山西黑砖窑事件，对这个事件所折射出来的问题做深入的思考，要铲除黑砖窑所代表的落后生产关系的生产方式，要铲除滋生黑砖窑所代表的落后生产关系的生产方式的土壤。

苏泰达看着自己的博客文章，说是说了，可是能有多大作用，这只是一个有理性的中国人说出了发自肺腑的声音，只能是一种民意的表达。

他打电话给童端仪，童端仪没有先看他的文章，而是上网看了有关报道。点出来以后，她看到那个泣血寻子的母亲的哭诉，没看几行，她哭了，哭声传到苏泰达耳朵里，苏泰达说，端仪，你不要哭，你哭会伤身体的。她越发哭得厉害。他知道童端仪心肠软，听不得人间悲苦的事，后悔给她打电话。他说端仪，不哭，不哭；也不知道如何安慰她。挂了电话，就给李虹绵打电话，告诉她黑砖窑的事。她也没有先看他的文章，还是先看报道。她看得几次鼻子酸，纸巾拿在手里，随时准备去擦眼角要滚下的泪水。电话里传来李虹绵带着颤抖的声音，苏泰达说，你现在去看你端仪姐，她得知黑砖窑的事，哭得很伤心，你去陪陪她。李虹绵说，好的，我这就打车过去。李虹绵不知道自己怎么会这样听苏泰达的话，那时童端仪打电话请她去她家，告诉她，要和苏泰达离婚，就像一阵凛冽的风吹醒了自己，难道我会夹在他们中间吗？一想到她可能就要结束少女时代，心中有一种莫名的恐惧，苏泰达再好，也是端仪姐的，可是后来他们到底离婚了。她一再对自己说，不是我要从端仪姐手中夺到苏泰达，要是那样，她宁愿没有这份感情，她主动疏远苏泰达好长时间，可是每次接到苏泰达的电话，她的心就会怦怦乱跳，直跳到嗓子眼，顿时她就陷入迷茫，这个苏泰达真是我命中的那个男人吗？

李虹绵对苏泰达的情感有个渐进的过程。她年轻、漂亮，又有硕士的学历，要嫁给苏泰达毕竟有点屈就，她固然没有剧烈的动摇，可是犹豫却是必然要发生的。克服犹豫的力量来自于她抛弃了任何世俗的考量，她只把与苏泰达的结合视为两个纯真生命的结合，在苏泰达的召唤下，她愿意毅然决然跨出此事成败关键的一步，这最终的结果正是她所要的。走出迷茫，是在李虹绵决定和苏泰达定情的前夜，跟定这个男人的决断，令她摆脱了结束少女时代的惆怅。

就在苏泰达写上网文章的时候，盛昌发在办公室里急得团团转，一次次给苏泰达打电话，手机老是关机，打到办公室，接电话的小姐又说不在。盛昌发自言自语，苏泰达到哪儿去了，放着正经业务不做，哪像个企业家。原来在上网看到黑砖窑的报道后，苏泰达就让接电话小姐截住任何电话，都说苏泰达不在，可以留言转告。待苏泰达给李虹绵打完电话，去查电话录音，他听到了盛昌发的几次留言。这一天杜志铭也接到齐小兰几次电话，杜志铭说，我也在找苏总，一直没找到他。第二天，杜志铭去了苏泰达的办公室，汇报齐小兰来电的情况。苏泰达的信息渠道并不了解盛昌发种种作为已经引起纪检部门的注意，他说，并购的事要抓紧办，我们把盛昌发的保健品品牌买过来，将来可以搁置起来，也可以作为我们天长地久品牌的子品牌。我们要利用D公司的土地，将来老厂房拆了，建我们新的生产线，这块土地将来还会增值。固然他们的无形资产我们付了代价，长远来看，对太一公司还是有利的。还有，我昨天写了一篇关于山西黑砖窑的文章，你有时间上网看看。

盛昌发、苏泰达很快又聚在苏泰达公司的会议室，各自在该签字的地方签字。苏泰达得到了他要得到的。盛昌发签好自己的名字，暗暗松了一口气，他在淮海西路的房子及其他高管的房子，都实实在在安安全全地归到各自的名下，他想赚钱也实在太容易，只要手中有权，又肯花点心思，银票就会滚滚而来。上海房价看涨，就这一套房子，过一两年恐怕就可以赚两三百万。齐小兰到这个时候才放下心来，她得到的那套房子大约不会再有什么节外生枝了，她本该就去房产交易中心办理房产证，她没去，她还想再等一等，直到真正风平浪静再说，不过是一个房产证嘛，还是谨慎些，晚一些日子，却安全得多，晚上才会睡得着觉。听人说，睡不好觉，女人容易衰老，再说她也不想惹什么事，还是这样太太平平最好。

签字仪式后的宴会，苏泰达没有参加，他推说身体不舒服，头有点疼，他对盛昌发说，实在抱歉，我不能去了。他交代杜志铭吃好饭，去唱歌，让大家玩得尽兴。盛昌发是败军之将，他看苏泰达不去了，也不好意思了，推说有要紧的事要办，也不去了。苏泰达确是头脑发胀，太阳穴像被锤子撞击，他签字的时候，举起笔，从来没有这样沉重，一个好端端的国有企业就这样消失了，而且是在盛昌发这个屡得荣誉称号的人手中失去的，他完全没有为得到这个企业而兴奋，他高兴不起来，这支笔死沉死沉，堪比关公的偃月刀，他不要这样的结果，可这个结果又偏偏落在他的身上。迷惘中仿佛掉进一个黑得看不到底的山洞，他摸索着，有时候扶着狰狞的冷壁，有时蹲下来触到岩石的嶙峋，洞口在哪里？他不会停下脚步。本来晚上想和李虹绵见面，也被他取消了。李虹绵不解，问你是不是病了？我这就过来。不，我没有病，我只想一个人静一静……不是因为你，是因为公司的事。李虹绵相信他，也就不再问什么，说你自己当心，有什么不舒服，给我打电话啊。

回到家里，苏泰达连灯都没有开。这一套新的公寓房，是准备结婚用的。全装修房，一切都按时下的高标准。他没有让李虹绵住过来，甚至他自己也没有住进来。他和李虹绵约定，等到结婚那一天，他们才一起住进这个新的家。现在他来，只是为了找个安静的地方，这里绿地开阔，有一大片树林，住的人也少，晚上没什么声音，除了蛙鸣，什么也听不到，没有车马喧嚣，没有人声嘈杂，是最适合人静下来思考问题的环境。他签好字后，总觉得憋得慌，是什么堵在胸口，让他几乎透不过气来。他在思索，在未知的空间里寻找，就像一只飞鹰在黑暗中翱翔，他的翅膀停不下来，也不知何处可以歇脚。他的思绪一会儿放开去，一会儿收回来。他想到了爷爷，那位西路军的老战士，他们那一代人流血牺牲是为了什么？难道就是为了家当被盛昌发这样的人败掉。也许这一切都是他们想不到的，苏泰达觉得心中有好多话，不知向谁去倾诉，忽然他想道，他一个人到重庆去一次。什么时候去？最近这么忙，又要筹备结婚，办好婚礼再去嘛，那心中的块垒，如何消释呢？他突然猛敲了一下书桌，去，今天晚上就去。他赶快打开电脑，晚上还有一趟去重庆的红眼航班，他订了票，是夜里十点半起飞。他给李虹绵打电话，告诉她他要去重庆，而且今晚就去，也就是现在就要出发。李虹绵那边捏着手机的手有点发抖，说到底出什么事了？没什么事，我就是想出去散散心。散心？有这样心血来潮的吗？不，我不是心血来潮，我是有一件非办不可的事要办。要不要我同你一起去？不，还是我一个人去，你留在上海，你有好多事要办，明天本来说好找婚庆公司谈婚礼用花的安排，只好请你一个人去，要向他们讲好用白玫瑰，我献给你的花束一定是白玫瑰。好，知道了，你放心，你去了重庆，有什么事随时给我打电话。

飞机飞抵重庆上空时已经过了半夜，苏泰达从舷窗往下看，这么晚了，山城还是用灯火点点来迎接他。灯光不及上海璀璨，却起伏有致，灯流有的涌起，有的低落。下了飞机，他的感觉好像自己的脚不再虚浮，而是结结实实立在地面上。他进城住在朝天门的宾馆。洗好脸，肚子有点饿，就出去找吃的。踱步到了朝天门码头，哦，有多少年没来了，以前那些大块麻石砌成的台阶不见了，从上往下望，气势磅礴的台阶宽阔无比，像抖开来的布幅，一块块相连，延伸沉降，坠向嘉陵江边。站在这里，有了立在上海任何地方都未曾有过的感觉，山河的壮阔雄伟，到底是山城有山的好处。他很想走下去，又怕太晚了，耽误时间，就打消了这个念头。

回到宾馆，迷迷糊糊睡着了，醒来一看表，已经七点半，可是天还很黑。他走出宾馆大门，原来四周都笼罩在大雾中。他问了服务员，服务员说，这几天雾大，恐怕要到中午十二点才会散去。他急着出门，只好给出租车司机高价。司机问上哪儿？苏泰达平静又有力地回答：渣滓洞。司机看着客人，心中纳闷，这个天气去那里干什么？三面环山，雾一定更浓。不过他没说，只是紧张地盯着前面，能见度实在太低，他只好不停地按喇叭，慢吞吞地往前走。比平时多一倍的时间才到歌乐山下。人世间只有这个司机知道，他拉一个客人去过渣滓洞，他不会探询客人为何许人，有人给钱他拉客，这个人为什么在如此恶劣的天气去渣滓洞的问题，不会存留在他心上。好在刚才出来时，司机不愿意开，延宕了一个多小时，要不到这里什么时候雾才能散去。

苏泰达来到一个牌子前，他盯着渣滓洞监狱几个字看，心不觉沉沉的，好像压着推不开的重物。这就是他从上海赶来要去的地方。他走了进去，先看了看外院，接着走进内院。走过男牢，又来到女牢。他望着烈士被关押的牢房，里面黑咕隆咚，整个就是一个黑暗世界，烈士们就是从这里走向刑场，他（她）们是为了人民过好日子才死的呀，他（她）们视死如归，他（她）们明明知道胜利就在眼前，他（她）们却不能享受胜利的成果，但他（她）们愿意去死，可是他（她）们的牺牲换来的成果，却让盛昌发这样的人去享受，又让盛昌发这样的人败坏。盛昌发他们不是依常规去享有，而是像蠹虫一样吞噬烈士和人民创造的成果，他们甚至把企业都掏空了，只好放弃。任盛昌发这样的蠹虫去横行，对不起这些捐躯的英灵。读着墙上写的介绍，烈士们牺牲的时候，大都只有二十几岁，生命刚刚开始，前途无限的航程却很快结束了，但他们的精神在我们新一代身上传承，正如蔡梦慰烈士写的“即使剪了翅膀，鹰，曾在哪一瞬忘记过飞翔?”烈士们就是鹰，苏泰达进一步想到，在不同的历史时期，我们民族在生死存亡的时刻，总会有无数血肉之躯献在为子孙延续的祭台上，本来苏泰达想先去昆明而后重庆，去昆明是为了往西去腾冲，拜谒国殇墓园。在那里中国抗战部队同日本侵略者激战，战死了几万人，其魂魄还在山上游荡，月黑风高夜还能听到他们的呼吼，这些死去的中国人又是为了什么？还不是为了能让老百姓过上好日子，这些事都不能忘啊，民族的优秀分子前仆后继为的就是让老百姓过好日子。这次是没有时间了，下次一定要专程去一次腾冲，祭奠那些为中华民族献身的英雄。

一个民族总会产生一批走在前面的人，在自己所处的历史时期发挥先驱者的作用，为了救人民于水火，他们出生入死地战斗，要是生活在今天，他们也一定会忠于职守，竭尽全力，勇往直前，历史赋予战斗者的使命是不容推卸的。苏泰达想，他们要是活到今天，也会像他一样，不会放弃心中的信念。当然他们也有担心，罗广斌写给上级组织的信提出了八条意见，第一条就是“注意防止高级领导成员的腐化”，他们所知道的是当时重庆市委书记刘国定叛变的情况，这个刘国定相当于现在顶多厅局级，当时罗广斌已经看到这一层级干部腐化的现实可能性，而敲起警钟，警钟的余音未息，盛昌发他们已经陷落进去。想到这里，苏泰达一手扶着牢房的墙壁，在心中撕心裂肺喊了一声：……啊，他分明看到自己的心被拉了一个大口子，淌着血，那一声凄厉的呼喊，就是从那个大口子发出的。他掏出了与盛昌发签订的转让企业合同的复印件，在一个牢房的门口烧了，他知道这不是纸钱，他只是要告诉烈士们，这块土地上发生了什么，又有多少人在心里着急，很想为我们的国家民族做点什么，这样才能告慰已经走进历史的烈士们的在天之灵，重要的是做，而不只是在特定的时刻缅怀。苏泰达又想到，有的烈士的后代去了国外，可能要终老在异国他乡，不过他自己愿意在这块土地上战斗下去。抬头望着绿树覆盖的山头，雾已经渐渐散去，一抹阳光照了进来，牢房的平坝上，有了一种给人些许鼓舞的生气，苏泰达发现自己眼里含着热泪，他强忍住不让它流下来。

6. 婚礼的白玫瑰娇艳欲滴

苏泰达离开渣滓洞就赶往机场，搭傍晚的航班回上海。出了虹桥机场，乘出租车到李虹绵租住处。李虹绵开门见了他，大为惊讶，怎么这么快就回来了？他说，上海的事不少。他要把此次渣滓洞之行深埋心底，至于腾冲只有以后找机会再去。李虹绵见他不愿意说去重庆做什么，也不再追问。她相信苏泰达去做的一定是非做不可的事。忙着给他烧饭，她说，要不，我们出去吃吧。苏泰达说，不用，我现在也没什么心情吃饭，你就烧一碗阳春面吧。李虹绵拆了一包卷子面，烧开了水，放了三两。她掌握火候，仔细点水。她已经学会烧出头汤面的味道。取出放在冰箱里的葱段切细，撒在汤里，再倒上黑芝麻油，就成了两碗香喷喷的道地上海阳春面。这手艺还是跟苏泰达学的。

这种几十年前八分钱一碗的阳春面，如今在上海大店小店里都吃不到了，不是说价钱，是说那个味，花再多的钱都吃不到了，不信你到淮海中路著名面食店试试，不要说吃，连闻那种特有的香气也闻不到了。

苏泰达用筷子挑起了面条，一股清香扑鼻而来，他筷子停在那里，一时还没有从对腾冲的抗日英雄及渣滓洞英烈的缅怀里走出来，李虹绵看他愣在那里，就说想什么哪？趁热吃，凉了就不香了。苏泰达低下头，三两下就吃完了。这时才想起自己一天没吃东西，一早起来就等雾散些，好赶车子去渣滓洞。现在回来了，回到了李虹绵身边，回到了李虹绵温暖的小窝。

他们商量婚礼的安排。李虹绵住在租来的房子里，总不能把婚车开到这里来，就决定在酒店的客房里，李虹绵穿好婚纱，等着苏泰达捧着玫瑰来求婚，李虹绵说，玫瑰我不要红的，我要白的，那样纯洁清新。这个套房就是大家心目中的娘家，李虹绵家在厦门，总不能去厦门接新娘，那太费事，成本太高，也太疲劳，太没有诗意了。就这样定了，婚车从酒店门口出发，他们去人民公园拍照，就完成了这个婚礼的重要环节。

苏泰达公司新生产线上马后，童端仪就催着苏泰达快点同李虹绵举行婚礼。她说，你可别欺负我这个妹妹，她是外地人，来上海奋斗不容易，我就是她姐姐，我要为她做主。李虹绵知道后，心怀感激，她奉行的家教是“不可夺人之爱”，现在当然谈不上她夺人之爱，是童端仪主动让出了位置，苏泰达可选择的女性也不止她一个，她不过是一个竞争者而已，当然是强有力的竞争者。毕竟她胜利了，她像其他少女一样，期待着一个盛大的婚礼，她对苏泰达说，不管你那方面如何，就我这边却是第一次，我相信我是唯一的一次，因此婚礼要办得一点都不含糊。这是苏泰达一再推迟婚期的缘由。这个缘由他没有说出来，他要给李虹绵一个突然的高兴，他需要生命春口服液的利润积累到一定数额，现在生产规模不必扩大，有足够的产量空间，如今只要投入市场开拓即可。其利润可以用来扩大新生产线的生产，也可以派别的用场，不过他对李虹绵说的理由，却是在上海预订婚礼的酒席，必须提前一年，看来这一年非等不可。童端仪却是希望他们早办，而且要大办，办好。苏泰达最近去童端仪家看望她，童端仪知道苏泰达只想请不多的亲友，不过两三桌而已，他心中对童端仪怀有愧疚，他不想让自己的烹油烈火，反衬童端仪的清冷寂寞。童端仪说我要生气了，你不要为我考虑，实际上也没有什么反衬，你和李虹绵把日子过好了，我的日子也就过好了。你要认真把婚礼办好，我们那个时候的婚礼简单，是因为我们那时在创业，自然一切从简，现在不同了，我是真心要你幸福，现在这个让你幸福的人，已经由我变成了李虹绵，我希望你们一切都会好。苏泰达还是犹豫，说我总无法从离开你的阴影里解脱出来。童端仪说，不，你应该放下包袱，轻装前进，你一定要办好，而且要大办，说到底你不大办，对李虹绵是不公平的。你愿意没有摆脱这里的阴影，又跑到另一个阴影里去吗？那样你会后悔一辈子。必须办好而且大办这个婚礼，这是我的愿望，这样你就可以从那个老阴影里走出来，走到光明的地界，就不存在新的阴影了。苏泰达听前妻说到这个份上，只能点头。他又担心，儿子那里怎么办？童端仪说，儿子？儿子你不用担心，儿子是乖孩子，他的工作我来做，不用你出面，到时我会带着儿子来祝贺你们。

从童端仪家出来，苏泰达一身轻松。他在李虹绵面前，好在从来没有流露出准备小办的打算，也就不用做什么解释。确定婚礼日期，必须定下酒店，要提前一年实在太久，朋友们知道了这事也替他着急。正好有一个朋友的弟弟，必须提前结婚，因未婚妻已经怀孕好几个月，总不能挺着大肚子披婚纱，退掉的酒席让给他们，算来还有半年多时间，各项准备工作都来得及，特别是苏泰达想，准备给李虹绵的礼物也有足够的时间来筹办。就这样定了，半年以后举行婚礼。

半年后举行婚礼，只有少数几个人知道。丁婕本来是蒙在鼓里，但她不管同苏泰达见面或分开，总是有第三只眼睛注视着苏泰达的生活，她就成了少数知情人外，又额外增加的一个。自从她在苏泰达面前提出要同他结婚，遭到婉拒以后，她检讨了自己多年来的经历，自然而然得出结论，她和他结婚不合适，这是理性上的结论，在感情上却是难以割舍。苏泰达不同于她与之有染的其他男人，苏泰达要仪表有仪表，要事业有事业，况且善解人意，是属于那种知冷知热的男人，这样的男人多少年也碰不到一个，她能轻易放手吗？可是不放手又能怎么样？她只是剃头挑子一头热，一头热是长久不了的，哪怕她想出什么办法把苏泰达夺到手，可是苏泰达是那种容易就范的人吗？要是他容易就范，也就引不起她追求的兴趣，既然是这样，她只能选择放弃，后来她就转而继续为苇珩投资苏泰达的企业出力。她听说苏泰达要结婚，而且是同李虹绵，她就认了，承认自己比不过李虹绵，李虹绵焕发着青春活力，这是她所缺乏的，不管如何打扮，如何拉皮，都比不上天然的美，再加上李虹绵硕士毕业，学识上更能给苏泰达支持，这绝不是公关可以比拟的。既然输了，还不如输个痛快，姿态高一点，这样更能让苏泰达佩服自己。

丁婕约了苏泰达，说你双喜临门，我们见见面吧，还是老地方，静安寺五星级酒店的咖啡座。见面的时候，苏泰达说，新生产线上马已经取得可观的利润，加上生命春口服液市场的开拓，现在公司确是双喜临门了。丁婕说，我讲的双喜，不是这个双喜，而是你那个双喜合一喜，另外还有一喜。苏泰达不说话，知道她说的是什么，他不想去触动丁婕的伤心处。倒是丁婕说了，我为你高兴，你找到李虹绵一定会幸福，难怪童端仪那么支持你，我，没什么说的，童大姐都支持了，我更不在话下。丁婕和苏泰达约定，以后婚庆公司的事及婚礼安排由她来办理，她说这正是我的强项，公关业务。苏泰达感激不迭。丁婕说，你忙，李虹绵对上海又不太熟悉，这些事还是交给我来办，你放心，我一定会给你办得妥妥帖帖。

丁婕约水如玉一起去婚庆公司，电话里说，反正你舞蹈专场一时搞不了，下面零星的演出又不要你分太多心，你就出来散散心，也是帮我的忙。水如玉想闲着也是闲着，和丁婕在一起也挺好玩的，再说也让丁婕进进出出不至于太孤单。一天她们去婚庆公司谈好婚礼用花、音乐一些事，走到淮海路上，丁婕说，我们去陕西南路，那里有新到的时装。不能老去香港买时装，在上海淘淘时装，也是生活中的一种乐趣。挑好自己要买的时装，她们看到一件新时装，款式新颖，上下搭配很适合年轻人，当然是比她们年轻的人，具体到身边就是李虹绵。丁婕当即给李虹绵打电话，请她马上过来。

等来了李虹绵，她穿新时装一试，对着镜子转过来，又转过去，丁婕水如玉在身旁品评着，一致说这一套太适合你了，当然不是婚礼时穿，新娘在婚礼上只能穿婚纱，这套买回去，以后双休日就可以穿。水如玉是第一次见李虹绵，她好喜欢这个比她年轻许多的女孩，她也很羡慕现在的女孩，结婚多风光，享受了生命赋予的美好，她细细打量着李虹绵，看得李虹绵不好意思起来。水如玉对丁婕说，你看李虹绵是不是一个跳舞的坯子。平时丁婕没想到这一层，今天经水如玉提醒，仔细一看果然如此，她说，李虹绵是天生的跳舞身材。水如玉一拍手掌，说李虹绵，你在婚礼上给苏泰达，还有全体宾客跳一支舞，一定别开生面。丁婕也怂恿她，你跳，你跳，让苏泰达大吃一惊。丁婕完全没有去想，这样李虹绵就更大大压倒她。水如玉说起一个朋友的妹妹，在婚礼上跳了一支舞，惊艳全场。她说，李虹绵你也能，我来教你，保证你成为一个熟练的舞者。说好下个双休日去水如玉单位的排练厅。

那天李虹绵准时去了，她第一次到这种排练场地，哟，那么开阔。她看着镜子里的自己，情不自禁转了两圈。水如玉说你一来就进入角色。她放了乐曲，让李虹绵随着音乐舞动，连丁婕都看呆了，音乐一停，水如玉跑过去抱着李虹绵说，你乐感节奏感都很好，你完全可以是一个优秀的舞者。李虹绵不知自己是不是真的那么好，不过这句话给了她信心。水如玉接着说，你是学经济的，在现在有饭吃，比学舞蹈好多了，不说这个，我们开始吧。水如玉让工作人员放了一段舞曲，自己先跳了一遍，然后一小段一小段教李虹绵。一个多小时过去，地上的汗水擦了一次又一次，水如玉说，李虹绵，你来，预备——开始，舞曲再次响起来，李虹绵柔软的舞姿在大厅里回旋蹁跹，完全与音乐节奏合拍，直至音乐停下来，李虹绵也一秒不差地终止了动作。水如玉很满意，丁婕也看得入神。约好下个双休日再来巩固一下，水如玉说，我又多了一个学生，而且是好学生。李虹绵确是好学生，恣意地跳跃，柔美地旋转，挥洒生命的线条从容自如，肌肉酸痛在重复动作中不是加剧，因为一个天使就藏在心里。

李虹绵在舞蹈团的浴室里洗好澡，就赶去和苏泰达见面，今天苏泰达要陪她去做婚纱。苏泰达对婚纱有特别的重视，对于他心爱的人，一辈子就这一次，一定要用上海最好的婚纱，把李虹绵打扮起来，李虹绵当然憧憬着披婚纱的那一天，她认为婚纱只要好看，穿起来舒服，又能衬出新娘的美就可以了，不在于价格。四五千元一套就可她的心意。苏泰达却认为一定要选最好的，这点钱值得花。李虹绵说，婚纱就当天穿，到了第二天就成了历史文物了，反对太大的破费。苏泰达只好迁就她，到她选中的婚纱店去做。李虹绵挑中三款，每套的式样也相互区别开来。设计师在量李虹绵尺寸时，直夸她身材好，是穿婚纱的好坯子，特别是量了胸围和腰围，设计师提醒李虹绵，你可要注意减肥哟，婚纱是按现在的尺寸做的，稍微胖一点，就穿不下了。其实李虹绵的减肥，从讨论婚期时就开始了，天天下班在家里原地跑步，她嫌去健身房费事，在家里随时随地都可以给自己增加运动量，减肥成了生活的一个内容。苏泰达听了设计师的话，说李虹绵，今后减肥就作为你重要的任务吧，到了那一天，要有一个苗条的新娘，其他杂事你就不要管了。

苏泰达接过婚纱订单，他仔细地看着李虹绵身体各部位的尺寸，心里默诵着，怕自己记不住，又要了一张纸写下来。设计师多嘴了，说尺寸订单上面都有。苏泰达把订单交给李虹绵，你先收好，试装的时候，我会抽时间陪你来。李虹绵说，不用了，你忙你的，到时候我自己来。她对苏泰达陪她来做婚纱，已经心满意足。她深情地望着苏泰达说，我自己来。我会做好减肥，尺寸肯定不会有问题。苏泰达把抄好尺寸的纸头叠好，放进西装内袋，还用手在外面拍了拍。

在婚礼前一天，苏泰达收到邝一杰秘书送来的一幅中堂。秘书说，邝副市长明天因公事去外省，要四五天才能回来，他让我带这幅字来祝贺你们。苏泰达打电话叫李虹绵到他的办公室。李虹绵一进门就说，这么忙，你还叫我赶过来。苏泰达说，我让你看一样东西。他要在第一时间和未婚妻共同欣赏这个礼品。他小心翼翼地撕开了包装纸，把中堂抖开来，是邝一杰写的字。李虹绵轻声惊叫，啊，陈毅的诗。她念了第一句："扁舟飞跃趁晴空"，苏泰达目光已扫完后面三句："斜抹湖天夕照红 夜渡浅沙惊宿鸟 晓行柳岸雪花聪"，李虹绵拍着手，我们婚礼又多了一个项目，展示邝副市长赠送的书法作品。苏泰达沉吟了一会儿，说道：虹绵，你看这样好不好，我们不在婚礼上展示，我们甚至不示人，只悄悄挂在家里，是书房，不是客厅。李虹绵睁大了明澈的眼睛，眼珠轻转，定在一处，若有所思，婚礼——客厅——书房，好，听你的，就挂在书房，书桌前一面墙够大的。挂一个月就收起来，我们低调安排。苏泰达奇怪李虹绵怎么把他的想法讲了出来。他说，好，就这么定了。

苏泰达和李虹绵的婚礼在南京西路未来大厦亿豪酒店举行。楼上亿豪酒店给了他们一间套房，让他们在这里化妆，做一些准备。化妆师打量了一下李虹绵，很快就进入角色，按部就班地做起熟练的活。苏泰达不必化妆，他的头发昨天就打理好了，不是上海老克勒那种油光光的分头，而是如今上海滩上白领的发型，随性、自然，又不失经过一番细致的修剪，看上去就是二十一世纪上海的一代青年应该留的发型，而不是那种拘谨的油头粉脸，到底人们与时代同行了。按以前的老眼光，他们都应该属于上世纪三十年代买办及新兴资产阶级一类，时代不同了，就是在外企工作也没人把他们和跑街买办联系起来，何况苏泰达是民营实业家，也就是类似《子夜》吴荪甫那样的民族资本家，不过他们所经历的与早几代资本家大不相同，何况吴荪甫那一代资产阶级，早就在上世纪五十年代被改造被消灭了，当然不是指肉身的消失。现在苏泰达这一代人更有活力，他们之中有的人可能会挑起推动时代进步的历史重担，扯远了，还是回到婚礼上来。

李虹绵化妆好了，她看着镜子里的自己，仿佛看到的是另一个人，那个人就是今天的新娘。新娘是今天最美的人，她应该披上婚纱了。伴娘和李虹绵进了洗手间，她在里面服侍李虹绵穿好了第一套婚纱，也就是那套象征着纯洁的洁白婚纱。门开了，李虹绵走了出来，在场的人轻呼，实在太漂亮了，苏泰达眼中出现的李虹绵，从来没有像现在达到了美的极致。他希望她能更漂亮，他对着大家，更是对着新娘说，现在我要送新娘一件礼物。他从大橱里取出一个大的衣袋捧在手上，这是一套著名华裔设计师设计的婚纱，抖了开来，李虹绵第一眼看见它，把手指放在嘴边啊了一声，瞬间热泪涌上了眼眶，她知道这个品牌，价格昂贵，一次也没向苏泰达提起过。这就是她心里曾经有过一闪念，但又觉得太浪费的那个品牌。香港一位影后就是穿这个品牌的婚纱走进婚姻的殿堂，李虹绵没想到自己也能穿着这个顶级品牌婚纱走上婚礼的红地毯，她没想到苏泰达会为她订制这样的婚纱，她没去量尺寸呀。她伸出手，和苏泰达一起捧着婚纱，说你不应该瞒着我，这得花多少钱呀。苏泰达感觉她的手在抖，他说："不管多少钱，我都要为你订制，要是上海订不到，就到美国去订。"上海吸引着全世界的名牌来落户，苏泰达很容易打听到这个品牌在上海的精品店。李虹绵一泡泪水滚了下来，顺着脸颊淌下，滴在婚纱上，婚纱顿时有了几朵令人晕眩的花。她接过婚纱，望着苏泰达，心里的话说不出来。苏泰达就是要让妻子有这种突然的巨大的喜悦。他拿到李虹绵婚纱的尺寸以后，就想要送给她当今世界上最美的婚纱，在陆家嘴一家五星级酒店里，有这个品牌的婚纱，他去了，人家说请新娘过来量尺寸，苏泰达只提供新娘的身材尺寸，也就是前面那个婚纱店量出来的尺寸。先生，从来没听说过，做婚纱只来新郎，而新娘没来。设计师不愿意做这种从来没有做过的事，他主要是怕将来新娘穿起来不合身，赔不起这个损失，说到底也就是损失算谁的。苏泰达说这个事我来负责，和你无关，我可以写下保证。设计师还是不肯，他不想给败坏品牌声誉留下隐患，先生，请你帮帮忙，把新娘带过来。苏泰达说明不能带新娘来的道理，请设计师理解。设计师看苏泰达这样坚持，就答应下来。保证书还是要写的，他加了一句，不合适可是你自己的责任。苏泰达心里没有动摇，他应承着，对，是我来负责。合不合身，现在穿了就知道。

伴娘又陪李虹绵进了洗手间，门关上了，苏泰达这时心上才有了点忐忑，不知结果如何？只能昂头去接受这个现实了。门开了，李虹绵款款走了出来，哇，大家轻声惊呼，到底是名牌，上上下下没有一处不合身，整体效果上看比刚才那一套更胜一筹。苏泰达想这三万元花得值，不去说只穿一回，也只要穿一回，就这一回，就要让李虹绵成为上海最美的新娘。顶级的婚礼，化妆师的高水平手艺，加上李虹绵的气质，李虹绵的天生丽质，造就了今天的新娘，确是上海滩最美的新娘。

李虹绵穿着这袭顶级婚纱出席上午举行的证婚仪式，当她踏着音乐的旋律，在她爸爸的引领下，进入举行仪式的大厅时，人们都为之一震。新娘从人们身边走过，婚纱做工的细致让大家叹为观止，连两位司仪，他们是电视台的主持人，见过多少婚礼，都为这袭婚纱之美而感叹。证婚人说了新郎的成长以及对一对新人的祝福，两位主持人风趣的对答，要不是他们掌握了度，真会喧宾夺主，这种担心是多余的，新郎和新娘都太出色了，人们在心中默默祈祝他们幸福。

这时司仪宣布，新郎送给新娘珍贵的礼物，人们心里在疑惑，难道会在这里炫耀钻戒值二十万吗？会不会太俗气了？连李虹绵心里都困惑，钻戒早就送了，不必在这里走程序，上午又突然拿出顶级品牌婚纱，已经够震撼人心了，现在还能有什么礼物呢？此时两位伴娘出场了，她们捧着一个长条形的物件，缓步走了过来，物件上蒙着一块红缎，一时看不出是什么，值得在婚礼上作为珍贵礼物来呈现。让我们期待这个礼物亮相，让我们恭请新娘去掀起这个珍贵礼物的盖头，这时人们都会在耳边响起王洛宾写的《掀起你的盖头来》的旋律，果然背景音乐就放出了这段音乐，李虹绵脚步迟疑着，是什么礼物呢？她一步一停地走近了，伸出手去，手指上的婚戒闪着光，并不耀眼，手碰到了红缎，又缩了回来，人们屏住息，这时李虹绵爸爸说话了，女儿，勇敢些，就像你小时候面对未知的事物那样。父亲的鼓励使李虹绵获得了勇气，她再次伸出手去，手指抓住了红盖头，猛地一拉，人们眼前呈现的是一床古琴。人们的眼光就像无数个聚光灯聚集在一起，为这床古琴的高贵品相所倾倒，李虹绵爸爸的眼光都直了，这是一床多好的古琴啊，髹漆、断纹都无与伦比。这时司仪宣布了，这是一床元代古琴，是苏泰达为婚礼特意去北京参加拍卖会，多次举牌，才拍得的。拿来给新娘作为结婚礼物，这在上海也是见所未见闻所未闻，让我们为新郎的真心鼓掌。大家使劲拍手，掌声中又听见司仪说，这床琴拍得的价格是七百多万，当然苏泰达对李虹绵的爱情不是金钱所能衡量的，他的爱是无价的。李虹绵上前，轻轻用手指拨了一下，琴音纯正，啊，这是近千年的等待，才来到我们家。李虹绵爸爸也走向前，他看到的蛇腹纹令他心醉，他伸出手去就想弹，马上缩了回来，今天这个场合不是他施展身手的时候，但实在太爱这床古琴，实在是忍不住，他带有一种神圣感怯怯地抚摸着，听见司仪说，现在请新娘弹奏一曲。李虹绵看看苏泰达，又看看父亲，从苏泰达那里得到挚爱的目光，从父亲那里得到鼓励的目光。

能得到这床琴实在不容易，苏泰达一直想送给李虹绵一个与众不同的礼物，顶级婚纱到底还属于工艺类，实在不足以表达他对李虹绵深挚的爱，他想李虹绵自小跟她父亲学古琴，应该为她置办一床古琴，到坊间去买也太俗气了，不能同李虹绵的超凡脱俗相匹配。他的运气好，他从朋友那里得知北京就要举行古琴拍卖会，前几年拍过一床王世襄收藏的唐代“大圣遗音”伏羲式古琴，拍卖价为八百九十一万元。他去参加北京这个拍卖会，拍到这床元代古琴时，竟会有一个同好不断举牌和他竞争，其他几床年代更久远的，当然比这床更昂贵，苏泰达想这床是势在必得，他与对手轮番举牌，终于获得胜利。经过向股东回购，生命春口服液已是他个人独资，现在利润大增，自然可以拿出一小部分来购买礼物，本来可以用不着花这么大价钱，去买这床穿越了近千年的古琴，但他为了让李虹绵成为上海最美的新娘，也成为上海最有文化底蕴的新娘，他划出这笔款并不心疼，这床琴将伴着李虹绵度过人生美好的岁月。

苏泰达也看着李虹绵，说弹吧，弹出你的心声。李虹绵又转头向着父亲，用目光征询着，父亲说：“《流水》”。这支古琴曲李虹绵跟父亲学过，用的是管平湖传谱，而不是顾梅羹传谱，父亲说就是《流水》了，他上前为李虹绵调好了弦，手一按触琴弦，不禁怦然心动，真想就手弹出曲子，他还是忍住了，站了起来，说虹绵，你来。李虹绵坐到琴凳上，深深吸了一口气，才低下头开始弹奏起来。苏泰达听着琴声，醉了，他想起他们在丽江拍婚纱照的情景，李虹绵的缱绻令他永志不忘。人们也沉浸在乐曲声中，这是千年的古琴啊，仿佛这美妙的天籁之音从古远而来，已经飘过千年，才弥漫在今天的婚礼仪式上。父亲听了是另一番感动，他想这孩子嫁给苏泰达是她的幸运，有人从新郎送给新娘的钻戒的克拉数来衡量爱情的分量，苏泰达的爱的分量却不是任何衡器可以测量的，这时李虹绵的父亲看着苏泰达，这是一个负责任的孩子，他一定会给李虹绵幸福，李虹绵也一定会给他幸福。他想到能有今天的结果，最应该感谢的是苏泰达的前妻童端仪，要不是她识大体，对苏泰达的体贴，让出了位置，李虹绵就没有机会，童端仪这位崇高的女性，他一定要去会会她，但感谢的话又从何说起呢？

李虹绵的演奏使今天的证婚仪式别开生面，在场的人都感叹，新郎新娘真是天作之合，不是套用成语，而是确确实实真真切切的天作之合。参加证婚典礼的有一位朋友是银行的投资理财专家，他的观感与别人不同，他想到了自己的业务，以后为贵宾客户理财，可以建议他们购买类似传世古琴这样的古董，由于其稀缺性，绝对可以随时间的推移而增值，必要时还能变现，必定获利颇丰，而且放在家里弹奏，还能怡情养性。既有理财功能，又有艺术功能，何乐而不为。

宴会大厅里摆开了二十桌酒席，圆台面中间有一大束花，正面舞台上也搭起花的拱门，拱门下矗立着酒杯叠成的尖塔，满眼都是花束。童端仪早早就来到宴会厅，她在签到簿上端正地写上了自己的名字。今天她来的身份多元，她是苏泰达的朋友，也是李虹绵的朋友，她还是苏泰达儿子的妈妈，她最不愿意做的是苏泰达的前任妻子，可是这是不争的事实，心中只好默认，她和苏泰达与她共同的朋友打着招呼，态度十分自然，没有任何尴尬，大家也都以平和的态度对待，为童端仪的大度而感动。童端仪的内心却感不到大度，她忍不住有点嫉妒，当年她同苏泰达结婚时可没有这么大的排场，那时刚刚创业，一切都只能从简，这种嫉妒的感觉只是一瞬，很快就过去了，她主动让出位置，是为苏泰达好，苏泰达能好，就是她作为曾经的妻子的最大心愿，为了苏泰达的好，甚至李虹绵都是她帮着挑的，她相信，李虹绵能代替她，让苏泰达幸福。

她已经到了半个小时，还没有看见儿子的影子，就给儿子打了电话，你在哪儿？客人已经到得差不多了。刚才儿子说有急事，请妈妈先去，此时他在电话中回答，妈，我在出租车上，正在赶来的路上，车在徐家汇堵了。过了不多时候，儿子到了，走到妈妈身边报到。他也看见了父亲，顺着他的目光，童端仪看到苏泰达和李虹绵正在招呼客人，忙着和客人合影。童端仪拉着儿子走到苏泰达和李虹绵面前。李虹绵发现了他们，叫道端仪姐，她对童端仪怀着的是感激，而不是歉疚，她从心底里尊重这位比她年长的女性。同样童端仪心中一直把她当成妹妹，看到儿子规规矩矩地叫了声阿姨，她心中一阵欣慰涌了上来。儿子朝苏泰达叫了一声，嗨，爸爸，苏泰达回应道，来啦，儿子，我们四个人合拍一张照。苏泰达让着大家，他让李虹绵站在他的右侧，童端仪让儿子站在苏泰达的左侧，而她站在儿子的旁边，右手搭在儿子的肩上。摄影师关照他们，看镜头，笑一笑。这是一张和谐的合影，所表达的是四个人心中对美好未来的憧憬，他们会和谐地相处下去。这不是一般的客人与新郎新娘的合影，他们是原来的组合和新的组合的合影，而儿子是他们之间的一条纽带。苏泰达对摄影师说，再来一张，他们又一起看着镜头。这是苏泰达的细心，要是有人不当心眨了眼，岂不是失去了这个美好时刻的记录。拍完照，李虹绵问起男孩子的情况，不是敷衍，她是从内心喜欢苏泰达和童端仪的儿子，以后她不也是一位新妈妈了，她一定要做一个合格的新妈妈。说完话，童端仪要带着儿子去宴会厅看看，对李虹绵苏泰达说，你们忙吧，就拉着儿子走了。

李虹绵刚才去看了签到簿，没见王雪晴的名字，她又去宴会厅走了一圈，仍然没有发现王雪晴的身影，她给王雪晴打了电话，王老师，你怎么还没到啊？我们等着你快来呀。给王雪晴的请帖是李虹绵亲自送去的。本来想打过电话，再托快递送去，大多数朋友的请帖都是这样送达的，李虹绵觉得这样不妥，对王雪晴，应该送帖上门，而苏泰达去，还不如她去。她知道王雪晴也爱着苏泰达，可是爱，固然是不能忘记的，却是不该勉强的。既然苏泰达做了这样的选择，作为局外人的王雪晴，应该承认这样的事实，可是话不能这样说，更不可以由李虹绵说出来，王雪晴是一个聪明的女人，她不会想不到，只是不要钻牛角尖才好。这个事不管多么难，李虹绵都必须亲自去办。她敲开王雪晴家的门，王雪晴一怔，就让她站在门口说话，李虹绵说，不让我进去坐一会儿吗？在屋里她们开诚布公地谈了，李虹绵不是以胜利者姿态出现，她尽量把身段放低，表达的是，能请王老师出席婚宴，是给了她，也给了苏泰达面子，王雪晴自尊心得到了满足，她却感觉这种满足不足以弥补苏泰达的拒绝对她的伤害，细想起来，在与苏泰达的交往中，从来没有发现他有什么主动的表示，哪怕是一个眼神、一个暗示，说到底只是自己的单相思，这能怪谁呀，只能怪自己命运不济。对丁婕大打出手之后，她冷静下来细想，情感的迷失让她找错了对象，真正的对手是李虹绵。她后悔当时为什么会给远在厦门的李虹绵打电话，可是即使李虹绵和苏泰达那次讲座相互错过了，难道他们以后就不会认识吗？她完全泄气了，现实就是这样，她不承认又能怎么样？钻牛角尖岂不是要白搭进自己的性命，她憧憬着美好婚姻，还没有找到，她不能死，不能让别人都快快乐乐地过日子，而自己去冰冷的墓穴，即使不是大学副教授，这样的道理也是想得明白的。

她答应李虹绵来出席婚礼，李虹绵也一再向她说明，苏泰达本来要一起来，只是公司杂事太多，实在分不开身。王雪晴默认了这个现实，她说，李虹绵你放心，我一定来一定来，她没说一定来祝贺，但“来”是明确地表达了。可是现在婚宴就要开始了，李虹绵还是没有看到她。王雪晴在家里一直犹豫着，她这一去就是对苏泰达和李虹绵结合的承认，可是不承认又能怎么样，又不是国际上对一个新成立国家的承认，他们婚约的成立，是民政部门管的，其他任何机关和个人都管不了。她直到婚礼即将开始的时刻，才犹犹豫豫地给自己打扮起来，她一定要以光鲜的形象出现在婚礼上，不能让李虹绵小看了，更不能让李虹绵看出她内心的不安。

在婚礼现场，各步骤正有条不紊地进行着。大厅侧面的大屏幕上，苏泰达和李虹绵从小时候到大学毕业，以至现在的照片，向在场的宾客走近，最后是他们去丽江拍的婚纱照。本来李虹绵不赞成放这些新老照片，她说端仪姐也要来的，这样对她不好。苏泰达坚持要让李虹绵享受到如同与第一次结婚的男人走入婚姻殿堂的待遇，他不想让李虹绵有缺憾，也不想让人们想起李虹绵不过是“填房”，他相信童端仪会理解，果然他去同童端仪说了，她说你不要再有什么顾虑，重要的是不要让李虹绵感到委屈。苏泰达为此对童端仪心怀感激，她连这种细节都考虑到，真是一个难得的好女人。李虹绵看着她的还有苏泰达的照片，心里如同激浪翻起，这些照片是她同苏泰达一起挑的，已经看过多次，可是此时在婚礼大厅，她和那么多亲人朋友一起来看，而人们同样流露出专注的神情，她被深深地感动了。这个时候她已经去换了跳舞的服装，苏泰达看了有点诧异，这是原来计划中没有的，原来的计划只是李虹绵换几套婚纱，怎么变成舞衣了。司仪宣布下面是新娘的独舞，献给新郎，也献给在座的亲友们。苏泰达就站到舞台的一侧，眼睛一眨不眨地看着妻子，没想到妻子会给他这个意想不到的礼物。音乐声起，李虹绵开始舞动了，她无数次练习，可从来没有像现在每个动作都这样动情，她觉得音符被她赋予生命的元素，而她随着乐曲的旋律，正是用生命在跳，就像生命已经化作这些舞动着的柔和线条，她感到自己的魂魄正融入音乐的旋律中，正在动作的表达中激荡飞扬，她已经进入物我两忘的境地，面前的苏泰达已经不是那个有形的肉身，而是一个爱的化身，她无法表达的爱，正再次通过肢体语言得以体现，直到音乐声止，她才像亮相一样停在那里，成为一尊爱的雕像。

苏泰达走上前，紧紧地拥抱她，心里说我的亲亲，接着拉着她的手，向大厅里的客人们鞠躬致谢，这不是谢幕，因为无幕可落，他们在客人的掌声中再三地向人们躬身致意。

王雪晴看到了这一幕，她是在李虹绵开始跳舞时到达婚礼大厅的，她来不及找到自己的座位，就站在大厅的边上，目光投向舞台，就像追光灯一样，紧随着李虹绵的身影移动，她也被李虹绵的舞蹈所感动，她真切地感到，李虹绵和苏泰达更相配，她比自己更适合苏泰达，情感不能强求，今后她愿意做他们共同的朋友，今天她就作为一个朋友来祝福，顿时感到自己轻松很多，她甚至闪过念头，那时真不该想吃安眠药，人生的坎说过来就过来了，她感激苏泰达救了她，到底是多年的老朋友。

生命的珍贵，是服安眠药未成，一阵阵后怕中战栗的体会。倘若真的吃了一大把一大把安眠药，又抢救不回来，冰冷的墓穴就是唯一的归处。那么怎么还有今天这样欢愉的生命，还有这样历经艰苦努力取得成就后的欢欣。该与不该实在是泾渭分明。

一个人难免有糊涂的时候，只是到了这种时候，既然没有力量开启自己的理智，那么只能借助外来的情感来稀释糊涂的阴霾，使生命获得阳光。

苏泰达和李虹绵向客人们鞠完躬，他递给她纸巾，擦完脸上的汗水，粉红色的脸上溢满一股逼人的英气，她显得更加妩媚。苏泰达望着妻子，还一直沉浸在舞蹈给他的感动里，他想李虹绵送给他的这个礼物，是用生命元素织成的，其价值大大超过了顶级婚纱和昂贵古琴那两种物件，那物件不管多少钱，总是有价的，至于赋予什么精神上的附加物只是人们引申而已。赚了钱，他愿意送给李虹绵喜欢的东西，哪怕上九天揽月，下五洋捉鳖，苏泰达都愿意去为李虹绵赴汤蹈火，而李虹绵这支没有事先预告的独舞，实在是比任何物质的礼物都宝贵。李虹绵没有这么高贵的动机，她只想给丈夫一个意想不到的礼物，同时展示自己的才艺潜力，这种比其他白领女孩都胜过一筹的魅力为她加了一个光环。

她还有一个礼物，更是让人意想不到，她事先没有向苏泰达透露些许，按着原来的进程安排，她知道司仪就要宣布这个礼物的呈现。她盯着屏幕，期待着那一刻早点到来，胸口急急地跳着，她把右手掌抚在胸前，只听见司仪宣布，新娘为新郎在大洋彼岸制作了一个视频，这是新娘送给新郎的又一个美好的礼物。随着司仪朝侧面的屏幕一指，屏幕呈现出几个大字《梦在西海岸——送给我最亲爱的泰达》，画外音是她正对着大家说，今天我们就要结婚了，记忆中和你相处的每一天，充满分享的快乐。我最喜欢依偎在你身边，听你讲述在我们相识前的种种经历，尤其是你在斯坦福大学攻读MBA的求学岁月。我感受到你多么怀念那一段充满阳光的日子，于是我托了朋友用镜头记录下你在校园里曾经的足迹。随着镜头的推移，李虹绵也为自己深情的诉说所感动，止不住眼里噙满泪水，她又接着说，从你住的公寓楼到你每天必去的图书馆，从你玩篮球的球场到你常去的超市，还有你为排遣乡愁去就餐的中餐馆，以及与朋友相聚的咖啡馆，我希望能勾起你对那段岁月的回忆，这里还记录了你在那里的中外朋友，他们由于种种原因，未能来参加我们的婚礼，在大洋彼岸对我们祝福，我希望把这些美好的记忆永远保留下来，送给我最亲爱的丈夫。

镜头推移，进入斯坦福校园的景致，啊，宽阔的椭圆大草坪，苏泰达曾在那里享受美洲的阳光，那时他望着湛蓝的天空，感叹自己的遐思竟然没有一片云彩可以托付，镜头摇到他去过的商学院图书馆，在那里度过多少苦读而又欢愉的时光，这一切都因为镜头的指引，而重新浮现在苏泰达眼前。他对这个礼物，一点思想准备也没有，李虹绵的独舞，就舞蹈本身来说，还是在人们常规的感知里，他毕竟在别人的婚礼上看到过新娘跳舞，只是李虹绵跳独舞，也出乎他的意料。她平时工作那么忙，是什么时候去学的舞，这毕竟和她在中学舞蹈队跳舞不同，进了大学，李虹绵的兴趣转移，他知道她已经多年不跳了呀，正因为如此，他对李虹绵更是心怀感激。现在这个视频，他事先一点都不知道，李虹绵嘴真够严的，她是怎样找到在斯坦福留校当教授的同学呢？哦，半年前，有一次李虹绵问起过，那是他们刚刚定下要结婚的时候，他随口说了，没想到这个鬼精灵却是有心安排的。视频的后面，出现了几位在美国的朋友的祝福，上次去美国，没有弯到斯坦福，和他们是多年未见，个个神采飞扬，他为朋友的成功而高兴，大家曾在一个教室上课，现在各奔东西，世界说小也小，天涯咫尺，就如同在眼前。他感激李虹绵，司仪请他谈感想时，他有点哽咽，他说我完全没有想到李虹绵会给我一个这样珍贵的礼物，我感谢她，也感谢为我们拍视频的美国朋友，我看视频，给我的震撼远不只是对往事的回忆，而是我能触到李虹绵那一颗对我挚爱的心，我刚才眼眶里盈满了泪水，我是不爱流泪的人，甚至不记得上次流泪是什么时候，我难抑心中的感动，泪水就是我心境的表达。他注意到，李虹绵在看视频时，为自己心中有那么多深情的话，也为苏泰达那段令人难忘的日子，任泪水在脸颊上流淌。今天的婚礼有这么多出人意料，他，还有李虹绵的心都是颤颤的。

婚礼所有节目都结束了，座椅下缠着红丝带的客人，被告知可以把圆桌中间的一大束花带回家，他们正把花束装进婚庆公司提供的大纸袋，要把婚礼的喜气带回家去。人们陆陆续续地告辞了，苏泰达和李虹绵送走客人，与伴娘伴郎以及四五位铁哥们围成一桌，说不尽的话题，又倒了红酒啤酒，对着干杯。新娘新郎也在这个时候才胡乱吃了一点东西。等到他们俩回到家里，已是凌晨三点钟。

新婚的整个夜晚都留在了婚礼大厅，真正的新婚之夜是婚礼后的第二天夜晚。李虹绵洗好澡，她围着大浴巾就跑到床边，一头栽了下去，浑身放松地躺在床上，浴巾扔在一边，她整个人成了一个大字，四肢充分放松地伸展开来。屋里的灯光淡淡的，只能朦朦胧胧看见洁白的身躯，苏泰达洗好了过来，他闻到了大森林里才会弥漫的清新气息，愈走近李虹绵愈浓些，从李虹绵身上散发出来的微微的芬芳令苏泰达陶醉，他看着李虹绵此时成了一个浑然天成的白玉女神，他甚至都舍不得伸出手去触碰，只是呆呆地看着，李虹绵伸出手拉过了他，他一下子跌在她的身旁。他们多少日子就等着这一刻，他们彼此厮守又彼此坚守，谁也没有越雷池一步，今晚就要由他们一起来跨过这一步。李虹绵紧紧抱着苏泰达，他们肌肤厮磨在一起，李虹绵的动作比苏泰达的更剧烈，她心中的烈焰早就像地下火奔突，苏泰达的动作却变得缓缓的，他总是提醒自己，对这个白玉女神要倍加珍惜爱护，不忍去碰伤。李虹绵希望肌肤得到更多的爱抚，她身子扭动着，期待着生命新的一步早一刻越过，他们之间不会像虎狼一样相互厮杀，一个从小听着古琴长大的女孩，所蕴藏着的温柔，使她的肌肤如水，苏泰达正搅起一阵阵涟漪，浪花激溅却成了大涌，一下子从他们的头顶盖了下来，把他们淹没，他们在浪中挣扎着，头部一扬又露出水面，巨浪袭来又被淹没，他们仍然挣扎着露出了两个寻求光明的头，眼前终于看到了曙色，一阵大浪过后，黎明终于来了。

7．丁婕腮边双泪流

苏泰达就喜欢站在办公室落地窗前看夕阳。前天的夕阳西沉记忆犹新——太阳渐渐向西沉去，由原来耀眼的白慢慢转成柔和的红，不远处一片云正从太阳边上飘过，也被染成了醒目的红。更远处的一抹抹云，染成了银灰中渗着淡红，太阳就落在这团云彩里，浮沉着，渐渐变小了，以至顶端成了一个红点，一会儿那一点红也不见了，整个西天银灰、淡红，洇成了一片。看夕阳是苏泰达的嗜好，心情好的时候，越看越觉得一片落日就掉进心中，心情不好的时候，看着夕阳西沉，也不会勾起颓丧的联想，而是从那色彩变幻中感受到大自然的恩赐，心情就会慢慢放松。今天是属于心情好的时候。自从和李虹绵举行婚礼以后，他天天都是好心情，新婚燕尔自然是一个原因，童端仪和儿子那里也处置得平平和和，自然更是不可或缺的原因。而今天心情特别好，却是因为刚才看了生命春口服液及新生产线生产的新药这一季度的销售利润报告，不禁使他久藏心底的雄心又搅动起来，市场推广计划正在实施当中，更重要的是有了钱，他就可以去办他想办的事。他总想把这些社会人创造的财富再回归给社会，慈善事业应该是现在事业的延伸，现在就要着手筹划，这样自己的一切努力，创造的物质财富，才会有最后的归宿。

窗外天边的夕阳已经完全变成橙红了，仿佛也大了起来，今天好像和昨天不太一样，昨天天边几乎没有云彩，一颗夕阳孤零零的，也可以说是义无反顾、单刀直入、自顾自地向地平线沉没而去，而今日西天却是布满了一小片一小片云彩，这些云彩在夕阳照耀下仿佛沸腾起来，他心中一个扑腾，眼前看见的已经不是云彩燃起的火焰，而是田契着火后的蓬蓬燃烧，七十年前爷爷竟然把曾祖父的田契，堆在院子里一把火烧了，而且叫佃农们来看，让他们知道从此以后他们种的田就是属于他们的了，佃农们没有欢呼，只是嘿嘿地喊着，泪光中闪着火焰的光芒。他们有地了，他们要保护这个多少代人梦想的东西，他们跟定爷爷去闹革命。

多少年前的火焰早就熄灭了，只是烧在苏泰达的记忆里，而这些记忆是爷爷的叙述中传给他的。现在天边的火烧云就是七十年前情景的再现，不过没有飘起火烟，当然也没有气味，只是成了富有艺术意味的自然景观。如今他手中已经没有田契可烧了，但他手里掌握着货币资本、厂房、机器等，他也可以像爷爷一样，为包括自己在内的苍生做点什么。就在火烧云渐渐变色之时，他叫来了杜志铭，交代他搞一个策划项目，探讨公司如何参与慈善事业，有多种选择，他给杜志铭说了，在农村办希望小学、赞助贫困大学生、赞助城市无家可归者，都可以作为选项。他说你去网上查一查，写一个报告，当然也可以发挥你的创造力，就当成这笔钱是你的，你要怎么运用就怎么运用，作为给我的建议。

杜志铭走了，苏泰达又走到窗前，夕阳已经下沉，只剩下四分之一，他静静地望着，看着那一片月牙状红色在云中隐没，送它到地球的另一边，变成朝阳升起来。

这一天早晨，苏泰达手机的闹铃响了。他把它的声音按没了，翻了个身，又睡着了。后来又响了几次，竟然没有把他闹醒。昨晚他睡得太迟了，应该说是到了快天亮的时候才迷迷糊糊睡过去。平时他都是比李虹绵早起半个小时，把牛奶热好，把面包烤好，才叫醒李虹绵。有时起得再早些，他就会烧麦片粥，有一点是一样的，就是早餐准备停当，才叫李虹绵。早餐摆上桌，他就开始在阳台上做操。今天是李虹绵先醒了，她看苏泰达睡得正香，就自己起来准备早餐，牛奶、面包、果酱都摆上桌了，她才去卧房拍着苏泰达的脸，老公，太阳都晒到床上来了，快起了。这自然是夸张，太阳刚出来不久，要晒到大床且得等一段时间。

餐桌上苏泰达接过李虹绵涂好果酱的面包，拿在手上，眼睛直直地看着前方，李虹绵发现前方并没有什么目的物，就问他，泰达，你没睡好吧？苏泰达说，我三点钟才睡下。李虹绵问，赶什么策划案吗？不，我上网了。上网？看到什么啦？李虹绵知道他上网是掐着时间的。他常说上网最费时间了，一定要有的放矢，只为搜集资料，看新闻只宜走马看花。

昨晚苏泰达却是驻马赏花了。他上了美国一个网站，好久没去了，一开始，跳出了几个次级贷款的报道，他一一点开看了。美国金融机构崩盘，引发了金融危机，其对全球经济的影响正逐渐显现。想起近日检视了公司销售盈利，他松一口气，退一步想，公司现在蒸蒸日上，可是烹油烈火也赶不上宁国府呀，宁国府还有垮的一天，大地白茫茫真干净。早几年，就有一位新技术产业庞然大物的老总，提出了“冬天”一说，太一公司现在确实处于夏天，可是哪有永远过不完的夏天，秋风一卷，冬天就不远了。过冬的棉衣准备好了吗？想到这里，苏泰达心里一惊，好在看了这个次贷的报道，好在现在猛然想起了冬天的棉衣，像他们这样的民营企业，到国有银行贷款难度极大，资金链任何时候断裂都是致命的。应该再去找风投，前不久他又同史密斯联系，现在他的实力已经同新生产线上马前不可同日而语，将以平等的姿态来和史密斯谈判，不管怎么说，只要能再得到一笔风险投资，就可以为过冬的寒衣增加一个袖子，有了袖子才是棉衣，要不就是棉马甲了。

还是李虹绵又叫了一声，泰达，先喝口奶吧，他才回过神来，三口两口把面包吞了，把奶喝了。他快捷地收拾桌上的餐具。出门前，李虹绵为苏泰达把西装领带结紧了一下，这完全是一个象征性的动作，她不觉得是一个多余的动作，她内心深处冥冥之中有一种声音引导她这样做，她愿意为苏泰达做一切事，哪怕是极小的事。苏泰达打领带对着镜子，不会有什么差池，他站在那里任李虹绵摆布，说今天我要赶紧去公司，你自己打的走吧，我不送你了。李虹绵结婚后仍然在那家外国咨询公司工作，苏泰达的意思是不希望她来太一公司，太一公司只要老板，不要老板娘，李虹绵要是来了，有些事不好办，不利于工作，李虹绵也理解。

下午苏泰达开车出去，正走在南京西路上，快到西藏路时接到一个电话，朋友告诉他，四川汶川发生了七级地震，受灾面积波及周边几个县。朋友问他，上海有没有震感，他说可能太远了，地面上没有什么明显的感觉。不远处南京路步行街人挤人，人们从商店里拥出来，又有人从马路上挤进商店，千里之外的灾难此间人们尚不知晓。

苏泰达关了手机，踩了油门，掉转方向，赶回公司，一路小跑进了自己的办公室，连杜志铭同他打招呼都没有反应。杜志铭望着他的背影，脸上生出诧异的表情，今天老总是怎么啦？苏泰达打开了电脑，看了凤凰网，又看了新浪网，细读着上面关于地震的消息。他叫来杜志铭交代他，公司要组织志愿者小分队去汶川协助救灾。让他去准备矿泉水、方便面等以及帐篷，大约十五个人半个月的用量。我会交代财务部给你发款，你抓紧今天下午去办，明天上午十一点以前要完成。哦，你必须买好几只功能优良的对讲机，山里没信号，手机派不上用场。苏泰达随即让秘书通知在公司本部的所有人员到大会议室开会。他向大家通报了情况，并征集志愿者报名。有二十来个人报了名，苏泰达让郑宏伦从中挑选十个人，郑宏伦说让我带队去吧，苏泰达说你身体没我好，我带队去，你留守公司，随时等候我们的情况，及时作出必要的支援。公司的事交给你了，原定的计划照常进行，新的计划不再开展，等我们回来再说。这是公司成立以来，第一次遭遇这种突发情况，苏泰达从大家踊跃报名得到安慰，公司团队的执行力是可以信任的。杜志铭电话来了，水和面等都备齐了，正在跑小型帐篷。苏泰达盘算着，明天上午让要去的人安排公司工作，及自己家里的事情，下午两点出发。

当天晚上，本来苏泰达约苇珩、丁婕吃饭，一方面庆贺新生产线取得的成功，一方面商量和苇珩今后的合作，现在只好延期。苇珩接到电话，不问什么理由，苏泰达也没做什么说明，在苇珩看来，这种商务约会推迟的事在商场上司空见惯，可能有不可言说的原因，不过他和苏泰达的合作正处于蜜月期，当然不会有这方面的联想，只当是苏泰达突然有事，就说那就以后再约吧。丁婕接到电话，却不是想推迟就推迟，她喜欢打破砂锅问到底，一定要苏泰达说明原因。原因很简单，只有一条，我要出差去。出差？去哪里？不是公司商业机密的话，请赐知。丁婕故意这样说，苏泰达的公司对于她，实在没什么秘密可言，很多属于机密的举动她都参与其事。我要去四川汶川，估计要半个月才能回来。

四川汶川？没听说过公司有这个业务拓展方向。不是公司业务，我要去救灾，那里发生地震。地震？公司去多少人？十二个人，连我在内。那好，连我在内十三个人，我也去。你不能去。我们挑选的人员，都是年轻力壮，都是三十啷当岁。我不老，你敢说我老吗？我不过大几岁，体力也差不多。去的人都是公司人员。好啊，苏总，一有事就把我排除在外了，我算公司半个人吧。好了好了，电话里不争了，我还有好多事要办。苏泰达，你在公司等我，我马上过来。

丁婕风风火火赶到公司，就奔进苏泰达办公室。苏泰达正和郑宏伦谈事，他让郑宏伦等一下，就把丁婕引到小会议室，关上门。丁婕说，苏总，带我去，你们是志愿者，我也是志愿者。丁婕，你听我说，我们不是去旅游，我们是去救灾。要是去香格里拉，公司的活动一定邀你参加，我们去的是汶川，那里已经山崩地裂，环境极其恶劣，我不想让你去吃这个苦。你不要为我考虑，就是没吃过什么苦，我才要去见识见识，我的行为我自己负责，再大的苦我也吃得下，决不怨你。

丁婕要去救灾也不是一时冲动，这些日子她总在想，她这样过日子，是不是一个人最应该过的日子，公关活动、社交派对，表面的光鲜并不能维系内心实质上的尊严。有一次看电视，一个外国生物学家在多年接触野生动物后说，动物也有尊严，这句话触到了她内心深处那一根隐蔽的弦，颤动许久，令她多夜失眠。她对自己说，换一种活法试一试。到底怎么做，她心中茫然。她想利用这个机会，去磨炼一下，也许会让自己的思考有一个让她心安的结果。她坚持要去，苏泰达想这样也好，应该说我们每个人都要找机会锻炼一下自己，考验一下自己，就算给丁婕一个锻炼考验的机会，可以说这是不带任何功利，不是为了分一杯羹去参加某个机构，也不是为了某种利益去铤而走险。他说，好吧，你就和我们一起去，我让尤明霞和你做伴，不过你一定要注意安全，到那里要一切行动听指挥。是，苏总。苏泰达又说，我们还要给受灾同胞发放现金，每户一千元，公司拨出七百五十万元作为此次救灾慈善用款。你怎么不早说，我出五十万。苏泰达说，这是公司公家出的，你个人就不要出了。不，我一定要出，你给我公司账号，我这就去划款，苏泰达看她这样诚恳，就答应了。

苏泰达的车队两部车一前一后，到达成都后连夜向汶川进发，苏泰达在前面的车里，一再用对讲机给后面车里的杜志铭交代跟上跟上，不要被别的车冲散。前面的路时断时续，他们艰难前行，终于到达离震中不远的地方宿了营。路上他们看到江苏民营企业家率领的车队正在实施救援，面对一片废墟，吊车吊起压在上面的破断水泥板，挖掘机在不远处挥臂起落。他们已经先到一步，苏泰达知道在他身后，还有后来者接踵而至，民间力量介入社会事务，这是一个新的肇端，苏泰达觉得自己只是尽一份力而已。

第二天天亮吃好早饭，他们十三个人做了分工，杜志铭、丁婕和尤明霞负责向受灾家庭发放一千元救灾款。苏泰达做了动员，救人是第一位，但我们车上有大量现金，必须赶快发掉，一方面及时支援受灾同胞，另一方面现金的保管是个负担，只有赶快脱手，才是最安全的办法。我们自己发可以争取时间，让这笔微薄的钱及早发挥作用。不要在时间环节上耽误，也不要发给乡镇干部转交，他们已经够忙了，我们不应该给他们添麻烦。记住了，受灾群众每户一千元，受灾的乡镇干部也是每户一千元，这里没有等级之分。第一天他们发到天转暗，大家匆忙吃了一点干粮，就举行为死难同胞吊唁的仪式。丁婕和尤明霞，把一支支白蜡烛拿出来，大家一起把蜡烛排成心形，数千支排出的图形要占好多平方米，找不到平坦的地方，只好选一块坡度小的山坡。

火点起来后，火苗在风中摇曳，对着前面山坡上，一排排刚挖出来的等待掩埋的死难同胞的遗体，他们十三个人都低下头默哀，久久没有抬起来。他们的心被沉沉的重物压着，用力气呼吸才使自己不会憋过气去。丁婕在这里看到了死亡，而且是连珠炮似的死亡撞击着她的心，人的生命怎么会如此脆弱，在大自然的剧变面前无能为力，好在人们内心的善释放出来了，才使得在如此风声鹤唳的环境中给了人一丝温暖。有的烛火熄灭了，风实在太大，苏泰达又去点了，丁婕去点了，杜志铭、尤明霞也去点了，他们一起去点了。火苗在风中飘向一边，又飘向另一边，烛影憧憧照见远处那一排排遗体，仿佛就会跃起来，他们确是不愿意死去，可是，地震不可抗拒地发生了，他们在经不起摇动的房子中无法避开，有不少中小学生就在教室里丧命，教室瞬间就倒塌了，孩子们心中有话要说，可他们却说不出了。他们本不该死呀，他们的生命刚刚开始，这些豆腐渣式的建筑夺去了他们的生命，夫复何言，丁婕的泪水哗哗地淌下，她没有去擦，任泪水流满脸，她抽泣着，任鼻水往下淌，她的心被揪紧了，无法松开来，她的头垂得很低，向死去的孩子们深深致哀。

丁婕、杜志铭、尤明霞发了两天的善款，都不像来抗震救灾，倒成了财务部门的出纳，他们来向苏泰达要求上救灾第一线，直接去挖废墟救人。苏泰达用革命分工不同说服不了他们，就把他们和挖废墟的同事对调。第二天丁婕、尤明霞跟着苏泰达参加挖掘小学的废墟。他们挖一个教室的楼板时，刨出了几具小孩的遗体，身体已经硬了，只是眼睛还睁着，他们的脸部表情都被突然从天而降的灾难扭曲了，丁婕看到一个小孩正瞪着她看，孩子的目光定定的，成了一把利刃，穿进她的心，她不知道从什么地方得到了力量，或者根本是一种无形的手在推着她，她走向前跪了下来，伸出手把那个小孩的眼睛轻轻一捋，让这对不瞑的眼睛闭上。后来她回忆起来，只觉得这孩子就是她的弟弟，她无法把弟弟救活，她也不能让弟弟就这样睁着眼睛死去，那实在是太残忍了。看她这样做，其他人也几乎同时伸出手去把不瞑的眼睛合上。

不远处传来一声似有若无的呻吟，他们一群人都竖起耳朵捕捉那微弱的声音，丁婕冲了过去，其他人也一起冲了过去，开始刨这堆看不出希望的断垣残壁，更准确地说，应该是一堆砸碎的土块和砸断的水泥板。丁婕没有工具，只能用双手刨，直到挖出小孩前，她的手已经没有感觉，也就是已经没有痛感，她甚至没有看到自己的双手已经血淋嗒滴。孩子终于挖出来了，但已经看不出胸脯起伏，这是一个女孩，一个清秀的女孩，丁婕不相信她已经停止呼吸，她跪了下来，把耳朵贴在女孩的胸前，想听取生命的迹象，可生命已经远去，杳无信息了。她不信，刚挺起腰，又弯了下来趴在地上，耳朵再次贴上去，还是听不见任何信息，既没有心跳，也没有呼吸。她不相信。大喊，快叫医生来给她吊针。触摸着渐渐冷去的身体，她突然放声大哭，都怪我，都怪我，我要是挖得再快一点，这小妹妹就有救了。她内心最后的挣扎，她身子最后的挣扎，我一点都帮不上忙，帮不上忙啊。她的自责引起了大家的共鸣，实际上大家真是一秒钟也没有停过，奋力地挖，还是救不了这个女孩的生命，苏泰达对丁婕说，小丁，你不要太伤心，不要哭坏了身子，我们还有很重的任务。丁婕抬眼看了苏泰达，心中似乎得到了一种支持的力量。苏泰达的表情凝重，她看不出他在想什么。

苏泰达看着这座倒塌的教室楼那些铁丝，竟然经不住脚下的地壳翻一下身，摔一个跟斗，就和水泥块分了家，在他的记忆中，钢丝和混凝土的结合不是这样的。小时候他随在浦东一家钢铁厂工作的父亲去厂里玩，在厂大门对面的空地上，看到堆着好多连着钢筋的混凝土块，眼前这些铁丝细多了，那些土块已经像松糕一样被摔在一旁。这些铁丝的碳硫磷含量恐怕都超标，没有钢丝的强度和韧性，充其量是彻头彻尾的铁丝，水泥这样脆，恐怕标号也不会高，真有这样黑心的人，赚了昧良心的钱，置孩子们的生命于不顾。苏泰达不知要如何表达心中的愤怒，他想到自己所能做的是，以手中的民营企业发展经济，实施自己想实行的做法来推动社会进步，才能在根本上为促进中国向前出一分力。

丁婕看不出苏泰达在想什么，但她知道苏泰达没有哭，可他的内心一定比自己还痛苦，自己的痛苦是浅层的，通过放声大哭已经释放出来，而苏泰达把痛苦压在心底，这样的痛苦折磨着这个铁打的男子汉，她为自己没能为他减轻痛苦而自责，止不住泪水又涌了出来。

那天晚上躺在帐篷里，她耳边一直响着那个女孩的母亲呼天抢地的哭声，这是人世间最痛苦的母亲把生命撕成碎片而发出来的。丁婕无法入眠，看帐篷外，天黑沉沉的，她半夜起来穿好衣服，走出帐篷，一阵风卷来，吹得她头发凌乱。在暗夜中，立着一个浅黑的人影，她走了过去，苏泰达正对着成排横陈的小学生遗体默默张望，视野里没有声息，除了凄厉的风。他们都没有说话，心中的痛已经把要说的话压碎了，怎么也捏不起来，他们还能说什么呢，说什么都推不开心中的重压。

天亮以后，苏泰达对杜志铭说，马上召集大家开会。会上，苏泰达说，我们带来的七百五十万，加上丁婕的五十万，共八百万，今天就可以发完，他们这个乡还有部分灾民没有发到，现在我决定再从生命春口服液的利润中拨出二百五十万，这样公司就支援灾区一千万，杯水车薪，实在起不了多大作用，只是尽了我们的一份心而已。丁婕这一组去发钱，其他人还参加救人，我等下打电话回上海，让财务部在我的银行卡上划二百五十万，明天我们派一部车去取钱。人群散后，丁婕把苏泰达拉到一旁，说我再捐五十万，我现在取钱不方便，你先借给我。丁婕，你个人已经捐了五十万，不必再捐了，你又不是资本家。对，我不是资本家，你先借给我，我还有积蓄，将来我可以依靠诚实的劳动来为自己创造财富。话说到这份上，苏泰达答应照办。

新的款到账以后，他们也从银行取了回来，来回一路还算顺利，当杜志铭风尘仆仆赶回来时，苏泰达说，小杜，你们辛苦了。杜志铭回来后又投入挖人的战斗。今天他在村里参加几个解放军小战士的行列，挖出了一个六十几岁的老汉，已经被压好几天了，还有一口气，医务人员赶过来吊针。看到那个老实的农民，杜志铭想起远在老家的父亲，不知道父亲现在好吗？老家不是地震灾区，可是总有阴影笼罩在父亲身上，这个时候他会不会被城管追得无处躲藏，他只希望卖点水果以糊口，这个不算太高的要求，却不知如何去实现。

善款都发完了，又连续挖废墟救人十几天，苏泰达看大家体力已经到了极限，就宣布明天结束这次支援地震灾区的志愿者行动。丁婕和尤明霞从废墟中收集了几十个书包，那些书包大小差不多，形状式样各不相同。看到这些书包，就会看到一群活泼的男孩女孩欢笑着朝我们走来，可是一瞬间他们稚气的脸都阴沉了，他们在责怪我们，为什么他们活得好好的，会一下子被剥夺了生命？这个问题，苏泰达、丁婕、杜志铭、尤明霞及其他一起来的同事都无法回答。

苏泰达看着那一大堆书包，心情沉重，他不知如何去安慰丁婕和尤明霞，但他觉得不宜把书包带回去，他对她们说，我们中国人灾难太多，近代从1840年以来就是如此。如果把这些灾难都压在我们身上，会把我们压垮。这些书包应该由博物馆纪念馆来收藏，如果将来有这样的博物馆纪念馆的话。我们当然可以尽我们一分力去呼吁，让博物馆纪念馆建立起来以后去收藏，而不必由我们个体来收藏。你能展平他们所受的冤屈吗？不能，因此我不赞成你们把这些受难者的遗物带回去，我们对他们的最大纪念，就是加紧努力，推动社会进步，推动社会消除造成此种冤屈死亡的原因，这比带回书包更有意义。你们说是不是这个理？

丁婕和尤明霞深深地点头，苏泰达又说，当然这些书包是找不着主人了，一时半会儿也不可能找到孩子们的父母，听说有企业家在收集捡来的书包，你们可以去交给他们。就这样他们一路上打听过去，终于看到了一个企业收集了一车的书包，就从自己的车上搬到他们的车上。苏泰达目送着她们抱去书包，又用目光迎接她们空手回来，他说，我们的收获都在我们心上，这半个月，对于我们每个人的生命史都是一个伟大的里程碑，对我们太一公司也是一个伟大的里程碑。

8. 青藏高原

丁婕回上海后几次给苏泰达打电话，说着说着总会扯到汶川救灾的事，最后总是絮絮叨叨，都是我不好，都是我不好，要是我扒得再快一点，那女孩就不会走了，不会走的，都怪我，哪怕我手掌扒得断掉，我都情愿，可以救一条命啊。苏泰达开始几次总是安慰她，渐渐地，他发现自己的安慰是那样软弱无力，甚至连自己都不信，丁婕能听得进去吗？果然他安慰完，丁婕还是不断重复，不断唠叨。苏泰达看这样下去不行，丁婕一定遭遇严重的心理问题，解决办法只有一条，找心理医生。他打听了上海几家著名心理医生开的诊所，经朋友介绍，认识了一位从国外回来的心理学教授，他同教授通了电话，教授说，请你把你的朋友带过来，越快越好，这种心理创伤是很折磨人的。苏泰达自己也深有感触，他发现自己心上也受了创伤，不过没有丁婕的严重。他心上的隐痛只有他自己最明白，甚至对李虹绵都无从说起，他也不是压抑自己，他是通过真气运行，以调息来调心，调整自己的精神状况。

他要带丁婕去看心理医生，跟她明说了。他不想搞突然袭击，让一个受到心理创伤的人，再突然去面对心理医生所造成的惊吓，会不利于病者的恢复。他对丁婕说，回上海以后，我眼前也经常浮现那些死去的孩子的面影，我心里也很难过，可是这一切已经发生，不管我们多么痛苦，都无法换回孩子们的生命，我想我应该尽早解脱出来。你比我更无法控制自己，孩子的死不是你扒得慢，你不用承担夺去孩子生命的罪责，不管是你还是我，我们都应该接受心理医生的辅导。听着苏泰达的话，丁婕脸上表情没有变化，可是她心里却起了波澜，在汶川她也看到北京高校心理学的老师和学生组成的志愿者队伍，在为受灾群众及活下来的孩子做心理辅导，当时他们太忙，也想不到自己应该接受心理辅导，致使像她这样心理比较脆弱的人实在经受不住。她觉得苏泰达说得有理，就跟随他去见了心理医生。

来到诊所，心理医生把他们让进一间客厅，心理医生几句轻松的话，使丁婕，也使苏泰达完全解除了戒备，他们不是来治疗的，他们是来会新朋友的。心理医生请他们喝了茶，就海阔天空地聊了起来，说了好一阵，他仿佛漫不经心对苏泰达说，我有些话要单独对丁婕女士说，是不是请苏先生回避一下。苏泰达被心理医生的助手请到了另一个房间喝咖啡，是充满人情味的请喝咖啡，没有任何特定含义。苏泰达就自由自在地在那里喝咖啡，顺手打开自己的提包，拿出一篇文章的草稿来看，题目是《试论企业利润分配的新角度》，这是他从汶川回来后确定的新研究课题。当助手请他回到客厅，一个多小时过去了，丁婕脸上的愁云已经一扫而光。心理医生对苏泰达说，刚才我听了丁女士介绍你们在汶川救灾的经历，我深为感动，你们给灾区人民带去了温暖，你们的心是热的，这种温暖不只是一处流向另一处，它不遵守能量守恒，你们的收获应该是正面的，你一定感觉出来了，丁女士跟刚来的时候大不一样了。苏泰达说，谢谢你，感谢你给了我们温暖。心理医生说，我刚才已经说了，这里不遵守能量守恒，不是我给了你们温暖，我心上的温暖就少了，正相反，你们也给了我温暖，我心中对你们充满敬意。心理医生交代丁女士还应该来这客厅做几次客，到我这里，宾至如归，朋友来了有好茶，让我们一起品茶，共话人生。

告辞出来，苏泰达把丁婕直接送回家，他也下了车，对丁婕说，我还有事，就不送你上楼了，你好好休息，我会再来看你。苏泰达掉转头又回到诊所，心理医生说，我知道你会再来，而且是单独来。来，我们到客厅里坐坐。他交代工作人员泡了一壶新茶端进来。苏泰达喝着茶说，我受的创伤没有丁婕大，但我也需要治疗，我想我应该正面去面对这些心上的创伤，相信你一定能帮我。心理医生同样对苏泰达进行了谈话，不过用了不足一小时，苏泰达感觉自己判若两人，轻松了许多。他对心理医生说，我们公司还有十一位同事去了汶川，他们也很需要你对他们进行心理辅导，他们手上杂事多，你看能不能辛苦一下教授，两天以后到我们公司工作一天。

和心理医生约好以后，苏泰达回到公司找来了杜志铭，他决定心理辅导在公司会客室进行。到了人家那里，进了会客室，被当成了客人，在自己家里进了会客室，不会把自己当成客人，不会有贵宾的感觉。他要杜志铭把公司的会客室布置成幼儿园大班的游艺室，要让大家进去以后，就像回到快乐的童年。小杜，你去办，墙上的画，要有九色鹿、黑猫警长、阿童木，还要有哪吒，这些你们这一代人小时候接触过的事物。明天搞好，后天我有用处。杜志铭顺便汇报，有几家媒体要来采访太一公司汶川救灾的事，都被他回绝了。一个总裁助理敢于做这样的决定，正是由于苏泰达一贯做事低调，已经成为公司文化所致。苏泰达平静地说，你做得好。

第三天一早，苏泰达进了会客室，真像回到了童年，应该说不是他的童年，而是比他年轻的人的童年。他看着哪吒踩着风火轮叱咤风云，看着阿童木飞天而去，黑猫警长神气活现，九色鹿欢跳在山林间。上班时间到了，他把公司去汶川的同事召集到这里，对大家说，今天你们把所有的工作都放下，手机都关了，我今天要让大家过一次儿童节，让大家回到自己的童年。说完他去自己的办公室，请来了心理学教授，介绍给大家。今天请教授来给我们做心理辅导，同志们从汶川回来，心里压上的重担今天就要放下，大家要充分配合教授，需要单独谈话的，他转头对教授说，就到我的办公室，我把我的电脑拿出来，我到杜志铭房间办公。好，教授，请开始吧。

做完心理辅导，大家都感激苏泰达，在这样的老总手下干活，称心，开心，拼命工作值了。在去汶川救灾的员工心理创伤基本抚平后，苏泰达在陆家嘴金茂大厦的餐厅举行庆功酒宴。他在宴会上发表了祝酒词，今晚的庆功宴为我们太一公司去参加救灾的十一位同事，以及我们公司的朋友丁婕女士庆功。今晚的宴会是对过去一段日子的终结，也是今后新的生活的开始，希望大家开怀畅饮，以不喝醉为限。大家一片欢呼，都举起了手中的酒杯，高呼着为生活的馈赠干杯。

生活的馈赠是大家都知晓的苏泰达的口头语，不管他碰到多大的困难，都看成是生活的馈赠，今天竟然在这里用上了。

他们都拿着酒杯来到窗前，看着近在眼前，就在脚下奔流的黄浦江，丁婕多少次在这里吃饭，可是没有一次像这次那样认真地看，几乎天天要见的黄浦江。自从接受心理辅导后，她看到灯火就是联想起在汶川点燃的烛火，也不再沉重，她现在完全相信每盏黄浦江流过的灯火后面，都有一个激动人心的故事，相信在上海奔波的人们都会有好的归宿。她指给杜志铭看，一艘夜游船正驶过，远远望去就是一座装饰了灯光的房子，在黑缎般的江上徐徐移动，黑缎不是一黑到底，上面飘荡着岸上的灯影，在夜空下不时闪烁，那是风和水流的交汇。她把生活中每个出现在眼前的事物都当成风景，心情也就宽了许多。她不知道杜志铭正为买房子烦恼，现在的华灯酒香掩盖了这一切，杜志铭也呼应着她，让她看外滩映在江面上漂浮的光影，经他一说，丁婕觉得今夜黄浦江比以前任何时候看见的都要美丽，也许他们冥冥之中有了远在千里之外的满目疮痍作对照，更显得今夜美景的繁华，没有谁能告诉她这一切强烈的对比，会对每个人的心灵起多大的震撼作用。他们都沉浸在黄浦江的夜景中，那色彩各异的灯火让这条江活起来，就像人一运动就有了生气。

今晚大家都没吃多少菜，只是把酒当成饮料，一杯又一杯地满足了自己的口欲，好在今天要的是法国名酒，才配得起他们如此放达的心情。苏泰达说大家不要忘了品尝牛排，这里的牛排不蒙人，可以给舌头新的感受。丁婕尝了一小块，只是一小块，她还是怕自己胖了。从汶川回来后，一直在考虑今后的路该走向何方，当然这个考虑并不影响减肥计划的进行。太一公司在苏泰达领导下，倒是一个团结和睦的团队，自己像游魂一样在上海滩上游来荡去，找不到归宿，长此下去，不知何处是终了。丁婕不是没心没肺的人，也不是没头脑的人，只是喜欢时装，喜欢高级化妆品，喜欢美食，当然这一切不必靠傍什么人，也不必用自身去换，她想，凭自己的聪明才智完全可以获得这一切，为什么不换一种活法，像苏泰达那样，活得高贵，活得有尊严。在酒的倒影中她似乎看到了自己的眼睛，这是一双望向光明的眼睛，顺着这双眼睛的视线绵延，一定有光明在前头。隐隐约约听见一声汽笛传来，她自己启航的汽笛什么时候鸣响呢？

丁婕何止能隐约听见黄浦江夜航船汽笛鸣响，她分明还能听见池塘里红锦鲤的窃窃私语。她此刻站在她住的公寓门前的池塘岸边，她住的这个小区叫什么湖畔花园，哪算个湖呀，充其量就是一个大池塘，当然清澈见底，堪比漓江水，只是深浅不同。池塘四周有宽的水渠通往绿地的各处，显示风水学中曲则有情的韵致。水渠砌成花岗石岸，清爽洁净。木栈道延伸到水里，在水中央有个小岛，她不管站在池塘边，还是小岛上，都能看到一群群红锦鲤在水里嬉戏。有个奶奶正带着小孙子给鱼儿抛食。每当小孩子把面包屑掷入水中，他都会发出一阵给人温暖的笑声。丁婕也很想去抛食，可是手中空空，她懒得上楼去拿，也不好意思跟小孩讨，她只是望着游动的鱼儿发呆。

她想起挂在自家客厅的书法作品："子非我，安知我不知鱼之乐"，这是苏泰达请书法家写了送给她的。鱼儿的快乐，丁婕知道，她深刻地感受到了。这些鱼儿多自由自在，想游到哪儿就游到哪儿，没有一个人像它们这样自在，有些人的欲望太大，有些人的制约太多，欲望令人得陇望蜀，制约又牵绊着人的手脚，那鱼儿又向食儿奔来了，它们的抢夺，丁婕看来是嬉戏，鱼儿游到哪儿是哪儿，它靠的是什么，哦，靠的是它的脑子，鱼儿的脑子虽然不发达，却足以引导它无忧无虑地生活，丁婕想到自己要是靠脑子，也就是思维器官生活怎么样？凭她的智慧一定可以生活得很好，何必靠身体上别的器官，女人的乳房女人吸引男人的隐秘之处。这些别的器官不应该成为追求物质享受的工具，再说一个人的物质享受也是有止境的呀，靠智慧也能满足。丁婕想道，思维器官之外的其他器官该隐藏都隐藏起来，不给别人，主要是不给任何男人看见，更不给他们接触到。人的生命真是不容易，一根房梁，一块水泥预制板，一个豆腐渣式的水泥块，砸下来都足以要了去。她从来不承认自己是交际花，那是1949年前十里洋场专有的角色，她自命为公关专家，只是底气不足，不敢肯定自己就是金领，凭她的能力做金领并不难。真应该开始新的一页，让生命涂写得纯洁一点，美丽一点。那个小孩抛完面包屑，鱼儿不再来争食了，它们尾巴一摆，又散开来。丁婕看着鱼儿游远了，把思绪收了回来，上楼去，她要给苏泰达打电话，她此时心中冲撞着一股自己也说不清道不明的力量。

丁婕很想对着前面的小竹林大喊大叫，可是小区内，楼上有多少窗口的目光，正对着这块中心绿地，会不会被人当成疯子。不能大喊大叫，她想唱。想在高音阶放声唱，在这里也不合适。不远处，草坪上一只珠颈斑鸠在跳跃觅食，忽然展翅向树丛飞去，尾部两处白光在丁婕眼前一闪。她快步上了楼，到了家就急忙掏出手机给苏泰达打电话，她说我想唱歌。苏泰达说，好啊，我们去唱，叫上李虹绵，我们可以独唱，也可以女声小组唱，男女声二重唱。丁婕说，我不跟你开玩笑，我真想唱。我有事要跟你说，下次再叫李虹绵吧。他们约好晚上七点钟去夜总会唱歌。这次约会，没有人迟到。两人都是七点差五分到达，一起进歌厅上了楼。这种地方他们俩都生疏，苏泰达要了一个小间，对服务员说，就我们两人，请不要打扰。这是明白告诉她，他们不要叫陪唱小姐。

苏泰达把话筒递给丁婕，来，请放开歌喉，高歌一曲。苏泰达知道她想通过唱歌，让自己痛痛快快宣泄一次，他何尝不是如此，只是他太忙，即便挤得出时间，他也不会形单影只来这里麋鹿孤鸣，丁婕来约，正中下怀。

从汶川回来后，苏泰达冥冥之中有一个念头，就是让自己的生活做某种改变。什么改变呢？更醉心于新药的开拓？更注重人才的挖掘？这些都是自己的本分，说改变，应该不是指这些。他的智慧决定了他很快能找到某种改变指的是什么。哦，应该结束同丁婕的非婚性关系，这样自己的精神会更纯净些，这不正是自己内心深处一直想追求的吗？思考到这个点上，他有了自省，觉得这是使自己的人格朝更纯粹前进了一步。他是一个意志坚强的人，既然认识到了，就要坚决去做。他应该找一个适当的机会，同丁婕表明心迹，相信她一定能理解。结束了非婚性关系，他们可以做好朋友，一种超越性爱的好朋友。

丁婕接过话筒，放在一边，说先不唱，我有事跟你说，先说事。丁婕说了她不想再这样生活下去。那要怎样呢？苏泰达心里说。丁婕接着往下说，她想开始新的生活。苏泰达想真是太好了，结束原来的生活，不正是终止两人非婚性关系的最好契机。没想到两人想到一块去了。要说缘分，这是真正的朋友缘分。苏泰达说，那好啊。在心里又加了一句，我们一起开始。

丁婕说了一番话，意思是她想靠自己的智慧，靠自己的思维器官来开始新的生活。说是这样说，可是金盆洗手，挣脱困境，到底从事什么职业适合自己呢？苏泰达说，我支持你，就靠思维器官来开始新的生活。他明白她是要专注于事业，找一个稳定的工作来做，最便捷的当然是到太一公司来，她原来对公司就熟悉，做起来一定得心应手。丁婕说，我到你公司的公关部去做。苏泰达说，公关部副经理刚刚跳槽，正好有空位，但是我觉得你去公关部不合适。丁婕眼睛瞪大了，流露出不明白。苏泰达说要向过去告别，就要彻底拉一刀，让过去永远消失，你要是做了公关，当然和过去不一样，不过我觉得还是换一个新的行当来显示你的才华。丁婕指着自己说，我真是那么没用吗？不，你大有用场，你就直接进入市场部，这是公司的重要部门。丁婕说，做市场，我行吗？怎么不行，做市场和做公关有相似之处，你一定能做好。现在市场部正缺副经理，你来担任。做什么我无所谓，让我做，我一定能做好。工作的事谈完了，苏泰达问，还有什么事要告诉我？没有了，我们唱歌。

苏泰达找出几首歌，他们分别唱了，总觉得不过瘾。丁婕说，你不要保守，今天你没发挥出来。苏泰达说，你冤枉人，我都声嘶力竭了，还没有发挥？丁婕望着他，你唱，《我的太阳》。刚才苏泰达在乐曲目录里找过了，没有这一首，他说我再找找看，从第一首到最后一首全瞄了一遍，的确没有这一首。找的时候，丁婕的眼睛没有眨过，她还是不死心，说没有伴唱乐曲，你清唱。苏泰达拿起话筒，站了起来，好，我来清唱，无伴奏独唱，我的太阳。丁婕递过去一杯纯净水，来，清清嗓子。苏泰达先唱了半句，停了下来，重新开始。歌声逐渐攀了上去，进入高音区，歌声勾起了丁婕的回忆，她想起认识苏泰达的那一天，就听他唱这首歌，更准确地说，她听了这首歌才认识苏泰达。苏泰达唱完，丁婕走上前抱住他，轻轻地叫道泰达。苏泰达不知手往哪里放，他没有习惯性地抱紧她，而是扶她坐到沙发上，他们没有说话，只有一个动作，就是苏泰达给丁婕递了一杯水，同时把一片纸巾放在她手心。在静默中，两人心里在想什么，只有他们自己知道，不止我们不知道，他们彼此之间也不知道。

丁婕把纸巾擦干嘴后丢在一边，说我来唱。请你把《青藏高原》找出来。苏泰达点出了这首歌，放了。丁婕拿着话筒，打着拍子，一会儿说，停，重新来过。苏泰达把歌曲返回到前面，重新开始。一开始，丁婕就裂帛般地把声音提上去，陡然的高音扶摇直上，苏泰达不止被吸引了，而是被震慑住了。这是他很喜欢的一首歌，他听过不少歌星唱过，包括已经皈依佛门的李娜，她们各有千秋，他甚至留意那些业余歌手，只要电视里有这首歌，他就会认真去听，可以说是调动所有生命元素去听。此刻他听出丁婕唱出了另一种韵味，这里有她生命的呐喊，她生命的欢歌，歌里所表达的不只是青藏高原的雄浑、辽阔，连绵的雪山，奔跑的雪羚羊所构成的意境，它更表达出丁婕生命的升华，面对新的出征的那种无可言喻的壮烈。业余能唱《青藏高原》的女人，值得男人疼惜，甚至值得男人去爱，更何况是身边的朋友，苏泰达心中涌起一片对丁婕的柔情。可是李虹绵也是值得疼惜的女人、值得爱的女人，现在苏泰达已经选中了她，他决不会改变。那么就把丁婕这个值得疼惜、值得爱的女人，当成朋友来对待，这已经是千古不易的事实了。

直到最后一句——那就是青藏高原，苏泰达冲过去抱住她，紧紧地抱，好像生怕别人抢去，丁婕扑在他胸前哭了，开始是啜泣，一会儿啜泣变成放声大哭。他们相拥着，却没有进一步的动作，谁的手都只停留在原处，不曾不安分地移动。他们都不明白，他们怎么会像一对初恋的情人，在等待着相互试探。可是他们没有试探，苏泰达心中有李虹绵的影子，那影子实实在在地在他眼前浮现，对他微微笑着。丁婕心中有一条未曾踏上步履的大道，铺满洁白的雪，上面已有太阳投上去的柔和色彩，她不想让自己的鞋脏了它，她要为这条白雪的大道踩上最干净的脚印。他们彼此心里在想什么，彼此都明白，他们不想去惊动彼此，只是这样安安静静地抱着，这抱不太紧，也不是应付差事，而是像他们这样的关系所决定的力度，他们约定，以后再也不要有什么过分亲昵的举动，更不要做爱。他们只是轻轻碰了嘴唇，从此他们就是一对好兄弟，曾经的恋情已成过去，这次的轻轻一碰，也许是最后一次了。

第八章

1. 新别墅换回老洋房

苏泰达决定郑重地和丁婕谈一次，在他看来，在她人生的转型时刻，这个谈话至关重要。

不是每个人都有人生转型的机会。这种转型不是职业的转换，而是境界的提升。丁婕的幸运是她紧紧抓住了机会。这里要有触发的机缘，更要有当事者的智慧。这种机会不易把握，多少人就是错过了这样的机会，而使自己的人生轨迹只能循着先前的履痕匍匐前行而波澜不兴。

他把地点选在静安公园的一个茶座，他们已经不去3818房间，再说那里也不是进行严肃谈话的地方。从茶座窗户望出去，远处池中的睡莲，绽放的花瓣上水珠闪耀，是昨晚的露珠，还是风儿吹动柳丝洒上去的？丁婕没有看窗外，她看苏泰达的目光收了回来，眼睛里面是从来没有过的亲切和严肃，她心里很安宁，是由于亲切，她感觉到冷峻的氛围，是因为严肃。苏泰达有备而来，侃侃而谈，他要把丁婕心中的残砖断瓦清扫干净，扫出一片净土，才好耕耘，才好播种，新的生机勃勃的花卉，才会不受干扰地发芽展叶开花。丁婕简直变成一块海绵，把苏泰达的话一滴不漏地吸了进去。两人相识这么长时间，竟然从来没有听他说过这些。

对比这些振聋发聩的醍醐灌顶，以前说的话都是苍白乏味，丁婕心中有了一种从来没有过的体验，对新生她充满了期待，她相信在苏泰达身边，一定可以成为一个完全不同于以往的人，她目光一直没有离开苏泰达的眼睛，忽然看到那里又爆出了一点亮光，苏泰达在说，你现在就要开始寻找属于自己的东西，而我们最应该拿回来的属于自己的东西，就是我们对自己命运的掌握。苏泰达没有说要参与决定个体命运的进程，尽管他多年就是这样实行，他与唐汉杰心是相通的，但这个特定的语境，他不采用这个近乎哲理的说法，而换成“我们对自己命运的掌握”，这句话丁婕并没有感到有多么深刻，重要的是她理解了，“最应该拿回来”这句话的深刻含义，以前自己所拼命索取的却不是最应该拿回来的，她体会对客观环境的抗争，拿回来多少东西并不重要，重要的就是这一个。丁婕口中重复着：命运，命运，自己的命运。她没有想到个体所在环境的命运，苏泰达也没有说，他觉得今天没必要讲得太多，他也没说到良知。丁婕心地善良，她的良知已在心中潜藏，就不必多说了。苏泰达最后说，祝你今晚睡个好觉，你明天就要有一个新的太阳了。

华丽而忙碌的生活不是充实生活，这是一般人认识不到的，只是有智慧的人，才能透过华丽的表层，看到空洞的内里。在感受不强烈时，只能日复一日，年复一年如此过下去，一旦感受强烈，也极易稍纵即逝。丁婕是有智慧的女人，她抓住了这个思索的契机，终于让自己能够凤凰涅槃。

丁婕半夜醒来是因为听见闹铃声。在似醒非醒中又觉得周遭一片沉寂，一看手机，才一点钟，刚睡下不久，是被自己心中的铃声惊醒了。明天就要去太一公司上班，现在已经过了十二点，应该说是今天了。昨晚睡觉前洗好澡，穿着睡衣坐在沙发上，她细细地想了自己几年来走过的路，毕竟都是自己的选择，没什么好后悔的。要是这次她没随苏泰达去汶川救灾，她恐怕要这样走下去，直至老去。她庆幸自己去了灾区，使她的生活发生了地震，脚下有个断裂带，过去的生活已经留在断裂带的那一边，自己站在这一边，虽然现在脚踏着断裂带的边缘，可是她已经开步，就要远离断裂带而去，前面不管什么路，坦途也好，荆棘遍地也罢，她都心甘情愿去踩踏，哪怕脚步慢一些，也要稳稳地一步留一个脚印。苏泰达请她加盟公司，不是为了给她安排工作，而是他觉得可以发挥她的才能，为公司创造财富，同时也让她有一个实现自身价值的途径，这个价值不管从世俗的眼光，还是从深层意义上，都确确实实能使丁婕的生活变得有滋有味、绚丽多姿。丁婕知道自己正式为太一公司工作了，在上海社交界就会以一个崭新的面貌出现，她不是老板，但是她可以用自己的业绩来支撑自己的精神，在那些呼风唤雨，经常在电视里出现的女大款面前，她不会自卑，也不会怯场，她要把自己新写的历史展现在世人面前，让人们在派对和沙龙里提起她，都会啧啧称赞，甚至肃然起敬，那才是她要做的人。她再也用不着求人，她有智慧，她可以用自己的思维器官在社会上打拼，那该是一个多么令人欣慰的局面。今后她在世人面前，走起路来就会有一种发自内心的自信，而不会只是表面上撑起来的傲慢。

现在她躺在床上望着花瓶里的玫瑰影影绰绰，淡淡的香气却是真真切切，她已经设定了闹铃，可以放心睡，不过她这么多年来，就没有这么早起过，过惯了夜生活，又没有人逼着上班，每天上午都是睡到自然醒，除非有特别的约会，再早的约会也得十点钟，不会像现在上班赶九点，她暗暗对自己说，以后可不能迟到，一个部门团队有那么多人，可得给下属做出样子来，再说公司的中层她大都认识，也不能在熟人面前坍台。她翻了个身又睡着了，再次醒来时，也没有听见闹铃响，离该起床的时间不过二十分钟，她起来了，嘴里还轻轻哼着歌子，当然是在刷牙之后，洗脸时毛巾捂住脸，就让歌子作了停顿，她走路轻盈就像舞步，去厨房准备早餐，又在自己心中歌子的节奏中，不紧不慢吃着昨天买回来的蛋糕，牛奶也是昨天买的，她去了超市，把这几天的早餐都准备足了。临出门她化了妆，昨天设置闹铃时，已经匀出半个小时来化妆，直到现在实际操作，才发现半个小时显然不够，后面的工序只好抓紧些，最后涂唇膏，可不能马虎，嘴唇不能涂得太薄，也不能涂得太厚，对着镜子小心翼翼地抹着，上下唇抿着又松开，看见镜子里的唇，果然猩红，会令男人倾倒，本来职业妇女就应该有这样的魅力。看看时间紧了，匆忙穿上外衣就下楼到小区门口拦出租车，一部部开过去都有人，急得她直跺脚。刚才本来想在家里打电话预约，又怕预约耽误时间，现在拦车子更耽误时间。终于来了一部空车，一脚踏进去，说快，师傅。直奔太一公司而去。

丁婕上班后一星期，一天下午快下班的时候给水如玉打电话，告诉她，她已经到太一公司上班，让她现在到公司来坐坐，一起吃晚饭。水如玉听说丁婕去了汶川，回来一直没见面。今天一见发现丁婕瘦了，却更有精神。我说丁婕，你这次减肥比哪次都成功。丁婕说，我何止减肥，何止把身体的垃圾去除了，我还去除了精神上的垃圾。水如玉瞪大眼睛望着她，脸上是不解的神情。丁婕想这事也没办法细说，真是一两句话说不清楚，只是说我选择了新的生活，到太一公司来是一个新的开始，过去的一切都还给过去了。水如玉细细咀嚼着她的话，心中了然。丁婕不愿意像以前那样生活，告别了旧我。好啊，老同学，从小我就看你是一个有主见的人，我相信你一定能走好这新的一步。丁婕说了自己在汶川的经历，最后为自己得出结论，活着，不应该像以前那样地活着，生命对我们来讲实在太宝贵了，说失去就失去了，这种无常谁也控制不了，不知哪天就来个天灾人祸，应该让自己每天做一些实在的事。丁婕问，你怎么样？水如玉说，我呀，还是老样子，要搞一次舞蹈专场真不容易，市场啊市场，现在都讲究这个，没有市场可真是寸步难行。说到这里，勾起了盛昌发欺骗她的伤心事，她心上被划的那一刀，创伤至今没有愈合。我们吃文艺饭的，真不易，碰到那些无良的老板，可真是欲哭无泪。

提起了盛昌发，丁婕也来气，她告诉水如玉，盛昌发已经“双规”了。这些事，她是从苏泰达那里听来的。苏泰达说起盛昌发连连叹气，原来是多好的工作呀，生生把自己给毁了。听说“双规”后还装傻，不知交代什么，突破口是从齐小兰那里撕开的。纪委人员找齐小兰谈话，齐小兰不想出卖盛昌发，到底靠他办了自己的公司发了财，他能躲过人家的追查，那是他的造化，不用她齐小兰来落井下石。第二次谈话后，她耳边一直震响着“坦白从宽，抗拒从严”，回家吃饭时连饭碗都掉到地上，她倒成了被追查的逃犯，寝食难安。豁出去了，再这样下去日子没法过了。她估摸着盛昌发就要倒了，就把他们用福利备用金买了几套公寓房私分供了出来，齐小兰也交代了盛昌发为了封口，拉她下水，硬要塞给她一套公寓房，她没有接受，所以直到今天她没有去办房产证，这在房产交易中心可以查到，准确地说是查不到，也就是没有。纪委人员表扬齐小兰是好同志，反戈一击有功，不对她进行追究。

齐小兰不认为自己是背叛，现今的世道，见风使舵，乃至落井下石比比皆是，她不这样做又当如何？她心中的苦衷只有她自己知道，她不愿意伤害盛昌发，毕竟彼此之间有一段值得怀念的情感经历，翻脸不认人也许是生活的常态，可是齐小兰却愿意做这个违反常态的人，但还是说了，不是她有什么强烈的是非观，而是她必须保护好自己，这是趋利避害的人的本性在起作用，这样想，她心里的歉疚减轻了许多。

现在哪个公家单位没有类似福利备用金的小金库？只要有专人管理，集体使用，账目清楚，不落进某一个人的腰包，要追究也难。活该盛昌发倒霉，挪用公款炒股失败，就被纪委的人盯上了。再加上他利用公司增资扩股的机会，由他们几个私人股东扩了股，然后他们这几个人再开个董事会作了追认，以为这样就可以瞒天过海了，没想到这事被检察院盯上了。“双规”以后，纪委工作人员向盛昌发点出了私分公寓的事，盛昌发大言不惭，说那不是私分，那是国企公务人员的福利，我们谁也没有贪污，不过是单位给大伙又分了一套房子，他还说他们小区里，有个特大型企业的头头也住在里面，他们也是用福利备用金买的房子，比他的还大，为什么他们就没事呢？纪委人员严肃地对他说，你交代自己的问题，不要盯着别人，各家单位有各家单位的具体情况，你是你，他是他，今天你已经坐到这里，他没有坐到这里，你的任务是竹筒子倒豆，全部交代你的问题，不要管别人。法网恢恢，疏而不漏，别人该有人去管的时候，就会有人去管。检察院的人员找到盛昌发时，他底气挺足，说你去问邝一杰。检察院人员说，该问谁，该什么时候问，是我们的事。我们一切照章办事。盛昌发的意思是邝一杰了解我，你傻呀。这话他没有说出口，只是在心里对自己说。盛昌发不明白，有关人员没问过邝一杰就来动他，那胆子也忒大了？邝一杰说，秉公办事。这话掷地有声，不出来为他说话。盛昌发心里明白的是反正自己是砧板上的肉，只有听斩了。他在写交代时，紧张之余，不时还会想起水如玉，在他即将倒下时，竟会自投罗网，自己送上门来给他玩，成就了他性欢乐的绝唱。这些人真不知珍惜自己，活该做我们当官的当老板的玩物。

盛昌发的这些事，水如玉完全不知情，今天她从丁婕这里得知的是盛昌发已经被“双规”，被检察院立案。丁婕说，有一天下班以后，苏泰达说，你下班没事的话，反正顺路，我带你去一个地方。丁婕没问什么地方，她既不吃惊，也不意外，她知道苏泰达不会再带她去五星级酒店3818房，他一定有什么完全是明规则的事。车子开到丁婕家的隔壁弄堂，盛昌发公司的别墅前，丁婕说，你带我来企业家俱乐部，有什么事吗？苏泰达说这里已经不是企业家俱乐部，这里是苏家花园，这是我堂伯公的房产。他们开门进去，丁婕以前来过，看不出有什么变化，苏泰达向她介绍了他和盛昌发换房子的经过。也就是在这时苏泰达把盛昌发出事顺便说了。

盛昌发从苏泰达这里借了两百万元之后，填补了挪用公款炒股的亏空，只觉得一身轻，在一次俱乐部成员聚餐，喝了两杯白酒以后，他对苏泰达说，苏总，他手一挥，绕了一圈，你看这房子好，你喜欢，我可以让给你，当然不是无偿的，你拿一座别墅来换，这样俱乐部也才有落脚的地方。苏泰达说，你说话算数吗？不是酒话？盛昌发一本正经地说，不是酒话。自从拿到苏泰达的钱，他心中充满对苏泰达的感激，这个姓苏的，真够仗义的。你仗义，我也仗义。他想苏泰达念念不忘苏家这座老房子，就给他吧。反正不是无偿，现在这所老房子已经是国有资产，不能让国有资产流失。苏泰达当即决定，以自己中环线内的一座别墅来对换，做俱乐部的驻地。他带盛昌发来到这座别墅，车子在未盈园的花园里停了下来。盛昌发对园名的牌匾大摇其头，念叨着：未盈？未盈？在他的观念里，做生意就要赚钱，就要讲究盈，才吉利，怎么会未盈呢？苏泰达看他一脸疑惑，就对他说，这个别墅买的是二手，本来叫盈园，他接手后把它改为未盈园。他一个字一个字重重地说，盈则必亏，我取未盈之意，就是要不断进取，而且总有前进的空间。盛昌发点头并不称是，他心里觉得苏泰达傻，盈怎么会亏呢？真搞不懂。

苏泰达怕夜长梦多，第二天就找了第三方评估公司对两处房产做了评估。苏家老房子在中心城区，但面积小花园小，苏泰达的别墅地段稍远，但面积大花园大，两下互补，估值差不多，很快就把相互赠与的手续办了。好在办得及时，要不盛昌发进去以后就办不成了。拿到钥匙，带丁婕看过后回家，苏泰达顾不得吃饭，连续打了十几个电话，通知了在上海及播迁海外的苏家人。他对远在美国的大堂哥说，老房子我收回来了，他没说是拿自己的房子换的，以后就是我们苏家的祖屋，你们的根就扎在这里，什么时候回来，就有了自己的家。苏泰达还通知在上海的堂兄堂弟堂姐堂妹带孩子们，星期六到苏家老房子聚会。

那天大大小小来了十几个人，大家带来了“文革”时偷偷保存下来的几张老照片。他们拿着照片来指认，这里是卧房，这里是厨房，这个回转楼梯一副老态，上面的雕花依稀可辨，似乎已经凋谢。有一张八英寸的照片，上面是苏泰达的爷爷和堂伯公在客厅喝茶，他们来到客厅，老家具早就不见了，苏泰达说，我会派人到旧家具店去淘，找这个式样的红木椅子茶几，还有这里的一个花架。争取找到，找不到我们去买红木料，请木匠照原样做出来。我们也要坐在同样的红木椅子上，一边观赏花架上的兰花，一边品茶。他对李虹绵说，你把带来的山芋放到英国烤箱里去烤，给侄儿侄女外甥外甥女们吃。他们来到厨房，一股老房子的气息扑鼻而来，都这么多年了，这气息竟然还萦回在苏泰达的心间，现在却真真切切地闻到了。摸着那个英国烤箱，没想到经历了七十年的沧桑岁月，容颜苍老，表面斑驳，漆皮掉落，心中的火竟然没有熄灭。

这座老洋房回到苏家人手里，这是他们原来不敢想象的，要不是苏泰达有这个经济实力，要不是盛昌发濒临栽跟头的边缘，苏泰达给他伸出援手，这房子是永远回不来的。他们就听说有朋友从海外归来，要看看自己儿时住过的老洋房，只走到花园栅栏旁就被人询问你找谁，那种尴尬只有当事人才能体会其中的苦涩。苏泰达他们毕竟回来了，脚步重重地踩在厅堂里。他今天还带来一盆蒲公英，后辈们不明白，投来好奇的目光，叔叔舅舅这么抠门，花木市场名贵花草有的是，谁还稀罕这种草根。真正是草根，苏泰达说起“文革”时的故事。那时他比他们还小，常年在家里摆花的爷爷，看不得家里没有一丝生气，没有玫瑰没有百合，就去野地里挖来蒲公英种在盆里，摆在斗室里的肥皂箱子上。对于这样的坚守，后辈们不会明白，苏泰达却是刻骨难忘，今天他从小区花园里挖来了蒲公英，摆在这里，就作为对永远逝去的岁月的祭奠。孩子们听罢，争相去捧这盆蒲公英，对着花儿吹了起来，小小的花伞，纷纷扬了起来，相携轻舞着，飞啊飞，大人小孩视线都随着飘移，小伞一支支飘荡着，飞上客厅顶部开阔的空间。

童端仪带着儿子最后到，儿子一进来就跑到厨房对李虹绵叫阿姨，李虹绵应着：唉，心里暖暖的。他对着其他长辈喊伯伯好伯母好叔叔好婶婶好姑姑好姑父好，长辈们夸他好乖。他们对童端仪喊嫂子弟妹，童端仪连忙用右手食指竖在嘴上嘘了一声，她不想让李虹绵难堪。正在烤山芋的李虹绵听到了那一声嘘声，来到客厅说，端仪姐来啦。又对着大家说，哥哥弟弟姐姐妹妹们，你们对端仪姐原来叫什么还叫什么，不要有什么为难，她一把抱住苏泰达童端仪的儿子，我最疼我们这个弟弟。这时烤山芋的香味飘了出来。她又说，过一会儿，山芋好了，我第一个就拿给弟弟吃。儿子的堂兄弟姐妹嚷着，我们也要，我们也要。李虹绵说，都有都有，谁也落不下。

苏泰达几个星期没见儿子，儿子长高了，他招呼他过来，拿出一支金笔，在手里高举着，今天我要在我们苏家的老房子，把爷爷传给我的康克令美国金笔正式传给我儿子。大家一阵欢呼。苏泰达说起这支金笔的来历。爷爷到上海后，堂伯公为他操心婚事，托朋友介绍了奶奶，那时当然还不是奶奶，是大户人家的大小姐。大小姐，也就是奶奶，爷爷在下班以后经常带她去先施、永安、新新、大新四大公司白相。有一天到永安公司一楼铺面，看到新开一个专柜，里面有一个打扮得十分时髦的小姐在卖美国康克令金笔，爷爷看到奶奶的目光被吸引过去，就挤进人堆里，买了一支送给奶奶，这支笔成了他们定情的信物。这些老故事是爷爷在1976年10月下旬的一天告诉我的，那天把笔传给了我。现在我把这支笔传给儿子。

爷爷不在了，有形的东西只留下康克令金笔，也留下了永开不败的蒲公英，无形的东西已经留在苏泰达的心里，他每天的行动，不会去想同爷爷有多少联系，但在重大决策之时，爷爷就出现了，苏泰达永远是这位老红军爷爷的孙子。

儿子双手接过去，说谢谢爸爸，也谢谢在天堂的太爷爷太奶奶，我知道太爷爷太奶奶在天上看着我，我一定现在做好学生，将来做好公民。苏泰达对儿子说，也表达上一代人的心声：儿子啊，我们长辈们的希望寄托在你身上，到了本世纪二十年代中后期，你博士毕业，赶上了好时候，你一定会成为中国的好公民。童端仪说，我希望能早一点，儿子早一点博士毕业，也早一点成为中国的好公民。苏泰达说，好啊，希望那一天早一点到来。

大家看着苏家新的一代这么懂事，心里热乎乎的。这个老房子就是新起点，将来苏家人会对社会做出新的贡献。李虹绵端来了热腾腾的烤山芋，招呼大家来吃，孩子们抢着吃，几个大人看到他们吃得那么香，从心里笑了出来。大家心里明白，能在家里，在苏家老房子里吃英国烤箱烤出来的山芋，胜过吃什么山珍海味，这样的日子，是平常的日子，也是幸福的日子。

水如玉听了丁婕的话，说盛昌发罪有应得，这个人太坏了。丁婕说，他们都是这样，我们不说他。看看我能帮你做什么。水如玉一时不知说什么好，丁婕刚到太一公司，不能给她出难题，倒是丁婕先说了，你的演出计划一直无法实现，我心里也急，我和苏泰达商量一下，看能不能在我们市场部的产品推广活动中，把你的演出结合进来，不就不愁资金，不愁市场了嘛。水如玉眼里闪着泪花，丁婕，你是我的老同学，现在成了我的贵人了，我该给你磕头。丁婕说，快别这么说，我们俩情同姐妹，还说这些。你这两天等我的信吧。你看晚上到哪儿去吃，你挑个地方，我请客，庆贺一下我的新工作新开始。

2．美琪大戏院

丁婕把自己的想法和苏泰达说了，苏泰达夸她这个想法有创意。他说要我们直接赞助水如玉的舞蹈专场，不是不可以，就算作为我们的一个慈善项目，赞助高雅艺术，特别是赞助一时不景气的艺术品种，更是我们这些所谓企业家义不容辞的社会责任。你说和市场产品推广结合起来，真是一举两得。本来市场产品推广可以采用多种形式，这种与赞助演出结合，也是选择之一，不算创新，不过在我们公司确是第一桩。我支持，你大胆去做。苏泰达想丁婕有这个积极性应该鼓励，何况水如玉实在不容易，出名的明星们有哗众取宠的，也有得到大贪官宠幸的，而她们这些脚踏实地的艺术工作者，为社会精神文明所做的努力，应该肯定。苏泰达让丁婕去约水如玉，他抽一个小时和她谈。

水如玉如约到太一公司，先到丁婕办公室，丁婕让她先喝茶，她去苏泰达办公室看一下，她说刚才看到有一个客户进去。一会儿丁婕回来带水如玉过去，苏泰达见面就说久仰，舞蹈家，快请坐。水如玉慌忙摆手，说我不是舞蹈家，舞者而已。丁婕说，还怕你有客人。苏泰达看了一下表，我和水如玉约的是三点钟，我在两点五十七分送走了客户，专诚在这里等你们。水如玉为苏泰达的守时暗自吃惊，就跟她们跳舞一样，快半拍，慢半拍，都不行，内行一眼就能看出来，自己要是发生这种情况，沮丧就弥漫整个心境。她不知如何开口，还是苏泰达说了，请水女士谈谈你们的打算，看我们能不能帮忙做些什么。水如玉说了，她来之前准备了一个晚上，现在说起来不知为什么会丢三落四，她抬眼看了一下苏泰达，又垂下眼，把目光固定在桌上的笔筒，不知道是不是感受到苏泰达的气场，对她形成了某种压力。她说完了，转头望了丁婕一眼，丁婕连忙出来说了一通好话。苏泰达觉得这事不能匆忙决定，固然是好事，但他要考虑得周全些，特别是费用，要把事情办好，还要让舞蹈家有所得。第一次合作不要挫伤她们的积极性。最后苏泰达说，水女士，你回去搞一个书面的东西，尽快给我。他转向丁婕征询，丁婕，你看这样好不好？丁婕当然只有说好的份了。

水如玉不知道苏泰达能不能真的给她支持，又能帮她多少？丁婕不过是他的雇员，说话是不是有分量也难说。她想自己出马，视情况需要她付出什么就付出什么。同样是老板，苏泰达有那种令女人心仪的气质，盛昌发却像一个暴发户。她本不想去做对比，可是下意识是她控制不住的。她身上心上都活动起来，苏泰达，这是一个值得和他享受一夜情的男人，何况他还是一个仗义的老板，哪怕不保持长期关系，她也愿意付出。想到这里，她给苏泰达打电话，方案搞好了，你看我们见一下，一起唱唱歌跳跳舞，我顺便给你介绍方案，你看好吗？苏泰达本想一口谢绝她的建议，这样做实在没有必要，但他说出口却是我最近比较忙。不是当面说话，水如玉无法从他的表情，揣摩他话中的意思，以为苏泰达要打退堂鼓，觉得兜头一盆冰水浇下，浑身发冷，她声音颤颤地说，那我怎么给你介绍方案呢？苏泰达正在考虑公司的新技术开发规划，还没有从原来的思路退出来，没有听出电话中水如玉声音发抖，他说，这样吧，你送到我办公室里来，我们当面谈。水如玉打完电话，对能不能得到赞助，心里没底，她不好意思问丁婕，只好自己去苏泰达办公室。

苏泰达请她坐在会客区的沙发上，工作人员给水如玉端来了一杯茶。苏泰达回到自己的座位读起方案，从头到尾看了一遍，又翻到前面，沉思着。水如玉没敢直愣愣看苏泰达，眼睛盯着茶杯，她会把眼珠转到苏泰达这一边，凝住神，接受他一举一动传过来的光线。看着苏泰达一动不动，她的心都吊了起来，听见苏泰达手指用力弹了一下方案，她吓了一跳。好，你这个方案好，除了赞助前期费用，在你估算的基础上加20%，以太一公司的名义冠名演出，就叫做“太一舞蹈之夜”。另外我们给你包三场。你具体找丁婕落实，她会打一个报告给我，你放心，有什么困难直接找丁婕，她代表我操办一切。水如玉望着面前的茶杯，她没有动过，这时倒很想喝一口，还是打消了这个念头。她没想到会这么顺利，苏泰达没有提出任何要求，更没有单独约会的邀请，难道上海还有这种出钱不求回报的企业家，她不敢相信，以为自己听错了，瞪着疑惑的眼睛，甚至让苏泰达怀疑起她的智商，只好又重复一遍。水如玉艰难地抬起身子，站了起来，在原地略微停顿，疾步走到苏泰达面前，给他深深地一鞠躬，苏泰达不好意思笑了，你太客气，我承受不起，都是朋友吧，彼此的帮忙是相互的，我还要感谢你对我们市场产品推广的支持。他送水如玉到公司办公室门口，说今天丁婕有事出去了，我让她明天就同你联系。

水如玉当天晚上就到丁婕家里，她们把整个活动的细节都推敲了一遍，她看丁婕对她的事这样上心，心中的感激想说却忍住了，这么多年的老同学，从小学到现在几十年过去，彼此都看着朋友成长，她有困难，丁婕拉她一把也是应该的，只是现在这样的人少了，要是丁婕不拉她呢？可没欠她的情，不拉也是本分，谁让现在是这样的世道呢。不过丁婕确是尽力在帮她，她想得不周到的，丁婕都为她补齐了。水如玉看丁婕在纸上涂涂改改，说你对我这样好，我来连礼物都没带。丁婕说，咱俩谁跟谁啊，还说这个，没带才是好朋友，说不定哪天我遭难了，你也会拉我一把，何况你不是遭难，是有点困难而已。水如玉说，你说得倒轻巧，好汉还会被一时周转不灵难倒，何况我们女流之辈，特别是我们从艺的女人，别看那些女明星在聚光灯下光鲜得很，她们的辛酸只有自己知道。水如玉将心比心，也将身比身，自己吃的亏，那些女明星一定吃得更多。要是碰到霸王硬上弓者，人家有权势，他要的女人，不脱也得脱，打碎的门牙只有往自己肚里吞。丁婕感慨系之，自己还好没有碰到这样的人，要是碰到，恐怕只有举手投降，束手待毙。还好不管是她，还是水如玉都已经远离了这种阴影，特别是她到太一公司以后，也许已经进入人生途程的上升通道，要好好珍惜呀。第二天丁婕花了整整一天，为水如玉的项目做了策划，临下班时送给苏泰达，丁婕说，还好你在公司，请你看一下，这样写行不行。苏泰达说，我今晚就抓紧时间看，你明天一早来拿批件。

第二天早晨上班时间一到，丁婕准点敲开苏泰达办公室的门，她知道苏泰达只要来公司，总是提前一小时。她后悔昨天不应该快下班去交报告，这样苏泰达非得开夜车不可。丁婕说，对不起，苏总，耽误你昨天晚上的休息。苏泰达手一挥说，唉，这是我的常态。我看了你的报告，演出地点我给你改了，一定要选在美琪大戏院，这是舞蹈演出最佳地点，现在水如玉她们，还不具备去大剧院的水准，以后水准提高了，咱们照样可以为她们租大剧院演出，你提的那个剧场，决不能去，这关系到我们太一公司的面子，也关系到水如玉她们将来的发展。丁婕说，好，别的还有什么要改的？苏泰达说，没有啦，你去办吧，祝你首战告捷。丁婕拿起报告刚转了身，又回过头，想说让他注意身体，她忍住了没说，只投过来一瞥。

苏泰达没想到丁婕开始新生活后，他与她之间会像真正哥们儿那样。那以前的恋情是不是真的，他锱铢必较地做了回顾，真的，千真万确是真的。那么现在呢？现在纯纯的关系并不能抵消以前的情感。他知道自己不能越雷池半步，那样会动摇丁婕新生的决心，他愿意看到朋友的生活开始全新的局面，不要因为自己的自私坏了哥们儿的新生活。

丁婕抓紧这几天去印制彩色宣传资料，地点就写明是美琪大戏院。

本来离演出还有一段时间，彩印资料晚几天也不要紧，不过下星期有位朋友要举行一种新化妆品的发布会，实际上是上海社交界的一次派对，丁婕要把舞蹈团的演出资料借船出海，请朋友连同他们的彩页一起发放。印制舞蹈演出彩页时，演出地点并未完全确定，她就先印上去了，本想问题不大，没想到水如玉来电话了，她的公关主任找了美琪大戏院，要连演五场，档期排不出。接着电话，她额上的汗都出来了。这可怎么好，换个时间，岂不是在朋友面前出洋相，而且第一次大型活动就出差错，真是丢面子的事。她对水如玉说，你赶快向苏泰达汇报。此事她不能出面，总不能说她心急，在未完全落实之前，就把美琪大戏院印上演出彩页，而且要命的是已经发出去了。此时她只有请水如玉出面，说有什么问题，我们再商量。水如玉赶到公司来见苏泰达，苏泰达了解了事情的经过，就说当时你们报预算时，我给你追加了20%赞助费，就是为了应付不可预测的费用。档期挤不进，就是意外情况，你去办，看他们需要多少赔偿付给他，演出时间不能变。有什么困难，让丁婕帮忙。水如玉派人去了，还是办不成，给苏泰达的电话中带着哭腔，苏泰达连忙安慰她，你不要急，就这点事，你让丁婕去摆平，需要多少费用，还可以从我们这里出。果然丁婕一去，美琪大戏院有关人员就挤出了档期，完整的五天，还问要不要提前。丁婕说不用了，就这个时间。丁婕知道只能用这个时间，正好切合公司产品推广的进度，这个时间是苏泰达定的，完全符合他对公司市场拓展的战略意图。回来和苏泰达一说，苏泰达说，丁婕，只要你一出马，没有不迎刃而解的。受了表扬，丁婕感到脸上有点热，不过心里还是蛮得意的，说谢谢苏总的鼓励。

水如玉请苏泰达和丁婕来看彩排，表演完她没有卸妆就来到客人面前，苏泰达和舞蹈界的朋友们说着话，丁婕把水如玉叫到一旁，刚才苏泰达递给她一包纸巾，她会意，现在扯出两片为水如玉擦额上的汗，看你头上热的。叫她到一旁，不只是为了擦汗，她对水如玉说，苏总交代，我们公司对外慈善赞助，按我们的规则是“监督执行，全程跟踪”，这不是不信任你们，而是为了让资金的运作透明化。水如玉一听，说好啊，我巴不得有人给我把关，你们这样做，真是帮了我的大忙，我对账月一窍不通。丁婕说，这就好，我们市场部会和财务部一起来协助你们工作。

她们回到座位，舞蹈界朋友说，水如玉，你真有福气，遇上了苏泰达先生这样懂艺术，有涵养的企业家。水如玉说，一个深谙高雅艺术的儒商。苏泰达说，千万不要这样说，我不懂高雅，也不附庸风雅，只是有困难大家相互帮助，你们也帮我们做市场推广，更不要说我是什么儒商，我不信儒教，我对儒家也没有深入的研究，只是信奉“仁”，取其“爱人”之义抽象继承，我只是一介商人，说到底就是资本家，哪是什么企业家。我是一个业余研究经济学中的资本和人力资源的资本家，仅此而已。苏泰达不明白自己怎么会说得这么多，说得那几位舞蹈界朋友张大小嘴。

首演的那天晚上，丁婕早早就来到美琪大戏院，戚麟洱也早早到了，他匆忙和丁婕寒暄几句，就说你忙你忙，直奔后台去看水如玉化妆。他有这个嗜好，比起看正式演出，他更喜欢看女演员化妆，那样可以近距离也可以说是零距离地欣赏艺术对象。任何女演员在他心目中都是美的精灵，对女舞蹈演员，他更是倾心欣赏，到底她们的身材比其他艺术门类的女演员更胜一筹。他现在就在水如玉的身旁，不但欣赏，手也不闲着，不停为她递着她需要的化妆品，而且一拿一个准，到底他见得多，自然熟能生巧。水如玉开始还不太习惯，一伸手，化妆品就送到手上，这是从来没有过的体验，没想到今天享受到了，她不敢抬头看戚麟洱，人家到底是领导，她也不敢说谢绝的话，那不是给人家难堪嘛。以前戚麟洱约过她，不是她自视清高，而是戚麟洱女人缘好，在她这里下的功夫不够，没有冲破她洁身自好的底线，却让盛昌发得了手。水如玉想，反正底线已经弃守，何妨来个第二次第三次，只是后悔当初怎么没把婚外情上床的第一次给戚麟洱，即使他不稀罕。且不说他的官位能庇护她，从他身上不止可以得到肉体的快感，还有一种占有戚麟洱的精神满足。她在心里骂自己，脸皮怎么这么厚，觉得自己的脸微微红起来，不过已经上了妆，是看不出来的。她看着镜子中的自己，心里说，你胡思乱想什么呀，要来的就让它来，躲是躲不掉的。

幕间休息的时候，苏泰达陪邝一杰、戚麟洱、任仲年去后台看望演员，邝一杰一行人对演员说了一些慰问的话以后，邝一杰对苏泰达说，有几句话要说说。苏泰达把邝一杰带到一个小休息室。原来邝一杰今晚看演出，还给了自己一个任务，就是要找苏泰达交换一些意见。下周要开的市长办公会议上，邝一杰准备做一个发言，围绕创新谈自己几点意见。他已经写了详细的大纲，从苏泰达新药生产线融资的曲折过程得到启迪，必须营造创业的良好生态系统，从而全方位激活创新活力，特别是要建设相应的金融市场，卓有成效地进行风险投资指导及安排随后发展成熟之时的退出。同时拟出几点关于制定相应的规划及配套的规章制度的建议。这些内容邝一杰已经酝酿多时，且形成了一套意见。今天要着重就生物制药行业的创新，征求苏泰达的意见，也想听听苏泰达对更大领域创新的想法。节奏强烈的舞曲音乐在前台震响，门关得严严，声波还是找到休息室的门缝。他们的对话不时被突然蹿上去的高昂乐声干扰以至打断，只好大声地重说一遍。苏泰达近来也正在思考整个上海生物医药的前景以及太一公司所处的位置，以自己的公司为基点，如何以创新和与国际科学家团队联手，促进新药和仿制药迈上新的台阶，推进整个行业的发展。今天遇到邝一杰，本来是看演出，没想到又加进了这幕间休息的戏。他在邝一杰说话的时候，赶紧整理了思路，又增加了对上海企业面对创新的深入思考，随后把自己的想法和盘托出。邝一杰听罢觉得很有收获，今天看演出来对了，要是安排工作日同苏泰达谈，实在抽不出时间。没想到天遂人愿，竟会有这样好的机会。话说完了，邝一杰说，我们赶紧看演出去。时间不知不觉过去了，他们回到观众席，演出已近尾声。

过了一会儿，就是水如玉的独舞《雀之灵》。她一出场，苏泰达完全被吸引住了，眼前出现的是一个美的精灵，说不明白为什么脑海里会跳出普希金的诗句，“我记得那美妙的一瞬，在我眼前出现了你”，现在在苏泰达面前出现了，不是前几天看彩排时形象的追忆，更不是“犹如昙花一现的幻影”，现在实实在在于舞台上跳跃的，是“纯洁之美的精灵”。苏泰达明显感到自己屏着气息，忽然水如玉一纵身跳起，又落下时，眉头微微蹙了一下，他捕捉到了，可能脚崴了，不，一定是脚崴了。水如玉的眉头没有再皱一下，一直如同那天彩排那样做接下来的舞蹈动作。苏泰达起身离开了座位，丁婕在旁边没问他干什么去，直到看到他往舞台走去，她想大概有什么事了，就跟了过去。

苏泰达来到侧幕时，看到水如玉仍然像上次看到的那样娴熟地跳完了，大幕闭上，她走了过来，脚踩不住，身子一歪，苏泰达赶忙上前扶住她，问道，脚伤了？水如玉微微点头，丁婕拿过来一把椅子，扶她坐下。都说女人心细，丁婕刚才怎么没有发现，她想难道苏泰达这个企业界纵横捭阖的人物的心比她还细？她蹲了下来，看水如玉的脚脖子，说有点肿，她轻轻碰了一下，水如玉痛得直吸气。苏泰达对丁婕说，你陪水如玉去医院看急诊，又问你身边有现金吗？说着掏出一千元给她，说没有钱，医生可是不接诊的呀。没等丁婕反应过来，水如玉说，我不碍事，轻伤不下火线，这时我不能走，我还要做评审员，评审这些跳舞的孩子们，点评他们的进步和不足。说得大家都笑了起来。水如玉刚才忍痛跳完整个舞蹈，她都被自己感动了，可是当她知道苏泰达从她眉头一蹙就看出端倪，她心中更加感动，这是被别人感动了。她没有说话，只是深情地望着苏泰达，苏泰达倒是没什么感觉，可是丁婕看出来了，丁婕不认为水如玉和苏泰达之间会有什么，她只是觉得李虹绵太有福气了，心中不知是嫉妒还是羡慕，但肯定不是羡慕嫉妒恨。

3. 爷爷的夙愿

苇珩每次回上海，苏泰达都请他、丁婕一叙。今天还是选的本帮菜，游子在外，自然思乡，其中一个重要的思念对象就是家乡美食。苏泰达说，既然回来了，就要大快朵颐，在美国，就是上海菜馆恐怕也吃不出这个味来，是不是？今天见面的重要事项，是向苇珩报告新生产线这几个月以来的利润状况。苏泰达说，也不用我多费口舌了，我让杜志铭搞了一份简要的报告，他递给苇珩，你先看一下。苇珩看了几页，轻拍桌子，说好啊，苏先生，你果然出手不凡，在我回国的风险投资中，这个项目是推进最快、收益最大的。他接着说了他的打算，准备提出一部分利润做慈善，自己搞一个基金，请一两位朋友来运作。自己的钱自己安排，做到透明、直接，我们直接面对慈善帮助对象，这样可以保证善款能百分之百发挥作用。苏泰达说，我们去汶川救灾就是这样做，自己辛苦点，但被帮助对象得益快，而且不打折。苇珩说，我认为比尔·盖茨基金会，还有美国其他大的基金会的运作才是专业的。为了避免被贪污被挪用被抽头，我做慈善只能直接面对被援助者，才不会曲解慈善的本意，因而也是当前最专业的运作。苏泰达说，苇先生，不要光顾了说话，请用吧。苇珩尝了虾子大乌参，又尝了松鼠鳜鱼。刚刚咽下肚，就说这才是上海啊，冲着这些菜，我以后要多做中国的项目。丁婕说你喜欢就好，我们在上海对上海菜可没这么深的感情，现在大家大都吃川菜、粤菜，还是你们在海外感觉比较纯粹。

苇珩何止是味蕾感觉纯粹，他在美国多年，回来一看，国内的朋友都与时并进了，声色犬马，好像非得如此奢靡不可，美国有钱人多得很，少见这样消费的，甚至他的价值观还是保持着多年前的淳朴，在大陆婚外恋比比皆是，不知道是不是看着贪官包二奶，几个，几十个，心有不甘，都想放纵自己。苇珩就不然，他对丁婕就不越雷池半步，他觉得那是对妻子的不忠，当然现在丁婕已经开始新的生活，他们在这方面的看法也就趋于一致。他们都希望保持这种纯粹的友谊最好，感官上的满足只会觉得一场空，他们要让友谊像春兰一样纯净。

苏泰达接触苇珩以后，也觉得他有兰花的幽芬一般的气质，特别请沪上一位国画家画了一幅幽兰。他说苇珩，我们先把酒杯放下，都用湿餐巾把手擦干净，我让你看一样东西。他起身到沙发上取来了一卷画，打开来，苇珩、丁婕都屏住息。啊，一股清幽兰香扑鼻而来。淡蓝色的底上几笔白色的剑叶，叶间花儿绽放，花根扎进一团黄中带白的泥土。苏泰达说，苇珩，这是送给你的，你带回美国去挂在家里，时刻都有祖国的气息洋溢在你身旁。苇珩说，太谢谢你了，我这次回国的最大收获就是这幅画，这比风投的利润更宝贵得多。他紧握苏泰达的手，你这个礼物实在太重了。苏泰达倒是觉得苇珩把话说得太重了。他扯开话题，说我还请这位画家给我写了一副对联，就挂在我佘山下别墅的客厅里，是狂草，以后请你来我家欣赏，写的是：“寒梅雪中尽，春风柳上新”。

吃好饭，他们三人意犹未尽，苏泰达提议找一家酒吧喝酒去。他们都没有酒量，不为喝酒而来，只是让聊天有一个凭借，这酒就是话语的载体。

苏泰达说，生命春口服液恢复生产后，市场成倍地扩大，利润大大超过去年，现在已经没有别的股东，我想把这个企业献给国家。这个事不久前我同区国资委张副主任谈过，得不到回应。苇珩脸上是不解的神情，问政策有什么变化吗？苏泰达说没有呀，现在还是提倡发展非公经济。苇珩说，那苏先生为何要出此下策呢？苏泰达说，这不是下策，这些年我看国有企业太多贪官，把国有企业加速蚕食，合法的是巧立各种名目私分国企的利润，违规给员工发大大超过其他国企的薪酬，更严重的是那些被揭露出来的贪官，会把几千万欧元藏在家里，这在发达国家真是闻所未闻。苇珩说发达国家不可能有这种事，内阁部长多报点差旅费，还马上下台，想挖国家的墙脚绝不可能。苏泰达说，苇珩，可能你长时间在国外，不大了解国内情况。苇珩说，可别这么说，可能我感性认识比你还要时刻。苇珩说起他在洛杉矶一个高级住宅区，看到一片别墅，每座都有三四百平方米，带几亩地的花园，那些主人大都是国内的国企大佬或官员，他曾去一家人家做客，那家的老婆孩子都有了绿卡，就剩丈夫在国内官场上为人民服务了。苇珩说，当时在那家人家的派对上，他没有说什么话，他也不想说，他不想交这样的朋友，是朋友带着去的，同这样的人打交道，赚钱会睡不着觉。我也见了那官员，一副天下唯我独尊的派头，比一些华尔街的银行家还盛气凌人，可能他在国内威风惯了，这种人到美国也就是享受余生，让他们对社会有什么贡献是不可能的。苏泰达听了苇珩的话只觉得胸闷，他呷了一口酒，说这就是我要把资产献给国家的缘由。虽然比起国家资本，我只是沧海一粟，可这一粟也是我的一分力，我不想让国有资产被蛀虫啃光。苏泰达没有对苇珩说他要献产是为了完成爷爷资产服务苍生的夙愿，这个事也从来没有向丁婕提起过。他希望他们能理解，但即使他说了，他们能理解吗？苏泰达不是非得让人理解，不说也罢，他不过是要给国家经济基础添点砖瓦的朴素想法。

早在大学读书时，他就从上海的报纸读到一整版的报道。那天他躺在铺上向对面铺的同学说，你看这个办调料企业的私人老板说，他今天建立这个私人公司，十五年后要献给国家。那个同学鼻子里哼哼，说装什么蒜，他自己口袋里的东西，没来由要献给国家，真够伟大的，也真够矫情的，骗三岁小孩啊。苏泰达把报纸折好，扔向对铺，你看看，我觉得他不是矫情，在这个时候他不这样说不行，他心有余悸啊，怕国家政策有变化，要收回私人资本，他干脆说在前面，将来一旦这种事发生了，他会说我早就说过我要把企业献给国家。他们相约十五年后看。后来他在同学的聚会上遇见了对铺，对铺说，那个老板恐怕在暗笑呢，钱赚得撑破口袋，哪想到国家，想到人民啊，只顾自己闷声大发财罢了。苏泰达听了这话，不禁在心中升起对这个老板的一丝鄙夷。

苏泰达很明白，自己的献产打算和这个调料老板的承诺相去云泥，他是理直气壮地提出把资产献给国家，他不存在心有余悸，更不想哗众取宠，只想悄悄地进行，尽一份心。把生命春口服液的企业资产献给国家，这是经过深思熟虑的。爷爷所有的土地是太爷爷传给他的，他都拿出来交给佃农，苏泰达自己创业赢得的资产，更有权处置，这就是他要把资产献给国家的历史渊源，同时也基于对现实的切肤之痛，以及对未来的深刻洞察。

他不想对苇珩、丁婕说得太多，大家都忙，都有自己的事，他自己决定的事，就由他自己来施行。他想先把想法写成文章，发在自己的杂志上，作为一种理论探讨，也作为实践的先导。他端起酒杯，与苇珩、丁婕碰杯，来，把这一杯干了，今天的功课就算完了，早点回去休息，明天还有很多事等着我们去干。清脆的碰杯声震荡着，飘入三人的心底。

苏泰达写的文章的题目是“国有经济基础的作用与维护”，交给杂志主编王雪晴，她当时就看了。苏总，你坐呀，稿子还用你送来，发到我的邮箱就可以了。不，我一定要自己来，一是当面听你的意见，总比电话里沟通好，二是看看你，你最近身体怎么样？自从上次王雪晴闹着要吃安眠药，当时是被阻止了，可是苏泰达看得出来，此事对她的伤害，但他很无辜也很无奈，他爱的是李虹绵，这种事勉强不得。王雪晴也自恋了些，一厢情愿陷得那么深，他总想尽点力来抚平她的创伤，但他能做的实在少得很，只能用工作来分她的心。

苏泰达自立了一个课题，研究新的生产关系萌动与生产力的关系，这是一个重大的命题，他也不去申请社会上什么重点科研项目，他要的是能够推动社会进步，其他的如评奖之类他认为非自己所求。王雪晴看了几页，才发现怠慢了客人，苏总，忘了给你倒水了，站起来就要去泡茶，苏泰达连忙制止她，你归你看，我自己来。他给自己泡好茶，也给王雪晴续上水。王雪晴看完，轻轻合上打印稿，抬头对他说，苏总，你的观点新颖，只是我觉得能够自觉意识到必须维护国有经济基础的人太少，现在的经济学家，好多都市场化商业化了，都成了利益集团的代言人，好多国企老总想的就是自己的升迁和个人财富的积累，谁还会去考虑维护国有经济基础。苏泰达说，你说得对，正是维护的人太少，才要呼吁，让更多的人来关注。我们不但要理论探讨，我还要去实践。王雪晴眼里充满疑惑，实践？如何实践？你只是一个民营企业老板，不过她没有说出来，按她对苏泰达的了解，他应该早就胸有成竹，她相信不久就可以看到他的实践，到时再评价也不迟。

发表苏泰达文章的这期杂志进入社会后，不久苏泰达在世界观察与思考博客网看到一篇评论文章，署名九味子。他不去深究九味子的含义，他却从这篇文章看到理解和赞赏。在虚拟空间中，这个叫九味子的人对他的支持，给了他安慰，此前他读过九味子的博客文章，他忧国忧民之心令人敬佩，这种人都是深藏不露，恐怕无缘结识。这位九味子没有把自己归入哪一派，现在网上著名的博客作者，除了读者的封号外，他们好多人都会把自己归于这一群或那一群，苏泰达读了他们的博客，哪怕他们在对骂，他都能感觉出这些人从自己的角度出发，为老百姓好的拳拳之心。只要有时间，这些自封的所谓这一群那一群的文章，苏泰达都看。现在有了网络，人们至少有个发表意见的平台，总比“文革”结束以前万马齐喑要好得多，所以他把网上对自己文章的意见，看成是向别人求教的渠道之一，他心里深深感谢这位九味子。

如此重大的决策，苏泰达想他应该去请教何磐石。何磐石一星期要去玫瑰花园打三次台球。他约苏泰达上午十点来台球室找他。苏泰达来过这里几次，这是老干部活动场所，原来的餐厅扩大了，早已对外营业，叫什么轩的。他熟门熟路走到一座洋房前上了楼，就听见走廊里传出何磐石的声音：你看我这个好球。他出现在门口，叫了一声何老，何磐石应了一声，说道：你稍等，等我打完这一局。现在离休了，打台球成了第一要务，看文件什么的，只是生活的点缀。打完了这一局，何磐石接过一位工作人员递过来的热毛巾，在没汗的脸上擦了擦，手里握着球杆没有放下，对苏泰达说，怎么样？咱们比试比试，好像今天是约苏泰达来打球的，苏泰达只好拿起刚才一个人放下的球杆，说好啊，咱们比试比试，我好久不打了，恐怕手法生疏了。一开局，何磐石先打一杆，球都散开了，没有一个进的。苏泰达在桌子旁来回走了几步，看着球桌上各球的位置，沉思了一会儿，打了第一杆，球进了，后面连着两杆，球都进了，其中一个球还是白球撞了桌沿弹回来，碰到了一个红球，那个红球徐徐而来，把绿球不偏不倚撞进了球洞，旁边有人轻声喊好，苏泰达突然意识到自己是不是打错了，怎么连进三球，今天是来请教的，打球只是讨何老高兴，总不能把对方打趴下。后来他一个球也没再进，节节败退，何磐石则是节节胜利，终于把苏泰达打趴下。何磐石心里高兴，说只是玩玩，只是玩玩，友谊第一，胜负不论。

他们离开了球房，到茶室泡了两杯茶，开始对谈。何磐石说，你派人送来的杂志，我看了你的大作，写得不错，很有见地。又说到当前经济界的现状，心中气愤，他说怎么能这样，手里握着国有资产，却在为自己捞钞票，被揭发出来的只是一小部分，已经够触目惊心了。小苏，你说怎么办？这些人要把企业带到何处去？我已经不在位，我和我们这些老不死的，看着着急。苏泰达把他准备将生命春口服液生产线的资产献给国家说了，何磐石沉默不语。他想的是，你苏泰达要献出的，充其量只有几千万，哪怕上亿，也是杯水车薪，还不够人家公款吃喝，不够人家从国有企业捞的。他又想，苏泰达是后辈，有牢骚也不能在他面前发，就换了一种说法。他说人家贪官伸长了手，大捞国家资财，简直形成了潮流，是负面的。苏泰达想，不能任凭这股潮流这样滚下去，他知道自己力量微薄，可是心中冲撞的那股力，使他这个微小的力量放大了几倍。他说，何老，我只想尽点微薄的力量。何磐石说，你精神可嘉，不过此事恐怕办不好，弄不好会被泼一身脏水，你要有思想准备。苏泰达没想到何磐石这样顾虑重重，他在位那些年，做的几件事让人刮目相看，至今口碑犹存，难道他真的老了？一看快到中午，他说何老，我在园里餐厅订了座，我们一块吃中饭。何磐石说，不了，我家不远，走几步就到了，我习惯打完球回家吃稀饭就咸菜。他不让苏泰达为难，又说，我们改天吧，改天再聚。你这个事，三思，我们之间只是内部沟通，你公开提出来之前，三思啊。苏泰达点点头。

苏泰达三思了，还是决定把生命春口服液生产线的资产献给国家，他已是个人全资，其他股东他全回购了，有权处分全部资产。

在向社会宣讲之前，他同许啸华沟通。他很推崇许啸华坚守国有资产阵地，明明以贷款办成的服务型企业集团，没有乘企业改制之机，为自己正名。在苏泰达心目中，许啸华简直是企业界的另类。许啸华说，你的想法我支持，但你这样做，成了有别于社会上企业家的另类。这个事要么办不成，要么你成为过街老鼠，最后还是归于失败。常听人说，在官场你不贪污受贿，都会备受疏离、打击，你这样做，即使和别人没有利害冲突，人家也不会同意、赞成你这样我行我素，这样会显得你太清高，别人太低下，这是得罪人的事，人们的口水就足以淹死你。不过话说回来，我支持你，哪怕是唯一支持你的人，我也支持你。当然你要有头破血流的思想准备。

苏泰达决心已下，他在长三角企业家俱乐部的一次座谈会上，把《国有经济基础的作用和维护》的要点讲了。这种座谈会不定期举办，来的企业家都现实得很，不是为了什么理论探讨，而是为了联络感情，有什么生意一起做，有什么困难可以互相帮衬。苏泰达说完了，没有任何人提出问题来和他互动。人们的心思不在这里，私营业者从来不去想什么国有经济基础，他们想的是自己的经济基础如何加厚，如何使自己的资金链不断裂，如何把别人的市场吃过来，如何避开方方面面的压力。国有业者也没有这样的胸襟，事关企业的社会责任，他们大都无暇顾及。有个平时走得近的企业家对苏泰达说，老苏，你就别异想天开了，国有经济基础关我们什么事呀，管管自己，能在市场竞争中存活下来就不错了。苏泰达只能对他无奈地笑了笑。是啊，他这些想法是不是太幼稚了，现在有头脑的人，谁还想这个。他还是不死心，又应邀在东华经济论坛上讲了一次，他讲的时候都守住一条线，不说出自己要献资产给国家。人们还是听出来了，好像演讲者在倡导什么，到底这个论坛的出席者和俱乐部座谈会的不同，有人问，苏泰达先生，你觉得你提出的这些维护措施有可操作性吗？真有人愿意把自己的资产补到国有经济基础上，要么他是疯了，是不是应该送他到精神病院去治疗。问题提完，会场鸦雀无声。这个互动者前头说的顺理成章，后面说的疯了，送精神病院的话，却大大刺激了与会者。送精神病院的理由，精神病学里就有多种，难道只不过是大公无私的想法，也应该送精神病院？苏泰达算得是身体健壮，精神强韧的人，听了这个问题，就像遭了当头棒喝，几乎要被击昏在讲台上，他还是冷静地回了话。事后想起来，他不知当时如何回答，不知自己说了些什么，不过关于疯了，关于送精神病院，肯定是回避了。他还是忍住了，他就是那个想把资产献给国家的人，他到底没有说。

他的这些观点在企业界朋友之间传开了。有一次在一个顶级会所，他在那里喝酒，喝的是闷酒，当然只是一小杯，与一个衣冠楚楚的老板攀谈起来，因为是初次见面，又没有朋友介绍，只是萍水相逢，谁也不会掏心窝，说着说着，不知怎么就扯到了发展非公经济上面，那人说，听说有一个搞保健品、药品的民营企业家，到处说什么维护国有经济基础，甚至说要献出私人的资产，能不能作为维护这个基础的办法之一。这个傻蛋，说的什么疯话，像这种人，自己给自己找麻烦，他的企业早晚要关门的。苏泰达知道他说的是自己，而这个老板做的是钢铁行当，隔行如隔山，要是认识肯定不会这么说。苏泰达想这样也好，不认识，他才能听到人家的肺腑之言。他很庆幸今晚来这里喝酒，要不就同这几句真言错过了，是得好好想想，自己的想法是不是真的不合时宜。

别人的议论并不能动摇苏泰达的决心，他拟好了给区国资委的报告，自己打印，不让公司任何人插手，这是他个人的资产，他的处置不想让别人知晓，以免产生可能的负面作用。要给区国资委送报告，不在饭局上进行，他直接打电话给张天星，说有重要事找他。

张天星拖了三天才见他。一见面是一番客气，对不起，老苏，最近杂事多，实在安排不出时间，今天你来了，我们好久不见了，好好聊聊。苏泰达开门见山，说他要把生命春口服液的资产献给国家。张天星以为自己听错了，现在哪有这种事，他想他感冒早就好了，再说耳朵也不会感冒，怎么会听错呢，难道苏泰达真是那样说？他说，你再说一遍。苏泰达应他的要求又说了一遍，这回张天星听明白了，苏泰达不想要生命春口服液了，他要献给国家。苏泰达递过去他的报告，说具体都写在报告里了，请你们审核批准。张天星正色道，泰达同志，你这个报告我不能收，我收了，不就证明你的请求的合法性了。我是政府官员，我按文件、政策、法规办事，现在正提倡发展非公经济，你这样岂不是开倒车，我不能接受。我这个位子还想坐下去，我不想成反面典型。苏泰达说破天去，张天星就是不肯收下。苏泰达说，张副主任，我这个报告你收也得收，不收也得收，你们遇到问题不是经常说研究研究嘛，你们就对我提出的申请研究研究吧。张天星说，好，我说不过你，你就把报告放下吧，不过难说有什么结果。

过了几天，张天星给苏泰达电话，苏泰达一看是他，喜出望外，说有结果了？我这就来。当即赶到张天星办公室。张天星说，老苏，别急，坐下我慢慢跟你说。你的报告我递上去了，最后到了邝一杰那里，邝副市长的秘书把意见传达下来。不行，没有先例，也找不到依据。你的要求明显与发展非公经济背道而驰，你当现在是上世纪五十年代对私营工商业改造的时候呀，那时候对资本家的生产资料实行赎买，还给定息，从来不是无偿接受奉献的，那一页历史早就翻过去了。邝副市长一再交代，让你不要有什么顾虑，放心大胆去发展民营企业，这是现阶段政策鼓励的，没有人会来找你麻烦。苏泰达都被他说糊涂了，这是哪儿跟哪儿呀，他不是害怕才要献产，他是为了维护国有经济基础，才要这样做。看来他们谁也没有好好看他的报告，既然是这样，他想再扯下去也无益，就对张天星说，那你请翁葳重为我发个内参。张天星说发内参？找翁葳重？那没问题，翁葳重是老朋友了，他对你的公司也了解，我来出面请他帮这个忙。张天星想的可和苏泰达不一样，他不是要按苏泰达的思路来写，而是要建议翁葳重从一个新的角度来写，有的民营企业家不相信政策，心有余悸，想把资产献出来，这是一个新动向，不利于非公经济的发展，请予注意。他甚至认为苏泰达这样做是一场闹剧，不过翁葳重恐怕不敢这样写。苏泰达告辞出来进了电梯，想道，此路不通了，只好另想办法。

苏泰达尚未想出办法，邝一杰就请秘书为他安排约见。约定的时间到了，又临时改期，如是二次，到第三次终于见了面。邝一杰先开口表示歉意，上两次未能践约。苏泰达说，邝副市长请不必介意，你这样忙，还拨冗见我，给了我向您请教的机会，应该我感谢你。邝一杰开门见山，问起苏泰达要献出资产的事。他今天是要来做苏泰达的思想工作的。苏泰达一听，他正想利用这个机会袒露心扉。他不想重述报告的内容，他从爷爷讲起，讲了爷爷革命的初衷以及坎坷的经历。他说，他要把爷爷会做却做不了的事，由他来做。苏泰达语气沉稳，一时一种凝重的气氛环绕着周围。讲完后，两人久久地沉默，邝一杰为苏泰达的胸襟所感动，看到他这个拟议中的举动后面崇高的动机。他想，维护并扩大国有经济基础，也是他经常为之操心的。但具体到苏泰达这个人，却不必这样做，至少现时是这样。他只说，我们心中应该对先辈的革命脚印心存敬意，你想做的我也充分理解，不过你的任务是把你手中的药品食品企业做大做强，更好地服务于人民大众，有什么困难，我们当尽力支持。

邝一杰在去玫瑰花园看望何磐石时，对他说起了这件事。那天来到玫瑰花园，他同样熟门熟路找到何磐石打球的台球室，来到门口看到何磐石正俯着身子，瞄着眼前一个白球，待他打了一杆，才走了进去。何磐石望见了他，忙把球杆交给身旁的人，说小邝来了，走走，我们喝茶去。何磐石虽然离休了，他一直关注在位的同志，特别对邝一杰，看到他这些年的成长，心中很高兴。他知道邝一杰经常会来看他，有时过了几个月没见他来，想了解现时日新月异的变化，也会托人带信请邝一杰过来。他看着面前这位干练的同志，心中洋溢着喜悦，仿佛他的工作成就就是自己的工作成就，在他心目中，邝一杰视野广阔，创新务实，勇于担当，善于协调，上海有一大批这样的干部接手他们老一辈的工作，这正是他能轻松打台球的底气。一边品着茶，邝一杰一边问候何磐石的身体健康情况，接着扯了一些近期建设项目的进展，最后谈到了苏泰达。说起苏泰达，何磐石两眼放光，忙问最近他有什么好消息。邝一杰说，有一次我到苏泰达的企业去调研之后，说起要帮帮进城务工人员在老家的留守儿童，被他听进去了。他经过摸底，拨了一笔慈善基金，让留守儿童来上海过暑假，他支持来回车费及生活补贴，从西部选了几个地区做起，现在正总结经验，准备以后逐步扩大范围。何磐石听了，精神为之一爽，说好嘛，苏泰达真是好同志。邝一杰还说了苏泰达要献产的事。何磐石放声哈哈大笑，这个事我知道，这些年轻的后生总是有新鲜的想法，不过还是要按现行的政策来办。小邝，你不知道吧，他是我的书友，我们讨论过劳动价值呢。

4. 拉兹洗浴中心

苏泰达在跑步机上快步向前，他把脚下的滚动皮带速度调到高速，逼迫自己脚步跨出的频率比刚才更快，他直想往前冲，就像冲着一个目标前进，可是对着身边的参照物，比如大厅中的立柱，他永远到不了那个目标。这种永远达不到目标的感觉，就如同他提出的把资产献给国家。他到不了目标，他只是不断地向前跨出步子，不能向目标趋近，使他对跑步机上的跑步失去了兴趣。他关掉跑步机，从皮带上下来坐在一边，用毛巾猛擦着汗，脑中忽然闪过一念，把资产献给国家，要是让盛昌发这样的贪官去掌管，能对国有经济基础有什么补益呢？哪怕不是贪官，而是庸才，只会把原来的资产越管越小，甚至如泥牛入海。苏泰达把毛巾狠狠丢在一边，不接受也罢，以这种献出资产的形式来维护国有经济基础只能是一种幻想，他为自己竟然会如此幼稚而羞愧。那就献给社会，如何？这不也是符合爷爷的精神吗？可以像苇珩那样，搞一个基金，而不是基金会，可以避免干扰，把钱用在刀刃上。

原地跑步不能使他的身心放松，他去打沙包，戴上手套，先试了两拳，似乎有一股气从手中放出，他嘿嘿地喊着，使劲狠打着，沙包，这就是敌人吗？这就是歹徒吗？狠命地出击，毫不留情。定睛一看，还是沙包，只不过是沙包，他还是声嘶力竭地喊着，不知击了几十下，可能击了一百多下，还是不歇手，任凭汗水流到眼睛里，他无暇去擦，只是对着沙包不停地跳动着脚步，不停地把手臂缩回来，再猛击出去，终于让自己的心情慢慢松了下来。他有了新的主意，慈善从身边做起，哪怕再小的事，只要有益于人群，他就要去做。

布置给杜志铭写慈善策划尚未完成，苏泰达把建流浪者洗浴中心的任务交给了他，让他先拟一份计划。城市中那些浑身沾满黑污，衣裳盖不住皮肉，头发脏得粘成一块饼的流浪汉，苏泰达已经注意多时了，一直想为他们做点什么。自己去健身房，运动完洗个热水澡，那是一件多惬意的事，那些流浪汉恐怕几年都没有机会洗一次澡，一样的人怎么会有如此不同的遭际。他萌生了这个念头，事情的重要性不亚于一个重大的市场开发项目，这样的事到底不是公司常规的业务，就交给了杜志铭。杜志铭问："我们是要救助吗？"苏泰达说："不。我们是请他们来做客，做客，不是别的。"

杜志铭借了一部脚踏车，花了一整天在上海调查有多少人可以成为这个洗浴中心的服务对象。他先从中心城区开始，走过解放前的法租界公共租界，发现了几个这样的人。车子从湖南路转到武康路，又转进虹桥路，过了凯旋路，看到街边绿化带的长凳上，躺着这样一个服务对象，完全符合苏泰达的描绘。水泥做的长凳不足二米长，背后是贴着彩色马赛克的靠山，足够一个人在这里勉勉强强安眠，睡在上面一定冰冷彻骨，杜志铭没有去打扰。他车子骑向中山西路，沿着内环线，凡是横马路就拐进去看，从中山西路骑向中山北路，照样如此操作，也就看到十几个流浪汉。对城乡接合部，他选中了七宝做样本，穿越加环绕，去寻找服务对象，他发现越是远离中心城区，服务对象就多起来。他检视这次市场调查，发现有一个重要的地方没去，就是南京路步行街。为了数据的客观性完整性，他乘地铁在人民广场下车，沿着步行街向东走去，在世纪广场附近，看到两个服务对象正在掏垃圾桶捡饮料瓶子。有了市场调查的数据，他提出一期工程先建十个淋浴房，同时有小食堂，可以让流浪者洗好澡后吃一顿饱饭，连同男女休息室各一个，以便在上海冬夜低温时有避寒之处。

工程竣工后，杜志铭陪苏泰达去验收，苏泰达打开淋浴龙头，哗哗流出了热水，他说，电加热，很好，可以单个使用，比用锅炉烧水节约能源。他问铭牌做好了吗？杜志铭说还没有。苏泰达说，本来是不用牌子的，我们做这个事只悄悄进行，不必让社会知道，可是没有牌子，人家又找不到，找到了也不敢进来洗。不过流浪者这三个字够触目惊心的，考虑到他们的自尊，可能他们并不愿意承认自己是流浪汉，实际上这些朋友不过是与世无争的自由自在的人，他们一不贪污，二不盗窃，别看他们身上脏，他们比那些喷香水的贪官干净得多，我总觉得在这一点上，他们同我们是站在一条线上的，我们也是一不贪，二不盗。我想不叫流浪汉洗浴中心，不叫流浪汉，而叫“拉兹”。杜志铭不明白了，脱口而出：拉兹？他不知道上世纪有个影响颇大的印度电影《流浪者》。苏泰达说，就叫拉兹，这是一个深入人心的流浪者的名字，现在不是时兴用外国人的名字命名吗？我们也来媚一次俗，就叫拉兹洗浴中心。说不定我们的服务对象知道拉兹的来历后，会有一种归属感，这是我们让他洗澡之后的意外收获，甚至是更大的收获。这是精神上的收获。他们会把自己和拉兹归于一类，从中得到一种认同、一种满足。杜志铭想他应该到网上找一找这一部老电影来看一看，其实谁不是流浪呀，他不是从外地流浪到上海吗？至今还没有自己的房子，要是早几十年，他不过是一个盲流而已。现在即使自己想上流一步，谈何容易，固然自己身上没有拉兹们那么脏，可是他心中的空落落和他们是一样的，甚至感受会比他们更强烈，不是他们处境比他好，而是他们不去想，他们无暇去想，他们只想能不能有东西填自己的肚子，渴了的时候，在垃圾桶里能不能找到半瓶矿泉水喝。

开张的那天，苏泰达也到场，他对杜志铭说，把拉兹洗浴中心的牌子挂起来。没有揭牌典礼，也没有领导剪彩，牌子现在就放在入门柜台的下面。正当杜志铭在外墙钉钉子时，驶来了一部电视台的采访车，到洗浴中心门口停下，搬出摄像机器，开始对焦距。杜志铭放下铁锤上前询问，谁让你们来的？那几个人中有个像头头的说，是我们头叫我们来的，他说你们副总郑宏伦是他的朋友，打电话请他派人来。苏泰达从里面走出来，说朋友们，感谢你们，请你们把机器搬上车，我们不劳你们驾。那个头头说，是你们郑副总让来拍的，怎么又不拍了呢？杜志铭上前解释，这位是我们的老总苏泰达先生，他是郑副总的领导，他说不拍就不拍了。那些人停下了动作，想今天可白辛苦了。他们没想到苏泰达拎得清，苏泰达说，朋友们辛苦了，请先进去喝茶。他把杜志铭叫到一旁，说快去准备红包，一个人一个，金额按社会上的通例。

总算把客人打发走了，牌子也挂起来了。可是等了半天，竟然没有一个拉兹来光顾。拉兹没来，却先破财。难怪没人光顾，这个项目，为了低调，没有动用公司的公关部。总不能开了张，却没有零的突破。苏泰达让杜志铭骑车去请。杜志铭车子骑出老远，才看见一个服务对象，正在扒垃圾箱，就对他说，朋友，我们那里有一个洗浴中心，可以去洗澡，那个流浪者没有理他，自顾自还在扒垃圾箱。杜志铭又说了一遍，他瞪着疑惑的眼睛，呆呆地看着杜志铭，又低头专心做他的事，显然他不知道面前这个人在说什么。杜志铭只好把刚才的话再重复一遍，这回流浪者听清了，说我不洗，我从来不洗澡。杜志铭不敢说你从来不洗澡不觉得难受嘛，他说这个洗浴中心是我们老板刚开的，不要钱，欢迎你去。那人说，你们老板？别逗了，天下有这么好的老板？他不信。杜志铭职责所在，没说信不信由你，反正我信了。其实我们要是没有亲眼看见，光是听人家说，也不一定会相信。现在做好事难啊，不是做事难，难在没人相信，杜志铭先后动员了几个，都没有成功。他想可能自己能力不够，宣传能力、动员能力都不够，就给苏泰达打了电话，苏泰达正在洗浴中心着急，到现在一个上门的都没有，就说你等着，我马上过来。他没有自己开车，而是打的。杜志铭让那位流浪者朋友等着，我们老板马上来同你见面。苏泰达下了出租车，直奔流浪者朋友，对他说，这个洗浴中心是我办的，就是要让像你这样的朋友能痛痛快快地洗个澡。杜志铭说，这是我们的老板，他说的话百分之百是真的，你跟我们去，保证不会落空，而且洗好以后，你还可以吃一顿热饭。流浪者朋友停下扒垃圾箱的手，在这里已经一无所获，肚子饿得咕咕乱叫，既然有吃的，就跟他们去吧。这时杜志铭拦了一部出租车，那个司机一看有个脏兮兮的人，就不想拉，说我家里有急事，我要回去一趟，你们叫别的车子吧。苏泰达把一张一百元拍在司机面前，司机想也许他还不要我找钱呢，就开动了车子。

这个时候，苏泰达打量起和他并排坐的流浪汉，他身上的夹克衫和牛仔裤混搭在一起，也颇有气派，他无法了解这个流浪汉几年前在部队时，还是救灾英雄，后来复员了。只是在抢救国家物资时，被一根大木头砸到了头部，从此神志不清，时好时坏，只好出来流浪，即使他神志完全清楚的时候，他也记不起他曾经的英雄业绩，他只记得包工头亏欠了他的工资，让他没有饭吃。他不知道，要是在几年前他恐怕早就被收容遣送了，现在他可以自己做主，没有人可以强迫他接受收容。今天能跟这个老板走，他很开心，眼睛里放出了一点亮。苏泰达从这一点亮里看到了善良和无奈。到了洗浴中心，由杜志铭全程接待，洗好澡，他递给流浪者几件干净的旧衣服换，这是公司员工这几天捐的。流浪者朋友穿好后，看起来没有刚才混搭那样神气，他站在那里傻笑。杜志铭把他领到食堂，为他领了一份客饭，装在一个不锈钢盘子里，一荤一素，一小碗汤。杜志铭给他盛了一大碗饭，对他说，米饭管够，菜也可以添，你吃吧。杜志铭看着他，说慢慢吃，不急。他吃完后，抹抹嘴，说，谢谢你。忽然想起什么，你们老板呢？走啦？我还要给他鞠躬呢。看来他现在神志完全清楚了。杜志铭说，你明天带几位朋友来，以后你每星期来洗一次澡，寒流来的时候，可以来这里过夜，不影响你白天捡空瓶。你们来了一次，就算这里的会员，我给你入了册，你们成为我们的朋友了。

别了流浪者朋友，苏泰达回到公司，叫来尤明霞。苏泰达让她这次回老家去，为公司在老家建立西路军后代助学金。他说，你先做调查研究，造出西路军战士名册。我会给县民政局打电话，请他们协助你。然后把这些战士的曾孙辈曾曾孙辈也摸清楚，到年龄没上学的，家境困难退学的，都要让他们上学，并且一定要保证每个学生都有标准的课桌椅。小学生中学生的学杂费及生活费由我们发给，考上大学的，先发一次奖金，以后由公司支持到他大学毕业，特别是九年义务教育，在有的乡村只是空话，你要扎实把这方面工作做好，不能落下一个学生。尤明霞看到，苏泰达站了起来，面向窗户，双手放在身后，背对着她。只听见苏泰达又说，我们对不起苏区的父老乡亲啊，这么多年了，孩子们连学也上不了，上了学也是磕磕绊绊的。忽然苏泰达转过身，指着尤明霞说，你这次回老家，任务很重，有什么困难，你随时给我打电话，需要的话，我派杜志铭来协助你。尤明霞说，不用，杜助理那么忙，不用他去，我一个人能做得下。苏泰达说，还有……他去开了保险柜，从里面取出了一个文件夹，从中取出那份烧焦的田契，用一个透明塑料夹装好。苏泰达说，你把这个带回去，还给你爷爷，这是他的，这块地我爷爷几十年前就交给佃农了，这份田契由他保管为好。我会给你爷爷准备点东西，已经交代李虹绵去买，你去和她商量一下，买什么比较实用，说完给她一张银行卡，助学金的第一笔款已经打在里面，密码你再设一下。这张卡由你保管，全权负责。你回去跟你爷爷带好，前一阵你说他病了，好点没有？李虹绵会给你一些现金，你带给他，买点他想吃的东西。

尤明霞曾和苏泰达说起爷爷病了，没说什么病，也没说怎么得病的。他赶到老家，进了村，就有熟悉的姐妹在村口告诉她，她爷爷病得起不来床。她从小父母双亡，是由爷爷带大的，对爷爷感情很深，在上海对他的牵挂，经常扰得她心神不宁。进了家门，她冲到爷爷床前，大声喊着爷爷，爷爷艰难地伸出枯槁的手，抚着她的头发说，细伢子，你回来啦。爷爷是被开发商赶出耕种的土地才得病的。那天开发商来收地，手伸向前一挥，在地头大吼，这一片土地都是我的了，你们今天就给我腾地。爷爷扑在自己种的土地上，双臂伸开也大喊，你们不能抢我的土地啊。开发商说，老不死的，我不是抢，我是办手续买的。拆迁办只给农民一点点补偿，却从开发商那里拿走大笔征地费用，开发商想他付出那么多钱，一定要尽快大赚回来。农民不知道这里的猫腻，他们只知道土地是他们的命根子，这块地几十年前属于苏泰达的曾祖父，他爷爷把土地交给佃农，也就是尤明霞的曾祖父手里，解放后土改时，分给尤明霞爷爷，合作化公社化时土地又被收回去，直到改革开放农村实行联产承包责任制，也就是包产到户，这块地还有另一块地，又回到尤明霞爷爷手里，他精耕细作，全家活命就靠它了，现在开发商要拿去，这是要他的命呀，他死死趴在这块地里，开发商雇来的打手抡起锄头把地里的庄稼全毁了。尤明霞的爷爷嚎啕大哭，你们不能呀，你们不能这样，他的双手深深地插进了泥土不肯起来，最后只剩下他身体下的庄稼没有被刨掉，他的泪一串串滴在自己操劳了一辈子的地里，干涸的土块濡湿了，却再也不能给庄稼水分了。要了他种的土地就是要他的命，爷爷心中的苦他讲不出。他的身体底下是沉默的田野，他呆滞的目光所及是沉默的群山。爷爷口中吐着白沫，头向下整个身子瘫软在那里，已经没有力气动弹，乡亲们硬把他抬回家，一到家就觉得胸口疼。

他现在也对尤明霞说，我这儿疼，他指着胸前。尤明霞从提包里拿出那份烧得残缺的田契，递给爷爷，爷爷要坐起来，尤明霞说，爷爷你就躺着，这是咱家的田契，爷爷用粗糙的手掌抚摸着田契，呻吟般地叫着，咱家的地啊，咱家的地。尤明霞请来了卫生所的医生，医生看了一眼，开了几粒药片，说给他吃了吧。医生走了，尤明霞张罗着倒水，要给他吃药，他手一推，我不吃药，药治不好我的病。尤明霞像哄小孩一样劝着他，他才接过药片，往嘴里送，喝了一口水吞了下去。过了半晌，他还是觉得心口疼，又指着胸前说，细伢子，我这儿疼。他的手颤抖着，还不停地抚摸着田契，忽然他眼中爆出两粒火花，说细伢子，你扯一小块田契，烧成灰给我吃。尤明霞迟疑着，纸灰管什么用，又不能治病，爷爷继续说，你扯一小块，烧成灰给我吃。她只好照办，从塑料夹里取出田契，小心翼翼地从烧焦的边缘撕下一小条，划了火柴，点着了，直到快烧到手指，她才松开。看着袅袅升起的白烟，消失在空中，纸片变成灰白的一条，掉在碗里，冲了开水，一勺一勺地喂爷爷吃。爷爷把纸灰水含在嘴里，慢慢咽了下去，这样一口一口地吞下，顿时觉得胸口不再那么疼。他说细伢子，我好多了，这是灵丹妙药啊。尤明霞掉过脸去，泪水哗哗地流满脸。

尤明霞把苏泰达布置的任务完成了，也同县民政局长见了面，请他协助执行这个计划。公司里她手上的工作也多，不能在老家停留太长时间，就把爷爷交给本家兄弟照看。她要回上海了，这天她和爷爷告别，爷爷您多保重，旁边的本家兄弟说，你放心走吧，这里有我。爷爷也说，细伢子，你放心走，我只要胸口疼就喝田契的纸灰水，这个药好，这个药好，你放心。尤明霞上前抱了抱爷爷，说爷爷，我会再回来看您。她走了，到镇上的汽车站，眼泪流了一路。

5．上海独一份，独一份

苏泰达对梳妆台前的李虹绵说，你不用上粉底，淡淡涂点口红就行了。李虹绵说，我知道了。她正在梳头发，今天还是要梳成直发流下，扎成马尾巴。苏泰达朝镜子中的李虹绵瞥了一眼，说道：你不打扮，素面朝天，也比那些成功女士或成功男士的夫人的浓妆艳抹强。李虹绵说，我哪是素面朝天，我是天生丽质，我这个年龄完全不打扮，比打扮更动人，我这点信心还是有的。到穿衣镜前，李虹绵把一套淡绿色折叠裙，上面是缀花短上衣，在身上比了比，又把一件短旗袍贴在身上，每次都回头问苏泰达，你看我穿这件好吗？苏泰达说，你今天不要穿旗袍，她们那些人都崇拜时尚，对中国元素不感兴趣，你穿旗袍去会很不合群，短旗袍更不能穿，她们会对你的年轻嫉妒死了。一个硕士毕业的女孩，哪有旗袍呀，是苏泰达带她去做的。他说不要光有法国、意大利时装，穿点中国服装更能体现你的魅力。他托朋友介绍，带李虹绵去了旗袍沙龙。一到那里，那些旗袍爱好者践行者几乎惊叫起来，她们那里从来没有男士光临，今天出现了苏泰达，真是稀有动物，而且从来没有二十多岁的女孩来这个沙龙，她们看到自己后继有人，简直喜出望外，扶着李虹绵圆润的肩膀问长问短，最后建议她只能做短旗袍，要不太老气了。那天苏泰达就带李虹绵到旗袍精品店，做了三件短旗袍，这淡绿色的就是其中一件。李虹绵穿上它，既有中国女性的端庄，又有年轻女孩的活泼。苏泰达说，你今天不能穿短旗袍，就穿那套淡绿百褶裙吧。

在李虹绵换衣服时，苏泰达把玩着这次派对的请柬，是一把精致的折扇。用折扇做请柬，是派对女主人的创意。李虹绵对这把扇子，也就是这份请柬也是爱不释手，那天看到时，打开了又合上，合上了又打开，玩了好一会儿。苏泰达说，虹绵，不要说你没见过折扇请柬，我都没见过。我小时候见过爷爷有一把折扇，画的是西湖全景，那是一张西湖导游图，你说那个时候人多聪明，一把扇在手，可以生凉，又可以按图索骥，游玩景点。可惜这种创意后来竟枯竭了。穿好裙子，李虹绵走到苏泰达面前问，好吗？太好了，清纯、动人。李虹绵浅浅一笑，又问要不要戴项链？戴吧。哪一条？就钻石项链吧。李虹绵把折扇请柬放进小坤包，挽着苏泰达下了楼。

他们的车子向西开去，直奔佘山脚下的一座别墅。今天派对的女主人，就在那里款待客人。车子上了沪青平公路，向前望去，田野开阔，今天天空显得格外高，大路两旁已经盖起来一座座高楼，直到他们把这些高楼甩在身后，拐进了林中公路，路边的树越来越茂密。迎面扑来团团绿云，翠绿的云，云上漂浮着一片片莹白。虹绵，快看右边，斑皮抽丝树。李虹绵惊呆了，呵呵。真是意外的收获，佘山推派珍稀的树种来迎接客人。车子减速了，空气中弥漫的清香越来越浓。他们走到山坡上，去细看这种难得一见的花。五片细长条的花瓣，洁白、单纯、精巧，衬着几乎透明的嫩叶，真是天然去雕饰，没有开花的蓓蕾举着小棒槌，却是翡翠的雕件。苏泰达说，别看它这样娇嫩可人，它还有一个名字，车梁木，因为给孔子做了周游列国的车梁而得名。李虹绵下了山坡还频频回头，她不只被花感动，更为苏泰达和自己有如此雅兴，心中的芬芳久久不散。

不一会儿就到了那座别墅。他们走过了别墅前的草坪，两边灌木丛中跳动着白色光焰，垂柳随风摇曳，拂动着栀子花的香气，好像是列队欢迎的仪仗。敲了门，来应门的是派对的女主人，她拉起李虹绵的手，哟，小妹妹真是水灵，转向苏泰达，苏总，你真有福气啊。他们一起来到客厅，女主人说，请随意，就像在家里一样。她们坐在一起喝茶，李虹绵对女主人胸前的项链看了一眼，女主人注意到了，就把忍在嘴边的话说了出来，这是我先生从法国带回来给我做生日礼物的。他参加巴黎郊区一个古城堡举行的顶级珠宝派对买的，在上海恐怕是独此一条。说着她转过身，说虹绵妹妹，你把它取下来。李虹绵小心地松开了搭扣，取下来交到女主人手上。女主人说，你看，这是法国花园的灵感造就的，你看这块翡翠，多像一眼溢满春水的池塘，旁边的小钻石，你说像什么？对，洁白的水花。你真聪明。李虹绵的欣赏满足了女主人的虚荣心，她心里想，这个女孩就是今天派对最受欢迎的客人，也投桃报李，看了一眼李虹绵胸前的钻石项链，这条项链价值不菲，只是没有她那条采自法国花园创意的项链时髦，李虹绵注意到女主人的目光，心里对自己说，我的是一泓清泉，自山涧流淌下来，可不是从池塘那一潭死水中溅出来的。她没说，但她觉得她比这位女主人更胜一筹，项链算什么，再好的项链也不及她一曲古琴《清泉》，她深看了苏泰达一眼，她知道她的心思，只有他明白。

女主人领李虹绵到落地窗前，向外望去是一片浩渺的月湖，女主人说，我最喜欢周末来这里休息，赶上月明之夜，坐在这里望着，月亮在湖面撒下一条光带，我先生不懂，没有兴趣，我就自己坐在这里，有时能看半个小时，一个小时。李虹绵极目望去，果然一大片水荡漾着，似乎盈满了深深的柔软情意。她想也许有一天，她和苏泰达也能拥有这样一座别墅，也是对着一片湖水，不过也难说，苏泰达的心思都在献产给国家，都在做慈善上，恐怕她这个想法偏离了苏泰达行事的原则，她宁愿没有，只要顺着苏泰达的意愿去做就可以了。她去过苏泰达的两座别墅，一座在市内，叫未盈园，已经拿去跟盛昌发换回了老洋房，另一座叫柳新园，在佘山脚下的另一边，不过没有大片的水域。

女主人不时踱到客厅另一侧，张望着楼下的花园，每位来的客人，她都要亲自去开门迎接。这时她走过来，看到一位女企业家下了车，正朝着别墅走来。她回过头说，虹绵你坐，我下去一下。她为客人开了门，一阵寒暄，客人的黄手袋映入她的眼帘。刚才在楼上她就看到客人身上晃着一团金黄，她心里说，至少挎一个LV包，拿这个黄包多俗气啊，到底没什么文化。她广交企业界的名流，不管什么文化涵养，她愿意兼收并蓄。这时她看清楚了，这个黄包可不是一般的黄包，亮闪闪的。上了楼，她为客人相互做了介绍。新来的女客把黄手袋重重地放在沙发边的茶几上，意在引起别人的注意。果然人们的目光都被她这个夸张的动作吸引了，她不失时机地介绍，你们不要小看这个包，这可是一个黄金包，你们摸摸，软的，皮革做的。没见过吧，这是纳米技术的产品，当代最新科技，这回我算是赶了时髦。你们知道怎么做出来的吗？人们的确没见过，没人知道，都愿闻其详，竖起耳朵来听。这是二十多克拉黄金经真空气化成纳米细粒，牢牢咬定在皮革表面上。你摸摸，皮可软了。有个好事者过去摸了几下，说是皮的，真皮，不要太软和哟。黄金包的女主人兴奋地举起了它，说这在上海可是独此一只。派对女主人听了，不易觉察地撇了一下嘴，你也独此一只。上海有那么多独此一份吗？好跟我的钻石翡翠项链比吗？她没有说出声，她是主人，要给客人留面子，再说她举办派对，其中一个作用，不就是要为这些富豪们提供一个炫富的平台嘛。她们都认为财富给她们带来了风采，那就让她们扎一下台型，也算派对有了联络感情之外的收获。

今天派对的女主人有一手好厨艺，加上她请来五星级酒店餐厅的总厨来值班，派对宴席的佳肴非比寻常，更不寻常的是，她待客的长条餐桌，可让八十位客人宽宽敞敞同时就餐，今天客人来了七十六位，坐得满满的，这样的吃法就像少数民族什么节日，全村寨的人聚在一块。大家兴致极高，一次又一次干杯，喝的是法国陈年红酒，苏泰达敞开喝了，李虹绵破例喝了，不停的干杯声让这个酒宴更是充满着一种撩人的欢乐气氛。苏泰达注意到他对面有一位女士，只要是有人喊干杯，不管离她有多远，她都会举杯，而且不放下右手的筷子，用左手举杯，举得高高的，高得不能再高，在手臂的森林中，就像矮松树林中矗起一棵云杉，他看了几次后，终于发现这只玉臂前部有一只手表。他在这位女士的长桌边对面，看得出表面是彩色一片，不知画的是什么，这样的表面倒是没有见过。又一次举杯，大家手都已放下，唯独这只左臂还举着，看来这位女士是喝高了，她举了这么多次，都没有人开口评价，她只好自己说了，各位，各位女士、先生，她的左手臂晃了晃，我这只手表是专门订制的，是瑞士的极品。表面的图像是我和先生几年前在丽江云杉坪拍的婚纱照，这是珐琅彩绘，她说着把表从手腕上摘了下来，递给旁边一位先生，我让大家分享，这是艺术品，而且是独一无二的艺术品。她把目光投向坐在长桌一端的派对女主人说，这是上海独一份的手表，感谢女主人给我这个机会，让大家一起欣赏这个艺术品。

苏泰达想，又是一个上海独一份的奢侈品，今天算是大开眼界。这些盛装的女人，沉浸在奢华的物质之中，为“丑陋”二字做了新的释义，人活到这份上，美丑莫辨，雅俗不分，可悲可叹。中国人文化根子里的爱面子，造就了中国的奢侈品市场，国际奢侈品牌都把中国作为细分市场的广阔领域。不要以为他们家有印钞机，他们的钱是通过资本市场从老百姓口袋里掏来的，是煤窑矿难的尸骨堆成的……还有从国库里挖出来的，藏在池塘里、天花板上，不拿出来用，岂不是太对不起印钞厂的工人。他轻声对李虹绵说，你看，今天你不虚此行了吧，这么多的上海独一份，简直是吉尼斯发布会了。李虹绵说，这些有钱人真是烧包，要多俗有多俗，还自认为自己高雅呢。苏泰达说，不管什么人，我们都要学会和他们相处，世界本来就是这个样子。李虹绵瞄了他一眼，偷偷地笑了，举起杯，来，咱俩干一杯。

他们回到家已经凌晨一点钟，苏泰达打电话给杜志铭，你那里情况怎么样？排着队呢。要不要我派个人帮你。不用了，谢谢苏总。明天上午八点半开盘，估计我十点半左右就可以买到房子了。苏泰达打完电话对李虹绵说，杜志铭买房子买了几年了，一直没买成，但愿这次能如愿。杜志铭正在工地上的帆布椅躺着，他的前面是长串的人，后面也是长串的人。这个楼盘刚刚封顶，就开始卖房了，现在卖的都是期房，他在银行卡里攒足了首付款的钱，还有富余，这次怎么也不能让煮熟的鸭子飞了。他上次买房到现在已经两年了。来上海几年住的都是内环线之外的老公房，一个月租金要一千多元，只是一小间。他一直想早日买到房子，好接父亲来上海住一段时间，哪怕是随便找个活干，也比在老家摆小摊强，在老家摆小摊，整天被城管追得鸡飞狗跳，无处藏身，他都分不清自己是鸡还是狗，可能还不如鸡不如狗，都怪自己做儿子的没出息，还让吃了一辈子苦的父亲还在受苦。

上次买房是头一遭，没有经验，也不懂得早和售楼人员打交道，等人家通知那个楼盘卖房，他请假赶过去，已经排了几百个人，维持秩序的保安说，卖到他恐怕只有几套了，不是一楼就是顶楼了。他就这样空手去，连小凳也没带一个，累了就坐在地上，就这样站站坐坐，熬了一夜，第二天一早，他去附近的便利店买了矿泉水和面包，胡乱吃了一顿。昨天出来的时候带足了头款的钱，把定期存款也拿出来了，银行的人提醒他，定期存款没到期，拿出来只能算活期，只有活期利息。活期就活期，损失就损失，要买房子钱不够，只能罄尽所有，哪管定期活期，还把抽屉里的几十块钱，一起放进去，算下来也只能买一楼，便宜点，楼层高些他就买不起了。快到开盘时间，前面一阵骚动，队伍差点乱了。他紧紧拉着前面一个人的衣服后摆说，先生，我是跟在你的后面。人家才不管谁跟在他后面，他关心的是谁排在他的前面，牢牢铆在队伍里，才不会失去买房的机会。等到开盘的时候，前面骚动更加厉害，有人在破口大骂，开发商挨千刀的，你们和卖地的勾结，就会压榨我们老百姓，房价说涨就涨。杜志铭远远听下来，以为他说的是房价近年来的趋势，可是前面的队伍越来越乱，有人在那里打起来。他对队伍中跟在他后面的人说，我在你前面，我去看看。不看不要紧，一看吓一跳。他挤到售楼人员面前一打听，原来房价比昨天说的一平方米涨了一千元，这样算下来，他手上的钱离首付款还差好几万，到哪儿去找这好几万。他腿一软，竟坐到了地上，人们叫了起来，有人晕倒了。旁边的人扶起了他，小伙子，你不舒服呀？他浑身发软，他跟谁去说呀，房价这样涨，是在榨他的油，吃他的肉，他什么时候才能买到房子？回到家后，他病了几天，连班都上不了。

到了这个楼盘开盘，他已经看了十几个楼盘，挑离地铁近的，至于菜场超市就不要考虑了，东挑西拣，要紧的是点点自己口袋中的钞票，才选中这个楼盘。这次他学乖了，早早同售楼人员套近乎，不时来看楼盘的建筑进度，到临开盘的那几天，他心里特别紧张，连着几夜没睡好，售楼人员说开盘那天一早会打电话给他，谁知道人家打不打，他要是不打，也没欠你什么，还好那个人倒是说话算话，早上六点钟就给他打了电话，等他带着帆布躺椅赶来，前面已黑压压挤满了人，都是外地口音，看那穿着打扮，原来都是民工。开发商雇民工来排队，拿了号再高价出售。杜志铭总算熬了一夜没白熬，拿到了199号。此时看着前面买房的人不断减少，他为自己祈祷着，快轮到我了，我一定能选个好的单元。他一会儿按了按口袋里的银行卡，硬硬的，在里面好好地待着。一会儿又拿出来捏在手里，手心都攥出汗来了。就在杜志铭一早等候办手续的时候，他父亲拉着一车橘子在老家的街口卖，他半靠在三轮车的鞍座旁，随时准备蹬车而去，有人走近就压着嗓门招呼，新摘的橘子，又大又甜又多汁，来一斤。早晨的阳光照射过来，他眼前一片亮堂堂，他希望用他辛勤的劳作，让顾客都吃到甜甜的橘子。他不知道儿子正在准备办买房手续，无法给他送上两个又大又甜的橘子。杜志铭当然也不知道父亲卖橘子的时候，念着他这个远在上海的儿子。杜志铭又看了一眼手中的号码卡，现在已经到了197号，很快就要轮到他了。售楼人员叫了号码，一百九十九号，他举着号码牌说，是我是我。这时候他的手机响了，他按了接听键，是老家堂兄打来的，不好了，不好了，你父亲被城管的大棒打伤昏迷了，现在在医院门口，要三万元押金，不让进医院啊。堂兄说得语无伦次，杜志铭听得明明白白，他就像被人打了一棒，差点站不住。售楼人员说，该你了，你去选房吧。他说请你稍等，我接完电话。

原来就在半个多小时前，一群城管看到杜志铭的父亲车上的橘子个个又大又鲜，目光都直了，大喝，谁让你在这里卖，给你讲了多少次了，昨天就说再来就没收。三四个人拥上前，伸手就抓了橘子，掰开来往嘴里送，大叫好甜啊。他们吃了几瓣就扔在地上，说没收了没收了。几个人把杜志铭父亲的三轮车抬起来，往他们开来的小货车上送，杜志铭父亲伸手去拦没拦住，就死死抓住车子的铁架不放，一个城管抡起大棒，把他的手敲掉，他踉跄了几步，又跟了上去，另一个城管抢过大棒，抡起来，照着他的脑袋敲了下去，说看你敢违规。杜志铭父亲眼前一片黑，刚才的亮堂堂霎时暗了下来，他沉入了黑暗的深渊，昏倒在地。在昏死过去之前，他想道，今天本想卖了橘子就去买米，买米怎么就买不成了呢？那个城管头向后仰，大盖帽掉在地上，他弯腰捡起帽子，爬上小货车，挤在橘子堆旁，车子一发动，跑了。待乡亲们把杜志铭父亲送到医院，在挂号处被堵住了，“先交押金后看病，谁都不能违反。”堂兄哀求着，他快不行了，你们行行好。“我们行行好？谁给我们行行好，我们吃饭怎么办？”堂兄急得走投无路，就给杜志铭打了电话，杜志铭现在已经是一头汗，售楼人员在喊，一百九十九号，你房子买不买？他一点都没听到，他在电话里对堂兄说，你求求他们，我马上找到银行，给你打三万块钱过来，你让他们允许我父亲先抢救，钱马上就到。售楼人员又在喊，一百九十九号，杜志铭同样没有听到，他跑出售楼处，站在马路上都不知道该去哪里。不远处有个大超市，那里有银行，他对排队的人说，帮帮忙，我老家有病人急用钱，先让我办理好吗？排队的人让开了，他走近窗口，钱汇出了，给堂兄打完电话，他胸中好像空了，心不知哪儿去了。他能说什么，他能做什么，他不知道。一登上地铁，嘴里不停地念叨，爸爸，爸爸，房子，我的房子，爸爸，爸爸，房子，咱家的房子。他对路人发问，边走边问，逢人就问，我的房子，我的房子，怎么就买不成了呢？路人脚步匆匆，自己的困惑还解不开呢，怎么给他回答？

苏泰达第二天得知了这个情况，上午就到杜志铭办公室，他一进门，杜志铭连忙站起来，苏泰达快步向前，握着他的手，你坐你坐，我只是来看看你。他询问杜志铭父亲的伤情，杜志铭说，我堂兄来电话，我父亲已经醒了。医生说，已经过了危险期，没有生命危险了。苏泰达听了，半天不说话，他看着杜志铭真不知道说什么好，不知如何来安慰他。好半天才说，能不能找个说理的地方？杜志铭看了他一眼，说太远了，找谁呀？既然是这样，苏泰达知道这个话题说不下去，就换了个话题，也是重要的话题。他说，你的房子到底没有买上。杜志铭说，咳，就差这么几分钟，要是买了也就买了。苏泰达说，是啊，你当时买了，你父亲的伤，大家再一起想办法。杜志铭知道自己别无选择，也许命该如此，钱不到医院账号，医院不收人，那我父亲可能在挂号窗口前就走了。这个话题也说不下去了。

苏泰达想杜志铭在上海的大学毕业后工作了几年，也算是白领了，每月的工资，虽然赶不上五百强在华的企业同级别的人，可是比港资台资甚至其他民营企业好得多，他还是买不起房子，这世道是怎么了？他们这些年轻人面前的路似乎被堵塞了，有研究者指出，他们这一阶层的人处于固化状态，没有办法上流。真是这样吗？他们这一群年轻人，连眼前的事都顾不过来，难道他们还会去考虑心灵自由，应该成为“逐步趋近的愿景”，唐汉杰说得好：“我们哪怕路途上一时脚步寥寥，总会越来越多。那是一个新的世界，也许要耗费多少年，地球上人人的命运不再由别人决定，人人所在环境的命运，也不再为别人决定。哪个决定的进程自己都能参与。生命独一无二的机会，对每个人都是均等的，这就是应该做回自己的缘由。亿万个独一无二的机会所造就的人，在良知的指引下，都做回自己了，那彼岸就不是可望而不可即。”唐汉杰实在太超前了，难怪鲜有呼应者。连卖这本书的书店都缩到二楼去了，一楼租给时装店。为这个状态创造物质基础的难度，难道我们会比他还大吗？我能做些什么呢？做些什么来为追求心灵自由创造条件呢？看着别人的脸色才能开饭，手脚肯定被束缚，只有不看别人脸色能为自己开饭，才能谈别的。苏泰达这样对自己说。他看杜志铭的眼睛变得黯淡，难道他真的因看不到希望就失去了眼睛的神采吗？

苏泰达耳边忽然响起派对上那三位女性娇柔的粗野的清脆的声音，我这是上海独一份，我这是上海独一份，我这是上海独一份，独一份，独一份，独一份，聒噪此起彼伏，声波托起了：法国花园意境的钻石翡翠项链、纳米黄金软皮手袋、瑞士顶级特制手表，在苏泰达眼前上下翻飞狂舞。在看得见的过去十几年，她们可能还是不富裕的人，甚至是穷人，那么今天她们的财富是从何而来，她们的财富又多少是她或者包括她丈夫的汗水，而杜志铭乃至那些进城的农民工，他们流的血汗又到哪里去了？他们眼巴巴地看着富人的财富骏马绝尘而去，而自己却是两手空空，只落得满脸灰土，呛得几乎窒息。苏泰达不断问自己，我能做点什么，我到底能做点什么呢？他身上忽然有一种无力感，他双手死死地撑住椅面，他看着杜志铭，又再问自己，员工的贫穷，买不起房子，他们是在我这里拿工资的，我是资本的所有者，我能为他们做什么？我为什么不能为他们做点什么呢？我可以做点什么，我应该做点什么，为自身之外的个体集合参与决定自己命运的进程做点什么。我是他的老板，我的原先做法有没有值得反省的地方，他去别处工作也不会有更好的状态，看来不是哪个人的问题，那到底是什么问题呢？

苏泰达在杜志铭的办公室里无法把这个思维活动深入下去，他只能安慰杜志铭，有什么困难，尽管提出来，只要我，只要我们公司能帮忙的，我们一定尽力。杜志铭说谢谢。他不知道自己的眼睛失去了神采，苏泰达无法提醒他，这是任何提醒都无济于事的。

6. 悦耳的鸟鸣渗进心底

苏泰达被杜志铭买房的事扰得寝食难安，这天已经到了中午时分，他也不觉得饿，在办公室里踱着步，脑海里波浪翻滚。杜志铭难道不应该有房子吗？他为什么会买不起房子？问号就浮现在眼前如金蛇乱舞，他想起几年前在地铁站一家民营书店买的一本书，里面就谈到财产权。记得借给何磐石看，已经还了回来。他走近书架，一本本找过来，没有，会哪儿去了？会不会带回家了。那天下班回家，就到书房，在书桌上的一堆书里找，终于找到了，《财产与自由》，美国诺贝尔经济学奖得主詹姆斯·M·布坎南著。他赶紧摊开，这本书买来时就精读过一遍，布坎南是公共选择理论的奠基者，他的很多见地独到，苏泰达一边看一边在心里说，对，布坎南说："财产所有权是自由的保证"，他的观点指出，由财产所有权保护着的“家”成为我们每个人逃避大规模分工因可能的权力垄断所导致的对个人自由的威胁的最后堡垒。（引自《财产与自由》汪丁丁代译序）说得何等好啊，不是每个经济学诺贝尔奖得主都有这种切入人心的深入浅出的独到见解。杜志铭以及和他一样经历的白领，他们应该从什么地方获得财产权呢？他们大多数人一辈子打工，可以成为高级经理人，可是他们不可能占有生产资料，也就是不可能通过当企业主来获得财产权，他们可以办到的就是获得住房的财产权，这就是我们必定要拥有住房的深层意义，不能听任一些平庸的经济学人忽悠，说白领只能租房，租房比买房好，且不说农民辛辛苦苦一辈子，就为了盖楼上几大间楼下几大间的房子，这是他们的理想，这个理想只是一种朴素的愿望，他们的认识不可能提到理论的高度，但这里的理论意义已经由布坎南揭示出来：财产权是自由的保证。所有农民以毕生之力盖了房子，白领以血汗钱买了房子，不一定是为了体现这个理论揭示，但他们会在漫长的生活阅历中，逐渐体会，甚至深刻认识财产权是自由的保证。真理是不分地域的，实践给了人们认识的途径。苏泰达大喊一声，好啊。吓得正在炒菜的李虹绵丢掉锅铲，跑过来看，泰达，你好什么呀？给我分享分享。苏泰达迎向她，把书的封面给她看，你看，布坎南说出了真理，接着对她做了解说。哎哟，鱼排要炸焦了，李虹绵不管他真理谬论，撇下他冲向厨房。

苏泰达顾不得吃饭，又把《财产与自由》看了大半本。要帮助杜志铭他们获得财产权，这是刻不容缓的，要让他们不管是老上海还是新上海的青年白领，都有奔头，都拥有自己的财产。可是杜志铭买了几次房子，都没买成，也是铁的事实，他在白领中算是收入高的，怎样才能让他们都能买到房子，政府调控房价已经做了一些努力，而就我们而言，是要让杜志铭们手中有钱可以买得起，他们领的酬劳和他们创造的价值相称吗？也就是他们的人力资源物有所值吗？这是一个牵一发而动全身的问题，在企业的收益中，资本和管理、劳动三者的分配比例合适吗？从杜志铭们买不起房子，就可以看出这个比例不合适，生产要素的利益关系严重失衡。他们所创造的劳动价值有一部分到哪里去了？苏泰达捏紧了拳头在书桌上轻轻地敲着。他给自己结论，应该提高管理和劳动的分配比例，也就是实施管理者和第一线劳动者所创造的劳动价值回归管理者和劳动者，苏泰达想到这里，突然扬起了手猛击桌子，对，就是劳动价值回归。对于他这个生产资料所有者来说，就是减少资本分红的比例，他愿意这样做，为了让他属下的所有员工拥有这个财产权，他愿意这样做。

李虹绵知道他正在思索问题，听见敲书桌也不再吃惊，她在餐桌上等了他许久，菜冷了热，再冷再热，等的时候，她也在想苏泰达刚才讲的道理。看苏泰达笑呵呵走过来，大喊吃饭，今天喝酒；他拿出一瓶收藏多年的法国顶级酒庄酒，哼着乐曲，按着它的节奏，旋动酒瓶的软木塞，为了社会公平，自己做出了一个重大决定，他喜欢自己为自己做主。而这举动的直接后果，是杜志铭他们所在环境有了变化，向好的方面变化。这就是参与决定个体命运的进程，参与决定个体所在环境命运的进程，前面的个体是他苏泰达本人，后面的个体已经了涵盖了杜志铭他们。李虹绵说，你不要搞错，今天不是你我生日，也不是结婚纪念日，何至于如此兴师动“酒”？今天对我来说是一个好日子，我从理论认识到实际决策有了一个重大的飞跃，以后再和你细说，来，我们干杯。他们碰了一下杯，他仰头一饮而尽，拿着空杯子在李虹绵面前晃了晃，说你也喝，为我庆贺，你不必干完，请喝一大口。李虹绵听话地端着杯子，移近眼睛，俏皮地左右晃着杯子，让苏泰达在杯子里时隐时现，她看苏泰达高兴，相信他一定有重大收获，为了庆贺，她慢慢把杯沿靠近嘴唇，轻轻吸了一口，缓缓地咽下去，再吸，慢慢咽下，吸完了最后几滴，也拿空杯子对着苏泰达晃了晃，说干了。

吃好饭，李虹绵说，你这样接受布坎南的观点，你有你的思想基础。苏泰达脸上浮起笑容，妻子的理解给予他的幸福感不是凡俗体验，在他的眼里李虹绵是这样温柔，她的这种体贴是精神上的。你说得对，长久以来，我一直在想如何扩大每个人物质生命和精神生命的生存空间，我力所能及的就是从身边的员工做起。李虹绵说，我知道你一直没有忘记经典作家的重要论断。苏泰达完全被吸引了，他的眼睛里流露出一种渴望，他希望李虹绵所指，就是他心中十分明确的那一段话。他等着，眼神里充满期待，他等着李虹绵。李虹绵双眼放着光，她讲出了那个重要论断，直抵苏泰达的心坎："每个人的自由发展是一切人自由发展的条件"。苏泰达说，对，我这样做，现阶段来说，就是要为员工的发展创造条件。

苏泰达是一个只身走入深山的探险者，绝壁和湍流都不在话下，他不怕自己付出什么，他憧憬的是跋涉后的美景，他担心的是深山里的猛虎和长蛇会突然窜出。经过几天的思索，他豁出去了，他不怕别人的议论，哪怕伤人的刀、绊脚的绳。在崇高目标的指引下，听从自己内心的召唤，做自己想做的事。从大学毕业到现在，就业，出国留学，回国创业，寻求资金，组建团队，研发技术，哪一步都是听从内心的召唤去做的，只是崇高的目标日渐飞跃，现在已进入了一个新的境界——实施劳动价值回归，做的是前人所未做，或者前人做了，不彻底，中途夭折的事。但他却想听听朋友们是怎么说，兼听则明，这是古老而浅显的道理。

他约见了王雪晴，请她协助承办一次山海经经济论坛。这个论坛已经举行过几次，在经济界颇有影响，不少参加过的各界人士，经常打电话给苏泰达询问何时再举办新的论坛。苏泰达把近来的思考同王雪晴说了，王雪晴被他设想的大胆给惊住了。苏泰达想道，这可不是我的戛戛独造，就是说不是什么新设想，不过是老祖宗的东西，只是得其一点精髓，探索一下价值回归而已。

他交给王雪晴的第一个任务，是把马克思在《资本论》及其他经典著作中关于劳动、关于价值、关于剩余价值的论述打印出来。苏泰达说，这是要发给与会者参阅的，这些论述朋友们恐怕早就读过，不过让大家重温一下。苏泰达想道，从上世纪初王国维在"读德国的作品"时，阅读德文版《资本论》至今，一百多年过去，中国读《资本论》的人，到底读了多少，又读懂多少？不说也罢。他说以我这本读书笔记为索引，伸出右手食指做着手势，不要在网上下载，要从权威版本摘录。你到学校图书馆去找，一定会有的。王雪晴遵他的嘱咐去图书馆书库里找。在书库深处最后一排书架的顶端，看到了马克思恩格斯全集。她借了梯子爬上去，手伸到了书的上方，手指上沾满了灰尘，这些经典有日子没人看了，大家都忙着逐利，静下心来读书的人确是不多了。王雪晴抄了三天才抄完，打印好交给苏泰达。苏泰达说，与会者人手一份，温习一下，启发思考。

他又给王雪晴第二个任务，拟出出席论坛的专家学者名单。苏泰达说，这是小型研讨会，大家要敞开了谈，人不要多，你先拟二十个人的名单。要有代表性，便于听各方的意见，当然更要有敢于提出尖锐意见的人来参加。王雪晴犹豫了，说名单我可以拟，只是我对他们的人品不大了解。苏泰达说，你放心大胆去做，我最后拍板。几天后王雪晴把名单送来了。苏泰达上下看了几眼，数了一下，正好二十个。他把名单看了几个来回，把几个人的名字划掉了，并做了说明。这个人是什么研究中心的副主任，我接触过，有一次在苏州开会，他乘飞机从成都赶来，报销飞机票，一张票子两千多元，我记得成都到上海不过几百元，还以为飞机票涨价了，同样从成都来的与会人员机票正是几百元，原来他买的是头等舱，而别人买的是折扣经济舱。神气啊，竟然僭取部级干部待遇。有干货也就算了，拿出讲稿照本宣科，真的是照稿子念，不是我滥用成语，开口要一万块出场费，还说什么成本太高。我打听过了，他在成都就是读这个稿子，念两遍个把小时的稿子，要两万元进账，还不要纳税，他没有纳税的自觉，好一个某级别公务员。这个人不要了。还有这位，是个骑墙派，从来没有自己的主见，听他的发言，让人恶心。还有这位，是个吹鼓手，听什么调子，他就吹什么曲子，只有看风使舵的敏感，没有半点自己的观点。还有这几位，都是一些平庸的教授，枉拿人民的俸禄，还拿着博导的牌子蒙人，我们是严肃的研讨会，就不要打扰他们了。苏泰达把名单交还王雪晴，不要的人我都划掉了，我们不要浪费员工们创造的财富，就十来个人，紧凑点，可以思想碰撞，爆出火花。

研讨会在一星期后就举办，苏泰达亮出了自己的观点，大家也畅所欲言，现在思想多元，什么观点人家都不会吃惊，只是听说苏泰达要在自己的企业中实践，人们的胃口都被吊了起来，不管是积极支持的，还是抱怀疑态度的，都把眼睛瞪大了，套用一个成语：拭目以待。

苏泰达不能让朋友们等待太久，他还有一关要过，这就是实行劳动价值回归要取得李虹绵的支持。从法律上讲新增的资产就是夫妻婚后共同财产，苏泰达要把财产分割出去，必须取得资产的另一个所有者的认可。他有信心，李虹绵出身的家境好，从小不缺钱花，对钱没有什么概念，她乐得由苏泰达去安排，再说这些资产是从苏泰达原来的资产派生出来的，她不觉得自己有多少话语权。不过苏泰达愿意征询她的意见，并取得她的支持。他相信她会赞成他的做法，他们之间的相识，就是从李虹绵在讲座上站起来提问开始的，“民营企业员工的劳动价值及其报酬的关系”，竟然会成为他们关系的源头，难道冥冥之中命运会有如此巧妙的安排，苏泰达感到头顶上有玫瑰色的辉光照临。

这天是星期日，说好今天不出门，特别是苏泰达不处理公司的事务，在家一起听音乐。一早醒来，李虹绵看到窗帘微微飘动，窗户开了一个小缝，窗外的鸟叫声传了进来，她侧耳细听，这是白头鹎时断时续的鸣唱，也有麻雀的吱吱叫声，她不只用耳朵，她更用心在听。那悦耳的声音渗到了她的心底，看着睡房里墙上的一幅山水画，一种恬静的感觉溢满心头。这个家真好，这个温馨的家真好。每天早晨醒来，当她第一眼看见窗上的曙色，就有这种感觉，她的心就像有清泉流过，又清凉又甜蜜。身边老公的位置已经空了，一摸被窝那边也不热，她知道苏泰达早起跑步去了。果然不一会儿他就回来了。李虹绵说，你怎么不叫我？我看你睡得那么香，能自然醒该有多惬意啊。好，那我还睡。你睡吧。我要你也来睡。好，等我冲好澡就过来。苏泰达从浴室里出来，身着内衣内裤，裹着大浴巾，走到床边，浴巾向后一扬，李虹绵把被窝高高掀开，让他进来。李虹绵抱着他，说我要靠着你。你说美国投资银行的史密斯要来上海，你准备工作都做好了吗？苏泰达说，都做好了，今天不用加班。他心里更踏实的是，苇珩给了他新的风投资金，又协助他对公司的财务系统做了整顿，给公司御寒的棉马甲加了一条袖子。李虹绵说那好，你陪着我。

苏泰达在她背上轻轻拍着，说我有一件重要的事要和你商量，就是在公司中把利润拿出部分，分给员工，在原来定的酬劳之外。李虹绵说，不是说好了嘛，今天不谈公司的事。你说得对，不谈公司的事，我说的是你我之间的事。你听我说，拿出公司的利润，这些利润现在是属于我们夫妻共有的。李虹绵说，你不会与国际接轨，像比尔·盖茨那样，把利润攒着，到最后才全部捐给社会做慈善。苏泰达说，他们那样做是一种办法，这些利润有资本创造的，也有人力资源创造的，我的做法不一样，我要把人力资源创造的价值，除了原来的酬劳，把我们留下的利润还给员工，既然要做慈善，就从身边开始。李虹绵说，这不就是你说过的劳动价值回归吗？对，你的理解完全正确，就是劳动价值回归。我要解决杜志铭他们买不起房子的问题，我要让他们得到他们所应得的，让他们拥有自己的财产权。李虹绵又问，你不会用股权激励吗？股权激励当然是一种办法，但还是有所不同，拥有股权，给他分红，实际上就是成为股东，他得到的是资本的分红，这对于那些没有享受股权激励的员工是不公平的，那些没有受到激励的，他们还是老样子，除了获取酬劳，他们创造的还有一部分价值，也就是利润，与他们无关。其实我要做的事很简单，就是实施劳动价值回归，这是与股权激励完全不同的做法，而是更合理更彻底，同时在回归之后，让他们拥有财产权，这样势必推动社会进步，至少推动我们公司这个社会细胞的进步。李虹绵问，现在房价这样高，房地产商的利润空间这样大，用他们的血汗去填房地产商及其利益关联者的饕餮大口，值得吗？苏泰达说，为了财产权，这是无可奈何的事。当然这个财产权应该是永久财产权，这已经是另一个问题。当然我是说在房价跌下来的时候买，房价居高不下时可以先缓一缓。李虹绵理解苏泰达的豁达，她说，服从推动社会进步这个总目标，你做的一切我都支持。李虹绵对苏泰达的爱，不止表现在情爱上，那是更广博的爱，她要支持苏泰达去实现他的理想，她理解这才是对丈夫最高层次的爱，比之性爱，那当然属于更纯粹的精神领域，李虹绵觉得自己沉浸在这种繁复的爱之中，才是人间的至爱。她把头靠在苏泰达的肩窝，我要枕在这里再睡一觉，好吗？苏泰达身子动也不敢动，保持这个姿势，又把手臂轻轻移了一下，让李虹绵枕得舒服点，好，你睡吧，我陪着你。

7. 黄浦江水仿佛涌进开阔包房

杜志铭遵照苏泰达的嘱咐，在浦东机场接到史密斯，车子直接开到这座浦东曾经最高的大厦，安排住下后，请客人稍事休息，就把客人带到了87层的闲云野鹤酒廊。现在是下午时分，闲云从窗前飘过，酒廊里野鹤只有寥寥几只。苏泰达选了一处远离别的客人的座位，问史密斯要什么酒，按他的要求点了两杯。今天是初步洽谈，曾几何时史密斯那种咄咄逼人的气势收敛了许多，他没想到自己还会再到上海，也没想到他们投行会成了苏泰达挑中的对象，苏泰达考察了多个美国投资银行，找到史密斯，是因为彼此有些了解。史密斯明白次贷危机的影响，他也想抓住苏泰达手中的优质资产，美国人的审时度势，让他知道应该如何对待往日没有合作成功的客户。苏泰达已经今非昔比，新生产线上马以来效益可观，生命春口服液超额利润滚滚而来。他说话的语调仍然平静，可是总觉得腰间充盈着一股力量，不知是因为近来健身房跑得勤了，还是心里底气足了，或许二者兼而有之。史密斯再也不敢提出什么取消中国品牌的非分要求，就是他们这个投资银行要参与苏泰达的新生产线，苏泰达提出了强硬的条件，只能购买可转股债券，在一年后可以内部转股，他也没有异议。这比苏泰达和苇珩的合作严格，苇珩本来同意可以让史密斯的投资银行入股，苏泰达心里比苇珩明白，他不想这么快就摊薄自己在新生产线的持股比例，就先把史密斯的投资银行挡在股东会之外，先挡他一年，到时再议。那个时候，就是让美国人债转股，这个新项目已经变得更加庞大，苏泰达所占的绝对资本额不会降低，而且还是他控股。美国投行看准了这个市场，也看准了投资苏泰达绝对是优质资产，也就不再计较什么，谈判顺利，草签了协议。

此事一完，他们就进入轻松的节目。苏泰达对史密斯说，我们现在所处的位置是这座大厦的顶端，外形酷似莲花瓣，只是不是粉的，也不是白的，而是银光闪闪。他用手指指上面说，那是观光厅，而我们所在的酒廊正处于莲花的花蕊。

苏泰达领着他走到西面的窗前，准确地说不是窗，而是一面大玻璃墙，史密斯看到黄浦江在脚下不远处流过，两岸的高楼不亚于纽约曼哈顿，史密斯想起上海要建世界金融中心，需要多少年且不去管它，他分明看到一个小伙子赤脚赶了上来，赶得上赶不上曼哈顿另说，那种追赶的气势就咄咄逼人。他的思绪被苏泰达打断，苏泰达说，我们右手边是东方明珠，左边就是环球金融中心。这时暮色四合，浦江两岸的灯火渐渐亮了，东方明珠圆润的彩珠光影柔和，是一位少女亭亭玉立，环球金融中心就是一个充满青春活力的男子汉，他的棱角分明的削面体现着一种阳刚之气，一阴一阳刚柔相济，苏泰达只是指给史密斯看，他想这个老外不可能有他这种感受，不说也罢。史密斯隔着玻璃幕墙，瞪着大眼睛看看西边，又看看东边，看看近处，又看看远处。苏泰达相信他得到的只是一片异彩缤纷的印象，这样也就不枉站在上海的这个高处欣赏夜景了。有一位世界顶尖的俄罗斯指挥家，十年前站在这座耸入云霄的大厦眺望，面对陆家嘴和外滩灿烂的夜景而感慨："如果有一天，俄罗斯像这里，就好了。"地球人都清楚，今日浦江两岸的灯火远比那时辉煌。苏泰达此刻心中溢满自豪，无法向旁边的美国朋友表达：多好啊，这里就是上海，这里就是中国。

回到座位，他们品尝着一些亚洲小吃，苏泰达问，怎么样，这种泰国炸虾饼不亚于曼谷的吧？这时有个穿着汉服的男子走过来，他是专门给客人剪影的。苏泰达示意给史密斯来一张，穿汉服的看了史密斯一眼，低下头，三两下一剪，递给了史密斯，史密斯拿过剪影，只会说好极了，好极了，他看到自己的神韵赫然呈现在剪影的线条上，尤其是他那高鼻子，竟会被刻画得呼之欲出。苏泰达谢过了，又叫史密斯去抽一根签，那人摇了摇竹筒，伸到史密斯面前，史密斯一脸茫然，苏泰达告诉他抽一支，他照做了，递给那个人，那人看了一下，苏泰达问怎么样？那人说天机不可泄露，竟不肯说。苏泰达随他去，心里却说难道这是一支黑签。吃到最后，苏泰达又请客人品尝冰淇淋，名字竟是冰火二重天，苏泰达吃着冰淇淋心里嘀咕，怎么起这个怪名字，可不大吉利呀。

正式的合约签字仪式地点选在外滩一家大酒店。苏泰达先带史密斯去领略南京东路的夜景。整个街面挤满了高高低低的灯彩，争相放出光芒，互不相让，听得见它们的呐喊：赚钱，赚钱，赚钱，甚至分辨得出这声音中的嘶哑，觉得出其中的力竭，好像穷弩之末，时而却又高昂起来，灌满了行人的双耳，眼睛来不及了，只好让耳朵承受嘈杂。灯柱如林，一路灯盏密密匝匝，疑是南京路天天举行隆重的仪典。外地人齐聚这里，领略上海是全国人民的上海，却发现离自己如此遥远，回去以后，也许会梦见这里的辉煌灯影，醒来却仍然面对着生活的困顿。苏泰达知道史密斯不会有这些感触，他接受密集华灯的视觉撞击，只会觉得眼花缭乱。

而后来到了酒店30层，面对着270度的视野，呈现在眼前的是一幅外滩和对岸陆家嘴的油画，浓彩泼墨，在阳光照射下，就像站在美术馆大厅里欣赏占据一面墙的巨画。苏泰达到这里来过多次，每次都为这幅画奔涌出来的气势所倾倒，黄浦江因为这幅画成为中国最时尚的河。这里水美，不像九寨沟、黄果树施展水本身的魅力，而是展现陆家嘴的辉煌为自己的辉煌，展现外滩的雕刻为自己的雕刻。将近一个世纪的沧桑，走马灯似的英雄豪杰飘然而逝，如今依旧——这里每个窗口的智慧集中了中国的智慧，雷震只响在心的深处。每座建筑呈现的外形别出心裁，给每个驻足者留下梦的素材，激起的想象，让过去的生活黯然失色。谁在这里伫立，都会给自己的人生旅程立一块碑，对它的那一声召唤，没有人会无动于衷，期冀就翻开了新的一页。

创造这幅画的人民一定能在中国土地上创作更多这样的画幅。史密斯也惊叹中国人的鬼斧神工，在美国他不记得哪里有如此短期集中建起来的高楼大厦，错落有致地冲击着人们的视觉。他们的心情变得更加舒畅，心胸变得更加开阔，似乎能容纳天下一切美好事物。他们签字的地点在3101包房，签字的座位正好对着黄浦江，江水缓缓流淌，仿佛要流向这周遭的大厦，漫进这个开阔的包房。苏泰达不是迷信风水，说什么正对明堂，财源滚滚而来，还是要靠自己辛勤的劳作，他不会去对史密斯说风水之类，和他说不明白，只是让他看到这里明亮宽敞，江水会给人们带来好心情。果然他们龙飞凤舞签好字，在掌声中握手，表示一桩生意在契约层面上做成了。接着他们在餐厅看着厨师的手划着曲线在表演，佳肴的香气随着烹饪的进程弥散开来。人们就在这香馥馥的气息中品尝造型美轮美奂的珍馐。苏泰达问史密斯这道加拿大生蚝如何？史密斯眼睛一亮，看那生蚝正卧在新鲜无比的三文鱼块上，他尝了一口，又尝了一口，甚至都想不起来在美国什么地方曾经吃过，他做了一个OK的手势。

史密斯就是这样带着对上海浦江两岸美丽景色的印象，以及佳肴的余味回到了美国。可是那滚滚而来的黄浦江水在这件事上却帮不上忙。

继雷曼银行倒闭以后，史密斯的投资银行也倒了，已经签的合约无法履行。苏泰达得到这个消息，受到了震动，过后几天很快缓了过来。本来想给过冬的棉衣再添一只袖子，现在这只袖子无法到位了，不过穿着只有一只袖子的棉衣可以安然过冬，有一种服装穿着袍子不是露出一个肩膀吗？权当是一种服饰的新时尚，缺一只袖子的棉衣穿在身上也保暖，而且还时髦。在冬天到来需要棉衣的时候，苏泰达忽然想起史密斯在剪好影以后抽的那支签，那肯定是一支黑签，要不那个穿汉服的为什么不肯说，真有那么灵验？不可能，都是美国人金融创新次贷给闹的，让全世界都跟着倒霉，原来还是烹油烈火，转眼却寒凝大地，那天吃的冰淇淋，带来的真是冰火二重天，也许命名是多么重要，胡乱命名不如无名，苏泰达当然不会陷在迷信的泥潭里，他只是这么轻松一想。

这天晚上李虹绵烧完菜，走到餐桌前，对正在摆筷子的苏泰达说，我听说你们和美国人签的投资合约吹了。是啊，是黄了。那怎么没听你说起？这种事还用在你面前说吗？不值一提。会不会影响公司的发展？不会，决不会。少一只袖子的棉衣穿起来照样保暖，哪怕是严冬来了，何况太一公司还未见严冬到来的迹象。那你的劳动价值回归还搞吗？怎么会不搞？决定要搞，不是心血来潮，是经过深思熟虑，充分论证过的，而且是为了实现我多年来的梦想，没有什么力量能动摇。李虹绵把汤碗端到了桌子中央，一边脱围裙一边说，怎么没看你有什么动作啊？我的好太太，公司的动作不一定每个都要向你通报，你还是省点心，有我操心就行了。我现在向你报告，我已经让财务部测算出方案，生命春口服液的员工，只是我们同他们的关系，好处理，新生产线因为有苇珩的投资，给员工的劳动价值回归，由我们应得的利润支出。这些事与史密斯有没有投资都没有关系，至于金融危机的影响，还有待观察。生命春口服液有点影响，新药这一块，随着医保改革的进行，不会有什么大影响。李虹绵把一只煎虾夹到苏泰达碗里，说业务会议到此结束，专心吃饭，苏泰达没有说话，低头扒了一口饭。

财务部测算做好了，苏泰达原来口袋中的钱分出一部分，他不犹豫，就当做慈善，做慈善从身边开始，现在他做慈善的对象就是自己属下的员工，他在寻找抛出这个做法的时机。几个星期以来，他一直注视着新房的价格趋势，美国金融危机已经影响到中国的出口企业，本来以为和美国次贷有关的国内银行只涉及少量资金，原来此种影响远不只是那些相关企业，而是改变全球经济形势，使中国出口锐减，南方几个省的民营企业关门的不少，房价已经跌了一两个月。苏泰达想抓住这个时机推行劳动价值回归，这样员工得到的钱，投入置办房产更为有利，一平方米要比最高价时少付一两千元，哪个戆大也会抓住时机去买房子，何况这些智商极高的多次买房受挫的员工们。苏泰达作动员报告之前，已经通过公司内部的网络告知全体员工，本公司在分配上有重大举措，并实行倒计时。开始十天、九天、八天，大家都没什么特殊感觉，到了剩下两三天，有人就坐不住了，找到郑宏伦问，郑副总，苏总到底有什么举措，是不是要实行股权激励。郑宏伦回答不出。郑副总，你还跟我们卖关子，这样的好事我们早一天知道，大家干活更有劲头。有人去问杜志铭，你是总裁助理，就是半个总裁，苏总做什么事也不会瞒你。这回杜志铭可是受了冤枉，他确是不知道。财务部经理同苏泰达订了保密协议，他只能守口如瓶，再说人们了解期权不会直接与财务部发生关系，谁也不会去找财务部经理问什么问题，倒让财务部经理冷眼看着大家在那里跳。

到了应该公布的当天，通知下午一点钟开全体会议，上午苏泰达紧闭着办公室门，手机关了机，又让秘书把来访来电全给挡了，人们走过他的办公室也放轻脚步，生怕干扰了坐在里面的老总缜密的思考。

终于到了一点钟，人们早早来到会议室，连请病假的都赶来了。大家经过几天窃窃私语，闷头商量，已经得出结论，下午的会一定与钱有关，一个人至少多拿万把块钱没有问题。一点正，苏泰达以往常的速度迈步进入会议室，几百双眼睛都把视线集中在他身上，视线似乎把会议室的声音全都吸了进去，整个会议室鸦雀无声，突然不知谁拍了一下手，马上带动旁边的人鼓起掌来，掌声一阵盖过一阵，久久停不下来，苏泰达看了大家一眼，说掌声不停下来，我走了。他真的向后转，向门口走去，人们这才停下了手，发现手掌已经拍痛。

苏泰达意识到这个时刻，对他个人的生命史是重大时刻，他有点激动，站在那里竟说不出话来。少顷，他提高嗓门，说朋友们，兄弟姐妹们，今天我们太一公司将跨出新的一步，而且是一大步，本公司将大大提高在分配中管理和第一线劳动所占的比例，减少资本分红的比例，也就是我们将实施劳动价值回归，除了原来的薪酬，每个员工将得到一笔劳动价值回归的资金，这是大家应得的，每年将分几次发给，而最近房市低迷，在今天公布之日起，五个工作日内将把首次要回归的价值发给你们，你们可以把这部分钱，补原来买房资金的不足，记住了，这次发的钱，一定要买房子，除非你原来有足够宽敞的房子，我要让大家都拥有财产权，而不只是财产性收入。苏泰达没有细说，为什么要实施劳动价值回归，没有细说为什么要拥有财产权，他注重执行，只要先把钱执行到位就行了，理论探讨以后有机会再展开。

听完苏泰达的话，没有一个人相信，大家面面相觑，真有这样的好事？真有这样合理的事在现在的历史时段就降临到自己头上，前辈没有这样的幸运，所以他们也不敢相信自己有这个幸运，过了多少世代的后辈，他们理所当然享有这一切，他们也不会觉得幸运。现在的的确确这种幸运已经降临到自己头上，大家慢慢明白过来，不再面面相觑，而是几百双眼睛都把目光投向苏泰达，大喊：苏哥，你是好样的，你走到了时代的前面，我们理解你探索的艰难，我们谢谢你。苏泰达做着请大家安静下来的手势，人们听话地不再有什么声响，只听苏泰达说，让财务部对劳动价值回归做必要的说明，并分头书面告知每个人应得的劳动价值回归。会后苏泰达挑了几位公司高管，包括杜志铭，给他们讲了财产权的重要性，杜志铭说，苏总，你放心，我这回买房子，不只是为了有地方住，我还为赢得财产权。

这天回到家，苏泰达走进小区的松树林，一阵松针的香气沁入肺腑，啊，好久没来了。他每次经历了心智上或体力上的拼搏之后，就到这里梳理羽毛，当成对自己的奖赏。他坐在长椅上，身上由放松变得舒坦。什么也不想，只是呆呆地望着松林的树冠，那里是连成一片的墨绿的海，透过树叶缝隙的路灯光就是海上的渔火。风儿心疼苏泰达，在远处悄悄地望着，也不来打扰，海上没有波涛。秋虫幽幽抖落周遭的静。说不想，只是不想公司繁杂的事务，清净的心境涌起另一番思绪，好像是失了，其实是得了。他知道施行劳动价值回归，自己失去了些什么，又得到了些什么，而这些得到的，不就是自己多年来想追求的。几处秋虫同时鸣叫，是黄蛉还是蟋蟀？一迭连声，又把静收了回去，成了无伴奏合唱，苏泰达站了起来，侧耳细听，去寻找乐音的出处。

杜志铭拿到第一笔劳动价值回归款以后，自己测算了一下，加上手上的钱，够在中环线两边买二房二厅的房子，现在就要为未来筹划，将来结婚会有孩子，父亲来上海也有地方住，一定要买二房，一房实在太局促，再说现在钱够，不要放着，还不够它通货膨胀的。他下班后就去看房子，跑了几家，还是觉得原来看中的彩虹雅苑好。他赶到售楼处，还是上次接待他的售楼小姐，一看见他就走到门口来招呼，杜先生，来了。这是从来没有过的，以前他来过多次，这位小姐都是坐在柜台里不动，问她三句只答一句，她看出杜志铭是外地人，管他白领瞎领，看什么看，外地小白领买得起这里的房子？上次没买成，那个小姐看着杜志铭失意地转身远去的背影，只觉得他有一种落寞的悲凉。受金融危机的影响，近来上海房市冷落许多，到她这里看房子的人也少了。杜先生，售楼小姐叫着，把杜志铭领到沙盘模型前，你看我们三期就要完工，而且是精装修，你拿了钥匙就可以入住。她指着二期的房子说，这就是你上次没买成的房子，三期比二期更好，正对着小区绿化中心地带。你要买的话，我可以给你挑一个正对着喷水池的房子，让你双休日喝茶的时候看着喷珠吐玉，多适意。杜志铭被她说动了，就下了定单，付了定金。走出售楼处，太阳光耀眼，照得他身上一阵热，心里一阵暖，终于有了自己的房子，尽管没有到手，也确定看到了希望，这一套位置这么好的房子，以后就是自己的家。他抬头数了窗户，哦，就是这一间，他脖子一直仰着，不觉得酸。售楼小姐说下星期来办手续，看来这次买房子是铁板钉钉了。杜志铭走起路来，好像脚下装了弹簧，路上的行人似乎都朝他笑，上海，上海，我终于可以扎下根了。

就在苏泰达施行劳动价值回归后不几天，田维舟找上门来，他还想回来做股东。他从苏泰达这里退了股，盛昌发栽了跟斗，无法容纳他，他就去加入炒房团，现在房价朝下走，他又想到了苏泰达。苏泰达说，当时我是怎么劝你的？现在你想回来也不行了，我对员工分配有了新举措，生命春口服液已经是我独资，没有股东了。田维舟今天不再穿带闪光袖扣的花衬衫，也不再解开衣扣大声嚷嚷，他穿一件半新不旧的夹克衫，在苏泰达面前几乎要打自己的耳光，喋喋不休数落自己的不是。苏泰达实在爱莫能助，只能礼送他出门。

尤明霞按了门铃，来开门的是苏泰达。苏泰达告诉她，你虹绵姐正在化妆呢。尤明霞从公司领到那笔钱，连同平时的积蓄，她也想买一套房子。要她自己去找房子，可真抓了瞎。她平时很少逛街，也从来不去售楼处，以前路过了，总是远远避开，免得自己伤心。现在想买了，不知从何下手。李虹绵知道她有这个难处，就当自己的事来关心。她跑了几个楼盘，已经看中一个，今天就要带尤明霞去看。她给尤明霞出主意，不买老公房，也不买二手公寓房，要买就买新公寓房，首付款不够，我借给你。为什么咱们小明霞就不能住新房子，都是人，咱这回要活得像个人样。李虹绵从化妆间里出来，尤明霞看着她叫了一声，哇，虹绵姐可真漂亮，就跟婚礼那天似的。李虹绵说，就为你跑腿呀，不打扮得漂亮点行吗？一会儿又说，跟你开玩笑哪，今天去售楼处，不穿漂亮点，人家不搭理咱。尤明霞说，听说现在售楼小姐态度可好了。李虹绵说，那是她们不得不装出来的，房市萧条了嘛，我要让她对咱客户尊敬，哪怕不是真心，也不让她假意。

她们同时踏进售楼处的大门，售楼小姐迎着李虹绵露出笑脸，不理旁边的尤明霞，滔滔不绝地介绍起来。售楼小姐问，小姐要三房二厅，还是四房二厅，我们有大四房，二百平方米，还是复式的。李虹绵不动声色，只听她天花乱坠，尤明霞被这三房四房都搞糊涂了，听得一愣一愣的。李虹绵无所表示，忽然说，你把各种房型全都介绍一下。说到最后，那人才介绍一房二厅的小房，这时尤明霞尖起了耳朵，李虹绵先前来过，她心中已经明确一个朝南的小户型，她说要看一下小户型的样板房。售楼小姐气不打一处来，你玩我呀，你要小房子你早说呀，让我费这么多口舌。她满肚子不高兴，还是带她们俩去看了。一进去，尤明霞都被镇住了，她站不稳，身子一歪靠到了墙上。有这样的房子住，是哪辈子修来的福分呀？她不敢相信自己也能住这样的房子，跟着售楼小姐参观也是蹑手蹑脚。这房子李虹绵很满意，她算了一下钱，就说明霞，你看怎么样？尤明霞说，姐看好就是好。李虹绵说，要你看好了，才是真好。尤明霞朝四下里看了看，又到房间厨房洗手间东摸摸西摸摸，满意得直点头，她对着李虹绵瞪着眼睛瞧，李虹绵知道她表达的是喜欢，很想要的意思。李虹绵说，就这小房型，位置就是刚才看中的一套，十五层，十九层都可以。尤明霞就在李虹绵的指导下，下了定单。出了门，李虹绵说，明霞今天高兴吧。尤明霞说，高兴，高兴，这是我来上海最高兴的一天。李虹绵说，好啊，那你请我吃饭。好啊，我巴不得有个表表心意的机会。不用，和你开玩笑。走，回家，菜都准备了。说着李虹绵向前走，尤明霞落在后面，叫着虹绵姐，等等我，我先给我爷爷打个电话，把这个天大的喜讯告诉他。

不久，杜志铭、尤明霞都拿到了新房子。杜志铭搬家的那一天，叫了一部出租车，几个大箱子就是全部家当，往出租车上一放，一溜烟就到了新家。车子开进了小区大门，迎面是长得茂密的大树，他觉得列队的大树摇动着繁枝密叶把他迎了进去，绕过一个月牙形水池，在大楼前停了下来，他搬下了行李，不忙着进电梯，而是放眼从树梢望去，远天的白云徐徐飘过，空气清新，每吸一口都觉得惬意。进了家门，他把几个箱子拖进门内，就奔到客厅，往大沙发上一躺，四肢张开来，大喊这就是我的家，我自己的家，以后再也不用笑脸去对房东的冷脸。刚毕业那一年，租了一间老公房，一年不到房东就要涨房租，杜志铭心里不痛快，不同意房东这样明着宰人。房东到了租期结束的那天一早，擅自开门进来，说杜志铭，你好走了。杜志铭说，合同上不是写明到期自动续约吗？房东说，对不起，我不租了，你给我再多的钱也不租了。说着来拉他的被子，掀到地上。杜志铭穿着内衣内裤暴露在外人面前，顿时就像被人打了一记耳光，脸上热辣辣的，他气冲冲跳下来，对房东说，你想干什么？房东说，我不想干什么，我就是要请你走。杜志铭去拿手机，本来想报110，按了两个号码就放下了，警察来了有什么用？房东双手叉腰说，你今天就给我搬，不搬也得搬，我明天新住户就要进来。说着就去拉褥子，拖到门口，扔了出去。杜志铭被逼无奈，只好把东西胡乱塞进旅行箱和纸箱里，往门口移去。最后房东把他的被子扔出去，扯着嗓子喊，侬格乡下人，跑到上海来抢饭碗，侬好滚了。杜志铭那一刻，真觉得自己灰溜溜的，话都说不出来，举头望天，天瞬间倾覆了，明晃晃的天空突然暗了，向他压了过来。

杜志铭在大沙发上欢快地大喊，这是我的家，谁也赶不走我，他跑进了大卧室，一纵身，把自己抛到床上，他从床垫上弹了起来，落下时把四肢摊开来，整个身子无比轻松，从此哪怕现在这个公司不要他，他把私人物品放进一个纸盒，就可以潇洒地回到这里，这里是家，这里是他拥有的财产，他可以躲过自然界的风雨，在这里，他雨淋不着，风刮不着。他也可以躲进这里进行休整，躲开社会上的白眼、鄙夷和不屑，至少他可以在这里，哪怕每天泡方便面吃，再也用不着看别人的脸色，没有谁能跑到这里来揭去他最后的尊严。

移居上海的新上海人，就像移栽的小树，悄悄伸出根须，扎进了这块土地。有些老上海人总是忘记自己是新上海人转变而来的，对新到上海的人，有一种轻视、排斥，挥之不去。他们只是津津乐道于上世纪三十年代上海的辉煌，却忘记了那炫目的灯光，没有一缕光线投射到自己身上，动听的舞曲，没有一个音符残留到自己的记忆，轻视实在没有多少资本，排斥就更加凌虚蹈空。像杜志铭这样的新上海人有了这样的认识，就会自信那些人没有检视自己身上有多少海派文化的传承，自身的气质要与上海匹配还有多少差距。

下午苏泰达应邀来参观新房子，他明天出差去，不能参加杜志铭举行的乔迁志喜庆祝会。杜志铭领着苏泰达从这个房间走到另一个房间，又看了厨房和洗手间，最后来到客厅，苏泰达说，你终于实现了多年的梦想。杜志铭说，对啊，这个梦想破了几次，这次总算圆了，感谢苏总。苏泰达说，不用感谢我，这是你的劳动所应得的，我不过是归还给你罢了。我今天给你带来两本书，一本是美国经济学家詹姆斯·M·布坎南的《财产与自由》，你自己琢磨琢磨，不光是了解他的结论，可能会引发你的思考。杜志铭说，我一定认真读。

苏泰达又递了另一本书，杜志铭接过来说，长篇小说？苏泰达说，对，你有空翻一翻，这部小说通过主人公的艺术形象，所表达的思想引起了我的共鸣："人从混沌向清醒作艰难的跋涉，在跋涉中向清醒趋近。

要参与决定个体命运的进程，参与决定个体所在环境命运的进程，创造别一番精神境界——心灵自由。”我曾在冥冥之中这样做了，今后更要自觉地去做。杜志铭说，心灵自由？啊，恐怕太超前了。苏泰达说，不算超前。人们掌握一些物质财富是远远不够的，需要从哪里才能得到新的精神指向呢？途径的选择可能有多种，也许你读这本书会有所启发，结论要由你自己下。我了解你，才同你谈这些东西。昨天我和李虹绵去了尤明霞的新家，我们的话题不是这些，尤明霞对我说担心将来按揭付不起。李虹绵对她说，傻丫头，你诚实劳动，连这样的房子按揭都供不起，那就不是你的问题，那是社会问题，首先是你的老板苏泰达的问题。我同意李虹绵的意见，我对尤明霞说，你放心，你可以为一百件事发愁，但你不必为这样的事发愁，相信社会总是要向前进的，你的按揭不会有问题。那时我看尤明霞眼里似有一丝疑惑，我没办法向她说得更多。后来李虹绵和她扯到墙纸的花纹，不再就这个问题说下去。杜志铭你不同，你比尤明霞受过更多的教育，你有这个责任，让自己成长起来，让自己更成熟起来，为中国的中产阶层的建立出点力。

中产阶层？杜志铭还来不及去想，这可能是他这样的白领所处的思想状态。他们也许想努力上流一步，可种种限制却使他们在挣扎中容易滑向下流。我们已经看到杜志铭目光中的黯然渐渐消退，代之以明亮。那来不及去想的事，有一天他会去想并且强烈地想，以至于去做。

苏泰达又说，当然要是可能，在精神方面多一些思考也是好的。他拿过小说，你看这一段，主人公唐汉杰就是这样的人，我们有比他更好的历史条件，现在的社会生产力水平比上世纪八十年代末九十年代初更高，我们有条件做唐汉杰做不到的事，让我们一起来努力吧。

他们一起来到南阳台，楼下的水池里红锦鲤甩着尾巴，自由地游来游去，杜志铭说，苏总，你看鱼儿多快乐，苏泰达念着庄子的一句话：子非我，安知我不知鱼之乐。杜志铭说，我要快乐，也要努力，让自己更成熟起来。

苏泰达实行劳动价值回归，让员工买到房子，是张天星告诉邝一杰的。在一次会议中间休息时，张天星见到了邝一杰，他是作为一种新事物向邝一杰介绍的。邝一杰也认为确实是一个新鲜事，回到家，他还在想它。他相信苏泰达对这个举措一定有深刻的思考，但此事不宜推广，也不必推广，但内心却是支持的。他坐在书桌旁，抬起头瞥见书橱前闲置多时的双龙戏珠砚台，忽然生出要写字的愿望。把杯中的清水倒进墨池，研起了墨。一股墨香飘进鼻子，顿时神清气爽。他把大笔在墨池里饱蘸，轻轻在砚沿抹着，一下一下。他抬起笔，心中闪过的是“敢为天下先”，落下来却是一个大大的字“先”，有一尺见方。他没有细琢磨为什么会只写一个字，心中却是明确的，这个字可以用来送给苏泰达，就题了上下款。看着这墨迹未干的大字，他想什么时候送给苏泰达呢，一时还没有定。

第九章

1. 被关了电脑，被收了门卡

李虹绵坐在古琴前已经有一段时间了，这是她每次弹琴前的必然准备，就是静息凝神。她的琴就架在复层的二楼，坐在那里可以俯视挑高的客厅，客厅前直至二楼是一面玻璃幕墙，上午的阳光正把满墙照得明晃晃，不过都被细竹帘给挡住了。竹帘上画的是翠竹和梅花。苏泰达坐在客厅的沙发上，他是唯一的听众，同样静息凝神仰头看着妻子。今天是难得清闲的日子，周六没有应酬。他给自己的规定，没有公司必要的应酬，就一定在家陪妻子。他并不要求李虹绵一定要弹琴，这要看她的心情。吃完早饭后休息了半个小时，李虹绵决定去沐浴，按惯例她要是一早洗澡，总是在起床刷牙之后，现在却是在早餐之后。苏泰达知道她要弹琴了。弹琴前她必定要沐浴，洗好澡她不是穿上睡袍，而是穿短旗袍，选的是那件浅蓝色的，穿上以后，她在苏泰达面前转了一圈，看着他，她微微地笑着，活脱脱一个童话故事中的小精灵。

琴声响了起来，苏泰达看着她平心静气的气场正向他涌来，哦，她弹的是《潇湘水云》，这支古琴曲苏泰达很喜欢，开始，他从她的脸上看到洞庭湖烟波浩渺，湖面上涌动着冉冉升起的水汽，她的眼睛放出了神采，身子小幅度俯仰着，仿佛湖水涌起了细浪，那细浪向岸上扑来，也就是向苏泰达扑来，这是他的感觉，他相信也一定是李虹绵的感觉。忽然乐曲的音调高了起来，开始了一段连续的昂扬的旋律，这里有刚才出现的乐句，李虹绵脸上一片明朗的色彩，那是清澈的涟漪吗？还是太阳洒下的光影？苏泰达看到从李虹绵眼中倾泻出了直抵他心底的光芒，啊，这就是我的妻子，这就是沉浸在古琴旋律中的妻子化成的精灵。苏泰达情不自禁要站起来鼓掌，忽然克制了自己，死死压在沙发上，不让身子动弹。他的眼中也射出光芒向上闪耀，与李虹绵眼中的光芒撞击在一起，那是多么令人心醉的一刻。啊，潇湘水云正汹涌而来，苏泰达此时已经物我两忘，他相信李虹绵此时的生命，就是古琴悠扬的琴声表达出来的春潮澎湃，他对这生命，对这股春潮般的爱是倾注全部生命的，他感到自己就是世界上最幸福的人。李虹绵手指弹拨慢慢停了下来，乐声悠悠，绕在挑高客厅的上方，久久萦回，世上没有别的声音，他们在万籁俱寂中深深地相望，久久的，久久的，悄悄从他们的身边走远的，只是时间。

李虹绵弹完这支曲子，她俯着身子，望着苏泰达笑，用眼神招呼他上楼来。他正诧异她笑什么，她站了起来说，你来你来。苏泰达早就说过要学琴，今天两人闲坐在家，正好是一个机会。李虹绵说，泰达，我看你好心疼哟，不让你三磕九拜，拜师仪式就免了，罚你做奶油芋泥派给我吃。苏泰达说，不用罚，我早就想给你做。荔浦芋头也托朋友从桂林特快专递送来了，一会儿学完琴，我就给你露一手。苏泰达坐在琴凳上，李虹绵教他手势，手臂如何摆，手指如何屈伸。你弹一下试试。苏泰达伸手拨了一下，声响几乎震耳，李虹绵说，你以为是算盘呀，还是小鼓呀，这么重。她给他做了示范，他小心翼翼地把手指放在弦上方，轻轻一拨。李虹绵说，哟，这比蚊子叫的声音大不了多少。她又示范了一遍，苏泰达悟性好，果然一会儿就学会了一小段乐句。李虹绵说，就这一乐句，弹三十遍。三十遍？抄生字呀？李老师。李虹绵不让步，苏泰达乖乖地弹了三十遍。看苏泰达这么用功，李虹绵又弹了一曲《平沙落雁》慰劳他。弹完，李虹绵把琴放入琴盒，轻轻摆进红木柜中。

他们一起来到厨房，苏泰达开始削芋头的皮，李虹绵问，要不要帮你做什么？不用，你就坐着等尝我的手艺吧。苏泰达说过奶油芋泥派是上海的名点，也是苏家私房菜，还是爷爷教给他的呢。李虹绵想应该投桃报李，他给我做上海名点，我也给他做厦门名点，炸五香卷。食材家里都是现成的，哦，对了，还要荸荠，打电话叫尤明霞去买，让她来家吃好吃的。

尤明霞在一旁拍着手，看你们俩谁的手艺好，今天我是裁判员，不，我是食品品尝大师，就像电视台的烹调比赛，今天你们谁胜谁负全凭我说了算。酥皮包的奶油芋泥进了烤箱，开始烤了。油锅烧成六七分热，五香卷也下了锅。烤制到底比油炸慢些，五香卷在油锅里吱吱地响着，已经飘出香味，尤明霞眼睛都亮了，朝油锅里看，哇，金黄金黄的，多香啊。她看了看苏泰达，意思十分明白，你的怎么没有动静，一会儿奶油的香气也飘了起来，苏泰达说，你看你看，多香啊，我从小就爱吃，用上海人的话说，打耳光都不肯放。尤明霞会说话，她尝过两种小吃以后说，各有千秋，你们都是胜利者。尤明霞看了一下李虹绵，又瞧了一眼苏泰达，心想，苏泰达真是永远的模范丈夫，先前对端仪阿姨那么好，现在他和李虹绵又是这样般配的一对，要是在乡下，可是方圆百里难寻的好夫妻。尤明霞想自己充其量是外来妹，上海人眼中的乡下人，她也只能找乡下人，不过她要找在上海的乡下人，一定要像泰达叔叔这样的好男人。

吃过中饭，李虹绵拿出几个塑料食品盒，炸五香卷、烤好的奶油芋泥派各装了两盒，对尤明霞说，这两盒给你，这两盒你带给端仪阿姨。

苏泰达看到李虹绵对童端仪这样尽心，心情反而沉郁起来。他对童端仪的歉疚，已然成了一个永远不能解脱的枷锁。这个沉重的十字架只能背到永远。童端仪让他走出离婚的阴影，可是不管李虹绵给他带来多少光明，这个阴影是无法隐去的。既然已经做了，他愿意承受这个后果，只是他想应该更关心童端仪的健康和生活，不只因为她是儿子的妈妈，更因为她是陪伴自己走过创业艰苦阶段的战友，她的这个角色是不可替代的，她的付出已渗透到自己事业的每一条纹理。

尤明霞说，我不要那么多，说着要去开给她的塑料盒，李虹绵轻拍着她的手背，别，你不大会烧菜，你带回去吃吧，也不多。尤明霞把两样东西带到童端仪面前，她没说什么东西是谁做的，她怕童端仪伤感。童端仪打开了一盒，是奶油芋泥派，说这东西我喜欢吃，以前苏泰达在家的时候常做。尤明霞赶快把话扯开，端仪阿姨，她打开了塑料盒，说这叫炸五香卷，她不说是厦门的名点，更不说是李虹绵做的，只是说你快尝尝，这恐怕以前没吃过。童端仪用筷子夹了一根，咬了一口，慢慢咀嚼着，嗯，好香啊，又嫩又脆，爽口，太爽口了。尤明霞不去深究又嫩又脆这两个反义词，她吃的时候也是这个感觉，童端仪也不去深究苏泰达大概不会有这个手艺；她知道她的选择要自己负责，就算认命吧。

不能说童端仪离婚后没有一点后悔，在操作离婚时她那种坚决态度，现在想起来，甚至有点陌生，好像是疏离得远远的事情。毕竟离婚已成事实，苏泰达也不再是单身，一切都无可挽回。对于无可挽回的事情，只能以平常心去对待，哪怕无可奈何，也只能这样面对。后悔是最啃啮人的精神和健康的，如果是处于生命即将终结的最后时段，一切都因为无能为力，无法补救，而表现为任上天摆布，心境自然是淡的，谁也避免不了这种欲了未了，不了了之的结局。

童端仪转身捧出一个广口玻璃瓶，尤明霞接过来，还是热的。童端仪说，刚做好的膏方，每年我都要给苏泰达做，补气健身的，他吃惯了。尤明霞这才注意到童端仪手指上缠着纱布，问端仪阿姨，这是怎么了？不碍事，童端仪没说熬制膏方烫的，你带给你叔，让他每天不要忘了吃，要满满一调羹。

童端仪离婚前的梦境总是出现她和苏泰达和和美美生活的情景，而不是苏泰达拼搏的艰辛。醒来之后，美梦自然是破灭的，面对的是自己将要离婚的苦涩。而离婚之后，她总是梦见自己在外地出差，被抛在天涯海角，要回家总是多方延误，不是买不到机票车票，就是大雪飞机停航，塌方火车不开，这种梦还会做下去，家是越来越远了。

晚上，苏泰达和李虹绵来到外滩201度视角餐厅酒廊的楼下，抬头望，这座溢满金黄色灯光的巴洛克建筑，就像一艘即将从黄浦江驶向大海的游船，江上路过的游船载着满船的灯光，与之呼应。这里的餐厅，他们常来，每次总是先订座，今天苏泰达故意不预订，他要实际经验一下这里的消费情况有无变化。下午他在家里开了电脑，看到了各部门的报告，明确告诉他的信息是订单减少，回款的速度也比先前慢了。自从不久前美国次贷危机爆发，引发了全球金融危机，开始时中国似乎岿然不动，现在却已能感觉出这个海啸席卷激起的巨浪，尽管波峰逐渐趋小，但已经能感受到波涌的冲击了。踏进餐厅，显得比以前空旷，今天是星期六，本来应该是客人挤挤挨挨的，可现在好多座位都空着，甚至他们每次来的好位置，竟然没有人。问了服务员，没人预订，他们又坐了过去，服务员递上菜谱，苏泰达一看是熟悉的那一位，就说，老样子吧。那人合上菜谱走了。苏泰达继续打量着整个餐厅，只有两三组客人，本来在这里用餐就安静，现在静得像佛堂。他发现灯火也没有先前亮，就招手叫来服务员，请你们老板过来。来了一位当班经理，苏泰达对他说，金融危机，客人少了，是暂时现象，也是正常的，越是这种时候，灯光越是不能减弱，就跟家里一样，昏暗的客厅不符合风水学的要求，要有明亮的灯光来驱逐心中的晦暗，他让这位经理，把灯光开足，要让大厅比以前更亮，才能给顾客带来好心情，给你们招来财运。今晚人不算少，也有十几位，哪怕只有一位，你们也应该把所有的灯全都打开。那个经理不停点着头。不一会儿，大厅里没开的灯全开了，辉煌得令人目眩。

后来他们把座位移到了露台，从这里向北望去是外滩，看惯了的景色在他们的眼中似乎没有变化，也许这些近百年的建筑，经历了太多的风霜，并没有把这次金融危机放在眼里，它们也见识过1929年美国经济危机，似乎司空见惯。不过那时外滩正处于少年期，不谙世事，域外的事对它好像不会有太大的影响，可今天已经不同，人们都把全球化挂在嘴上，上海已经无法规避这次金融风暴的影响，连苏泰达这样的企业本来是没有太大的关联，也不免被拉下水，尽管只是湿了鞋。这些事此时已经不再占据苏泰达的心，他耳朵里灌满了现场DJ放出的爵士乐，他说，虹绵，你听，这是爷爷最喜欢听的，爸爸因为被剥夺了欣赏机会而相当隔膜了，没想到隔代遗传了，到我们这一代，第三代又死灰复燃，我总想任何对人类创造出来的美好事物加以毁灭的行为，都是徒劳的，哪怕一时甚嚣尘上。我希望你也学会听这种音乐，尽管你现在不是特别喜欢，一边是古琴曲，一边是爵士乐，这里用大蒜和咖啡来比喻绝对不合适，都是艺术，只是产生的土壤不同，开出来的花朵自然也就各有异彩。李虹绵愿意和苏泰达保持一致性，她说只要你喜欢，我也会喜欢，当然我更喜欢的是古琴曲，那已经渗入我的血液。

他们把目光从外滩转向黄浦江，江上仿佛凝固的水面流溢着七彩的灯光，对面陆家嘴连片的大厦似乎也在江面留下身影，他们还是更喜欢把目光放远，看着那一幅旷世的巨画，国际会议中心的球顶建筑和东方明珠就像两个天真的小妹妹，立在金茂大厦及环球金融中心这两位大哥哥的身旁，他们也在看黄浦江，看江上驶过的溢满辉光异彩的船，还有江上浮动的灯影，此时他们的目光和苏泰达、李虹绵的目光相碰了，激发出撼人心魄的火花，火花在黄浦江上空炸开，两岸的神采绽放令人陶醉，连东方明珠都上下闪动灯彩，是这位亭亭玉立少女的清纯显现。李虹绵看得入了迷，她的脸上是比东方明珠更绚丽的光彩，微笑中向周遭四射而出，苏泰达觉得她从来没有像今夜这样美，除了在那个令人永志不忘的婚礼上。

苏泰达想近来公司的订单少了，回款慢了，经济全球化让世界上大大小小公司的神经相连，难道金融危机也波及到太一公司？他对李虹绵说，我后天就要随一个代表团出国，等我回来，我将对公司如何应对金融危机提出新的对策。随团访问结束，我还要去访问几个大学和制药企业。企业应该成为创新的主体，而太一公司应该成为这个主体的生力军。把资产献给国家，现阶段已经不可能，我们只有把企业做大做强，多给人民提供好药品保健品，多缴税，多做慈善，这是我们对社会应尽的责任。我已经制订了公司今后几年的创新规划，这个规划的实现，将使太一公司成为上海生物制药产业的排头兵。去美国罗致人才，是国内罗致人才的重要补充，而罗致人才正是企业创新的关键环节，必须聚精会神地紧紧抓住。“千人计划”的文件已经下达，邝副市长在一次会上说了。我这次去美国，就要为太一公司寻找、引进高层次人才，不管是已经工作的留学生，还是华人专家都欢迎。希望我运气好，能遇见志同道合的顶尖新药研发人才。你就等我的好消息吧。这些话本来他是不会说的，但离别在即，他还是说了。李虹绵想，上海招人最后的谈话都由苏泰达亲自进行，他的视野远不止在上海，在中国。她了解他，他总是密切关注世界新药的发展，在欧美专业留学人员中，他有自己的友人，随时了解医药发展和人才的动态。她了解他，对他近来取得的成就激动不已，公司在申江的创新研发基地已经动工，同时建立了海外研发团队，将国外医药人才凝聚到创新产业链，部分新药在欧美成熟市场前置研发环节，而后由公司在国内完成后续的研发，以至出成果，进而实现产业化。李虹绵投给苏泰达深情的一瞥，她对苏泰达有信心，对苏泰达的事业有信心。苏泰达曾说不把太一公司办成家族企业，所以他让李虹绵一直在那家外国咨询公司工作，没有到自己办的公司来，苏泰达认为这样做是合适的，所以他一定会坚持下去，除非涉及李虹绵的利益，当然应该尊重她的意见，会郑重其事地同她商量决定。

李虹绵有了微醺的感觉，她望着苏泰达，这就是她的丈夫，她托付终身的丈夫，他不懈的追求，眼睛总是朝向更高的目标，这一切都是为了实现他的理想——在社会做慈善，在企业实施劳动价值回归，以及她现在尚不知道的苏泰达将来的更高追求，能坚持走下去。她不知道自己心中此时的感受是不是感动，只觉得热泪涌上了眼眶。李虹绵知道一个人要参与决定个体命运的进程，参与决定个体所在环境命运的进程有多难，苏泰达不怕这个难，他一直在路上。她放下餐刀，伸出手去，苏泰达看到了，连忙放下叉子，接住了李虹绵伸过来的小手，紧紧握住，久久没有松开。苏泰达以这样的方式接受李虹绵的理解与支持，在心中对自己说，虹绵，你是我的好妻子，我会一辈子对你好。爵士乐在他们不经意间悠扬不再，忽然空中蹦出了搅动人心的旋律，似乎让人的双脚要蹦踏起来，原来现场DJ换了节奏强烈的拉丁舞曲。

苏泰达美国之行第一站到了纽约，这次总算大开眼界，近距离观察美国银行衍生产品是如何拖垮经济的。这次美国之行收获颇丰，他已经请到三位全职，两位兼职的人才，先由太一公司聘请，同时申报“千人计划”。回国以后，公司的创新研发基地就要在申江挂牌，要把它打造成吸引国内外生物制药专家的研发平台，这样，太一公司如虎添翼，对社会的贡献也会大一些。

可是从东海岸到西海岸走了一圈，每到一处的见闻难免联想到自己的企业，直到上了返程的飞机，有种不祥的预感攫住了他的心。一到浦东机场，就决定直接回公司。进了公司的大门，人们见到他打招呼与往常一样，只是好像没有以往那么热情，他倒是热情地回应：你好。一路走到办公室，他透过玻璃墙的帘子间隙，目光自然扫过两边的办公室，发现人少了。他按了对讲按钮，让杜志铭进来。这次杜志铭进来，没有自己找个地方坐下，而是径直走到他面前，但没有开口。苏泰达说，我出去一星期，你先说最应该让我知道的事，怎么人好像少了，他们都休年假了？杜志铭说，苏总，他们不是休年假，而是被郑副总辞工了。辞了？为什么？郑宏伦眼里还有没有我这个老板？杜志铭据实作了汇报。

原来一周前郑宏伦看了报表，各种统计数字均有下滑，他心里着急，叫来了杜志铭，杜志铭进他办公室时，看他好像踩在红热的钢板上，在办公桌前脚不沾地快步走过来走过去。你看你看，这样的数字，再这样下去，公司就要被拖垮了。他问了杜志铭一些公司的情况，杜志铭一一说了。郑宏伦在心里对自己说：完了，挥挥手让杜志铭离开。郑宏伦自忖是苏泰达老同学，看着苏泰达一手把公司带大不容易，决不能让它走下坡路。公司压力这么大，加上苏泰达实施劳动价值回归，更要付出一大笔现金，这样下去，公司何时才能扼住下滑的车轮。苏泰达外出了，他决定替他做一回主，也算自己为老同学尽一份心。自从和盛昌发切割，尽管他的行为苏泰达并不知晓，可他总像疑人偷斧那样觉得苏泰达有异样的表情和语调，他无法割断笼罩自己的罗网，现在终于找到机会，立功，立功，立功就是一把利刃，能让他切断网索，冲决罗网。他花一天时间对人力资源部经理进行咨询，看出有些岗位可以减人，就拟了一个裁员名单，不用人力资源部辛苦了，他把名单交给杜志铭看了一眼，杜志铭说，这么大的事等苏总回来再说吧。郑宏伦说，我就是要乘苏总不在时把这事给办了，坏人我来做，白脸我来唱。郑宏伦仿佛找到了感觉，这回他要雷厉风行做一次人。

第二天他就让人力资源部经理按名单裁人，经理拿着名单迟疑着，郑宏伦说，不要怕，我负全责，跟你无关。他规定不事先找人谈话，这个做法后来人们称之为突然袭击，郑宏伦确是要让人没有回手之力。他让人力资源部经理走到被裁的人员面前，把电脑关了，当时就伸手要回门卡。那些人都不知道怎么回事，懵懵懂懂怔在那里，就被交代把自己的东西装在小纸板箱里，两个小时里办好手续，领取该领的薪酬，走人。办公室里哭声一片，这是女孩子们的啜泣乃至嚎啕大哭。男孩子们则是满脸的不解和愤怒，把自己的物品乒里乓啷扔到纸箱里。也有不交门卡的，当即引起了对抗，尤明霞就是其中之一。她的手紧紧捏住提包的拉链，任凭人力资源部经理如何苦劝，抢夺，就是不松手。不能松手啊，这是关乎能不能活下去的问题。经理请来了郑宏伦，郑宏伦大喝一声，谁敢耍赖？这是公司的决定，要不折不扣执行，他指着尤明霞说，你不要仗着和苏总同乡，该裁还是要裁，任人不唯亲，你更得带头。有一次郑宏伦为一件小事训斥尤明霞，她没有表现出他所想象的奴颜婢膝，触犯了他的自尊，一个外来妹太无法无天了。今天总算找到机会，要让她知道副总裁的厉害。这时尤明霞放声哭了出来，我就是不交，我就是不交。整个办公室的哭声由此引发开来。郑宏伦一拍桌子，好大胆子，反了反了，你不交，以后公司失窃找你。他接着扯着嗓子喊，叫保安，叫保安。最后还是人力资源部经理把她的门卡抢到手，保安把尤明霞半架半推请到了门外。郑宏伦就这样完成了他的裁人行动。尤明霞办好手续，被推出公司大门，她抬眼望天，明明有一轮白日晃眼，忽然眼前一阵黑，陷入了黑夜之中，晕倒在台阶上。待她自己醒过来，爬了起来，她只觉得浑身骨头散了架，一点力气也没有，跌跌撞撞走向公共汽车站，向家的方向走。一想起家，想起刚买不久的房子，她的双肩好像被压上重锤，压得一口气闷在胸口，她双手捶着前胸，车上的人们看着她，有位大伯走过来问，姑娘，你哪儿不舒服？要不要赶快上医院，她无言地摇摇头，车在路上颠簸着，她不知道她下一步该怎么走，也不知道她面前还有没有路。

好了好了，你不用再说了，苏泰达大声打断杜志铭的话，他发现自己态度粗暴，失态了，就说对不起，对不起。他的目光落在墙上的大字：仁。“反了反了，郑宏伦难道不知道我们企业的理念：沟通——待人以仁，服务——待人以仁，分配——待人以仁，这些话写在会议室的墙上，我每个月都要向全体员工宣讲一遍，难道他，郑宏伦一句也没有听进去，郑宏伦实在太不像话了！”杜志铭从来没有见过苏泰达发这样大的火，他不知道该不该劝，正犹豫着，又听见苏泰达说，你，你去把他叫来。杜志铭轻声关门出去了，苏泰达抓起眼前一张纸，死死捏成一团，一扬手，扔了出去。他想只有将在外君命有所不受，没有想到将在内，乘他外出，自行其是，郑宏伦到底在想什么？当年看他狼狈，在单位里没有发展，收留了他，本不指望他为公司做多少事，赚多少钱，只想给老同学一碗饭吃，没想到他不守本分，竟闯了这么大的祸，看我这回怎么收拾他。过了一会儿，杜志铭进来报告，郑副总不在。苏泰达打了他的手机，得到的回答是已经关机。他挥挥手，你把前台小姐叫来。前台小姐敲门进来双手垂着问，苏总什么事？你已经几天没看见郑副总了？已经三天没看见郑副总。好，你去吧。苏泰达手指敲着桌子，三天没来，他能上哪儿去？去旅游了？去温柔乡潇洒了？还是病了？本来想对郑宏伦狠狠训斥，让他做深刻检查，可人都不见了，苏泰达的气都无处出了。他拆的烂污，还得苏泰达来揩。这些员工已被他赶走，留下的也人心惶惶，每天工作提心吊胆的，生怕人力资源部经理走到面前关电脑，即使他说工作没做完，电脑正用着，也会被冷冰冰地顶一句，你的工作有人接替。谁不害怕呀。苏泰达对自己说，必须赶快想出办法来。

回到家里，李虹绵看他的样子大吃一惊，从来没看见苏泰达愁眉苦脸，现在却是满脸愁云，她问，公司发生什么事啦？前两天尤明霞来哭诉，说被辞工了，怎么回事？这是郑宏伦干的好事，趁我不在，自说自话把好多员工辞掉了。现在正是公司的困难时期，把这些员工推出门去，他们就更困难了。他们吃饭怎么办？他们付按揭怎么办？这是人命关天的事，弄不好要出人命的。公司有困难，到底还有相当的资产，这个时候大家更应该抱团取暖，要不，只有等死一途。李虹绵问，那怎么办？苏泰达说，让我想想。那天晚饭苏泰达吃了几口，就放下筷子，只吃了半饱。看他心事重，李虹绵也不勉强。过了半个小时，她看着秒针有节奏地奔到表盘顶端位置，在浴缸里放了热水，用手试了水温，对苏泰达说，快去洗个热水澡。而后苏泰达在书房里静坐冥思，快十一点的时候，她做了一碗蛋花汤端给他，说加点油，马达转得快。

第二天一上班，苏泰达叫来杜志铭，你去给每个被辞员工打电话，了解他们的情况，并代我向他们问好，话只说到这个分寸，余下的我来处理。

2. 按摩女的报复

郑宏伦找不到了，苏泰达有种不祥的预感，找人的事只能由自己来做。他先找了郑宏伦的两任妻子，一个说郑宏伦已经几天没有回家，不知死到哪儿去了？以前常有这种事，没事的，过几天就回来了。另一个说，他不管我们母子，一个人快活去了，管他是死是活都和我无关。苏泰达想丁婕是个精明的女人，即使她不特别经意，公司高层几个人的活动，她都看在眼里，会不会在她这里问到郑宏伦行踪的蛛丝马迹。苏泰达问她这几天有没有见到郑宏伦，丁婕说，我这几天倒是全天在公司，没见着郑副总。苏泰达说，那你说他会上哪儿去？郑宏伦的行踪，公司里除了苏泰达谁也不会过问，问丁婕恐怕是白搭。可是苏泰达因找人心切，竟会有判断偏差的时候，又问，你知道他平时都到什么地方去玩？这话问得唐突，一个女人会管一个不搭界的男人如何消遣吗？要说郑宏伦到哪儿去玩，更有理由问苏泰达，都是男人嘛，难免有一块儿去潇洒的时候，偏偏苏泰达从来不去那种场所，当然不可能和郑宏伦轧堆。既然苏泰达问了，丁婕不能不回应，她作沉思回忆状，过一会儿，她说，有一次郑副总喝醉酒，当着大家的面说他去两家洗浴中心玩得真痛快，远不止按摩，有个按摩女又温柔又白嫩，还是免费招待，弄得一桌子的男士都笑他酒喝高了吹牛。苏泰达问，他说洗浴中心的名字了吗？说了，让我想想。丁婕一拍手，想起来了，说出了两个洗浴中心的名字，她在桌上找了一张纸写给苏泰达。

丁婕提供的情况，给苏泰达指出了一个寻找的方向，不过这是最后一步，先和几个有业务关系的朋友通话再说。一圈电话打下来，平时由郑宏伦出面联络业务的公司，那边的人也好些日子没见过郑宏伦，更没有在一起潇洒了。苏泰达只好把注意力朝向洗浴中心。他叫来杜志铭，让他也回忆，郑宏伦确是在一次醉酒时，说出有个按摩女叫小凤，他是吹嘘自己战斗力强，不当心流露出来的。杜志铭说，苏总，我去跑一趟。不，还是我自己去。苏泰达想不知去这两个地方，会有什么新情况出现，还是不要请别人代劳，再说郑宏伦是他的属下，又是老同学，他有责任去把他找到。

他去了一个洗浴中心，开车太招摇，乘公共汽车去。下了车，他向马路两边看，果然看见一个洗浴中心的巨大霓虹灯，走到门口就有小姐迎出来，他脚步有点迟疑，已经被拽进了门里。这位先生里面请，第一次来吧，迎客小姐说，我们这里全套服务，我们的服务宗旨是宾至如归，我们会把你服侍得比你老婆还好。苏泰达没想到自己在企业界叱咤风云，到这里却脚步踌躇，他说他不是来按摩的，他是来找一个伙计。把郑宏伦的外貌描绘了一番，个子不高，脸颊瘦瘦的，说话细声细语。小姐歪着头想，最近没见过这样的人，那小姐说，先生，你好不容易来了，可别错过机会，我们会把你当微服私访的康熙爷来服侍，说着就来抓苏泰达的手臂，苏泰达吓得往后缩，背转身逃出门去。背后传来一阵斥骂声，瘪三，没钱就别上这儿来。这个小姐来上海谋生，当天就被上海客人用上海话骂瘪三，她学会的第一句上海话也是瘪三，从此她总是用瘪三骂人，没想到苏泰达今天倒霉，给撞上了。

苏泰达出了门，心好像被按进了冰窟窿，脚步变得沉重起来。再难也得朝前走，他硬着头皮又上了公共汽车，朝第二个洗浴中心而去。下了车，拐进一条僻静的小路，嗬，简直是洗浴一条街，走几步就有一家，亮着诱惑人的神秘灯光，他加快了脚步，目光扫过去，终于看到要找到那一家。他一进门就说家里有急事要找一个人，把郑宏伦的外貌说了，围过来几个小姐，有个人说，看见前两天来过，来找小凤。苏泰达说，对，就是小凤，后来呢？后来就不知道了。苏泰达说，请小凤过来问问。另一个人叫了起来，小凤呀，第二天就走了。又一个人说，问她怎么这么急，说是家里有大人生病。苏泰达一下子又掉进冰窟窿里，郑宏伦来过，他的老相好又不见了，啊，郑宏伦凶多吉少，得赶快报案。

公安第三天就派了两个人去按摩女小凤的老家，在当地公安的配合下找到小凤的家，小凤正伸脚到桶里洗脚，看见三个公安进门，吓得在脚桶里站了起来，动作猛了一点，溅得满地是水。带回派出所，小凤说那天她打电话叫来了郑宏伦，郑宏伦开着他的宝马来的，没等他下车，她的两个同乡小二黑和小帮子就上了他的车，车子朝江苏路开去，不知到哪儿去了。郑宏伦不知去向，公安把小凤带回上海协助调查。在后来的审讯中她得知郑宏伦已经死了，放声大哭，嘶喊着，事情本来不是这样的，怎么会是这样？悔恨和恐惧啃啮着她的心，目光落在手铐上，刚才的一番哭喊，越来越紧，手腕愈加疼痛，她不觉得。甚至也分不清心中的恐惧，是深陷囹圄，还是失去依傍引起的。

一个多星期以前，一天晚上本来约好郑宏伦要在小凤家过夜，小凤等到半夜一点钟，还未见郑宏伦出现。那天小凤等了一夜，她猜想他是到别的女人的怀抱里享乐去了。这个没良心的，答应她好房子、好车子都没有兑现，她脱光身子让他玩了那么长时间，第二天郑宏伦来，小凤逼急了，他就把做爱时拍的她的裸体视频，拿出来再次欣赏，说你不听话，我就把它公布出去，看你怎么做人？小凤一听吓坏了，真公布出去，小姐妹会怎么看她，让老乡看到怎么办？让这个老男人白玩了几年，到了反而被他败坏了名声。她身为性工作者，也有性工作者的尊严，她对客人的奉献是在特定的场景中，她会尽力让服务对象满意，不管是公务员，还是农民工，她都一视同仁。她的脱光身子，也只能在这个场景中，而不是可以向全社会公布她的隐私。郑宏伦连嫖客的规则都不讲了，小凤又惊慌又愤怒，不能让这小子太便宜了，要找个人来教训他一下，也敲一笔钱出来。

车子开过了国道，转进省道，又拐向乡间的公路，顺着蜿蜒的山路越爬越高，树林也越来越密。现在开车的是小二黑，郑宏伦被捆绑着，抬到后座。小二黑盯着前方的路，两边的树冠在路的上方交叉在一起，成了绵延几里的华盖，天空的光影被浓密的枝叶挡住了，四周一片昏暗，只觉得前后左右有高墙围堵而来。面前刮来一阵黑风，小二黑眨眨眼睛，黑风更猛了，瞬间沉入无边无涯的黑暗中。

车子在路边停了下来，揭开郑宏伦嘴上的封箱带，郑宏伦大口吸着气，有气无力地吐出了几个字，水水。小二黑开了一瓶矿泉水，往他嘴里灌，动作猛了一些，郑宏伦来不及咽下，水洒得胸前湿透。他们两人忙不迭搜郑宏伦的身，上衣口袋摸过了，没有东西，裤子口袋也摸过了，还是没有东西，他们不甘心，伸到他外衣的内袋、衬衣的小口袋，也是空的。妈的，你把钱藏在什么地方？他们把车厢里搜了个遍，还是没有，又把椅子垫掀开来，终于在驾驶座上找到郑宏伦的钱包。小二黑打开来，先掏出了一张卡，金闪闪的，递给小帮子，接着通通掏了出来，有几张银行卡，几张会所的贵宾卡，还有高尔夫球场的金卡，五颜六色。小帮子说，真好玩。小二黑只挑出银行卡，其他卡全扔在一边。一张张像洗扑克牌过了一遍，工行卡、建行卡、农行卡、交行卡，你他妈的到底是老板，有这么多卡，他用卡敲着郑宏伦的头，你说，密码？郑宏伦紧闭嘴唇，小二黑又追问了一句，他还是咬着牙不吭气。小二黑来气了，啪啪，扇了他两记耳光，说。郑宏伦还是不开口。小二黑把扔在脚下的钱包捡了起来，又翻开来看，发现有一本银行存折，真是喜出望外，打开来看，用手指点着，哇，三十五万！他大叫了一声，小帮子凑拢来，一看，好大的数字，也用手指点着上面的零，一、二、三……没错，就是三十五万。他们轮番敲着郑宏伦的头，交代，密码？坦白从宽，抗拒从严，顽抗到底，死路一条，这段“文革”响彻中华大地的“箴言”，经他们的嘴里说出来，真有点滑稽。郑宏伦不接受他们的教育，这种教育伤了他的自尊，他反过来教训他们，你们听着，你们听话把我放了，我不和你们计较。小二黑又敲了一下他的头，郑宏伦想，自己好歹是一条汉子，玩那么多女人都没有败下阵来，还会在你们两个小头卵手里输了吗？他把头一仰，颇有点威武不屈的样子。小二黑拿着从后备箱找来的匕首，顶到了郑宏伦的鼻尖，说，存折的密码，快说。郑宏伦咬牙不交代，他们火了，扔了匕首，两人都伸出拳头来练手，像击打沙袋那样轮番出击，小凤交代过，给他一顿打，不要伤骨头，他们手下还是有所保留，一根骨头也没断。郑宏伦痛得哇哇直叫。你小子存折上有三十五万，我们在上海干一年，春节快到了，一算工钱，只有两千多，跟工头要，工头推三推四，到了跑了，一年算白干了。两千多块啊，你说，你凭什么有三十五万？小二黑大声说，小帮子跟着小声说。他们想不明白，都是人，为什么他们灰头土脸干了一年，到头来，工钱也没了，这个光光鲜鲜的人，每天不出一滴汗，就有一张张银行卡，就有三十五万，气不打一处来，继续挥动拳头，雨点般落了下去。小二黑和郑宏伦讨价还价，我和小帮子心不黑，我们只要一人十万，你留十五万，别的银行卡我们就不管了。

郑宏伦忽然觉得胸口有点刺痛，他想悔不该把存折带出来，原打算哪天带给小凤看，让她安心，她将来不怕没有依靠，没想到这个存折闯了大祸。两个农民工看看没有办法，搓着手不知如何是好。他们想小凤这样白白嫩嫩的好女孩，竟然被这个老淫棍脱光了玩那么多年，他们想这个妹子多少年，连嘴都没亲过。小二黑一想血都涌上来，直往脸上冲，他弓起身，就是一拳，击向郑宏伦的下体，让你骚，让你骚。郑宏伦哎哟哎哟惨叫，小帮子说，你叫也没有用，这里前不着村后不着店，你再大声喊，也没有人听见。这里的确是人迹罕至，更是车迹罕至，郑宏伦想，叫也没用，就对他们政策攻心，干脆说得明白点，法网恢恢疏而不漏，你们这样无法无天，我要让公安把你们抓起来，先让牢头把你们毒打一顿，再让你们“躲猫猫”。小二黑说，躲猫猫？笑话，我们这么大了，还玩什么躲猫猫。再说躲猫猫，哪里不好玩，要到牢里去玩。他们现在要的就是一人十万，就是密码，见郑宏伦不说了，他们边说边打，我才不怕什么人，现在是你在我们手上。他们还是击打那个地方，伴着他们手的起落，郑宏伦不断有节奏地惨叫。小二黑说，看你骚看你骚，这个东西既然为你出头，就该为你受过。又猛击了一回，郑宏伦渐渐没有声音，原来他胸口激烈疼痛，心肌开始梗塞，大口喘着气，慢慢就不动了。

一看他没了声息，小帮子说，你别装蒜，我们才不怕呢。还是小二黑心细，用手摸摸他的胸口，好像没有动静，伸手到他的鼻孔前，似乎没有气息。哎哟，我的亲娘，这小子不经打，没气了。郑宏伦的心肌已经大面积梗塞，要是在上海赶紧送医院，还是有救的，可是这里离上海好几百公里，真是前不着村后不着店，是最好的逼供场所，救人却是不可能了。郑宏伦是生病致死的，这两个农民工拳打脚踢只是诱因，他们顶多是故意伤害致人死亡，可是谁来为他们举证，他们的罪孽也不可能因这个事实来减轻处罚，他们都慌了神，从来没有人死在他们面前，天啊，这可怎么办呀？小凤没叫他们杀人，他们也从来不想杀人，在上海当个小工，春节前拿走一年挣的血汗钱回家过年，这是他们的最大愿望，他们的这个愿望并不过分，本应该满足，可是工钱被黑包工头卷走了。春节后他们回了上海，又找了一处工地做小工，遇上金融危机，开发商资金链断裂，盖了一半的楼房停工了，他们的饭碗再次被打碎了，只好回老家，碰到了小凤，妹子有难，他们愿意伸出援手，他们只想把这个事当成是回上海的第一桩活，既然正儿八经当小工不可得，他们琢磨着另谋生路，只要能活下去。没想到第一桩活就砸了锅，他们本不愿意这样啊，他们急得吞声干嚎着，天啊，这可怎么办啊？

3．尤明霞与淮海路打电话少女雕像

杜志铭那天接受苏泰达的任务后，放下手头的工作，从人力资源部抄来了被辞员工的手机号码和住址，一个个电话打过去，先代表苏泰达对他们进行慰问，说了一些安慰的话。这些话对被辞员工实在起不了什么作用，女孩子在电话里说的话，听得出一脸愁苦，男孩子有破口大骂郑宏伦心狠手辣的，龟孙子乘苏总不在把他们踢了出来，在金融危机的浪潮中趁火打劫，把他们给坑了。他们不相信苏泰达会这样。这些人不但面临着吃饭问题，更面临着买房月供断档之虞，后者令他们寝食难安。杜志铭没有得到苏泰达的任何承诺，他也不好答应他们什么，不过他还是挑了几个估计特别困难的人，上门家访。一个女孩以泪洗面向他哭诉，这几天找工作遭人白眼的经历，男孩子一样找不到工作，不过他们表现有所不同，当然不会以泪洗面，他们忆起在太一公司的日子，后悔当时没有更加把劲干活，现在要干也没有机会了。杜志铭安慰他们，让大家安心等一段时间。杜志铭打电话给尤明霞，连打两天都是关机，第三天一早他就上门去，按了电铃没人应，叩了门，还是没有动静，使劲地敲了，手都有点疼了，门还是板着脸冷冷地看着他。下了楼到门口问保安，保安说几天前，尤明霞拉着行李箱出门去，问她出去旅游啊，她说回家看看。

尤明霞被郑宏伦辞掉以后，回到家里抱着枕头哭了一夜，哭得累了，睡着了。半夜醒来看床边的灯还亮着，一看手机，已经凌晨一点半，顺手关了灯。想起白天郑宏伦恶狠狠的样子，心里就觉得委屈，又哭出声来，越想越气，他郑宏伦凭什么把她赶走，她工作上没有任何差错，说辞退就辞退了，哪里还有王法？她知道苏泰达出国去了，即使他回来，又能怎么样，既成事实，她已经不是太一公司的员工了，越想越

觉得心里堵得慌，他郑宏伦凭什么呀，人家说好心有好报，他郑宏伦这样没有同情心，会遭报应的。心中的怒火渐渐小了，恐惧却一丝丝钻出，渐渐膨胀开来。她闭起眼睛，忽然觉得有无数只巨兽向她猛扑，张着又黑又深的大口，一阵阵撕裂人心的吼叫把她淹没，她恐惧地尖叫，伸出手打自己的脸，幻象消失了，大喘着气，看着黑黑的屋子，不敢再合眼。尤明霞睡了一个上午，实在没力气爬起来，挨到天黑才起床，泡了一碗方便面填肚子。半倚在床上盘算着明天一定得去找工作，不然坐吃山空，上海就待不下去了。

次日早晨她赶在人家刚上班的时候，跑了几家和太一公司层次相仿的公司，进了人家公司的门，就问前台小姐，你们公司要人吗？小姐回道，我们刚裁了人，还会要人吗？在一个公司她不死心，说我想见见你们的人力资源部经理。前台小姐说，你趁早走吧，人力资源部经理哪有闲工夫和你嘎讪胡呀。尤明霞想这样的公司不行，就找小公司。她又跑了几家，一看人家公司只有三五个人，恐怕发展起来没有什么势头，很不想开口，为了不饿肚子，只好硬着头皮求人家，没有一家肯松口的，哪一家能保持发展势头呀，在此种经济形势下，谁不放慢脚步。奔忙了几天一无所获，拖着沉重的双腿，回到家里，刚要开火烧饭，手机响了，是爷爷托人打来的。爷爷已经病倒好长时间，今天打电话来一定有事。她问爷爷好吗？爷爷说，还那样。问爷爷有什么事，爷爷吞吞吐吐没说什么，爷爷问她好吗？她没敢说被辞了工，怕爷爷一着急上火，加重病情。其实爷爷的病近日确是重了。第二天她又去找工作，在一家超市门口碰到了以前在夜总会做的同事，她知道尤明霞被辞工，就劝她来夜总会坐台，说凭你的身材和脸蛋，你一定会有做不完的生意。尤明霞摇摇头，肚子再饿，这个底线不能冲破。那个小姐妹又说，那么你还是来做服务员，辛苦点，工资也不会太高。尤明霞想，我靠劳动力吃饭，谁怕谁呀，就让小姐妹替她去同夜总会管服务员的老板说，老板看在小姐妹的面上，同意她去上班。多少日子没上班，尽管这不是什么好工作，尤明霞还是挑了自己喜欢的衣服穿着来上班。再好看的衣服到了更衣室也得换上制服，她托着盘子给包房送饮料小零食。她走了进去，就跪在那里做该做的事，把小零食摆好，把杯子摆好。当她跪下来时心里有一百个不愿意，就在她将跪未跪时，她真想站起来，逃走，离开这个鬼地方，可是工作已经找了好多天，一直没有着落，好不容易有了这个不是机会的机会，她只好忍了。

膝盖一弯就跪了下来，她觉得膝盖的骨头对疼痛特别敏感，以前做这种服务时并没有这种感觉，可是今晚不知什么原因，她觉得膝盖特别痛，锥心地痛。她想站起来，摆脱这种痛苦，这时却有另一种声音对她说，你要坚持下来，你一定要忍住，收入再微薄，你也得忍。她终于忍住了把事做完。第二次进这个房间，男客人正一手搂住一个小姐，两边接吻，她低着头垂着眼，那个男客人抬起头看见她，叫了起来，你不就是苏泰达公司的打字小姐吗？怎么跑到这儿来啦？尤明霞把头偏向一边，不理他，那人还继续叫着，旁边的小姐说，老板，她是你的老相好？那男客人哈哈大笑。

这个人正是盛昌发，他刚刚离开"规定地点"。在进入"规定地点"之前，他并不想束手就擒。他心里没底，是不是还会再来，只当是"取保候审"。出来之后或者在规定地点之时，他对"食色性也"这句名言有深入骨髓的体会。在里面伙食并不算差，可是满足不了他习惯了的饕餮欲望，出来之后，他不是先回家，而是去了一家普通餐馆，点了肴蹄、香酥鸭子、松鼠黄鱼，还有两碗饭，猛吃了一顿，吃完当然还剩一些，抹抹嘴，觉得这才是最美的一餐。身体下面的强劲更加猛烈，他实在等不到晚上了，就打电话给齐小兰。齐小兰对他出来没有任何思想准备，吓出一身冷汗，在电话中失声地喊道，你出来了？盛昌发气不打一处来：怎么？你不愿意我出来？齐小兰发现手中的手机在抖动，出来了？出来了，怎么办？她发现自己的声音也在抖："不，不，出来了好啊，我愿意你出来，再带领我们为事业工作。"盛昌发打电话叫齐小兰来，还有一件事要问她，那天纪委人员来向他宣布"双规"时，他说，你们叫齐小兰来一下，纪委人员发怒了，盛昌发你现在是接受组织审查，你还想订立攻守同盟吗？盛昌发倒是平心静气，你们叫齐小兰来，我有事。纪委人员从来没有碰到"双规"人员敢提这种要求的，倒勾起了好奇心。

齐小兰来了，盛昌发从抽屉里拿出一个笔记本，打开来，取出一张银行卡交给她。

盛昌发的手微颤着，托着这个纤尘不染、自己未着一字的本子，凝视着扉页上的字，渐渐模糊了。我们现在还不知道为什么他眼角一滴泪滚了下来，待到你看清这些字就明白了：“抄录陈毅老市长的教导，与昌发同志共勉：手莫伸，伸手必被捉”这是盛昌发要到柳事公司走马上任时，邝一杰临别送给他的。本指望他能重视学习，检点行为，可是他把这些勉词抛到九霄云外。每天只是忙忙碌碌，声色犬马，落到今天这个下场，他悔啊，已经无可挽回。每次他车子路过外滩，总是闭目养神，从来不看陈毅塑像一眼。不知道是不是报应，心中没有任何敬畏，他今天才猛然悟到自己无异于行尸走肉。

齐小兰注意到他脸上表情的变化，一时手足无措，甚至没有想到去拿一片纸巾，两手下垂，就这样等着。纪委工作人员咳嗽了一声，盛昌发终于说话了。齐小兰，这是我的工资银行卡，我资助三个贫困大学生，你拿着，按月给他们划款，不要忘了，可不能耽误他们吃饭。纪委人员在旁边都听傻了，这真是闻所未闻的事，都要进去了，还管这么多事？今天盛昌发要问问齐小兰，这个任务执行得怎样？在“规定地点”，他一次又一次在心里痛骂齐小兰臭婊子，办案人员对他的启发，听得出是齐小兰的揭发材料。不能怪齐小兰落井下石，早几年社会上没有二奶这个称呼的时候，齐小兰就先被迫后自愿做了他的二奶，任他玩弄，换来了齐小兰自己开了公司，一天天壮大。她仍然在盛昌发的公司上班，盛昌发任何一次寻租，她都积极参与，难怪她有那么多揭发材料。齐小兰后悔了，心想有办法的人总是有办法，姓盛的不是出来了。后来盛昌发的办法失灵了，最终还是被带走，齐小兰才如释重负。

她到了盛昌发家，盛昌发已经洗好澡，光着身子穿着浴袍，齐小兰一进门，他就冲上去，扒了她的裤子，连丁字裤都扯断了，也不说话，就直接往里冲。齐小兰对他有负罪感，就尽力配合，想用侍候他性高潮来减轻自己心上的重负。她一点快感也没有，躺在大沙发上，两脚落地，任盛昌发去折腾，直到盛昌发最后时刻大喊一声，太舒服了。刚才盛昌发一直在心里对自己说，你敢揭发我，我就是要玩你，从你身上找补回来。等到齐小兰穿好裤子，他才同她商量以后的对策。

到底好多日子没有近女人了，他觉得在齐小兰身上没有尽兴，到底齐小兰鱼尾纹也出来了，他没有再玩的兴趣。挨到天黑，就到夜总会来了，今晚他要带两个小姐出台，没想到在这里碰到了尤明霞。他不知道尤明霞的名字，尤明霞却知道他就是几次来公司同苏泰达谈并购的老板盛总。不过她不想承认，她说，我不认识你。盛昌发说，你不认识我，我可认识你。盛昌发到哪儿都注意女人，何况是年轻的相貌中上的女人，尽管尤明霞只进来几次送文件，他确实记住了她。盛昌发这时左右两手搂住两个小姐，手掌弯过来覆在小姐的胸脯上，对着尤明霞干笑，尤明霞气得急转过身。在盛昌发看来，摸小姐胸脯，不能给他带来多大的满足感，这是钱买来的，他觉得摸婚外情人的胸脯，也没多大的刺激，那是人家自愿的，即便他付出代价到底是自愿，他想既不是用钱买，也不是自愿，而当面大大方方去摸一个女人的胸脯，这样才满足他的占有欲。此时他萌生了这个欲念，瞬间变得强烈，他放开两个小姐，冲过去从后面抱住尤明霞，右臂夹紧她，左手肆无忌惮地狠搓尤明霞的胸脯。尤明霞猝不及防，却迅速有了反应，她使劲挣脱开来，反转身，扬起手，给了盛昌发一记响亮的耳光。盛昌发一手捂住脸，只说你你你……尤明霞双手捂住脸，忍住了泪水，无声地哭了出来，冲出门去。你们当官的仗着手中有权有钱，凭什么随心所欲侮辱我们，我们除了屈辱、贫穷，什么都没有呀。她一路狂奔，心中的苦无处诉说。只觉得一路黑，黑，她不怕，在乡下她走惯了夜路，夜路还有飞来飞去的萤火虫，还有池塘水面的闪光，这里什么都没有，只觉得一路黑。

她失去了这个并不愿意从事的工作，第二天又去奔波，一家又一家公司地问，没有任何收获，回到家已经很晚，接到了本家兄弟从家乡打来的电话，说爷爷吐血了，进了镇上的卫生院。谁碰到爷爷遇见的事都会病倒，何况一个被生活压弯了脊梁的老农民。爷爷种的这两亩地，也是爷爷的父亲，也就是太爷爷从苏泰达爷爷的手里拿到的，当年他是苏家的佃农。现在开发商房子越盖越多，又通过镇政府来征收这块土地，拆迁办每亩只给一点点钱，开发商给拆迁办多少钱一亩，老实巴交的农民是不知道的，这块土地是爷爷耕种的第二块地，也是他最后的命根子，不能再失去了。拆迁办给他十几里地以外的山沟里的地，那里没有水也没有电，这地没法种，他当然不去。人家挖掘机都开到门口了，把地里的庄稼全挖了，还能不让出这地吗？以后日子怎么过呀，爷爷当时抓住挖掘机的挖斗，血就从嘴里喷出来，连喷了几口，抓斗上的黑齿染上了血浆，爷爷趴在种了几十年的地上不省人事。

这次病已经不能靠喝老田契的纸灰水来缓解了。尤明霞接了电话就赶回老家。爷爷是世上唯一的亲人，十多年前父母亲去广州打工，一年临近春节，乘长途汽车回家，坐三十多人的车子塞了五十几个人，半夜开到一个山崖翻了下去，父母亲都没能活下来，撇下了十来岁的尤明霞，和爷爷相依为命。尤明霞一到老家，没进家门，就赶到卫生院，趴在床前，放声大哭，看爷爷瘦了好多，皮包着骨头，她的心像被刀剜了，止不住泪水横流，爷爷艰难地伸出柴火棍般的手抚着她的头发，想安慰她却没有力气说出来。本家兄弟在旁边劝着，又把医药费一说，尤明霞当即止住哭，交钱看病，这是实打实的，没钱只好把爷爷背回家。尤明霞说砸锅卖铁也要让爷爷得到好的治疗。说是这样说，尤明霞有几个锅几块铁啊，她唯一的财产就是刚买不久的房子，那房子只有部分首付和这几个月的月供是属于她的。爷爷那被迫让地的钱一时也指望不上。在老家一顿热饭也没吃上，只啃了几口干粮，尤明霞把爷爷交给本家兄弟，连夜赶回上海。

到了上海尤明霞就张罗着卖房子，她到家里附近的房产中介店去，走到门前，看到了布告，说内部调整，暂时休业，要买卖房子请到他们的其他店去。看来日子不好过的不只是尤明霞他们。尤明霞来到一家中介店一问，人家一听她说是要卖房，顿时没了热情，刚才脸上的笑一下子消失了，重又哭丧着脸，说现在买房子的人少多了，价钱也下来了，尤明霞问了价格，比她买的时候还低，即使有人买，她卖出加上各种税负可就亏大了。她拿着笔算了两回，还是亏。又跑了两家中介店，价钱差不多，看来现在不是卖房的时机，可是不卖房子，她到哪儿去找给爷爷治病的钱啊。尤明霞走出房产中介店，身后传来中介的喊声，你现在不卖，房价往下走，你就更不划算了，抓住这个机会，失去了就永远不会有了。尤明霞捂着双耳，喊着我不要听我不要听，在人行道狂奔起来，险些撞倒一个老太太。奔了几步，她放慢了脚步，不知道该走向哪里，她不想回家，那里可能过不久就不是自己的了，只是暂时的窝而已。路灯亮了，汽车的前灯后灯晃得眼睛睁不开，她不觉得饿，只是漫无目的地朝前走。过人行横道线时也不辨红灯绿灯，开车人探出头来骂她你找死啊，她也没有反应。目光呆呆的，看眼前的一切都是仿仿佛佛，下了小雨也没有一点感觉。手机响了，一听是杜志铭，她没有说话，杜志铭说，你回来了吗？对，我在上海。你现在在什么地方？告诉我，我刚才去你家，你不在，你在哪里快告诉我，我过来接你。你不用找我，我在路上，我没回家。说完就把电话挂了。

雨滴越落越大，上衣都湿了，冷风吹来，身上一阵寒战，她才想起包里还有一把伞，撑开了还是漫无目的地走，不知什么意念把她引向外滩，穿梭的车流同她一点关系也没有，人家可能去赴大款的生日宴，可能去泡妞，也可能去密室策划新的商业策略，可能去领导家送礼，为升迁或为别的什么，这一切都同她毫无关系，她只想能留在上海，只想不卖房子，也能为爷爷治病。走上外滩的江边平台，扶在栏杆上望着陆家嘴，灯光还是那么亮，东方明珠就是一个挂满珠串的美人，而金茂大厦、环球中心就是两个死乞白赖的追求者，他们为这个绝色的女人献上殷勤。东方明珠却仍然和他们保持着距离，若即若离。那里的灯光没有一盏是属于尤明霞的，身后外滩和南京路的灯光因为近在咫尺，显得更亮更刺眼，也没有一盏能激起她什么美好的情愫。江风强劲，猛地一阵阵刮来，吹乱了她的头发，她不觉得头发在风中乱卷，迎面急急的风让她快要窒息了。她下了台阶，走到天文台下，拐弯进了延安东路，步子还是向前去，朝南到了人民路，又到了淮海东路，一直向前走。

雨越下越大，风卷着雨线泼湿了她的裤管，她的鞋一次又一次踩在水里，全湿透了。过了茂名路，她迎面看到了打电话少女的雕塑，这个雕像半年多前被人盗去了镍白铜基座，她看报纸知道过不久就换了玻璃钢材质的基座，一个无生命的雕像，好的基座没了，还有次的基座，可她尤明霞，要是没了现在的房子，她将来还会有房子吗？哪怕差一些。她不敢想这些无法回答的问题，她第一次看见打电话的少女雕像，已经是前面一个被盗后重做的新版，那时她来上海的时间还不长，在上海举目无亲。她怯生生地摸着她，手指冰凉，这位不知姓名的姐妹，尤明霞愿意把她当成知心的姐妹，跟她掏心窝，有什么高兴的事，会来这里同她分享，有什么愁苦的事，也会来向她倾诉。此刻雨越下越大，风扫过雨脚，哗哗，排山倒海的阵势令人心悸，尤明霞看着雨水聚成一股股细流，从打电话少女的手臂、前胸、后背急急地淌下，风夹着雨鞭打着她，尤明霞把伞一扔，仰着头，任凭雨水浇着自己的脸，想起多年前打电话少女被连根挖去，她的命苦啊，尤明霞泪水止不住奔涌而出，和雨水混合在一起尽情地流淌。她哭出了声："在文明的上海你被连根拔起过。"双手狠拍着打电话少女，联想到自己也是苦命的女孩，"在繁华的上海我没有立锥之地。"自己想靠诚实的劳动换取温饱而不可得，她的哭声越来越大，盖过了呼啸的风雨声。

夜已经很深，路上行人稀少，只有偶尔走过一二个匆匆赶路的人，他们撑着伞，顶着风雨，低着头，谁也不会注意她。她的哭声渐渐弱了，消失在狂风的粗野嚎叫声中，消失在闪着一条条光亮雨线的淮海路上空。

不远处有一辆小汽车向这里驶来，忽然放慢了速度，车里的苏泰达看到一个女孩在大雨中，站在打电话少女雕像旁，浑身湿透，他的心被揪了一下，这个有生命的活人和无生命的雕像构成的巨大视觉冲击狠砸着他的心，到底是怎么回事？他想了解个究竟。他的车子在雕像前停了下来，开了门，吃力地撑开伞，走到女孩的身旁为她打伞。他近前一看，吃惊地手一松，伞被风吹走了。啊，尤明霞，你怎么会在这里？尤明霞回头看见了苏泰达，她甩着头，要把泪水和雨水一起甩去，泰达叔叔，是我。苏泰达说，我们找你找得好苦啊。你到底上哪儿去了？好好，找到你就好了。苏泰达打电话给杜志铭，让他马上赶过来。我们在淮海路打电话少女雕像这里，雨很大，我们去找一家咖啡馆坐坐，你快到了就给我打电话。尤明霞不愿意离开这里，苏泰达当着打电话少女劝她，直到杜志铭搭着出租车到来。苏泰达说，我们一起送尤明霞回家。尤明霞听到他们要送她回家，她那个温暖却马上要毁弃的家，她又放声哭了出来。她无法向他们诉说自己心中想的是什么，但苏泰达能够揣度她心里想的是什么。显然他还不知道尤明霞的爷爷在乡下的遭遇，他对尤明霞说，尤明霞，你放心，工作的事你不要担心，我现在就向你宣布所有被辞员工都可以回来上班，也就是取消郑宏伦的决定。尤明霞不敢相信自己的耳朵，她停住了哭泣，瞪大了眼睛，里面一团团疑惑涌了出来。苏泰达又重复了一遍，杜志铭也向她说了一遍，杜志铭又说，尤明霞，这是真的，苏总要让你们都回来。苏泰达本想让尤明霞先回来，退一步想，还是同大家一起吧，免得有人说他偏心眼。尤明霞总算明白过来，她腿一软，膝盖一弯，就要在苏泰达面前跪下，苏泰达连忙扶着她，尤明霞，你这是干什么？你别，别……他说不下去，鼻子一酸，话噎住了。杜志铭说，尤明霞，你把苏总当什么人啦？他不是救世主。

雨渐渐歇了，他们三人上了车，向尤明霞家开去。尤明霞按下车窗，回头看着，打电话少女在瑟瑟发抖，她不忍心把她抛在寒风中。

夜里，尤明霞做了一个梦，黄浦江静静地流，东边的天上裂开了缝隙，露出了一丝亮光，她不知道这是不是叫“晨曦”，她曾几次听苏泰达说，远眺晨曦踏着浦江的波光走来了，朦朦胧胧在心中藏有这种看到晨曦的痴想。她手中没有火柴，不可能在火光中扑进爷爷的怀抱，她身上觉得冷，一看，天边的亮光没有了，下起了小雨。一摸眼角，冰凉冰凉的。

4. 搜救犬追踪

公安抓到了嫌疑人，及时向苏泰达通报了破案的经过。郑宏伦的遗体已经运回上海，不过不是完整的遗体，只是无头尸身。苏泰达急了，说你们应该找到受害人的头再回来啊。公安说，你知道我们有多辛苦，无头尸身还是在悬崖的半山腰树杈上挂着，弟兄们花了好大力气才弄下来，你给的那点费用，根本不够开销。苏泰达说，费用好说，我要求必须找到受害人的头。电话那头不耐烦了，这种案子可从来没办过，你来干试试。苏泰达没再说什么，他知道自己不擅刑侦这个专业，这种“干”连试都不必试，再磨下去，也解决不了问题。郑宏伦从小凤身上得到了性的欢乐，而后把命搭进去，他自己也不知道是值还是不值。没有头了，魂兮何以归来，一想到郑宏伦落到这个下场，苏泰达心里说不出什么滋味，他一定得帮郑宏伦把头找到，不管多么困难，也不管要花多少钱。

郑宏伦的头必须找到，苏泰达想起他在青岛崂山海边，看到一个灰色中山装上半身无头巨型雕像，这座雕像面朝西方，一片黄沙。由于无头，不可能有什么艺术含义，制作者却给观赏者提供了无限的想象空间，普天之下，到底谁有如此庞大肥硕的身躯？半身中山装雕像在海滩供人观赏，可以无头，郑宏伦原是有生命的肌体，他不可无头。苏泰达托了朋友约相关负责人吃饭，饭局上那个负责人当场打了电话，对方的回答是尸身已经找到，凶器也找到，案子已经结了，没有必要去找那个被砍下来的头。那位负责人当着朋友的面，举起了酒杯，说今天和苏总幸会，以后就是朋友，这个事实在帮不上忙，还请苏总包涵。人家话讲得那么客气，还有什么说的，苏泰达只好把一杯闷酒干了。

就在这时何磐石来电话，金融危机来了，我想知道你企业的情况怎么样，坚持要来公司看苏泰达。

说了一会儿话，何磐石问，小郑怎么样？叫他过来聊聊。郑宏伦下海前，何磐石有一次到他们机关去，和他认识了。知道郑宏伦来苏泰达公司工作也很高兴，那时他就说每个人都在合适的岗位发光发热，好嘛。每次来公司都要同他见见。苏泰达听他提起郑宏伦就说，何老，刚才我还来不及汇报，郑宏伦同志走了。何磐石说，走了？到哪儿去？另谋高就了？和你搭档不是蛮好嘛。苏泰达语调低沉，我说郑宏伦同志走了，是说他去世了。何磐石大吃一惊，眼神里流露出疑惑，说他才多大，走了？得什么急病？苏泰达把郑宏伦被害详细说了。

何磐石毕竟是上了岁数的人，听到这个消息，他联想到自己已进入倒计时，倒计时的缩短是无可抗拒的，但人们往往处于懵懂之中，而浑浑噩噩不自知。当然也不能每天算着分秒来倒计时，他早就给自己下了信条：过好每一天，做有益的事。

苏泰达说，我想把他的头找回来，可是有困难。何磐石拍着沙发说，有困难？你说得对，这个头必须找到，要不何以面对他的亲人呢？天下无难事，只怕有心人。苏泰达，你说你都找了谁了？苏泰达又把接洽的经过细谈了。何磐石思忖着，半天没有说话，喝了一口茶才说，你刚才说可以动用搜救犬，对，这是个好办法，天下这么大，有搜救犬的不止一家单位，我去和有关同志说说，看看能不能找到解决办法。有了何磐石这句话，苏泰达心中的石头落了地，果然一星期以后何磐石打来电话，说已经讲好了，派一个搜寻小组，带欧洲名种德国“黑背”搜救犬，去深山里找。苏泰达当即表示，我一起去。何磐石说，好嘛，你一块去，苏泰达同志，你讲革命队伍的同志情啊，你做得对。

苏泰达随搜寻小组到深山里。搜了两天一无所获，第三天又上山，还是沿路边的山坡搜寻，傍晚他们来到一个大约四十五度的陡坡，劈断了枝条开出一条缝朝前走，忽然搜救犬往前窜，苏泰达抢过砍刀，挥舞着，速率更高，只听唰唰地枝叶往下掉。前面树木稀疏了，搜救犬收住脚步，朝苏泰达望了一眼，他不解其意，战士手一扬，搜救犬冲了过去，在灌木丛中咬住一个黑黑的破烂布条，叫了起来，战士赶了过去，戴着手套提起来仔细一看，是半截蛇皮袋，上面全是污泥，他拎在手上抖了抖，什么也没有。搜寻组长判断这是嫌疑人包郑宏伦头的口袋，他们四下里搜索，除了残枝败叶，没发现有别的东西。战士拍了拍搜救犬，指着前方，喊了一声命令，搜救犬往前冲去，苏泰达紧跟在后面，脚步一踉跄，一阵钻心的痛，他还是向前冲，看到不远处有一个黑糊糊的东西，搜救犬奔了过去，到那团东西跟前，张嘴去咬，没有咬住，那团东西滚到了一边。苏泰达赶了过去，他眼前一黑差点昏过去，伸手扶着身边的树干，才没有跌倒。搜寻组长跑过来俯下身，清楚地看出是一个人头，脖子还有寸把长，鼻子已经烂了，两边的耳朵成了半片，两眼是两个深凹的洞，正望着走上前的苏泰达和其他人，苏泰达不忍心再看，别过头去，泪水扑簌簌往下掉。

这个时候苏泰达才确信郑宏伦死了。郑宏伦是去出永远的差吗？可是他一句话也没留下，他自己知道他要到那个没有一个活着的人的地方出差吗？这里没有任何人派他去，他是在不由自主的胁迫下去出差，要是让他选择，他一定不会愿意，他放得下按摩女小凤吗？他会觉得在人世的享乐都享够了吗？人们也许会闲得发慌，自己为自己开追悼会致悼词，死亡是儿戏吗？致完悼词就能珍惜余生吗？郑宏伦要是回来，还不是顺着原来的轨迹生活，他自己无力改变自己，别人又将如何？

搜寻到的头带回上海，经过DNA检验，确定是郑宏伦的头。得到消息，苏泰达舒了一大口气，终于找到了，郑宏伦的魂不会再没有归处。苏泰达决定送别会只在小范围里举行，除了家属，就是他，还有公司三四个人。头安放在尸身的前方，四周用鲜艳欲滴的黄菊花围绕，他请火葬场工作人员破例用石膏做了鼻子、耳朵、眼珠并化了妆，头上戴了一个黑色鸭舌帽，不细看不会看出有什么异样。苏泰达愿意自己的老同学老同事完完整整地走，人的一生诸事都不能圆满，也不一定能完整，郑宏伦的最后一站，一定要让他尽可能地完整，不只是为了活着的人心安，而且要让死去的人仍然有最后的尊严。郑宏伦现在的妻子已经没有泪水，哭声也早已喑哑。苏泰达向郑宏伦鞠躬，抬起身子，又弯了下去，鞠了三次躬。来到郑宏伦妻子面前，不知说什么好，只说了一句，请多保重。

5. 石上流泉

苏泰达那天不麻烦搜寻小组的越野车送他到家里，车子进了上海市区到武宁路他下了车，拦了一部出租车，对司机说，上高架，请开快一点。他在车子到小区前把车资付了，不要司机找钱，车没停稳，就开了车门，拉起行李箱疾步往家走。来到家门口，掏出钥匙一转，里面反锁了。李虹绵警惕性真高，他一看表，已经夜里十点多，按了门铃，就听见里面喊，谁呀，是泰达吗？苏泰达在外面应着，是我，虹绵，我回来了，快开门。他出去这几天，一直关机，他的所有精神都集中在寻找郑宏伦的头这件事上。事情完了就往回赶，他为了让李虹绵意外地高兴，就没打电话回来。开了门，李虹绵怔怔站在那里，心里说，你还知道回来啊？你终于回来了。苏泰达第一眼看见李虹绵，心霎时被一只无形的手捏紧了，才几天啊，虹绵怎么瘦成这个样子，他赶紧进了门，没站稳，李虹绵就扑了上来，伏在他的胸膛上，哭着说，你回来啦，你回来啦。小手捏成拳头敲打着苏泰达发达的胸肌，苏泰达吻着她的头发，用手轻轻爱抚着，喃喃地，我回来啦，我回来啦。

苏泰达走后第三天晚上，李虹绵已经睡到床上，觉得肚子隐隐作痛，一会儿疼痛变得剧烈起来。衬裤好像湿了，她一看是红的，不好了，这可怎么办？李虹绵从来没有碰见过这样的事，一时慌了手脚，她下了床，去卫生间洗了洗，系上卫生巾，身上一点力气也没有。不一会儿，觉得下面还是出血，抓过电话给尤明霞打电话，关机，过了几分钟再打，还是关机。这丫头到哪儿去了？有事找她，不知藏到哪儿？她觉得尤明霞还是个调皮的孩子，真是跟她捉起迷藏来了。她脑子掠过几个朋友的面影，找丁婕？她现在是苏泰达公司的员工，又是苏泰达的老朋友。找童端仪？这是苏泰达前任妻子，她就是接她的班，按世俗的眼光，是她从童端仪身边夺走了苏泰达，但实际情况不是这样，苏泰达娶她为妻，还是童端仪建议的，她比较过苏泰达身边未婚或离异的女性，她觉得李虹绵最合适，世界上能做好苏泰达的妻子的，剔除了她，当属李虹绵。她多次劝说苏泰达，终于让苏泰达同意了。至于以后的行动，当然只有靠他自己去努力，她不能出面说合李虹绵嫁给苏泰达，到底中国人的妇道还没有嬗变开放到这个程度。李虹绵现在有困难，想到的还是请童端仪。她们有一个别人无法取代的共同点，她们都是苏泰达孩子的母亲，这个孩子已经出生，或者将来会出生，而现在她身上不正怀着苏泰达的骨肉。

童端仪一接电话，从热被窝里爬起来，匆忙穿好衣服，就奔到小区大门口拦出租车。她先来过电话，李虹绵已经撑着病体，挪到房门前，把门锁开了。童端仪进了门就直奔卧室，看见李虹绵脸色苍白，斜靠在床上呻吟，心里一阵痛。这个苏泰达怎么会有这样的事，跑哪儿去了？把李虹绵撂下，事先怎么一个招呼也不打。李虹绵这孩子怎么这样不懂事，既然苏泰达不在上海，身体又不舒服，早就该叫她过来做伴，现在怪谁都没用了。童端仪说，快穿上大衣，围上围巾，我们上医院，不打120了。我让出租车在下面等着。她一边扶李虹绵出门，一边掏出手机，说给苏泰达打电话，我看你这个样子，你找的我，我就知道你没给他打电话。李虹绵艰难地伸出手，按住她的手，端仪姐，你别，你别打电话，泰达在外地处理紧急事情，不要干扰他。不能，童端仪说，他再大的事哪有你的事大，再紧急也没有你这事紧急。你这是先兆流产，人命关天，关系到肚子里的孩子。端仪姐，真的不能打，他正在外地找郑宏伦的头，一听李虹绵这样说，童端仪差点松手，李虹绵一个趔趄，歪了身子，童端仪镇定了自己，伸出手，使劲把李虹绵扶住，童端仪说，好，就不打，回来再同他算账。为什么他出门去，不让我来照顾你。下了电梯，她们相互扶持着，向出租车走去。

苏泰达扶李虹绵在床上躺下，他没想到李虹绵会病得这样重，一边听着她诉说，一边去绞了热毛巾来给她揩脸。李虹绵顺从地让他把毛巾覆在她的脸上轻轻拭揩，顿时一丝丝的暖流从心底沁出。苏泰达手套着毛巾从她的脸庞移开，发现她眼里满含泪水，他的心就像被剜了一刀。

他已经知道李虹绵怀孕一个多月，临别时嘱咐她一定要注意休息保胎。那天他这样狠心地离开了她，那时她已经感到不舒服，她说，泰达，你还是不要去，这个事很重要，你可以派得力的人去，比如杜志铭。不，苏泰达说，他们谁去都不合适，只能我去。你想，我找的是什么呀，我能不去吗？这几天苏泰达眼前总是晃动着郑宏伦的身影，不只是最近的影像，而是从他认识他那天起留在心中的印象。记得那年粉碎"四人帮"不久，上海街上大游行，他和郑宏伦还有几个同学，在华山路爬到老松盛餐馆旁的一个楼房的平顶，他们就在那里看大人们大声喊着口号，摇着手中的小旗，一队队走过去，在大人的脸上，他们看到久违的笑容，他和郑宏伦都相信大人们的笑是发自内心的。直到路灯亮了，街上的游行队伍走完了，他们才从平顶上下来。是郑宏伦先跳下来，他比苏泰达长得高，伸着手，拉苏泰达一把，让他顺当地落地。这样一个一起长大的发小，就这样说没就没了。人的生命真是这么脆弱吗？他就这样走了，永远不再回来，他死得那么凄惨更是捣着人的心。几十年前的同学，又在自己身边，他的生活不检点，苏泰达早有所闻，可是没有去提醒他，让他越陷越深，直至遭了灭顶之灾，每思及此，苏泰达的心就像被人撕裂开来，而且裂口越来越大。要是他伸手去拉一把，不要让他走得这么远，那可能不会是这样的结局。苏泰达自责，好像这个致郑宏伦死命的人是他，至少他撇清不了这个罪责。

生与死之间竟然是一步之遥，甚至只是一层纸，郑宏伦就这样不当心，这层纸给捅破了。苏泰达一再对自己说，他必须去找回郑宏伦的头，让他的灵魂有个安身之处，不能让他的孤魂在深山野林里游荡，这是对生命的起码尊重。在妻子身体不适与这个事之间孰轻孰重，是很容易掂量出来的。好在李虹绵理解他的悲悯情怀，还是同意他去。他这种对活着的或逝去的人的人性关怀，早已镌刻心底，夫妻间的相互理解尽不在言中。

可是换一种思路，人都死了，一切都结束了，给他开个隆重的送别会，已经是高级别的礼数了。苏泰达不这样看，他不是一个迷信的人，什么灵魂之类他并没有什么执拗的信念，但是对于一个生命，一个曾经在世上活过的生命，这样匆忙地走了，他这个活着的人，只有还他一个完整的身体，才对得起他，这是不是善终的善终。苏泰达做这个决定没有任何障碍，从他请何磐石帮忙起，他就下定决心，这个事要做到底，要做好它。这样只好对不起妻子，尽管他很爱李虹绵，毕竟他们还有无数个明天，他可以利用这不断到来的明天，为李虹绵做她希望他做的事，可是对郑宏伦只有这一次机会了，他只能紧紧抓住这个机会，才对得起同学、朋友、同事，这三个身份正是体现了他与郑宏伦的关系。

他现在自责的是，他离开上海太匆忙，没有安排个朋友来照顾李虹绵，也许是百密一疏，他没想到李虹绵会病成这样，这种内疚的心情，也许只能为李虹绵的健康多做点事，才能逐步淡化。他身上很累，真想现在洗个热水澡就睡下，但李虹绵病成这个样子，他告诉自己不能歇下来，他想在沙发坐一会儿就去厨房，应该为李虹绵做点什么。

李虹绵披好外衣，挣扎着要起来，苏泰达轻轻按住她，你别起来，你要吃什么，我给你做。不，我要起来给你烧一碗面，你晚饭在哪儿吃的？现在一定饿了。苏泰达还是不让她起来，说以后你再给我做，今天我给你烧红枣桂圆汤，我自己顺手烧一碗方便面。苏泰达去了厨房，一会儿从那儿就飘出了红枣桂圆的甜味气息，又过了一会儿，又闻到了一阵阵红烧牛肉面的辣味。

就在苏泰达去烧汤和烧面的时候，李虹绵回到了过去几天对苏泰达揪心思念的状态。那时她一直在想，泰达已经到哪儿了？是不是到了那个树冠遮天蔽日的老林子？他会在山路上滑倒吗？他会被山石砸伤吗？她眼前的他就像陷入了灾难的迷魂阵，她为他的安全担心，这种时候，她耳边总会响起石头上流过清泉的声音，不是丁冬，不是潺潺，而是别有一番情致，水恋着石，石恋着水，水流在石面上漫过，淌到石头下，徘徊不去，这是何等的情意，也许这个情意就寄托了她的思念之情。一次次揪心的思念，都在微风拂过石面上的水纹化解开来。她几次想爬起来弹古琴，总觉得身上软绵绵的，无力撑起双臂，只好再躺下。

现在苏泰达已经把红枣桂圆汤端来，摆在李虹绵面前的撑板上。红枣红得发亮，桂圆肉已经绽开来像一朵花。苏泰达舀了一小调羹，说你坐好，他先在自己的嘴里试了一下，不烫，才把调羹送到李虹绵嘴边，她顺从地张开嘴，汤在嘴里，却不咽下，她看着他，合着双唇，嘴上下动着，她不想一下子就吞下去，她要慢慢体会汤的甜味。乖乖，大口吃，苏泰达鼓励着她，她调皮地张开嘴，没了，原来她已经悄悄咽下。这样的吃法得花多长时间，直到李虹绵觉察，才抢过小碗，我自己来，你快吃你的面，你一定饿了。

两人都吃完了，李虹绵说，泰达，你去把琴拿来。苏泰达疑惑地看着她，问道今晚还弹吗？李虹绵的目光告诉他，她要弹琴。琴拿来了，架在床边。李虹绵吃了红枣桂圆汤，觉得身上有了力气，她下手试了一下音，深长又缓慢地呼吸了几下，开始弹了起来。苏泰达看到清泉淌过林地，在汇入溪流时漫上了巨石，汩汩地流着，对石头有无限的眷恋。哦，这是《石上流泉》，他没出声，随着李虹绵身子微微晃动，他的心醉了，这几天的疲惫顿然消失。一路上他没有想念李虹绵，因为要找的尚未找到，心事压在他心上。任务完成了，他并没有马上解脱出来，直到上了出租车，他的心上突然涌起了的对李虹绵的思念无法抑止，这股涌泉奔流向前，也从巨石上漫过，现在两股清泉已经汇流在一起，他走上前，轻轻抚着李虹绵的双肩，他能感觉她内心的悸动，琴声已趋近结尾，双肩一阵剧烈的颤动，琴声戛然而止，李虹绵跌倒在苏泰达的怀中嘤嘤地哭了起来。

第二天是星期天，李虹绵看苏泰达没有出门的意思，心里一阵高兴，结婚以来苏泰达休息天在家陪她的时间不多，她想他忙，也就不强求。她望着窗外，小区里路旁的茶花已经绽开了蓓蕾，在墨绿的叶间闪着玫瑰色的红，不，应该是红，茶花本色的红。泰达，我们下楼去，看茶花去，好吗？茶花开得正艳，相比高的茶花，李虹绵更喜欢这种矮株的茶花。他们坐在长椅上，也不说话，晒着太阳，只看茶花。苏泰达感到从未有过的舒坦，在深山里的那几天，一会儿狂风大作，一会儿暴雨倾盆，浇得浑身湿透，最后找到了，总算没有白辛苦，对老友也可以告慰了。现在这个时刻，他愿意把这一切都先搁在一边，前面有很多事情要办，李虹绵这里，也得照顾好她的身体，保住肚子里的胎儿。太阳晒得有点热，他们移到了疏影下，阳光透过树叶的间隙，被筛成了碎片，大大方方地撒在他们的身上，风儿一吹，阳光就在他们身上跳，用手去抓，风一停，抓住了。随着树枝的摆动，他们一起抓阳光碎片玩。身上的燠热使他们站了起来，迎着微风走回家。到了家，李虹绵又有了弹琴的兴致，苏泰达劝她躺下休息，李虹绵说，弹着琴，对我来说，全副身心投进去，就是最好的休息。苏泰达拗不过她，就把琴罩取了下来，让她弹，还是弹《石上流泉》，一曲既毕，李虹绵觉得累了。苏泰达说，你休息，我做饭去。

吃好中饭，苏泰达坐不住了，先上了网，看看公司下属发来的电邮，几个电邮看过，他对李虹绵说，我还是去工厂看看，几天没去了，心里挂着。李虹绵捂着肚子，眼睛盯着他看。你怎么啦？我不舒服。那我们赶紧上医院。李虹绵站在大楼门口，等着苏泰达把车子开出来。他下了车为李虹绵开了前车门。车子朝医院驶去，刚离开小区，拐上大路，李虹绵发出轻轻的呻吟声。苏泰达说快了，我开了最高速度。这时苏泰达手机响了，是杜志铭，他说工厂起火了，正往那里赶。苏泰达转头对李虹绵说，工厂失火了。李虹绵这时不知说什么好，他了解苏泰达，妻子和工厂都重要，要她来表态，当然只能让位，可她又是多么希望苏泰达陪她到医院，犹豫了一会儿，她还是说，那你去工厂，我自己打的去。苏泰达不忍心，那你……我不要紧，我能行。苏泰达很为难，面对的是妻子，而工厂又是这样的突发性事件，他上下牙轻轻一咬，那好，你打的去。我处理好，就赶回医院来找你。苏泰达对着手机说，志铭，你赶紧去，我这就赶过来。他把车子停在路旁，见着出租车就挥手，也不管人家有客人没有，总算拦到了一部，他扶李虹绵进了出租车，给了司机一百元，说快送医院。目送出租车远去，消失在拐弯处，他才上车，急踩油门，朝工厂疾驰而去。

6. 延中绿地的阳光

苏泰达能感觉车子的速度飞快，风呼呼地从车窗上缘钻进来，从耳边呼啸而去。终于看到了工厂上空腾起的烟雾，接着就闻到了空气中飘着焦味。驶进工厂大门，杜志铭冲了过来，给他开门，向他汇报火情和救火情况。苏泰达看着烈火裹挟着烟雾从厂房的窗户一大团一大团冒出来，腾空而去。这是重点车间，这回损失大了。他眼中止不住盈上了泪水，旋即被迎面而来的热浪烤干。身上有一种近乎虚脱的感觉，仅是一瞬而已，旋即从心脏向全身辐射着一种不可遏止的力量，涌起冲向火海的冲动。他和杜志铭快步走向消防队的军官，请他再派一部高速喷水车来。眼前四根水柱正射向车间的窗户，有的消防队员已经冲进车间，近距离喷射灭火剂。过了不久，耳边响起警笛，增援的救火车到了。只见消防战士迅捷跳下车，苏泰达上前一起拉着水龙向消防栓跑去，他协助他们快速接好，水柱从身边飞起直抵火焰升腾处，火还是甩掉劈头盖脸的水瀑，顽强地抬起头，水和火焰在生死搏斗，就在此时苏泰达的手机在他身上不甘寂寞地动了起来，刚才他已经把手机调成振动，现在它正撞击着他的心胸，拿出来一看，是李虹绵，电话中李虹绵的语气透着悲凉，有气无力地说，孩子，孩子，没了。顿时苏泰达好像挨了一棒，眼前厂房的浓烟漫成一片，似乎把他淹没了。待他觉得自己清醒了一些，才意识到李虹绵怀的孩子掉了，他更意识到这时不仅是他需要安慰，更需要安慰的是李虹绵，就在这个火灾现场，救火的呐喊声、喷水声撞成漫天飞舞的碎片，从空中坠落，他还能说什么，只能说，绵，你要坚强，我就在你的身旁。一会儿事完了，我就赶过来，就匆忙挂了电话。他明知道我就在你身旁，是一句不切合实际的话，但他固执地认为在精神上，在这个危难的时刻，他应该而且已经站在李虹绵的身旁。眼前是一片乱，声音乱，色彩乱，苏泰达提醒自己心不能乱，他仍然同消防队的军官，一起指挥这场人与火的你死我活的斗法。苏泰达冲进火场，他要去看看车间损失的程度，军官为他压了一顶安全帽，杜志铭要拉他没拉住。他冲了进去，一看楼梯已经烧断了，半截弯了下来，只能在地面上巡视，再仰头看二楼三楼，心里估摸着火烧的程度，待他出来时皮鞋已经变成凉鞋。看看火势小了，不是所谓被控制，而是真的小了，他心里牵记着李虹绵，就对消防军官说，我妻子病倒在医院，我去看一下，杜志铭同志代表我，全权与你们协同处理一切事情。

赶到医院李虹绵病床边，他两脚一软，差点儿没站住，就半跪着，猛然伸出手去握住李虹绵的手，两只手紧紧地拉着。刚知道孩子掉了的时候，她放声大哭，差点闭过气去。医生说，你不能哭，这时哭，太伤身体，你一定要控制住自己。她才慢慢停了下来。现在看见苏泰达，鼻子一酸，又要哭出来，还是强忍住了，是为了不让苏泰达伤心。苏泰达说，不要太难过，你身体要紧。李虹绵看着他灰头土脸，腮边有两处碰伤，她伸出空着的手去抚摸，说痛吗？转念又说，失火了。苏泰达说，失火了，还好损失不大。李虹绵心挂着两头儿，一头儿是已经走了的胎儿，一头儿是工厂，这是苏泰达的事业啊。孩子已经被护士送走了，她为失去孩子而伤感被挖空的心，现在又被火灾紧紧地揪着，她的手掌在苏泰达手心挣扎着，我要去工厂看看。不，你现在怎能出去？等你康复后，我一定带你去。过了几天，出院的时候，医生交代，在家好好养着，这是小月子啊。车子出了医院大门，李虹绵就说，泰达，带我去工厂，我也要去看看救火的工友。不是说好康复以后去吗？不嘛，我今天就要去，我现在就要去。苏泰达拗不过她，只好把车子向工厂开去。到了工厂，李虹绵看到工人正在废墟上忙碌着，那废墟已经失去了往日的活力，就像一头被打趴下的斗牛。李虹绵有点站不住，她死死抓住苏泰达的手，眼泪扑簌簌地流下来，和那天失去孩子，哭得一样伤心。

苏泰达公司的女白领也有回到家，半夜醒来忍不住哭泣的，她去过工厂，看到一片狼藉的景象，尽管灾后恢复工作在加紧进行，可是这次火灾已经伤了新生产线的元气，生产规模肯定缩小了，一定会裁人。她算来算去，自己被裁的可能性很大，如何挽救这个败局，实在无能为力，只有听天由命。这几天上班，大家都阴沉着脸，她想可能别人的想法同她相仿，要是丢了工作，现在各公司都在裁人，要找到新工作恐怕不易，这不就被逼到绝路上去了吗？现在上班时，大家笑容不见了，即使在中午休息，也没有听见笑声，更没有人相互开玩笑，望着窗外阴沉的天，没有人高兴得起来。连着几天的阴雨，更让每个人的心笼上了阴云更兼冷雨，有时竟会不寒而栗。公司办公室的热空调明明开得很足，还是有人穿着厚厚的羽绒服脱不下来。苏泰达这几天已经注意到这个现象，他甚至没有到各办公室巡查，只凭视线所及，已经强烈地感觉到。如何找一个契机，帮助大家从这种阴郁的气氛中解脱出来，他对着窗外远天狂飞的阴云发呆。过不久，云渐渐开了，天光也亮了起来，太阳终于踢开乌云，露出笑脸，他决定下午带大家出去玩一玩，去享受阳光。

吃好中饭，公司的车、租来的车，带上公司本部的所有人一起出发。苏泰达的车子打头，车子们跟着走。苏泰达事先没有说上哪儿去，丁婕纳闷了，难道是幼儿园的阿姨带小朋友去冬游，也没有人多嘴，谁也不问。到了延安路高架，开到延中绿地的东部停了下来，让大家下车，人们面面相觑，这演的是哪一出呀？都朝苏泰达看。苏泰达望着所有的眼睛，眼神中全是疑惑，他在绿地的马路上踱了几个来回，好像故意同大家开无声的玩笑，才一本正经地说，今天我带大家来晒太阳。开始人们还不明白怎么回事，哪有这样的企业，还是民营企业，上班时间由老总带着来晒太阳，简直是天方夜谭。不过这个天方夜谭成了真实的故事。苏泰达接着说，我就是带大家来晒太阳！下了四五天的雨，天没晴过，大家心情都沉沉的，今天要把它放松。这时大家才相信了，老板确是带他们来晒太阳。

好，大家都先放松，跟我跑步。他领头，几十号人就在他的身后跑了起来，绿地中几个闲人都好奇地看着他们，几个打太极拳的老人也停了下来，成了专职观众。苏泰达带着大家来到一个绿树花丛围成的港湾，好，大家先做一下伸展运动，两臂向上伸，头也向上伸，眼睛望着天空。大家照着做了，他们都看到了湛蓝的天，此时在他们的头顶上方，好像老天配合苏泰达，竟没有一丝云彩。接着又让大家下蹲站起，苏泰达说，下蹲要蹲足不要偷懒，就像我们团队的执行力，一定要做到百分百。

做完这两个动作，他们就开始侃大山。苏泰达说，晒太阳舒服吧，身上热，穿不住大衣、羽绒衫的就脱了。做一下深呼吸，闻到什么味道了？花香，对，花香，具体地说是蜡梅的香气，真是暗香浮动，你们看，天再冷，蜡梅都要开花，也要把阳光染香。天冷不怕，不就是冬天嘛，谁没有经历过冬天，一个人从小到大，谁没有经历过人生的冬天，要是哪个朋友没有经历过，那是人生的缺憾。一个企业不经历冬天，是长不大的。现在适逢金融危机，又遭遇大火，公司进入了困难时期，这一切首先应该我这个公司老板来承担。苏泰达稍作停顿，环视着大家，人们活动着，阳光也变得温暖起来。他又说，我们每个人不要单独过冬，一个人挡不住酷寒的肆虐，我们抱团，抱团取暖，一起过冬。今天我当着太阳当着蜡梅向大家保证，在这个严寒的冬季，我苏泰达不会抛弃大家，我绝不会抛弃大家。大家睖睁在那里，在体味苏泰达这句话的真正含义，不抛弃大家，是不是精神范畴内的含义？正当大家疑惑之际，苏泰达一字一句郑重地说，不管多么困难，公司不裁一个人，绝不。片刻的沉寂，人们的脑子在感知这句话，随即爆发出掌声，如急雨驰过，他们为这个绝不而感动。

苏泰达说，不要，不要让生活的沉重压迫自己，生活的美丽就是我们活得不沉重。对不对？兄弟姐妹们。大家异口同声呼应着，对，生活的美丽就是我们活得不沉重。

接着苏泰达把公司几个需要大家配合的事项说了，又一次响起急雨般的掌声。这是大家放心了，相信苏泰达的承诺，也是大家的决心，认可了苏泰达的决策。接着大家自由活动，三五成群地东走西走，尽情享受着阳光和清新空气。远处传来汽车轮驶过路面的轻微沙沙声，愈加显得灌木丛畔的宁静。半个多小时后，丁婕举起双手拍了拍，让大家靠前，她说，我们随苏总去音乐厅广场。人们徜徉在这个表达上海文化底蕴的建筑前，听苏泰达解释着音乐厅的建筑特点及它的沿革。有些来自外地的员工，第一次到这里来，他们张着好奇的眼睛，目光随着苏泰达的话语而上下左右移动，没想到今天做了日光浴，还上了艺术课。阳光、艺术、新鲜空气、老板的承诺，让大家的心情为之一松，每个人脸上都挂着笑容，连太阳公公都在问，让我们赛一赛，看谁笑得更灿烂？

笑不起来的是尤明霞。工厂火灾以后，她接到以前同事的电话，心里一紧，差点没哭出来，整个人就好像要瘫掉。这几天她又去找工作，还是没有着落，哪儿都不要人，而且还在撵人。她所得到的只是白眼和冷漠，也许是她心理作用，不一定白眼，只是人家回话时眼白多一点，有的则是头都不抬起来，眼睛更不会朝你看一眼。爷爷在老家卧病在床，这里按揭又催着要钱，简直都成了两根解不开的绳索，催着她要上吊。工厂烧了，在职的员工还会往外赶，何况她们这些早就推出门的人。苏泰达的承诺能兑现吗？她不死心，她想去看看，到底工厂烧成什么样，短期内有没有恢复的可能。她约了另一个被郑宏伦辞掉的女白领去了，看到车间的灾后惨象，她们双腿软得支持不住，一屁股坐到地上。泪眼相对，哑口无言。不知坐了多久，真不忍再看，尤明霞说，走吧。两人相互扶持着站了起来。

回到家，尤明霞的魂灵好像出了窍，眼睛呆呆地看着前方，没有什么视觉上的感觉，只觉得眼前一片空茫茫，什么也没有，什么也看不见。不知过了多久，她没有喝水，也不觉得渴，没有吃饭，也不觉得饿。想起给杜志铭打电话，杜志铭一听她的声音，先说了，你声音怎么一点力气都没有，病了吗？听她说没病，才放下心来。杜志铭告诉她，公司受灾后，苏泰达已经宣布现有的员工一个都不辞退。至于你们原来被辞的人员，你先等着，我相信一定会有好消息。那天夜里在淮海路苏总对你说的话，他一定不会食言，我跟他多年，这一点还是了解他的。这段话，扫不掉尤明霞心中的阴霾，她的心里还是坠着铅，就说杜副总，有好消息一定要及时告诉我，我已经到了极限，精神随时会崩溃的。现在只有等你们扔给我一根救命的稻草。杜志铭说，小尤，你不要这么说，谁都有危机感，我也感到一把无形的剑就悬在我的头上，随时会掉下来，要了我的命。杜志铭说的是真心话，他在上海的年数不短了，却还是地地道道的外乡人，尽管自己把自己当成新上海人，不知道除了苏泰达，其他上海人是怎么看的。他还是安慰尤明霞，你一定要有信心，苏总不会看着你在水中扑腾，而不伸出援手。小尤，你别哭，你就等着好消息，我会第一时间通知你。这时尤明霞的哭，已经不只是对未来未知命运的恐惧，更有了对苏泰达仗义的感动。她说，我不哭。杜副总，你可不要忘了有一个阶级姐妹落入河中，呛了水，已经透不过气来。人被逼急了，思维会进入一种富有创造力的状态，尤明霞并不觉得自己忽然讲出这种文绉绉的话，和平时说的不太一样。杜志铭却听出来了，他说我也在水中，我正向你游来，有苏总，有公司，你一定会被救上岸的。

员工对苏泰达的信心，并不能改变他此刻资金困窘的境况，他调看了公司近来财务报表，目光所到处引起身上的反应，是一阵冷战，尽管很快就过去。他真切感到冷战之冷，叫来了财务部经理，问他公司账上还有多少现金，经理只看着他，不说话。说呀，躲是躲不过去的，不管有多少钱，你爽快说出来。经理吞吞吐吐说了，已经没钱了。那么那些应收账款呢？经理说，已经催了，几乎所有的人员都派出去催，都收不上来，都要求缓一缓。苏泰达忽然站了起来，在办公室里踱步，少顷他才发现经理还坐在那里，挥挥手，你请回吧。连着几天他也无心参加什么饭局，都是回家吃饭，说话笑声依旧，只是饭量少了，本来吃一碗半，现在只吃一碗，李虹绵要再给他盛，他说要盛我自己盛，你坐下。你饱了？几天晚上都是这样，李虹绵看在眼里，疼在心上。结婚以来，苏泰达从来没有出现这种情况，她把椅子移到苏泰达身边，你不舒服吗？没有呀，我好好的。公司内部不顺心？没有，大家都抱团取暖了，有什么矛盾在面对外来的“强敌”时都化解了。李虹绵又问，那是为什么？苏泰达没有回答，李虹绵在思考、分析，到底是什么绊得老公伸不开手脚。哦，我知道了，是现金流。这时苏泰达点了点头，心里说你太聪明了，不过没有说出口。公司多条生产线要恢复，损坏的设备需要添置，钱从何来？已经困扰他几天了。李虹绵明白了，老公的公司现在缺的是资金。

她次日还是照常去上班，接着的一天吃过早饭，苏泰达像往常那样，叫她一块走，她说她请了几天年假，要休息休息。苏泰达说，我怎么没想到，你是应该休息休息，有年假更好。也没往深处想。李虹绵请了年假，不是去旅游（旅游当然要同苏泰达一起去），也不是去购物，她在家弹琴。来到琴房里，坐在古琴边，她感觉到古琴的气场，觉得这个传世之物是有灵性的。她抚着琴，久久没有弹，眼泪却流下来了。她在琴房里弹了一个上午，接着又弹了一个下午，弹了一天，接着又弹了一天。弹着古琴，不只琴韵感染着她，她更觉得自己的情感也传给了古琴。这几天弹出来的曲子，同以往有点异样，旋律更有韵味，情感也更为深沉。

第三天晚上，她又去弹，苏泰达听得出她弹的是《阳关三叠》。一种哀怨无告的情绪紧紧攫住了苏泰达的心，他感到有些不对劲，就噔噔噔上楼，推开琴房的门，一幅画面令他震惊，李虹绵满脸是泪，身子微微俯仰着，琴声还是如一股幽怨的泉水淙淙流出。她只在心中唱着："谁可因，谁可因，谁可相因。日驰神，日驰神……从今一别，两地相思入梦频，闻雁来宾。"绵，你怎么啦？他走到她的身边，李虹绵微转过身，伏在他身上哭了，抽噎着说，我们把琴卖了吧，给我们公司补充现金。苏泰达真正震惊了，他大喊，不，不能卖琴，它是你的命，再难也由我来担当。李虹绵还是说，卖了吧，卖了吧，能帮帮你。苏泰达说，我再想想办法。这几天苏泰达已经找了几家银行，人家对贷款给民营企业都持审慎态度，没有一家银行愿意松口。苏泰达说，我们先不卖什么东西，我们先抵押。我们先把柳新园抵押出去，也能得到一笔不小的款项救燃眉之急。李虹绵抬起头，泪眼望着苏泰达，眼中流露出来的是信赖和希望。苏泰达为她揩去泪水，我们小绵绵，老面皮，这么大了，还哭鼻子，乖乖，不哭了，我来想办法。

苏泰达找了一家外资银行，说服他们给他贷款，用柳新园别墅做抵押。这一天他开车把信贷部经理带到佘山脚下一个别墅区，车子在柳新园的花园里停了下来。经理下了车，看到"柳新"不解其意，就口诵着这两个字。他是华裔，中学上的是华文学校，但对中国古典诗词并不熟悉，苏泰达带他来到客厅，指着对联念出声：寒雪梅中尽，春风柳上新。经理哦了一声，表示明白了。苏泰达带着经理楼上楼下，屋里屋外都看了个遍。这样的房产来做抵押，银行最放心了。经理回去以后，给苏泰达答复，愿意按房屋的估价六折给他贷款，他说这已经是网开一面，是对苏泰达的照顾。苏泰达算下来，恢复新生产线勉强够，可是春节将至，对员工的劳动价值回归，却有缺口。他决定把柳新园卖了。

在交房前，他带李虹绵去住了一夜。这天夜里，他们在床上睡不着，两人穿好衣服，从卧室开始，做一次巡游。他们到一处地方，苏泰达就把灯开了，先是客厅，他们坐在宽大的真皮沙发上，相对无言。想起在这个客厅坐过的时间并不长，现在马上要易主，以后坐在这里的就是别人了，心中的惆怅陡然膨胀起来。李虹绵看出苏泰达心里难过，就说以后我们有钱可以再买回来。苏泰达看着天花板上的雕花，久久没有说话。待他头低下来，他说，不，虹绵，以后我们不要享有这么多物质，这房子出手就出手了，不要留恋，以后肯定是不会再要了。他们站了起来，又巡视到二楼、三楼。三楼有苏泰达自设的另一间书房，坐在那里，可以望天，他喜欢白天看着飘着的白云，晚上则是数星星。他发现上海的夜空，星星比以前多了，特别是佘山的夜空，在远处山峦的轮廓线之上，常常会冒出几颗星星让他惊叹。他爱这个书房，也爱这座别墅，现在要出手了，心中尽管充满眷恋，可是为了员工的利益，他只好割舍。下了楼，他们来到花园里，看到整座别墅就像一盏硕大的孔明灯，大放光明，就要腾空而去。苏泰达想，这就是我们的孔明灯，让它高高地飞起，去照亮远方的天空。他说，虹绵，你看我们这个家像不像孔明灯啊？李虹绵说，太像了。不是生意失败，自己家的别墅却要易手，她真是寸心万绪。她竭力让自己平静下来，豁然想道，现在灯已点燃，你飞吧，我们曾经的家。

过了几天，苏泰达深夜回家，李虹绵一边在厨房为他做消夜，一边问，柳新园卖了以后，钱够吗？苏泰达说，还有缺口。我找了几个门路，还是没有找到贷款的地方。李虹绵说，那就把古琴拿去抵押吧，这么好的琴，可贷不少钱呢。在困难的时刻，李虹绵总是伸出支持的手，尽管她力量微薄，可是她的支持到苏泰达这里，会极大地放大，精神上的支持，其力量更在物质之上。他在心中感谢妻子的贴心，他了解妻子要牺牲小爱换取大爱，可是这个小爱，在李虹绵身上却几乎等同生命，一想到要动到她最心爱的物件，心里总是觉得亏欠妻子。对员工的承诺是必须兑现的，何况这还关系到落实自己的一个新探索，不能遇到困难就打退堂鼓，也只好亏欠妻子，反正过不了多少时候，公司资金充沛了，可以偿还了，那时就可以去赎回来。李虹绵看他犹豫不决，又加重语气说，泰达，就算你为我办一件事，把琴抵押了。话说到这份上，苏泰达知道妻子的决断满含着深情，就说，好，那就去抵押。

在李虹绵上班去的时候，苏泰达带行长到家里，看了古琴，行长围绕着古琴看了又看，还用手指弹了一下，果然清音悦耳，可是行长的眉头没有展开。来到客厅，行长喝了几口茶还是没有说话，都是老朋友，有些话他不大好开口，然而为了拒绝，他只好说了。苏总，不瞒你说，我真想帮你的忙，可是对市场拍来的东西，我总是怀着戒心。你应该听说过，有人给被请托者送古代著名画家的画，让新主人派人送到拍卖市场，他收买专家做出真迹的鉴定结论，其实这是赝品，他比谁都门儿清。在拍卖会上，他率先举牌，还请人做戏，争着举牌，把价格抬到受赠者的心理价位，他拍了下来，这笔黑钱就洗白了。当然我不是指你这把古琴，我知道这把古琴近千年来几经转手，它是真货，这是确定无疑的，我可以给贷款，一点折扣都不打，就按发票上的金额，因为它会增值。可是我有一个困难，就是古琴的保管是个大问题，谁能保证它在银行的金库里会完好无损呢。听到这里，苏泰达已经明白，行长是不肯贷了，既然这样，他不想强求，就说，谢谢你今天拨冗来寒舍看抵押物，既然办不成贷款，也不必介意。行长说，哎哟，是我应该请你谅解，怎么你反过来让我不必介意，苏总，你实在太客气了。

抵押办不成，李虹绵知道后，一阵心酸。做妈妈的，自己的孩子要暂时外出，还心疼呢，人家却不想接，这对她的心理是多大的打击。可是苏泰达急着要用钱，她一咬牙，决定了，卖！她不想把“卖”含在嘴里，怕自己一会儿动摇了，李虹绵坚决地说，泰达，我决定了，把古琴卖了。苏泰达没有想到自己会陷入别无选择的境地，他不想让环境左右自己，他也赶快替自己下了决心：卖！说出了这个字，他心如刀割，一个男人该担当的不能担当，把妻子的心爱之物都卖了，不管什么理由都构不成理由。他不顾李虹绵在身旁，摔门冲出房间，奔进书房，跌坐在椅子上，双手猛击自己的头部，苏泰达苏泰达，你还是不是男人？牙齿紧咬，竟把下嘴唇咬破了，从来没有陷入过这样艰难竭蹶的境地，沉沉黑暗就要把他活埋，他没有些微的反抗，这一切也许是无可逃脱的必由之路，他一定可以冲决出去。

要送古琴去拍卖会了，李虹绵几天没有好好吃饭，她又坐到琴边，弹了一曲《阳关三叠》。她觉得自己肚子里的肠子都绞在一起，隐隐作痛，她强忍住了，琴声继续从她的指间，也是从古琴的生命深处流了出来。她想是不是自己的决心不够坚决呢，从理性角度看，她是要卖，可是真要拿走了，她心里舍不得，这种情景就是插了草标的孩子，人家扔下几个馍馍，就要带走了，做母亲的能不肝肠寸断？再不忍心，也只能决绝地背过身去。她觉得浑身冷战，是不是掉进了深潭？潭水冰冷彻骨；她觉得胸口气闷，是不是遭了没顶之灾？双手不再在琴弦上跳动，而是在潭水激溅的浪花里乱挥。

苏泰达看着她弹琴时悲戚的脸，几乎不能自持，手扶着琴桌，不让自己跌倒，他没想到自己竟然会有这种软弱的时候，然而为了继续对员工实施劳动价值回归，他决然壮士断腕。可是让他自己去送，实在于心不忍。他觉得自己被打到了软肋，他不能去送，他不想让自己去被迫接受这样的煎熬。他给丁婕打了电话，请她马上到他家里来。丁婕来了看到他们夫妻俩如此沉重，脸上只有阴霾笼罩，李虹绵眼圈红红的，让她心碎。她知道任何安慰的话都是多余，只是说，你们放心，交给我吧，我一定妥妥帖帖地把这床古琴，平平安安送到那里，她避开了拍卖公司几个字，亲手交给他们的负责人。

后来苏泰达看了拍卖现场的录像，看到拍下古琴的是一位儒雅的男士，心上得到些许安慰。卖柳新园、卖古琴，不就是为了让劳动价值回归不至于夭折，想到这里，卖古琴时李虹绵黯然销魂，带给他的巨大痛苦渐渐得以稀释，代之以有了一种清新感，他一时无法细辨这种清新感是什么，细细咀嚼，他发现这是一种满足感，比在员工会议上宣布时更强烈，而且是四十几年人生际遇中从未感受过的强烈。不是感官的满足，不是荣誉的满足，也不是富足的满足，这是一种崭新的人生体验，是属于精神层面的，感谢生活的馈赠，给了他这样的机会，让他细细体验这种自己未曾有过的，也可能是别人难得遇到的满足感。

古琴都舍得放弃，顶级婚纱留着也没有意思。李虹绵对苏泰达说，把顶级婚纱拿去拍卖吧，可以换回点钱，补充到你的现金流。我把纪念留在心里就好了。苏泰达看到李虹绵如此识大体，真是什么话也说不出，只是点点头。还是交代丁婕去办了。

7. 九寨瑶池

苏泰达站在办公室落地窗前，已经很长时间了，腿有点麻，自己都没有感觉出来。他望着远天，灰蒙蒙的，就算阴天吧，可是这阴天阴得邪乎，从头顶的天，延伸到远处楼房的上空，城市轮廓线的背景，竟是均匀的灰，刚才还看到阴云乱翻，此刻团团阴云全打成一片，化成了一个灰色的湖面，不过是倒扣在天上而已。太阳不知走到哪个位置，它的光芒无力穿透云层，还有地面升起的雾霾。正是这一片晕晕乎乎的连成一片的阴云，让苏泰达的思绪展开，因为天上成了一色，没有任何变化会来干扰他的思路。古琴拍卖成功了，款项已进了账户，只是这几天李虹绵情绪低落，就像心被剜去一块，不说失去亲人，就算一只朝夕相处的活泼可爱的宠物猫突然得急病而亡，那种痛苦与失去古琴是一个样，苏泰达很想安慰李虹绵，可他知道任何安慰都是软弱无力的，他心上的痛苦会比李虹绵轻一些，而且头脑很快被公司的战略策划所占据，公司的资金链不管发生什么意外，最后总能解决，但对于员工，那些辛苦把公司又好又多的产品提供给社会的白领和蓝领们，他们都应该得到更好的对待，全球化对世界经济的影响，使资本的收益相对于劳动越来越多。社会上的分配正以人们无法控制的不确定性变化着，而苏泰达觉得自己只能做好自己力所能及的事。他的眼睛望着远方，眼前只是一片清一色的灰，对他的思索没有任何影响，反而使他的思绪，就像在一张空白的纸上，纵横恣肆挥洒的大毛笔，任其驰骋。能够如此自在，是因为他刚上班时就对秘书交代，这几天任何电话都替他挡驾，任何约见、会议都不再安排，他感谢秘书执行得如此得力，使他觉得自己的思绪如同在草原上辽阔的苍穹展开，忽然他意识到应该写下来，急急回到座位，摊开纸疾书，所写的字自己都不甚认得，思绪奔涌而出，写着上句，并不去斟酌下句，可当上句写毕，下句却自然涌出笔端。

正当他进入忘我境界时，有人敲门了，没等他反应过来，丁婕已经推门而入，原来她有重要的紧急事项必须即刻汇报，刚才秘书已经挡了她，可她仗着与苏泰达关系深，自己资格老，还是闯了进来。苏泰达的思路骤然被打断，他勃然大怒，正想拍桌子，抬起手掌却停在空中，丁婕已经注意到他这个未遂的动作，收住了脚步，苏泰达看着她，停了几秒钟，还是先开口，你有什么急事，你就说吧。处理完丁婕的事，目送她离去，目光又回到桌上，那写了一半的句子，这才发现笔仍然握在手上，就向前一扔，叫来了杜志铭。杜志铭进来时轻手轻脚，他知道苏泰达正集中精神想大事，对叫他进来很感意外，就等着苏泰达说话。苏泰达有了新的决定，他说，我要静下心来想些事，在上海恐怕办不到，必须与世隔绝一段时间，我准备去外地几天，公司的事就由你全权代理。杜志铭想，公司现在正处于关键时刻，老总把担子压给他，固然是一种信任，可风险实在太大，他说，苏总，能不能这样，你还留在上海，在郊区找一个度假村安安静静去想去写，这样万一有什么事，我们可以及时找到你。苏泰达说，这样算什么与世隔绝，这几天的清净，我只是为了思考，不是为了清闲。苏泰达见杜志铭不语，又说，你就当我去爬珠穆朗玛峰，你还怎么找到我，现在民营企业老总爬山成了一种时髦，我也要赶这个时髦，他伸出胳膊，使劲弯起了手臂，我的体力再去爬山绝对是腿脚利索。好了，不说这个，但愿有一天，我能清清闲闲再去西部，爬几个著名的山峰。言归正传，你代理几天总裁，我会给公司高层发电邮。苏泰达按了电话按钮，让丁婕进来，他对丁婕说，我要出去几天，公司的事由杜志铭代理，你要协助他，让我放心出去。杜志铭想已经别无选择，这个担子只能自己挑起来，就说苏总放心，我代理这几天，一定会处理好一切事情，感谢丁姐扶我一把，各个部门我会及时和他们沟通，苏总到了那里，不要有后顾之忧。

在成都去九寨沟黄龙的飞机上，苏泰达没有去看窗外的白云，他还是沉浸在俗事里，公司这几天会有什么情况呢？他的外出同他去美国没什么两样，只是这次说好了完全隔绝，担子放给杜志铭去挑，他是放心的。他连目的地九寨沟都没有告诉杜志铭、丁婕。好了不想了，飞机已经在机场着陆。李虹绵对着天空伸开双臂，啊，多蓝的天啊，什么时候上海也有这样的天空，希望能早一天到来。她深吸着一口气，又一口气，面对这样凛冽清新的空气，不停深吸着，她才知道什么是贪婪。她真想有什么神奇的力量，把这里的空气带回上海。她说，泰达，高原上的空气就是不一样，吸这样的空气，简直可以不吃饭。傻丫头，吃饭是吃饭，空气阳光水，一切都不可或缺，当然我们要的是清新的空气、明丽的阳光、干净的水，这些我们都应该有。好了，上车吧。

他和李虹绵搭了小面包车直达九寨瑶池洲际大酒店，门童开了门，进到了大堂。啊，纵深八九十米，两侧也有八九十米，他们俩一起被头顶的钢拱架玻璃棚震撼了，苏泰达抬起头目测，有大约八层楼高，李虹绵说，酒店老板怎么舍得建这么大的室内花园，苏泰达纠正她，不是室内花园，是酒店大堂。举目望去，常绿的树木到处都是，数十株冷杉和银杏竟会长在室内，玻璃棚是全透明的，它们不愁没有阳光照耀。刚才在门外还是凛冽的风，走到里面整个是春天的感觉。苏泰达算是走南闯北，国内海外住过的五星级酒店不下几十家，这样大的如此别致的大堂却是第一次看见，他联想到做生意，搞企业，就要追求这样的特异化，陌生化，别出心裁，标新立异，满足不同细分顾客群的需要。他们被指引到前台去办入住手续，这里就是通常酒店大堂的样子，他们都注意到大厅里摆着几块黑色圆石头，直径有一米多，就像放大的算盘珠子，不过中间不是空的。他们拿到房卡后，在玻璃柜前定定地注目，啊，这是冰河时期的孑遗，简直是出土文物，在博物馆都没见过，这块土地是多么神奇，想象多少亿年前，这里就是冰川，说沧海桑田实在不足以形容这块土地变化的深度。李虹绵为此雀跃，没想到还有这样意外的收获。苏泰达关心的是她的身体，问你感觉怎么样？心脏？气透得过来吗？李虹绵说，气有点急，心有点慌。苏泰达说，不要紧，这是高原反应，适应一下就好了。李虹绵说，我不怕，有你在我身边。

进了客房，他们走到阳台上，李虹绵抚摸着厚重的栏杆，原木剖开长条做成的，啊，这样的阳台，他们在上海没有见过，这里什么都令人惊奇，她回转身，躺到卧式长沙发上，打量着房间里的摆设，壁炉也是硕大的木料雕成，苏泰达正观赏着，啊，这种壁炉和上海堂伯公的老房子的壁炉一样，上海的壁炉看起来精致，纹理细腻，而这个洋溢着藏族的文化气息的壁炉，外观粗犷，条纹朴拙，却令人不忍移开目光，这分明是艺术品啊。还有室内装饰着藏族、羌族的手工织物，都让他们以为到了博物馆的展厅。不同民族不同文化给他们的冲击，成了他们精神上最好的休憩。李虹绵说，泰达你快来，我躺在这里就可以看到雪山，你来。我来也躺不下呀。你就坐在沙发上，也一样看得见雪山。他们一起看着雪山，眼前不是画，的的确确是一幅雪山夕照图。苏泰达想，他们来对了，在城市熙熙攘攘人流中的匆忙脚步，到这里停下来，歇口气，让灵魂有个休憩地，在雪山凛冽的空气中沐浴梳理。

他们在房间里都不忍离去，苏泰达还是伸手去拉李虹绵，轻声说，起来，趁天没黑，我们出去转转。他们下楼，走过了一个层高相当于四五层楼的宽廊，两边的窗户都装饰着各类花草。他们来到全透明玻璃顶棚的大堂里，从后门出去，看到几座羌族碉楼矗立在面前，抬头望去，碉楼的顶部衬着飞过的白云，他们议论着这碉楼是怎样建起来的，难道羌族兄弟有那么高的塔吊吗？能把石头垒得那么高，又这么牢固，甚至地震也不会摇落石块，真是奇迹，这样的智慧是这两个从上海来的人所不具备的，他们只有惊叹的份了。出了院子，他们朝前走就到了高大的高原冷杉林旁。这片原始森怀抱着酒店，连绵几百里。忽然前面一只雄雉鸡拖着美丽的尾巴，扑棱一声飞上了天空，震落了林子外树丛的积雪。他们环视着周遭，树枝上挂满白雪，凝着一片片晶亮的小冰片，苏泰达说，这就是冰挂，又叫雾凇。放眼望去是一片晶莹的冰雪世界，李虹绵从树枝上采撷了一片冰花，放在手心，泰达，你快来看，冰花，梯形冰花。见过六角形的雪花，这梯形冰花倒是第一次见，苏泰达也伸手去轻轻抖了抖树枝，好几片冰花落在手心，李虹绵凑过来欣赏他手上的梯形冰花，苏泰达说，真是见所未见。冰花渐渐在他手心化了，他捏起手掌，才觉得一阵冰凉沁入心底。他说，虹绵，好，我们都把手机关了，从这个时刻起，我们进入与公司隔绝状态。在此之前，没有关手机，不是他对杜志铭不放心，唯恐他打电话来找不到他，是他忘了，从使用手机起，他从来没有关过手机。令行禁止，他对公司的执行力有绝对的信心，杜志铭是不会打电话来的。他们来到一片草地上，不远处就有一块漂砾石，这是冰川遗下的孤儿，它的兄弟，有几个进了酒店大厅的玻璃柜，而它却在这里享受大自然的阳光雨露，苏泰达不禁想，它们的命运如此不同，究竟谁幸福，谁不幸福，应该如何来判断呢？对着漂砾石，他痴痴地望着，呆呆地想。

第二天一早，苏泰达向李虹绵宣布了一个使她吃惊的决定，绵，我今天不陪你进九寨沟了。今天你自己去玩，我今天思考有了着落，明天就陪你去。李虹绵很快从惊讶中摆脱出来，这才是她的苏泰达啊。本来他要进入隔绝状态，就是为了一个人静静地思考，进了沟，美景应接不暇，哪有时间思考呀，但她了解苏泰达，即使进沟去，他也有办法完成他的思考。既然他说了不去玩，要一个人静静进入思考状态，她当然从心底里赞成。好啊，晚上回来等你告诉我好消息，你的思考成果。

吃好早饭，苏泰达掏出手机，被李虹绵发现了，她说不是说好了嘛，我们都关机，你也不许开。傻丫头，你看我给谁打电话。他用昨天大堂里的藏族男孩提供的电话号码，叫来了出租车。一会儿车子到了，没有像上海出租车的顶灯，不过也不是黑车，有营运执照。送走李虹绵，苏泰达在玻璃顶棚大堂里信步溜达，来到一个亭子，这里摆着几把藤椅还有茶几，坐在这里，可以看到水池里几对鸳鸯正在悠闲地游着，三五只黑天鹅在水边踱着步。他有点羡慕起这些可爱的小精灵，它们多自在呀。人要进入这种几乎是无为的境界实在不易，我们有太多的羁绊，可是我们要是能自主地参与决定自己命运的进程，参与决定自己所在环境命运的进程，那我们就能向心灵自由趋近，比起这些天鹅、鸳鸯，它们的自由自在是无意识的，而人获得心灵自由却是在一个有思维能力的生物体上实现的，随着社会生产力水平的提高，特别是互联网的普及，人们会越来越认识到必须做回自己，使自己摆脱那种无视人的生命自由与心灵自由的力量的制约。苏泰达看到这些水禽正埋下头到水底寻找食物，它们从自然界，更确切地说，是这个人工造成的类似自然的环境获得生活资料，而自由自在地生活。对于人，对苏泰达这样的人，已经摆脱了只为吃饱穿暖的境地，他第一次吃到鲍鱼，第一次吃到鱼翅，会感到一种口舌的满足，可是渐渐地他觉不出这些佳肴的美味了。特别是面对一些明知道他们就是贪官，不过是未被揭露出来，看着他们在自己面前大快朵颐，苏泰达就会倒胃口，觉得鱼翅就像粉丝，鲍鱼就像萝卜条。珍馐享用过了，名牌也穿过了。第一次穿名牌西装，是那么合体贴身，摸起来质感那么愉悦手指，后来穿多了，法国的、意大利的，挂满了衣橱，名牌在他心中已经没有什么分量，不过是做工细，质地好，穿起来舒适，一个人有几套西装，在各种场合穿就可以了，再多岂不是把家里当成精品店的衣柜？对车子的强烈新奇感，只是在第一次坐上自己的车出现过，以后开起车来，不过像以前骑脚踏车一样，换了几个品牌，又是奥迪，又是宝马，开来开去感觉也差不多。凯迪拉克只是用来招待客户用，也让客户从中看到一种稳定的信用。车子已经几年没换了，功能适用，外观不错，上得了台面，也算宽敞，不至于太局促就可以了。

苏泰达只有一块好表，也不过一万多元。他的精神不靠奢侈品支撑，不像某些在位的官员那样浅薄，为了显示官威，戴几十万元的百达翡丽，还十几块昂贵名表在视察、剪彩、处理事故、坐主席台不同场合轮番佩戴；这些人是经不起一查到底的，苏泰达和所有老百姓一样鄙视他们。

一个人的物质需求实在有限，再说苏泰达的注意力也不在这上面，这就是他一看到《太阳醒着》的主人公唐汉杰追求心灵自由引起共鸣的缘由。不过好茶还是要喝的，这就算一种享受吧。好音乐还是要听的，去大剧院，去音乐厅，去东方文化中心，都能听到好的音乐。在家里有一套好的音响设备也够了。至于住房，柳新园是卖了，也不一定再去买什么别墅，有了现在这一套复式，那挑高的宽敞客厅最让人心旷神怡，住宅以不逼仄不压抑，能够使生命有张开翅膀的感觉就可以了。

苏泰达一直望着水池，在如此高悬的玻璃棚下，又是如此宽阔的地界，有这样一个几处连通的水域，其间有小桥连着，桥头矗立着几座水榭，在亭阁间走动，沿路开满矮株的茶花，在上海自己小区里也有这样的花，可是却没有此刻的这种感觉，现在是坐在户内，温暖如春，不时有几声天鹅的鸣叫来点缀，那悦耳的声音听来只觉得身上一阵舒坦。没有风，更不会有雨，只有淡淡的似有若无的青草和树叶的气息，此刻除了身边的一切，别无所求，也无需再求。苏泰达想，办企业获得的财富，用于个人消费实在有限，也应该有限，资本创造财富，劳动同样创造财富。创造财富的劳动者也应该有佳肴、车子、宽敞的住宅，他们的分配应该更合理些，作为资本的所有者，也就是他苏泰达对员工负有责任，他已经这样做了。他坐了半天，中午在火锅店吃了一碗面。这火锅店就在他目光所及的十几米处，在这个大玻璃棚下有十几个餐馆，各种口味都有，当然以西南的菜式居多。

吃了饭他又坐在这里，享受着没有手机电话的清静，也享受着清静中的思考。他从衣袋里拿出了《道德经》，翻到德篇第十一章，“三十幅同一毂，当其无，有车之用。埏埴以为器，当其无，有器之用。凿户牖以为室，当其无，有室之用。故有之以为利，无之以为用。”他理解，他的资本创造出了利润，这就是三十幅同一毂、埏埴以为器、凿户牖以为室，资本不再分红，献了出来，只用于发展企业和做慈善，就是“当其无”，实现了有车之用，有器之用，有室之用。这是切切实实的“用”，真正做到了有之以为利，无之以为用。

苏泰达把中国文化中的“虚”运用到了别样的高度。人世间实在没有比此刻的感受更美好的了。他的思考既是为了自己的幸福，也是为了别人的幸福，也就是为了大家共同的幸福，有了这样的幸福，追求心灵自由才有了深厚的物质基础。

他站了起来，走到水禽活动的区域，两只黑天鹅伸长着脖子正对着他亲切地望着，她们好像要同他交流，可是又不知道怎么开口好，只好缄口不言，那目光依然是和蔼可亲。黑天鹅游了过来，还是忍不住对着他亲切地叫了两声，叫得他的心软得像绸缎，他也有掏心掏肺的话要对黑天鹅说。从老子的“无”深入下去，苏泰达觉得自己在智慧之海畅游，双臂自由地划动，身体在浪中浮沉，腾跃自如，在广袤的苍穹下，尝试着一种从未有过的彻底的自由，尽管只是一瞬。黑天鹅又叫了几声，让苏泰达从精神畅游中回到现实，回到冷杉和银杏营造的森森然的绿意中。

天渐渐暗了下来，刚才他还透过顶棚，看着白云从头顶飞过，那种感觉同在海边看天又不一样，海边看天，天是无垠的，这里看天，却是透过大块的玻璃天窗格子，那种微妙让人会呆呆地望着，脖颈一动也不动。天暗下来后，灯亮了起来，好一个水晶的世界，这里同在豪华的厅堂又不一样，那里只有金碧辉煌，这里却是闪烁着植物世界的绿意，这些绿意不是人工摆设的盆栽，而是扎根在泥里和水里，水面成了一面镜子又一面镜子，把天棚上宫殿般的玻璃镶嵌的巨型图案映了出来。苏泰达看着水中的宫殿，疑是龙宫就在这里。前面的小广场上，歌声响了起来，啊，是藏族的歌唱旋律，人们在那里跳起了锅庄。苏泰达把一天的思考都藏在心里，他连自己都没有出声告诉，我们当然无法知道其中的内容，现在只见他站了起来，走向那开阔的场地，来到跳舞的人们身旁。跳舞的圈子外有多人围观，在旁边二楼的寨子里还有一个藏家男青年和着节拍在高歌，这里原野式的欢歌比坐在剧院里欣赏，更有一番别样的滋味。苏泰达脚动了起来，慢慢跟上了节拍，跳舞圈子中有人挥手招呼着他，他不禁跃跃欲试，不由得就加入其中，也跟着转圈的人们舞了起来，双臂轮番向上扬起，脚步按节拍顿着，欢快地顺着圆圈向前。

他忘记了世界，忘记曾经思考过的一切，现在只有舞步，只有歌声，耳边的欢歌就要把整个人托起来，让整个人的精神飞扬起来。苏泰达现在轻松，已经不是我们通常意义上的轻松，一个人要放弃利润，任何“欲”在此面前都会化为无形，有人说无欲则刚，他现在则是无欲则松，人生境界到了这个层次，真是天奈我何，套用一句老话，他失掉的是颈上的无形锁链，得到的是整个世界，这个世界不是美好二字所能涵盖得了的。

李虹绵从九寨沟回来后，回到房间，没见苏泰达，除了房间，他只有一个去处，就是硕大无朋的玻璃天棚下的大堂，她被藏族的锅庄吸引了，也加入围观的人群，说是人群，其实人不多，现在天气已经转冷，游客少多了。她看见苏泰达正随着跳舞的人们向她这里移过来，苏泰达招呼她加入，她摆摆手，一天看了诺日朗瀑布、珍珠泉……走得实在太累了，跳不动了。苏泰达又跳了一圈，就下了舞场。他们来到木栈道旁的椅子坐下。苏泰达知道李虹绵很累，也不多问什么，只告诉她，明天陪她进沟去。思考和陪妻子游览都很重要，可以安排在不同时间，不会互相干扰。

第二天一早，他们进了沟，就直奔长海，找了一把椅子坐下，游客不多，也没有在面前晃来晃去照相的，他们对着湛蓝的海子，静静地看着。比起北海的五龙亭、西湖的苏堤畔、鼓浪屿的港仔后，这里的海水，是那样单纯，没有皇家园林的叠彩；是那样浑然天成，没有文化积淀的掺杂；是那样平静，没有东海波浪的喧哗。面前的海水，足以洗涤你的心胸，以至更纯洁更开阔。苏泰达庆幸选取了这个地方来思考，让思考有了承载一切新想法的载体。这里如同流传几百年的宣纸，能画出最感人的图画。没有浩渺的烟波，不要游艇的细浪，长海静静地躺在群山的怀抱里。近处的山看得清树木的装束，远处的山却是黛色一抹，两边的山夹一个倒三角的天空，是整一片混沌的亮云，山脚下水面横着一袭银白的裙裾，依着近处山的倒影，水面上亮着一个不规则的三角形。近处的水是一色的蓝，静就是从那一片蓝盈盈的水飘出来的，海上有涟漪，风儿却仍然不敢出声。只觉得水面上亮着的三角形会和谐地发声，细听真有那悦耳的音符串了起来，打破了周遭的静。苏泰达身心都融于这片海水，恬淡的景色不就是心中的憧憬，不要说这样的境界有遥远的距离，此刻不正身在其中。

回到酒店，苏泰达觉得自己的思考已经成熟，他要向李虹绵诉说，更要取得她的赞同，毕竟他们是夫妻，他的婚后财产在法律层面上，她都有一半的所有权。

酒店门前的路上，前后都是黑黝黝的，那是高大树木的影子，看不见有路灯，也许这里已经是深山了，不是城镇，当然没有马路上的辉光照耀，月色愈加清明。月亮，一块放着银白光辉的玉，就镶嵌在覆满天际的大块蓝宝石上，与上海天幕上到处映着光，托起的月亮显然不同，这个月亮真是上海那个月亮吗？整个天空是一色的墨蓝，月亮守望着无声无息的长天。夜色，正是地面上的夜色，让人们对月亮的光明有更加迫切的向往，他们一起望着默然不语的月亮，还不到满月的时候，却也不是月牙，看来再过几天它会更亮。

他们踏着月色，时而来到树影下，漫无目的地向前走着，苏泰达却是有目的地开口说话了。苏泰达告诉李虹绵，他除了实施劳动价值回归，让管理者和生产者能得到更合理的报酬，他决定放弃资本分红。先前他不过是和苇珩谈，又在社会上吹风，做舆论准备，到今天他才真刀真枪同资产的共有者李虹绵“摊牌”。也可以说他今天想通透了，这才是毅然决然的时刻。李虹绵一听颇为惊诧，她不相信自己的耳朵，她了解苏泰达，知道他言必行，行必果，她的声音有点颤抖，真的吗？说了放弃二字，她停了片刻，才接着说，放弃分红？她是经济学硕士，当然知道这意味着什么，她说，你不想当资本家了？你握有货币资本、占有生产资料，理当按资本分红，这是当今全球通行的游戏规则，你不可以搞期权吗？你和部分员工一起享有期权。李虹绵把以前的问题又提了出来，苏泰达有别于常规的做法总使她纠结。苏泰达说，期权？我是股权的所有者，还用得着期权吗？李虹绵说，你看我糊涂的。苏泰达说，不采取期权，期权不就是将来某个时日还要分红吗？期权分红对不享有期权的员工是不公平的。资本原来的所有者都放弃分红了，还谈什么期权分红。李虹绵说，我放弃刚才的说法，我知道你实际上是要放弃某种东西。

苏泰达的心思远不止于此，他很清楚，一个人的物质上的奢华享受，会妨碍精神上的舒展，老祖宗的天人合一，简约的生活所体现的精神才是唯一的蹊径。这个时候他不想讲得太多，只是在心里默认了。李虹绵说，可你不要忘了，树高于林，风必摧之，对摧折树的风，你有思想准备吗？我不怕，资产是我的，我有权对它的赢利进行处分。李虹绵又提出了以前说过的，你不会像美国大亨那样，分红归分红，到最后才把财产献出来。苏泰达说，不，我要做得更彻底。现在多种所有制共存，其中当然有私有制。我知道，人类历史上，私有制将再存在相当长的历史时期，可能是几个世纪，十几个世纪，甚至更长的时间，但它总有消亡的一天，只要社会生产力达到足够的水平。李虹绵说，那么你要颠覆私有制了？苏泰达说，我没有这样的野心。这个伟大事业的实现，有一个极为漫长的历史过程，会有很多先行者在不同的历史时段加入。这是人类社会生产力发展的必然趋势，我只是在这种认识中找到自觉而已。我现在要这样做，劳动价值回归就有了坚实的前提，只是为了在我力所能及的范围内，为自身之外的个体集合参与决定自己命运的进程，参与决定其所在环境命运的进程创造条件。苏泰达停了停，接着说，我需要你的支持，以后我只领取管理者的工资，和所有员工一样享有劳动价值回归。我们现在家庭生活的物质基础比其他员工都雄厚，我的管理者工资，加上你工作的收入，足以保证儿子，还有我们将来的孩子得到良好的教育，足够保证我们过体面的生活，这就是我提出放弃资本分红的底气。我们放弃了资本分红，那么资本应得的利润，可以用于发展企业，也可以用于做慈善，慈善服务苍生，慈善从身边做起，在慈善不容易做好时，我们大部分用于发展企业，就可以增加给政府的税收，增加就业机会，这就是我们对社会的贡献。

比起捐献几百亿的慈善家，苏泰达明白自己所要做的，实在是微乎其微。不过他很明确，这里的出发点不同，他在实践自己的科研成果，他在实现爷爷的夙愿，正是老子在两千多年前的提示，使他有一种继承中国思想文化遗产所带来的心境的明净，他真切地看到自己的心灵化入了一个毫无羁绊的境界。

李虹绵是有智慧的女人，她一听就明白，完全理解苏泰达说的话，所表达出来的深刻内涵。她不是不知道在现行的法律框架下，她对苏泰达增值的资产有一半发言权。苏泰达更知道，婚前的资产他有自主处分权，因童端仪已经事实上放弃这部分权利，但他倾向于把所有资产都承认李虹绵的一半发言权。令人欣慰的是，不论苏泰达还是童端仪、李虹绵都不过分看重苏泰达企业的所有权，对这些所有权滋生出来的利润，他们都有一个共识，应该用于推动社会进步。苏泰达是基于自己的原因，而童端仪、李虹绵，除了她们的内涵，还有近朱者赤的效应。

李虹绵说，我支持你。苏泰达等的就是这句话，但他不希望李虹绵是一时冲动，也不希望她只是出于感情的原因，他说，这个事很重大，你不必匆忙表态，可以想几天再告诉我。苏泰达比谁都明白，没有李虹绵的支持，他这个异乎寻常的决策是不可能实现的。李虹绵郑重地说，我现在就可以同你讲，我支持你这样做，放弃资本分红。我对时装和珠宝也没什么特别的兴趣，只是将来有条件时我们再买一床传世古琴，我实在太喜欢。提起古琴，触到了苏泰达内心的痛，他深感对不起李虹绵，可是为了实施自己的承诺，这也是无可奈何的事。苏泰达说，好。他搂着李虹绵腰的手，突然弯了起来，把她移到自己的胸前，紧紧抱住。

放弃资本分红，李虹绵在心里默念。苏泰达所做的一切——把企业做大做强，增进人民群众的身体健康，做慈善服务于苍生，实现了职业理想。实施劳动价值回归，放弃资本分红，同时促进员工两个参与，以实现人生理想。职业理想和人生理想结合得如此完美，职业理想是人生理想的基石。人生理想是实现职业理想的动力，也是职业理想的升华。都说上海人聪明，都说上海人精明，这种聪明和精明，被李虹绵心中挚爱的男人推进到更新更高的层面，而变得大气，变得庄重，不再只是设置半两粮票的锱铢必较，不再只是在公众场合给洒泪美女递送手绢的绅士做派。她心中的这种挚爱变得更加甜蜜、更加深沉，幸福感使她浑身酥软，她把苏泰达抱得紧紧。

周围太静了，连一片树叶也没有落地，只有月亮还是慈祥地看着他们，苏泰达小声地在李虹绵耳边说，靠我们的工资收入，我们一定可以再买一床传世古琴，不过要等一段时间。李虹绵说，好，我们就按放弃资本分红来安排我们的生活。苏泰达把李虹绵抱得更紧，他发现她有点颤抖，问道你冷吗？李虹绵牙齿打着战说，我不冷，她几乎要钻到苏泰达的怀里。

对放弃资本分红有了统一认识，苏泰达决定在九寨沟再逗留一天，他要陪李虹绵再进一次沟，她单独玩过的景点，他要同她再走一趟。当他们来到诺日朗瀑布前，看着头顶的激流手牵着手，一路高歌，义无反顾跳着蹦极，水珠在半空呐喊，响成一片，声音止息，轻落在衣襟上。苏泰达说，这样美的景致，我要让公司的员工都能享受到，明年我们先借九寨瑶池洲际大酒店开高层会议，以后分期分批组织公司中层以及所有工龄五年以上的员工，哪怕是扫地的勤杂工，都来九寨沟旅游，都来九寨瑶池休养几天。多少老板大亨出门动辄住五星级酒店，可是他们不一定住过九寨瑶池这样仙境般的酒店，我要让我们的员工也来，要不，可能他们大部分人一辈子都没有这样的机会。为什么富人能够享用，他们就不能享用。我先从身边的员工做起。我来九寨沟所做的重大决定，我得到了他们所没有的另一番精神收获。李虹绵说，我来猜是什么，这就是你说的心灵自由，这样有意义的事你决定了，你能冲破外界对你的束缚，你做到了，这就是心灵自由，你做回了你自己。苏泰达眼睛里流露出来的光，他自己看不见，李虹绵却看见了，他的目光告诉她，她确实说到他的心坎上。他觉得这半辈子从来没有这样轻松。他实实在在参与了决定自己命运的进程，也参与了决定自己所在环境命运的进程，就小环境来说，参与决定了太一公司命运的进程，令行禁止，团队有强大执行力，鼓励创新，使企业稳妥又高速度地发展。就大环境而言，他对社会的贡献，远不只是向国家纳税，做慈善，更在于他在资本管理，利润分配上，推动了社会进步。

苏泰达回到上海后，就策划着请有来往的企业界朋友，除了平时有电话沟通，至少过年过节互致短信问候，以及他们来上海都能相聚的，想听他们对自己放弃资本分红的看法。适逢近日在上海举办一个经济学论坛，他就确定一个下午请他们来公司座谈。他也提前通知北京学术界的朋友，及江浙的慈善家。开会时居然来了十几位，比原来估计的要多。他的开场白敞开心胸，直诉肺腑。在此之前，朋友们并不知道他有新的想法要披露，只当成是一次朋友聚会。按惯例聚会时间应该定在晚上七点钟，大家一起吃晚饭。今天却是下午两点钟开始，果然苏泰达有新花样。待苏泰达把自己的观点和打算介绍完毕，朋友们鸦雀无声，他们可能是第一次接触这样的论题，而且不只是论题，接下来就要实践。因为平时大家相处不错，当然会为苏泰达捏一把汗，没有人会以为苏泰达是哗众取宠，彼此相知，苏泰达决不是这样的人，可是现在提出来放弃资本分红，人们总觉得不合时宜，何况全球金融危机刚刚发生，经济何时走出低谷尚且不知，却要出手这样异乎寻常的做法，毕竟有点冒险。

就在朋友们接受冲击，正在思考的片刻里，苏泰达也给自己提了问题，这样做，会不会鲁莽了些？随即否定了这个想法。在九寨沟他与公司隔绝的状态下，他认为自己的思考是有成效的，这个想法其实是他科学研究的成果，对这个生产力和生产关系的相互作用课题的研究，他已经进行有些时日了。

朋友们发了言，先是一个慈善家打破了沉寂，这位仁兄已经捐出几亿元，他把苏泰达的做法看成是实施慈善的一种形式，多加肯定，但他并没有仿效的意思。一位北京来的学者指出，苏泰达的做法是开了先河，抓住了新的生产力发展引起的生产关系新的萌动。他说，也许这个做法有标杆性的意义，可能再过几百年，甚至更长的时间，人们水到渠成做的事，不会追认苏泰达为先驱，俗话说就是带头大哥，因为大多数的先行者的做法都会被历史大潮所湮没。不过既然有意义，就要坚持，不要因为有风浪就动摇。他当即表示，愿意以此为样本，做一些研究，当然并不要求苏泰达提供课题经费，这样才见得朋友之间的真情。听了这位学者的发言，朋友的理解令苏泰达深受感动，他明明白白地知道，自己这个决定有了知音。许啸华适时地发了言，他要先听听人们不同角度的见解。他的支持态度，苏泰达早就知晓，他说，苏泰达同志要改变他手中资本的属性，是令人敬佩的，我比他痴长几岁，现在也无力做他这样的事，精神上我支持他，相信他不会退缩，哪怕在冲锋中倒下。接下来的发言热烈起来，座谈会总是这样，只要有人带头，接下去就会像决堤的河水，尤其在这样的朋友聚会上，没有人打棍子、扣帽子，大家只是敞开心胸，说心里话。聚会结束，朋友散去，没有人会抓住别人的观点不放。

所有不同的意见，苏泰达都会仔细考虑加以消化。自己任何新的尝试都会有热心的朋友支持，这是他颇感欣慰的。他更感到自己会前的决定是正确的，不接受任何媒体的采访。聚会之前，翁葳重不知从哪里得到消息，听说苏泰达要开一个经济研讨会，就打电话来要求参加。苏泰达告诉他，不是研讨会，只是朋友相聚，顶多算是座谈会，不会有你感兴趣的题材，也不会有什么新闻价值，更重要的是与你平时写的东西绝对是两股道上跑的车。苏泰达的回绝，让翁葳重很不高兴，挂上电话心里嘀咕着，平时人家庆典请我都请不到，你苏泰达算什么东西，竟然谢绝采访，真是不识抬举。苏泰达确实不要翁葳重这样的人来抬举，他知道在众多和自己一样的人，也就是广大网友中，会有另一番观感。他把自己的观点整理成文，安上标题《一个即将实施的空想：放弃资本分红的前因后果》，挂到了世界观察与思考博客网上。

他敲完最后一个键，看了手机上的时刻已经是凌晨两点半，他走到客厅的长沙发上半躺下，顺手拿起昨天的报纸，哗啦啦翻了几版，又顺手放在茶几上。闭起了眼睛，他好久没有写博客了，这篇文章会有什么反应，心中充满了好奇，那种令人不安的期待，让他不一会儿就站了起来，走近电脑，一看他的博客已经被世界观察与思考博客网置了顶，一时哗然，才不一会儿工夫，已经有了十几个跟帖，先是几个大骂祖宗的，大骂下流话的。苏泰达一点都不气恼，现在谎言漫天飞，人家持怀疑态度是完全正常的，骂人就是这种怀疑的集中表现。接着看到一位网友写道，我们就等着天上掉下馅饼，可惜这个馅饼落不到我的头上。还有网友说，资本的逐利本性到你苏泰达这里就不灵了吗？你不是白痴就是疯子。苏泰达自忖，我绝不是白痴，对于疯子一说，他亦复无言。又一位网友写道，你这样忽悠人，不摸摸自己的良心。看到这里，他真的把手抚在胸前，手掌能感觉到自己的心跳，这不正是人们对他这种承诺的鞭策吗？网上跟帖或撰文争论的纷至沓来，竟有百鸟齐鸣的景象。不管是自称这个群还是自称那个群，都对他赞赏有加，究其原因，他想，大家都为这块土地好，也有人认为他太超前。苏泰达看着网上的文章，思绪飞得很远，超前没有什么不好，总要有人敢为天下先，哪怕他最后成为牺牲。自一八四〇年以降，为中国向何处去，仁人志士开了多少药方，现在网络普及了，大家都成了郎中，人人都可以开方子。各人各派的观点时有交叉，不一定绝对对立。历史怎么走，只有时间来验证，待到“轻舟已过万重山”，蓦然回首，才发现过去的日子不过是一张窗户纸被捅破了，原来生活的执着就是这样，也许不一定付出沉重的代价，但愿如此。历史的长河不会按某个人（比如某个网友）的预设而分毫不差，待它流到宽阔的江面，就会豁然开朗，从此水流按着宇宙间规律的昭示稳稳向前。

苏泰达看完电脑，回过头，看见李虹绵站在书房门口，他们彼此走近，抱在一起，绵，这么晚了，你被我吵醒了吗？不，不是，我自己醒的。下午的会和网友的文章让苏泰达深受鼓舞，他不必向自己，也不必向别人做一次生命的证明，他像唐汉杰那样被深深打动了，他记起《太阳醒着》书中的一段话，打开来，对着李虹绵大声念道：“那个新世界可以亲手创造，每个人，不管从事什么职业，不管身处何种地位，在新世界中，对自己这一个独一无二的生命机会负责，不只是对物质生命负责，更要对精神生命负责。所有的生命机会都是宇宙演变进程链条延伸错综复杂中的一个环节。这一个生命机会，对每个人既是均等，也是平等，与社会地位高低，拥有财富多寡，毫无关联。在宇宙演变的总体背景上，做一颗自身发光的星星，不要被别人荫蔽，也不要去反射别人的光，这就是人们为决定个体命运，决定个体所在环境的命运，要去冲决羁绊，发挥主体作用的理由。有了这个理由，坚信这个理由，你就会在参与决定双重命运的进程中，牢牢把握住自身，急迫而自然地向前走去。要说意义，难道这不正是你要追求的意义吗？”

张天星也在网上了解了这件事，他不认为苏泰达是哗众取宠，看到他卖别墅卖古琴来施行劳动价值回归，敬佩油然而生，这是几十年来所没有的。他不再嫉妒，老同学这样孜孜矻矻，实属不易，本来想找机会出手一击，现在未出手已经松了下来。他独处静思，比起苏泰达，自己实在太渺小，他的职位比起苏泰达的事业算不得成功，即使心有不甘，他冥冥之中隐隐觉得比苏泰达矮了一截。苏泰达要献产给国家，实在帮不上忙，但还是可以为苏泰达做点别的什么。前几天一个饭局上，碰见了区税务部门一个同志，他曾要去太一公司进驻，检查生命春口服液吃死人事件，被赶了出来，记下了这笔账，总想叫苏泰达偿还。他最近升了副领导，有权了，趁着酒劲，放言要到太一公司做税务检查，不信他苏泰达会没有任何漏洞。张天星警告他，苏泰达我了解，没有什么空子好钻。副领导说，这次税务检查不同于以往任何检查，不要钱，不为钱，目的只有一个，扳倒苏泰达，不让这个跳梁小丑再跳下去，我要用公权力击溃潜在的漏税对象苏泰达的防线，让他人仰马翻。一想起被堵在太一公司工厂大门口做日光浴，什么都没捞到，多少日子过去了，他胸中的怒火还在烧，狠狠把喝空的酒杯拍在桌子上，吓得被他们赶到门口的包间服务员，一脸惊诧推门进来。为此，张天星婉转地提醒了苏泰达，苏泰达说，我个人要赠与盛昌发二百万元时都不想避税，还怕人家来公司查税，我等着。此时苏泰达随口回答的，只属于战术层面。他不知道，张天星当时在饭局上听那位朋友说过之后，心里的潜台词是仁者无敌，苏泰达连盛昌发都能化“敌”为友，不相信此人能撼动苏泰达。

在网上看到苏泰达文章的不只是张天星，邝一杰也看到了。邝一杰上网有些年头了，现在他几乎天天都上网看新闻，也看一些他感兴趣的博客文章。平时除了看文件，听汇报，读材料，邝一杰把上网当成一个鲜活的信息来源，实在太忙，几乎是忙中偷闲，实际上也无闲可资利用，但他这些年还是挤时间坚持了下来，有了信息渴望时就会点开网站，哪怕回到家里已是深夜。读了苏泰达的文章，他微闭双眼，要让自己在震惊中静下心来，慢慢咀嚼其中的含义。他拿起电话听筒，举在半空，还是放了下来。心中有些感想，他当然不会跟帖。也许哪天有了成熟的看法，会约见苏泰达，当面向他讲。他想，如果苏泰达彻底放弃资本分红，也就是放弃资本所得，他就不再是实质上的生产资料所有者，那么他就成为没有生产资料的无产者。邝一杰从理论学习中懂得，解放全人类和最后解放自己的关系。他觉得苏泰达名义上是资本家，骨子里却是革命者。也许在更遥远的将来，人们更能理解这样的事。当然资产属于苏泰达，他可以在他世界观的指引下做出自己认为合适的处分。希望他每一步都能走稳，邝一杰对着电脑屏幕上一行行字定定地望着。令邝一杰欣慰的是，苏泰达上报的引进人才，有两位列入“千人计划”，对他新药的开拓有了更强有力的支持。技术研发会使太一公司扎扎实实上一个台阶。

以后的几天里，苏泰达每天都看新的跟帖留言，也看网上的争鸣文章，不管人家说什么，都仔细阅读，有的还抄在笔记本上，这比另存在电脑里更便于阅读。他把这个小本放在自己随身携带的文件包里，有时坐在车里也会拿出来翻阅。这是社会上监督他的眼睛一直睁着，他愿意接受这样的监督，也许过些年，他可以把实施的结果在网上向公众汇报。这几天他除了上世界观察与思考博客网，也花了更多的时间上了几个专门的博客网站及大的门户网站的博客专栏，特别是在网民中威信高的网站。一天要上两次网，他发现他这篇文章就像扔进水里的一块石头，不说激起了千层浪，至少起了一圈又一圈的波纹。国内自称这个群和自称那个群的博客作者都发表文章同他争鸣、讨论，不同派别的人都赞成他的做法，当然并没有人强求别人来仿效他。这些人中有著名的光北极、魔高一米、天白白等等，他们中不同立场的人平时的立论常是对立的，有时会对某个问题脸红耳赤地争论，大多数情况是各说各的，现在却在对待苏泰达这篇文章的态度上统一，苏泰达想这是因为民生正为人们所重视。

不管自称这个群还是自称那个群的文章，他都没有回应，他想，他现在所面临的就是切切实实去做，任何费口舌的事都不必去徒耗精力。他敢说这个话，是因为他扎实地推进了企业的发展，他要把太一公司打造成全球主流市场的一流医药企业，这样，劳动价值回归必能稳健地持续，放弃分红的实践也有了厚重的基础。他正在拟具体的方案，准备就在这个年度，二十一世纪〇〇年代最后一年，就把它落实为行动。对着电脑屏幕，他的表情凝重，就像对着千万个目不转睛地盯着他看的人们，上海人血脉中流动的契约精神告诉他，他一定会信守承诺，他在心里说，这是我给自己立下的军令状，其担保者就是我的人格。

8．在世博会中国馆工地

苏泰达从九寨沟回上海以后，杜志铭依照苏泰达的嘱咐，通知所有被辞员工到工厂区报到。他在烧黑的车间门口摆了一个桌子，让大家签到。他们签好到，看到工人正在干活，也想参加，杜志铭说，活儿有的是，不在于一天两天，今天让大家看一下火灾现场，目的是为了进行一次安全教育。小伙子姑娘们绕着车间边走边议论，苏总真好，公司遭这样的难，还让我们回来，我们回来了，决不给公司添乱。他们心里明白，现在经济不景气，被郑宏伦辞掉的人，苏泰达完全可以顺水推舟，不必接员工回来。可是他没有这样做，他的担当让这些失去工作的人感动。女孩子们除了感动，除了感受苏泰达的人格魅力，她们看着看着，不知谁带的头哭出声，一个人哭了，接着另一个人也哭了，哭成一片。尤明霞甚至和一个平时要好的小姐妹抱着头放声大哭。杜志铭看着她们哭，没有去劝导，他知道这是她们这些日子所受委屈的心情的释放。等到她们哭声低了，歇了下来，他通知所有的人，明天苏总要带大家去参观世博会工地。早上六点钟在公司总部集合。

苏泰达要带被辞员工及其他工作人员去世博会工地参观，是在九寨沟就想好的，回程路上，他在成都双流机场等飞机时，就给世博局的朋友打了电话，提出了这个要求。人家不随便接待外来参观，经不住苏泰达一再要求，说是要对这些员工进行爱国主义教育，人家就答应了，不过时间要早，以免影响施工。

第二天天还没有亮，人们已经来到公司总部的大厦里。他们赶的是公交早班车，有的把多年不骑的脚踏车骑来了。苏泰达看看天色，是黎明前的样子，不过大城市的夜空漫射光映照着，并不觉得暗。他也通知王雪晴来，只见她下了出租车，手里还拎着一大包东西，杜志铭上前帮忙，从她手中接了过来。原来是新出版的杂志，上面登载苏泰达关于放弃资本分红的论文，还有一些企业家、学者写的评论文章。杜志铭拆了纸包，拿出杂志发给大家。尤明霞拿了一本到走廊的灯下翻了起来。她早就听说，苏泰达有这个新的理念，急切地翻开，看看苏泰达是怎么讲的。人都到得差不多了，杜志铭点名，还差李虹绵。刚才出家门时，李虹绵说，这么大的事应该让端仪姐参加，苏泰达说，你倒是想到了，我正要让你去接她，昨天我已经电话通知她了。苏泰达对杜志铭说，再等等。一辆车开了进来，下来的正是李虹绵，她把手掌挡在车门口上面，让童端仪下车。她们来到苏泰达面前，苏泰达问童端仪，好吗？童端仪点点头。苏泰达对大家做了简单动员，就招呼人们上了大巴，朝卢浦大桥开去。

远远望去，桥上的灯串就悬在空中，尤明霞不禁兴奋起来，对身旁的丁婕说，丁姐，你看这灯像不像一粒粒抛向空中的夜明珠。丁婕看她高兴，就顺着她的意思说，是像夜明珠，什么时候摘一颗送给小明霞。

车子上了桥，尤明霞从东边车窗望出去，这时候黄浦江上夜游船只已经停航了，江上泛着微光，一定是桥上太亮了，江面的微光黯淡了，黄浦江成了一匹黑缎。远方的地面上有泛光映上天空，更远的天却是一片灰暗。

尤明霞趴在前边的椅背上，对着坐在那里的苏泰达说，苏总，你不是说在黄浦江的桥上可以看到晨曦吗？丁婕觉得这女孩实在太饶舌了，就说，天还没亮呢，哪来的晨曦。

苏泰达回过头正色道：天快亮了，天亮的时候就会有晨曦。

尤明霞接着说，远眺晨曦踏着浦江的波光走来了。她把苏泰达平时几次说过的话讲了出来。丁婕说，你这鬼丫头，什么都一学就会。你知道什么是晨曦？尤明霞嘴不饶人，说我知道，就是天边的亮光，我就喜欢晨曦。丁婕说，那你在这儿等着，等你的晨曦。尤明霞说，丁姐，你能叫司机停下来？停下来，我就下车去等晨曦。

苏泰达说，你这个傻姑娘，桥上能停车吗？晨曦要来总会来的，地球转过去，它就会来的，你能让地球不转吗？

尤明霞说，这我知道，我再不是山沟里的野孩子，我来上海，来太一公司长了见识，我能不知道？

车子下了桥，到了耀华路，拐进世博会工地的大门，在中国馆前面停了下来。中国馆这时已经成型，外表已经是后来开幕时的样子，正在做内部装修。大家下了车，抬起头，中国馆就呈现在面前了。

苏泰达比别人更有一番感触，从这里顺着上南路走向江边，上南路的一侧就是原来的上海第三钢铁厂。他小时候跟着在这里工作的父亲来过几次。那个时候厂里的钢铁工人叔叔阿姨摸着他的头，问他，小泰达，你长大了来钢铁厂工作吗？他大声回答，我可羡慕钢铁工人了，拿着钢钎就像金箍棒，从墨镜里望进炉膛，钢水翻腾，钢花怒放。一位阿姨问，谁教你的呀？他说没人教我，我自己愿意。那时候工人多有地位啊，那年他不过刚上小学，想想已经过去了三十几年。当年摸过他头的叔叔阿姨及其伙伴们都下岗了，他们离开了这块他们挥洒了一辈子血汗的土地。

苏泰达还想起更早的时候，上世纪三十年代，这块土地上就有炼钢的平炉和轧盘条的小轧机。苏泰达沉思着那个时候的工人又到哪里去了？在上海这块土地上，他们创造着社会财富，熊熊的烈火、怒放的钢花、飞舞的盘条织成的画面，有别于十里洋场的灯红酒绿。谁记得他们，他们开创的是另一个上海。正是这些钢水和钢条构成了灯红酒绿的物质基础，人们的眼球都被十里洋场的金迷纸醉吸引了，忘记这个城市还有辛苦劳作的人们，忘记了这构成了三十年代上海的另一番景象。没有他们，十里洋场的歌舞升平就会是海市蜃楼，可是人们以为上海只有虚飘的十里洋场、歌厅的靡靡之音、赌窟的乌烟瘴气，创造社会物质基础的工人们遭受了不公正，哪个老爷太太少爷小姐不是像躲瘟疫一样避开他们。历史的创造者却没有在历史的坐标系留下履痕，不知道这是历史的讽刺，还是历史的不公，或许是历史的坐标系必须重置。

直至今天，人们仍然不大关注这些曾经在生产线上辛苦劳作的工人们，他们或者沉默，或者只有几乎是听不见的低微的声音，早就消失在城市汽车洪流轰鸣的声浪中。

苏泰达仰望着中国馆，不知如何描绘心中的震撼，原来掌握的词汇，诸如金碧辉煌之类，已经显得苍白无力。

就在大家有声和无声地赞叹着的时候，苏泰达把杜志铭叫到一旁，交代说明天寒流要来了，你明天停下手头的工作，带十个工作人员出去寻找无家可归者。你们这个团队的执行力，就看你们能动员多少工作对象到洗浴中心来过夜。告诉朋友们不影响他们白天捡塑料瓶。在我们公司十公里半径内不允许出现路边冻饿现象。地下通道、桥下涵洞、闲置的大水泥管，你们都要重点细查。一时来不了的，送上被褥衣物供他们御寒。以后每年天气骤冷或极端低温时，都要派人出去夜间巡查。后天我要骑脚踏车出去检查，你们要如临如履做好它。杜志铭不只从苏泰达脸上的严肃，也从“如临如履”掂出了此次任务的分量。他记得只有一次做三千万的项目时，老总讲过这句狠话：你要如临如履。苏泰达又交代道：夜间巡逻一定要留心，见到可以藏人的垃圾箱，务必要打开盖子仔细看，不能有任何疏忽。杜志铭说，苏总，你放心，我们这十一个人不吃饭不睡觉也要坚决完成任务。苏泰达没有说话，只在杜志铭肩上拍了拍。

杜志铭刚移去几步，苏泰达叫住他，自己也向前跨了一步，声音低沉地说，面对弱势群体，我们不能做打酱油的。对弱势群体冷漠，总有一天，会凸显我们自己原来就是弱势群体，救别人就是救自己。这里面的道理，你花点心思就能想明白。这样的心思比做公司业务更值得花。有一句话他没有说出来，我们甚至应该和城市流浪者相互守望，他没有说，是因为怕别人说他矫情。杜志铭还没有花心思去想，却已经从苏泰达脸上的凝重，掂出了这番话的分量。

这时忽然听见尤明霞说，你们说中国馆像什么？一个大家心中自然产生的问题，被这个年纪最小的女孩说了出来。人们雀跃着，议论着。

苏泰达说，我看见它，就想起斗拱，由斗拱想起了藻井，你们去天坛看看，在祈年殿门前，抬头看穹顶那就是藻井，很自然会联想到中国馆的造型。

杜志铭说，看到中国馆的红色，我就想起站在北京景山上，望着故宫的高墙，就是这种红色的本源。

大家七嘴八舌说着自己的观感。李虹绵没有大声说话，她问童端仪，端仪姐，你说像什么？童端仪沉思了一会儿，说像红爵杯。李虹绵觉得她说到自己的心坎上，就朗声说，大家静一静，端仪姐说中国馆像一个红爵杯，你们说像不像？

苏泰达旋踵响应，太准确了，这就是一个红爵杯。他大声喊着，同志们，让我们高举起这个绝世无双的红爵杯，斟满我们民族的血汗酿成的醇酒，为我们民族祈福，为我们的民族过上向往的日子，干杯！人们一片欢呼，欢呼声中中国馆似乎有了灵性，它也发出了欢呼：为了我们的民族过上向往的生活，干杯！

2009年8月18日动笔于青岛
2010年10月15日完成手写初稿于绿洲水抱庐
2011年1月31日完成打字稿
2011年8月18日完成修改稿
2012年8月26日再改毕
2012年12月27日定稿于上海

后　记

一部长篇小说完成了，不一定要写自序或后记。这样的宽度，这样的长度，这样的纹理，文本背后作者的所思所想已经流露无遗，后来想，有感恩要表达，又是向读者朋友以及师友汇报的机会，还是不揣谫陋，写了几句，请方家指正。

这是发生在上海的创业故事。主人公苏泰达这样的个体，超越了资本所有者的狭隘气质，与以前出现的表面上类似的文学形象处于不同层面，他奉马克思恩格斯说的“每个人的自由发展是一切人自由发展的条件”为圭臬，以追求独立人格，追求自由发展，而从旧事物中脱胎而出，把自己置身于宏阔的历史背景中来决定自己的行止。人是社会关系的总和，主人公集中了时代多方位的社会关系，上至离休老同志，下至城市流浪汉，城市中各阶层形形色色的人物都同他直接间接扯上关系，而且他兼有老上海人和新上海人的特征，又代表了一种新的精神指向，作者所追求的就是“这一个”。中国古典哲学是主人公的思想来源之一，小说中他援引了老子，既是主人公汲取了中国古典哲学的精华，也是中国古典哲学对我们面临的问题的一种回答。由于主人公的社会关系多层次多方位的辐射，书写的城市经验不是褊狭的，而是力图向完整的画面趋近。不同层面的读者可以从中找到自己的朋友，同伴乃至影子。主人公对小说人物的生存困境（包括物质的和精神的）感同身受，力图在协助他们突围中，在自己的内心冲突中，探索走出自我精神困境的途径。除了弄堂和市民生活，作为改革开放的重镇，二十一世纪的大上海波澜壮阔的现实，应该得到更广阔的表现。我只是撷取了大上海整体风貌的一个截面。故事发生在二十一世纪〇〇年代，书写的是当下的城市经验。

当代社会的各类博弈，其复杂性和丰富性令世人目不暇接。要深刻地反映时代，城市文学或许会提供新的可能，其深刻性又与大格局大气象相关联。我们对我国文学事业的繁荣充满信心，二十一世纪中国文学的特征应该是光明与温暖。人们当然无法对文学的发展做出准确的预测，但人们相信，中国梦的进程一定包括文学繁荣的局面。中华民族历史上出现过文学繁荣的时期，中国人憧憬的中华民族伟大复兴，一定会包含延续百年的文学辉煌时期，从历史的纵深看，我们应该有充分的信心。在大变革的时代，必定会产生对历史公正判断，对未来深刻洞察，对现实准确把握的思想者，这些思想者中将会有人拿起笔创作小说，特别是现今几乎是小说遍地开花的时代，写出清醒地看待、分析、书写、创造现实的作品，其所表达的现实主义自然是清醒的，成为不同现实主义流派中的一种，将在其发展进程中逐渐形成自己的思想特征和艺术特征，回答人民对文学的期待。

读者在阅读作品中会有自己的发现。作者也能在作品中发现他所能发现的东西，也就是他主观上要表达的东西。读者从作品中发现的东西，也许是作者深藏在作品后面的题旨，也许是作者未曾意识的深意，甚至可能是读者根据自己的经验做出的延伸。有时作品中有些东西，作者自己并不能发现，往往必须由别人来发现。有人说，小说家和评论家之间的互动，这恐怕是这种互动的一种表现形式。

由于文化背景、知识框架、艺术涵养有差异，有时可能会构成读者和作者之间的沟通障碍。当然，对于一个成熟的小说家，会奉献给读者更广泛的开掘。老是跟在生活中层出不穷的前所未有的事物后面，是永远跟不上的。重要的是要有新的思想资源，或娴熟地运用已有的有用的思想资源，对纷繁杂乱的生活，包括直面的现实，所提供的文学资源，进行分析，加以重组，以别开生面的情节因果链，揭示新的乃至多元的主题。通过在创作中悉心建构，不被时间抛弃的作品也许会得以产生，可能可以供后代读者反复吟味。

感谢林军先生为本书题写书名：穿越上海。感谢张炯先生、张陵先生，二位著名评论家都细读了文本，通过面谈、电邮及电话提出中肯的修改意见，他们深入分析后对小说做出了评价，我不知道拙作要同这样的评价相匹配距离还有多远，我只是把它看成对我的鼓励。我认真考虑了他们的宝贵意见，使小说构思更缜密、人物刻画更细致。我对二位先生的专业精神深怀敬意，对他们的关心和支持，将来有机会另文再叙。感谢作家出版社罗静文女士、赵莹女士，小说的出版，她给予大力支持，并为此付出了辛劳。

感谢中国作家协会重点作品扶持办公室的大力支持，把拙作列为重点扶持作品，给予扶持，其中包括请专家审读书稿，提出意见，写出评语。感谢上海市文化发展基金会的大力支持，把拙作列入上海文化艺术资助项目。

吴崇源

2013年5月10日 上海

图书在版编目（CIP）数据

穿越上海 / 吴崇源 著. -- 北京 ：作家出版社，2014. 1

ISBN 978-7-5063-7183-4

Ⅰ. ①穿… Ⅱ. ①吴… Ⅲ. ①长篇小说 - 中国 - 当代 Ⅳ. ①I247. 5

中国版本图书馆CIP数据核字（2013）第275659号

穿越上海

作　　者：吴崇源
书名题字：林　军
责任编辑：罗静文　赵　莹
装帧设计：张晓光
出版发行：作家出版社
社　　址：北京农展馆南里10号　　**邮　　编**：100125
电话传真：86-10-65930756（出版发行部）
86-10-65004079（总编室）
86-10-65015116（邮购部）
E-mail:zuojia@zuojia.net.cn
http://www.haozuojia.com（作家在线）
印　　刷：三河市北燕印装有限公司
成品尺寸：152 × 230
字　　数：370千
印　　张：26.75
版　　次：2014年1月第1版
印　　次：2014年1月第1次印刷
ISBN 978-7-5063-7183-4
定　　价：38.00元